Milton Keynes UK
Ingram Content Group UK Ltd.
UKHW051517010724
444807UK00016BA/35

9 781787 920538

© Ahmad N Saleem 2024

The rights of Ahmad N Saleem to be identified as the author of this work have been asserted by him in accordance with sections 77 and 78 of the Copyright, Designs and Patents Act 1988.

All rights reserved. No part of this book may be reprinted or reproduced or utilised in any form or by any electronic, mechanical, or other means, now known or hereafter invented, including photocopying and recording, or in any information storage or retrieval system, without the prior written consent of the author, the author›s representatives or a licence permitting copying in the UK issued by the Copyright Licensing Agency Ltd.
www.cla.co.uk

ISBN 978-1-78792-053-8

Book design, layout and production management by Into Print
www.intoprint.net
+44 (0)1604 832140

امام ابو حنیفہ، ابن المقفع اور بشار بن بُرد
ایک تاریخی تمثیل

ڈاکٹر احمد ندیم
پی ایچ ڈی، مڈل سکس یونیورسٹی، لندن

اس کتاب کے سرورق پر چھپی تصویر 1864 میں بنائی گئی جولیئس کوکرٹ کی پینٹنگ کی ہے جس میں خلیفہ ہارون الرشید کو بغداد میں یورپی شہنشاہ شارلمین کے وفد سے ملاقات کرتے دکھایا گیا ہے۔

اس کتاب کا پہلا ایڈیشن امام ابو حنیفہ اور خلیفہ ابو جعفر منصور کے نام سے چھپا تھا۔ یہ دوسرا ایڈیشن کتاب کے انگریزی ترجمے کے درجِ ذیل نام سے مطابقت رکھتے ہوئے چھاپا گیا ہے:

Imam Abu Hanifa, Ibn al Muqqafa, and
Bashshar bin Burd

A Historical Play

How Islamic Fascism killed freedom of conscience and its expression

قبیلہ قریش

فحر (قریش کے جدِ امجد)
بنو تیم
بنو مخزوم
قصیٰ
بنو عدی
ابوالحکم (ابوجہل)
حضرت عمر بن الخطابؓ
(خلیفہ دوم؛ 634-644)
حضرت ابو بکرؓ (خلیفہ اول؛ 632-634)
محمد بن ابوبکر
حضرت عائشہؓ
عبدالمناف
عبدالشمس
مُطلب
ہاشم (ہاشمیوں کے جد امجد)
عبدالمطلب
اُمیہ (امویوں کے جد امجد)
حرب
ابوالعاص
ابوسفیان
الحکم
عفان
معاویہ
مروان اول
حضرت عثمانؓ (خلیفہ سوئم؛ 644-656)
یزید اول
ابو طالب
عباس (عباسیوں کے جد امجد)
عبداللہ
ابولہب
حمزہ
حضرت محمد ﷺ (571-632)
حضرت علیؓ (فاطمیوں اور علویوں کے جد امجد؛ خلیفہ چہارم؛ 656-660)

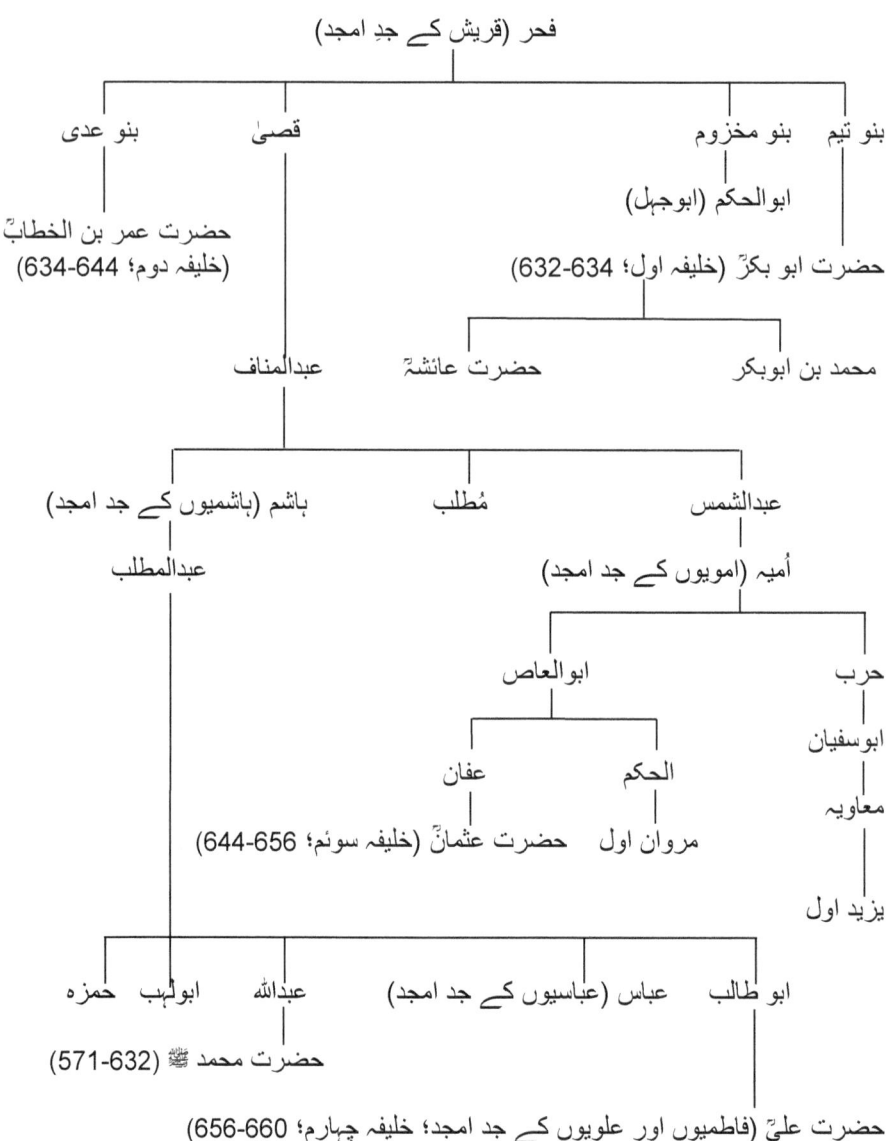

بنو اُمیہ

اُمیہ (اُمویوں کے جد امجد)
حرب
ابوالعاص
ابوسفیان — ہندہ
معاویہ (پانچواں خلیفہ؛ 660-680)
عفان
الحکم
مروان اول (آٹھواں خلیفہ 684-685)
یزید اول (چھٹا خلیفہ؛ 680-683)
حضرت عثمانؓ
(خلیفہ سوئم؛ 644-656)
معاویہ ثانی (ساتواں خلیفہ؛ 683-684)
محمد بن مروان
عبدالعزیز
عبدالمالک (نواں خلیفہ؛ 685-705)
عمر بن عبدالعزیز (بارہواں خلیفہ؛ 717-720؛ لوٹ مار بند کرنے پر اپنے ہی خاندان نے زہر دے دیا)
مروان ثانی
(اٹھارواں/ آخری اُموی خلیفہ؛ 745-750)
ولید اول
دسواں خلیفہ
705-715
سلیمان
گیارہواں خلیفہ
715-717
یزید ثانی
تیرہواں خلیفہ
720-724
ہشام
چودھواں خلیفہ
724-743
ابراہیم
ستریواں خلیفہ
745-745
یزید سوئم
سولہواں خلیفہ
744-745
ولید ثانی
پندرہواں خلیفہ
743-744

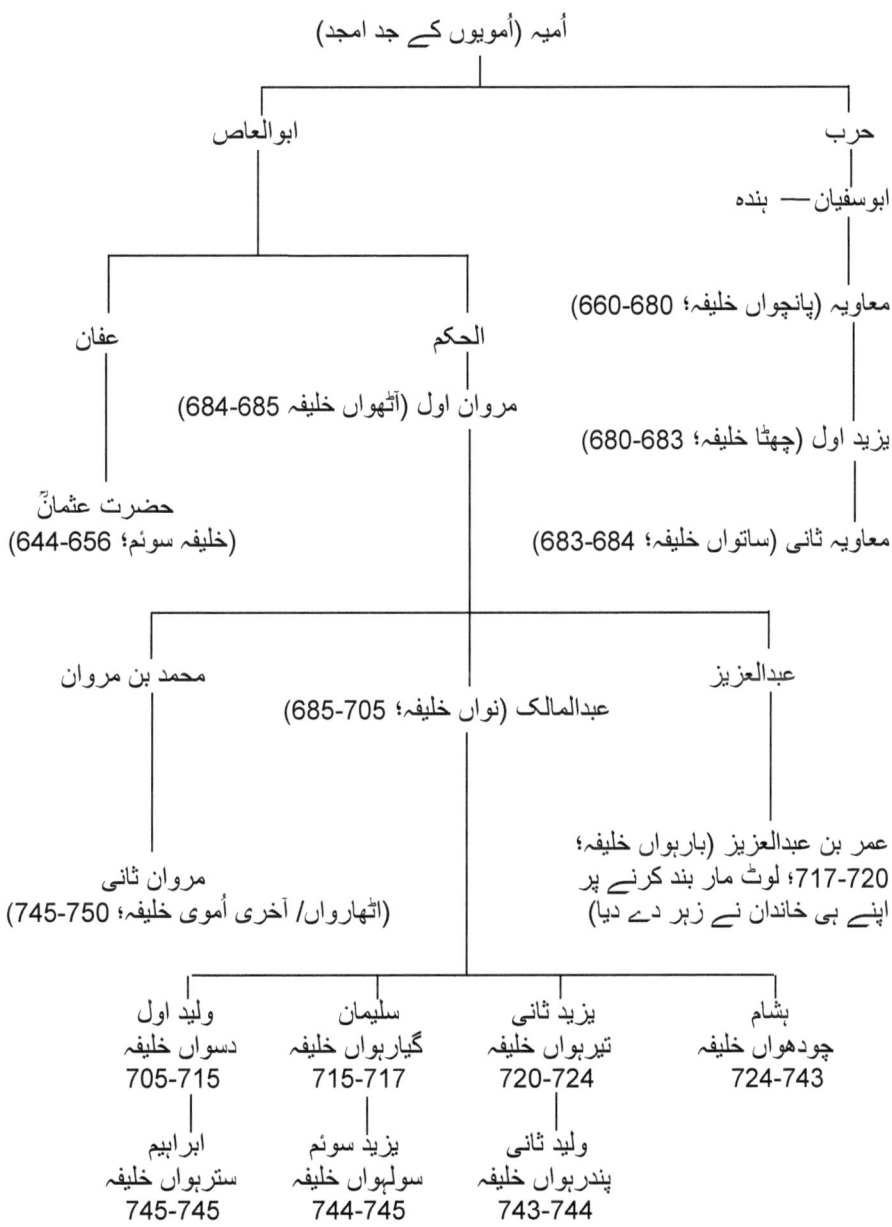

بنو عباس

عباس
(حضرت محمد ﷺ کے چچا، عباسیوں کے جد امجد)

عبداللہ بن عباس

علی بن عبداللہ
(ان کے بائیس بیٹے تھے لیکن یہاں صرف چھ کا ذکر ہے)

داؤد — سُلیمان — محمد — عیسیٰ — عبداللہ — عبدالصمد

ابوالعباس السفاح
(پہلا عباسی خلیفہ؛ 750-754؛
موصل میں علویوں کا قتل عام کیا)

ابراہیم بن محمد
(اُمویوں کے ہاتھوں قتل ہوا)

ابو جعفر عبداللہ المنصور
(دوسرا عباسی خلیفہ؛ 754-775؛ امام ابو حنیفہ کو جیل
میں ڈالا اور کوڑے لگوائے حتیٰ کہ وہ جیل میں فوت ہوئے)

ابو عبداللہ محمد المہدی
(تیسرا عباسی خلیفہ؛ 775-785)

ابو محمد موسیٰ الهادی
(چوتھا عباسی خلیفہ؛ 785-786)

ابو جعفر ہارون الرشید
(پانچواں عباسی خلیفہ؛ 786-809)

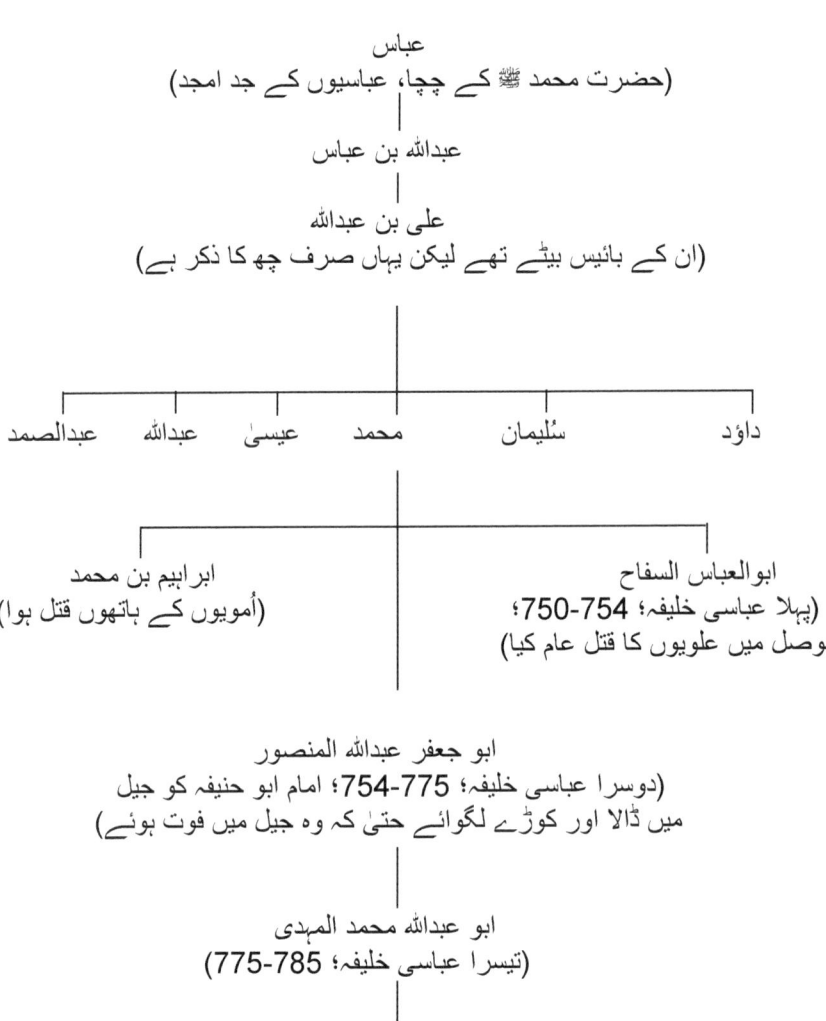

علی بن ابو طالب، اُن کی اولاد اور شیعانِ علی کے امام

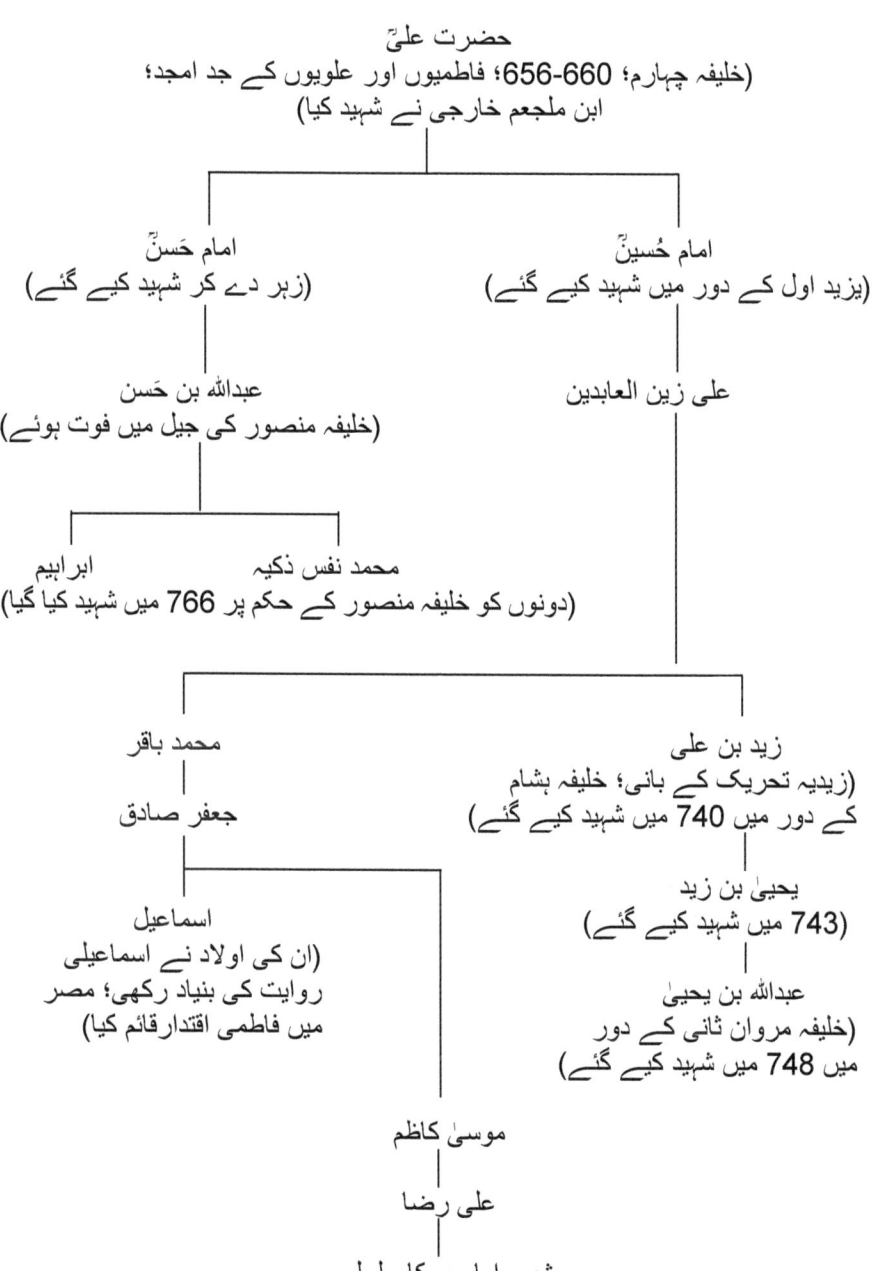

پیشِ لفظ

632 عیسوی میں رسول اللہ ﷺ کی وفات کے بعد حضرت ابوبکرؓ، حضرت عمرؓ اور حضرت عثمانؓ نے جزیرۃ العرب میں بالترتیب تقریباً دو سال، دس سال اور بارہ سال حکومت کی۔ اُن کے بعد حضرت علیؓ کے دور میں بنو امیہ نے اور اُن کے بعد بنو عباس نے خلافت پر قبضہ کر کے دارالخلافہ دمشق اور پھر بغداد منتقل کر دیا۔ یہ دو بڑے قبیلے جزیرۃ العرب اور مفتوحہ ممالک پر حکومت کرنے کے لیے ایک دوسرے کے حریف تھے اور موقع بہ موقع ایک دوسرے کا قتلِ عام کیا کرتے تھے۔ اس تمثیل سے متعلقہ اِن کے دورِ اقتدار کے عرصے پہلے صفحوں میں دیئے گئے نقشوں میں درج ہیں۔

تیسرا قبیلہ جو اولادِ علیؓ ہونے کے ناطے علوی کہلاتا تھا، نسل در نسل مذکورہ دو بڑے قبیلوں کے ظلم و ستم کا شکار رہا۔ ان کے شہید اماموں کے نام اور سنِ وفات بھی پہلے صفحوں میں دیئے گئے نقشوں میں درج ہیں۔

یہ تینوں قبیلے رسول اللہ ﷺ کے قریشی رشتہ دار ہونے کے ناطے اُن کی مذہبی، سیاسی اور حربی وراثت کے الگ الگ دعوے دار تھے لیکن اپنی اموی، عباسی اور علوی قبائلی شناخت سے بالاتر ہو کر اسلام کی خاطر اکٹھے حکومت کرنے کو کسی صورت میں تیار نہ تھے۔

اس باحوالہ تاریخی تمثیل میں عرب و عجم کے مفتوحہ عوام پر بنو امیہ اور بنو عباس کے حکومتی طریقۂ کار کی کہانی بیان کی گئی ہے۔ تاریخ میں محفوظ ساتویں اور آٹھویں صدی کے واقعات پر مبنی اس تمثیل کے کرداروں میں واصل بن عطا، جہم بن صفوان اور جعد بن درہم کو مورخ نہ صرف اپنے بلکہ ہر دور سے متعلقہ فلسفی مانتے ہیں۔ ان فلسفیوں کو اہل معتزلہ کے نام سے جانا جاتا ہے۔

عجم میں اسلام کے ابتدائی دنوں میں اہل معتزلہ ہی غیراسلامی مذاہب پر تنقید کیا کرتے تھے۔ انہی کی بحثوں کی وجہ سے بے شمار لوگ اپنے پُرانے مذاہب چھوڑ گئے اور اُن کا مُسلمان ہونا آسان ہو گیا۔ معتزلہ کا بانی واصل بن عطاء اپنے شاگردوں کو علمی بحثیں کرنے کے لیے بھیجا کرتا تھا۔ اُس نے ایک کتاب بعنوان ''ایک ہزار مسئلے'' لکھی تھی جس میں اُس نے مانی کے پیروکاروں کے دو خُداؤں کے عقیدے کو منطقی دلائل کے زریعے رد کیا تھا۔ معتزلہ کی دلیل یہ تھی کہ جس طرح اچھائی اور بُرائی، دونوں، ایک ہی انسان میں پائی جا سکتی ہیں اسی طرح ایک ہی خُدا دونوں، اچھائی اور بُرائی کی تخلیق کر سکتا ہے۔ لہذا اچھائی کا خُدا اور بُرائی کا خُدا دو خُدا نہیں بلکہ ایک ہی ہے۔ اکیلے ابو ہذیل معتزلی نے تین ہزار منیشیوں کو مسلمان کیا تھا۔

ان فلسفیوں کے نظریۂ تقدیر بمقابلہ انسانی خوداختیاری کی جھلک امام ابو حنیفہ کے افکار میں بھی نظر آتی ہے لیکن

اُموی حکمرانوں نے جہم بن صفوان اور جعد بن درہم کو اپنے اقتدار کے لیے خطرہ سمجھتے ہوئے موت کے گھاٹ اُتار دیا (1)۔

چونکہ اپنی ذہانت کے باعث امام ابو حنیفہ سمیت یہ فارسی عُلما غاصب و قابض امویوں اور عباسیوں کی اللہ تعالیٰ کے مقدس نام کے غلط استعمال سے پھیلائی ہوئی ظالمانہ تعلیمات و احکامات کی حقیقت کو بے نقاب کر سکتے تھے، اس لیے ان کو برداشت نہیں کیا گیا (2)۔ ان میں سے صرف واصل بن عطا طبعی موت فوت ہوا۔

اموی حکومت کے خلاف عباسیوں، علویوں اور فارسیوں کی بغاوت کے نتیجے میں اموی حکومت صفحہء ہستی سے مٹ گئی لیکن عباسی دورِ حکومت میں بھی عربی نظم و نثر کے عظیم عالموں اور ماہروں عبدالحمید بن یحییٰ، ابن المقفع اور بشار بن بُرد کو ذاتی عناد اور نسلی تعصب کی بنیاد پر بے رحمی سے قتل کیا گیا۔

عالمی اور اسلامی قانون کو واضح کرنے والے عظیم ترین فقیہ امام ابو حنیفہ اموی دور میں مظالم کا شکار ہونے کے بعد عباسی خلیفہ منصور کے جیل خانے میں فوت ہوئے۔

مروجہ طور طریقوں سے الگ منطقی سوچ اور ضمیر کی آواز پر چلنے والے ذہین ترین عالموں کو نہ صرف حکمران بلکہ مُتعصب عوام بھی زندہ نہیں چھوڑتے تھے۔ نتیجتاً مشرقِ وسطیٰ میں علم و حکمت کا ایک ایسا تاریک دور آیا جس کو بعد میں ہارون الرشید اور مامون الرشید جیسے حکمرانوں کی روشن خیالی نے کسی حد تک وقتی طور پر دور کیا۔

اموی اور عباسی جابرانہ ادوار میں ایک اور ظلم یہ ہوا کہ اعلیٰ و ارفع مضامین پر لکھنے والے ایرانیوں یا عجمیوں پر نسلی تعصب اور حسد کی بنا پر الزام لگا دیا جاتا تھا کہ وہ قرآن مجید کی ہمسری کرنے کی کوشش کر رہے ہیں لہذا گناہگار ہیں۔ اس تعصبی جنون کے باعث قید خانوں میں یا سر عام ذلیل و رسوا ہونے یا قتل ہونے والے عُلما کی فہرست طویل ہے لیکن اس تمثیل میں صرف سات کا ذکر ہے اور ان میں سے تین، ابن المقفع، امام ابو حنیفہ اور بشار بن بُرد کی زندگی اور موت کی داستانیں زیادہ تفصیل سے بیان کی گئی ہیں۔

حیران کُن بات یہ ہے کہ جہاں ان عُلما کے علم و ذہانت کے بلند درجے نے اُنہیں کئی بار قتل ہونے سے بچایا، بالآخر یہی اِن کے قتل کا سبب بھی بنا۔ یہ کیسے ہوا؟ اس داستان کو رفتہ رفتہ اس تمثیل میں واضح کیا جائے گا۔

---

[1] ابو زہرہ، *حیاتِ امام ابو حنیفہ*، صفحات 325 ,283-282 ,251

[2] انگریزی حوالہ جات میں دیکھیے: Abu Zahra, *The Four Imams* صفحات 223-222

9

فہرست

پہلا ایکٹ: تین مُرتدین 11

دوسرا ایکٹ: تین فلسفی 25

تیسرا ایکٹ: ہجوگوئی کی سزا 46

چوتھا ایکٹ: مقفع کا بیٹا 64

پانچواں ایکٹ: قبیلے کے نام پر 81

چھٹا ایکٹ: قتل کا ذِمہ قاضی کے سر 101

ساتواں ایکٹ: قانونِ الٰہی کی تشکیل 109

آٹھواں ایکٹ: ضمیر کے مطالبات 133

نواں ایکٹ: مردوں کا مذہب 151

دسواں ایکٹ: نیا مسلمان 162

گیارہواں ایکٹ: ایک خاندانی جھگڑا 173

بارہواں ایکٹ: کاتب کا قصور 193

تیرہواں ایکٹ: مُرتد کی سزا 206

چودہواں ایکٹ: عربی کا عالم بننے کی سزا 228

پندرہواں ایکٹ: اندھے کی محبت 237

سولہواں ایکٹ: اللہ کے نائب کی حکم عدولی 251

سترہواں ایکٹ: غدار کو بھی دھوکا نہ دو 276

اٹھارہواں ایکٹ: مرنے کے بعد بھی 287

اُنیسواں ایکٹ: اندھا شیطان 299

بیسواں ایکٹ: قصیدہ تجو بن گیا	320
اکیسواں ایکٹ: غُلام کا غرور	338
بائیسواں ایکٹ: آدھے کافر کی آخری آرامگاہ	357
تاریخی منظر کشی، تحقیق اور عربی ترجمے پر نوٹ	367
منتخب کُتب و حوالہ جات کی فہرست	368

پہلا ایکٹ: تین مُرتدین

پہلے ایکٹ کے کردار:

خالد بن عبداللہ، والیء خراسان، ادھیڑ عمر، چھریرے اور مضبوط جسم والا شخص ہے۔ اُس کا ٹیڑھی ناک اور کالی سفید ملی جلی داڑھی والا چہرہ صحرا کی جھلسا دینی والی دھوپ سے گہرے رنگ کا ہو چکا ہے۔ اُس نے سفید عربی تھوب اور گترا پہن رکھا ہے۔

سلم بن احوز، فارسی نومسلم، ایرانی لشکریوں کا سردار ہے۔ جسامت میں وہ خالد بن عبداللہ سے زیادہ مختلف نظر نہیں آتا لیکن اُس کی ناک سیدھی اور جلد گندمی ہے۔ اُس نے خالد بن عبداللہ کی طرح تھوب اور گترا پہن رکھا ہے۔

المبلغ، دُبلا پتلا، جھریوں بھرے چہرے، لمبی بے مہار سفید داڑھی اور چیل جیسی تیز آنکھوں والا شخص ہے۔ اُس نے سفید تھوب پہنا ہوا ہے اور سر پر مٹیالے رنگ کا صافہ باندھ رکھا ہے۔

غُلام، کالے رنگ کا ادھیڑ عمر آدمی ہے جو اپنی پھُرتی اور گنجے سر کی وجہ سے مضبوط نظر آتا ہے۔ اُس نے ایک کھردری سی چادر سینے اور رانوں کے گرد احرام کی طرح لپیٹ رکھی ہے جو اُس کے گھٹنوں تک آتی ہے۔

چھ لشکری، مٹیالے رنگ کے کھدر کے تھوب اور سروں پر چکبترے گترے پہنے ہوئے ہیں۔ ان کی کمروں پر چمڑے کی چوڑی پیٹیاں بندھی ہیں۔ پیٹیوں سے میانیں لٹک رہی ہیں جن کے اوپر سے اُن کی تلواروں کے دستے نظر آتے ہیں۔

پہلے ایکٹ کا منظر:

خالد بن عبداللہ کے خراسانی محل کی مجلس گاہ اتنی بڑی ہے کہ پچاس کے لگ بھگ مہمان اُس میں دیواروں تک بچھے ایرانی قالینوں پر بیٹھ سکتے ہیں۔ دست کاری کیے ہوئے غلافوں سے ڈھکے گول تکیے کمر کو سہارا دینے کے لیے دیواروں کے ساتھ لگے ہیں۔ پچھلی دیوار میں بائیں جانب ایک دروازہ ایک خالی راہداری میں کھُلتا ہے۔

پہلا ایکٹ

خالد بن عبداللہ کے خراسانی محل کی مجلس گاہ

دور

تقریباً 746 عیسوی

بنوامیہ کے جنگجو اپنا تسلط جزیرۃ العرب کے بڑے حصوں کے علاوہ عراق، ایران، شام، اُردن، فلسطین اور مصر تک قائم کر

چکے ہیں۔

المبلغ قالین پر اکیلا بیٹھا ہے۔ والیء خراسان خالد بن عبداللہ اور سلم بن احوز چھ لشکریوں کے ساتھ اندر آتے ہیں۔ المبلغ والیء خراسان کے احترام میں کھڑا ہو جاتا ہے۔

المبلغ۔

سلام علیکم یا والی۔

والیء خراسان اور سلم۔

و علیکم سلام یا شیخ۔

تینوں قالین پر بیٹھ جاتے ہیں۔ لشکری دروازے کے باہر راہداری میں کھڑے ہو جاتے ہیں۔

والیء خراسان اور المبلغ گفتگو کرتے ہیں جبکہ سلم بڑے غور سے سُنتا ہے۔

والیء خراسان۔

یا شیخ، میں نے آپ کے خط پر بہت غور کیا ہے اور میں حیران ہوں کہ سابقہ والیان نے اس مسئلے پر کوئی کاروائی کیوں نہیں کی۔ یہ ایک سنگین نوعیت کا مذہبی مسئلہ ہے اور، جیسا کہ مُجھے بتایا گیا ہے، سابقہ والیان کی غفلت کی وجہ سے، ان تین مُرتدین کے مُریدوں کی تعداد ہزاروں میں جا پہنچی ہے۔ آج میں نے ان تینوں مُرتدوں کو یہاں بلایا ہے تا کہ میں اُن سے سوال کروں اور جواباً سُنوں کہ اُن کا عقیدہ کیا ہے۔ میں چاہتا ہوں کہ آپ اُن سے بحث کریں، اُن کو اس طرح زچ کریں کہ وہ اپنے کافرآنہ عقیدے پوری طرح کُھل کر بیان کر دیں تا کہ میرے لیے اُن کے خلاف درست کاروائی کرنا آسان ہو جائے۔

(معزرت خواہانہ انداز میں) آپ جانتے ہیں کہ اپنے ضمیر کو مطمئن کرنا میرا فرض ہے۔

المبلغ اپنی ناراضگی کو ایک مصنوعی مُسکراہٹ سے چُھپاتے ہوئے دوستانہ انداز میں کہتا ہے،

المبلغ۔

یا والی! اس کی کیا ضرورت ہے؟ میں نہیں چاہتا کہ آپ ان خبیثوں کے گُستاخانہ کلمات سُننے کے گُناہ کے مرتکب ہوں۔ کیا آپ کو میری بصیرت پر بھروسہ نہیں ہے؟ ایسے لوگوں کے لیے قرآنِ کریم میں واضح احکامات موجود ہیں، و قاتلو فی السبیل اللہ۔

یہ احساس کرتے ہوئے کہ شائد اُس نے المبلغ کا وقار مجروح کیا ہے، والیء خراسان بے تکلف انداز میں کہتا ہے،

والیء خراسان۔

یا شیخ! مُجھے اللہ تعالیٰ کے بعد صرف آپ پر بھروسہ ہے کیونکہ آپ اس کافر ملک میں سب سے زیادہ متقی اور پرہیزگار شخص ہیں۔ مُجھے یقین ہے کہ آپ نے جو لکھا ہے سب سچ ہے۔ ان مرتدوں کو یہاں بلانے میں میرا مقصد آپ کی

بصیرت پر شک کرنا یا اُس کو جانچنا نہیں ہے۔ بات یہ ہے کہ آپ نے ان کے بارے میں جو تحریر کیا وہ اتنا حیران کُن ہے، جو عقیدے یہ پھیلا رہے ہیں وہ اتنے عجیب و غریب اور میرے تصور سے اتنے باہر ہیں کہ میں خود ان کے مُنہ سے یہ سُننا چاہتا تھا، صرف تجسس کی وجہ سے۔ آپ جانتے ہیں کہ میں فارس و عجم میں نیا نیا آیا ہوں اور ابھی تک میں کسی ایسے کافر سے نہیں ملا جس میں اپنے شیطانی خیالات بیان کرنے کی جرأت ہو۔ ہمارے پاک وطن حجاز میں، آپ اچھی طرح جانتے ہیں، اس طرح کے خیالات و عقائد کا کبھی ذکر نہیں ہوتا۔

المبلغ۔

(خوشی کے ساتھ) حجاز کرہ ارض کی سب سے مقدس سرزمین ہے۔ مکہ اور مدینہ کی روایات خالصتاً اسلامی ہیں۔ شیطان حجاز سے ستر کوس دور رہتا ہے۔ جب سے رسول اللہ ﷺ اور اُن کے خلفاء راشدین نے اس خطے کو کافروں سے پاک کیا ہے، شیطانی خیالات وہاں نہیں پنپ سکے ہیں۔ اُنھوں نے اسلامی اقتدار کو قائم کیا، بُت پرستوں کو مسلمان کیا، عیسائیوں اور مجوسیوں کی سرکوبی کی، اور (نفرت سے ناک سکیڑتے ہوئے) یہودیوں کا تو میں نام ہی نہیں لیتا۔ لیکن آپ جانتے ہیں کہ عجمیوں پر اسلامی حکومت ابھی نئی نئی قائم ہوئی ہے۔ عراق اور فارس ٹیڑھے میڑھے اور فاسد مذاہب، فرقوں اور ملحد و فاسق خیالات سے بھرے پڑے ہیں۔ یہاں زرتشتی، مجوسی اور عیسائی رہتے ہیں اور، آپ کو یقین نہیں آئے گا، شیعانِ علی کا ایک ایسا فرقہ ہے جو کہتا ہے کہ اللہ تعالی، نعوذ باللہ، حضرت علی کو اپنا نبی بنانا چاہتا تھا لیکن جبرائیل فرشتہ غلطی سے وحی حضرت محمد ﷺ کو پہنچاتا رہا [3]۔ میں یہ کہنے کے لیے اللہ تعالیٰ سے معافی مانگتا ہوں لیکن آپ کو بتانا ضروری تھا۔

والیء خراسان۔

(حیرت سے) کیا یہ لوگ اتنے احمق ہیں کہ سوچتے ہیں کہ فرشتے غلطیاں کرتے ہیں اور اللہ تعالیٰ اُن سے بے خبر رہتا ہے؟ کیا اِن کو کسی نے نہیں بتایا کہ اللہ تعالیٰ ہر چیز سے باخبر، قادرِ مطلق اور خطا سے پاک ہے؟

المبلغ۔

(حقارت سے) حضرت علیؓ سے اندھی عقیدت نے اُن کو عقل کا اندھا کر دیا ہے۔ (سرگوشی کرتے ہوئے) اور اس علاقے میں یہودی بھی رہتے ہیں۔

والیء خراسان۔

(نفرت سے) یہودی؟ لیکن مجھے تو بتایا گیا تھا کہ یہودیوں کا خاتمہ کر دیا گیا ہے اور باقی ماندہ ہندوستان کی طرف بھاگ گئے ہیں۔

---

[3] ابو زہرہ، *حیاتِ امام ابو حنیفہ*، صفحہ 200

المبلغ۔

(حقارت سے) بے شمار نے اسلام کا لبادہ اوڑھ لیا ہے اور مُسلمانوں میں زہریلے خیالات پھیلاتے رہتے ہیں۔ (نفرت سے سرگوشی کرتے ہوئے) اُنھوں نے سونے اور چاندی کے ذخیرے خفیہ جگہوں میں چُھپا رکھے ہیں۔

غلام اندر آتا ہے اور جھک کر سلام کرتا ہے۔

غُلام۔

آقا، معزز فلسفی تشریف لے آئے ہیں۔ میں نے انہیں چھوٹی مجلس گاہ میں بٹھا دیا ہے۔ ان میں امیرالمومنین کے سابق اُستاد جعد بن درہم بھی ہیں۔

المبلغ، سلم اور والیء خراسان ششدر ہو کر غُلام کی طرف دیکھتے ہیں۔

والیء خراسان۔

(حیرت سے) کیا؟ امیرالمومنین مروان کے اُستاد یا کسی پہلے خلیفہ کے؟

غُلام۔

جی آقا۔ یہ امیرالمومنین ہی کے اُستاد تھے لیکن جب لوگوں نے کہنا شروع کیا کہ امیر المومنین ایک دہریے سے تعلیم لے رہیں ہیں تو اُنھوں نے انہیں گھر بھیج دیا۔

والیء خراسان۔

(حکم دیتے ہوئے) اُنہیں وہیں رکھو اور کھانے اور پھلوں سے اُن کی خاطر تواضع کرو۔

غلام جھک کر سلام کر کے واپس چلا جاتا ہے۔

المبلغ۔

آپ نے سُنا کہ غُلام نے اُنہیں معزز فلسفی اور امیرالمومنین کا اُستاد کہا؟

والیء خراسان۔

لیکن دیوانِ خلافت سے نکالے جانے کا مطلب یہ ہے کہ اب اُنہیں کو کوئی مُنہ نہیں لگائے گا۔ کیا اس علاقے میں اب بھی اِن کا اعلیٰ مُقام ہے؟

المبلغ۔

(زور دیتے ہوئے) جی جناب! یہ خطہ اللہ کے دین کی بگڑی ہوئی تفسیروں سے بھرا پڑا ہے۔ (اُنگلیوں پر گنتے ہوئے) اولاً، ایک گروہ ہے جو مرجئی کہلاتا ہے۔ یہ کہتے ہیں کہ گناہگاروں کو ابداً ابدا جہنم میں نہیں رکھا جائے گا بلکہ سزا دے کے چھوڑ دیا جائے گا۔ دوسرا گروہ جبریہ کہلاتا ہے۔ اِن کا کہنا ہے کہ چونکہ اللہ تعالیٰ نے ہر شے پہلے ہی سے طے کر کے لوحِ محفوظ میں لکھ دی تھی اور ہر شخص کا مقدر طے کر دیا تھا، لہذا گناہگاروں کو گناہ کرنے سے روکنا بے

سود ہے۔ یعنی کہ نہی عن المنکر دراصل اللہ تعالیٰ کی رضا کے خلاف کام کرنے والی بات ہے۔

المبلغ اپنے کانوں کو ہاتھ لگا کر آسمان کی طرف دیکھتے ہوئے کہتا ہے،

اے اللہ مجھے یہ شیطانی کلمات دہرانے پر معاف کرنا۔ استغفراللہ۔

تیسرا فرقہ قدریہ ان کے خلاف ہے۔ وہ جبریہ کی تفسیر کی رد میں دعویٰ کرتے ہیں کہ اللہ تعالیٰ نے انسان کو اختیار دیا ہوا ہے کہ وہ اپنے افعال کو اپنے قابو میں رکھے اور اپنی منزل کا خود تعین کرے، لہذا گناہگار اپنے گُناہوں کا حساب دیں گے۔ لیکن انسانی اختیار کی بات کر کے یہ اللہ تعالیٰ کے قادرِ مطلق ہونے کا انکار کر دیتے ہیں۔

پھر یہاں اہلِ معتزلہ بھی آباد ہیں جو کُھلم کُھلا کہتے ہیں کہ، نعوذ باللہ، قرآن مجید آسمان سے نازل نہیں ہوا بلکہ امیر معاویہ کے حُکم پر حضرت عثمانؓ اور چند صحابہ نے مل کر مرتب کیا تھا۔ لہذا اِس میں صرف نصف کے قریب آیاتِ الٰہی ہیں، بنو امیہ کے خلاف کافی آیات حضرت عثمانؓ نے نکلوا دی تھیں اور کچھ آیات کا اضافہ اپنی مرضی سے کیا تھا۔ توبہ استغفار۔ توبہ استغفار (4)۔

وہ تھوڑی دیر سر جُھکا کر تین بار استغفراللہ کہتا ہے اور پھر سر اُٹھ کر کہتا ہے،

(غُصے سے) یہ تو اپنے آپ کو مسلمان کہنے والے اللہ کے دین کو بگاڑ رہے ہیں۔ مانی، زرتشت اور مزدک کے پیروکاروں، یہودیوں، عیسائیوں، اور ہندی بُت پرستوں کا تو ذکر ہی کیا جو روحوں کی ایک جسم سے دوسرے جسم میں نقل مکانی پر ایمان رکھتے ہیں۔

والیء خراسان۔

مجھے دوسرے مذاہب کا تو پتہ ہے لیکن یہ مانی کے پیروکار کون ہیں؟

المبلغ۔

اِن کو منیشی کہتے ہیں۔ اِن کا کہنا ہے کہ نیکی کا خالق بدی تخلیق نہیں کر سکتا، لہذا بدی کا خالق کوئی اور ہے۔ اس طرح یہ دراصل دو خُداؤں کا تصور پیش کرتے ہیں (5)۔ چونکہ شرک سب سے بڑا گُناہ ہے لہذا یہ بدترین گُناہگار ہیں۔ (حقارت سے) ان کے چھوٹے دماغوں میں اتنی سی بات نہیں آتی کہ اللہ جو چاہے تخلیق کر سکتا ہے، نیکی بھی اور بدی بھی۔

والیء خراسان۔

مجھے مُشرکوں یا کافروں کی فکر نہیں ہے کیونکہ یہ جزیہ دیتے ہیں اور بدلے میں کاشت کاری، کاریگری اور تجارت

---

[4] انگریزی حوالہ جات میں دیکھیے: Abu Zahra, *The Four Imams* صفحات 54-58

[5] ابو زہرہ، *حیاتِ امام ابو حنیفہ*، صفحات 283-282

کرنے کا حق حاصل کرتے ہیں بشرطیکہ دوسروں کے سامنے اپنے مذہب کا پرچار نہ کریں۔ اگر یہ مسلمان ہو گئے تو جزیہ نہیں دیں گے بلکہ کام کاج چھوڑ کر بیت المال سے حصہ طلب کریں گے۔ بہتر ہے کہ یہ باہر ہی رہیں۔

المبلغ اپنی حیرت کو ایک معذرت خواہانہ مسکراہٹ میں چھپا دیتا ہے۔

المبلغ۔

(عاجزی سے) میں آپ سے اتفاق کرتا ہوں۔ ہماری آستینوں کے سانپ دراصل یہ منافق ہیں جو جزیہ نہیں دیتے کیونکہ مسلمان کہلواتے ہیں۔ میرا اشارہ معتزلہ، مرجئی، جبریہ اور قدریہ فرقوں کی جانب ہے جو ہمارے خالص ایمان میں مِلاوٹ کر کے اُس کو کمزور کر رہے ہیں۔ یہ جو تین مُنافق آپ کی اگلی مجلس گاہ میں بیٹھے ہیں، یہ ان کج رو فرقوں کے رہنما ہیں۔ فلسفے کے نام پر یہ اسلامی تعلیمات میں بدعات پھیلا رہے ہیں۔

والیء خراسان دونوں کے قریب ہو جاتا ہے تا کہ دھیمی آواز میں بات کر سکے۔ المبلغ اور سلم بات کو اہم جان کر مزید توجہ سے سُنتے ہیں۔

والیء خراسان۔

(سرگوشی کرتے ہوئے) میں نے ان کو دوسرے کمرے میں ایک منصوبے کے تحت بٹھایا ہے۔ میں آپ کو بتانا چاہتا تھا کہ جب میں اُنہیں یہاں بلاؤں گا تو آپ اُنہیں بہت عزت و تکریم دیں، انہیں احساس دلائیں کہ وہ بہت معزز اور اہم ہیں تا کہ اُن کے ذہنوں میں کوئی شبہ نہ پیدا ہو۔ اُن کی انا کو خوب بڑھائیں، اُن کی خوشامد کریں تا کہ وہ اپنے عقائد کے بارے میں کُھل کر بات کریں اور جو وہ اپنے دلوں میں چُھپاتے ہیں، اُس کو بیان کر دیں۔

المبلغ۔

(بے صبری سے) جنابِ والا آپ یہ زحمت کیوں کرتے ہیں؟ ان کو سیدھا سیدھا جلاد کے پاس بھیج دیں۔ میں دین میں ان کے پیدا کیے ہوئے بگاڑ کو کئی برسوں سے دیکھ رہا ہوں۔ میں آپ کو بتا دوں گا کہ یہ کیا تبلیغ کرتے ہیں۔

والیء خراسان تنگ آ کر سلم کو مُخاطب کرتا ہے۔

والیء خراسان۔

(بے رُخی سے) شاید میں شیخ کو پوری طرح سمجھا نہیں سکتا۔ آپ شیخ کو بتائیں کہ ہم ایسا کیوں نہیں کر سکتے۔

سلم۔

(آرام سے المبلغ کو سمجھاتا ہے) یا شیخ! آپ نے جو کہا سچ کہا۔ ہم جانتے ہیں کہ یہ شیطانی خیالات پھیلا رہے ہیں لیکن مسئلہ یہ ہے کہ ہم ان کو سیدھا سیدھا قتل نہیں کرا سکتے۔ یہ درست ہے کہ آپ اس مسئلے کے مذہبی پہلو کے ماہر ہیں لیکن اس کا ایک سیاسی پہلو بھی ہے۔ مُخبروں نے مُجھے بتایا ہے کہ ان تینوں کے تین ہزار سے زیادہ مرید ہیں۔ اس وقت حالات ایسے ہیں کہ ہم یہاں بغاوت کا خطرہ نہیں مول لے سکتے کیونکہ امیرالمومنین مروان کئی

محاذوں پر لڑ رہے ہیں۔ عرب قبیلوں میں سے عباسیوں اور علویوں نے متحد ہو کر اپنے لشکر اکٹھے کر لیے ہیں۔ ان کا ساتھ دینے کے لیے یہاں خراسان میں، ابو مسلم نامی ایک فارسی کمانڈر نے خفیہ طور پر ایک بہت بڑا لشکر تیار کر لیا ہے۔ ہمارے علم میں آیا ہے کہ عباسی اور علوی تمام گمراہ فرقوں اور غیر مسلموں کو یہ کہہ کر اپنے ساتھ مل جانے کی ترغیب دے رہے ہیں کہ فتح کے بعد ہر مذہب اور فرقے کو اپنے اپنے عقیدے پر چلنے کی آزادی ہو گی۔ ایسے حالات میں سرِعام موت کی سزائیں دینا جلتی آگ پر تیل چھڑکنے والی بات ہے۔ اس سے ہمارے دشمنوں کی صفوں میں مزید حمایتیوں کا اضافہ ہو گا۔

المبلغ اس بیان سے متاثر ہوتا نظر نہیں آتا۔ ایسے لگتا ہے کہ وہ سلم کی باتوں پر کوئی دھیان نہیں دے رہا۔ وہ سلم کو شک کی نظر سے دیکھتا ہے۔

المبلغ۔

(سختی سے) اس طرح کی باتیں وہ کرتے ہیں جنھیں اللہ کی ذات پر بھروسہ نہیں ہوتا۔ اللہ کا حکم ہے کہ جو اُس کے دین میں بگاڑ پیدا کریں اُنھیں جلد از جلد جہنم بھیجا جائے۔ اسلامی حکومت میں مُنافقوں کے لیے کوئی جگہ نہیں ہے۔ (سلم کو مُخاطب کرتے ہوئے) اصل بات یہ تو نہیں کہ فارسی النسل ہونے کے ناطے تمھیں ان مرتدوں سے ہمدردی ہے؟

سلم المبلغ کو نفرت سے گھورتا ہوئے احتجاجاً بولنے لگتا ہے لیکن والیء خراسان ہاتھ کے اشارے سے اُسے منع کر دیتا ہے۔

والیء خراسان۔

(المبلغ کو مُخاطب کرتے ہوئے) آپ کو ایسا نہیں کہنا چاہیئے۔ سلم نے کئی مواقع پر اپنی جان پر کھیل کر بنو امیہ سے وفاداری کا ثبوت دیا ہے۔ حقیقت یہ ہے کہ اس وقت اُموی سخت مشکلات کا سامنا کر رہے ہیں اور میں امیرالمومنین مروان کی مُشکلات میں اضافہ نہیں کرنا چاہتا ورنہ وہ مرتدوں کے بجائے میرے اور آپ کے سر اُتارنے کا حکم بھیج سکتے ہیں۔

المبلغ۔

(خوفزدہ ہو کر) جناب میں بہت شرمندہ ہوں، معافی کا طلبگار ہوں کہ میں نے بھائی سلم کے بیان پر شک کیا۔ (سلم کو مُخاطب کرتے ہوئے) یا اخی! مُجھے معاف کرنا۔ (والیء خراسان کو مُخاطب کرتے ہوئے) اگر آپ کہتے ہیں تو میں اپنا بیان واپس لے لیتا ہوں۔

والیء خراسان۔

(قہقہہ لگاتے ہوئے) نہیں، بالکل نہیں۔ آپ کے بھیجے ہوئے بیانات سے ہی تو میں عوام الناس کی سرگرمیوں پر نظر رکھتا ہوں۔ میں تو صرف یہ کہہ رہا تھا کہ چونکہ موجودہ سیاسی حالات میں سرِعام سزائے موت مُناسب نہیں ہے،

ہمیں کوئی دوسرا طریقہ ڈھونڈنا ہو گا۔ یہی وجہ ہے کہ میں نے ان تین فلسفیوں یعنی مُرتدوں کو دوسرے کمرے میں انتظار کرنے بٹھایا ہے تا کہ ہم ان سے نبٹنے کا کوئی محفوظ طریقہ سوچیں۔ (دھیمی آواز میں) میرا منصوبہ یہ ہے کہ چونکہ آپ بہت تیز ذہن کے مالک، بہت بڑے عالم ہیں، آپ کوئی ایسی بحث چھیڑیں کہ یہ آپس میں ایک دوسرے کے خلاف دلیلیں دینے لگ جائیں۔ پھر کوشش کریں کہ یہ آپس میں جھگڑنے لگ جائیں، جھگڑا ایسی سنگین نوعیت اختیار کر جائے کہ یہ ایک دوسرے کی بے عزتی کرنے لگ جائیں۔ جب یہ یہاں سے باہر جائیں گے تو غالباً یہ اس بحث کو جاری رکھیں گے۔ پھر ہم ان میں سے ایک کے خفیہ قتل کا بندوبست کریں گے۔ ساتھ ہی ساتھ یہ بھی اعلان کروا دیں گے کہ آپس کی بحث میں دو نے ایک کو قتل کر دیا اور قاتلوں کو پکڑنے کے بہانے باقی دو کو گرفتار کر لیں گے۔ آپ سمجھے میرا مطلب کیا ہے؟ غور کریں شیخ صاحب۔ اس حکمتِ عملی کو کیا کہتے ہیں؟

المبلغ۔

(لطف اندوز ہوتے ہوئے) حرب الخذعہ۔ خذاعہ قبیلے کے دھوکے اور مکاری سے لڑائی جیتنے کے طریقوں پر مبنی حکمتِ عملی کو حرب الخذعہ کا نام دیا گیا تھا۔ (معذرت خواہانہ انداز میں) یہ میرا کام تھا کہ آپ کو حرب الخذعہ اختیار کرنے کا مشورہ دیتا لیکن آپ نے پہل کر دی۔ میں آپ کی عقل مندی کی داد دیتا ہوں۔

والیء خراسان۔

یہ اصطلاح حرب الخذعہ میرے ذہن سے نکل گئی تھی۔

المبلغ۔

(جوش و خروش کے ساتھ) ہماری صورتِ حال میں حرب الخذعہ کی بہترین مثال ہمارے ایک لشکری سردار مہلب بن ابی صفرہ کی ہے۔ مہلب کو پتہ چلا کہ خوارج کے پاس ایک کاریگر ہے جو زہر آلود تیر بناتا ہے۔ ان تیروں سے مہلب کے لشکری مرتے جاتے تھے اور باقی نے خوارج کے ساتھ جنگ کرنے سے انکار کر دیا تھا۔ مہلب نے رات کے اندھیرے میں خوارج کے خیموں میں ایک شخص بھیجا جو ایک خط میں لپٹے ہوئے ایک ہزار درہم خیموں کے بیچ میں چھوڑ آیا۔ خط میں لکھا تھا، ''تیروں کی قیمت ایک ہزار درہم بھیج رہا ہوں۔ برائے مہربانی ایک سو مزید تیر بنا کے بھیجیں۔ آپ کو فراخ دلی سے نوازا جائے گا۔''

اگلی صبح خوارج کے ایک آدمی نے وہ خط اور درہم دیکھے اور اپنے ایک سردار کو دکھائے۔ غُصے سے پاگل سردار نے فوراً کاریگر کو غدار سمجھتے ہوئے، اُس کے احتجاج کو نظرانداز کرتے ہوئے، اُسے قتل کر دیا۔ جب دوسرے سردار کو پتہ چلا تو اُس نے پہلے کو لتاڑتے ہوئے کہا، ''تو نے مہلب سے دھوکہ کھا کر اپنے بہترین کاریگر کو ہلاک کر ڈالا ہے۔'' چنانچہ خوارج کے قبیلوں کی آپس ہی میں نااتفاقی شروع ہو گئی۔

سلم۔

یہ خوارج کون تھے؟

المبلغ۔

خوارج صحرائی بدوؤں کے کچھ قبیلے تھے جنہوں نے تمام قریش کو، بشمول خلفاءِ راشدین، ظالم، فاسق، کافر اور فتنے کی جڑ قرار دیتے ہوئے واجب القتل قرار دیا ہوا تھا۔ وہ قریش پر متواتر حملے کرتے تھے۔ انہوں نے ہی حضرت علیؓ کو خنجر مار کے شہید کیا تھا۔

حرب الخذعہ کے بغیر دُنیا کی کوئی بھی کمزور قوم اتنی بڑی سلطنت نہیں بنا سکتی جتنی بنو امیہ نے بنائی، اور اُن سے پہلے کے دور میں بھی جنگِ احزاب کے دوران حرب الخذعہ یہودِ مدینہ اور قریشِ مکہ کے خلاف بہت کامیاب رہی۔ اس جنگ میں قریشِ مکہ ایک بڑا لشکر لے کر آئے اور مدینہ کا تین اطراف سے محاصرہ کر کے بیٹھ گئے لیکن مسمانوں نے اُن کے آنے سے پہلے مدینہ کے اطراف کئی میل لمبی خندق کھود دی تھی جس کو گھوڑے یا اونٹ عبور نہیں کر سکتے تھے۔ قریشِ مکہ یہودِ مدینہ کو خفیہ پیغامات بھیج رہے تھے کہ وہ مدینہ کے اندر سے مسلمانوں پر حملہ کر دیں اور جب مسلمانوں کی توجہ اُدھر ہو جائے گی تو وہ خندق کو ایک جگہ سے بھر کے اندر آ جائیں گے اور پھر مل کر مسلمانوں کا خاتمہ کر دیں گے۔ اس ممکنہ متحدہ محاذ کو بننے سے پہلے ہی ناکام بنانے کے لیے ایک معزز قباطلی سردار نعیم بن مسعود نے یہود و قریش کے درمیان شک و شبے کے بیج بو دیئے۔ نعیم بن مسعود مسلمان ہو گیا تھا لیکن اُس نے یہ بات قریش اور یہود دونوں سے چھپا رکھی تھی اور دونوں سے الگ الگ دوستی رکھی ہوئی تھی۔ نعیم قریشی لشکر کے خیموں میں گیا اور اُن سے جھوٹ بولا کہ مدینہ میں یہودی رسول اللہ ﷺ سے خفیہ مذاکرات کر رہے ہیں کہ اگر وہ اُن کے جلاوطن قبیلوں بنو نضیر اور قینوقع کو مدینہ واپسی کی اجازت دے دیں تو وہ قریشِ مکہ کے سرداروں کو پکڑ کر سر قلم کرنے کے لیے مسلمانوں کے حوالے کر دیں گے۔''

پھر نعیم یہودِ مدینہ کے گھروں میں گیا اور اُن سے کہا، ''قریشِ مکہ تمہیں کہہ رہے ہیں کہ تم مسلمانوں پر مدینہ کے اندر سے حملہ کر دو، ہم باہر سے حملہ کریں گے اور دونوں مل کر مسلمانوں کو کُچل دیں گے لیکن اُن کا اصل منصوبہ یہ ہے کہ جب تم لوگ حملہ کرو گے تو وہ تمہیں تنہا چھوڑ کر واپس مکہ بھاگ جائیں گے اور تمہیں مسلمانوں کے ہاتھوں ملیا میٹ کروا دیں گے کیونکہ مسلمانوں کے سب سردار تو اُن ہی کے قریشی رشتے دار ہیں۔'' یہود نے کہا، ''یہ جھوٹ ہے۔ مانا کہ یہ سب قریش ہیں اور اُن کا محاصرہ کرنے والے مکی بھی قریش ہیں لیکن یہ ایک دوسرے کے دشمن ہیں۔''

نعیم نے کہا، ''اچھا، تو قریشِ مکہ کو آزمانے کے لیے انہیں کہو کہ اپنے چند سردار تمارے گھروں میں چھوڑ جائیں تو پھر تم مسلمانوں پر حملہ کرو گے''۔

جب یہود نے ایسا کر دیا تو نعیم دوبارہ قریشِ مکہ کے لشکر کے خیموں میں گیا اور اُن سے کہا، ''دیکھا! میری بات سچی

تھی۔ یہودی تمارے سرداروں کو اپنے پاس رکھنا چاہتے ہیں تا کہ اُنہیں مسلمانوں کے حوالے کر دیں۔'' اس بات سے یہود و قریش کے درمیان شک و شبہ اتنا بڑھا کہ اتحاد کے امکانات ختم ہو گئے۔ ایک مہینے کے محاصرے کے بعد قریشِ مکہ کی رسد ختم ہونے لگی۔ تنگ آ کر وہ اپنے گھوڑوں اور اونٹوں پر بیٹھ کر مکہ واپس چلے گئے۔ اُن کے جاتے ہی مُسلمانوں نے یہودِ مدینہ کا صفایا کر کے مدینہ کو مکمل اسلامی شہر بنا دیا (6)۔

والیء خراسان۔

شیخ صاحب، میں تاریخ اسلام پر آپ کے وسیع علم کی داد دیتا ہوں۔

المبلغ۔

حرب الخزعہ کی وجہ سے ہمارے جدِ امجد امیر معاویہ علویوں کو ہرا کر خلیفہ بنے۔ جنگِ صفین میں جب امیر معاویہ نے دیکھا کہ حضرت علیؓ کے لشکری جنگ جیت رہے ہیں تو اُن کے حکم پر اُن کے آدمی قرآن مجید کو ایک لمبے نیزے کی نوک پر لٹکا کر نعرے لگانے لگے کہ قتال بین المسلمین حرام ہے اور فیصلہ قرآن کے مطابق ہونا چاہیئے۔ حضرت علیؓ کے لشکر نے احتراماً لڑائی روک دی۔ ثالثی کے دوران امیر معاویہ کے خاص آدمیوں نے حضرت علیؓ کے کئی ساتھیوں میں رقم کی تھیلیاں تقسیم کرنی شروع کر دیں تا کہ وہ حضرت علیؓ کا ساتھ چھوڑ کر اُن کے لشکر میں شامل ہو جائیں۔ پانسا پلٹ گیا، حتیٰ کے حضرت علیؓ کے بھائی عقیل بن ابوطالب بھی رقم لے کر ساتھ چھوڑ گئے (7)۔ اس طرح ہمارے قبیلے کی خلافت مضبوطی سے قائم ہو گئی۔

سلم۔

آپ کہتے ہیں کہ اموی خلافت امیر معاویہ کی ذھانت و فطانت کی مرھونِ منت ہے لیکن میں نے سُنا ہے کہ حضرت علیؓ کو اُن سے بہت زیادہ علم عطا کیا گیا تھا۔ بات دراصل یہ ہے کہ لوگ علم سے زیادہ دولت کی قدر کرتے ہیں۔ حضرت علیؓ کے پاس علم تھا، دولت نہیں تھی۔

المبلغ۔

لیکن علم نہ ہو تو دولت بھی ظائع ہو جاتی ہے۔ امیر معاویہ کو علم و دولت، دونوں نعمتیں حاصل تھیں۔ مثلاً جنگ صفین میں رسول اللہ ﷺ کے ایک قریبی صحابی عمار بن یاسر حضرت علیؓ کے لشکر میں تھے۔ رسول اللہ ﷺ نے پیش گوئی کی تھی کہ عمار کو ایک باطل گروہ شہید کرے گا۔ جب امیر معاویہ کو بتایا گیا کہ اُن کے کچھ لشکریوں نے عمار

---

[6] نعمانی، *سیرت النبی*، جلد 1، صفحات 251-245

[7] مودودی، *خلافت و ملوکیت*، صفحات 309 ,145-135

کو شہید کر دیا ہے لہذا پیش گوئی کے مطابق اُموی باطل پر ہیں تو امیر معاویہ نے کہا، ''پیش گوئی بالکل درست ہے لیکن باطل گروہ علویوں کا ہے کیونکہ وہی عمار کو ہمارے نیزوں کے سامنے لے کر آیا۔'' امیر معاویہ جانتے تھے کہ رقم دینے کے ساتھ ساتھ لشکریوں کو یہ باور کرانا بھی ضروری ہے کہ اُموی حق پر ہیں۔

سلم کو ابھی تک دُکھ ہے کہ المبلغ نے اُسے فارسی النسل ہونے کا طعنہ دیا تھا۔ وہ موقع پا کر بدلہ لینے کی کوشش کرتا ہے۔

سلم۔

(انتقاماً) یا شیخ! میرا علم آپ جتنا تو نہیں ہے لیکن جب میں نے اسلام قبول کیا تھا تو مُجھے بتایا گیا تھا کہ سب مسلمان بھائی بھائی ہیں، مسلمان ایک دوسرے کو دھوکہ نہیں دیتے اور ایک دوسرے کا مال اور حق نہیں چھینتے۔ پھر یہ کیسے ہوا کہ رسول اللہ ﷺ کے اتنے قریبی صحابہ ایک دوسرے کے خلاف صف آراء ہوئے؟ (طعنہ دیتے ہوئے) کیا یہی حجازیوں کا دستور ہے؟ ہم فارسی النسل لوگ تو ایسا نہیں کرتے۔

المبلغ اس خلافِ توقع طعنے سے چونک جاتا ہے لیکن غُصے پر قابو پا کر سمجھانے والے انداز میں بات کرتا ہے۔

المبلغ۔

بد قسمتی سے قبائلی سرشت ہمارے خون میں اس قدر رچ بس چکی ہے کہ ہم اپنے اپنے قبیلے کے مُفاد سے باہر نہیں نکل سکے۔ چونکہ بلاد الشام، فلسطین، مصر، عراق، ایران، سب فتوحات کی سربراہی اُمویوں نے کی، ہم اکیلے حکومت کرنا اپنا حق سمجھتے ہیں۔

سلم۔

میں داد دیتا ہوں کہ آپ نے سچی بات کی۔ مُجھے بتایا گیا تھا کہ صرف کافروں، منافقوں، بدعتیوں یا مُرتدوں سے جنگ جائز ہے لیکن جنگِ جُمل اور جنگ صفین میں تو دونوں طرف رسول اللہ ﷺ کے قریبی رشتے دار اور صحابہ شامل تھے۔ اس کی آپ کیا توجیہ کرتے ہیں؟

المبلغ۔

(گربڑا کر) دونوں طرفین نے ایک دوسرے پر اسلام چھوڑنے اور باطل پر چلنے کا الزام لگایا تھا لہذا وہ ایک دوسرے کو خارج از اسلام سمجھ کر اُن پر اُنھی اصولوں کا اطلاق کر رہے تھے جن کا اطلاق کافروں پر ہوتا ہے لیکن ---

والیء خراسان۔

(المبلغ کی بات کاٹتے ہوئے) عزیزان، میں نے آپ سے درخواست کی تھی کہ بحث کروا کے اِن تین مُرتدوں کو آپس میں لڑائیں لیکن آپ نے آپس ہی میں بحث شروع کر دی ہے۔

المبلغ کچھ کہنا چاہتا ہے لیکن اس سے پہلے کہ وہ کوئی نئی کہانی شروع کرے، والیء خراسان ہاتھ کے اشارے سے اُسے

روک دیتا ہے۔

والیء خراسان۔

ہمیں اب ان تین خبیثوں کا سامنا کرنا ہے۔ کیا آپ دونوں تیار ہیں؟

المبلغ۔

(جوش و خروش کے ساتھ) جی جناب۔ بُلائیے اُن کو۔

والیء خراسان ایک لشکری کو اونچی آواز میں ''یا رفیق'' کہہ کر بُلاتا ہے۔ لشکری اندر آتا ہے۔

والیء خراسان۔

(لشکری کو مُخاطب کرتے ہوئے) غُلام کو کہو کہ مہمانوں کو اندر لے آئے۔ ٹھہرو! پہلے انتظار کرو کہ وہ کھانا ختم کر لیں۔ اُنہیں جلدی مت کرانا۔ عزت و احترام سے برتاؤ کرنا۔

لشکری چلا جاتا ہے۔ سلم اور المبلغ ایک دوسرے کی طرف دیکھ کر مسکراتے ہیں۔

المبلغ۔

(خوشآمدی انداز میں) اللہ تعالیٰ کا شکر ہے کہ اُس نے آپ جیسا دانش مند والی یہاں بھیج کر ہمیں آپ کے حفظ و امان میں دیا۔

والیء خراسان۔

شکراً یا شیخ! اِن کے آنے تک مُجھے اِن کے عقائد کا خُلاصہ بتائیں۔ آپ نے بالتفصیل بتایا تھا لیکن مُجھے یاد نہیں رہا۔

المبلغ اپنی داڑھی پر ہاتھ پھیر کر سلم کی جانب فاخرانہ انداز سے دیکھتا ہے۔

المبلغ۔

پہلا فرقہ مرجئی کہلاتا ہے۔ یہ کہتے ہیں کہ گناہگاروں کو ابداً ابدا جہنم میں نہیں رکھا جائے گا بلکہ سزا دے کر بخش دیا جائے گا کیونکہ، نعوذ باللہ، نعوذ باللہ، چونکہ اللہ تعالیٰ نے قدرت ہونے کے باوجود گناہ گار کو نہیں روکا لہذا گناہوں میں بالواسطہ طور پر اللہ تعالیٰ کی مرضی بھی شامل ہو گئی۔ توبہ استغفار۔

الملبغ اپنے کانوں کو ہاتھ لگا کر آسمان کی طرف دیکھتے ہوئے کہتا ہے،

اے اللہ مُجھے یہ شیطانی کلمات دہرانے پر معاف کرنا۔ استغفراللہ۔

وہ تھوڑی دیر سر جُھکا کر خاموش رہنے کے بعد سر اُٹھاتا ہے اور کہتا ہے،

دوسرا فرقہ جبریہ ان سے بھی بدتر ہے۔ یہ کہتے ہیں کہ چونکہ ایک پتہ بھی اللہ کی مرضی کے بغیر نہیں ہل سکتا لہذا لازمی نتیجہ یہ ہے کہ ہم جو بھی کر رہے ہیں، الٰہی قوتوں کے زیر اثر کر رہے ہیں۔ اس فرقے کے لوگ یقیناً شیطان کے چیلے ہیں کیونکہ ان کا دعویٰ ہے کہ پہلے سے ہر کسی کی تقدیر مقرر ہو جانے کا مطلب یہ ہے کہ، نعوذ باللہ، اللہ

تعالیٰ گناہ گاروں سے جبراً گُناہ کروا رہا ہے (8)۔ اسی لیے ان کو جبریہ کہا جاتا ہے۔ اپنی اس بگڑی ہوئی تفسیر کی حمایت میں یہ قرآن پاک کی آیت پیش کرتے ہیں، ''وَ لَوۡ شِئۡنَا لَاٰتَیۡنَا کُلَّ نَفۡسٍ ہُدٰىہَا وَ لٰکِنۡ حَقَّ الۡقَوۡلُ مِنِّیۡ لَاَمۡلَـَٔنَّ جَہَنَّمَ مِنَ الۡجِنَّۃِ وَ النَّاسِ اَجۡمَعِیۡنَ۔ (32:13)

سلم۔

یا شیخ، مُجھے سمجھ نہیں آئی۔ میں نے پہلے بھی کہا تھا، میری عربی اتنی اچھی نہیں ہے۔

المبلغ۔

اس آیتِ کا مطلب ہے، ''اگر ہم چاہتے تو ہر شخص کو ہدایت عطا کر دیتے لیکن میری طرف سے فرمان صادر ہوچکا ہے کہ میں جہنم کو ضرور سب جن و اِنسان سے بھر دوں گا'' (32:13)۔ (غُصے سے) یہ بگڑے ہوئے لوگ اس آیت کا مطلب یہ لیتے ہیں کہ (کانوں کو ہاتھ لگاتے ہوئے)، استغفراللہ، اللہ تعالیٰ چاہتا ہے کہ گُناہ ہوں تا کہ وہ جہنم کو بھرے کیونکہ اُس نے تو جنت اور دوزخ انسانوں کی تخلیق سے پہلے ہی تیار کر دی تھی۔ توبہ استغفار۔

سلم۔

(ششدر ہو کر) کیا یہ آیات واقعی قرآن میں ہیں؟ خُدا ایسے کیسے کہہ سکتا ہے؟

المبلغ۔

یہی بات تیسرا فرقہ معتزلہ کہتا ہے۔ وہ کہتے ہیں کہ، نعوذ باللہ، استغفراللہ، قرآن مجید میں اللہ تعالی کے کلام کے علاوہ کافی حصہ انسانوں کا بنایا ہوا ہے (8)۔ باقیوں کی طرح یہ بھی اپنی دلیل قرآن کی آیات ہی سے دیتے ہیں کہ شروع میں قرآن مجید کہتا ہے، لاریب فیہ، اس میں کوئی شک نہیں لیکن آگے جا کر ایک آیت آتی ہے، ''وہی ہے جس نے تجھ پر کتاب اتاری۔ اس میں محکم آیات بھی ہیں جو کتاب کی ماں ہیں۔ اور دیگر مشتبہ ہیں'' (3:8)۔ وہ کہتے ہیں کہ اپنی تردید خود کرنا اللہ تعالی کا شیوہ نہیں ہو سکتا لہذا یہ آیات کلام اللہ نہیں لیکن وہ آیت کا دوسرا حصہ بھول جاتے ہیں جو ان جیسے لوگوں کے بارے میں نازل کیا گیا تھا، ''جن کے دلوں میں کجی ہے وہ فتنے اور تاویل کے لیے ان مشتبہ آیات کی پیروی کرتے ہیں حالانکہ اللہ اور پختہ عالموں کے سوا ان کی تاویل کوئی نہیں جانتا۔'' (3:8)

وہ تھوڑی دیر سر جھکا کر تین بار استغفراللہ کہتا ہے اور پھر سر اُٹھ کر کہتا ہے،

چوتھا فرقہ قدریہ کچھ بہتر ہے کہ اُن کے بقول گناہوں کی ذمہ داری اللہ تعالیٰ پر نہیں ہے، گناہگاروں کو سزا ملے گی کیونکہ انسان کے پاس اچھا یا بُرا کرنے کا اختیار ہے لیکن اس سے جب وہ یہ نتیجہ اخذ کرتے ہیں کہ اللہ تعالیٰ نے

---

[8] ان گروہوں کے عقائد و نظریات کی تفصیل کے لیے دیکھیے: Abu Zahra, *The Four Imams*, اور ابو زہرہ، *حیاتِ امام ابو حنیفہ*، صفحات 260-248۔

پہلے سے کچھ طے نہیں کیا اور انسان اپنی تقدیر بنانے میں پوری طرح آزاد ہے تو وہ بھی اسلامی تعلیمات کو بگاڑ۔۔ المبلغ تینوں فلسفیوں کو کمرے میں داخل ہوتا دیکھ کر خاموش ہو جاتا ہے۔

پہلے ایکٹ کا اختتام

دوسرا ایکٹ: تین فلسفی

دوسرے ایکٹ کے کردار:

خالد بن عبداللہ، والیء خراسان، جیسا کہ پہلے ایکٹ میں بیان کیا گیا۔

سلم بن احوز، ایرانی لشکر کا کمانڈر جیسا کہ پہلے ایکٹ میں بیان کیا گیا۔

المبلغ، جیسا کہ پہلے ایکٹ میں بیان کیا گیا۔

واصل بن عطا، ساٹھ کے لگ بھگ عمر، صحت کی کمزوری کی وجہ سے لاغر بزرگ نظر آتا ہے۔ اُس کی سفید چکنی جلد ظاہر کرتی ہے کہ وہ تیز دھوپ میں کام کرنے کے بجائے اندرونِ خانہ لکھنے پڑھنے کا کام کرتا ہے۔ اُس نے سفید قمیض کے اوپر رنگین دست کاری اور نقش و نگار سے مزین خاکی رنگ کا ایرانی چُغہ پہن رکھا ہے جو عربی تھوب کے برعکس سامنے سے کُھلا ہے اور کمر پر ایک مزین پٹی سے باندھا ہوا ہے۔ سفید داڑھی کے اوپر اُس کے لمبے چاندی جیسے سفید بال ایک رنگین ریشمی پگڑی سے ڈھکے نظر آتے ہیں۔ واصل بیمار اور لاغر ہونے کے باعث کنندہ کاری کیے ہوئے لکڑی کے سونٹے کی مدد سے چلتا ہے۔

جہم بن صفوان، ساٹھ سے کم عمر، توانا، چُست اور واصل کی طرح اعلیٰ میعار کی ایرانی پوشاک میں ملبوس ہے۔ اُس کا رنگ گندمی مائل سفید ہے اور اُس کے چہرے کے نقش اُس کے ایرانی یہودی مخلوط النسل ہونے کی جانب اشارہ کرتے ہیں۔

جعد بن درہم، دیکھنے میں جہم بن صفوان سے کم عمر اور اُس کی طرح ایرانی یہودی نظر آتا ہے۔ یہ بھی جہم اور واصل کی طرح اعلیٰ میعار کی ایرانی پوشاک میں ملبوس ہے لیکن وہ جہم کی نسبت دُبلا پتلا ہے۔ اُس نے سر پر کچھ نہیں پہن رکھا ہے جس کی وجہ سے اُس کے آدھے کالے آدھے سفید لمبے بال کنگھی کیے ہوئے دکھائی دیتے ہیں۔

دوسرے ایکٹ کا منظر:

خالد بن عبداللہ کے خراسانی محل کی مجلس گاہ جیسے کہ پہلے ایکٹ میں بیان کی گئی۔

دوسرا ایکٹ

خالد بن عبداللہ کے خراسانی محل کی مجلس گاہ

دور

تقریباً 746 عیسوی

واصل، جہم اور جعد مجلس گاہ کی دہلیز پر کھڑے اندر داخل ہونے سے ہچکچاتے ہیں۔ واصل لاغر ہے اور لکڑی کے ایک منقش سونٹے کے سہارے کھڑا ہے۔ خالد، المبلغ اور سلم کھڑے ہو کر مُسکراہٹوں کے ساتھ اُن کا استقبال کرتے ہیں۔ خالد آگے بڑھتا ہے۔

والیء خراسان۔

(اپنے بازو مہمانوں کی طرف بڑھاتے ہوئے) اھلاً! اھلاً! یا شیوخ! جب سے میں نے خراسان کا نظم و نسق سنبھالا ہے، میں آپ سے مُلاقات کا منتظر تھا۔ براہِ کرم میرے گھر کو اپنا گھر سمجھیے۔ تشریف لائیے۔ تشریف رکھیے۔

خالد آگے بڑھ کر باری باری تینوں فلسفیوں کو روایتی انداز میں تین بار گلے ملتا ہے۔ واصل، جہم اور جعد خوش ہو جاتے ہیں اور اُن کی ہچکچاہٹ دور ہو جاتی ہے۔ سلم اور المبلغ بھی تینوں کو باری باری گلے ملتے ہیں۔ خالد انہیں بیٹھنے کا اشارہ کرتا ہے۔

چھ کے چھ اشخاص قالین پر بیٹھ جاتے ہیں۔

واصل بن عطاء۔

(کمزور آواز میں) جنابِ والا، جب سے ہم نے سُنا کہ آپ والی بن کر آئے ہیں، ہم آ کر آپ کو مُبارکباد دینا چاہتے تھے لیکن گھبراتے تھے کہ شاید آپ خطے کے سیاسی امور میں بہت مصروف ہوں گے۔ ہم آپ کا دعوت نامہ ملنے پر بہت مسرور ہوئے۔

جہم بن صفوان۔

جناب والا، آپ نے بہت اچھا کیا کہ ہم تینوں کو اکٹھے بُلا لیا۔ اس سے ہماری آپس میں بھی مُلاقات ہو گئی کیونکہ ہمیں بہت کم ایک دوسرے سے ملنے کا موقع ملتا ہے۔

جعد بن درہم۔

درست کہا۔ واصل اکثر بیمار رہتے ہیں اور ہم اپنی کتابوں اور کاروبار میں اتنے مصروف رہتے ہیں کہ ایک دوسرے کو ملنے کا وقت نہیں ملتا۔

والیء خراسان۔

ہمارے مبلغ صاحب نے آپ کے علم و فضل کی داد میں زمین و آسمان کے وہ قلابے ملائے ہیں کہ مُجھے آپ سے مُلاقات اور آپ کی باتیں سُننے کا تجسس ہوا۔ کچھ لوگ کہتے ہیں کہ آپ کے آپس میں بھی اختلافات ہیں اور آپ تینوں اسلام کی مختلف تفاسیر پیش کرتے ہیں۔ میں تو کہتا ہوں کہ مختلف تفاسیر کی اجازت ہونی چاہیئے بشرطیکہ ان سے خلافتِ بنو امیہ کو کوئی خطرہ لاحق نہ ہو۔ ہماری خلافت میں تو عیسائی، یہودی، مجوسی، شیعہ، ہر فرقے اور مذہب کے

لوگ آباد ہیں اور مجھے بتایا گیا ہے کہ آپ تینوں تو مسلمان ہیں۔ آپ کی طرف دوستی کا ہاتھ بڑھانے کے لیے میرے لیے یہی کافی ہے۔

واصل بن عطاء۔

(کمزور لیکن واضح آواز میں) جنابِ والا، کئی دہائیاں قبل، اُس وقت میں نوجوان تھا، مکہ اور مدینہ سے مبلغینِ اسلام ارضِ فارس میں آباد ہونا شروع ہوئے۔ جب وہ ایک خُدا، ایک رسول اور ایک کتاب کی جانب ہر شخص کو دعوت دیتے تھے تو میں اور کئی دوسرے نوجوان بہت متاثر ہوتے تھے۔ ہمیں عربی زبان سیکھنے کا بہت شوق تھا تا کہ ہم قرآن، شریعت اور فقہ کا مطالعہ کر سکیں۔ یہ ہمارے لیے بالکل نئی چیزیں تھیں۔ ہم نے زیادہ تر اسلام علویوں اور اُن کے اماموں سے سیکھا جو یہاں پناہ گزین تھے لیکن ہم نہیں جانتے تھے کہ وہ آپ کے قبیلے کے خوف سے بھاگ کر یہاں آئے تھے۔

والیء خراسان۔

(قہقہہ لگاتے ہوئے) ہم تو علویوں کو اپنے عم زاد بھائی سمجھتے ہیں۔ سارے قریش ایک ہی جدِ امجد کی اولاد ہیں لیکن علویوں نے ہماری بیعت کرنے کے بجائے بھاگنا پسند کیا۔

واصل بن عطاء۔

بہرحال، اُن کی وجہ سے ہم مسلمان ہوئے۔ اُن دنوں مسلمان ایک چھوٹی سی اقلیت تھے۔ ہمیں بتایا گیا کہ اسلام نسل، رنگ، زبان اور علاقائی تعصبات کو مِٹا دیتا ہے۔ پھر اس خطے میں بھی بنو امیہ کی خلافت قائم ہو گئی اور اعلان کیا گیا کہ جو بھی مسلمان ہو جائے، اگر وہ اسلام چھوڑ دے گا تو اُس کی سزا موت ہو گی۔ میں یہ نہیں کہہ رہا کہ ہم اسلام چھوڑنا چاہتے تھے لیکن ہمارے اندر دوسرے مذاہب کو بھی جاننے اور سمجھنے کا تجسس تھا کیونکہ آپ جانتے ہیں کہ عجم میں بہت سی نسلوں، ثقافتوں اور مذاہب کے لوگ آباد ہیں۔ ہمارے ہاں رومی، مصری، ہندی، فارسی اور عرب، کئی مذاہب کے ماننے والے آباد ہیں۔ یہاں زرتشت، مانی اور مزدک کے پیرو کار، عیسائی، یہودی، بُت پرست اور مسلمان، سب اکٹھے رہتے ہیں۔ صدیوں سے ارضِ عجم کئی تہذیبوں کو جوڑنے اور ایک دوسرے سے سیکھنے کا موقع فراہم کر رہی ہے جس کی وجہ سے کئی ثقافتیں، مذاہب اور نظریے ایک دوسرے میں مدغم ہو گئے ہیں۔ ہر مذہب یا نظریہ کسی دوسرے سے سیکھ رہا ہے، کسی دوسرے کو سکھا رہا ہے اور اسطرح ایک دوسرے کے عناصر اپنے عقیدے و نظریے میں داخل کر رہا ہے۔ مثال کے طور پر کچھ شیعانِ علیؑ کا عقیدہ ہے کہ اللہ کی روح حضرت علیؑ کے جسم میں داخل ہوئی، اور حضرت علیؑ دُنیا میں واپس آ کر حکومت کریں گے۔ یہ عقیدہ کہاں سے آیا؟

والیء خراسان۔

کہاں سے؟

واصل بن عطاء۔

یہ مقامی عیسائیوں کا عقیدہ تھا کہ عیسیٰؑ میں خُدا کی روح آئی اور عیسیٰؑ دوبارہ ائیں گے اور حکومت کریں گے۔ پھر شیعان علیؑ کا دوسرا عقیدہ کہ اللہ کی روح ایک امام کی وفات پر اُس کے وارث امام میں منتقل ہو جاتی ہے، یہ کہاں سے آیا؟ یہ انہوں نے ہندوؤں کے نظریہء منتقلیِ ارواح سے سیکھا۔ کچھ شیعہ کا عقیدہ ہے کہ اُن کے آخری امام زندہ ہیں اور وہ ہر رات دُعا کرتے ہیں کہ وہ دوبارہ ظاہر ہو جائیں۔ اسی طرح صوفیاء کے کچھ فرقوں کا کہنا ہے کہ حضرت خضر اور حضرت الیاس ابھی بھی زندہ ہیں۔

والیء خراسان۔

کیا کسی نے مسلمانوں سے بھی کچھ سیکھا ہے؟

واصل بن عطاء۔

جی ہاں۔ مسلمانوں کا عقیدہ ہے کہ حضرت عیسیٰؑ سولی پر فوت نہیں ہوئے تھے بلکہ خُدا نے اُنہیں زندہ آسمان پر اُٹھا لیا تھا۔ اس سے سیکھ کر خوارج نے کہا کہ اُنھوں نے حضرت علیؑ کو قتل نہیں کیا بلکہ وہ آسمان پر زندہ اُٹھا لیے گئے تھے۔ عجم میں ہر عقیدہ ایک دوسرے سے سیکھ رہا ہے۔

والیء خراسان۔

لیکن ہم عربوں کا مذہب خالص ہے۔ ہم نے دوسروں کو سکھایا ہے۔ کسی سے سیکھا نہیں۔

واصل بن عطاء۔

میں معافی چاہتا ہوں مگر ایسا نہیں ہے۔ آپ فجر، ظہر، عصر، مغرب اور عشاء کے وقت نماز پڑھتے ہیں۔ یہ وہی پانچ اوقات ہیں جو زرتشتیوں کے معبدوں میں عبادت کے لیے مقرر تھے۔ اور وہ ہر عبادت سے پہلے وضو بھی کرتے تھے۔ مکہ کے آس پاس مجوسی قبیلے آباد تھے جن سے سیکھ کر آپ کے اجداد نے نماز کے یہ پانچ اوقات مقرر کیے۔ آپ کیسے کہہ سکتے ہیں کہ عربوں نے کسی سے کچھ نہیں سیکھا؟

والیء خراسان ششدر ہو کر واصل کو گھورتا ہے جبکہ المبلغ اور سلم کسی تاثر سے خالی سپاٹ چہروں کے ساتھ غور سے سُنتے ہیں۔

واصل بن عطاء۔

آپ کسی بھی مذہب یا نظریے کے مآخذ کا کھوج لگا لیں، آپ دیکھیں گے کہ ہر مذہب یا نظریہ پہلے سے موجود مذاہب اور نظریوں سے کچھ نہ کچھ لے کر آگے چلا ہے اور اُس کی جڑیں اپنے وطن کے علاوہ کسی دوسرے خطے میں بھی ہوتی ہیں۔ مثلاً زندگی بعد الموت کا نظریہ مشرقِ وسطیٰ میں مصر کے فرعونوں نے دیا۔ اُنھوں نے اپنے جسم، ملبوسات اور مال اسباب کو محفوظ رکھنے کے لیے اہرام تعمیر کروائے تا کہ جب وہ دوبارہ زندہ ہوں تو ضرورت کی اشیاء اُن کے

آس پاس ہوں۔ وہ کاتبوں سے اپنے نامہ ء اعمال لکھوا کر اپنے تابوتوں میں رکھواتے تھے۔ ہم مسلمانوں نے اس میں یہ تبدیلی کی کہ نامہ ء اعمال فرشتے لکھتے ہیں۔

والیء خراسان۔

تو پھر اسلام کے بارے میں آپ کیا کہتے ہیں؟

واصل بن عطاء۔

قبل اسلام کے عرب نہ صرف علم و ادب کی قدر کرتے تھے بلکہ بہترین کلام کو عوام الناس کے مطالعے کے لیے خانہ ء کعبہ میں دیوار پر چسپاں بھی کرتے تھے۔ لہذا قبلِ اسلام کا عربی ادب کثیر تعداد میں نظم و نثر کی شکل میں موجود ہے۔ اس کے مطالعے سے معلوم ہوتا ہے کہ اسلام کے آنے سے بہت پہلے بھی چور کے ہاتھ کاٹے جاتے تھے، قتل کے قصاص میں قاتل کو قتل کیا جاتا تھا یا خون بہا لیا جاتا تھا، اور ہر سال خانہ ء کعبہ کے گرد طواف کر کے حج بھی کیا جاتا تھا بالکل اُسی طریقے پر جس طرح آج کیا جاتا ہے سوائے اس کے کہ قبلِ اسلام کے حج میں سارے مذاہب کے لوگ شرکت کر سکتے تھے۔ زانی کو سنگسار کرنے کا رواج، خنزیر کا گوشت حرام ہونا اور ختنہ کروانا مدینہ کے یہودی قبائل میں پہلے سے موجود تھا لیکن بعد میں اُنھوں نے سنگسار کرنا بند کر دیا تھا۔ حلال گوشت بنانے کا طریقہ بھی یہودِ مدینہ میں مروج تھا، یہودی اس کو کوشر گوشت کہتے ہیں۔ روزے رکھنا اور خیرات کرنا بھی عرب عیسائیوں میں پہلے سے موجود تھا۔ خانہ کعبہ کا تصور ''عریش'' سے آیا ہے جو کہ ایک عمارت کا قدیم یہودی نام تھا جس کو حضرت موسیٰ کے دور میں بنی اسرائیل نے ایک ویرانے میں بطور مقدس پناہ گاہ تعمیر کیا تھا اور اُن کے خیال میں اس میں روحانی شکل میں خُدا کا وجود رہتا تھا۔ خُدا کے لیے وہ لفظ ''ال لاہ'' استعمال کرتے تھے جس کا لفظی معنیٰ ''اوپر والا'' تھا۔ ''ال لاہ'' کا عبرانی متبادل ''الوھیم'' تھا اور زیادہ قدیم میسوپوٹیمیا میں ''ایل'' تھا جن کا مطلب تھا، وہ بالاتر ہستی جو تمام نچلے درجے کے قبائلی خُداؤں اور طلسماتی معبودوں پر راج کرتی ہے (9)۔ لہذا ایک خُدا کا تصور یہودیوں اور عیسائیوں سے آیا۔ ال لاہ، ایل اور اہلوہیم عربی میں اللہ اور اللھُمَّ بن گیا۔ عبرو سے بہت سے الفاظ لے کر عربی بنی۔ لہذا اسلام جو نئی چیزیں لے کر آیا وہ یہ تھیں کہ مسلمانوں نے خانہ ء کعبہ اور اُس کے آس پاس سے بُت ہٹا دیئے، حج میں یہودیوں، عیسائیوں اور دیگر غیر مسلموں کا داخلہ بند کر دیا، اور صدقہ خیرات صرف مسلمانوں کو دینے تک محدود کر دیا۔

واصل خاموش ہو جاتا ہے اور باری باری سب کی طرف دیکھتا ہے کہ دوسرے اُس کے مسلسل بولنے سے تنگ تو نہیں پڑ گئے۔

---

[9] انگریزی حوالہ جات میں دیکھیے: Hazleton، صفحہ 39

واصل بن عطاء۔

میں معافی چاہتا ہوں کہ بولتا چلا گیا۔ دراصل ہم فارس و عجم کے لوگ ہمیشہ سے عقیدوں کے مآخذ، اُن کی فطرت، منطقی مضبوطی اور اُن میں متضاد باتوں کے وجود پر کُھلے ذہن سے بحث مباحثے کے شوقین رہے ہیں۔ ہمارے ہاں علم الکلام کی ایک مضبوط روایت ہے۔

المبلغ۔

یہ علم الکلام کیا چیز ہے؟

واصل بن عطاء۔

علم الکلام متعدد نظریات، مذاہب اور خُداؤں کے علم کا نام ہے۔

والیء خراسان اور المبلغ کے چہرے پر ناراضگی کے آثار دیکھ کر واصل جلدی سے کہتا ہے ؛

آپ سے پہلے آنے والے والیانِ ہماری سرگرمیوں کے بارے میں تحقیقات کرتے تھے لیکن جب اُنہیں علم ہوتا تھا کہ ہم صرف مباحثے کرتے ہیں یا پڑھتے لکھتے ہیں اور بغاوت یا جنگ میں دلچسپی نہیں رکھتے تو وہ بھی ہم سے علم الکلام پر بحث کیا کرتے تھے۔

والیء خراسان۔

اسلامی عقائد کے بارے میں آپ کیا کہتے ہیں؟ آپ کے ہاں مسلمان کی کیا تعریف ہے؟

واصل بن عطاء۔

شریعت نے مسلمان کی تعریف مقرر کر دی ہے۔ لہذا ہمیں اس کی تعریف بنانے کی ضرورت نہیں ہے۔ مبلغین نے ہمیں بتایا تھا کہ کلمہ طیبہ پڑھنے والا مسلمان ہے۔ ہم خوفِ خُدا دلوں میں رکھنے والے لوگ ہیں۔

والیء خراسان۔

تم لوگ اللہ کی جگہ خُدا کا لفظ کیوں استعمال کرتے ہو؟ مسلمانوں کو تو اللہ کہنا چاہیئے۔

واصل بن عطاء۔

اس کی وجہ یہ ہے کہ ہمارا روز مرہ کا لین دین غیر مسلموں ہی سے ہوتا ہے۔ مسلمان عجم و فارس میں ایک چھوٹی اقلیت ہیں اگرچہ کہ یہ سب سے زیادہ طاقتور ہیں اور حکمران بھی ہیں۔ مسلمانوں سے ہماری ملاقات تب ہی ہوتی ہے جب آپ جیسا کوئی اعلیٰ عہدیدار ہمیں شرفِ ملاقات بخشے۔ جب ہم فلسفے یا مذہب کے مسائل پر بات کرتے ہیں تو ہم ہر مذہب کے لوگوں سے ملتے ہیں۔ ہم فارسی لفظ ''خُدا'' یا ''خُدائے بزرگ و برتر'' استعمال کرتے ہیں تاکہ ہر عقیدے کے لوگوں سے تعلق پیدا کر سکیں، وہ ہم میں اپنے آپ کو اجنبی نہ محسوس کریں، اور ہم اس پر زور دے سکیں کہ ہم سب کا خُدا ایک ہی ہے۔

والیءِ خراسان۔

(جہم کو مُخاطب کرتے ہوئے) یا جہم! آپ اسلامی عقیدے کے بارے میں کیا کہتے ہیں؟

جہم بن صفوان۔

جنابِ والا، میں اسلامی عقیدے پر بالخصوص نہیں بلکہ عقیدے پر بالعموم بات کر سکتا ہوں۔ میری رائے میں عقیدے کو ٹھوس علم پر مبنی ہونا چاہیئے۔ بدقسمتی سے ہمارے پاس تبلیغ کرنے کے لیے تکبر سے بھرے ہوئے ایسے مبلغین آتے ہیں جو اپنے عقیدے پر بنیادی منطقی تنقید کا بھی جواب دینے کے قابل نہیں ہوتے۔ ایک بار کچھ مبلغوں نے مُجھے کہا کہ اللہ تعالیٰ عام طور پر رحیم و کریم ہے لیکن گناہگاروں کے لیے جبار و قہار بھی ہے۔ جب اُنہوں نے زور دیا کہ میں اللہ کی ذات میں ان مبینہ متضاد صفات کو مانوں تو میں نے کہا، ''ایک بشر ہونے کے ناطے میرے لیے اللہ کو مادی اعتبار سے جاننا ممکن نہیں ہے۔ رحیم و کریم اور جبار و قہار کی صفات کو ہم انسانوں میں دیکھ سکتے ہیں لیکن ہمیں کیا معلوم کہ ان میں سے کونسی صفات خُدا میں ہیں اور کونسی نہیں ہیں۔ میرا مطلب ہے کہ ہم خُدا کو نہ تو دیکھ سکتے ہیں، نہ سن سکتے ہیں اور نہ چھو سکتے ہیں۔''

المبلغ۔

(غُصے پر قابو پاتے ہوئے) تم روزِ قیامت اللہ کو دیکھ لو گے اور سن بھی لو گے۔

جہم بن صفوان۔

اللہ تعالیٰ کو دیکھنے اور سُننے کے لیے لازم ہے کہ اُس کا مادی وجود ہو لیکن مبلغوں کا کہنا تھا کہ اللہ کا کوئی مادی وجود نہیں ہے۔

المبلغ۔

قرآن میں اللہ کی صفات کا ذکر ہے۔ (طعنہ دیتے ہوئے) اس کتاب کا تو مادی وجود ہے۔

جہم بن صفوان۔

درست فرمایا۔ اللہ کی صفات بیان کر کے مبلغین جب اُس کے لیے بے انتہا محبت و عقیدت پیدا کرتے ہیں تو کئی مومنین زمین پر حقیقی مسائل کو سمجھنے اور اُن کے مادی حل تلاش کرنے کے بجائے آسمان کی طرف دیکھ کر الہی قوتوں سے مدد مانگنا شروع کر دیتے ہیں۔ اس سے اُن کے ذہنوں میں تقدیریت جنم لیتی ہے جو لوگوں کی محتاجیوں اور مجبوریوں کو عقلمندانہ منصوبہ بندی اور مشترکہ و طویل جدوجہد سے دور کرنے کی اُن کی صلاحیت کو کمزور کر دیتی ہے۔ جب ایسے مومنین بھوک، افلاس، بیماریوں اور مصیبتوں میں مُبتلا ہو جاتے ہیں تو وہ کافروں کو اپنے مسائل کا ذمہ دار قرار دے کر، اُن کی زمینوں اور وسائل پر قبضہ کرنے کے لیے جہاد شروع کر دیتے ہیں۔ اس طرح آسمانی امداد کے خواب دیکھنے والے شدید خودغرضی اور متشددانہ ذہنیت میں مُبتلا ہو جاتے ہیں۔

والیء خراسان، المسلغ اور سلم سمجھ نہیں پاتے۔ وہ ایک دوسرے کی طرف دیکھ کر طنزاً مسکراتے ہیں۔

سلم۔

تقدیریت سے تمہاری کیا مراد ہے ؟

جہم بن صفوان۔

تقدیریت کا مطلب یہ ہے کہ ہر چیز جو ہو رہی ہے یا ہو گی وہ پہلے سے طے شدہ ہے۔ مثلاً ایک مبلغ نے میرے سامنے زور و شور سے اعلان کیا کہ اللہ نے کائنات تخلیق کرنے سے پچاس ہزار سال پہلے قرآن تخلیق کیا۔ میں نے کہا، ''کیا تم اس کا مطلب جانتے ہو؟ اس کا مطلب یہ ہے کہ جس جس تاریخی واقعے کا ذکر قرآن میں ماضی کے حوالے سے کیا گیا ہے، وہ اللہ نے کوئی بھی شےء تخلیق کرنے سے پہلے ہی طے کر دیا تھا۔ یعنی کہ اللہ نے پچاس ہزار پہلے قرآن میں لکھا کہ وہ شیطان، جہنم، جنت، کافر، گناہگار، بُت پرست، یہودی، عیسائی اور مومن بنائے گا۔ ایک رحیم و کریم خُدا کیسے یہ طے کر سکتا ہے کہ وہ پچاس ہزار سال کے بعد کافر بنائے گا اور پھر اُن کو جہنم میں ڈال دے گا؟''

واصل بن عطاء۔

خُدا کو منصوبہ بنا کر اذیت دینے والا بنا کر وہ مبلغ خُدا کی توہین کر رہا تھا۔

جہم بن صفوان۔

بالکل۔ اور اس توہین کو چُھپانے کے لیے اُس نے مجھ پر ہی مُرتد ہونے کا الزام لگا دیا۔

المسلغ اپنے غُصے کو چُھپانے کی کوشش کرتا ہے۔ والیء خراسان اور سلم ششدر رہ جاتے ہیں۔

والیء خراسان۔

تو پھر آپ قرآن مجید کے بارے میں کیا کہتے ہیں؟

جہم بن صفوان۔

جناب والا، آپ جانتے ہیں کیونکہ یہ آپ ہی کے قبیلے کی روایات میں ہے کہ جو آیات اللہ کی طرف سے رسول اللہ ﷺ پر نازل ہوئی تھیں، وہ کُچھ صحابہ کو زبانی یاد تھیں، یا کاتبوں نے کھجور کے درخت کی چھال اور پتوں پر لکھ رکھی تھیں یا مٹی کی تختیوں پر۔ ان تحریروں کا کچھ حصہ حضرت علیؓ و فاطمہؓ کے گھر میں اور باقی حضرت عائشہؓ کے حُجرے میں محفوظ تھا جو انہوں نے اپنے والد حضرت ابوبکرؓ کو دے دیا تھا۔ جب حضرت ابوبکر فوت ہوئے تو یہ حضرت عمرؓ کے پاس آیا اور پھر اُنکی بیٹی حضرت حفظہؓ کے گھر محفوظ رہا۔ یہ سب تحریریں خلیفہ عثمانؓ نے اکٹھی کیں اور پھر کاتبوں کے زریعے سے قرآن کی ترتیب و تدوین کروائی لیکن یہ نُسخہ اُس نُسخے سے ملتا جُلتا نہیں تھا جو اس سے پہلے حضرت علیؓ نے مرتب کیا تھا اور جس کو حضرت ابوبکرؓ اور حضرت عمرؓ نے قبول کرنے سے انکار کر دیا تھا۔ بہرحال اس نسخے

کو حضرت عثمانؓ نے اپنی صوابدید پر کانٹ چھانٹ کر کے متفقہ قرآن کا درجہ دیا (10)۔

والیء خراسان۔

یہ تو ہم جانتے ہیں لیکن آپ کی قرآن کے بارے میں کیا رائے ہے؟

جہم بن صفوان۔

قرآن مجید کا ایک حصہ قصص الانبیاء پر مشتمل ہے جو توریت، زبور اور انجیل میں بھی ہیں جیسا کہ قرآن خود کہتا ہے، ''اِنَّہٗ لَفِیۡ زُبُرِ الۡاَوَّلِیۡنَ'' کہ یہ پہلے صحیفوں میں موجود تھا (26:196)۔ پھر اس کا ایک حصہ پچھلی صدی میں رسول اللہ ﷺ کی زندگی میں ہونے والے واقعات، مثلاً غزواتِ بدر، اُحد اور احزاب کے بارے میں ہے۔ دیگر حصوں میں ایسے مسائل کا ذکر ہے جیسے کہ ہم شادی کس سے کر سکتے ہیں، کس سے نہیں، غُلاموں کو کیسے آزاد کرنا ہے، کافروں اور فتنہ کرنے والوں سے کیسے نمٹنا ہے، جنت اور جہنم میں کیا ہو گا، حلال کیا ہے، حرام کیا ہے، کون مومن ہے، کون منافق یا کافر۔ یہ ثابت شدہ ہے کہ قرآن مجید کی کتابت رسول اللہ ﷺ کی وفات کے تقریباً انیس سال بعد حضرت عثمانؓ نے کروائی۔

المبلغ۔

(سختی سے) کیا آپ یہ نہیں مانتے کہ قرآن مجید اللہ نے رسول اللہ ﷺ پر نازل کیا؟

جعد بن درہم۔

جہم نے ابھی آپ کو بتایا ہے کہ اللہ کا کلام جو رسول اللہ ﷺ پر نازل کیا گیا تھا اُس کے حصے صحابہ کی یاداشت میں اور خلفاء راشدین اور ازواجِ مطہرات کے گھروں میں محفوظ تھے۔ لیکن جب حضرت عثمانؓ نے یہ سب کچھ اکٹھا کر کے کتابت کروائی تو انہوں نے اس کی تاریخ وار ترتیب کو ہی نظرانداز کر دیا۔ مثلاً سب سے پہلے نازل ہونے والا کلام اِقۡرَاۡ بِاسۡمِ رَبِّکَ الَّذِیۡ خَلَقَ، جو سب سے پہلے ہونا چاہیئے تھا، تقریباً آخر میں لگا دیا۔ جو مکی سورتیں پہلے نازل ہوئیں، وہ آخر میں لگا دیں کیونکہ یہ چھوٹی تھیں اور اُن کا حکم تھا کہ سورت الفاتحہ کے بعد لمبی سورتیں پہلے لگائی جائیں۔

المبلغ۔

(والیء خراسان کی طرف فخر سے دیکھتے ہوئے) ہمارے اُموی جدِ امجد عثمانؓ نے بہت اچھا کیا۔ لمبی سورتوں کا رعب و دبدبہ زیادہ ہوتا ہے۔ سورت البقرہ سے آغاز کرنے سے قرآن مجید کی شان بڑھ گئی۔

والیء خراسان۔

---

[10] ذیات، *تاریخ ادب العربی*، صفحات 164-163

(تینوں فلسفیوں کو مُخاطب کرتے ہوئے) آپ نے واضح نہیں کیا کہ آپ قرآن کے بارے میں کیا کہتے ہیں۔

جعد بن درہم۔

ہم اپنی رائے دینے کے بجائے یہ دیکھتے ہیں کہ جلیل القدر صحابہ نے اس بارے میں کیا رائے دی۔ کئی نے کہا کہ بنوامیہ کے خلاف آیات حضرت عثمانؓ نے نکلوا دی ہیں۔ عبداللہ بن مسعود رسول اللہ ﷺ کے صحابی اور خادمِ خاص تھے جن کے بارے میں رسول اللہ ﷺ کا کہنا تھا کہ وہ قرآن کے چار ماہرین میں سے ہیں۔ جب حضرت عثمانؓ نے حکم دیا کہ اُن کے مرتب کردہ نُسخے کے علاوہ جو بھی مسودے، چاہے جزوی شکل میں ہوں یا مکمل نُسخے ہوں، جلا دیئے جائیں (11) تو عبداللہ بن مسعود نے کوفے میں خطبہ دیتے ہوئے حضرت عُثمانؓ کے نُسخے کے بارے میں کہا تھا، ''جو بھی اسطرح دھوکہ دیتا ہے وہ روزِ قیامت یہ دھوکہ اپنے ساتھ لے کر آئے گا'' (12)۔ جب حضرت عُثمانؓ کے آدمی کوفہ میں غیرمنظور شدہ نُسخے جلانے آئے تو عبداللہ بن مسعود نے اپنا نُسخہ چُھپا دیا اور لوگوں سے کہا، ''میں نے ستر سے زیادہ سورتوں کی تلاوت رسول اللہ ﷺ کے سامنے کی تھی۔ اُن کے صحابہ جانتے ہیں کہ اللہ کی کتاب کو میں سب سے زیادہ جانتا ہوں اور اگر مُجھے پتہ چلتا کہ کوئی اس کو مُجھ سے بہتر جانتا ہے تو میں ضرور اُس کے پاس جاتا۔'' کہا جاتا تھا کہ عبداللہ بن مسعود کے قرآن میں کوئی شخص ایک بھی غلطی نہیں نکال پایا تھا (13)۔

آخرکار حضرت عثمانؓ نے عبداللہ بن مسعود کو مدینہ آنے کا حُکم دیا۔ جب عبداللہ بن مسعود مسجد میں داخل ہوئے تو حضرت عثمانؓ خطبہ دے رہے تھے لیکن خطبہ چھوڑ کر اُنہوں نے عبداللہ بن مسعود کو بُرا بھلا کہنا شروع کر دیا۔ مسجدِ نبوی کے اندر اپنے حجرے میں یہ سُن کر حضرت عائشہؓ نے حضرت عثمانؓ کے طرزِ گفتگو پر احتجاج کرتے ہوئے کہا، ''تم ایک صحابی سے اس طرح کلام نہیں کر سکتے۔''

حضرت عثمانؓ نے عبداللہ بن مسعود کو مدینہ سے کبھی باہر نہ جانے کا حُکم دیا اور اُن کے ملازموں نے حضرت عائشہؓ کے پُرزور احتجاج کے باوجود عبداللہ بن مسعود کو اس طرح تشدد کر کے مسجد سے نکالا کہ اُن کی دو پسلیاں ٹُوٹ گئیں۔ اُن کو لوگوں نے اُٹھا کر گھر پہنچایا۔ اس کے بعد حضرت عثمانؓ نے تاحیات اُن کا وظیفہ بند کر دیا۔ (14)

اسی طرح کئی صحابہ نے کہا کہ سہواً یا عمداً کچھ آیات نکال دی گئی ہیں اور کچھ ایسی باتیں شامل کر دی گئی ہیں جو

---

11 صحیح البخاری، 6:61:510

12 ابن سعد، کتاب الطبقات الکبیر۔

13 صحیح المُسلم، 31:6022

14 ابن سعد، کتاب الطبقات الکبیر۔

رسول اللہ ﷺ کی پیدائش سے بھی پہلے کے رواج تھے، جو اُس دور سے تعلق رکھتے تھے جس کو آپ دورِ جاہلیت کہتے ہیں۔

والیء خراسان اور المبلغ۔

(ششدر ہو کر) کیا کہا؟

جعد بن درہم۔

اگر ایک قبیلے کا کوئی آزاد مرد دوسرے قبیلے کے کسی غلام یا عورت کو قتل کر دے تو دوسرا قبیلہ پہلے قبیلے کا ایک غلام یا عورت قتل کر سکتا تھا لیکن جس آزاد مرد نے قتل کیا وہ قصاص میں قتل نہیں ہو سکتا تھا۔ یہ اس لیے کہ غلام اور عورت کی قدر و قیمت حُر کے برابر نہیں تھی ۔ کیا آپ مانتے ہیں کہ یہ قانون دورِ جاہلیت میں مروج تھا؟

والیء خراسان۔

یہ قصاص کا قانون تھا کہ مرد کے بدلے مرد، عورت کے بدلے عورت، غلام کے بدلے غلام۔ ہمارے دلیر جہادی خالد بن ولید نے تو اپنے چچا کے انتقام میں قبیلہ بنو جذیمہ کے ایک سو کے قریب مردوں کے ہاتھ بندھوا کر اُن کے سر کاٹ ڈالے تھے۔ (15)۔

سلم۔

کیا ان مردوں کے پاس کوئی ہتھیار نہیں تھے کہ لڑتے؟

والیء خراسان۔

سب کچھ تھا لیکن خالد بن ولید نے حرب الخذعہ کا استعمال کیا۔ چونکہ یہ واقعہ فتح مکہ کے بعد ہوا، جس میں اسلام قبول کرنے والوں کو امان دے دی جاتی تھی، خالد بن ولید نے قبیلہ بنو جذیمہ کو کہا کہ وہ اسلام قبول کر لیں۔ قبیلے نے کلمہء شہادت پڑھ کر اسلام قبول کر لیا اور سمجھے کہ اب اُن کی جانیں محفوظ ہو گئی ہیں۔ پھر خالد بن ولید نے کہا، ''اب اپنے سارے ہتھیار ہمیں دے دو۔'' قبیلے کے ایک آدمی نے بہت کوشش کی کہ اُن کو خبردار کرے لیکن وہ دھوکے میں آ گئے۔ ابو حذیفہ اور عبداللہ بن عمر نے خالد بن ولید کو اتنے زیادہ قتل کرنے سے روکنے کی بہت کوشش کی لیکن اُس نے سب کے سر کاٹ ڈالے۔

جعد بن درہم۔

کیا خالد بن ولید کی یہ حرکت غیراسلامی نہیں تھی؟

---

[15] ابن ہشام، *سیرۃ ابن ہشام*، جلد 2، صفحات 519-514

والیء خراسان۔

خالد بن ولید نے نیا نیا اسلام قبول کیا تھا۔ دورِ جاہلیت کی تربیت اُس کے خون میں رچ بس چکی تھی۔ اُس نے اسلام اس لیے قبول کیا تھا کہ مسلمان فتح یاب ہو چکے تھے اور اُن کے خلاف لڑنا اُس کے بس کی بات نہیں تھی۔

جعد بن درہم۔

تو کیا آپ مانتے ہیں کہ قصاص کا اس قسم کا قانون دور جاہلیت میں مروج تھا اور رسول اللہ ﷺ پر جو اللہ کا کلام نازل ہوا، اس میں ایسی کوئی حکم نہیں دیا گیا؟

والیء خراسان۔

بالکل درست ہے۔

جعد بن درہم۔

تو پھر حضرت عثمانؓ کے کاتبوں نے اس کو قرآن مجید میں بطور حکم کیوں لکھ دیا؟

والیء خراسان اور المبلغ۔

کیا کہا؟

جعد بن درہم۔

يَا اَيُّهَا الَّذِيْنَ اٰمَنُوْا كُتِبَ عَلَيْكُمُ الْقِصَاصُ فِى الْقَتْلٰى اَلْحُرُّ بِالْحُرِّ وَ الْعَبْدُ بِالْعَبْدِ وَ الْاُنْثٰى بِالْاُنْثٰى ۔ فَمَنْ عُفِىَ لَهٗ مِنْ اَخِيْهِ شَىْءٌ فَاتِّبَاعٌ بِالْمَعْرُوْفِ وَ اَدَآءٌ اِلَيْهِ بِاِحْسَانٍ۔ (2:179)

سلم۔

میری عربی اتنی اچھی نہیں ہے کہ اس کو سمجھ سکوں۔

جعد بن درہم۔

اے لوگو جو ایمان لائے ہو، تم پر قتل کا قصاص لکھ دیا گیا ہے، آزاد کے بدلے آزاد، غلام کے بدلے غلام اور عورت کے بدلے عورت۔ اور وہ جسے اس کے بھائی کی طرف سے معاف کر دیا جائے تو پھر اس کو معروف خون بہا کی ادائیگی احسان کے ساتھ کرو۔ (2:179)

المبلغ۔

(غُصے سے) تُم غلط ترجمہ کر رہے ہو۔ درست ترجمہ یہ ہے کہ ''اگر حُر نے قتل کیا تو حُر کو، غُلام نے قتل کیا تو غُلام کو، اور عورت نے قتل کیا تو عورت کو قتل کرو۔''

جعد بن درہم۔

اگر یہ خاص آیت اللہ تعالیٰ کا ارشاد ہوتا تو صرف ایک جملہ کافی تھا، ''قاتل ہی کو سزا دو یا خون بہا لے کے معاف کر

دو۔'' پھر مسلمانوں کے درمیان اس کی تفسیر پر جھگڑا ہی نہ ہوتا۔ تفسیروں کے اختلاف پر اتنے لڑائی جھگڑے، خون خرابے اور فرقے بازیاں نہ ہوتیں۔

المبلغ۔

ایسی کوئی بات نہیں ہے۔ قرآنِ مجید کے کلامِ الٰہی ہونے کی دلیل یہ ہے کہ اس میں ہر چیز کا علم موجود ہے۔ یہ مکمل ضابطہء حیات اور قانون کی مکمل کتاب ہے۔

جعد بن درہم۔

کیاآپ کو علم ہے کہ آپ کی اس طرح کی تبلیغ کی وجہ سے کتنے خوفناک سماجی مسائل جنم رہے ہیں؟ صرف قرآن مجید کو قانون کی مکمل کتاب مان کر خوارج کے میمونیہ فرقے نے پوتیوں اور نواسیوں سے شادیاں کرنے کی اجازت دی ہوئی ہے۔ جب اُن سے کہا جاتا ہے کہ ایسا کرنا غلط ہے، تو وہ کہتے ہیں، ''قرآن کسی جگہ کہتا ہے کہ پوتیوں اور نواسیوں سے شادیاں نہ کرو؟ پھر تُم کسطرح ہمیں منع کرتے ہو؟ ہمارے لیے قرآن ہی کافی ہے۔'' (16) اگرآپ قرآن مجید کے ساتھ ساتھ مزید قانون کی اجازت نہیں دیتے تو پھر ہم میمونیہ فرقے کو اس ظالمانہ اور بیوقوفانہ حرکت سے کیسے روک سکتے ہیں؟

المبلغ۔

تو تُم اُنہیں کیسے روکنا چاہتے ہو؟

جعد بن درہم۔

عام عقل سے قانون بنا کر۔

المبلغ۔

انسان کی عقل کمزور ہے۔ اپنی کم عقلی پر بھروسہ کرنے کے بجائے ہمیں کلامِ الہیٰ پر بھروسہ کرنا چاہیئے۔

جعد بن درہم۔

لیکن کلامِ الہیٰ میں پوتیوں اور نواسیوں سے شادیاں نہ کرنے کا حکم نہیں ہے۔ ہم فارسی لوگ عام عقل استعمال کر کے ایسی شادیوں سے باز رہتے ہیں۔

المبلغ اُٹھ کر باہر جاتے ہوئے والیء خراسان کو مُخاطب کر کے کہتا ہے،

المبلغ۔

---

[16] ابو زہرہ، *حیاتِ امام ابو حنیفہ*، صفحات 237-231 & 223-222

جنابِ والا، پہلے اِنھوں نے ہمارے جدِ امجد عثمان غنیؓ کی توہین کی اور اب کلامِ الٰہی کی توہین کر دی ہے۔ میں یہ برداشت نہیں کر سکتا۔ ان کے جانے تک میں باہر بیٹھوں گا۔

المبلغ غُصے سے پاؤں مارتا ہوا باہر چلا جاتا ہے۔

والیء خراسان۔

(بھویں سکیڑتے ہوئے) کیا تم تینوں ایک ہی فرقے سے تعلق رکھتے ہو؟

جہم بن صفوان۔

(معذرت خواہانہ انداز میں) جنابِ والا، ہم نہ فرقے بناتے ہیں اور نہ ہی ہمارے کوئی مُرید ہیں۔ ہمارے مخالفین ہمیں ناحق مختلف نام دیتے ہیں۔ مثلاً ایک مبلغ یہاں تقریر کر رہا تھا کہ خلافتِ اُمویہ اس لیے قائم ہوئی کہ اللہ نے پہلے سے طے کر رکھا تھا کہ وہ اُمویوں کو سلطنت عطا کرے گا۔ لوگ پیدا ہوتے اور مرتے ہیں کیونکہ اُن کی پیدائش اور موت کا دن مقرر ہے۔ جتنے انسان آج تک آئے اور مستقبل میں آئیں گے، اُن کے کیا اعمال و افعال ہوں گے، ماضی میں کیا ہوا ہے اور آگے کیا ہوگا یہ سب اللہ تعالیٰ کے ذہن میں پہلے سے تھا جب اُس نے کائنات بنائی۔ تب سے وہی ہو رہا ہے جو اللہ چاہتا تھا اور چاہتا ہے۔

میں نے مبلغ سے پوچھا، ''کیا یہ اللہ تعالیٰ کا منصوبہ تھا کہ وہ کچھ کو گناہگار بنائے؟''

مبلغ نے کہا، ''اللہ ہی نے ہر شےء بنائی ہے۔''

میں نے کہا، ''اگر گناہگار اللہ تعالیٰ کے عظیم منصوبے کے تحت گُناہ کر رہے ہیں تو پھر وہ کس قصور میں جہنم میں ڈالے جائیں گے؟ کیا یہ غلط نہیں ہے کہ پہلے ایک انسان سے ایک منصوبے کے تحت گُناہ کروائے جائیں اور پھر اُس کو اُن کی سزا بھی دی جائے؟''

مبلغ نے کہا، ''تمھاری کیا رائے ہے؟''

میں نے کہا، ''اللہ تعالیٰ نے ہمیں گُناہوں سے بچنے کی طاقت دی ہے۔ گناہگار کا قصور یہ ہے کہ اُس نے اللہ تعالیٰ کی مرضی کے خلاف جا کر گُناہ کیا۔ لیکن پھر گناہگار کو یہ بھی طاقت دی گئی ہے کہ وہ توبہ کرے، معافی مانگے اور بخشا جائے۔''

میں نے صرف یہی بات کہی لیکن مبلغ نے اس کو اپنی ہتک سمجھ کر جگہ جگہ جا کر پھیلایا کہ میں اللہ کی قدرت کے بجائے انسان کی قدرت پر ایمان رکھتا ہوں۔ پھر اُس نے اس میں اضافہ کرتے ہوئے کہا کہ میرا ایمان ہے کہ انسان جو چاہے کر سکتا ہے۔ پھر اُس نے مزید اضافہ کیا کہ میں نے ایک فرقہ بنایا ہے جس کو اُس نے قدریہ کا نام دے دیا۔

والیء خراسان۔

وہ مبلغ خلافتِ بنو امیہ کے حق میں دلیل دے رہا تھا۔ پھر تُم نے اُس سے بحث کیوں کی؟

جہم بن صفوان۔

جناب میں نے خلافت بنو امیہ کے خلاف کوئی بحث نہیں کی۔ میں تو صرف اُس کے طرزاستدلال کی منطقی خامیوں کی نشاندہی کر رہی تھا۔

والیء خراسان۔

(سختی سے) کیا تمہارے پیروکاروں کی تعداد ایک ہزار کے قریب ہے ؟

جہم، جعد اور واصل پریشانی سے ایک دوسرے کو دیکھتے ہیں۔

واصل بن عطاء۔

(جلدی جلدی بولتے ہوئے) ہمارے کوئی پیروکار نہیں ہیں۔ ہم صرف منطق و فلسفے کا علم حاصل کرتے ہیں اور ذہین لوگ ہم سے بحث کرنے آتے ہیں۔ ہم کوئی نیا مذہب نہیں بنا رہے۔ ہم وہی کر رہے ہیں جس کی شریعت اجازت دیتی ہے۔ حضرت ابوبکرؓ سے مروی ہے، ''ایک زمانہ آئے گا جب انتشار، نفسا نفسی، قتل و غارت اور جنگ و جدل کا عالم ہو گا۔ اُس مصیبت کے وقت میں جو بیٹھ سکتا ہے وہ چلنے والے سے زیادہ محفوظ ہو گا۔ جو چل سکتا ہے وہ بھاگنے والے سے زیادہ محفوظ ہو گا۔ جب وہ وقت آئے گا تو میرا مشورہ ہے کہ جس کے پاس اونٹ ہیں، وہ اپنے اونٹوں کے پاس واپس چلا جائے اور اُن کو پالے۔ جس کے پاس بھیڑ بکریاں ہیں، وہ اُن کو پالے اور جس کے پاس زمین ہے وہ اُس کی کاشت میں اپنے آپ کو مصروف کر دے۔ جس کے پاس کچھ نہیں ہے، اپنی تلوار کو پتھروں سے ٹکرا ٹکرا کر توڑ ڈالے کہ شاید اس طرح اُس کی زندگی بچ جائے۔''

واصل سانس چڑھنے سے خاموش ہو جاتا ہے۔

جہم بن صفوان۔

ہمارے پاس تو تلواریں بھی نہیں ہیں اور نہ ہی ہم لڑنا جانتے ہیں۔ ہم صرف یہ کہتے ہیں کہ کتابوں کا وجود اس بات کی دلیل نہیں ہے کہ ان میں لکھی ہوئی ہر تحریر خُدا یا اللہ تعالیٰ کی طرف سے بھیجی گئی۔ ہم چاہتے ہیں کہ لوگ خُدا یا اللہ تعالیٰ کی دی ہوئی عقل اور طاقت کو استعمال کر کے اپنی اخلاقی، سماجی اور معاشی حالت کو بہتر بنائیں۔

والیء خراسان۔

لیکن شریعت کے خوف کے بغیر ہم لوگوں کو قتل، چوری اور بدکاری جیسے جرائم سے کیسے روک سکتے ہیں؟

جہم بن صفوان۔

ہم شریعت یا قانون کے خلاف نہیں ہیں لیکن اس کا اطلاق بد عملی پر ہونا چاہیئے۔ صرف باتیں کرنا تو کوئی جرم نہیں ہے۔ اور پھر اللہ تعالیٰ کا بھیجا ہوا قانون تو بالکل سیدھا سادہ اور صرف ایک صفحے پر لکھا ہوا ہے۔

والیءِ خراسان۔

(حیرت سے) صرف ایک صفحہ؟ یہ کونسا قانون ہے؟ اگر یہ مجھے مل جائے تو میرا کام آسان ہو جائے گا۔ اگر یہ صرف ایک صفحہ ہے تو تمہیں تو یاد ہو گا؟

جہم بن صفوان۔

جی ہاں۔ پہلا حکم: میں تمہارا خُدا ہوں۔ میرے علاوہ کسی کو خُدا نہ بناؤ۔

دوسرا حکم: خُدا کا نام فضول میں مت لو۔

تیسرا حکم: ہفتے میں ایک دن کو مُقدس دن رکھو۔

چوتھا حکم: اپنے ماں باپ کی عزت کرو۔

پانچواں حکم: قتل مت کرو۔

چھٹا حکم: زنا مت کرو۔

ساتواں حکم: چوری مت کرو۔

آٹھواں حکم: جھوٹی گواہی مت دو۔

نواں حکم: دوسرے کی بیوی کا لالچ مت کرو۔

دسواں حکم: دوسرے کے مال و جائیداد کا لالچ مت کرو۔

والیءِ خراسان۔

یہ تو یہودیوں کے بنائے ہوئے دس احکامات ہیں۔

جہم بن صفوان۔

یہ دس احکامات حضرت موسیٰؑ پر اللہ تعالیٰ نے ہی نازل کیے تھے۔ رسول اللہ ﷺ نے فرمایا تھا کہ حضرت موسیٰؑ کی رسالت اور اُن پر بھیجے گئے صحیفوں پر ایمان لانا اسلام کا لازمی حصہ ہے۔ وہ خود بھی مدینہ میں توریت سے ہی رجوع کیا کرتے تھے۔ یہ سُنتِ رسول ﷺ ہے۔ لہذا ان احکامات کو یہودیوں کے بنائے ہوئے احکامات کہنا ایسے ہی ہے جیسے قرآن مجید کو مُسلمانوں کی بنائی ہوئی کتاب کہنا۔

والیءِ خراسان۔

(حقارت سے) مُجھے بتایا گیا تھا کہ اس علاقے میں کئی لوگ مسلمان بن کر رہ رہے ہیں لیکن دل سے مسلمان نہیں ہیں۔

جہم بن صفوان۔

ایسے لوگ ہیں جو ظلم و ستم یا قتل کے خوف سے مسلمان بن کر رہ رہے ہیں۔ ہماری نظر میں یہ مسلمان ہی ہیں

کیونکہ دلوں کے بھید صرف اللہ تعالیٰ ہی جانتا ہے۔ ہم ایمان کے ہونے یا نہ ہونے اور اُس کی جزا و سزا کا معاملہ روزِ قیامت اور اللہ تعالیٰ پر چھوڑتے ہیں۔

والی ء خراسان۔
یعنی تمہارے نزدیک مُنافق ہونا کوئی بڑی بات نہیں ہے۔

جہم بن صفوان۔
کیا آپ نے کبھی یہودیوں یا عیسائیوں یا کسی اور مذہب میں مُنافق دیکھے ہیں؟ مثلاً کوئی دل سے یہودی یا عیسائی یا ہندو نہ ہو لیکن ایسا بنا ہوا ہو؟ نہیں۔ کیونکہ ہر مذہب اپنے ماننے والوں کو اپنی مرضی سے ماننے یا نہ ماننے کا اختیار دیتا ہے۔ اگر اسلام میں بھی لوگوں کو قتل کے خوف سے مسلمان نہ رکھا جاتا، مُرتد کی سزا موت نہ ہوتی تو اسلام میں بھی منافقین نہ ہوتے۔

والی ء خراسان۔
(بے رُخی سے) ٹھیک ہے۔ میرے پاس آج اتنا ہی وقت تھا۔ اب مُجھے کچھ اور امورِ سلطنت سے نمٹنا ہے۔ میں آپ لوگوں کو پھر کبھی بلاؤں گا جب میرے پاس مزید وقت ہو گا۔

واصل، جہم اور جعد گفتگو کے اچانک خاتمے پر کچھ حیران اور پریشان نظر آتے ہیں لیکن جانے کے لیے آہستہ آہستہ اُٹھ کھڑے ہوتے ہیں۔

واصل بن عطاء۔
(معذرت خواہانہ انداز میں) اگر ہم نے آپ کو ناراض کیا ہے تو ہم معافی چاہتے ہیں۔ ہماری نیت یہ تھی کہ آپ سے سچائی کے ساتھ اپنی آراء بیان کریں۔ ہم مُنافقت کو پسند نہیں کرتے۔

جہم بن صفوان۔
میں بھی معذرت خواہ ہوں۔ ہم مسلسل سیکھتے رہتے ہیں اور اپنے خیالات کو بہتر بناتے ہیں۔ اگر ہمارے خیالات غلط ہوں تو ہم اُنہیں تبدیل کر لیتے ہیں۔

والی ء خراسان۔
(سختی سے) ہم صرف اللہ اور اُس کی طاقت پر بھروسہ کرتے ہیں۔ انسان ہمیں ناراض یا دُکھی نہیں کر سکتے کیونکہ ہم انسانوں سے نہیں بلکہ صرف اللہ سے ہدایت لیتے ہیں۔

جعد بن درہم۔
میں دُعا کرتا ہوں کہ خُدا آپ کو ہدایت دے۔

والی ء خراسان۔

یقیناً اللہ ہی ہدایت دینے والا ہے۔ مع السلامہ۔

واصل، جھم اور جعد۔

مع السلامہ۔

تینوں فلسفی آہستہ آہستہ دروازے کی طرف بڑھتے ہیں اور کمرے سے باہر نکل جاتے ہیں۔ والیء خراسان اور سلم بیٹھے رہتے ہیں۔ تھوڑی دیر بعد المبلغ اندر آ کر اپنی نشست پر بیٹھ جاتا ہے۔

والیء خراسان۔

(غُصے سے) آپ نے دیکھا کہ کتنی بار اللہ کی جگہ فارسی لفظ خُدا اُن کے مُنہ سے نکلا؟ میرے ذہن میں اب کوئی شُبہ نہیں رہا کہ یہ صرف مسلمانوں کا روپ دھارے ہوئے ہیں لیکن اِن کو تو ٹھیک طرح ڈھونگ رچانا بھی نہیں آتا کیونکہ انھوں نے اپنے شیطانی عقیدے کُھل کر بیان کر دیئے۔ اس سے مُجھے بڑی حیرت ہوئی۔

المبلغ۔

اس کی وجہ یہ ہے کہ اِنھوں نے آپ کو بھی سابقہ والیان کی طرح ہی سمجھا جو اِن کے ساتھ شراب و کباب کی محفلیں سجاتے تھے۔ مُجھے خوشی ہے کہ آپ نے ان کو الگ کمرے میں کھانا دیا۔ میں تو اِن کے ساتھ کھانا بھی نہ کھاؤں۔

والیء خراسان۔

مُجھے تو یہ سمجھ نہیں آ رہا کہ ان کو پتہ کیسے چلا کہ امیر معاویہ کی درخواست پر خلیفہ عثمانؓ نے قرآن مجید کی ترتیب و تدوین کروائی تھی۔ سرکاری طور پر تو ہم یہ کہتے ہیں کہ یہ کتاب رمضان کے ایک ہی مہینے میں رسول اللہ ﷺ پر نازل کی گئی۔

المبلغ۔

سابقہ والیان میں سے کسی نے شراب کے نشے میں یہ بات بک دی ہو گی۔

والیء خراسان۔

پہلے میرا خیال تھا کہ اگر ہماری خلافتِ کو اِن سے کوئی خطرہ نہ ہو تو میں ان کو نظرانداز کر دوں لیکن ہماری خلافت تو قائم ہی اس پر ہے کہ عوام ہمیں اللہ، رسول ﷺ اور قرآن کے داعی مانتے ہیں۔ اگر ان میں سے ایک پر بھی اُن کا اعتبار اُٹھ گیا تو وہ تو ہمارے خلاف اُٹھ کھڑے ہوں گے۔

المبلغ۔

بالکل۔ (والیء خراسان کے قریب ہوتے ہوئے) میں سابقہ والیان کو بتاتا رہا کہ ان مُنافقوں میں سے جعد بن درہم نے اپنے نظریات ابان بن سمعان سے سیکھے ہیں۔ ابان نے یہ نظریات ایک یہودی طالوت بن عاصم سے سیکھے۔ طالوت اُسی بعاد بن عاصم کا بھتیجا تھا جس نے رسول اللہ ﷺ کو زہر دینے کی کوشش کی تھی۔ جہاں تک مُنافق

واصل کا تعلق ہے، اُس کے نظریات کی جڑیں دمشق کے ایک عیسائی یوحنا کے نظریات میں ہیں۔ یوحنا کو اُمویوں نے مجبوراً ایک اعلیٰ اسامی پر تعنیات کیا تھا لیکن وہ مسلمانوں کو آپس میں لڑوانے کے لیے اس قسم کی باتیں پھیلاتا رہا جیسے کہ چار شادیوں کی اجازت پر تنقید، اور رسول اللہ ﷺ کی زینب بنت حجش سے شادی کا، نعوذ باللہ، مذاق اُڑانا (17)۔

سلم۔

زینب بنت حجش کون تھیں؟

المبلغ۔

رسول اللہ ﷺ کے منہ بولے بیٹے زید بن حارثہ کی بیوی۔ لیکن زید کے طلاق دینے کے بعد رسول اللہ ﷺ نے اللہ تعالیٰ کی اجازت سے اُن سے شادی کر لی تھی۔

(والیء خراسان کو مُخاطب کرتے ہوئے) یہودیوں کا ایک گروہ ہے جو فروشیم کہلاتا ہے۔ فروشیم اور معتزلہ دونوں کا مطلب ہے ''الگ ہو جانا''۔ دونوں گروہ کہتے ہیں کہ وہ لڑائی جھگڑے سے الگ ہیں اور غوروفکر میں وقت گزارتے ہیں لیکن دراصل دونوں کا مقصد اسلام میں نقص تلاش کرنا ہے۔ تقدیریت کا نظریہ اتنا خطرناک ہے کہ میں نے لوگوں کو گُناہ کرتے دیکھا اور جب انہیں کہا کہ یہ تم غلط کر رہے ہو تو اُنھوں نے جواباً کہا، ''کیا ہر بات اللہ کی مرضی سے نہیں ہوتی؟''

سلم ایک زوردار قہقہہ لگاتا ہے۔ والیء خراسان اور المبلغ حیران ہو کر اُسے دیکھتے ہیں۔

والیء خراسان۔

(سختی سے) یہ ہنسنے کی نہیں، رونے کی بات ہے۔

مسلم۔

جناب میں اس لیے ہنسا کیونکہ یہ بات مقامی لوگوں نے یہودیوں یا معتزلہ سے نہیں بلکہ عربوں سے سیکھی ہے کیونکہ جب مقامی لوگ ان سے پوچھتے تھے کہ عرب ہم پر حکومت کیوں کر رہے ہیں تو عرب جواباً کہتے تھے، ''ہر بات اللہ کی مرضی ہوتی ہے۔''

المبلغ۔

(غُصے سے) جناب آپ نے دیکھا کہ یہ کس طرح کی بگڑی ہوئی دلیلیں دیتے ہیں؟ یہ گروہ ایک مشترکہ فارسی یہودی

---

[17] ابو زہرہ، *حیاتِ امام ابو حنیفہ*، صفحات 325, 150-152, 250-251

سازش کے تحت بنائے جا رہے ہیں۔ جہاں تک جہم بن صفوان کا تعلق ہے، اس کا اثر رسوخ اتنا پھیل چکا ہے کہ نہاوند جیسے دور دراز علاقے میں بھی آپ کو اس کے ماننے والے مل جائیں گے۔ میں سابقہ والیان کو یہ بتاتا رہا لیکن وہ مسلح باغیوں کو زیادہ بڑا خطرہ سمجھتے تھے۔ (زور دیتے ہوئے) میرا خیال ہے کہ خراسان میں اب ہم اتنے مضبوط ہو چکے ہیں کہ بے دینوں، فاسقوں اور فاجروں کا صفایا حاصل کر سکیں۔

والیء خراسان۔

(غور کرتے ہوئے) میرے پاس بہت سے جہادی آ کر کہتے ہیں کہ میں اُن کو زینوں پر قبضے کی اجازت دوں لیکن ابھی ہم اتنے مضبوط نہیں ہیں کہ سارے ملحدین، زنادقہ اور فاسقین کو کھلے عام قتل کر سکیں۔ ہمیں حرب الخذعہ اور خفیہ قتال سے شروع کرنا ہو گا۔

(سلم کو مُخاطب کرتے ہوئے) میں چاہتا ہوں کہ تم جہم کے خفیہ قتل کا بندوبست کرو۔ جونہی یہ ہوگا، میں جعد پر الزام لگوا دوں گا کہ اُس نے اپنے دوست کو قتل کیا ہے اور پھر اُس کی سزائے موت کا بندوبست کر دوں گا (18)۔ اِن کے حواری اتنے بوکھلا جائیں گے کہ آپس میں اتحاد کر کے بغاوت کرنے کے بجائے ایک دوسرے کو الزام دینا شروع ہو جائیں گے۔

سلم۔

میں خوشی سے مُرتد کو جہنم رسید کروں گا۔

المبلغ۔

جزاک اللہ الخیر۔ یا اخی! مُجھے معاف کرنا کہ میں نے تُمہارے ایمان پر شک کیا۔ تُمہارے جذبہء جہاد نے میرا شک دور کر دیا ہے۔

(والیء خراسان کو مُخاطب کرتے ہوئے) جنابِ والا یہ تو ٹھیک ہے لیکن واصل کا کیا کریں گے؟ اُس کو بھی تو جہنم رسید کرنا ضروری ہے۔

والیء خراسان۔

(دوستانہ انداز میں طعنہ دیتے ہوئے) یا شیخ! لگتا ہے کہ اللہ تعالیٰ نے آپ کو دینی معاملات میں فہم و بصیرت عطا کر کے دُنیاوی مشاہدے کی قوت سے محروم کر دیا ہے۔

المبلغ۔

---

[18] ابو زہرہ، *حیاتِ امام ابو حنیفہ*، صفحات 325, 150-152, 250-251

(حیران ہوتے ہوئے) کیا میں نے کوئی بات نظرانداز کر دی ہے ؟

والیء خراسان۔

آپ نے دیکھا نہیں کہ واصل اپنے آخری دموں پر ہے ؟ اپنے دونوں دوستوں کی اچانک اور غیرمتوقع موت کی خبر سُن کر وہ بمشکل ایک مہینہ نکال پائے گا۔ مرتے کو مار کر غیر ضروری مسئلے کھڑے کرنے کا کیا فائدہ؟

المبلغ۔

درست فرمایا۔ میں کوشش کروں گا کہ خود اُس کو جہم کے قتل کی خبر سُناؤں بلکہ جائے واردات پر بھی لے کر جاؤں اور اُس کے چہرے کے تاثرات دیکھوں۔

سلم۔

جنابِ والا، ایک مسئلہ ہو سکتا ہے۔ مُجھے یقین نہیں ہے کہ لوگ آسانی سے یقین کر لیں گے کہ جعد نے جہم کو قتل کیا ہے۔

المبلغ۔

رائے عامہ کو ہموار کرنے کے طریقے میں جانتا ہوں۔ ہمیں صرف یہ مشہور کرنا پڑے گا کہ جعد اسلام کے لبادے میں چُھپا ہوا یہودی تھا۔

والیء خراسان۔

اس کی ضرورت نہیں پڑے گی۔ ایک مشہور شخص کا پُرسرار قتل عوام میں اتنا خوف و ہراس پھیلاتا ہے کہ جب حکومت کسی کو بھی قاتل کہہ کر گرفتار کرتی ہے تو لوگ سُکھ کا سانس لیتے ہیں۔ روز ازل سے لوگوں نے ناممکن ترین باتوں کو سچ مانا ہے اور ساتھ ہی ساتھ ممکن ترین سچائی کو ماننے سے انکار کیا ہے۔

دوسرے ایکٹ کا اختتام

تیسرا ایکٹ: ہجوگوئی کی سزا

تیسرے ایکٹ کے کردار:

ابن المقفع، عربی اور فارسی زبانوں کا عظیم ادیب اور مترجم، جدید عربی نثر کا بانی، عمر تیس سال کے قریب، دُبلی اور درمیانی کے مابین جسامت۔ اُس نے خاکی فارسی جُببہ پہن رکھا ہے۔

عبدالحمید بن یحییٰ، عربی نثر کا عظیم ادیب، عمر چالیس کے لگ بھگ، اعلیٰ میعار کے جُببے اور دستار میں ملبوس ہے لیکن طویل اور کٹھن سفر کے باعث اُس کی پوشاک گردآلود اور میلی ہو چکی ہے۔

لشکریوں کا کماندار، مضبوط و توانا جسم اور ادھیڑ عمر کا شخص ہے جس نے کھدر نما کپڑے کا مٹیالا تھوب اور سر پر ملے جلے رنگوں کا گترا پہن رکھا ہے۔ اُس کی کمر کے گرد چمڑے کی ایک چوڑی پٹی بندھی ہے جس سے ایک خنجر اور تلوار میان میں رکھے لٹک رہے ہیں۔

عبداللہ، لشکریوں میں سے ایک شخص۔

عبیدہ نامی غلام، گورے رنگ کا ایک ایرانی لڑکا ہے۔ اُس نے ایک سفید تھوب پہن رکھا ہے جو اُس کے گھٹنوں تک آتا ہے۔

چار لشکری، مٹیالے رنگ کے کھدر کے تھوب پہنے ہوئے ہیں جن پر چمڑے کی چوڑی پیٹیاں بندھی ہیں۔ پیٹیوں سے بندھی میانیں لٹک رہی ہیں جن کے اوپر تلواروں کے دستے نظر آتے ہیں۔

تیسرے ایکٹ کا منظر:

اُس خطے میں جس کو اب بحرین کہا جاتا ہے، ابن المقفع کے گھر میں ایک کمرہ۔

بائیں جانب ایک دروازہ گھر کے اندر کُھلتا ہے اور دائیں جانب ایک دروازہ گھر سے باہر جانے کے لیے ہے۔ باہر والے دروازے کے دونوں جانب لوہے کے دو کنڈے ہیں جن میں لکڑی کے ایک تختے کو پھنسا کر دروازے کو بند کیا گیا ہے۔ فرش پر دریاں بچھی ہیں اور پچھلی دیوار کے ساتھ کمر لگا کر بیٹھنے کے لیے گول تکیے رکھے ہیں۔ ایک چھوٹی ٹانگوں والی کتابت کی میز بائیں کنارے میں رکھی ہے جس کے ساتھ کچھ کتابیں ایک دوسری کے اوپر رکھی ہیں۔ میز کے آس پاس دری پر کاغذات اور مسودے بکھرے پڑے ہیں۔ پرندے کے پر سے بنا ایک قلم سیاہی دان میں رکھا ہے اور ایک دیا جل کر کمرے کو مدھم روشنی دے رہا ہے۔

تیسرا ایکٹ، پہلا منظر

ابن المقفع کے گھر میں ایک کمرہ۔

دور

تقریباً 750 عیسوی

عباسی اور علوی قبیلے اپنے فارسی اتحادیوں کی مدد سے بنو امیہ کی خلافت کے خلاف ایک بہت بڑی بغاوت کی قیادت کر رہے ہیں۔ بنو امیہ پے در پے شکست کھا رہے ہیں۔ عراق، ایران، شام، مصر اور جزیرۃ العرب کے کُچھ قصبوں اور شہروں میں اُن کا قتلِ عام ہو رہا ہے۔

آدھی رات ہے لیکن ابن المقفع جاگ رہا ہے۔ وہ کتابت کی میز کے پاس پریشانی اور تھکن کے عالم میں بیٹھا ہے۔ دائیں جانب کے دروازے پر دستک سے وہ چونک جاتا ہے لیکن دروازہ کھولنے سے ہچکچاتا ہے۔ زوردار دستک کے ساتھ ایک آواز آتی ہے۔

آواز۔

روزبہ! (ابن المقفع کا زرتشتی نام) روزبہ! دروازہ کھولو۔ میں عبدالحمید باہر کھڑا ہوں!

ابن المقفع بھاگ کر لکڑی کا تختہ اُٹھا کر ایک طرف رکھ کے دروازہ کھولتا ہے۔

تھکن سے چُور، خستہ حال عبدالحمید اندر آتا ہے۔ اُس کا شاندار رنگین، کناروں پر کشیدہ کاری کیا ہوا فارسی جُبّہ دشوارگذار، پُرخطر اور طویل سفر سے گردآلود اور بوسیدہ دکھائی دیتا ہے۔

ابن المقفع گلے ملنے کے لیے اپنے بازو کھولتا ہے لیکن عبدالحمید واپس مڑ کر دروازہ بند کر کے لکڑی کا تختہ لوہے کے کُنڈوں میں پھنسانے کی کوشش کرتا ہے۔ ابن المقفع اُس کی مدد کر کے دروازے کو مضبوطی سے بند کرتا ہے۔

وہ گرمجوشی سے گلے ملتے ہیں اور کچھ دیر خاموش کھڑے ایک دوسرے کو دیکھتے ہیں۔

تھکا ہارا عبدالحمید ایک تکیے کے سہارے بیٹھ جاتا ہے۔

ابن المقفع اُس کے قریب بیٹھ جاتا ہے۔

ابن المقفع۔

(غور سے عبدالحمید کو دیکھتے ہوئے) خُدا کی قسم! تم تو بہت ہی بُرے حال میں ہو۔ لگتا ہے کہ تم پیدل چلتے رہے ہو۔ تمارے گھوڑے اور خادم کہاں ہیں؟ اتنی وفاداری دکھانے کے بعد بھی خلیفہ مروان نے تمہیں اس حال میں چھوڑ دیا؟

عبدالحمید۔

(اپنے آپ پر طنز کرتے ہوئے) گھوڑے اور خادم! خلیفہ مروان خود گھوڑوں اور خادموں کے بغیر پیدل بھاگا تھا لیکن عباسیوں نے مصر میں اُسے قتل کر دیا۔ اب تو اس کی لاش کو بھی گلتے سڑتے کئی ہفتے ہو چلے ہیں اور ابو مسلم خراسانی کے جہادی خونی بھیڑیوں کی طرح میرا پیچھا کر رہے ہیں۔

عبدالحمید رُک کر خوف سے ابن المقفع کے چہرے کو غور سے دیکھتا ہے لیکن بے مہری کے بجائے ہمدردی کے آثار دیکھ کر مطمئن ہو جاتا ہے۔

عبدالحمید۔

میں پیدل نہیں بھاگا تھا۔ میں نے اپنا گھوڑا باہر ایک درخت کے ساتھ باندھ دیا ہے۔ کیا بنو اُمیہ یہاں اچھی طرح دفاع کر رہے ہیں؟

ابن المقفع۔

(عبدالحمید کے سوال کو نظرانداز کرتے ہوئے) میں نے دیوانِ عام میں ابو مسلم کا ذکر ہوتے سُنا ہے۔ یہ کون ہے؟

عبدالحمید۔

ابو مسلم خراسانی عباسیوں کے فارسی اتحادی لشکروں کا سردار ہے۔ اُسی نے سب سے زیادہ معرکے جیتے ہیں۔ کیا بنو امیہ اس خطے پر ابھی تک قابض ہیں؟

ابن المقفع۔

پتہ نہیں۔ میں اب دیوانِ عام میں نہیں جاتا۔ جانے کا فائدہ ہی کیا؟ فارسیوں سے نہ تو کوئی بات کرتا ہے نہ کچھ بتاتا ہے۔ اگر تم بھی نچلے عہدوں پر ہی رہتے تو لوگوں کی نظروں میں نہ آتے۔ (لہجے میں نرمی پیدا کرتے ہوئے) ہم درباری کاتب قلم چلانے والے مزدور ہی تو ہیں۔ ہمیں ہر وقت نئے حکمران کی جی حضوری کے لیے تیار رہنا چاہیئے۔

عبدالحمید۔

(دفاعی انداز میں) جی حضوری کس کس کی کریں؟ ہر سال اطاعت کے لیے نیا خلیفہ نازل ہو جاتا ہے۔ (مایوسی سے) مُجھے کچھ کھانے کو دو۔ آخری کھانا دو دن پہلے کھایا تھا۔

ابن المقفع جلدی سے گھر کے اندر سے ایک طشتری میں دو نان، کھجوریں اور پنیر لے کے آتا ہے اور عبدالحمید کو پیش کرتا ہے۔

ابن المقفع۔

عزیزم، میں معذرت کرتا ہوں۔ یہ نان تازہ نہیں ہیں لیکن پانی کے ساتھ نگلے جا سکتے ہیں۔ میں شرمندہ ہوں کہ تمہارے لیے مناسب کھانے کا بھی بندوبست نہیں کر سکتا۔ جتنی تم میری خاطر تواضع کیا کرتے تھے، یہ اُس کے مقابلے میں کچھ بھی نہیں ہے۔

عبدالحمید۔

(خوفزدہ اور ششدر ہوتے ہوئے) تو پھر عباسیوں نے بحرین پر بھی قبضہ کر لیا ہے!

عبدالحمید کھانا چھوڑ کر کھڑا ہو جاتا ہے اور ہاتھ آسمان کی طرف اُٹھا کر بین کرتا ہے ؛

عبدالحمید۔

یا اللہ! تو نے میری موت کہاں لکھی ہے؟ اگر مجھے مارنا ہی تھا تو بچا کر یہاں کیوں لایا!

ابن المقفع پانی کا آبخورہ کھانے کے ساتھ رکھ کر عبدالحمید کے کاندھے پر ہاتھ رکھتا ہے۔

ابن المقفع۔

عزیزم! عزیزم! پریشان ہونے کا کوئی فائدہ نہیں۔ پہلے کھانا کھا لو۔ تمہارے پاس نئے ٹھکانے اور راستے کا تعین کرنے کے لیے تمام رات ہے۔

(شکایت کرتے ہوئے) والی داؤد بن ہبیرہ ایک ہفتے سے غائب ہے۔ اُس نے مجھے (اپنے آپ پر طنز کرتے ہوئے) اپنے سب سے وفادار ملازم کو یہ بھی نہیں بتایا کہ وہ کہاں چھُپنے جا رہا ہے۔ ایک معمولی کاتب پر کون بھروسہ کرتا ہے؟ اور وہ بھی جب کاتب عجمی ہو!

عبدالحمید بیٹھ کر پانی پیتا ہے اور جلدی جلدی کھانا کھاتا ہے۔

عبدالحمید۔

(لقمہ نگلتے ہوئے) لیکن میری صورتحال مختلف تھی۔ خلیفہ مروان مُجھ پر اپنے بھائی سے بھی زیادہ اعتماد کرتا تھا۔ آخری دنوں میں جب اُسے یقین ہو گیا کہ وہ ہار رہے ہیں تو وہ فکرمند تھا کہ ابو مسلم میرے ساتھ کیا کرے گا۔ اُس نے مُجھے بُلایا اور کہا کہ میں اُس سے غداری کر کے اپنی جان بچا لوں۔ اُس نے مُجھے کہا، ''میرا گھوڑا لے کے بھاگ جاؤ۔ میرے دشمنوں سے ملو، اُنہیں خوش کرنے کے لیے میرا مذاق اُڑاؤ، ابو مسلم کے ساتھ شامل ہو جاؤ۔'' اُس نے مُجھے یہ بھی بتایا کہ میں کہہ سکتا ہوں کہ، مثال کے طور پر، خلیفہ مروان تو میرے ساتھ غُلاموں جیسا سلوک کرتا تھا۔ اُس نے کہا کہ آدھا ان پڑھ ابو مسلم تو بڑی خوشی سے میرے جیسے فصیح و بلیغ کاتب کو ملازمت دے دے گا۔

ابن المقفع ہنس دیتا ہے جس پر عبدالحمید حیران ہو کر اُسے دیکھتا ہے۔

ابن المقفع۔

میرے ذہن میں تمہارے آخری خط کی بات آ گئی جو تم نے خلیفہ مروان کی جانب سے ابو مسلم کو لکھا تھا۔ مصر سے آئے ہوئے کچھ تاجروں نے داؤد بن ہبیرہ کے دربار میں اس خط کا ذکر کرتے کرتے خلیفہ مروان کی ذہانت کے قصیدے پڑھنے شروع کر دیئے کیونکہ عام لوگوں کی طرح وہ بھی یہی سمجھتے تھے کہ خلیفہ مروان اپنے خط خود لکھتا ہے۔ تاجروں نے بتایا کہ جب ابو مسلم کو یہ خط دیا گیا تو اُس نے پڑھنے یا پڑھوانے سے انکار کر دیا کیونکہ خلیفہ مروان

کے خطوط کا اُس پر بڑا بُرا اثر ہوتا تھا اور اُسے خوف تھا کہ الفاظ کا جادو مزید حملے کرتے وقت اُس کا حوصلہ توڑ دے گا۔ اُس نے خط جلا دیا اور جواباً ایک ٹوٹی پھوٹی نظم لکھ کر بھجوا دی؛

صبح دم ہماری تلواروں کے تلے تم جاگو گے
بے اثر ہو جائیں گے تمہارے بول
ہمارے جہادیوں کے سامنے تم بھاگو گے
جیسے شیر کے آگے ہرنوں کے غول

عبدالحمید۔

جب یہ جواب ہمیں ملا تو میں نے سوچا کہ میں نے اپنی نثر میں اثر کھو دیا ہے۔ اب پتہ چلا کہ اُس نے تو خط پڑھا ہی نہیں تھا جس کو میں نے بڑی محنت سے لکھا تھا۔ بہرحال اس جواب کے بعد خلیفہ مروان پریشان ہو گیا اور اُس نے مُجھے وفاداری بدلنے کا مشورہ دیا۔

ابن المقفع۔

اس کا مطلب ہے کہ اُس میں کچھ انسانیت تھی۔

عبدالحمید۔

نہیں۔ دراصل میں بھول گیا تھا کہ اُس نے ایسا کیوں کہا تھا۔ وہ چاہتا تھا کہ میں زندہ رہوں تا کہ اگر وہ مارا جائے تو میں اُس کی داستانِ حیات لکھ کر ثابت کروں کہ وہ حق و انصاف کا علمبردار تھا۔ اُس نے وعدہ کیا کہ اگر وہ جیت گیا تو مُجھے میرے عہدے پر بحال کر دے گا۔

ابن المقفع۔

یعنی موت یا فتح، دونوں صورتوں میں وہ اپنا کردار تاریخ میں اچھے آدمی کے طور پر لکھوانا چاہتا تھا جبکہ تمہارا کردار، تمہاری زندگی یا موت، دونوں صورتوں میں بُرا نظر آتا۔ اگر ابو مسلم تمہیں قتل کروا دیتا تو لوگ تمہاری ناکام موقع پرستی پر ہنستے اور اگر تم زندہ بچ جاتے تو لوگ تمہیں غدار کہتے۔ اور اگر تم خفیہ طور پر مروان کی داستانِ حیات لکھتے، تب بھی لوگ تمہیں منافق کہتے۔ یعنی آقا کی شہرت کے لیے مُلازم کی عزت قُربان کی جائے۔

عبدالحمید۔

میں نے بھی یہی سوچ کر کہا کہ مُجھے اپنے ساتھ ہی رکھیں چاہے جئیں یا مریں کیونکہ میں جھوٹ بول کر اپنے آپ کو غدار ظاہر کرنے کے قابل ہی نہیں۔ میں نے کہا، ''یہ زبان جو آپ کے قصیدے پڑھتی رہی ہے، کیسے آپ کی ہجو کہے گی؟'' اگرچہ خلیفہ کا مشورہ نہ مان کر میں نے اُس کو ناراض کر دیا لیکن اس پر میرے شعر سُن کر اُس نے مُجھے معاف کر دیا؛

جان دی اُس کے لیے، مِٹ گئی میری وفا

بے وفا نام ہوا، سامنے آئی جفا

ابن المقفع۔

(پُرجوش انداز میں) میں ہمیشہ تمہاری نظم و نثر سُننے کا شوقین تھا۔ افسوس! ہم زمانہ ء امن میں زیادہ ملاقاتیں نہیں کر سکے۔ میں چاہتا تھا کہ میرے دفتر کے کاتب تم سے ملیں۔ ہم نے اتنی بار تمہاری ''ہدایات برائے کاتبین'' پڑھی ہے کہ کئی جُملے مُجھے زبانی یاد ہو گئے ہیں، خاص طور پر یہ جُملے، ''غرور کو شعوری یا لاشعوری طور پر ظاہر کرنے سے بچو، ایسا نہ ہو کہ حاسد تمہاری کمزوریاں تلاش کرنے میں مصروف جائیں۔ اپنی برتری کا اظہار کرنے سے بچو کیونکہ غرور حسد کی ماں اور دشمنی کا باپ ہے۔''

عبدالحمید۔

(عاجزانہ انداز میں) شکریہ، لیکن دراصل یہ کتاب میں تمہاری مہربانی سے لکھنے کے قابل ہوا تھا جب تم نے مجھے اپنے، ''فارسی ورثے کے مجموعات'' کے نُسخے دیئے تھے۔ ''فارسی شہنشاہوں کے درباروں میں سرکاری خط و کتابت کے طریقِ کار'' سے نمونے لے کر میں نے انھی کو بنو امیہ کے حکمرانوں کے لیے عربی زبان میں رائج کیا۔ جتنا زیادہ میں ان کتابوں سے سیکھتا جاتا تھا اُتنا ہی مُجھے احساس ہوتا تھا کہ عربوں کا یہ دعویٰ کتنا کھوکھلا ہے کہ اُن کی زبان، نسل اور مذہب دوسروں سے بالاتر ہیں۔ (مایوسی سے) مذہب لوگوں کو بے وقوف بنانے میں اتنا گہرا اور بنیادی کردار ادا کرتا ہے کہ وہ سچ سُننے کے قابل ہی نہیں رہتے، بالخصوص اگر سچ ایک فارسی کے مُنہ سے نکلے۔

عبالحمید سخت دُکھ اور مایوسی کی حالت میں دری پر لیٹ کر آنکھیں بند کر لیتا ہے۔

ابن المقفع۔

میں معافی چاہتا ہوں کہ تمہیں آرام کرنے کو بھی نہیں کہا۔ اتنا کٹھن اور لمبا سفر کر کے تم تو تھکن سے چُور ہو گے اور میں نے غور تک نہ کیا۔

عبدالحمید سو جاتا ہے۔ ابن المقفع خاموشی سے اپنی کُہنیاں کتابت کی میز پر رکھ کر اور ماتھے کو ہاتھوں سے سہارا دے کر بیٹھا رہتا ہے۔ پردہ گرتا ہے۔

تیسرا ایکٹ، دوسرا منظر

عبدالحمید ایک جھٹکے سے نیند سے جاگ اُٹھتا ہے اور کراہتا ہوا نیم غنودگی میں بڑبڑاتا ہے۔

عبدالحمید۔

(بڑبڑاتے ہوئے) یا اللہ! مجھے معاف کر دے۔ یا اللہ! میں کہاں ہوں؟

ابن المقفع۔

سو جاؤ عبدل۔ تم میرے گھر میں محفوظ ہو۔

عبدالحمید اُٹھ کر بیٹھ جاتا ہے۔

عبدالحمید۔

روزبہ، مجھے کسی طرح اپنے بیوی بچوں کو اطلاع دینی چاہیئے کہ میں محفوظ ہوں۔ مجھے اُن کو خط لکھنا ہے اور فجر سے پہلے پہلے نکل جانا ہے۔

ابن المقفع قلم، سیاہی دان اور ایک کاغذ کتابت کی میز پر رکھ کر کمرے میں دوسری جانب چلا جاتا ہے۔ عبدالحمید میز کے سامنے بیٹھ کر لکھنا شروع کرتا ہے۔

ابن المقفع۔

کل میں کسی قافلے کے ساتھ تمہارا خط بھجوا دوں گا۔ فکر مت کرو۔ میرے خیال میں ابو مسلم صرف خلیفہ کے لیے خط لکھنے کے جُرم میں تمہارے پیچھے اپنے آدمی نہیں بھیجے گا۔ مروان کے حکم پر تو کوئی بھی کاتب خط لکھ سکتا تھا۔

عبدالحمید۔

تمہیں نہیں پتہ کہ ابو مسلم میری ہجو گوئی پر کتنا غُصے میں ہے۔ مجھے اُس کو زیادہ سے زیادہ گہرے زخم لگانے والے طعنے لکھنے ہوتے تھے کیونکہ خلیفہ مروان اس سے کم پر راضی ہی نہیں ہوتا تھا۔ کریلے پر نیم تب چڑھا جب مروان نے مجھے حکم دیا کہ صرف ابو مسلم ہی نہیں، اُس کے ماں باپ، بہن بھائیوں، سب رشتے داروں، پورے قبیلے کی ہجو لکھو۔ مسئلہ یہ تھا کہ ابو مسلم کو ایسا کوئی شاعر ملا ہی نہیں جو اُس کی طرف سے برابر کی چوٹ لگاتا۔ لہذا یہ سلسلہ یک طرفہ چلا اور اُس کا غُصہ جمع ہو ہو کر اُس کے سینے میں انتقام کی آگ بھڑکاتا گیا۔ اب اُس نے قسمیں کھا لی ہیں کہ وہ بدترین انتقام لے گا۔ کاش کہ اُس کو کوئی ایسا شاعر مل جاتا جو مروان کو اُتنے ہی گہرے زخم لگانے والے طعنے لکھ دیتا جتنے میں نے لکھے تو اُس کے انتقام کی آگ اتنی زیادہ نہ بھڑکتی۔ زیادہ بڑا مسئلہ اُس کا یہ یقین ہے کہ لوگوں نے اُس کے خلاف میری ہجو اور مروان کے حق میں میرے قصیدے زبانی یاد کر لیے ہیں اور ان کو جگہ جگہ مجلسوں میں پڑھا جاتا ہے۔ اُسے خوف ہے کہ آنے والی نسلیں یہ پڑھیں اور سُنیں گی، لہذا تاریخ میں اُس کا ذکر ایک گُمنام قبیلے کے بُزدل اور گھٹیا درجے کے چور اور لُٹیرے کے طور پر ہو گا جبکہ مروان کو ایک اعلیٰ قبیلے کا منصف مزاج، عالی شان اور سخاوت کرنے والا خلیفہ مانا جائے گا۔ اگر ابو مسلم کی فتح سے پہلے میں خلیفہ سے غداری ظاہر کر کے ابو مسلم کا ساتھ دیتا تو شاید وہ مجھے معاف کر دیتا لیکن اب جبکہ وہ کامیاب ہو چکا ہے، اُس کے پاس شاعروں کی کوئی کمی نہیں ہے۔ اب تو وہ اُس وقت تک چین سے نہیں بیٹھے گا جب تک وہ مجھے زندہ دفن نہ کر

لے۔

ابن المقفع۔

کاش تم ہی اپنے طعنوں کی شدت میں کچھ کمی کر لیتے۔ بعض اوقات نالائقی مہارت سے بہتر ہوتی ہے۔

عبدالحمید۔

(دفاعی انداز میں) کیسے کرتا؟ خلیفہ مروان کو میری صلاحیتوں کا مُجھ سے زیادہ علم تھا۔ ابو مسلم کی زیادہ سے زیادہ تذلیل پر مبنی ہجو قبول کرنے سے پہلے وہ مسودے پہ مسودہ پھاڑ کر پھینک دیتا تھا۔ اُسے یقین تھا کہ دشمن کو آدھی شکست اُس کی ہجو لکھ کر ہی دی جا سکتی ہے بشرطیکہ الفاظ میں روح کے اندر گُھس کر حوصلہ توڑنے کی طاقت ہو۔ وہ کہا کرتا تھا، ''موثر طریقے سے لکھی گئی ہجو ایک کم درجے کے آدمی کو اُس کی اوقات سے بڑھ کر خواہشیں پالنے میں اُس کا حوصلہ توڑ دیتی ہے اور وہ لڑائی کرنے کی طاقت بھی کھو دیتا ہے۔ قرآن سے سیکھو جس میں کافروں پر لعن طعن اور عذابِ جہنم کا ایسا خوف طاری کیا گیا کہ وہ لڑنے کا حوصلہ ہار بیٹھے۔'' اُس نے، نعوذ باللہ، توبہ استغفار، قرآن مجید کو عرب ہجو گوئی کی اعلیٰ ترین مثال کہا۔ شاید یہ اللہ کے کلام کو عرب ہجو گوئی کی مثال کہنے کا گُناہ ہی تھا جس کی سزا میں وہ قتل ہوا۔ ایک دفعہ اُس نے میری لکھی ہوئی ایک نسبتاً نرم ہجو کو زمین پر پھینک کر کہا، (مروان کے لہجے کی نقل کرتے ہوئے) ''امیر المومنین کی جانب سے لکھے ہوئے الفاظ کو اُس کے دشمنوں کے خلاف ایک زبردست طاقت اور آنے والی نسلوں کے لیے ادب کا خزانہ ہونا چاہیئے۔'' (مایوسی سے) اور اب ابو مسلم اُس خزانے کے خالق کو خزانے سمیت ریت میں دفن کرے گا۔

ابن المقفع سخت پریشانی کے عالم میں اپنے کاغذات اور مسودے، جو کتابت کی میز کے آس پاس پھیلے ہوئے ہیں، اکٹھے کرنے شروع کر دیتا ہے۔ عبدالحمید حیران ہو کر اُسے دیکھتا ہے۔

عبدالحمید۔

(حیرت سے) کیا تم بھی بھاگنے کی تیاری کر رہے ہو؟ تم نے تو کسی کی ہجو نہیں لکھی؟

ابن المقفع۔

(پریشانی کے عالم میں) میں نے ہجو لکھنے سے بھی بڑا گناہ کر دیا ہے۔ عباسیوں کے تفتیشی بدوؤں کے آنے سے پہلے مُجھے یہ مسودے چُھپانے پڑیں گے۔

عبدالحمید۔

(تجسس سے) کیا لکھتے رہے ہو؟

ابن المقفع۔

میں تین کتابوں کا فارسی سے عربی میں ترجمہ کر رہا تھا۔ پہلی، فارس کے شہنشاہوں کی تاریخ، ''ہوازے نامگ،''

دوسری، بادشاہ نوشیرواں کی سوانح حیات، ''کتاب الملک،'' اور تیسری، منطق پر ارسطو کی کتاب، ''درجے بندیاں اور مماثلتیں۔'' ان میں سے ایک مسودہ اخلاقیات پر میری اپنی کتاب کا ابتدائی کام ہے۔

عبدالحمید۔

(حیرت سے) تمہارے بدو آقا کی فارس کے شہنشاہوں کی نقل کرنے کی خواہش تو میری سمجھ میں آتی ہے لیکن اُس کو یونانی منطق اور اخلاقیات میں کیسے دلچسپی ہوئی؟

ابن المقفع مسودوں اور کتابوں کو ایک چادر میں لپیٹ رہا ہے۔

ابن المقفع۔

داؤد کو ان میں کوئی دلچسپی نہیں تھی۔ اُس نے مُجھے صرف ''الادب الکبیر فی طاعت الملوک'' اور '' فارس کے شہنشاہوں کی تاریخ'' لکھنے کا حکم دیا تھا تا کہ وہ ان کو بطور تحفہ خلیفہ مروان کو پیش کر سکے۔ میں نے یہ دو مسودے میز پر رکھ دیئے ہیں تا کہ اگر تفتیش کرنے والے یہاں آئے تو ان کو دیکھ لیں۔ میرے خیال میں عباسی بھی ان کتابوں کو لکھوانا چاہیں گے۔ لیکن جن مسودوں پر میں اپنے شوق سے کام کر رہا تھا وہ مُجھے چُھپانے پڑیں گے، خاص طور پر برزو کا لکھا ہوا ''پنچ تنترا کا دیباچہ'' جس کا میں عربی میں ''کلیلہ و دمنہ'' کے عنوان سے ترجمہ کر رہا ہوں، اِس پر وہ غُصے ہو سکتے ہیں۔

عبدالحمید۔

لیکن یہ تو ہندی کہانی ہے۔ کیا یہ فارسی میں بھی دستیاب ہے؟

ابن المقفع۔

فارسی شہنشاہوں نے ''پنچ تنترا'' کا فارسی ترجمہ کروایا تھا۔ اب میں اس کا عربی ترجمہ کر رہا ہوں۔ اس کتاب پر لکھا ہوا برزو کا دیباچہ میرے علم کے مطابق اخلاقیات پر لکھا ہوا دُنیا کا سب سے زیادہ متاثر کن مقالہ ہے۔

عبدالحمید۔

(تجسس سے) اس میں کیا لکھا ہے؟

ابن المقفع۔

اس میں برزو نے سچائی کی تلاش میں اپنی زندگی بھر کی جستجو کو بیان کیا ہے۔ وہ اپنے اباؤاجداد کے مذہب سے مطمئن نہیں ہے، لہذا وہ متعدد مذاہب کے راہبوں سے ملاقاتیں کرتا ہے تا کہ اُن کے عقیدوں کا موازنہ کر سکے، اُن کو جانچے، اور ''سچا مذہب'' دریافت کرے۔ وہ یہ دیکھتا ہے کہ کوئی بھی مذہب عقل یا منطق پر مبنی نہیں ہے بلکہ سارے مذاہب حقیقت میں ثقافتی طور پر تشکیل دی گئی اُن عادات، ترغیبات اور ممنوعات کی پیداوار ہیں جن میں پل کر مذاہب کے ماننے والے جوان ہوئے۔ وہ یہ نتیجہ اخذ کرتا ہے کہ چونکہ عقیدوں کو خالص عقل یا منطق کا استعمال

کر کے جانچنا ناممکن ہے لہذا کسی ایک مذہب کے حق میں بہترین مذہب ہونے کا فیصلہ کرنا بھی ناممکن ہے۔ چنانچہ اپنے اباؤاجداد کا دین ترک کرنا کوئی زیادہ معنی نہیں رکھتا۔ لیکن، وہ پھر یہ کہتا ہے کہ کسی مذہب پر صرف اس لیے چلنا کہ وہ آپ کا آبائی مذہب ہے، یہ بھی کوئی زیادہ معنی نہیں رکھتا۔ آخر میں وہ اسی پر اکتفا کر لیتا ہے کہ عام لوگوں کی بھلائی کے کام کرتا رہے اور اُن بُرائیوں سے دور رہے جن کو بیشتر مذاہب بُرا سمجھتے ہیں۔

عبدالحمید۔

تو کیا میں یہ سمجھوں کہ تم ابھی تک فارس اور فارسی تہذیب و ثقافت کے وفادار ہو؟

ابن المقفع۔

ہاں، جب تک ہمارے حکمران مجھے اسلام قبول کیے بغیر زندہ رہنے دیں گے۔ فارس میں ہمارے پاس عظیم فلسفی تھے۔ کیا تُم نے کتابِ مزدک پڑھی ہے؟ ساسانی دور میں مزدک نے ایک ایسے معاشرے کا تصور پیش کیا تھا جس میں وسائل پیداوار، مثلاً زمین، عوامی ملکیت میں ہوں تا کہ ہر شہری اُن سے مستفید ہو سکے۔ اب ہماری حالت یہ ہو گئی ہے کہ فلسفی کچھ بھی لکھنے سے خوفزدہ ہیں کہ اس کو توہین آمیز بنا کر اُن کو مار نہ ڈالا جائے۔

ابن المقفع مسودوں اور کتابوں کی گٹھری بنا کر گھر کے اندر کُھلنے والے دروازے سے اندر لے جاتا ہے۔ عبدالحمید خط لکھتا رہتا ہے۔ ابن المقفع خالی ہاتھ واپس لوٹتا ہے۔

عبدالحمید۔

میرے خیال میں تمہارا مفاد اسی میں ہے کہ اسلام قبول کر لو۔ عباسیوں نے اقتدار پر قبضہ کرنے کے لیے فارسیوں کے ساتھ جھوٹے وعدے کر کے اُن کو ساتھ مِلایا ہے۔ اب جبکہ وہ اقتدار میں ہیں، اُن کو فارسیوں کو اقتدار سے باہر رکھنے کے لیے اُن پر ظلم کرنا ہو گا۔ اسلام قبول نہ کیا تو جزیہ دیتے دیتے عمر بیت جائے گی۔

ابن المقفع۔

لیکن وہ نومسلموں کو غیر مسلموں کی نسبت زیادہ شک کی نظر سے دیکھیں گے۔ اسلام قبول کر کے خلیفہ کے مقربِ خاص بننے کا تمہیں کیا فائدہ ہوا؟ اس کے برعکس، چونکہ میں غیر مسلم ہوں، سارے درباری جانتے تھے کہ میں کوئی بڑا عہدہ نہیں لے سکوں گا، لہذا میں اُن کے حسد و رقابت اور سازشوں سے بچا رہا۔ (فکرمند ہوتے ہوئے) لیکن اب کون جانے عباسی دور میں کیا ہو گا؟ چونکہ میری عربی تحریر کسی بھی عرب سے بہتر ہے، مُجھے امید ہے کہ مُجھے کم از کم دیوان میں نوکری مل جائے گی۔ مُجھے بڑا عہدہ لینے کا شوق نہیں ہے۔ بڑا عہدہ لینے کا مطلب ہے کہ کتابیں لکھنے یا ترجمے کرنے کے بجائے حکمرانوں کے خط لکھو اور سازشوں کا شکار بنو۔ انسان جتنا اوپر جاتا ہے اُتنی ہی بلندی سے نیچے گرتا ہے۔ (جلدی سے معذرت خواہانہ انداز میں) معاف کرنا، میرا اشارہ تمہاری طرف نہیں تھا۔

عبدالحمید دُکھ سے سر جُھکا کر تیزی سے لکھتا ہے۔

کچھ دیر بعد وہ کاغذ کو تہہ کر کے میز پر رکھ دیتا ہے۔

عبدالحمید۔

ازرہ کرم اس خط کو پہنچانے کا بندوبست کر دینا۔

(پریشانی کے عالم میں کھڑے ہوتے ہوئے) اب مجھے جانے کی اجازت دو۔ مجھے یہاں سے زیادہ دور نکل جانا چاہیئے۔ (ہچکچاتے ہوئے) کیا میں اپنا گھوڑا تمہیں دے کر تمہارا گھوڑا لے جاؤں؟ میرا گھوڑا اس قابل نہیں ہے کہ دور تک جا سکے۔

ابن المقفع۔

ضرور لے جاؤ لیکن بحرین سے آگے کہاں جاؤ گے؟ دور دیہات میں میرے جاننے والے ہیں۔ وہاں تمہیں ڈھونڈنے کوئی نہیں جائے گا۔ صبح تک رُک جاؤ تو سفر کے لیے کچھ کھانا لے کر میں خود تمہیں وہاں چھوڑ آؤں گا۔

باہر والے دروازے پر زور زور سے نکے مارنے کی آوازوں سے دونوں دہل جاتے ہیں۔

اونچی آوازیں دروازے کے پیچھے سے سنائی دیتی ہیں۔

آوازیں۔

خلافتِ عباسیہ کے نام پر دروازہ کھول دو۔ دروازہ کھول دو ورنہ ہم اسے توڑ دیں گے۔

دروازے پر ڈنڈے پڑنے کی آوزیں آتی ہیں۔ دروازے کو بند رکھنے والا تختہ جھٹکوں سے ہلتا ہے۔ عبدالحمید کا چہرا زرد پڑ جاتا ہے۔

ابن المقفع۔

(دھیمی آواز میں، جیسے کہ نیم غنودگی کے عالم میں ہو) ہمیں دروازہ کھولنا پڑے گا ورنہ وہ اسے توڑ دیں گے۔ جلدی سے پیچھے صحن میں چھُپ جاؤ۔ میں اِن سے بات کرتا ہوں۔

عبدالحمید۔

(خوف سے کانپتے ہوئے) کیا فائدہ؟ وہ ساری طرف تلاشی لیں گے۔ شاید میں پچھلے دروازے سے بھاگ سکتا ہوں؟

ابن المقفع گھر کے اندر کھُلنے والے دروازے سے اندر جا کر واپس آ جاتا ہے۔

ابن المقفع۔

وہ پچھلے دروازے پر بھی کھڑے ہیں۔ (توصلہ باندھتے ہوئے) میں اُن سے بات کرتا ہوں۔

ابن المقفع باہر کھلنے والے دروازے کا تختہ ہٹا کر دروازہ کھولتا ہے اور باہر کھڑے لشکریوں کو دھکا دے کر باہر نکل جاتا ہے۔ لشکری پہلے اندر آنے کی کوشش کرتے ہیں لیکن پھر اُس کے ساتھ ہی باہر چلے جاتے ہیں۔ عبدالحمید گم سم کھڑا رہتا ہے۔

چاند کی مدھم سی روشنی اندر آتی ہے۔ ابن المقفع کی آواز کمرے کے باہر سے سنائی دیتی ہے۔

ابن المقفع۔

(اونچی آواز میں) تُم کیا چاہتے ہو؟

کماندار۔

(اونچی آواز میں) کیا تم عبدالحمید ہو؟

ابن المقفع۔

ہاں۔

پکڑ دھکڑ، دھکوں اور مکوں کی آوازیں سنائی دیتی ہیں۔ پھر گہرے سانسوں اور کراہنے کی آوازیں تلواروں کی جھنکار کے ساتھ سنائی دیتی ہیں۔ آوازیں ہلکی ہوتی جاتی ہیں جیسے کہ ابن المقفع اور لشکری گھر سے دور ہوتے جا رہے ہیں۔ خاموشی چھا جاتی ہے۔

عبدالحمید اچانک اپنی نیم بے ہوشی سے جاگتا ہے اور تیزی سے گھر سے باہر بھاگتے ہوئے چلاتا ہے۔ اُس کی آواز کمرے کے باہر سے سنائی دیتی ہے۔

عبدالحمید۔

ٹھرو! ٹھرو! یہ عبدالحمید نہیں ہے۔ یہ صرف میری جان بچانے کی کوشش کر رہا ہے۔

ایک دم خاموشی چھا جاتی ہے۔ پھر ابن المقفع چلاتا ہے۔

ابن المقفع۔

(اونچی آواز میں) میں ہی عبدالحمید ہوں۔

کماندار۔

(اونچی آواز میں) ان کو گھر کے اندر لے چلو۔ ان حرامیوں کی شناخت کرانی پڑے گی۔

دوبارہ پکڑ دھکڑ، دھکوں، مکوں، گہرے سانسوں اور کراہنے کی آوازیں تلواروں کی جھنکار کے ساتھ سنائی دیتی ہیں۔ لشکریوں کے گھر کے قریب آنے سے آوازیں اونچی ہوتی جاتی ہیں۔

کماندار۔

(اونچی آواز میں) ان کو اندر لے چلو۔ خنزیر! تمہیں جرأت کیسے ہوئی میرے ساتھ چالاکیاں کرنے کی؟ (غُصے سے) اندر چلو۔ (لشکریوں کو ڈانٹتے ہوئے) اگر ان میں سے ایک بھی بھاگا تو ابو مسلم اُس کے بدلے تُمہارے سر مانگے گا۔

کماندار کمرے میں داخل ہوتا ہے۔ اُس کے پیچھے چار لشکری ابن المقفع اور عبدالحمید کو دھکے دیتے ہوئے اور تلواروں کے دستے چبھوتے ہوئے اندر لے کر آتے ہیں۔

کماندار کی آنکھیں نیند پوری نہ ہونے سے لال ہیں اور وہ تھکا ہوا لگتا ہے۔ وہ کمرے کا جائزہ لیتا ہے اور ایک تکیے کے ساتھ کمر لگا کر آرام سے بیٹھ جاتا ہے۔ دروازہ کُھلا رہتا ہے۔

دو لشکری دروازے پر پہرہ دینے کھڑے ہو جاتے ہیں اور باقی دو ابن المقفع اور عبدالحمید کو کماندار کے سامنے بٹھا کر قریب بیٹھ جاتے ہیں۔ لشکری تھکے ماندے لگتے ہیں لیکن ہوشیار رہنے کی کوشش کرتے ہیں۔ کماندار دونوں قیدیوں کو گھورتا ہے۔

کماندار۔

تُم دونوں کو مرنے کا بہت شوق ہے۔ اگر تم عام آدمی ہوتے تو میں تُمہارا شوق بڑی خوشی سے پورا کر دیتا۔ دونوں کی گردنیں اُتارنے کے بعد تصدیق کراتا کہ تم میں عبالحمید کون ہے۔ لیکن لکھنے پڑھنے والے آدمی اتنے نایاب ہیں کہ غلط قتل کی مُجھے بہت بڑی سزا مل سکتی ہے۔ ہم جانتے ہیں کہ یہ ابن المقفع کا گھر ہے اور ہمیں حکم ہے کہ اُس کو زندہ رکھنا ہے۔ تم میں سے ایک کو صاحب السمو ابو مسلم کے دربار میں کاتب بننے کا شرف بخشا جائے گا اگر تم اپنی درست شناخت ظاہر کر دو۔ (عبدالحمید کو مُخاطب کرتے ہوئے) تمہاری گردآلود پوشاک ظاہر کرتی ہے کہ بھگوڑے تم ہو لیکن ہمیں کیا معلوم کہ تم نے ایک دوسرے سے کپڑے بدل لیے ہوں؟ بتاؤ تم میں سے کون ابن المقفع ہے؟

عبدالحمید۔

(ابن المقفع کی طرف اشارہ کرتے ہوئے) یہی ہے۔ اس نے دوستی میں میری خاطر مرنے کی کوشش کی تھی لیکن عبدالحمید میں ہوں۔

کماندار۔

(حیرت سے ابن المقفع کو دیکھتے ہوئے) کیا تُم پاگل ہو کہ اپنی قیمتی زندگی صاحب السمو ابو مسلم کی تضحیک کرنے والے اس بدمعاش کے لیے ظائع کرنا چاہتا ہو؟ (عبدالحمید کی طرف مُڑتے ہوئے) اور تم تو اس سے بھی بڑے گدھے ہو کہ جب تُمہیں بھاگنے کا موقع مِلا تو تم ہماری طرف دوڑتے آئے! (اچنبھے کے عالم میں) سمجھ نہیں آتی۔ دونوں پاگل لگتے ہیں اور پاگل کا قتل حرام ہے۔ مُجھے اپنا فرض پورا کرنا ہے اور صرف شناخت کرا کر ہی قتل کرنا ہے لیکن میں دو پاگلوں میں پھنس گیا ہوں۔ (دروازے پر کھڑے لشکری کی طرف اشارہ کرتے ہوئے) اوئے عبداللہ! بھاگ کر خیمہ گاہ میں جاؤ اور اُس غلام کو، کیا نام ہے ، عبیدہ کو لے کر آؤ۔ وہ عبدالحمید کو مروان کے دربار میں دیکھتا رہا ہے۔

عبداللہ بھاگ کر جاتا ہے۔ کماندار مزید جسم پھیلا کر ٹانگیں لمبی کر کے آرام کرتے ہوئے اپنی توند پر ہاتھ پھیرتا ہے اور متواتر دونوں قیدیوں کو گھورتا جاتا ہے۔

کماندار۔

(باری باری دونوں کو دیکھتے ہوئے، نرمی سے) میں نے دو آدمیوں میں اس حد تک وفاداری بغیر کسی وجہ کے نہیں دیکھی۔ تمہارا آپس میں کیا تعلق ہے؟

عبدالحمید اور ابن المقفع خاموش رہتے ہیں۔

کماندار۔

(زوردار آواز سے گرجتے ہوئے) تم نے میرے سوال کا جواب نہیں دیا!

کماندار سیدھا بیٹھ کر اپنی تلوار کے دستے پر ہاتھ رکھ کر دونوں کو گھورتا ہے۔

ابن المقفع۔

یہ میرے اُستاد کی طرح ہے۔ میں اس کی عزت کرتا ہوں کیونکہ میں نے اس سے بہت کچھ سیکھا ہے۔ ہم دونوں ادیب ہیں۔

کماندار۔

(قہقہ لگاتا ہے اور دیر تک ہنستا رہتا ہے) تو پھر یہ کہو کہ تم شاعر ہو۔ ایسے پاگل پن کی توقع شاعروں سے ہی کی جا سکتی ہے۔ واللہ! یہ مجھے پہلے کیوں نہ سمجھ آئی۔ اب یہ مت سمجھنا کہ میں ان پڑھ ہوں۔ میں بھی شاعری کو جانچ سکتا ہوں اور اچھی اور بُری شاعری میں فرق بتا سکتا ہوں۔ اگرچہ میں اپنے فرض کے ہاتھوں مجبور ہوں کہ ایک کو چھوڑ دوں لیکن تب چھوڑوں گا جب تم دونوں میرے انصاف سے فرض نبھانے پر ایک ایک قصیدہ لکھو گے۔ میں چاہتا ہوں کہ یہ واقعہ تاریخ میں محفوظ ہو جائے اور لوگوں کو پتہ چلے کہ میں نے اپنا فرض پورا کرنے اور ایک کی جان بخشی کرنے کے لیے کتنی تگ و دو کی۔ (حقارت سے) یہ مت سمجھنا کہ میں تعریف کا بھوکا ہوں (شیخی بگھارتے ہوئے) میرے ایسے شاعر دوست ہیں جو تمہیں بہتر شاعری سکھا سکتے ہیں۔ کئی نے میری بہادری اور سخاوت پر قصیدے لکھے ہیں اگرچہ کہ میرے فرائض میں ایسے کام بھی شامل ہیں جو کمزور دلوں اور بے وقوفوں کو ظالمانہ لگتے ہوں گے۔ چلو، اُدھر بیٹھو (کتابت کی میز کی طرف اشارہ کرتے ہوئے) اور شاعری کے دو شاندار نمونے تیار کرو۔ اگر میرے لیے لکھنے کو دل نہیں مانتا تو صاحب السمو کی شان میں لکھو تا کہ میں اُن کی خدمت میں پیش کر کے کہوں کہ ایک قصیدہ اُسی نے لکھا ہے جس نے آپ کی ہجو لکھنے کی جرأت کی تھی، جس زبان نے آپ کے خلاف زہر اُگلا تھا، اب وہی آپ کے قصیدے گا رہی ہے۔

ابن المقفع۔

(نیم دلی سے) میں خط اور کتابیں لکھنے والا کاتب ہوں، شاعر نہیں۔

کماندار۔

(بے صبری سے) ایک ہی بات ہے۔ (آواز بلند کرتے ہوئے) بہانے بازی بند کرو۔ (طعنہ دیتے ہوئے) میں نے

تم جیسے کئی لکھاری دور دراز صوبوں کے عمالوں سے سفارش کے خط لیے چند سکوں کے لیے دربار میں داخلے کی بھیک مانگتے ہوئے دیکھے ہیں۔ (لشکریوں کو مُخاطب کرتے ہوئے) ان کو میز کے پاس بٹھاؤ۔

کمرے میں موجود دو لشکری ابن المقفع اور عبدالحمید کو دھکے دے کر کتابت کی میز کے سامنے بٹھا کر لکھنے پر مجبور کرتے ہیں۔ کماندار جمائیاں لیتا ہے لیکن نظریں قیدیوں پر لگائے اپنے آپ ہی مسکراتا اور اُن کی حالتِ زار سے محظوظ ہوتا ہے۔

کچھ دیر بعد عبداللہ عبیدہ کو لے کر کمرے کے اندر آتا ہے۔

عبیدہ، ابن المقفع اور عبدالحمید کو دیکھتے ہی جلدی سے عبدالحمید کی جانب اشارہ کرتا ہے اگرچہ کہ عبدالحمید اُس کو دیکھتے ہی مُنہ دوسری طرف پھیر لیتا ہے۔

عبیدہ۔

(شیخی بھگارتے ہوئے) یہ ادھر بیٹھا ہے! میری یاداشت بہت تیز ہے۔ میں لوگوں کو پیچھے سے بھی پہچان لیتا ہوں!

کماندار۔

(غُصے سے) مُخ مافی حمار! (بے دماغ گدھے) کیا میں نے تُجھے کہا تھا کہ شناخت کر؟ میں صاحب السمو کے لیے قصیدہ لکھوا رہا تھا کہ تو نے سارا کھیل ہی خراب کر دیا اپنی یاداشت کی ڈینگیں مار کے۔ اب یہ کس لیے لکھے گا؟

عبداللہ۔

(غُلام کو ڈانٹتے ہوئے) تُجھے کہا نہیں تھا کہ بڑوں کے آگے زبان بند رکھا کر؟

عبیدہ۔

(حیران ہوتے ہوئے) میں تو جلدی کر کے آپ کا وقت بچا رہا تھا۔

کماندار آہستہ آہستہ مشکل سے اُٹھتا ہے اور حاکمانہ انداز میں سیدھا کھڑا ہو جاتا ہے۔

کماندار۔

میں ایک گدھے کی یاداشت پر اپنے فیصلے کا انحصار نہیں کر سکتا۔ (عبیدہ کو مُخاطب کرتے ہوئے) تم نے اس کو پُشت سے دیکھ کر پہچاننے اور میرے سامنے شیخیاں مارنے کی جُرات کیسے کی؟ اگر تمہاری شناخت غلط ہوئی تو لمبی رسی سے تمہاری ٹانگیں دو اڑیل گھوڑوں سے باندھ کر اُن کو چابک مار کے مخالف سمتوں میں دوڑا دیا جائے گا۔

عبیدہ۔

(بِلاخوف چھاتی پے ہاتھ مارتے ہوئے) عبیدہ ایک بار کسی کو دیکھ لے تو بھولتا نہیں۔

کماندار۔

(جواب سے مطمئن نظر آتے ہوئے)۔ ٹھیک ہے۔ سارے خبردار ہو جاؤ! ہمیں صبح ہونے سے پہلے کام ختم کرنا ہے ورنہ سورج کی پہلی کرنوں کے ساتھ ہی (حقارت سے) قصبے کا ہر آوارہ آدمی تماشا دیکھنے اور ہمارے عہدوں سے حسد

کرنے یہاں پہنچ جائے گا۔

عبداللہ۔

(ہچکچاتے ہوئے) یا نقیب (کپتان)! کیا میں ایک مشورہ دے سکتا ہوں؟

کماندار اُسے حیرت سے دیکھتا ہے۔ ڈانٹ کے خوف سے عبداللہ جلدی جلدی بولتا ہے۔

عبداللہ۔

آپ جانتے ہیں کہ یہ عربی زبان کا ماہر، شاعر اور ادیب ہے۔ شاید صاحب السمو اس کی مہارتیں استعمال کر کے زیادہ خوش ہوں۔ اگر ہم اسے زندہ لے جائیں تو شاید ہمیں زیادہ انعام و اکرام ملے۔ اور اگر صاحب السمو کو یہ اچھا نہ لگا تو وہ خود اسے ختم کروا دیں گے۔

کماندار۔

(طعنہ دیتے ہوئے) کیا زبردست مشورہ دیا ہے! جو میں نے تیری تربیت کی تھی، عبداللہ، اُس سے تو نے ٹھیکرا بھی نہیں سیکھا۔ تو بولنے سے پہلے بالکل نہیں سوچتا کہ تو کیا کہہ رہا ہے۔ کیا تو نے حساب کیا ہے کہ واپسی کے طویل سفر میں ہمیں کتنے دن لگیں گے؟ کتنی راتیں سرائیوں میں رُکنا پڑے گا؟ کتنے پڑاؤ ڈالنے پڑیں گے؟ کتنے قافلوں کا سامنا کرنا پڑے گا؟ اس کے گھوڑے کا اور کھانے پینے کا خرچہ؟ اور اس طویل سفر میں اگر یہ بھاگ گیا؟ اور جب ہم اس کو لے کر دربار میں پہنچیں گے تو کیا ہو گا؟ بڑے عہدے دار اور درباری فوراً اس کو ہم سے لے کر ہمیں چلتا کر دیں گے اور ساری کاروائی کا سہرا اپنے سر باندھ کر انعام و اکرام ہڑپ کر جائیں گے۔ وہ صاحب السمو کو ہمارے نام تک نہیں بتائیں گے۔ نہیں، بالکل نہیں۔ یہ زیادہ آسان ہے کہ ہم ایک گٹھری میں اس کا سر باندھ کر سفر کریں اور وہاں جا کر سر دکھا کر ثابت کر دیں کہ جو حکم ہمیں دیا گیا تھا ہم نے وہی کیا۔

کماندار غُلام اور ابن المقفع کو باہر جانے کا اشارہ کرتا ہے۔ غُلام ہونے والے قتل کے خوف سے پُھرتی سے بھاگ جاتا ہے۔

ابن المقفع کا چہرہ زرد پڑ جاتا ہے۔

ابن المقفع عبدالحمید کو بیٹھے بیٹھے گلے لگاتا ہے اور سسکیاں لے کر روتا ہے۔ دو لشکری اُس کو پکڑ کر الگ کرتے ہیں اور گھسیٹ کر کمرے سے باہر لے جاتے ہیں۔

دوسرے دو لشکری عبدالحمید کو زبردستی گھٹنوں کے بل کمرے کے وسط میں بٹھا کر اُس کے ہاتھ پُشت کے پیچھے باندھ دیتے ہیں۔ وہ اُس کا سر جُھکا کر ایک طرف کھڑے ہو جاتے ہیں۔

کماندار اپنی تلوار نکال کر دستے کو دونوں ہاتھوں سے مضبوطی سے پکڑ کر اوپر لے جاتا ہے اور پاؤں پھیلا کو توازن قائم کرتا ہے۔

عبدالحمید پھٹی ہوئی کانپتی ہوئی تقریباً غیر انسانی آواز میں زور سے چلاتا ہے۔

عبدالحمید۔

لا اللہ اللہ محمد الرسول اللہ۔ ایک مسلمان بھائی کی آخری خواہش مان لو۔ مرتے مسلمان کی آخری خواہش ماننا تمہارا فرض ہے۔ مُجھے اس کمرے میں مت مارو۔ باہر لے جاؤ۔

کماندار متاثر ہو کر ہچکچاتا ہے۔ تھوڑی دیر دُبہرے ذہن میں رہتا ہے اور پھر تلوار نیچے کر کے تیزی سے چلتا ہوا کمرے سے باہر چلا جاتا ہے۔ لشکری اُس کے پیچھے عبدالحمید کو گھسیٹ کر لے جاتے ہیں۔ جاتے جاتے عبدالحمید کتابت کی میز پر پڑے اُس خط پر آخری نظر دوڑاتا ہے جو اُس نے اپنے خاندان کے نام لکھا تھا، اور پھوٹ پھوٹ کر رو پڑتا ہے۔ وہ نیم بے ہوش نظر آتا ہے اور کوئی مزاحمت نہیں کرتا۔ سب لوگ باہر چلے جاتے ہیں۔

کمرہ کچھ دیر خالی رہتا ہے۔

ہوش اُڑے ہوئے ابن المقفع، زرد، آنسوؤں سے تر چہرے کے ساتھ لڑکھڑاتا ہوا کمرے میں داخل ہوتا ہے۔ اُس کی آنکھیں لال اور بال بکھرے ہوئے ہیں۔ وہ دیوار کے ساتھ سر مار مار کے روتا ہے۔ پھر وہ عبدالحمید کا خط ڈھونڈتا ہے اور اُس کو کتابت کی میز پر پڑے دیکھ کر اُٹھا لیتا ہے۔ وہ میز کے پاس گھٹنوں کے بل بیٹھ کر صدمے سے بھرپور آواز میں خط پڑھتا ہے۔

ابن المقفع۔

(سسکیاں لیتے اور آہیں بھرتے ہوئے خط پڑھتا ہے) بسم اللہ الرحمان الرحیم۔ اما بعد۔

اللہ تعالیٰ نے اس دُنیا میں خوشیاں اور غم دونوں بھیجے ہیں۔ خوش قسمت آرام میں رہتے ہیں لیکن جسے دُنیا اپنے نوکیلے دانت دِکھانا شروع کر دے وہ غُصے سے اس میں عیب و نقص ڈھونڈتا ہے اور اسے کوستا ہے۔ تقدیر نے ہمیں بہت عیش و آرام میں رکھ کر دودھ و شہد پلایا اور ہم مزے لے لے کر پیتے رہے لیکن اب وہ ہم سے متنفر ہے اور مُنہ پھر کر لاتیں مار رہی ہے۔ خوشی رنج میں اور نرمی درشتی میں بدل گئی ہے۔ میں گھر سے دور پردیس میں دربدر پھر رہا ہوں۔ حالات نا سازگار ہیں۔ (سانس لینے کے لیے رُکتا ہے)۔

میں یہ خط لکھ رہا ہوں اور زمانہ مُجھے تم سے دور تر کرتا جا رہا ہے۔ تمہاری یادیں دل کو بے چین و بے قرار کر رہی ہیں۔

اگر یہ آفت سلامتی میں بدل گئی تو میں تمہارے پاس آؤں گا (سسکیاں لے کر روتا ہے) لیکن اگر دُشمن کے نوکیلے پنجوں نے مُجھے دبوچ لیا تو شاید ایک قیدی کی ذلت ساتھ لیے آؤں، اور ذلت بدترین ساتھی ہے۔ اللہ جسے چاہتا ہے عزت دیتا ہے اور جسے چاہتا ہے ذلت دیتا ہے۔ (سانس لینے کے لیے رُکتا ہے)۔

میری اللہ سے دُعا ہے کہ ہمیں ایسے محفوظ مقام پر اکٹھا کرے جہاں ایمان اور جسم دونوں کو بچایا جا سکے۔ وہ قادرِ مطلق

اور رحیم و کریم ہے! یقیناً وہ میری فریاد سُنے گا۔ (19)

ابن المقفع خط کو میز پر رکھ کر پھوٹ پھوٹ کر روتا ہے۔

ابن المقفع۔

خُدائے بُزرگ و برتر! کیا اس کو اپنے پیاروں سے مِلانا تیرے لیے اتنا مشکل تھا؟

تیسرے ایکٹ کا اختتام

[19] ذیات، *تاریخ ادب العربی*، صفحات 297-295

چوتھا ایکٹ: مقفع کا بیٹا

چوتھے ایکٹ کے کردار:

ابن المقفع، جیسا کہ تیسرے ایکٹ میں بیان کیا گیا۔

دادویہ، ابن المقفع کا باپ، گنجا اور ضعیف آدمی ہے۔ اُس کا دایاں ہاتھ کلائی سے اندر کی طرف مڑا ہوا ہے۔ کبھی کبھی وہ لاشعوری طور پر دائیں ہاتھ کو بائیں سے ہلانے یا چھپانے کی کوشش کرتا ہے۔ اُس نے ایک رنگین فارسی جُبّہ پہن رکھا ہے جو ریشمی ڈوریوں سے بندھا ہوا ہے۔

چوتھے ایکٹ کا منظر:

ایران کے کسی قصبے میں دادویہ کے مکان کی بیٹھک جس میں دائیں جانب ایک دروازہ ہے۔

چوتھا ایکٹ

ایران کے کسی قصبے میں دادویہ کے مکان کی بیٹھک

دور

تقریباً 753 عیسوی

ابن المقفع اور دادویہ ایرانی قالینوں پر تکیوں سے ٹیک لگائے بیٹھے ہیں۔ دروازہ کُھلا ہے۔

دادویہ۔

اچھا تو نیا خلیفہ ابوالعباس السفاح ہے۔ اُس کا پورا نام اور لقب کیا ہے؟

ابن المقفع۔

(طنزیہ انداز میں) امیرالمومنین أبو العباس عبد اللہ بن محمد السفّاح مد ظلہ تعالیٰ۔

دادویہ۔

ان عربوں کے لیے چھوٹا نام رکھنا بہت بڑی بے عزتی ہوتی ہے۔ اس نے تو وہی لقب رکھے ہیں جو اُموی خلفاء کے تھے۔ کیا یہ اُمویوں سے بہتر ہے؟

ابن المقفع۔

اُمویوں سے بھی زیادہ مغرور اور ظالم ہے۔

دادویہ خوفزدہ ہو کر جلدی سے اُٹھ کر دروازے پر جاتا ہے اور باہر جھانکتا ہے۔ باہر کسی کو نہ دیکھ کر مطمئن ہو کر دروازہ بند کر کے واپس آ کر بیٹھ جاتا ہے۔

ابن المقفع۔

السفاح دھوکے باز خلیفہ ہے۔ اُس نے یزید بن ہبیرہ کو عام معافی اور دوستی کا عہد نامہ اپنے ہاتھوں سے لکھ کر اور دستخط کر کے بھیجا۔ یزید نے عہد نامے پر بھروسہ کرتے ہوئے ہتھیار ڈال دیئے لیکن جونہی وہ گرفتار ہوا، السفاح نے اُسے قتل کر ڈالا۔

دادویہ۔

یزید بن ہبیرہ کون تھا؟

ابن المقفع۔

واسط کا آخری اُموی والی۔ تُمہیں پتہ ہے موصل کے علویوں کے ساتھ کیا ہوا؟

دادویہ۔

کیا یہ کوئی حالیہ واقعہ ہے؟

ابن المقفع۔

جی ہاں۔ موصل کے علویوں نے السفاح کے ہاتھ پر بیعت کرنے سے انکار کر دیا۔ السفاح نے اپنے بھائی یحییٰ کو اُن کی سرکوبی کے لیے بھیجا۔ جب یحییٰ لشکر لے کر موصل پہنچا تو اُس نے سارے شہر میں اعلان کروایا کہ جو بھی مرکزی مسجد میں پناہ لے گا اُس کو امان دے دی جائے گی۔ کہتے ہیں ہزاروں مرد مسجد کے اندر چلے گئے اور جن کے پاس ہتھیار تھے، وہ یحییٰ کے لشکریوں نے مسجد کے دروازوں پر اُن سے لے لیے۔ اُس کے بعد یحییٰ نے کمان سنبھالی اور مسجد کے سب دروازوں کو بند کروا کر قتلِ عام شروع کروا دیا۔ جب یہ خبر مقتولین کے خاندانوں تک پہنچی تو اُنہوں نے ماتم شروع کر دیا۔ ساری رات شہر کے بوڑھوں، عورتوں اور بچوں کی چیخ و پکار سن کر یحییٰ کا دماغ پھر گیا اور اُس نے لشکریوں کو حکم دیا کہ ہر کسی کو مار ڈالیں۔ تین دن تک لشکریوں کو شہر میں کُھلی چھُٹی دی گئی کہ وہ بوڑھوں، عورتوں اور بچوں کو قتل کرتے پھریں، لوٹ مار کریں اور زنا بالجبر کریں۔ یحییٰ کے لشکر میں چار ہزار عجمی تھے۔ اُن میں سے بھی کئی عرب لشکریوں کے ساتھ مل کر موصل کی علوی عورتوں کی آبرو ریزی کرتے رہے۔ ایک بوڑھی عورت کسی طرح یحییٰ کے گھوڑے تک پہنچ گئی اور عین سڑک میں اُس کی لگام پکڑ کر چلائی، ''عباسی رسول اللہ ﷺ کے چچا عباس کی اولاد ہیں۔ تم اور علوی رسول اللہ ﷺ کے مقدس ترین ہاشمی قبیلے سے ہو۔ کیا تمہیں زرا شرم نہیں آتی کہ عجمیوں کے ہاتھوں عرب عورتوں کی آبروریزی کرواتے ہو؟ تم غیروں کو لا کر اپنی عورتوں کا زنا بالجبر

کرواتے ہو؟'' بڑھیا نے یحییٰ کی قبائلی عصبیت کو جگا دیا۔ اُس نے اپنے عجمی دستوں کو حکم بھیجے کے فوراً لوٹے ہوئے مال میں سے انعام و اکرام لینے کے لیے مسجد میں اکٹھے ہو جائیں اور مسجد کے احترام میں ہتھیار مسجد کے باہر رکھ کر ائیں۔ پھر یحییٰ نے اپنے عربی دستوں کے ہاتھوں عجمیوں کو اُسی طرح قتل کروایا جس طرح پہلے علوی مردوں کو قتل کروایا تھا۔

دادویہ۔

اس دھوکے بازی کو یہ حرب الخذعہ کہتے ہیں۔ ایسا ہوتے ہوئے میں نے اپنی زندگی میں کئی بار سُنا اور دیکھا ہے۔ اِن کا شریف النفس خلیفہ صرف ایک ہی تھا، عمر بن عبدالعزیز۔ جب عمر بن عبدالعزیز والیء مدینہ تھے تو خلیفہ الولید بن عبدالمالک کے حکم پر اُنہوں نے ایک ایسا ظلم کیا تھا جس نے اُن کا ذہن ہمیشہ کے لیے بدل دیا تھا۔ اُنہوں نے عبداللہ بن زبیر کے بیٹے خبیب کو کوڑے مارے، برفیلے ٹھنڈے پانی میں ڈبویا اور پھر مسجدِ نبوی کے دروازے پر سارا دن سخت سردی میں کھڑا رکھا۔ جب اس تشدد سے خبیب مر گیا، تو عمر بن عبدالعزیز کو سخت دھچکا لگا۔ اُنہوں نے استعفےٰ دے دیا اور خوفِ خُدا دل میں رکھ کر رہنے لگے۔ سُلیمان بن عبدالمالک کی وصیت پر خلیفہ بننے کے بعد عمر بن عبدالعزیز نے احکامات جاری کیے کہ صوبائی حاکم غیر مسلموں اور کمزور قبیلوں کو لوٹنا بند کر کے ایماندارانہ کمائی کے اندر گزارہ کریں۔ اُنہوں نے پوری کوشش کی کہ لوگوں کے حقوق، عزتیں، جانیں اور اموال محفوظ رہیں۔ اپنی وراثت اور بیوی کے ہیرے جواہرات بیت المال میں ڈال کر اُنہوں نے اپنے رشتہ داروں اور اُموی قبیلے کی حرام کمائی سے بنائی گئی جائدادوں کو حکومتی قبضے میں لینا شروع کیا۔ ظالم والیان اورعمال کی جگہ شریف لوگوں کو تعینات کیا، غیرمنصفانہ ٹیکس ختم کیے اور احکامات بھیجے کہ خلیفہ سے منظوری لیے بغیر نہ کسی کا ہاتھ کاٹا جائے اور نہ کسی کو سزائے موت دی جائے۔ لیکن اُن کے اپنے خاندان کو لوگوں نے، جو عیش و عشرت کی زندگی چھوڑنے پر تیار نہیں تھے، انہیں زہر دے کر مار ڈالا۔ (20)

نئے حکمران پھر پُرانی ڈگر پر چل پڑے اور یہودیوں، عیسائیوں، زرتشتیوں، ہر طرح کے غیر مسلموں کے کمزور قبیلوں کی لوٹ مار کر کے عیاشیاں کرنے لگے۔ جب ایک علاقے سے زمین جائیداد والے غیر مسلم ختم ہو جاتے تھے اور باقی جزیہ ادا کرنے والے مزارعے یا غُلام بن جاتے تھے تو پھر حکمران آپس میں ایک دوسرے سے مال و اقتدار چھیننے کی لڑائیوں میں مشغول ہو جاتے تھے۔ اسی لیے عربوں کا کبھی بھی ایک متفقہ خلیفہ نہیں رہا، اور اگر کسی نے لمبے عرصے حکومت کر بھی لی تو پسِ پردہ کئی دعویدار قائم رہے۔

ابن المقفع۔

---

[20] مودودی، خلافت و ملوکیت، صفحات 200-187

(بے صبری سے)، دادویہ، خلفاء کو چھوڑو۔ میں آج سچ سچ جاننا چاہتا ہوں کہ تمہارا ہاتھ کس نے توڑا تھا۔

دادویہ پریشان ہو کر اپنے بیٹے کی طرف سے مُنہ پھیر لیتا ہے۔

ابن المقفع۔

(سختی سے) میں تمہارے ہاتھ کے بارے میں سچی بات جاننا چاہتا ہوں۔

دادویہ۔

(سختی سے) اور میں جاننا چاہتا ہوں کہ تم کب واپس جاؤ گے۔

ابن المقفع۔

جب تم میرے سارے سوالوں کے جواب دے دو گے۔

دادویہ۔

گڑے مُردے اُکھاڑنے سے کیا فائدہ؟

ابن المقفع۔

اپنے ماضی کے علم کے بغیر آدمی بے گھر کُتے کی طرح ہے۔

دادویہ۔

(آواز اونچی میں) بھرے پیٹ والا کُتا بھوکے کُتے سے بہتر ہوتا ہے۔ میں نے پوری کوشش کی کہ تم اچھی زندگی گزارو۔ میں نے تمہیں عربی ماحول میں اس لیے رکھا تھا کہ تم حاکموں کے منظورِ نظر ہو جاؤ۔ خلیفہ کے چچا کا معتمدِ خاص ہونا کوئی معمولی کامیابی نہیں ہے بالخصوص ایک فارسی زرتشتی کے لیے۔ تُمہیں عربی مدرسوں میں رکھ کر میں نے کوئی غلطی نہیں کی۔ تمہیں فخر ہونا چاہیئے کہ تمہاری عربی زبان میں مہارت ایسی ہے کہ عرب عالم بھی تم پر رشک کرتے ہیں لیکن (دُکھ سے) اب جبکہ تم اعلیٰ خوراک و پوشاک اور اچھے گھر کے عادی ہو گئے ہو، تم واپس آ کر ایسے سوالات پوچھنے شروع ہو گئے ہو جو ہم دونوں کو بے گھر بھوکے کُتوں کی طرح بنا سکتے ہیں۔

ابن المقفع اپنا سر جُھکا کر غور کرتا ہے۔ پھر وہ سر اُٹھا کر بولتا ہے۔

ابن المقفع۔

دادویہ...

دادویہ۔

(غُصے سے چلاتے ہوئے) مُجھے دادویہ مت کہو۔ کچھ شرم کرو۔ کیا تم مُجھے ابا بھی نہیں کہہ سکتے؟ میں نے بصرہ میں تُمہاری تعلیم اور رہن سہن کا خرچ اُس وقت برداشت کیا جب دوسرے فارسی بچے چیتھڑوں میں پھرا کرتے تھے لیکن ہماری تمیز و تہذیب کے مطابق وہ بھی اپنے باپوں کو ابا جان کہا کرتے تھے۔ تمہیں یہاں رکھتا تو تم بھی مُجھے ابا جان

کہتے لیکن میں نے یہ قیمت اس لیے ادا کی کہ تمہارا مقدر سنور جائے۔

ابن المقفع۔

(تیز لہجے میں) تم مُجھے عرب بنانا چاہتے تھے، تو پھر عرب اپنے باپوں کو نام ہی سے بلاتے ہیں۔ (نرم لہجے میں) میں معافی مانگتا ہوں۔ تم نے جو میرے لیے کیا، میں دل سے اُس کی قدر کرتا ہوں لیکن سچی بات یہ ہے کہ عربوں نے ہمیشہ مُجھے ابن المقفع (مڑے ہاتھ والے کا بیٹا) ہی کہا۔ مُجھے تم سے خاص نفرت اُس وقت ہوتی تھی جب تُم مُجھے تھوب اور عمامہ پہننے پر مجبور کرتے تھے اور عرب لڑکے یہ پہننے پر میرا مذاق اُڑایا کرتے تھے۔ شاید میں تمہیں ابا اس لیے نہیں کہتا کیونکہ، اگرچہ کہ تم نے مُجھ پر بہت پیسہ خرچ کیا، کئی بار تم مُجھ سے باپ جیسا سلوک نہیں کرتے۔ مثلاً میں تم سے سچ سُننا چاہتا ہوں کہ تمہارا ہاتھ کس نے توڑا تھا، صرف تجسس مٹانے کے لیے، میرے نام کی لگائی ہوئی اس آگ کو بُجھانے کے لیے جو راتوں کو اکثر میری نیندیں حرام کر دیتی ہے لیکن تم ایسے خوفزدہ ہو جاتے ہو کہ جیسے میں تمہارا عامل المحصول کا منصب چھیننا چاہتا ہوں۔ اور اب تو تُم عامل بھی نہیں ہو۔ (منت کرتے ہوئے) ابا! میں تمہیں دوسرے عجمیوں یا فارسیوں کی طرح غریب نہیں دیکھنا چاہتا۔ (طنزیہ انداز میں) میں اچھی طرح جانتا ہوں کہ پیٹ بھرا چوکیدار کُتا بھوکے آوارہ کُتے سے بہتر ہے۔ ایک بار مُجھے بتا دو، میرا تجسس مِٹا دو۔ میں زرتشت اور آویستا کی قسم کھا کر کہتا ہوں کہ میں کسی سے کچھ نہیں کہوں گا۔

دادویہ شرمندہ ہو کر ادھر اُدھر دیکھتا ہے۔ وہ جانتا ہے کہ ''چوکیدار کُتا'' بنو امیہ کے دور میں اُس کے افسر ہونے پر طنز ہے۔ وہ کن اکھیوں سے بیٹے کو دیکھتا ہے۔

ابن المقفع سمجھتا ہے کہ اُس نے باپ کا دل نرم کر دیا ہے اور اپنے سوال کا جواب سننے کی توقع کرتا ہے لیکن دادویہ سوال کو نظرانداز کر دیتا ہے۔

دادویہ۔

(فکرمندی سے) بیٹا تم نے زرتشت اور اویستا کی قسم کیوں کھائی؟ تُم کیوں میری پُرانی فارسی کتابوں سے چمٹے رہتے ہو؟ (اپنے آپ کو کوستے ہوئے) اگر مُجھے پتہ ہوتا کہ تُم ان کو عربی کتابوں پر ترجیح دو گے تو میں تمہیں کبھی بھی یہ اپنے ساتھ نہ لے جانے دیتا۔ تم نے ابھی تک اسلام کیوں نہیں قبول کیا؟ کیا قرآن نے تم پر کوئی اثر نہیں کیا؟

ابن المقفع۔

ابا! کم ازکم تم تو یہ نہ کہو۔ تم تو اچھی طرح جانتے ہو کہ اُمویوں نے اسلام کو عجمیوں یہودیوں، عیسائیوں، زرتشتیوں، مصریوں اور شامیوں کو لوٹنے کے لیے استعمال کیا ہے۔

دادویہ۔

اسی لیے تو کہتا ہوں۔ مفتوحہ علاقوں سے کتنے یہودی، عیسائی اور زرتشتی یا تو قتل ہو چکے ہیں یا دوسرے ملکوں کی

طرف بھاگ گئے ہیں۔ بچے کھچے غیر مسلم عوامی جگہوں سے دور رہتے ہیں۔ میں جانتا ہوں کہ فتح کیے ہوئے لوگوں کی اکثریت نے صرف تلوار کے خوف سے اسلام قبول کیا ہے (21) لیکن زندہ بچنے کا یہی طریقہ ہے۔ تمہیں بھی اسلام قبول کرنا پڑے گا، چاہے جھوٹ موٹ ہی سہی، کیونکہ میں نے سُنا ہے کہ عباسی نہ صرف غیر مسلموں بلکہ اُمویوں اور علویوں کی بھی بچی کھُچی زمینیں جائیدادیں قبضے میں لینے کے منصوبے بنا رہے ہیں۔ بھوکے بدوؤں کے غول کے غول مفتوحہ علاقوں میں آ رہے ہیں اور مطالبہ کر رہے ہیں کہ زرخیز زمینوں پر صرف عربوں کا حق ہے۔ جو پہلے سے یہاں آباد ہیں وہ کئی کئی بیویوں اور باندیوں سے بچوں پر بچے جنے جا رہیں ہیں تا کہ مزید زمینوں پر قبضے کے لیے کثیرالاولاد ہو جائیں اور تعداد میں عجمیوں سے زیادہ ہو جائیں۔ ابتدائی دنوں میں یہ صرف امراء کے محلوں اور حویلیوں پر قبضے کرتے تھے لیکن اب مہاجرین کی کثرت اور لاتعداد پیدائشوں کے نتیجے میں ان کی تعداد اتنی بڑھ گئی ہے کہ کسی کی بھی زمین، مکان اور مال مویشی پر قبضہ کر لیتے ہیں۔ زرتشتی لوگ فطرتاً لڑاکے نہیں ہیں لہذا وہ ہندوستان میں ہجرت کر کے وہاں آباد ہو رہے ہیں۔ کچھ ہندی راجوں نے انھیں پناہ دی ہوئی ہے۔ تمہارے پاس صرف دو راستے ہیں۔ مسلمان بن جاؤ یا ہندوستان چلے جاؤ۔

ابن المقفع۔

مجھے پتہ ہے لیکن اب میں نے عربی میں مہارت حاصل کر لی ہے (طنزیہ انداز میں) تُمہاری مہربانی سے۔ اسی وجہ سے شیخ عیسیٰ بن علی نے میری کفالت کی ذمہ داری اپنے سر لی۔ اب اس کو چھوڑ کر سنسکرت یا کوئی اور ہندی زبان سیکھنا اور کسی ہندی راجے کے دربار میں بھرتی ہونا آسان نہیں ہو گا۔ میری خواہش ہے کہ میں فارسی کتابوں کا عربی ترجمہ کروں، شاید اب یہ حجازی ہم سے کچھ تمیز و تہذیب اور انسانیت سیکھ لیں۔

دادویہ ششدر رہ جاتا ہے۔ وہ عدم یقین سے ابن المقفع کو دیکھتا ہے اور مایوسی سے اپنا سر جھٹکتے ہوئے آہستہ آہستہ بولتا ہے تا کہ ابن المقفع کو بات سمجھا سکے۔

دادویہ۔

تمہیں شاید یقین ہے کہ تم میں حجازیوں کو سمجھانے کی طاقت ہے۔ یہی یقین جہم بن صفوان اور جعد بن درہم کو قتل ہونے سے نہیں بچا سکا۔ یہی یقین منصور حلاج کے سولی چڑھنے کا باعث بنا۔ اُس کو شہر کے عین وسط میں سولی پر لٹکایا گیا تھا اور اُس کی لاش تین دن تک شدید دھوپ میں گلتی سڑتی رہی تھی جبکہ سولی کے چاروں طرف لوگ روزمرہ کی خرید و فروخت میں مصروف تھے۔ منصور کی ماں صدمے سے پاگل ہو گئی تھی۔ وہ لاش کے پاس تینوں دن کھڑی لوگوں کو روک روک کر پوچھتی رہی، ''کیا احکامات نہیں آئے؟'' لوگ پوچھتے تھے، ''کونسے احکامات؟'' اور وہ

[21] مودودی، *خلافت و ملوکیت*، صفحات 171-160؛ ابو زہرہ، *حیاتِ امام ابو حنیفہ*، صفحہ 266

کہتی تھی، ''احکامات کہ میرا شہسوار اپنے گھوڑے سے نیچے اُتر جائے۔''

لالچ کے مارے حجازیوں نے، جن میں اب ہمارے عجمی بھی شامل ہو گئے ہیں، سچے عالموں اور عمر بن عبدالعزیز جیسے نیک خلفاء کو ہمیشہ قتل کیا ہے تا کہ ان کا یہ راز نہ کُھل جائے کہ یہ اللہ کا نام لے کر صرف اپنی ہوس پوری کرتے ہیں۔ ایسے ناجائز قتل کرتے وقت یہ اس طرح کی دلیلیں دیتے ہیں کہ یہ اللہ کے حکم سے ہوا، قرآن میں اس کا حکم ہے، ہر موت اللہ کے حکم سے ہوتی ہے اور ہر موت کا وقت مقرر ہے۔ اگر ہر موت کا وقت مقرر ہے تو پھر اللہ نے قتل کے قصاص کا حکم کیوں بھیجا؟ عُلما معتزلہ اس ''اپنی تردید آپ'' کرنے والی منطقی غلطی کو واضح کرتے تھے لیکن اب وہ کہاں ہیں؟ سب مارے گئے یا مر گئے یا چُھپ گئے۔ سچے عُلما کو یہ خاموش کرا دیتے ہیں۔ یہ کہنا کہ اللہ ہمیں صرف بحث مباحثے کرنے، ہجو کہنے، تنقیدی بات کہنے یا لکھنے کے جرم میں بھی قتل کرنے کے حکم دیتا ہے، اللہ کی اس سے بڑی توہین اور کیا ہو گی؟ یہ اللہ کی توہین کرنے والے لوگ ہیں۔ ان کو سمجھانے کے بجائے ان سے ڈرو اور اپنی جان بچاؤ۔

ابن المقفع۔

کیا ہمارے بادشاہ ایسا نہیں کرتے تھے؟

دادویہ۔

ہمارے بادشاہ جو اچھا یا بُرا کرتے تھے اپنے نام سے کرتے تھے لیکن عربوں کے خلفاء اللہ کے نام پر کرتے ہیں اور اللہ کا نام لیتے لیتے خود کو اللہ بنا بیٹھے ہیں۔ قتل خود کرتے ہیں اور کہتے ہیں اللہ کے حکم سے ہوا۔ افسوس! مہذب فارسیوں پر ظالموں نے اپنا اقتدار مسلط کر دیا اور لوگوں سے جبراً منوایا کہ حاکم قبضے نہیں کر رہے بلکہ اللہ کا دین پھیلا رہے ہیں۔ غُربت کے مارے عجمی بھیڑ بکریوں کی طرح جہادی بن کر ان کے ساتھ مل کر فارس سے آگے مُلک فتح کرنے چل پڑے ہیں۔ اُنھوں نے آسان راستہ اختیار کر لیا ہے کہ کسانوں کی زمینیں اور مویشی چھین لو اور لڑکوں اور عورتوں کو غُلام اور لونڈیاں بنا لو۔ یہ سلسلہ اب رُکنے والا نہیں اور میرے خیال میں اس کو کوئی نہیں روک سکے گا۔ اگر یہ کسی کو ذمی کی حیثیت سے زندہ رہنے دیں گے تب بھی اُس سے جزیہ لیتے رہیں گے۔ جن حالات کو ہم بدلنے کی قوت نہیں رکھتے اُن پر افسوس کرنے کا بھی کوئی فائدہ نہیں۔ اپنے آپ کو مثبت رکھو۔ مسلمان بن جاؤ تو کم از کم تمہیں جزیہ نہیں ادا کرنا پڑے گا۔

ابن المقفع۔

اگر تم مُجھے بتا دو کہ تمھارا ہاتھ کس نے توڑا تھا تو میں تمھاری بات مان لوں گا۔

دادویہ۔

مُجھے سمجھ نہیں آتی کہ تم گڑے مُردے کیوں اُکھاڑنا چاہتے ہو۔

ابن المقفع۔

(اونچی آواز میں) میں نے تمہیں ہزاروں بار بتایا ہے کہ میں کوئی فتنہ فساد نہیں کرنے والا۔ میں صرف اُس اذیت کو ختم کرنا چاہتا ہوں جو میرے نام کی وجہ سے میری روح میں گُھس گئی ہے۔ یہ اذیت میں اُٹھاتا ہوں، تُم نہیں۔ تمہیں اب بھی دادویہ ہی کہا جاتا ہے جبکہ بچپن سے مدرسے کے لڑکوں نے میرا نام ٹُنڈے کا بیٹا رکھ دیا تھا اور اب تک ہر کوئی مُجھے اسی نام سے جانتا ہے۔ کیا یہ بہت بڑی بات ہے کہ تُم بتا دو کہ تمہارا ہاتھ کس نے توڑا تھا؟ ابا! میں وعدہ کرتا ہوں کہ کبھی کسی سے اس کا ذکر نہیں کروں گا۔

دادویہ۔

(شرمندہ ہوتے ہوئے) تم کیا جاننا چاہتے ہو؟

ابن المقفع۔

مُجھے بتاؤ کہ اُمویوں نے کسی عرب کے بجائے تُمہیں کیوں عامل المحصول مقرر کیا؟

دادویہ۔

(جزبز ہوتے ہوئے) اگر تم یہ سمجھتے ہو کہ میں کسی قسم کا کوئی غدار تھا تو یہ غلط ہے۔ انہوں نے مجھے صرف اس لیے تعینات کیا تھا کہ جب کسی عرب کو یہ عُہدہ دیا جاتا تھا تو وہ محصول میں سے بڑے بڑے حصے الگ کر کے اپنے لیے جائدادیں بناتے تھے اور قبائلی تعلقات یا دُشمنی کے خوف سے اُن کو اس خیانت کی سزا نہیں دی جا سکتی تھی۔ عرب عمال سے یہ بھی خدشہ رہتا تھا کہ وہ بہت زیادہ مال اکٹھا کر کے لشکری بھرتی کر کے اپنے خطے کو الگ نہ کر لیں جیسا کہ امیر معاویہ نے کیا تھا۔ وہ بلاد الشام کا والی تھا لیکن مدینہ میں خلیفہ عمرؓ اور پھر خلیفہ عثمانؓ کو سارا محصول بھیجنے کے بجائے دمشق ہی میں اُس کو اکٹھا کرتا رہا اور خلیفہ عثمانؓ کے فوت ہوتے ہی اپنی خلافت کا اعلان کر دیا۔ اس کے برعکس غیر مُسلم عمال خیانت کے خیال سے ہی کانپ جاتے تھے کیونکہ والی اُن کو کسی بھی وقت قتل کر سکتا تھا اور مقتول کے رشتہ داروں کو غیر مُسلم ہونے کے ناطے قصاص کا حق بھی حاصل نہیں تھا۔ غیر مُسلم عمال بھرتی کرنے کا دُہرا فائدہ یہ تھا کہ اُن کے مرتے ہی مسلمان اُن کے مال متاع پر قبضہ کر لیتے تھے کیونکہ غیر مسلم وارثوں کو وراثت لینے کا حق بھی حاصل نہیں تھا۔ اگر تُم نے اسلام قبول نہ کیا تو میرے ترکے پر بھی کوئی مسلمان قابض ہو جائے گا۔ پھر تُم کُچھ نہیں لے سکو گے۔

ابن المقفع۔

تمہارا ہاتھ کس نے توڑا تھا؟

دادویہ۔

جس نے توڑا تھا وہ مر چکا ہے۔ جو دوسرے عجمیوں پر گزری اُس کے مقابلے میں یہ معمولی واقعہ تھا۔ تُمہیں یہ دیکھنا

چاہیئے کہ دوسروں کے ساتھ کیا ہوا۔ جب یہاں اُمویوں کا اقتدار قائم ہوا تو اُن کے لشکری مقامی لوگوں کی لوٹ مار کیا کرتے تھے اور کئی کو غُلام اور لونڈیاں بنا لیتے تھے۔ اگر کوئی کلمہ پڑھ لیتا تھا یا جزیہ دینے کا وعدہ کرتا تھا تو جان بخش دیتے تھے۔ لیکن اسلام قبول کر کے بھی بات ختم نہیں ہوتی تھی کیونکہ یہ غاصب اپنی نسل کو اعلیٰ ترین مان کر عجمیوں کو غُلام بنانا چاہتے تھے (22)۔ مسلمان بن کر بھی عجمی نہ تو نماز میں عربوں کی امامت کر سکتا تھا اور نہ ہی قاضی یا اعلیٰ عہدے دار بن سکتا تھا۔ جب عجمی جہاد میں عربوں کا ساتھ دیتے تھے تو اُنہیں مالِ غنیمت میں حصہ نہیں ملتا تھا۔ غیر عرب کسی عرب عورت کے ساتھ شادی نہیں کر سکتا تھا جبکہ عرب کسی بھی عجمی عورت کو اُس کے والدین یا رشتہ داروں کی مرضی کے بغیر لے جا سکتا تھا، اُس سے بچے پیدا کر سکتا تھا اور پھر اُن کا باپ بننے سے انکار بھی کر سکتا تھا۔ عرب مردوں کے عجمی عورتوں سے بچوں کو ہجیئن (عیبی) کہہ کر وراثت سے الگ کر دیا جاتا تھا۔

ایک دفعہ ایک شریف عرب نے، جو نسل پرست نہیں تھا، اپنی بیٹی ایک مسلمان عجمی سے بیاہ دی۔ دوسرے عربوں نے والی سے اُس کی شکایت کی۔ والی نے فوراً نہ صرف اُن کی طلاق کرا دی بلکہ عجمی کو کوڑے لگوائے، اُس کے سر اور بھوؤں پر اُسترا پھروایا اور اُس کی داڑھی بھی صاف کروا دی (23)۔ ایسے ہی ظلم اور نسلی تعصب کی وجہ سے عرب فاتحوں نے عجمیوں کے دلوں میں نفرت بھر دی تھی۔

ان میں سب سے زیادہ ظالم خوارج تھے جن کا ایمان تھا کہ عورتوں اور بچوں کو بھی قتل کرنا یا غُلام بنانا جائز ہے اور لوٹ کا مال اُس وقت تک حلال نہیں ہوتا جب تک اُس کا اصل مالک قتل نہ کر دیا جائے (24)۔ کُچھ خوارج تو اُن لوگوں کو بھی قتل کرنا حلال سمجھتے تھے جن کو معاہدے کے تحت جزیہ دینے والے ذمی بنا دیا گیا ہو۔

دادویہ خاموش ہو کر ذہن پر زور ڈال کر سوچتا ہے۔

شروع شروع میں لشکری جگہ جگہ لوٹ کا مال جمع کر کے غُلاموں اور لونڈیوں کے ہمراہ ان کو گھوڑوں، گدھوں اور اونٹوں پر لاد کر دمشق، مدینہ اور مکہ بھیجتے تھے۔ بعد میں یہ سارا مال صرف دمشق بھیجا جانے لگا جب اُمویوں نے اپنا دارالخلافہ دمشق بنا لیا، یہاں تک کہ حضرت علیؓ کا دور آتے ہی مکہ اور مدینہ کو مالِ غنیمت کی فراہمی بالکل بند کر دی گئی۔ مال و متاع سے لدے کاروانوں کو ڈاکوؤں سے بچانے اور رسد فراہم کرنے کے لیے فارس اور شام کے درمیان دو فوجی بستیاں کوفہ اور بصرہ بنائی گئیں۔ جن لوگوں کی زمینیں جائدادیں لوٹ لی جاتی تھیں وہ خانہ بدوش بن کر ان

---

[22] حسین، طہٰ، *الفتنۃ الکبریٰ*، صفحہ 130

[23] مودودی، *خلافت و ملوکیت*، صفحات 171-160؛ ابو زہرہ، *حیاتِ امام ابو حنیفہ*، صفحہ 266

[24] ابو زہرہ، *حیاتِ امام ابو حنیفہ*، صفحات 237-231 & 223-222

دو بستیوں میں نوکری یا مزدوری کی تلاش میں آتے تھے۔ گرد و نواح میں ان کے آباد ہونے سے آہستہ آہستہ کوفہ اور بصرہ شہر بن گئے۔ چونکہ مجھے بھی اپنے خاندان کو بھوک ننگ سے بچانا تھا، میں بھی نوکری ڈھونڈتا رہا۔ میں تو لشکریوں کا مال اسباب ڈھونے کو بھی تیار تھا لیکن جسمانی مشقت کے لیے یہ زیادہ تر غُلام استعمال کرتے تھے۔ میری خوش قسمتی تھی کہ حساب کتاب رکھنے کی صلاحیت رکھنے والے لوگ کمیاب تھے لہذا ان کی قدر کی جاتی تھی۔ ایک سردار نے میری یہ صلاحیت دیکھ کر مُجھے محصول کا حساب رکھنے کا کام دے دیا۔

دادویہ رُک کر سوچتا ہے اور افسوس کرتے ہوئے بولتا ہے۔

یہ لوٹ مار بڑے منظم طریقے سے حساب رکھ کر کی جاتی تھی۔ اگر کوئی عجمی مُلازم گندم کا ایک تھیلا بھی گودام سے بلا اجازت لے جاتا تھا تو حکمران شریعت کے تحت اُس کا ہاتھ کاٹ دیتے تھے۔ اس شریعتی قانون کا اطلاق وہ غیر مسلموں پر بھی کرتے تھے۔ ایک دفعہ والیء عراق حجاج بن یوسف جانچ پڑتال کے لیے دورے پر آیا اور سب پر رعب ڈالنے کے لیے اُس نے مُجھ پر خواہ مخواہ غبن کا الزام لگا دیا۔ چونکہ غبن کا کوئی ثبوت نہیں تھا، لہذا وہ میرا ہاتھ نہیں کاٹ سکتا تھا لیکن اُس نے ایک وزنی ڈنڈا اتنے زور سے میرے ہاتھ پر مارا کہ میری کلائی کی ہڈی ٹوٹ گئی۔ پھر اُس نے لوہے کے ایک سانچے میں میرا ہاتھ جکڑ دیا۔ جب چند ہفتوں میں ہڈی جڑ گئی تو میرا ہاتھ ہمیشہ کے لیے ٹیڑھا ہو گیا۔ اس طرح اُس نے مُجھے باقی عجمی عاملوں کے لیے عبرت کی مثال بنا دیا کہ کوئی اپنی معمولی تنخواہ سے زیادہ لینے کی جُرات نہ کرے۔ (25)

ابن المقفع۔

حیرت ہے کہ حجاج نے خود ایسا کیا۔ میرا خیال تھا کہ کسی لشکری نے ایسا کیا ہو گا۔

دادویہ۔

عام طور پر اعلیٰ حیثیت کے لوگ ظالمانہ کام نچلے درجے والوں سے کرواتے ہیں لیکن حجاج ایسے کام خود کر کے محظوظ ہوتا تھا۔ خلیفہ عُمر بن عبدالعزیز اُس کو دُنیا کا خبیث ترین آدمی کہا کرتے تھے۔ جب خلیفہ عبدالمالک بن مروان نے حجاج کو والیء عراق بنایا، تو حجاج کوفہ کی مسجد میں پہلا خُطبہ دینے آیا۔ وہ اتنی دیر منبر پر صافے سے مُنہ ڈھانکے خاموش بیٹھا لوگوں کو گھورتا رہا کہ لوگوں میں چہ مگوئیاں شروع ہو گئیں، وہ سرگوشیاں کرنے لگے کہ اُمویوں نے گونگا والی بھیج دیا ہے۔ لوگوں میں کافی تجسس اور تناؤ پیدا کرنے کے بعد اُس نے آہستہ آہستہ چہرے سے نقاب ہٹایا اور تقریر شروع کی، ''میں ایک مشہور اور تجربہ کار آدمی ہوں۔ مُجھے پہچانتے ہو اے کوفہ کے لوگو؟ میں ابھی پہنچا ہی ہوں کہ مُجھے خون کی خوشبو آنے لگی ہے۔ مُجھے نظر آ رہا ہے کہ تُمہارے سروں کی فصل پک کر تیار ہو چکی ہے اور اس کو

---

[25] دائرہ معارف الاسلامیہ، صفحہ 703

کاٹنے کا وقت تیزی سے قریب آ رہا ہے۔'' اُس نے اپنے ہاتھ کو ایسے نیم دائرے میں گھمایا جیسے درانتی سے گھاس کاٹی جاتی ہے اور بولا، ''مُجھے خون میں لت پت گردنیں، داڑھیاں اور عمامے نظر آ رہے ہیں۔ امیرالمومنین نے مُجھے تُمھاری سرکوبی کے لیے اس لیے بھیجا ہے کیونکہ میں اُن کے ترکش کا سب سے زہریلا تیر ہوں اور تُم کرہ ارض پر سب سے خبیث لوگ ہو۔'' (26)

ابن المقفع غور سے سن رہا ہے۔ دادویہ تھوڑی دیر رُک کر سوچتا ہے۔

دادویہ۔

ہزاروں عراقیوں کے قتلِ عام کے بعد حجاج نے مہلب بن ابی صفرہ کو فارس میں ہمارے علاقوں کو فتح کرنے بھیجا۔ مہلب کا اقتدار قائم ہوتے ہی حجاج یہاں دورے پر آیا، آتے ہی میرے لہجے سے پہچان لیا کہ میں فارسی ہوں اور مُجھ پر فوراً غبن کا الزام لگا دیا۔

ابن المقفع۔

کیا تُم صرف ایک بار حجاج سے ملے؟

دادویہ۔

وہ دو دفعہ پھر دورے پر آیا۔ جب وہ مرا تو اُس کی جیلوں میں پچاس ہزار مرد اور تیس ہزار عورتیں تھیں۔ اس سے پہلے ایک لاکھ تیس ہزار اُس کی جیلوں میں بھوک اور بیماریوں سے مر چکے تھے کیونکہ اکثر جیلوں میں قیدیوں کے کھانے کا کوئی باقاعدہ بندوبست نہیں تھا سوائے اس کے کہ قید خانے کے محافظ اپنی مرضی سے زنجیروں میں بندھے قیدیوں کو باہر بھیک مانگ کر کھانا کھانے لے جائیں (27)۔ جن مرنے والے قیدیوں کے رشتے دار نہیں ہوتے تھے یا لا تعلق تھے، اُن کی لاشیں ویرانوں میں پھینک دی جاتی تھیں۔

ابن المقفع۔

شیخ عیسیٰ بن علی تو حجاج کی تعریفیں کرتے نہیں تھکتا۔ وہ کہتا ہے کہ حجاج کے حکم پر قرآن کی آیتوں پر زیر، زبر، پیش، دمہ، شُدہ وغیرہ لگائے گئے تھے کیونکہ تلفظ کے زرا سے فرق سے آیت کا مطلب کہیں کا کہیں ہو جاتا تھا۔ جب وہ حجاج کی تعریفیں کرتا ہے تو میں سوچتا ہوں کہ اگر عربی اتنی ہی بڑی زبان تھی تو اس کو نصف صدی کے بعد اصلاح کی ضرورت کیوں پیش آئی؟ کئی فارسی عالموں کا کہنا تھا کہ عربی زبان کو اصلاح کی ضرورت ہے۔ ان عالموں

---

[26] ذیات، *تاریخ ادب العربی*، صفحات 293-291

[27] مودودی، *خلافت و ملوکیت*، صفحات 296 ,175-171

کو تو سزائیں دی گئیں لیکن جب حجاج نے عربی زبان میں اصلاح کی تو عربوں نے اُس کو کارنامہ بنا کر پیش کر دیا۔

دادویہ۔

اب یہ اِس کو خُدا کی زبان کہہ کر سارے مفتوحہ لوگوں کی زبانوں کو حقیر کہتے ہیں (28)۔ فارسی مسلمانوں کو تو نماز بھی فارسی میں پڑھنے کی اجازت نہیں۔ اسلام پھیلانے کے بہانے یہ صحرائی بدو زراعت پیشہ معاشروں کو فتح کرتے جا رہے ہیں۔ زمیندار اور کسان اپنی زمینوں کی دیکھ بھال اور کاشت کے مسائل میں اتنے اُلجھے ہوتے ہیں کہ وہ گھڑسوار تلوار باز دھوکے باز حملہ آوروں کے سامنے بے بس ہو جاتے ہیں اور اُن کو کچھ غلہ اور مویشی دے دلا کر حکمران تسلیم کر لیتے ہیں۔

ابن المقفع۔

اس کے باوجود تم مُجھے کہتے ہو کہ ان کے ساتھ شامل ہو جاؤ؟

دادویہ۔

زندہ بچ جانے اور کچھ کرنے کا اب یہی طریقہ رہ گیا ہے۔ یہ صرف دو راستے پیش کرتے ہیں، دوسروں کے مُلکوں پر قبضے کرنے میں ہمارے ساتھ شامل ہو جاؤ ورنہ ہم تمہیں لوٹتے رہیں گے یا قتل کر دیں گے۔

ابن المقفع۔

لیکن شامل ہو کر بھی زندہ بچنے کی کوئی ضمانت نہیں ہے۔ عربوں نے تو رسول اللہ ﷺ کی بیٹی، داماد، اور نواسوں کا بھی احترام نہیں کیا۔ رسول اللہ ﷺ کے خاندان کو بے دردی سے شہید کیا۔ صحابی اور خلفاء بھی آپس میں جنگیں کرتے رہے۔ بقول ان کے، خلفاء راشدین کا دور انسانی تاریخ کا سنہری ترین دور تھا۔ یہ ایسا سُنہری دور تھا جس میں چار میں سے تین خلفاء اپنے ہی لوگوں کے ہاتھوں شہید ہو گئے۔ رسول اللہ ﷺ کی زوجہ حضرت عائشہؓ کے قبیلے بنو تیم اور داماد حضرت علیؓ کے قبیلے بنو ہاشم کے درمیان جنگِ جُمل ہوئی۔ عربوں میں قبائلی نفرت اتنی زیادہ ہے کہ ایک دوسرے کی حکومت کو برداشت ہی نہیں کرتے۔

کیا تمہاری نسل میں فارسی قوم کو ان کے چنگل سے آزاد کرانے کا کوئی جذبہ نہیں تھا؟

دادویہ۔

(افسوس سے ہاتھ ملتے ہوئے) آزاد کون کراتا؟ ہمارے امیر لوگ تو جو کچھ لے جا سکتے تھے، سمیٹ کر ہندوستان اور دوسرے مُلکوں میں بھاگ گئے اور ہمارے بیشتر غریب لوگ مجبوراً لشکریوں کے ساتھ شامل ہو گئے۔ اب ہمارے لوگ بھی انہی جتنے بے رحم ہو چکے ہیں کیونکہ دلوں میں دہشت ڈالنے اور دماغوں کو سُن کرنے کے لیے اس سے بہتر

---

[28] ذیات، *تاریخ ادب العربی*، صفحات 27-21

نظامِ حکومت آج تک ایجاد نہیں ہوا۔ جب جبرواستبداد مکمل ترین شکل اختیار کر جائے تو اُس پر وہی سوال اُٹھاتا ہے جسے موت کی آرزو ہوتی ہے۔

ابن المقفع۔

میں لڑ نہیں سکتا لیکن جہاں تک منطق کا تعلق ہے، یہ مجھے قائل نہیں کر سکتے۔

دادویہ۔

(خوفزدہ ہوتے ہوئے) اپنی عقل پر غرور مت کرو۔ عقل تمہیں قتل کروا سکتی ہے۔ (التجا کرتے ہوئے) بیٹے! ان میں رہتے ہوئے منطق کے استعمال سے زیادہ خطرناک کوئی چیز نہیں۔ ہمارے درجنوں ذہین ترین عالموں کے خُفیہ اور اعلانیہ قتل یاد رکھو۔ میری مثال کو سامنے رکھو۔ مُجھے کوئی افسوس نہیں ہے۔ تمہیں عربی تعلیم دلا کر میں نے بُرا نہیں کیا۔ تم اب خلیفہ کے چچا کے کاتب ہو اور میری بھی کچھ نہ کچھ حیثیت بن گئی ہے۔

ابن المقفع۔

(دکھ کے ساتھ) حیثیت ہاتھ تڑوا کر ملی۔ اور میرا نام ہمیشہ کے لیے ٹُنڈے کا بیٹا پڑ گیا۔ اگر میں عرب ہوتا تو اُنہیں مُجھے ایسا کہنے کی جرأت نہ ہوتی۔ یہ نام مُجھے ہمیشہ اپنی کمتری اور اُن کی برتری کا احساس دلاتا رہے گا۔

دادویہ۔

ٹیڑھا ہاتھ اور طنزیہ نام اتنی بڑی قیمت نہیں ہے اُس اچھی زندگی کے لیے جو ہمیں حاصل ہے۔ سوچو کہ کتنے لوگ اب بھی اذیتیں اور عذاب سہہ رہے ہیں۔ جب بربریت مذہبی تاویلوں کے ساتھ آئے تو لوگ بغاوت کرنے کے بجائے طاقتور کے آگے سر جھُکا دیتے ہیں۔ ان کے دورِ میں رہنے کا مطلب ہے ضمیر کو تالا لگا دو، مُنہ تنقید کے لیے نہیں صرف تعریف کے لیے کھولو ورنہ کوڑے کھانے، جیل جانے یا قتل ہونے کے لیے تیار رہو۔ قضاۃ کی عدالتیں امیروں ہی کے فیصلوں پر مُہر ثبت کرتی ہیں۔ موت کی سزائیں زیادہ سے زیادہ ظالمانہ طریقوں سے دی جاتی ہیں تا کہ لوگ خوفزدہ رہیں۔ تنقید کرنے والوں کو ریت میں زندہ بھی دفن کیا گیا ہے (29)۔ (جوش سے بولتا جاتا ہے) جنہیں تُم آزاد کرانا چاہتے ہو، وہ جوق در جوق دوسری قوموں کو فتح کرنے کے لیے عربوں کے نچلے درجے کے ساتھی بن چکے ہیں لیکن دلوں میں یہ اُمید لیے ہوئے ہیں کہ کسی دن وہ خود حکمران بن جائیں گے۔ ہم دھوکے میں آ کر لُٹ چکے ہیں اور اب دوسروں کو یہی دھوکہ دے کر لوٹنا چاہتے ہیں۔

ابن المقفع۔

---

29 مودودی، *خلافت و ملوکیت*، صفحات 171-160؛ ابو زہرہ، *حیاتِ امام ابو حنیفہ*، صفحہ 266

(ہاتھ ہلاتے ہوئے) بس کرو ابا! میں یہ جانتا ہوں۔ میں کسی کو بغاوت کا نہیں کہوں گا۔ ان کے ایک امام، امام مالک نے ایک دفعہ بڑی عقل کی بات کہی۔ اُس نے کہا تھا، ''بغاوت مت کرو چاہے خلیفہ کتنا ہی ظالم و جابر کیوں نہ ہو کیونکہ بغاوت افراتفری، خون خرابا اور بے انصافی لے کر آتی ہے۔'' جب لوگوں نے پوچھا کہ پھر حل کیا ہے تو اُس نے کہا، ''اللہ ایک نیا ظالم و جابر پیدا کرے گا اور اُس کے ہاتھ سے پہلے ظالم کو سزا دے گا۔ ایک ظالم کو دوسرے ظالم سے لڑا کر اللہ سب کے بدلے لے لے گا۔'' کئی مثالیں بتاتی ہیں کہ ایسا ہی ہوتا ہے۔ مثلاً محمد بن قاسم نے ہندوستان کے کچھ علاقے فتح کیے لیکن خلیفہ سُلیمان بن عبدالمالک کے حکم پر واپس بلایا گیا اور عراق کے نئے والی یزید بن المہلب کے ایک موالی صالح بن عبدالرحمان نے اُسے اُس کے رشتہ داروں سمیت اذیتیں دے دے کے موت کے گھاٹ اُتارا (30)۔

قطیبہ بن مسلم نے ازبکستان، تاجکستان، قازقستان اور کرغیزستان پر چڑہائیاں کیں لیکن اُسے بھی سُلیمان بن عبدالمالک کے دور ہی میں اُس کے اپنے عرب جہادیوں نے واقی بن ابی سد التمیمی کی قیادت میں خاندان سمیت قتل کر دیا۔

اسی طرح، موسیٰ بن نصیر نے مراکش، اور طارق بن زیاد نے سپین کے حصے اُندلس پر قبضہ کیا لیکن خلیفہ الولید بن عبدالمالک نے دونوں کو واپس دمشق طلب کر لیا۔ موسیٰ کو طارق سے حسد تھا کہ طارق اُس کا سابق غُلام ہونے کے باوجود اندلس پر قابض ہو گیا ہے۔ موسیٰ اور طارق دونوں ذلت اور گمنامی میں مرے (31)۔

دادویہ۔

مُجھے خوشی ہے بیٹا کہ تم نے عربی سیکھ کر عربی تاریخ پڑھ لی۔

ابن المقفع۔

تمھیں پتا ہو گا کہ حجاج صرف ترپن سال کی عمر میں پیٹ کے سرطان سے مرا۔ اُس کے ایک سال بعد اُس کا سرپرست خلیفہ الولید بھی مر گیا اور سلیمان بن عبدالمالک خلیفہ بنا۔ سُلیمان کو پتا تھا کہ حجاج کے ظلم و ستم کے باعث عراقی بنوامیہ سے متنفر ہو چکے ہیں، لہذا وہ حجاج کے کمانداروں اور والیوں کو ہٹانا چاہتا تھا۔ جب موسیٰ بن نصیراور طارق بن زیاد دمشق پہنچے تو خلیفہ الولید ابھی زندہ تھا۔ طارق پہلے پہنچا لیکن خلیفہ الولید بیمار پڑ گیا اور اُس کے بھائی سُلیمان نے عارضی طور پر اقتدار سنبھال لیا۔ جب موسیٰ بن نصیر اپنے لشکر اور مالِ غنیمت کے ساتھ پہنچا تو سُلیمان نے اُسے پیغام بھیجا کہ ابھی شان و شوکت سے شہر کے اندر داخل نہ ہو۔ سُلیمان اپنے بھائی کے مرنے کا انتظار کر رہا تھا تاکہ بعد میں موسیٰ بن نصیر کی فتوحات کا سہرا اپنے سر باندھے لیکن موسیٰ نے بے وقوفی کی، لشکر سمیت

---

30 البلاذری، اور دیکھئے نسیم حجازی کا ناول محمد بن قاسم۔

31 حوالہ جات میں دیکھیے: Holt, P. M., et al. (eds.), p. 87, 92

دھوم مچاتا ہوا دمشق میں داخل ہو گیا، اور مالِ غنیمت کا ایک حصہ بیمار الولید کو پیش کر دیا۔ اس پر طارق اور موسیٰ دمشق کے شہریوں کے ہردلعزیز تو ہو گئے لیکن جب چند دنوں میں الولید فوت ہو گیا اور سُلیمان کا اقتدار پکا ہو گیا، تو اُس نے موسیٰ کو حکم دیا کہ مال غنیمت اُس کے حضور میں پیش کرے۔ موسیٰ کے انکار پر سُلیمان نے اُس کا عہدہ ختم کر دیا اور اُس کا سارا لوٹ کا مال ضبط کر لیا جس میں ایک میز بھی تھی جو مبینہ طور پر حضرت سُلیمان کے پاس ہوا کرتی تھی۔

اس دوران اندلس میں موسیٰ کا بیٹا عبدالعزیز حکومت کر رہا تھا۔ اُس نے ایک مقامی عیسائی عورت سے شادی کر لی جو سپین کے بادشاہ راڈرک کی بیٹی تھی۔ اُس عیسائی عورت نے عبدالعزیز کو کہا کہ اُس کے درباری اُس کے آگے جھکتے کیوں نہیں جبکہ سپین میں درباری بادشاہ کے آگے جھکتے ہیں۔ عبدالعزیز اپنے درباریوں کو اپنے آگے جھکنے پر مجبور کرنے لگا۔ اس پر درباریوں نے افواہ پھیلا دی کہ عبدالعزیز عیسائی ہو گیا ہے۔ لہذا اُسی کے عرب ساتھیوں کے ایک گروہ نے اُس کا سر کاٹ کر خلیفہ سُلیمان کو بھیج دیا۔ جب یہ سر سُلیمان کے پاس لایا گیا، تو موسیٰ اُس کے پاس بیٹھا ہوا تھا۔ خلیفہ نے بڑی بے دردی سے موسیٰ کو یہ سر دکھایا اور کہا، ''اس کو پہچانتے ہو؟'' موسیٰ نے بیٹے کا سر دیکھ کر بھی بڑے صبر کے ساتھ کہا، ''یہ سر ایک ایسے آدمی کا ہے جو اسلام پر وفاداری سے قائم رہا۔ جس نے اس کو قتل کیا ہے اُس پر لعنت ہو۔''

پھر سُلیمان نے موسیٰ کے دوسرے بیٹے عبداللہ کو بھی اس شک میں مروا دیا کہ عبداللہ نے اپنی جگہ الجزائر اور تونس کے والی بننے والے آدمی کو قتل کروایا ہے۔ یعنی سُلیمان نے موسیٰ کو زندہ تو رکھا لیکن اذیتیوں پر اذیتیں دیتا رہا۔

یہاں پر انجیل کے یہ کلمات درست ثابت ہوتے ہیں، ''جو تلوار کے زریعے زندگی کا مال متاع بناتے ہیں، تلوار ہی سے ہلاک ہوتے ہیں۔''

دادویہ۔

(زور دیتے ہوئے) انجیل یہ بھی کہتی ہے، ''فاختہ کی طرح معصوم رہو اور ناگن کی طرح چالاک۔'' اس کو ہمیشہ یاد رکھنا ورنہ وہ حال ہو گا جو بھوکی بلی کے آگے فاختہ کا ہوتا ہے۔

ابن المقفع۔

میں مُنافقت نہیں کر سکتا۔

دادویہ۔

اگر اُمویوں اور عباسیوں میں مُنافقت نہ ہوتی تو یہ اتنی بڑی سلطنت کے مالک بھی نہ ہوتے۔ منافقت پر مبنی حکمتِ

عملی کو یہ ''تقیہ'' کہتے ہیں (32)۔ پہلے یہ تجارت اور پناہ گزین ہونے کے بہانے کثیرالثقافتی ملکوں، شام، مصر، عراق، ایران، تونس، الجزائر، ہندوستان وغیرہ میں جہاں ہر مذہب کے لوگ آباد تھے، ہجرت کرتے گئے اور اپنی تعداد بڑھانے کا ہر ممکن طریقہ استعمال کیا۔ جونہی یہ کافی تعداد میں ہو گئے، انہوں نے کمزور اقلیتوں کو خوفزدہ کر کے اپنے ساتھ شامل ہونے پر مجبور کیا۔ جو شامل نہیں ہوئے اُن کو قتل کر کے دہشت پیدا کی۔ جونہی یہ کسی طاقتور مخالف گروہ کا سامنا کرتے ہیں، فوراً ناٹک رچاتے ہیں کہ اصل میں ہم اور تُم ایک ہی ہیں اور پھر موقع تلاش کرتے رہتے ہیں کہ کب مخالف کو زیر کر دیں۔ یہ طویل المدت منصوبے پر چلتے ہیں۔

ابن المقفع۔

لیکن ہم ایسا نہیں کر سکتے۔ ہم تو اپنے ہی جدی پُشتی ملک میں محکوم بنا دیئے گئے۔

دادویہ۔

(منت کرتے ہوئے) لکڑی لوہے کو نہیں کاٹ سکتی۔ لوہے کو لوہا ہی کاٹ سکتا ہے۔ مُجھے یقین ہے کہ چونکہ کوئی بھی قوم مذہب کا اتنا پرچار نہیں کرتی جتنا یہ کرتے ہیں، آخرکار یہ پوری دُنیا میں پھیل جائیں گے۔ اگر تم زندہ رہنا اور ترقی کرنا چاہتے ہو تو تمہیں مُسلمان بن کر حکمرانوں کے حکم ماننے پڑیں گے، چاہے دل سے مانو یا دل پر جبر کر کے مانو۔ اب بتاؤ کیا کہتے ہو؟

ابن المقفع۔

(غور کرتے ہوئے) میں ان کے مذہب کا مزید علم حاصل کروں گا۔

دادویہ تھکا ہوا نظر آتا ہے اور اُس کی آنکھیں نیند سے بوجھل دکھائی دیتی ہیں۔ وہ بحث کو ختم کرنے کی کوشش کرتا ہے جس کا اُسے کوئی مثبت نتیجہ نکلتا دکھائی نہیں دیتا۔

دادویہ۔

(مایوسی سے) میرا خیال ہے کہ تم زرتشت کی تعلیمات پر ہی قائم رہو گے۔

ابن المقفع۔

(ہنستے ہوئے) شاید میں اس خلافتی نظام کے اندر داخل ہو کر اس کی اصلاح کر دوں۔

دادویہ۔

---

32 تقیہ کی تفصیلات کے لیے دیکھیے: ابو زہرہ، *حیاتِ امام ابو حنیفہ*، صفحات 269، 716، بالخصوص شرعی حیلوں پر اس کتاب کا باب، صفحات 717-692

(ہنستے ہوئے) ایسا تم تب ہی کر سکتے ہو جب لوگ مکاری، جبر تشدد اور لالچ چھوڑ کر عقل اور انسانیت سے کام لیں۔ اپنی زندگی میں مجھے ایسا ہوتا نظر نہیں آتا۔

چوتھے ایکٹ کا اختتام

پانچواں ایکٹ: قبیلے کے نام پر

پانچویں ایکٹ کے کردار:

خلیفہ منصور، درمیانی عمر کے مضبوط جسم اور کالی، سفید ملی جلی نوکیلی داڑھی والا شخص ہے۔ تلوار بازی، نیزے بازی اور گھڑ سواری کی متواتر حربی مشقوں سے اُس کے جسم میں توانائی، پھُرتی اور تیزی نظر آتی ہے جیسے کہ ہر وقت کسی حملے کا مُقابلہ کرنے یا حالات کے مطابق بھاگ نکلنے کو تیار ہے۔ اُس کی تیز چُھبتی ہوئی آنکھوں کا دیر تک سامنا کرنا مُشکل ہے۔ اُس کے چہرے کے تاثرات کبھی شک اور کبھی بھروسے کا اظہار کرتے ہیں اور بدلتے رہتے ہیں، بالخصوص جب وہ ایک شخص سے نظر ہٹا کر دوسرے کو دیکھتا ہے۔

عبدالصمد بن علی، خلیفہ منصور کا پہلا چچا، جھُریوں بھرے تھکے ماندے چہرے اورلمبی، بے ہنگم سفید داڑھی والا بوڑھا آدمی ہے۔

سُلیمان بن علی، خلیفہ منصور کا دوسرا چچا بھی بوڑھا ہے لیکن اُس کا جسم مضبوط ہے۔ اُس نے اپنی سفید داڑھی کو بنا سنوار کے رکھا ہوا ہے۔

عیسیٰ بن علی، خلیفہ منصور کا تیسرا چچا بھاری بھرکم جسم کا مالک ہے۔ اُس نے اپنی چاندی کی طرح چمکتی داڑھی کو سُلیمان کی طرح بنا سنوار کے رکھا ہوا ہے۔ بڑھی ہوئی توند کی وجہ سے اُس کے لیے سانس لینا اور چلنا زرا مُشکل ہے۔ وہ بھاری قدموں کے ساتھ چلتا ہے۔

ابن اسحاق، مشہورِ زمانہ عربی مورخ، چھریرے لیکن توانا جسم والا ادھیڑ عمر اور سنجیدہ شخص ہے جس کی چھوٹی، کالی اور سفید ملی جلی داڑھی ہے۔

بیس کے لگ بھگ قبائلی سرکردہ اشخاص؛ یہ عباسی قبیلے سے تعلق رکھنے والے مختلف عمروں اور جسامتوں کے آدمی ہیں لیکن سب تیس سال سے بڑی عمر کے ہیں۔

تمام کرداروں نے تھوب اور سفید، کالے یا چتکبرے عمامے پہن رکھے ہیں۔

پانچویں ایکٹ کا منظر:

بصرہ کی مسجد کا ایک بڑا کمرہ جس میں منبر یا محراب نہیں ہے کہ قبلے کے رُخ کا پتہ لگ سکے۔ ستونوں کی جگہ کھجور کے تنوں کی پانچ قطاریں چھت کو سہارا دیتی ہیں۔ کچے فرش پر دریاں اور ایرانی قالین بچھے ہیں۔ حاضرین دیواروں سے ٹیک لگائے

قالینوں پر بیٹھے ہیں۔ کمر کو سہارا دینے کے لیے گول تکیے بھی موجود ہیں۔ قبائلی سرکردہ اشخاص ایک طرف اور خلیفہ منصور اور اُس کے چچے دوسری طرف آمنے سامنے بیٹھے ہیں۔

پانچواں ایکٹ

بصرہ کی مسجد کا ایک بڑا کمرہ

دور

تقریباً 755 عیسوی

عباسیوں نے اُمویوں کو بلاد الشام، مصر، عراق اور ایران میں شکست دے کر اپنی خلافت قائم کر لی ہے۔

عباسی قبیلے کے سرکردہ اشخاص نمازِ ظہر کے بعد بحث مباحثے اور تبادلہء خیالات کے لیے اکٹھے ہوئے ہیں۔ دوسروں کی توجہ حاصل کرنے اور اُنھیں خاموش کرانے کے لیے وہ جوش و خروش سے اونچی آوازوں میں بولتے ہیں اور اپنی آراء کو منوانے کے لیے جذباتی اور غُصیلے انداز میں بازو ہلا ہلا کر اور زور دے کر بات کرتے ہیں۔

خلیفہ منصور۔

(اونچی آواز میں) بزرگو! عزیز چچو اور بھائیو! زرا باقاعدہ طریقے سے بات شروع کریں کیونکہ مُجھے بہت اہم اور سنجیدہ معاملات میں آپ کے قیمتی مشورے کی ضرورت ہے۔

شور کم ہوتے ہوتے ختم ہو جاتا ہے اور سارے بڑی توجہ سے سُنتے ہیں۔

خلیفہ منصور۔

أعوذ باللہ من الشیطان الرجیم۔ بسم اللہ الرحمٰن الرحیم۔

سب سے پہلے میں آپ سب کا شکریہ ادا کرتا ہوں کہ آپ نے میری بیعت کر کے، مُجھے خلافتِ کے اعلیٰ ترین منصب پر فائز کر کے، مُجھ پر اپنے اعتماد اور بھروسے کا اظہار کیا۔ میں وعدہ کرتا ہوں کہ میں اللہ تعالی اور بنو عباس سے انتہائی وفاداری کرتے ہوئے پوری ذمہ داری کے ساتھ اپنے فرائض نبھاؤں گا۔ میں اللہ تعالیٰ، اسلام اور خلافت کے خلاف کسی بغاوت کو برداشت نہیں کروں گا اور باغیوں کا سر کُچلنے کے لیے ہمہ وقت تیار رہوں گا۔ میرے ہاتھ پر آپ کے بیعت کرنے سے بھائی ابوالعباس السفاح کی روح کو سکون ملے گا کیونکہ اُس کی آخری وصیت یہ تھی کہ اُس کے بعد میں خلیفہ بنوں۔

عیسیٰ۔

(اونچی آواز میں) ہم نے تو تمھاری بیعت کر لی ہے لیکن بھائی عبداللہ نے نہیں کی۔ اُس نے مُجھے پیغام بھیجا ہے کہ

السفاح اُس کے وارث ہونے کا اعلان کر چکا تھا لہذا تم فی الفور اقتدار اُس کے حوالے کر دو (33)۔ اس بارے میں تم کیا کہتے ہو؟

خلیفہ منصور۔

(غُصے سے)چچا عبداللہ شام میں ہے اور اس طرح کا مطالبہ کر کے اُس نے مُجھ پر بالواسطہ طور پر جھُوٹے ہونے کا الزام لگا دیا ہے جس کو میں برداشت نہیں کروں گا۔ میں شام میں عبداللہ کے جہاد کی قدر کرتا ہوں لیکن جب میرا بھائی فوت ہوا تو عبداللہ یہاں نہیں تھا۔ لہذا اُسے علم نہیں کہ میرے بھائی نے کیا وصیت کی تھی۔ میں بسترِ مرگ پر السفاح کے سرہانے بیٹھا تھا اور میں قسم باللہ کہتا ہوں کہ اُس نے وصیت کی تھی کہ اُس کے بعد میں خلیفہ بنوں۔ (بے صبری سے ہاتھ ہلاتے ہوئے) بہرحال، اس مسئلے پر عبداللہ کے شام سے واپس آنے کے بعد بات ہو گی۔ اس وقت میں آپ کو یہ بتانا چاہتا ہوں کہ ہم چچا عبداللہ کے خود ساختہ دعوے کے گھٹیا معاملے سے کہیں زیادہ خطرناک مسئلوں کا سامنا کرنے والے ہیں۔

منصور کچھ دیر چُپ رہ کر اپنے غُصے پر قابو پاتا ہے اور پھر بولنا شروع کرتا ہے۔

آپ سب جانتے ہیں کہ ایک طرف علوی اسلام کے حقیقی علم بردار ہونے کے دعوے سے دستبردار نہیں ہوئے ہیں اور دوسری طرف خوارج نے اپنے حملے بند نہیں کیے ہیں۔ ہمیں وہ دن یاد رکھنے چاہیئں جب خوارج نے کوفہ پر قبضہ کر لیا تھا اور شہر میں تباہی و بربادی مچا دی تھی۔ یہ تو ہوئے ہمارے عرب دُشمن لیکن ان سے بھی بڑا خطرہ ہمیں اُن فارسیوں سے درپیش ہے جو قرآن اور رسول ﷺ پر ہی سوال اُٹھا رہے ہیں اور اسلام پر شک کر رہے ہیں۔ وہ اس کو عربوں کی لائی ہوئی وباء کہہ کر خفیہ طور پر زرتشت، مانی اور مزدک کے مذاہب کو بحال کر رہے ہیں۔ وہ اپنی مری ہوئی فارسی سلطنت اور اس کے انتظامی نظام کی پرستش کر رہے ہیں۔ وہ اسلامی ممنوعات، تقویٰ اور عقیدوں کا مذاق اُڑاتے ہیں اور شاعری اور ادب کے پردے میں گناہ کرنے کی آزادی کی تبلیغ کر رہے ہیں۔ وہ لوگوں کو شراب پینے، زنا کرنے اور برائیاں کرنے پر مائل کر رہے ہیں۔ جب اُن کو بتایا جاتا ہے کہ موت کو یاد کریں کیونکہ ہر شے فانی ہے تو کہتے ہیں کہ چونکہ ہر شے فانی ہے لہذا جنت اور جہنم بھی ایک روز فنا ہو جائیں گی۔ یوم القیامت، جہنم اور جنت کا مذاق اُڑانے کے ساتھ ساتھ وہ جعلی احادیث بھی گھڑ رہے ہیں جو مسلمانوں کو گُمراہ کر رہی ہیں۔ یہ وقت عباسیوں کے آپس میں لڑنے کا نہیں ہے جبکہ فارسی ہمارے خلاف اکٹھے ہو رہے ہیں۔ نہ صرف ہم بلکہ سارے عرب فارسیوں کی شعوبیت اور فارسی قومی بغاوت کے خطرے سے دو چار ہیں۔

عبدالصمد۔

---

[33] حوالہ جات میں دیکھیے: Holt, P. M., et al. (eds.), p. 109

(نیم دلی سے) رہنے دے بھتیجے، رہنے دے۔ یہ سب ہمیں پتہ ہے۔ یہ کوئی نئی بات نہیں ہے۔ تو چاہے تو اس میں دوسرے فرقے بھی شامل کر دے، معتزلہ، مرجئی، جبریہ، قدریہ اور شیعہ لیکن یہ نہ کہہ کہ فارسی من حیث القوم ہمارے دشمن ہیں۔ کیا تو پاگل ہو گیا ہے؟ فارسیوں نے ہمیں اُس وقت پناہ دی تھی جب ہمارے اپنے بھائی ہمارا خون پینے کے لیے ہمارے پیچھا کر رہے تھے۔ اگر تو بھول گیا ہے تو تُجھے یاد کرا دوں کہ جب بنو امیہ نے ہمارے قبیلے کو جلاوطنی پر مجبور کیا تو فارسیوں نے ہمیں بھوکا مرنے سے بچایا۔ یکے بعد دیگرے بنو امیہ کے جابر حاکم ہمارے بزرگوں کو اپنے ہی وطن میں قتل کرتے رہے حتیٰ کہ میرے باپ، تیرے دادے کو فارس کے ایک دور دراز علاقے میں پناہ لینی پڑی۔ لیکن فارس کی زرخیز مٹی اور عورتیں اُس کو اتنی راس آئیں کہ اُس نے بائیس بیٹے پیدا کر دیئے۔

حاضرین زوردار قہقہوں کے ساتھ ہنستے ہیں سوائے منصور کے جو چہرے پر سنجیدہ اور درشت تاثرات لیے خاموش بیٹھا رہتا ہے۔ عبدالصمد بن علی حاضرین کو فخر سے دیکھتا ہے۔

عبدالصمد۔

ہمارے باپ، علی بن عبداللہ بن عباس نے بائیس بیٹوں کی جنگی تربیت کر کے ہم میں بنو امیہ سے انتقام لینے کا جذبہ بیدار کیا۔ ہم نے بہت معرکے سر کیے لیکن فارسیوں کی مدد کے بغیر ہمارے لیے بنو امیہ کو شکست دینا ناممکن تھا۔ اب جب کہ ہم اہلِ فارس کی مدد سے اقتدار لے چکے ہیں، بالخصوص ابومسلم خراسانی اور اُس کے لشکر کی طاقت سے، ہمیں اتنی بے وفائی نہیں کرنی چاہیئے کہ اُنہیں اپنا اور اسلام کا دشمن قرار دے دیں۔

خلیفہ منصور۔

(سرد مہری سے) چچا! زرا صبر کرو۔ فارسیوں نے بنو امیہ سے لڑ کر ہماری کوئی طرف داری نہیں کی۔ وہ ہمارے ساتھ صرف اس لیے شامل ہوئے تھے کہ اپنا انتقام لے لیں کیونکہ اُمویوں نے اُن پر ظلم و ستم کے پہاڑ توڑنے میں کوئی کسر نہیں چھوڑی تھی۔

عیسیٰ۔

(ثالثی کرتے ہوئے) چلو یہی کہہ لو کہ ہم اپنا انتقام چاہتے تھے اور فارسی اپنا۔ دونوں نے مل کر بنو امیہ کا خاتمہ کر دیا۔

خلیفہ منصور۔

(نرم لہجے میں) چلو یہی کہہ لو۔ ہم نے ایک دوسرے کی مدد کر دی لیکن اس کا یہ مطلب نہیں کہ ہماری خلافت اب فارسیوں کی مرہونِ منت یا محتاج ہے۔ کیا تمہیں علم ہے کہ دمشق پر قبضہ کرنے کے بعد اُنھوں نے کیا کیا؟ (غُصے سے) وہ کئی دن جنگلی کُتوں کی طرح سڑکوں اور گلیوں میں دوڑتے پھرے اور (زور دیتے ہوئے) پچاس ہزار عربوں کا قتل عام کیا! ستر دنوں تک انھوں نے شاندار مسجدِ اُمویہ کو اپنے گھوڑوں کا اصطبل بنائے رکھا۔ اُنھوں نے

معاویہ، یزید، مالک، ہشام، سارے خلفاء کی قبریں کھود ڈالیں۔ ہشام کی لاش ٹھیک حالت میں دیکھ کر اُس کو کوڑے مارے، اُسے عوامی نمائش کے لیے کئی دن لٹکائے رکھا اور پھر جلا ڈالا۔ عربوں کا بچہ بچہ مار ڈالا اور پھر لاشوں پر قالین بچھا کر کھانا کھایا۔ کئی لوگ ابھی زندہ تھے اور یہ اُن کے کراہنے کی آوازیں سُنتے رہے اور کھانا کھاتے رہے۔ یہاں بصرہ میں انہوں نے سڑکوں میں اُمویوں کی لاشوں کو ٹانگوں سے گھسیٹا اور بعد میں کُتے لاشیں کھاتے رہے۔ یہی بربریت انہوں نے مکہ اور مدینہ فتح کرنے کے بعد کی۔ کیا تم یہ چاہتے ہو کہ آگے چل کر فارسی یہی کُچھ ہماری لاشوں کے ساتھ کریں؟ (34)۔

حاضرین حیران ہو کر منصور کی تقریر سُنتے ہیں۔

سُلیمان۔

(اونچی آواز میں چلاتے ہوئے) اللہ ہمیں تُجھ سے بچائے! تو کہتا ہے کہ یہ سب فارسیوں نے کیا؟ لاشیں گرانے اور عورتوں اور بچوں کے قتل میں تو ہمارے عباسی جہادی سب سے آگے تھے۔ اور جب اُنہوں نے لاشوں پر قالین بچھا کر کھانا کھایا تو وہ تین دن سے بھوکے تھے۔ اگر لاشیں دفنانے لگ جاتے تو بھوک سے مر جاتے۔ جب لاشیں زیادہ ہو جائیں تو اُنہیں جلدی جلدی دبانا پڑتا ہے ورنہ بیماریاں پھیلتی ہیں۔ لاتوں سے گھسیٹ کر پرے نہ لے جاتے تو کیا تو اُن کے جنازے اُٹھواتا؟ مُجھے کوئی سمجھ نہیں آ رہی کہ تو اچانک ہمارے فارسی اتحادیوں کے پیچھے کیوں پڑ گیا ہے اور، اللہ معاف کرے، اُموی ڈاکوؤں کو خلفاء کہنے لگ پڑا ہے جبکہ ہم نے اُموی خلافت کو نہ کبھی تسلیم کیا نہ اُن کی بیعت کی۔ یہ ٹھیک ہے کہ ہمارا جدِ امجد عبدالمناف اُمویوں کا بھی جدِ امجد ہے لیکن وہ سب رشتے داری ختم ہو گئی تھی جب اُنہوں نے ہمیں اپنے وطن سے بھاگنے پر مجبور کر دیا تھا۔ فارسیوں نے ہمیں پناہ دی اور اُمویوں سے چُھٹکارا پانے میں ہماری مدد کی لیکن اب تو اُن کے خلاف باتیں کرنے لگ پڑا ہے۔ کیا تُجھے کوئی مرض لگ گیا ہے؟ اپنا حکیم بھیجوں تیرے معاینے کے لیے؟

حاضرین میں سے کئی مُنہ نیچے کر کے ہنستے ہیں۔

خلیفہ منصور۔

چچا سُلیمان تُم مُجھے طعنے دے سکتے ہو۔ میں پھر بھی تُمہاری عزت کروں گا۔ تُم نے ہی مُجھے گُھڑ سواری اور تلوار بازی سکھائی تھی۔ تُم ٹھیک کہتے ہو کہ اُمویوں نے ہمارا حقِ خلافت چھینا، ہمارے بزرگوں کو قتل اور جلا وطن کیا لیکن سب سے پہلے یہ حق اُنہوں نے علیؓ اور اُس کی اولاد سے چھینا تھا جس کی تیسری نسل اب **ہماری** دشمن ہے (''ہماری'' پر زور دیتے ہوئے) جبکہ اُموی مر کھپ چکے ہیں۔ ہم نے اُن سے اپنا انتقام پورا پورا لے لیا ہے لیکن علوی ابھی زندہ

---

[34] مودودی، خلافت و ملوکیت، صفحات 187-200

ہیں اور تبلیغ کر رہے ہیں کہ آل رسول ﷺ ہونے کے ناطے امامت اُن کا حق ہے۔ وہ فارسیوں کے ذہنوں میں یہ زہر گھول رہے ہیں کہ پہلے اُمویوں نے اور اب عباسیوں نے اسلام کے نام پر ظلم و ستم مچا رکھا ہے جبکہ علوی اسلام کے سچے وارث ہیں اور اُن کی امامت میں فارسی امن و سکون کے ساتھ رہیں گے۔

ابن اسحاق کو اونگھتے دیکھ کر عیسیٰ بن علی اُسے مُخاطب کرتا ہے،

عیسیٰ۔

یا ابن اسحاق! تمہارے جیسے عظیم مورخ کے یہاں بیٹھے ہوئے یہ میرا بھتیجا ہماری تاریخ کے واقعات کو کچھ گڈ مڈ کر رہا ہے۔ زرا ہمیں بتاؤ کہ حقیقت میں کیا ہوا تھا۔

ابن اسحاق اچانک جاگ اُٹھتا ہے جس پر کچھ حاضرین ہنستے ہیں۔

ابن اسحاق۔

(دوستانہ لہجے میں) میں سو نہیں رہا تھا بلکہ سب کچھ سُن کر اُس پر غور کر رہا تھا۔ امیرالمومنین نے درست کہا کہ اُمویوں نے علویوں سے اقتدار چھینا تھا۔ امیر معاویہ اور حضرت علیؑ کے درمیان جنگیں، پھر اُن کے بیٹوں یزید اور امام حسینؑ کے درمیان جو ہوا، دراصل یہ سب اس لیے ہوا کہ نہ صرف حضرت علیؑ بلکہ خلافت کے سب دعویدار رسول اللہ ﷺ کے رشتے دار ہونے کے ناطے خلافت کو اپنا حق سمجھتے تھے۔ اس میں اُموی جیت گئے اور انھوں نے رسول اللہ ﷺ کے علوی رشتے داروں کو قتل کرنا شروع کر دیا۔ چونکہ بچے کُھچے علوی فارس اور ہندوستان میں پناہ لیتے اور تبلیغ کرتے رہے لہذا فارسیوں اور ہندیوں کو حضرت علیؑ اور آلِ علیؑ سے ہمدردی پیدا ہوتی گئی اور یہاں شیعانِ علی تعداد میں بڑھتے بھی رہے۔ بعد میں عباسی بھی آنے شروع ہوئے اور فارسیوں نے اُن کو بھی پناہ دی۔

خلیفہ منصور۔

(فتح مندانہ انداز میں) دیکھا؟ اگر اُمویوں نے علویوں کو نہ مار بھگایا ہوتا تو آج ہم کس طرح اقتدار میں آتے؟ علویوں کو تو قتل ہونا ہی چاہیئے تھا، یہ اب بھی ہمیں جبراً ہٹا کر اپنی امامت نافذ کرنے کی سازشیں کر رہے ہیں۔

عیسیٰ۔

(منصور کو مُخاطب کرتے ہوئے) کیا تُم آخری اُموی خنزیر مروان بن محمد کو بھول گئے ہو جس نے تُمہارے بھائی ابراہیم کو قتل کرایا اور تُمہارا باپ دُکھ سے مر گیا؟ اگر بھائی داؤود آج زندہ ہوتا تو تُمہیں بتاتا کہ جب وہ والیء کوفہ بنا تھا تو اُس نے کیسے کوفے کے بچے کُھچے اُمویوں سے بدلہ لیا تھا۔ (ابن اسحاق کو مُخاطب کرتے ہوئے) زرا میرے بھتیجے کو اُمویوں کے کرتوتوں کے بارے میں بتاؤ۔

ابن اسحاق سوچ کر آہستہ آہستہ بولتا ہے۔

ابن اسحاق۔

امیرالمومنین! آپ جانتے ہیں کہ اُموی دمشق سے حکومت کر رہے تھے لیکن مکہ اور مدینہ پر عبداللہ بن زبیر کی امارت میں انصاری حکومت کر رہے تھے۔ یہ وہی عبداللہ ہے جس کا والد زبیر حضرت عائشہ صدیقہؓ کی حمایت کے ساتھ حضرت علیؓ کے مقابلے میں خلافت کا داعی تھا لیکن وہ حضرت عائشہ صدیقہؓ اور حضرت علیؓ کے مابین ہونے والی جنگِ جمُل میں حضرت علیؓ کے لشکر کے ہاتھوں مارا گیا تھا۔ اب چونکہ مکہ اور مدینہ اُمویوں کے قبضے میں نہیں تھے، لوگ اُمویوں کی خلافت پر ہنسا کرتے تھے کہ یہ کیسی خلافت ہے جس کے پاس مکہ اور مدینہ ہی نہیں ہیں اور حج کی کمائی تو عبداللہ بن زبیر اور انصاری وصول کر رہے ہیں۔

بلا شرکتِ غیرے خلافت قائم کرنے کے لیے اُموی اپنے حریفوں، خلافت کے دوسرے سارے دعویداروں یعنی انصاریوں، علویوں اور عباسیوں کو مکہ اور مدینہ سے نکالنا چاہتے تھے لیکن یہ آسان کام نہیں تھا۔ چناچہ اُموی حکمران عبدالمالک بن مروان نے منصوبہ بنایا کہ ایک نیا بیت اللہ اُس کی اپنی سلطنت میں یروشلم میں تعمیر کر کے پراپیگنڈا کیا جائے کہ یہی اصلی بیت اللہ ہے۔ بات پھیلتی جائے گی اور آہستہ آہستہ سارے حاجی مکہ جانے کے بجائے یروشلم آنے لگ پڑیں گے۔ اس طرح وہ نہ صرف مسلمان زائرین بلکہ عیسائی زائرین سے بھی محصول وصول کر سکتا تھا۔

حاضرین حیرت زدہ اور متجسس ہو کر بڑے غور سے سُنتے ہیں۔

پہلا قبائلی بزرگ۔

منصوبہ اچھا تھا۔ کامیاب ہو جاتا تو ہم مکہ کی جُھلسا دینے والی گرمی، صحراؤں اور سنگلاخ چٹانوں میں جانے کے بجائے پُرفضا اور سرسبز یروشلم میں حج کرنے جاتے۔

ابن اسحاق۔

عبدالمالک کی دلیل یہ تھی کہ لوگ زیادہ آسانی سے مان جائیں گے کہ حضرت ابراہیم نے کعبہ یروشلم میں تعمیر کیا تھا کیونکہ یروشلم کی تاریخ بہت پُرانی ہے جبکہ مکہ نیا شہر ہے۔

عیسیٰ۔

(نفرت سے) اُموی گُستاخ عبدالمالک پر لعنت ہو!

ابن اسحاق۔

اُس وقت حجاج بن یوسف نے عبدالمالک کو کہا کہ لوگوں میں یہ بات پھیلانے اور یروشلم کو مکے کا مُقام دلوانے میں کم از کم دس سال لگ جائیں گے لیکن اگر وہ بارہ ہزار نبطی فوجیوں کا لشکر اُسے دے تو وہ مکہ اور مدینہ انصاریوں سے چھین کر اُموی سلطنت میں شامل کروا سکتا ہے۔ پھر یروشلم میں نیا کعبہ بنانے کی ضرورت نہیں پڑے گی۔ عبدالمالک نے یہ بات مان کر حجاج کو نبطی فوجی فراہم کیے اور حجاج نے حج کے عین دوران مکہ پر حملہ کیا۔

عبدالصمد۔

رسول اللہ ﷺ سے پہلے جب کعبے میں بت تھے اور مکے میں ہر مذہب کے لوگ رہتے تھے، تب بھی مُشرک حج کے مہینے میں ہر قسم کی لڑائی بند کر دیتے تھے۔

پہلا قبائلی بزرگ۔

اسی لیے جب ابراہہ نے مکے پر حملہ کیا تھا تو اللہ تعالیٰ نے ابابیل بھیج کر مکے کو بچایا تھا۔ اس کے برعکس، جب حجاج نے مکے پر حملہ کیا تو اللہ تعالیٰ نے مکے کو بچانے کی کوشش بھی نہیں کی۔

ابن اسحاق۔

درست فرمایا۔ حجاج نے ابو قبیس کی پہاڑی پر منجیقیں نصب کر کے کعبے پر بڑے بڑے پتھر پھینکنے شروع کیے۔ حضرت عبداللہ بن عمر مکے سے باہر آئے اور حجاج سے درخواست کی کہ حج ختم ہونے تک انتظار کر لے۔ حجاج نے حضرت عمرؓ کے بیٹے کا احترام کرتے ہوئے حاجیوں کو مکے سے باہر نکل جانے کا وقفہ دیا اور پھر سنگ باری شروع کر دی۔

مکہ اور مدینہ فتح کرنے کے بعد حجاج کے لشکریوں نے کُھلی لوٹ مار کی، انصاری عورتوں کی عزتیں لوٹیں، مقامی حکمرانوں کے سر کاٹے اور نعمان بن بشیر کا کٹا ہوا سر اُن کی بیوی کی گود میں رکھ دیا۔ عبداللہ بن زبیر، عبداللہ بن صفوان اور عمارہ بن حازم کے کٹے سروں کی مکہ اور مدینہ میں عوامی نمائش لگانے کے بعد دمشق میں نمائش لگائی گئی تا کہ لوگ اُمویوں کے خلاف بغاوت کی جُرات نہ کریں۔ مکہ میں بہت لوگوں کی لاشوں کو عوامی جگہوں پر سولیوں پر لٹکا کر رکھا گیا اور کسی میں جُرات نہ تھی کہ اُن کو دفن کرتا۔ یہ لاشیں بازاروں میں گلتی سڑتی رہیں۔ مصعب بن زبیر کا سر کوفہ اور مصر میں عوامی نمائش کے لیے بھیجا گیا اور پھر دمشق میں اس کی نمائش لگائی گئی۔ عبدالمالک اس کٹے سر کو شام کے سارے شہروں میں باری باری نمائش پر لگانا چاہتا تھا لیکن اُس کی بیوی عتیقہ بن یزید نے اُسے ڈانٹتے ہوئے کہا، ''تم نے یہ خونی کھیل کافی عرصہ کھیل لیا ہے۔ سارے قتل کر دیئے۔ کیا اب بھی تُمہارا دل نرم نہیں ہوا؟ سروں کو نمائش پر لگانے کا کیا مقصد ہے؟'' عتیقہ نے سر کو ڈنڈے سے اُتروا کر، دُھلوا کر دفن کروا دیا۔

قبیلے کے لوگ مسحور ہو کر خاموشی سے سُنتے ہیں۔

ابن اسحاق۔

(منصور کو مُخاطب کرتے ہوئے) امیرالمومنین! عبدالمالک کے مرنے کے بعد اُس کے بیٹے الولید نے علویوں اور عباسیوں دونوں پر سرزمین حجاز تنگ کر دی تھی کیونکہ مکہ اور مدینہ میں وہ کوئی دوسری خلافت نہیں دیکھنا چاہتا تھا۔ وہ جانتا تھا کہ انھی دو جگہوں سے جہادیوں نے نکل کر دمشق، یروشلم، مصر، عراق اور ایران فتح کیے تھے۔ الولید نے ہی آپ کے دادا علی بن عبداللہ کو حمیمہ میں، جو اُسوقت ایک گاؤں تھا، ہجرت کرنے پر مجبور کیا تھا لیکن آپ ٹھیک

کہتے ہیں کہ اُن کے مظالم کے بڑے شکار حضرت علیؑ اور آلِ علی تھے کیونکہ یہ نسل در نسل اُمویوں کی بیعت کرنے سے انکار کرتے رہے تھے۔ چناچہ معاویہ کے دور میں زہر دیئے جانے سے امام حسَن کی وفات اور یزید کے ہاتھوں امام حسین کی کربلا میں شہادت کے ساٹھ سال بعد ہشام بن عبدالمالک نے امام حسین کے پوتے زید بن علی زین العابدین کو قتل کرایا۔ پھر تین سال بعد زید کے بیٹے یحییٰ کو قتل کرایا۔ پھر پانچ سال بعد، مروان ثانی کے دور میں یحییٰ کے بیٹے عبداللہ کو بھی قتل کر دیا گیا۔

خلیفہ منصور۔

(غُصے سے) اور اب امام حسَن کے پوتے، محمد نفس زکیہ اور ابراہیم بن عبداللہ پھر اُٹھ کھڑے ہوئے ہیں۔ لگتا ہے اب اِن کے قتل ہونے کی باری آ گئی ہے۔ (جزبز ہوتے ہوئے) پہلے باپ، پھر بیٹا، پھر پوتا، اور اب پڑپوتے، قتل در قتل در قتل ہونے کے باوجود ان علویوں کو سمجھ نہیں آتی کہ خلافت ان کے مقدر میں نہیں ہے۔

عیسیٰ۔

(منصور کو مُخاطب کرتے ہوئے) تمہارے بھائی السفاح نے یحییٰ کو موصل بھیج کر کافی علوی ختم کرائے تھے۔ اگر وہ اب بھی بیعت نہیں کرتے تو ہم مزید علویوں کو قتل کرا سکتے ہیں لیکن اس کا یہ مطلب نہیں کہ ہم اُمویوں کو (طنزیہ انداز میں) بھائی بھائی اور فارسیوں کو دُشمن کہنا شروع کر دیں۔

خلیفہ منصور۔

(چلاتے ہوئے) تُمہیں کچھ پتہ نہیں ہے۔ فارسی پہلے ہمارے ساتھ تھے لیکن اب وہ علویوں کے گرد اکٹھے ہو رہے ہیں۔ علویوں کے آلِ رسول ﷺ ہونے کے دعوے نے اُن کو مسحور کر رکھا ہے۔ علیؑ اور علوی اماموں کے نسل در نسل قتل در قتل پر روتے پیٹتے ماتم کرتے کرتے وہ علویوں کو حق بجانب سمجھنے لگ پڑے ہیں۔ اب وہ اپنے مسائل کا حل خلافت کے بجائے علویوں کی خالص امامت پر مبنی حکومت میں دیکھ رہے ہیں۔

عیسیٰ۔

یہ ہم پہلے سے جانتے ہیں لیکن میں پوچھتا ہوں کہ اس سے تمہارے دل میں اُمویوں کے لیے نرم گوشہ کیوں پیدا ہو گیا ہے؟

خلیفہ منصور۔

اگر مجھے موقع دو تو میں ساری بات واضح کر دوں۔ میں نے ابن اسحاق کو یہاں اس لیے بلایا ہے کہ ہم اس کی سربراہی میں کاتب بٹھا کر اسلام کی ایک نئی تاریخ لکھوائیں کیونکہ میرے مُخبروں نے مُجھے بتایا ہے کہ یہاں فارسی فلسفی یہ کہہ رہے ہیں کہ خلافت متقی، پرہیزگار اور خوفِ خُدا رکھنے والے لوگوں کی حکومت نہیں ہے بلکہ ایک پردہ ہے جس کے پیچھے قُریشی قبیلے لوٹ مار سے جمع کیے گئے مال و جائیداد، کنیزوں اور غُلاموں کے لیے ایک دوسرے کے خلاف

سازشوں اور جدال و قتال میں مصروف ہیں۔ چونکہ علوی امام راہ راست پر ہیں، اس لیے وہ قتل کر دیئے جاتے ہیں۔ وہ کہتے ہیں کہ اگر رسول اللہ ﷺ کے اِن رشتہ داروں اور صحابیوں کی اولاد نے شرافت نہیں سیکھی تو مُسلمان کیسے یہ دعویٰ کرتے ہیں کہ وہ ساری دُنیا کو انسانیت کے نور سے منور کر دیں گے؟

عیسیٰ۔

(چوکنا ہو کر بیٹھتے ہوئے) کیا واقعی وہ یہ کہہ رہے ہیں؟ فلسفہ شیطانی علم ہے۔ فارسی فلسفی کب سے اسلام کے ماہر بن گئے؟

پہلا قبائلی بزرگ۔

(ابن اسحاق کو مُخاطب کرتے ہوئے) یا ابن اسحاق! کیا خلفاء راشدین بھی رسول اللہ ﷺ کے رشتے دار تھے؟ میں نے تو سُنا ہے کہ پہلے تین خلفاء کے تو قبیلے ہی مختلف تھے۔

ابن اسحاق۔

حضرت ابوبکرؓ بنو تیم سے، حضرت عمرؓ بنو عدی سے، اور حضرت عثمانؓ بنو اُمیہ سے تھے۔ قبائلی رشتے داری نہیں تھی لیکن حضرت ابوبکرؓ اور حضرت عمرؓ کی بیٹیاں حضرت عائشہؓ صدیقہ اور حضرت حفظہؓ رسول اللہ ﷺ کی زوجاتِ مُبارکہ تھیں اور تیسرے خلیفہ حضرت عثمانؓ کے گھر رسول اللہ ﷺ کی دو صاحبزادیاں تھیں جن کی وجہ سے حضرت عثمانؓ کو ذوالنورین کہا جاتا ہے۔

پہلا قبائلی بزرگ۔

کیا بعد میں آنے والے خلفاء کی کوئی رشتہ داریاں تھیں؟

ابن اسحاق۔

بالترتیب، حضرت علیؓ رسول اللہ ﷺ کے قبیلے بنو ہاشم سے تھے، چچا ابوطالب کے بیٹے اور رسول اللہ ﷺ کی بیٹی فاطمہؓ کے شوہر تھے۔ حضرت علیؓ کے بعد امیر معاویہ خلیفہ بنے۔ اِن کی بہن اُم حبیبہؓ رسول اللہ ﷺ کی نویں زوجہ تھیں۔ امیر معاویہ نے اپنے بیٹے یزید کو خلیفہ نامزد کیا۔ وہ بھی اُم حبیبہؓ کا بھتیجا ہونے کے ناطے رشتہ دار کہلایا جا سکتا ہے لیکن اس بات کا ایک دوسرا رُخ بھی ہمیں دیکھنا چاہیئے۔ رسول اللہ ﷺ سے رشتے داری ہونے کے ناطے یہ لوگ اسلام کو بہترین صورت میں سمجھنے کے قابل تھے اور عربوں میں اتنی عزت و قدر کی نگاہ سے دیکھے جاتے تھے کہ اگر یہ خلفاء نہ بنتے تو کون بنتا؟

پہلا قبائلی بزرگ۔

لیکن امام حسنؓ اور حُسینؓ بھی تو رسول اللہ ﷺ کی گود میں پلے تھے جن کو معاویہ اور یزید نے بے دردی سے شہید کروایا۔ پھر یزید نے تو مکہ پر حملہ کر کے کعبہ ہی جلاوا دیا تھا۔

خلیفہ منصور۔

(سختی سے) جو بات ابن اسحاق نے کی، ہمیں وہی فارسیوں کو بتانی ہے اور جو معاویہ اور یزید نے کیا وہ چُھپانا ہے۔ ہمیں سب اُموی خلفاء کو اقتدار، مال و جائیداد کے لیے نہیں بلکہ اسلام کے لیے فتوحات کرنے والے اچھے لوگ ثابت کرنا پڑے گا۔ دوسرے کو اچھا کہو گے تو لوگ تُمہیں بھی اچھا کہیں گے۔

سُلیمان۔

(غُصے سے چلاتے ہوئے) اُموی لالچی ظالموں کو تو اچھا لکھوائے گا؟ یہ میں کبھی نہیں ہونے دوں گا۔

خلیفہ منصور۔

(چیختے ہوئے) نہیں ہونے دو گے تو پھر فارسی ہمارے دور کو بھی عربوں کی غاصبانہ توسیع پسندی ہی لکھیں گے، ہمارے مظالم کی داستانیں بھی لکھ لکھ کر ہماری لاشوں کو بھی قبروں سے نکال کر گھسیٹیں گے۔ وہ بغاوت کی تیاریاں کر رہے ہیں اور ہم آپس میں لڑنے میں مصروف ہیں، (طنزیہ انداز میں) ہم ابھی تک مرے ہوئے اُمویوں کو لتاڑ رہے ہیں۔

سُلیمان۔

تُم تاریخ بدلنے کی بات کرتے ہو، لاکھوں علویوں کے ہوتے ہوئے تُم یہ کیسے چھپاؤ گے کہ ہماری تاریخ کا سب سے خبیث آدمی یزید، کاتبِ وحی معاویہؓ کا بیٹا تھا۔

خلیفہ منصور۔

(غُصے سے) نیک آدمی کے سارے رشتے دار ضروری نہیں کہ نیک ہی ہوں۔ حضرت نوحؑ پیغمبر تھے لیکن بیٹا دہریہ تھا۔ (سختی سے) تنقید کرتے وقت صحابہ کو الگ رکھا کرو۔ ایسا نہ کرنا توہینِ صحابہ کے زُمرے میں آتا ہے جس پر ہر خلیفہ کو کاروائی کرنی ہوتی ہے۔ چچا ہونے کے ناطے میں تمہیں آخری دفعہ خبردار کر رہا ہوں۔ آئندہ احتیاط کرنا۔

سُلیمان بن علی اُٹھ کر چلاتا ہوا منصور کی طرف دوڑتا ہے لیکن عبدالصمد اور ایک اور بزرگ کھڑے ہو کر اُسے پکڑ لیتے ہیں۔

سُلیمان۔

(غُصے سے چلاتے ہوئے) تیری یہ جُرات کہ تو مُجھے دھمکی دے؟ تیرا یہ خیال ہے کہ میں اپنے بھتیجے کے سامنے جھک جاؤں گا؟ یہ مت بھول کہ اس وقت بھی پانچ ہزار لشکری میرے اشارے پر مرنے کو تیار ہیں اور تو ہمارے علاقے میں بیٹھا ہوا ہے۔ اگر میں اور میرے بھائی تیری حمایت چھوڑ دیں تو تیری خلافت تو دو دن میں گر جائے۔

منصور ششدر ہو کر سُلیمان کو دیکھتا ہے۔

عبدالصمد اور دوسرا بزرگ آہستہ آہستہ سُلیمان کو اُس کے بیٹھنے کی جگہ پر واپس لے آتے ہیں۔

عیسیٰ۔

(سُلیمان کو مُخاطب کرتے ہوئے) بھائی اس کو معاف کر دے۔ یہ کل کا بچہ ہے۔

(منصور کو مُخاطب کرتے ہوئے) اپنے آپ کو ہم سے بہتر مُسلمان مت ظاہر کرو۔ یاد رکھو کہ ہم رسول اللہ ﷺ کے چچا عباس کی اولاد ہیں، تُمھاری رعایا کے معمولی مسلمان نہیں جن پر تُم اپنے خلافتی جبر و استبداد کے طریقے آزما سکتے ہو۔

خلیفہ منصور۔

میں معافی مانگتا ہوں۔

سب لوگ کچھ دیر خاموش رہتے ہیں۔

عبدالصمد۔

(خوشدلی سے منصور کو مُخاطب کرتے ہوئے) بھتیجے، بھول جاؤ اس بات کو۔ بتاؤ تم کیا بتانا چاہتے تھے۔

خلیفہ منصور۔

میں اس لیے غُصے میں آ گیا تھا کیونکہ (حقارت سے) تم لوگوں کو کچھ پتہ نہیں کہ لوگوں میں کس طرح کی باتیں پھیل رہی ہیں۔ وہ کہہ رہے ہیں کہ امویوں نے قرآن میں تحریف کر کے بنو امیہ کے خلاف کہی گئی ساری آیات نکلوا دی تھیں۔ وہ خلافت کے منظور شدہ قرآن کی آیات پر شک کرتے ہیں۔ علوی تو پہلے ہی قرآن مجید کے بجائے نہج البلاغہ پڑھتے ہیں۔

عیسیٰ۔

السفاح نے بہت علوی ختم کیے لیکن یہ ختم ہونے والے نہیں۔ تُمھارے خیال میں اس کا کیا حل ہے؟

خلیفہ منصور۔

ہمیں اپنے آپ کو پہلے کی نسبت بہتر اور عقلمند بنانا ہو گا۔ ہمیں ایک نئی اسلامی تاریخ لکھوانی ہو گی جس میں سابقہ تمام خلفاء کو، بشمول بنو امیہ، نیک اور پرہزگار پیش کیا جائے گا جو ایک دوسرے کے ساتھ لڑتے نہیں تھے بلکہ پہلے کی وفات کے بعد مجلسِ شوریٰ کے ہاتھوں منتخب ہو کر عنانِ خلافت سنبھالتے تھے۔ ہمیں تاریخ سے وہ تمام واقعات نکالنے ہوں گے جو ہماری نیک نامی کے دامن پر دھبہ ہیں۔ ہم لکھیں گے کہ اسلام دُنیا میں علم و حکمت کی روشنی، امن اور رحمت لے کر آیا۔ خلافت کے انصاف اور مساوات کے نظام کی خوبیوں کے باعث، اسلام شام، مصر، افریقہ، ہندوستان اور سپین تک پھیل گیا۔ اس طرح لوگوں کے ذہنوں کو مسخر کر کے ہم آنے والے خطروں کا مقابلہ کرنے کی تیاری شروع کریں گے۔

سُلیمان۔

(طنزیہ ہنسی ہنستے ہوئے) بھتیجے، کیا صرف اس لیے تو نے یہ مجلس بلائی؟ یہ کام تو تو اکیلے چند کاتب بٹھا کر کر سکتا

ہے۔ (ابن اسحاق کی طرف اشارہ کرتے ہوئے) یہ عظیم مورخ تمہارے پاس ہے۔ اس کو کہو کہ ایسی تاریخ لکھے جو ثابت کرے کہ اسلام قبول کرنے کے بعد عرب (طنزیہ انداز میں) بھائی بھائی بن گئے۔

خلیفہ منصور۔

میں چاہتا تھا کہ تُم میں سے کوئی اس کام کی ذمہ داری اپنے سر لے تو میں دوسرے امور پر توجہ دوں۔

مصور باری باری ہر بزرگ کی طرف دیکھتا ہے۔ سارے خاموش رہتے ہیں۔

سلیمان۔

یہ سب اس لیے خاموش ہیں کہ یہ کام کرنا ہی ناممکن ہے۔ تمہارے خیال میں ہماری تاریخ کی سب کتابوں کے نام ''مغازی'' کیوں ہیں؟ کیونکہ یہ غزوات کی داستانیں ہیں، یہ خون خرابے سے بھری جنگوں، حملوں، تشدد، قتل، لوٹ مار، غلام بنانے، یرغمال بنانے اور تاوان لینے کے قصے ہیں۔ یہ سب نکال دو گے تو پیچھے صرف دس فیصد رہ جائے گا۔

خلیفہ منصور۔

(سخت لہجے میں) ہمارے لیے یہی دس فیصد ہی کافی ہے۔ ہم صرف اچھی مثالیں لکھیں گے۔

ابن اسحاق۔

جناب، اصل مسئلہ تو یہ ہے کہ ہم کیسے اُن واقعات کی وضاحت کریں گے جن میں مسلمان مسلمان کے خلاف لڑتے رہے؟ ابولوہ نے حضرت عمرؓ کو کیوں شہید کیا؟ حضرت ابوبکرؓ کے بیٹے محمد نے حضرت عُثمانؓ کو کیوں شہید کیا؟ حضرت عائشہؓ اور حضرت علیؓ کے درمیان جنگ جُمل کیوں ہوئی؟ امیر معاویہ اور حضرت علیؓ کے درمیان جنگِ صفین، جنگِ نہروان، جنگِ حرا کیوں ہوئیں؟ ابن ملجم نے حضرت علیؓ کو کیوں شہید کیا؟ امام حسنؓ کو کیوں زہر دیا گیا؟ یزید نے امام حُسینؓ کو مع اہل و عیال کیوں شہید کروایا؟ یہ سب قاتلین و مقتولین مسلمان ہی کیوں تھے اور، سوائے ابولولوہ اور ابن ملجم کے، ایک دوسرے کے رشتے دار کیوں تھے؟

سلیمان۔

یہ کتابیں لکھنے کا سارا کاروبار ہی بے کار ہے۔ بھتیجے! میں تجھے بتاتا ہوں۔ رسول اللہ ﷺ کے طفیل ہم اس وقت آدھی مہذب دُنیا پر حکومت کر رہے ہیں۔ رسول اللہ ﷺ نے بیٹھ کر کتابیں نہیں لکھیں تھیں۔ قرآن مجید بھی اُن کے کاتب ہی لکھتے تھے۔ مکہ میں تیرہ سالوں میں تبلیغ کرنے اور سمجھانے سے مکہ والے اُن کی بات نہیں سمجھے۔ مدینہ گئے تو یہودیوں نے بھی اُن کی بات نہیں مانی۔ لوگ بات اُس وقت سمجھے جب رسول اللہ ﷺ نے ذوالفقار اور سیف اللہ سے کام لیا۔ ہمارا کام کتابیں لکھنا نہیں بلکہ اپنی سلطنت اور اسلام کو پھیلانا ہے۔ تو اسلام کے بارے میں غلط باتیں کرنے والوں کی بات کرتا ہے، ہمیں بتا یہ کون لوگ ہیں، ہم ان کو پکڑیں گے۔ میرے پاس نوجوانوں کے گروہ

کے گروہ آتے ہیں جو جہاد کے لیے بے تاب ہیں۔

خلیفہ منصور۔

معزز بزرگو، بھائیو! میں نے آپ کو کتابوں کی باتیں کرنے کے لیے اکٹھا نہیں کیا۔ اس کے لیے میرے پاس کافی عالم موجود ہیں۔ یہ میرے منصوبے کا صرف ایک حصہ ہے۔ میں بہت جلد باقی ماندہ یہودیوں، مجوسیوں، زرتشتیوں، عیسائیوں اور دوسروں کے خلاف جہاد کا آغاز کرنے والا ہوں لیکن اسوقت ہمیں سب سے بڑا خطرہ ابو مسلم سے درپیش ہے۔

سُلیمان۔

(ششدر ہو کر چلاتا ہے) ابو مُسلم؟ عباسی خلافت تو قائم ہی ابو مُسلم اور اُس کے خراسانی لشکریوں کی خدمات سے ہوئی ہے۔ مرؤ میں انقلاب کے کالے جھنڈے سب سے پہلے اُسی نے لہرائے تھے۔ اُسی نے مروان کو ژاب میں شکست دی تھی اور مصر تک اُس کا پیچھا کر کے اُس کو وہاں قتل کیا تھا۔ پھر جب بیشتر لوگ علویوں کو حکومت دینا چاہتے تھے تو ابو مُسلم نے ہی لوگوں کو ہماری بیعت کرنے پر مجبور کیا تھا۔ اور اب تُجھے اُسی سے خطرہ ہے؟ اللہ معاف کرے، تو کس قسم کا خلیفہ بننے جا رہا ہے؟

عیسیٰ۔

(سُلیمان کو مُخاطب کرتے ہوئے) یا اخی صبر، صبر۔ ژاب میں مروان کے خلاف ہمارے لشکر کی قیادت ابو مُسلم نہیں بلکہ ابوعون کر رہا تھا۔ یہ مت بھولو کہ ابو مُسلم اکیلا نہ اُمویوں کو شکست دے سکتا تھا اور نہ علویوں کو۔ اُمویوں کے خلاف لڑائیوں میں بہترین کمانڈر عرب تھے۔ قحطبہ ابن الشبیب الطائی کی جنگی خدمات کو مت بھولو۔ منصور کو وضاحت کرنے کا موقع دو۔ (منصور کو مُخاطب کرتے ہوئے) بھتیجے، جاری رکھو۔

خلیفہ منصور۔

شکریہ چچا عیسیٰ۔ اس میں شک نہیں کہ ابو مُسلم نے ہماری قابل قدر خدمت کی ہے۔ اگر وہ کوفہ میں علویوں کے وزیر ابو سلامہ کو اُس کے علوی ساتھیوں سمیت قتل نہ کر دیتا تو امام حسنؑ کے پوتے محمد نفس ذکیہ کی امامتِ عالیہ قائم ہو جاتی۔ آج علوی ہم پر حکومت کر رہے ہوتے۔ لیکن کیا آپ نے سوچا کہ ابو مُسلم نے اپنے علوی ساتھیوں کو استعمال کر کے قتل کیوں کیا؟

عبدالصمد۔

میں تو صرف یہ جانتا ہوں کہ اُس نے علویوں کو راستے سے ہٹا کر اقتدار ہمارے ہاتھ میں دیا۔ (جزبز ہوتے ہوئے) اگر تُمہیں کسی اور وجہ کا علم ہے تو ہم سے پہیلیاں نہ بُجھواؤ۔ ہماری عُمریں معمے حل کرنے والی نہیں ہیں۔

خلیفہ منصور۔

وہ ہماری مدد سے ہمارے اُموی اور علوی حریفوں کو اس لیے ختم کرتا رہا کہ آخر میں شکست دینے کے لیے صرف ہم رہ جائیں گے۔ اُس کا نظریہ صرف اور صرف فارسی شعوبیت ہے۔ جب وہ اپنے آخری عرب حریف، ہمیں بھی راستے سے ہٹا دے گا تو پھر وہ اپنی فارسی قومی شہنشاہیت کا اعلان کر دے گا۔ مجھے ثبوت ملے ہیں کہ ابو مُسلم نے شروع سے ہی اسلام قبول کرنے کا صرف بہانہ کیا تھا۔ وہ دل سے مسلمان نہیں ہوا تھا۔

سُلیمان۔

(طنزیہ انداز میں) تو کیا اب تم دلوں کے بھید بھی جاننے لگے ہو؟

خلیفہ منصور۔

میرے پاس ثبوت ہیں۔ خراسان کے جید فقیہ ابراہیم بن میمون الصائغ ہمارے انقلاب میں بہت فعال طریقے سے شرکت کر رہے تھے۔ ہماری خلافت کے قائم ہونے کے بعد اُنھوں نے ابو مُسلم سے خراسان میں شریعت نافذ کرنے کا مُطالبہ کیا لیکن ابو مُسلم نے اُن کو سزائے موت دے دی۔ ابو مُسلم مُنافق ہے۔

سُلیمان۔

اس سے مُنافقت ثابت نہیں ہوتی۔ ایسے تو تُم بھی کہتے ہو کہ تُم امام ابو حنیفہ اور امام مالک کو سزائے موت دینا چاہتے ہو جبکہ وہ اس وقت کے تمام فُقہا میں سب سے بلند درجے پر ہیں۔ کیا اس بات کو لے کر میں یہ کہوں کہ تم بھی مُنافق ہو؟

خلیفہ منصور۔

(زور دیتے ہوئے) میرے پاس اور بھی ثبوت ہیں جو ظاہر کرتے ہیں کہ ابو مُسلم مُنافق ہے۔ عباسیوں کے پہلے خلیفہ کے طور پر بھائی السفاح کی بیعتِ عام کا دن ہمارے لیے بڑی مُسرت کا دن تھا لیکن ابو مُسلم بیعت کرنے کے لیے کوفہ نہیں آیا۔ وہ مرؤ میں، اپنے گڑھ میں ہی بیٹھا رہا۔ السفاح نے مجھے اُس کے ساتھ مذاکرات کرنے بھیجا۔ مذاکرات! میں نے اُس سے بیعت لے تو لی لیکن یہ اتنا ہی مشکل تھا جتنا ابوسفیان کا اسلام قبول کرنا۔ بیعت کرتے وقت اُس کے چہرے سے حقارت ٹپک رہی تھی۔ پھر کچھ عرصہ وہ ہمارے ساتھ ٹھیک رہا اور خلافت کے کام آتا رہا لیکن اب وہ مرؤ واپس جانا چاہتا ہے۔ مجھے مُخبروں نے اطلاع دی ہے کہ اگر اُس کو خراسان واپس جانے دیا گیا تو اُس کا منصوبہ یہ ہے کہ وفادار فارسیوں کا لشکر اکٹھا کر کے اپنی خود مختاری کا اعلان کر دے۔ اس کا مطلب یہ ہے کہ ہمیں خراسان سے کوئی محصول نہیں ملے گا۔ اب مُخبروں نے اطلاع دی ہے کہ وہ میری اجازت کے بغیر واپس جانے کی تیاری کر رہا ہے جس کی وجہ سے اُس کا قتل ناگزیر ہو گیا ہے۔

عبدالصمد۔

(پریشان ہوتے ہوئے) سزائے موت دینے میں جلد بازی مت کرو۔ پہل کرنا عقلمندی تو ہے لیکن ابو مُسلم کی موت

سے خراسان میں وہی بغاوت ہو سکتی ہے جس کو تُم روکنا چاہتے ہو۔ مُجھے یہ بھی شک ہے کہ تُم ساری بات سچ نہیں بتا رہے کیونکہ (سوچتے ہوئے) جہاں تک مُجھے یاد پڑتا ہے، السفاح ابو مُسلم کو اس حد تک اپنا بہترین دوست سمجھتا تھا کہ کوئی بھی بڑا فیصلہ اُس کے مشورے کے بغیر نہیں کرتا تھا۔ جب السفاح ابو سلامہ اور دوسرے علویوں کو قتل کروانا چاہتا تھا تو اُس نے ابو مُسلم ہی سے مشورہ مانگا تھا۔ میں وہاں موجود تھا۔ ابو مُسلم نے السفاح ہی کے کہنے پر ابو سلامہ اور اُس کے ساتھیوں کو قتل کیا تھا۔

سب ششدر رہ جاتے ہیں جب بالکل خلافِ توقع منصور پھوٹ پھوٹ کر رو پڑتا ہے۔ وہ ہچکیاں لے کر روتا ہے اور سارے اُسے حیرت سے دیکھتے ہیں۔ عبدالصمد اُٹھ کر اُس کے قریب جاتا ہے اور اُس کے شانے پر تھپکی دیتا ہے۔ سُلیمان غیر متاثر دیکھتا رہتا ہے۔

عبدالصمد۔

کیا بات ہے بھتیجے؟ کیوں رو رہا ہے؟

خلیفہ منصور۔

(آنسو پونچھتے ہوئے سب کو مُخاطب کرتے ہوئے) مرتے وقت السفاح نے مُجھے بُلایا اور میرے کان میں سرگوشی کرتے ہوئے کہا، ''میں جانتا ہوں کہ میرا وقت آ گیا ہے اور میں چاہتا ہوں کہ میرے مرنے کے بعد تم میری ایک آخری خواہش پوری کرو۔ ایک سو قبریں کُھدوانا۔ پھر صرف چند بھروسے والے عباسی جوان میری لاش قبرستان لے جائیں۔ ایک قبر میں مُجھے دفنا کر ساری قبریں بھروا دینا۔ کسی کو نہ بتانا کہ میں کس قبر میں ہوں اور پھر میری قبر پر کبھی نہ آنا۔'' میں نے پوچھا کہ وہ ایسا کیوں چاہتا ہے تو وہ بولا، ''میں جانتا ہوں کہ ایک وقت آئے گا جب علوی اور فارسی ایک ہو کر میری لاش کی بے حرمتی کرنے آئیں گے لیکن ایک سو قبریں دیکھ کر شاید واپس چلے جائیں۔''

میں نے کہا، ''لیکن میں تمہارے لیے دُعا کرنے تمہاری قبر پر آنا چاہتا ہوں۔''

''ساری قبروں پر دُعا کر دینا۔'' اُس نے کہا۔ دوسرے ہی دن وہ فوت ہو گیا۔

منصور دوبارہ پھوٹ کے روتا ہے۔ پھر اپنے آنسو پونچھ کر اپنے آپ پر قابو پا لیتا ہے۔

کچھ دوسرے حاضرین بھی اپنی آنکھوں سے آنسو پونچھتے ہیں۔

عبدالصمد واپس اپنی جگہ پر آ کے بیٹھ جاتا ہے۔

منصور اپنے آپ کو سنبھال کر سخت لہجے میں بولنا شروع کرتا ہے۔

خلیفہ منصور۔

بزرگو اور بھائیو! کیا آپ چاہتے ہیں کہ ہم سب اپنے لیے ایک ایک سو قبریں کُھدوائیں؟ کیا آپ نہیں سمجھتے کہ فارسی اپنی زمین پر عربوں کی حکومت پسند نہیں کرتے؟ پہلے ان میں سے بیشتر اُمویوں کے خلاف جنگ میں ہمارے ساتھ

شامل ہوئے۔ کئی موصل میں علویوں کے قتل عام میں بھی ہمارے ساتھ شامل ہوئے۔ اس طرح جنگ کا تجربہ اور مالِ غنیمت حاصل کر کے اب وہ باقی عربوں کو بھی ختم کرنے کا منصوبہ بنا رہے ہیں۔ میں نے والیء خراسان کو پیغام بھیجا ہے کہ میں اُس کے علاقے میں باغیوں کا سر کچلنے کے لیے لشکر بھیج رہا ہوں اور اگر اُس نے تعاون نہ کیا تو اُس کا معاملہ بھی باغیوں کے ساتھ ہی ہو گا۔

سُلیمان۔

(طنزیہ انداز میں) اب چھوڑ بھی دے منصور۔ مُجھے یاد ہے کہ روپیٹ کے، ضد کر کے، ہر طریقے سے اپنی بات منوانے کی تیری یہ عادت بچپن سے تھی۔ سچ یہ ہے کہ السفاح ابو مُسلم کو اپنا بہترین دوست سمجھتا تھا اور اُس کو سزائے موت دینے کا کبھی سوچ بھی نہیں سکتا تھا۔ جب السفاح خلیفہ بنا اور بھائی داؤد والیء کوفہ، تو دونوں نے مسجد میں کھڑے ہو کر فارسیوں سے وعدہ کیا تھا کہ ہم اُن پر ظلم نہیں کریں گے۔ میں داؤد کے ساتھ کھڑا تھا جب السفاح نے ایک ایک کر کے بنو امیہ کے فارسیوں پر ڈھائے گئے مظالم گنوائے اور کہا، ''مُجھے اُمید ہے کہ ہمارا قبیلہ تمہیں یہی زخم نہیں لگائے گا۔''

پھر بھائی داؤد نے تقریر کرتے ہوئے کہا تھا، ''ہم نے خلافت سونا چاندی اکٹھا کرنے یا تُمھارے شہروں میں اپنے محل بنانے کے لیے حاصل نہیں کی۔ ہم نے یہ صرف اس لیے لی ہے کیونکہ رسول اللہ ﷺ کے رشتے دار ہونے کے ناطے یہ ہمارا حق تھا۔ امویوں نے ہمارا حق چھینا تھا اور ہم پر زمین تنگ کر دی تھی۔ وہ تمہیں بھی جبر و استبداد اور تذلیل کا نشانہ بنا کر تُمھاری جائیدادوں پر قبضے کر رہے تھے۔ اب ہم تمہارے ساتھ اللہ اور قرآن کی ہدایت کے مطابق اور رسول اللہ ﷺ اور اُن کے چچا عباسؓ کے بھروسے پر انصاف کریں گے۔ قرآن، اللہ، رسول ﷺ اور حضرت عباسؓ تمہارے امن و سلامتی کے ضامن ہیں۔ اب عربوں اور عجمیوں کو کسی بات کا خوف نہیں ہو گا۔''

سُلیمان افسوس کے ساتھ سر کو دائیں بائیں ہلا کر جذبات سے بھرپور آواز میں بولتا ہے۔

السفاح اور داؤد مر چکے ہیں۔ جب میں آخرت میں اُن سے مِلوں گا اور وہ مُجھ سے پوچھیں گے کہ میں نے خراسان پر قبضے کے لیے ابو مُسلم کے قتل اور اُس کے لوگوں کی لوٹ مار سے تمہیں روکنے کے لیے کیا کیا، تو میں اُن کو کیا جواب دوں گا؟

ربِ کعبہ کی قسم، میں فارسیوں کا قتلِ عام نہیں دیکھ سکتا۔ ابو مُسلم ہمیشہ ہمارا وفادار دوست رہا ہے۔ میں اُس کا قتل برداشت نہیں کروں گا۔

خلیفہ منصور۔

(غُصے سے بپھرتے ہوئے) تو پھر ٹھیک ہے، اب مُجھے تمہیں وہ بات بتانی ہی پڑے گی جو میں عزت، غیرت اور حمیت کی خاطر اپنی زبان پر نہیں لانا چاہتا تھا۔ تُم نے اب میرے لیے کوئی راستہ نہیں چھوڑا تو سُن لو، ابو مُسلم نے

تُمھاری بہن، میری پھوپھی کا اپنے لیے رشتہ مانگا ہے۔ وہ اپنی نسل میں ہاشمی خون شامل کر کے اپنا رشتہ رسول اللہ ﷺ کے قبیلے کے ساتھ جوڑنا چاہتا ہے۔

حاضرین ششدر ہو کر بالکل خاموشی سے منصور کو دیکھتے ہیں۔

سُلیمان بن علی شک کی نظر سے منصور کو دیکھتے ہوئے دائیں بائیں سر ہلاتا ہے۔

سُلیمان۔

یہ ناممکن ہے۔ ابو مُسلم اتنے عرصے سے ہمارے ساتھ ہے کہ وہ لازماً جانتا ہو گا کہ ہم اپنی عورتوں کو کمتر عرب قبیلوں میں بھی نہیں بیاہتے، عجمی کا تو سوال ہی پیدا نہیں ہوتا۔

دوسرا قبائلی بزرگ۔

اس عجمی کو یہ جرُات کیسے ہوئی کہ ہماری عورت سے شادی کا سوچے، اور وہ بھی رسول اللہ ﷺ کے قبیلے کی عورت سے! یہ چوہا بہت اونچی چھلانگ لگانا چاہتا ہے۔

عیسیٰ۔

(غُصے اور حقارت سے) کم ذات خراسانی! یہ کیا سمجھتا ہے کہ ہماری خدمت کرتے کرتے یہ ہم میں سے ایک بن جائے گا؟

خلیفہ منصور۔

ابو مسلم نے عباسی بننے کی پوری پوری کوشش کی ہے۔ اُس نے اسلام قبول کیا، ہمارے لیے لڑائیوں میں حصہ لیا، اسلام کے نام پر لڑنے کے لیے ہمارے ماتحت اپنے لشکر بھیجے، ہماری خدمت کرتے کرتے اب اُس کی یہ جرُات ہو گئی ہے کہ میری پھوپھی کا رشتہ مانگ رہا ہے۔ جب میں نے اُسے کہا کہ اپنے مقام پر ہی رہے تو اس طرح کی باتیں کرنے لگا، ''مجُھے تو بتایا گیا تھا کہ سب مسلمان برابر ہیں، بھائی بھائی ہیں،'' اور اسی طرح کی انہونی باتیں۔ پھر کہنے لگا، ''میں خراسان واپس جانا چاہتا ہوں۔''

اب مُخابرات نے مجُھے بتایا ہے کہ ابو مُسلم نے اپنے فارسی ساتھیوں کو کہا ہے کہ وہ اسلام سے مایوس ہو کر خراسان واپس جانا چاہتا ہے۔ اس میں کوئی شک نہیں کہ واپس جا کر وہ ہمارے خلاف اُسی طرح تبلیغ کرے گا جیسے اُمویوں کے خلاف کرتا تھا۔ اُس کے لوگ اُس کے گرد جمع ہو جائیں گے اور ہمیں ایک بہت بڑے خطرے کا سامنا کرنا پڑے گا۔

تیسرا قبائلی بزرگ۔

رشتہ مانگنے والی بات اس مجلس سے باہر نہیں جانی چاہیئے۔ ہماری عورت کی عزت و آبرو کا سوال ہے۔ ابو مُسلم کو مُرتد ہونے کے الزام میں سزائے موت دی جا سکتی ہے۔

خلیفہ منصور۔

اس کی آپ فکر نہ کریں۔ میں بندوبست کر لوں گا۔ مُجھے صرف آپ لوگوں کی منظوری چاہیئے تھی تا کہ بعد میں آپ یہ نہ کہیں کہ میں نے قبیلے کے ایک دوست کو مار دیا۔

سُلیمان۔

(شک کرتے ہوئے) کیا کوئی گواہی دے سکتا ہے کہ ابو مُسلم نے واقعی یہ رشتہ مانگا ہے؟ مُجھے شک ہے کہ تُم اپنی بات منوانے کے لیے باتیں گھڑ رہے ہو۔

خلیفہ منصور۔

(سُلیمان کو مُخاطب کرتے ہوئے) تُمہیں سب سے زیادہ بھروسہ اپنے آدمی الربیع بن یونس پر ہے۔ میرے دیوان میں وہ تُمہارا ہی بھیجا ہوا آدمی ہے۔ اُسی سے پوچھ لو۔

سُلیمان ایک جھٹکے سے اُٹھ کھڑا ہوتا ہے اور غُصے کی شدت سے کانپتا ہوا مسجد سے باہر بھاگتا ہے لیکن عبدالصمد اور دو دوسرے آدمی اُس کے پیچھے بھاگ کر اُسے پکڑ لیتے ہیں۔

سُلیمان۔

(غُصے سے چِلاتے ہوئے) حرامی عجمی! قسم باللہ میں اپنے ہاتھوں سے اس خنزیر کا گلا گھونٹوں گا۔ ہاشمی قبیلے میں اپنا خون شامل کرنے کا کیسے سوچا اس نے؟

منصور اُٹھ کر سُلیمان کے قریب جا کر اُس کو گلے لگاتا ہے۔

خلیفہ منصور۔

چچا سُلیمان صبر کرو۔ خاموش ہو جاؤ۔ مُجھے تُمہارے جذبات کا احساس ہے لیکن باہر کھڑے لشکریوں کو پتہ نہیں چلنا چاہیئے کہ ہم کیا بات کر رہے ہیں۔ یہ ہماری عزت کا سوال ہے۔ اسی لیے میں تُمہیں بتائے بغیر یہ کام کرنا چاہتا تھا لیکن تُم نے مُجھے مجبور کر دیا کہ یہ بتا کر تُمہیں دُکھ پہنچاؤں۔ اب اس دُکھ کا مداوا بھی میں ہی کروں گا۔

سُلیمان اپنے غُصے پر قابو پا کر کچھ الفاظ بُڑبڑاتا ہوا بیٹھ جاتا ہے۔ سب لوگ بیٹھ جاتے ہیں۔

خلیفہ منصور۔

(سب کو باری باری دیکھتے ہوئے) بزرگو، بھائیو! میں وعدہ کرتا ہوں کہ عباسی عزت و ابرو کا مکمل تحفظ کرتے ہوئے میں اس گُستاخ کو مناسب قانونی کاروائی کر کے، بغاوت یا ارتداد کے جُرم میں سزائے موت دلواؤں گا۔ رشتے کی بات عوام تک نہیں پہنچے گی۔ اب اس موضوع پر کوئی بات نہ کریں۔ عصر کی نماز کا وقت ہے۔ اگر میں نے کسی بُزرگ کی شان میں گُستاخی کی ہو یا کسی کو دُکھ پہنچایا ہو تو میں معافی مانگتا ہوں۔

سُلیمان۔

اللہ سلمک (اللہ تعالیٰ تمہیں سلامت رکھے)۔

سارے حاضرین منصور کو "اللہ سلمک" کہتے ہوئے کھڑے ہو کر عصر کی نماز کے لیے صفیں باندھتے ہیں۔ وہ آٹھ آٹھ افراد کی تین صفوں میں کھڑے ہو جاتے ہیں اور اُن کے آگے ایک شخص امامت کے لیے کھڑا ہو جاتا ہے۔ ایک شخص اذان دیتا ہے۔

پانچویں ایکٹ کا اختتام

چھٹا ایکٹ: قتل کا ذِمہ قاضی کے سر

چھٹے ایکٹ کے کردار، جو پانچویں ایکٹ میں پہلے ہی بیان کیے جا چکے گئے:

خلیفہ منصور۔

عبدالصمد بن علی۔

سلیمان بن علی۔

عیسیٰ بن علی۔

ابن اسحاق۔

چھٹے ایکٹ کا منظر:

بصرہ کی مسجد کا ایک بڑا کمرہ جیسا کہ پانچویں ایکٹ میں بیان کیا گیا۔

چھٹا ایکٹ

بصرہ کی مسجد کا ایک بڑا کمرہ

دور

تقریباً 755 عیسوی

پانچویں ایکٹ کے سب کردار نماز پڑھ کر جا چکے ہیں لیکن خلیفہ منصور، اُس کے چچے اور ابن اسحاق ذاتی نوعیت کی گفتگو کے لیے بیٹھے ہوئے ہیں۔

عبدالصمد۔

(سرپرستانہ انداز میں) بھتیجے! مجھے تیری بڑی فکر ہے کہ روزِ قیامت تو اتنی زیادہ جانیں لینے کا کیسے حساب دے گا۔ شریعت میں مسلمان کا قتل صرف اُسی صورت میں حلال ہے کہ اگر اُس نے کسی مسلمان کا قتل کیا ہو اور قصاص واجب ہو، یا اولی الامر کے خلاف بغاوت کرے۔

خلیفہ منصور۔

(سرد مہری سے) ابو مُسلم میرے خلاف بغاوت کی تیاری کر رہا ہے۔ اُس کا قتل جائز ہے۔

عبدالصمد۔

میرا اشارہ ابو مُسلم کی طرف نہیں تھا۔ میں یہ کہنا چاہتا تھا کہ تُمہیں اب ایک ایسا نظامِ عدل و انصاف بنانے کی ضرورت ہے جس میں سزائے موت اور دیگر فیصلے تُمہاری جگہ قاضی اور قاضی القضاۃ کرتے ہوں تاکہ یہ تُمہارے ضمیر کا بوجھ نہ بنیں۔ تُمہیں ایک ایسا قاضی القضاۃ مقرر کرنا چاہیئے جو فِقہ اور شریعت کا ماہر ہو اور فتاویٰ جاری کرنے کی ذمہ داری اُٹھا سکے۔

خلیفہ منصور۔

مسئلہ یہ ہے کہ بیت الخلیفہ میں خوشامدیوں نے مجھے گھیر رکھا ہے۔ میں جو کہتا اور کرتا ہوں وہ اُس کی تعریف کرتے رہتے ہیں۔ غیرجانبدارانہ مشورہ دینے کی جُرات کسی میں نہیں ہے۔ میں سوچ رہا ہوں کہ مدینہ سے امام مالک کو بلوا کر قاضی القضاۃ کا عہدہ اُسے سونپ دوں۔ وہ بہت عرصے سے مدینہ کے بڑے بوڑھوں سے رسول اللہ ﷺ کے فیصلوں اور سُنت سے متعلق نسل در نسل منتقل ہونے والی احادیث اکٹھی کر کے اُن کو موضوع کے مطابق ترتیب دے رہا ہے۔ اُس نے رسول اللہ ﷺ کی خالص وراثت اکٹھی کی ہے۔

عبدالصمد۔

(سختی سے) تمہیں پتہ ہے کہ زندگی میں ایک دفعہ بھی مالک نے مدینہ سے باہر قدم نہیں رکھا؟ عراق میں آ کر جب وہ فارس، مصر اور بلاد الشام کے ہر مذہب کے لوگ اور مختلف صورتِ حال دیکھے گا تو بدحواس ہو جائے گا۔ وہ تو مدینہ میں بیٹھ کر بھی دوسرے ملکوں کے لوگوں کے خیالات اور طور طریقوں پر تنقید کرتا رہتا ہے۔

خلیفہ منصور۔

(ناراضگی سے) چچا! اتنے بڑے عالم کے متعلق تُم یہ کہتے ہو؟ لوگ تو اُسے شیخ الاسلام کہتے ہیں اور ''موطا امام مالک'' کو قرآن کے بعد سب سے زیادہ علم والی کتاب کہتے ہیں۔

عبدالصمد۔

عام لوگوں کو چھوڑو۔ یہ دیکھو کہ دوسرے عالم اور فقیہ اُس کے بارے میں کیا کہتے ہیں۔ امام مالک نے ایک بار امام اللیث کو خط میں لکھا، ''اللہ اُن کو پسند کرتا ہے جو اہلِ مدینہ کے پیچھے چلتے ہیں۔ اہلِ مدینہ کے کے پیچھے چلنا ضروری ہے۔ اگر دوسرے شہروں کے لوگ کہیں کہ ہمارے شہروں میں اور طور طریقے ہیں اور پہلے سے ہی ایسے ہیں تو اُن کو اس کی اجازت نہیں دی جا سکتی۔''

امام اللیث نے اس خط کے جواب میں مدینہ کے تمام فاضل علما کے درمیان علمی اختلافات اور جھگڑوں کی تفصیل لکھ کر آگے لکھا، ''مدینہ کے عالم اپنے آپ میں متفق نہیں کہ اہل مدینہ کے کیا طور طریقے ہونے چاہیئں۔ وہ اس پر اتنا جھگڑتے ہیں کہ ایک دوسرے کے سلام کا بھی جواب نہیں دیتے۔ لہذا ہمیں بتائیں کہ ہم کونسے اہل مدینہ

کے پیچھے چلیں؟''

(مایوسی سے سر ہلاتے ہوئے) اگر تم امام مالک کو عراق لاؤ گے تو وہ مقامی فقیہوں کی مخالفت کر کے مصیبت کھڑی کر دے گا۔ وہ فارسیوں، مصریوں، شامیوں اور عراقیوں کے طور طریقوں کو نفرت سے دیکھے گا۔ جواباً یہ اُس کے خلاف ہو جائیں گے۔ وہ کُنویں کا مینڈک سمجھتا ہے کہ اتنی بڑی دُنیا میں صرف ایک قصبے کے لوگوں کے معاشرتی اور کاروباری طور طریقے نافذ کیے جا سکتے ہیں۔ اگر امام اللیث کی جگہ میں ہوتا تو امام مالک کو لکھتا، ''کیا اللہ نے مدینہ کے لوگوں کے علاوہ باقی سب کو دماغ کے بغیر پیدا کیا تھا؟''

خلیفہ منصور۔

لیکن رسول اللہ ﷺ کی خالص سنت کا علم تو امام مالک ہی کے پاس ہے۔

عبدالصمد۔

نہیں۔ میں تمہیں ایک مثال دیتا ہوں۔ اکثر فُقہا کا قول ہے کہ مونچھیں کاٹنا یا صاف کرنا، جس کو وہ اخفا کہتے ہیں، سُنتِ رسول ہے جبکہ ''موطا'' میں امام مالک لکھتا ہے کہ مونچھیں صاف کرنا بدعت اور قابلِ مذمت ہے (35)۔ اب میں اُسے سُنتِ رسول کا عالم کہوں یا سُنتِ رسول کی نفی کرنے والا کہوں؟ فقہ میں وہ عقل کا استعمال بالکل نہیں کرتا۔

خلیفہ منصور۔

مُجھے سمجھ نہیں آتی کہ یہ عُلما اللہ تعالیٰ کے بھیجے ہوئے قوانین کو بیان کرنے میں اتنا اختلاف کیوں کرتے ہیں۔

عبدالصمد۔

اس کی وجہ یہ ہے کہ جس کو یہ اللہ کے بنائے ہوئے قوانین کہتے ہیں وہ کئی درجن محدثوں کی مختلف لوگوں سے سُنی ہوئی باتیں ہیں۔ ایک کہتا ہے کہ میں نے یہ سُنا ہے، دوسرا کہتا ہے نہیں، میں نے اس کے برعکس سُنا ہے۔ اگر یہ اللہ کے بندے ہوتے تو لوگوں کی داڑھیوں، مونچھوں، زیرِ ناف بالوں اور کپڑوں پر بحثیں کرنے کے بجائے اُن کے حقیقی مسائل کے حل تلاش کرتے۔ امام مالک نے یہ ساری باتیں مدینہ میں سُنی ہیں جہاں لوگ اپنی مرضی سے جو چاہتے ہیں اُس کو اللہ کا حکم بتا دیتے ہیں۔ وہاں سب مسلمان ہیں لہذا اس پر کوئی اعتراض نہیں کرتا لیکن فارس میں ہم حکمران ہونے کے باوجود اقلیت میں ہیں۔ یہاں تمہیں ایسا قاضی چاہیئے جو لوگوں کو متنفر نہ کرے بلکہ راضی کرے، سنگسار، کوڑے اور ہاتھ کاٹنے کی سزاؤں کو فوقیت نہ دے بلکہ نرمی اور معافی سے کام لے۔ کسی فارسی فقیہ کو قاضی القضاۃ مقرر کرو تاکہ اسلام قبول کرنے میں فارسیوں کی حوصلہ افزائی ہو۔

---

35 انگریزی حوالہ جات میں دیکھیے: Haddad, صفحہ 177

خلیفہ منصور۔

مُجھے فارسیوں پر بھروسہ نہیں ہے۔ میں خالص عربی النسل فقیہ چاہتا ہوں۔

سُلیمان۔

(قہقہہ لگاتے ہوئے) پھر تو تُمہیں کبھی بھی قاضی القضاۃ نہیں ملے گا۔

خلیفہ منصور۔

(حیرت سے) کیوں؟

عبدالصمد۔

تمام عظیم فُقہا غُلام یا غُلاموں کے خاندانوں سے ہیں۔

(ابن اسحاق کو مُخاطب کرتے ہوئے) یا ابن اسحاق! میں ٹھیک کہہ رہا ہوں؟

ابن اسحاق۔

جی جناب۔ کُچھ غُلام آزادی حاصل کرنے کی اُمید میں تاریخ، قرآن و حدیث حفظ کرنے جیسا انتہائی مُشکل کام کرتے تھے جبکہ عربوں کو ایک جگہ بیٹھ کر اتنی مغزماری کرنے کے بجائے کاروبار، سفر، قبائلی معرکے، فتوحات اور انتظاماتِ مملکت کرنے کا زیادہ شوق تھا۔ جو غُلام عالِم دین بن کر مالکوں کو خوش کر کے آزادی لے لیتے تھے، اُن کو موالی کہا جاتا تھا۔ یہ اپنے مالکوں کی مجلسوں میں مہمانوں سے سُنے ہوئے تاریخی واقعات کو یاد کرتے رہتے تھے اور اپنے بچوں کو یاد کرا کے اگلی نسلوں کو منتقل کرتے تھے۔ ان یاد کی ہوئی روایات کو احادیث کہا جاتا تھا۔ آہستہ آہستہ منظم طریقے سے احادیث بیان کرنا اور لکھنا ایک باقاعدہ پیشہ بن گیا جس میں اُستاد اور شاگرد ہوتے تھے۔ چونکہ پچھلی صدی میں زیادہ تر غُلام فارسی تھے، اس لیے بیشتر عالم اور فقیہ بھی فارسی غُلاموں میں سے ہی ہیں۔

خلیفہ منصور۔

پھر تو امام مالک کو ہی لانا پڑے گا۔ میں کسی غُلام یا موالی کو قاضی القضاۃ نہیں بنا سکتا۔

ابن اسحاق۔

جناب، امام مالک بھی غُلاموں میں سے ہی ہیں۔ جب یمن فتح ہوا تھا تو بنو تیم قبیلے نے امام مالک کے دادا ابو عامر کو غُلام بنا لیا تھا۔ امام مالک کی والدہ عبداللہ بن معمار کی غُلام تھیں۔ امام مالک کے چچا ابو سُہیل بھی غُلام تھے۔ لیکن چونکہ یہ سارے ایماندار اور قابلِ اعتماد تھے، ان کو موالی بنا دیا گیا۔ مشہور فقیہ بننے کے بعد امام مالک نے جھوٹ بولنا شروع کر دیا کہ اُن کا خاندان کبھی بھی غُلام نہیں رہا۔

خلیفہ منصور۔

جھوٹ نہیں بولے گا تو اُس کی بات سُنے گا کون؟ اگر ان بڑے بڑے لوگوں کو پتہ چل جائے کہ شیخ الاسلام کے

اباؤ اجداد غُلام تھے تو کیا اُس کے پاس فتوے لینے جائیں گے؟

عبدالصمد۔

بیشتر سابقہ غُلام اپنے ماضی کو چُھپاتے ہیں۔ اس بارے میں صرف امام ابو حنیفہ سچ بولتا ہے کہ بنو تیم اُس کے دادا کو خاندان سمیت غُلام بنا کر کوفہ لائے تھے۔

خلیفہ منصور۔

مُجھے سمجھ نہیں آتی کہ غُلاموں کے خاندانوں میں پیدا ہو کر یہ عالم کیسے بن گئے؟

ابن اسحاق۔

جناب، ایک غُلام بچے کے لیے آزاد مرد کے بچے کی نسبت عالم بننا زیادہ آسان تھا۔ حُر کا بچہ گھڑ سواری، اونٹ کی سواری، کھیل کود، کُشتی، تلوار بازی، نیزے بازی وغیرہ کر سکتا تھا۔ لہذا اُس کے لیے بیٹھ کر لکھنا پڑھنا کوفت کا باعث تھا۔ امام مالک کے دادا قبائلی مجلسوں میں بنو تیم کے بُزرگوں کی سُنائی ہوئی رسول اللہ ﷺ اور صحابہ کے زمانے کی باتیں حفظ کرتے رہتے تھے۔ امام مالک نے اپنے دادا سے یہ سُن کو حفظ کر لیں۔ پھر اُن کی والدہ اُن کو مدینہ کے بُزرگوں کے پاس ماضی کے قصے سُننے بھیجتی رہتی تھیں۔ جب وہ بچے تھے تو علم حاصل کرنے کے لیے دیر تک شیخ ابو ہرمز کے دروازے پر کھڑے انتظار کیا کرتے تھے۔ سات سالوں میں اُنھوں نے جو سُنا وہ یاد کر لیا۔ آہستہ آہستہ مدینہ کے لوگ اُن کی عزت کرنے لگے اور اُن سے مشورے لینے کے لیے آنے لگے۔

عبدالصمد۔

(منصور کو مُخاطب کرتے ہوئے) بھتیجے، مالک یہاں قاضی القضاۃ کے منصب کے لیے مُناسب نہیں ہے۔ وہ صرف مکہ اور مدینہ کی تاریخ جانتا ہے۔ عراق کے قاضی کو عراقیوں اور فارسیوں کی ثقافت، رسم و رواج اور روایات کا علم اور سمجھ ہونی چاہیئے تاکہ وہ سلطنت کے سارے لوگوں سے برابری کا سلوک کر سکے۔ ایسا آدمی صرف ابو حینفہ ہے۔ اپنی ذاتی کاوشوں سے اُس نے عُلما اور طلباء کی ایک قانونی مشاورتی کونسل بنائی ہے جو بحث مباحثہ کر کے، آراء لے کر اجماع کے ذریعے قوانین کی تشکیل کرتی ہے۔ (زور دیتے ہوئے) کہتے ہیں کہ وہ پہلا شخص ہے جس نے وسیع پیمانے پر معاشرتی مسئلوں کا احاطہ کرنے والے تیراسی ہزار قانونی مسئلوں سے متعلق شریعت کی نصوص کو مخصوص موضوعات کے تحت ترتیب دیا ہے۔ یہ اسلامی تاریخ میں پہلی بار ہوا ہے۔

خلیفہ منصور۔

چچا سُلیمان، تُمہاری کیا رائے ہے؟

سُلیمان۔

بات یہ ہے کہ ہماری سلطنت میں ہر طرح کے مذہب، فرقے، فلسفے اور نظریے کے لوگ پائے جاتے ہیں۔ امام

مالک تو آتے ہی کہے گا، ''مدینہ میں تو ایسا نہیں ہوتا۔'' وہ سب پر عربی زبان نافذ کر کے قرآن اور نماز صرف عربی میں پڑھنے کا حکم دے گا۔ یہ فارسی بغاوت کی آگ میں مزید لکڑیاں ڈالنے والی بات ہو گی۔ ہم اپنی تین چوتھائی رعایا کے خلاف جنگ نہیں کر سکتے۔ مالک اتنا سخت گیر ہے کہ اسی سالہ نومسلم بڈھوں کے بھی خُتنے کروائے گا۔

خلیفہ منصور کے علاوہ سب ہنس پڑتے ہیں۔

سلیمان۔

اگر بالفرض مالک کے کہنے پر سارے مسلمان ہو بھی گئے تو جزیہ کون دے گا؟ ساری سلطنت کے کام کاج رُک جائیں گے کیونکہ غیر مسلم جزیہ دینے کے خوف سے محنت سے کام کرتے ہیں جبکہ مسلمان حکومت میں شامل ہونا اور بیت المال سے بغیر کام کیے رقم لینا اپنا حق سمجھنا شروع ہو جاتے ہیں۔ تُمہیں ابو حنیفہ کی ضرورت ہے۔ وہ ہر مذہب، فرقے، نظریے اور فلسفے کا ماہر ہے۔ وہ یہودیوں کو توریت سے اور عیسائیوں کو انجیل سے مثالیں دے کر راضی کر سکتا ہے۔ وہ زرتشتیوں، معتزلہ، مرجئا اور شیعوں سے مناظرے کر چکا ہے اور اس کے ساتھ ساتھ وہ مکہ اور مدینہ کے فِقہ کا اتنا بڑا ماہر ہے کہ جگہ جگہ تعینات کیے جانے کے لیے درجنوں قضاۃ کی تعلیم و تربیت کر سکتا ہے۔

خلیفہ منصور۔

مُجھے ایسے ہی قاضی القضاۃ کی ضرورت ہے جو قضاۃ کی بڑی تعداد تیار کر سکے۔ سلطنت کے کئی خِطوں سے درخواستیں آ رہی ہیں کہ قاضی بھیجو اور میرے پاس صرف دو چار قاضی کوفہ یا بصرہ میں ہیں۔

عبدالصمد۔

ابو حنیفہ نے اپنے مدرسے میں ذہین ترین طلباء کو تعلیم دی ہے۔ چھتیس فارغ التحصیل ہوئے ہیں جو اپنی قابلیت کی وجہ سے مشہور ہیں۔ ان میں سے اٹھائیس قاضی بننے کے لائق ہیں، چھ مُفتی کے طور پر تعینات کیے جا سکتے ہیں اور دو تو اس قابل ہیں کہ مُفتیوں کی اصلاح کر سکیں۔

خلیفہ منصور۔

لیکن وہ مدرسے کے اخراجات کہاں سے پورے کرتا ہے؟

عبدالصمد۔

وہ اپنی آمدنی کا کثیر حصہ مدرسے پر لگا دیتا ہے۔ اُس کا کپڑے کا کاروبار بہت اچھا چلتا ہے۔

خلیفہ منصور۔

لیکن ابھی تم نے کہا کہ وہ تو موالیوں کے خاندان سے ہے۔

عبدالصمد۔

ان فارسیوں کو صرف موالی مت سمجھو۔ غُلام بنائے جانے سے پہلے ان میں سے کئی پڑھے لکھے معزز لوگ تھے، تاجر

تھے، سلطنت فارس کے اعلیٰ عہدیدار بھی تھے۔ فارس فتح کرنے کے فوراً بعد اُمویوں کو سمجھ آ گئی تھی کہ فارسیوں کی قابلیت و صلاحیت کو استعمال کیے بغیر وہ امور سلطنت نہیں چلا سکیں گے۔ یہ فارسی اتنے ذہین تھے کہ عربی سیکھ کر کئی عربوں سے بہتر عربی بولنے اور لکھنے لگ گئے۔ صرف اعلیٰ درجے کی ذہانت ہی کسی کو دوسرے کی ثقافت و تہذیب سمجھنے کے قابل بنا سکتی ہے۔ اگرچہ ابو حنیفہ پیشے کے لحاظ سے تاجر ہے، وہ عربوں کی تاریخ اور رسم و رواج عربوں سے بہتر بیان کر سکتا ہے۔ وہ یہاں کے لوگوں میں اتنا مقبول ہے کہ لوگ اُسے فقیہِ مشرق کہتے ہیں۔

خلیفہ منصور۔

لیکن کچھ عرصہ پہلے مُخبروں نے مُجھے بتایا تھا کہ وہ علویوں کا ہمدرد ہے۔ میں نے اُس کو کوڑے لگوا دیئے تھے۔

عبدالصمد۔

مُجھے بہت دُکھ ہوا تھا یہ سُن کر کہ تُم نے اُس کو تیس کوڑے لگوائے اور اُس کے جسم سے خون رسنے لگا۔ اگر وہ چاہتا تو ہزاروں لوگ اُس کے لیے لڑنے آ جاتے لیکن وہ خاموش رہا کیونکہ وہ لاحاصل خون خرابہ پسند نہیں کرتا۔ کچھ علوی امام اُس کے اُستاد رہے ہیں لیکن یہ کوئی وجہ نہیں ہے اُس پر شک کرنے کی۔ اُس کو تعینات کر کے تم اُس کی مقبولیت سے بہت فائدہ اُٹھا سکتے ہو۔

خلیفہ منصور۔

مُجھے افسوس ہے لیکن میں اُس کے بارے میں زیادہ نہیں جانتا تھا۔ جب مُجھے اُس کی شہرت کے بارے میں علم ہوا تو میں نے قصاص کے طور پر ہر کوڑے کے عوض ایک ہزار درہم اُس کو بھیجے لیکن اُس نے لینے سے انکار کر دیا۔ میں بہت حیران ہوا اور سوچتا رہا کہ یہ بہت منفرد شخص ہے۔ میں نے دوبارہ رقم اور پیغام بھیجا کہ اگر آپ کو اس رقم کی ضرورت نہیں ہے تو اس کو خیرات کر دیں لیکن اُس نے پھر رقم واپس کر دی اور جواب بھیجا کہ یہ رقم حلال طریقے سے نہیں کمائی گئی۔ مُجھے وہ مغرور لگتا ہے اور میں شرطیہ کہتا ہوں کہ وہ علویوں کا ہمدرد ہے۔

عبدالصمد۔

وہ پیسوں سے نہیں خریدا جا سکتا۔ میرا مشورہ یہ ہے کہ تُم اُسے بیت الخلیفہ میں بلواؤ اور خلوت میں ایسا برتاؤ کرو جیسے کہ تمہیں اُس پر خاص نوعیت کا ذاتی اعتماد ہے۔ اب وقت آ گیا ہے کہ ہم طاقت کے بجائے احترام کے زریعے حکومت کرنا سیکھیں۔

خلیفہ منصور۔

(جزبز ہوتے ہوئے) چچا! میرا تجربہ تمہارے جتنا تو نہیں لیکن میں جانتا ہوں کہ دُنیا میں صرف طاقت سے ہی حکومت کی جا سکتی ہے۔

عبدالصمد۔

ابو حنیفہ طاقت کے آگے سر نہیں جھکاتا۔ آخری اموی دور کے والی ابن ہبیرہ کو شک تھا کہ ابو حنیفہ عباسیوں اور علویوں کے ساتھ ہے۔ اُس نے عراق کے جید عُلما، قاضی ابن ابی لیلیٰ، قاضی ابن شبرمہ اور داؤد بن ابی ہنداج کو بلا کر اعلی عُہدے دیئے۔ پھر اُس نے ابو حنیفہ کو بُلایا اور اعلیٰ ترین عہدہ پیش کیا۔ اس عہدے کے اختیارت میں حاکم کے فیصلوں اور بیت المال کے اخراجات، دونوں کی منظوری دینا شامل تھا۔ ابن ہبیرہ نے قسم کھا لی کہ اگر ابو حنیفہ یہ عہدہ لینے سے انکار کرے گا تو وہ اُس کو جیل بھیج دے گا۔ دوسرے عالم ابو حنیفہ کے پاس گئے اور منت کی کہ عہدہ قبول کر کے اپنی جان بچا لے لیکن ابو حنیفہ نے کہا، ''ابن ہبیرہ معصوم لوگوں کو قتل کرنے کے فیصلوں پر میری مُہر لگوانا چاہتا ہے۔ میرے لیے ایسا کرنا ناممکن ہے۔''

ابن ہبیرہ نے امام کو جیل بھیج دیا اور کوتوال کو حکم دیا کہ اُس کو روز کوڑے مارے۔

(منصور کو مُخاطب کرتے ہوئے) یاد رکھنا کہ اُس وقت عباسی مظلوم تھے۔ ابن ہبیرہ ہمارے آدمی قتل کیا کرتا تھا اور یہ کوڑے ابو حنیفہ نے ہمارے لیے کھائے تھے۔

کئی دن کے بعد کوتوال نے ابن ہبیرہ کو بتایا کہ ابو حنیفہ پر مار اور درد و تکلیف کا کوئی اثر نہیں ہو رہا۔ ابن ہبیرہ اتنے مشہورِ عالم اور فقیہ کو قتل نہیں کرنا چاہتا تھا۔ اُس نے کوتوال کو ہدایت کی، ''امام سے کہو کہ چند روز کے لیے کوئی چھوٹا موٹا عہدہ لے کر اپنی جان بچا لے۔'' اس طرح ابن ہبیرہ کی قسم پوری ہو سکتی تھی لیکن کوتوال نے واپس آ کر کہا، ''امام تو مسجدوں کے دروازے گننے کا کام لینے کو بھی راضی نہیں ہوتا۔ ماریں کھا کھا کر اُس کا سر سوج گیا ہے لیکن اُس کا حوصلہ کم ہونے کا نام ہی نہیں لیتا۔''

تنگ آ کر ابن ہبیرہ نے کوتوال کو کہا، ''کیا اس ضدی آدمی کو کوئی صحیح مشورہ دینے والا بھی نہیں ملتا؟ اُسے کہو کہ اگر وہ مُجھ سے پیشکش پر غور کرنے کی مُہلت ہی مانگ لے تو میں اُس کو چھوڑ دوں گا۔'' جب امام کو یہ بتایا گیا تو اُنھوں نے کہا، ''ٹھیک ہے۔ مُجھے دوستوں سے مشورہ کرنے کے لیے کچھ وقت دے دو۔''

ابن ہبیرہ نے رہائی کا حکم دیا۔ ابو حنیفہ جان بچا کر مکہ چلا گیا اور اُموی حکومت کے خاتمے تک وہیں رہا۔ ہماری خلافت قائم ہونے پر واپس آیا اور السفاح کی بیعت کی۔

خلیفہ منصور۔

چچا تم نے مُجھے یہ سب بتا کر بہت اچھا کیا۔ اب مجھے ایک نیا چیلنج مل گیا ہے۔

(شیخی بھگارتے ہوئے) میں ابو حنیفہ کو اپنا قاضی القضاۃ تعینات کروں گا اور تاریخ میں لکھا جائے گا، ''ابو جعفر عبداللہ المنصور وہاں بھی کامیاب ہوا جہاں بنو امیہ ناکام ہو گئے تھے۔''

چھٹے ایکٹ کا اختتام

ساتواں ایکٹ: قانونِ الٰہی کی تشکیل

ساتویں ایکٹ کے کردار:

امام ابو حنیفہ، درمیانے جسم اور گندمی رنگت والے چُست، پھُرتیلے شخص ہیں۔ چہرے پر نفاست سے ترشی ہوئی سفید داڑھی ہے۔ اُنھوں نے اعلیٰ معیار کا فارسی جُبّہ پہن رکھا ہے جس کے کاندھوں اور کناروں پر کشیدہ کاری کی گئی ہے۔ سر پر رنگین ریشمی پگڑی نما ٹوپی پہن رکھی ہے۔

فارغ التحصیل ہونے والے طلباء:

ابو یوسف؛

ظفر بن ہذیل؛

محمد بن حسَن؛

ابو یوسف اور ظفر بن ہذیل کی عمریں پچیس سال کے لگ بھگ ہیں جبکہ محمد بن حسَن کی عمر بیس سال سے کچھ زیادہ لگتی ہے۔ ابو یوسف باقی دو سے لمبا اور زیادہ سفید رنگت کا ہے۔ تینوں نے رنگین جُبّے اور گول سفید ٹوپیاں پہن رکھی ہیں۔

ایک درجن کے قریب طلباء، جن کی عمریں تیرہ اور بیس سال کے درمیان ہیں۔ انھوں نے مٹیالے یا رنگین تھوب یا جُبّے پہن رکھے ہیں۔ کچھ کے سروں پر ٹوپیاں یا سفید یا چتکبرے عمامے ہیں۔ بیشتر دُبلے پتلے لیکن تندرست ہیں۔ چلچلاتی دھوپ سے سانولی ہوئی چہروں کی رنگت بتاتی ہے کہ یہ گھروں سے باہر کاشتکاری یا دیگر کام کاج یا کھیل کود بھی کرتے رہے ہیں۔

چھ طلباء، جن کی عمریں تیرہ اور بیس سال کے درمیان ہیں۔ ان کے نسبتاً گندمی رنگ، بھرے ہوئے جسم اور نفیس رنگین جُبّے اور ٹوپیاں ظاہر کرتے ہیں کہ یہ مقابلتاً خوشحال گھرانوں سے تعلق رکھتے ہیں۔

طلباء اوسطاً تمیزدار اور فرمانبردار ہیں۔ امام ابو حنیفہ کی موجودگی میں وہ توجہ سے بات سُنتے ہیں لیکن اُن کی عدم موجودگی میں اُن کا دھیان ہنسی مذاق کی طرف ہو جاتا ہے۔ چند بڑی عُمر کے طلباء سبق لکھنے کے لیے سیاہی دان، کاغذ اور قلم ساتھ رکھے ہوئے ہیں۔

ساتویں ایکٹ کا منظر:

کوفہ میں امام ابو حنیفہ کے مدرسے کا بڑا کمرہ جو تقریباً اُسی طرح کا ہے جیسے بصرہ کی مسجد کا پانچویں ایکٹ میں بیان کیا گیا کمرہ لیکن یہ اُس سے تقریباً آدھی لمبائی اور چوڑائی کا ہے۔ سارے فرش پر دریاں بچھی ہیں۔ دائیں ہاتھ کی دیوار کے قریب ایک قالین بچھا ہے جس کے پیچھے دیوار کے درمیان میں ایک دو سطحی منبر رکھا ہے جو تقریباً ایک میٹر اونچا ہے۔

ساتواں ایکٹ

کوفہ میں امام ابو حنیفہ کے مدرسے کا بڑا کمرہ

دور

تقریباً 757 عیسوی

امام ابو حنیفہ اور ابو یوسف موجود نہیں ہیں۔ باقی طلباء دریوں پر بیٹھے زور و شور سے گفتگو کر رہے ہیں اور ہاتھوں کو ہلا ہلا اپنی اپنی بات پر اصرار کرتے ہیں۔

محمد بن حسن۔

(ظفر کو مُخاطب کرتے ہوئے) کیا واقعی ابو یوسف مدرسہ چھوڑ کر خود اُستاد بن گیا ہے؟

ظفر بن ہذیل۔

ابو یوسف سمجھتا ہے کہ اُس نے امام سے سارا علم لے لیا ہے اور اب کچھ نہیں بچا۔ امام اُس کے اخراجات اُس وقت سے اُٹھا رہے ہیں جب وہ بچہ تھا لیکن جونہی اُسے احساس ہوا کہ کافی علم لے لیا ہے، وہ چھوڑ کر چلا گیا۔

محمد بن حسن۔

کیا یہ سوچنا تکبر نہیں کہ اب اُسے مزید تعلیم کی ضرورت نہیں؟

ظفر بن ہذیل۔

امام کو بہت افسوس ہے۔ وہ کہہ رہے تھے کہ اپنی تمام تر ذہانت کے باوجود ابھی ابو یوسف کو مزید تعلیم کی ضرورت ہے۔ وہ اُسے واپس لانے کی کوشش کر رہے ہیں۔

ظفر سارے طلباء کو اونچی آواز میں، پرجوش انداز میں مُخاطب کرتا ہے۔

سارے غور سے سُنو! امام نے حل کرنے کے لیے ایک معمہ بھیجا ہے۔

سارے طلباء متوجہ ہو کر غور سے سُنتے ہیں۔

ظفر بن ہذیل۔

ایک آدمی نے اپنا جُبّہ دھونے کے لیے دیا۔ دھوبی کو جُبّہ پسند آ گیا اور اُس نے چوری کر لیا۔ جب گاہک جُبّہ لینے آیا تو دھوبی نے بہانہ کیا کہ جُبّہ تو گُم گیا ہے۔ اُسے اُمید تھی کہ گاہک درگذر کر دے گا لیکن گاہک نے اُس کو دھمکانا اور روز آ کر جُبّہ مانگنا شروع کر دیا۔ آخرکار دھوبی سمجھ گیا کہ گاہک اُسے کبھی نہیں چھوڑے گا۔ اُس نے جُبّہ واپس کر دیا اور دُھلائی کے پیسے مانگے۔ گاہک نے پیسے دینے سے انکار کر دیا۔ دونوں کو قاضی کے پاس جانا پڑا۔ گاہک کا کہنا تھا کہ وہ دُھلائی کے پیسے نہیں دے گا کیونکہ دھوبی نے اُس کو بہت تنگ کر کے جُبّہ واپس کیا ہے۔ معمہ یہ ہے کہ قاضی کو کیا فیصلہ کرنا چاہیئے؟

پہلا شاگرد۔

(پُر اعتماد لہجے میں) دھوبی نے جُبّہ دھو کر واپس کر دیا۔ اُس کو پیسے ملنے چاہیئں۔

دوسرا شاگرد۔

(ناقدانہ انداز میں) کیوں ملنے چاہیئں؟ گاہک کو اتنا تنگ کیا پھر بھی پیسے مانگتا ہے؟

تیسرا شاگرد۔

بھائی ظفر، ان میں سے کس کا جواب ٹھیک ہے؟

ظفر بن ہذیل۔

(ہنستے ہوئے) دونوں غلط ہیں۔

تیسرا شاگرد۔

(احتجاج کرتے ہوئے) دونوں غلط کیسے ہو سکتے ہیں؟ یا پیسے ملنے چاہیئں یا نہیں ملنے چاہیئں۔ کیا کوئی تیسرا راستہ ہے؟

ظفر بن ہذیل۔

یہی تو معمہ ہے۔ صرف امام کو درست جواب کا علم ہے۔ اُنھوں نے مُجھے کل بُلایا اور کہا، ''ابو یوسف سمجھتا ہے کہ وہ کامل ہو گیا ہے لیکن کئی مسئلے وہ ابھی حل نہیں کر سکتا۔ اُس کے پاس جا کر اُس سے اِس مسئلے کا حل پوچھو۔ اگر وہ کہے کہ دھوبی کو مزدوری ملنی چاہیئے، تو کہنا یہ جواب غلط ہے۔ اگر وہ کہے کہ مزدوری نہیں ملنی چاہیئے تب بھی جواب غلط ہے۔ اس سے اُس کا تجسس بڑھے گا اور وہ ہمارے پاس واپس آئے گا۔''

تیسرا شاگرد۔

تُم نے امام سے پوچھا نہیں کہ درست جواب کیا ہے؟

ظفر بن ہذیل۔

اُنھوں نے کہا کہ وہ ابو یوسف کی واپسی پر جواب دیں گے۔ وہ ہمارا تجسس بڑھا رہے ہیں۔

تیسرا شاگرد۔

(مایوسی سے) پھر تو انتظار کرنا پڑے گا۔

امام ابو حنیفہ اندر آتے ہیں۔ شاگرد اُن کو سلام علیکم کہتے ہیں اور وہ وعلیکم سلام کہتے ہوئے منبر پر بیٹھتے ہیں۔ شاگرد تین صفوں میں امام کی طرف مُنہ کر کے بیٹھ جاتے ہیں۔

ابو یوسف اندر آتا ہے اور سلام علیکم کہتا ہے۔ امام جواب دیتے ہیں۔

امام ابو حنیفہ۔

(مُسکراتے ہوئے) ابو یوسف آ گیا۔ میں جانتا تھا کہ تُم واپس آؤ گے۔

ابو یوسف۔

یا امام، آپ نے دھوبی کی مزدوری والا مسئلہ بھیج کر مُجھے واپس آنے پر مجبور کر دیا۔ میں نے بہت غور کیا لیکن کوئی تیسرا حل ذہن میں نہیں آیا اور مُجھے احساس ہوا کہ مُجھے ابھی آپ کی ضرورت ہے۔

ابو یوسف، ظفر اور محمد کے ساتھ بیٹھ جاتا ہے۔

امام ابو حنیفہ۔

مُجھے بھی میرے شاگردوں کی ضرورت ہے۔ تُم مُجھے توصلہ دیتے ہو اور میرے دُکھوں کا بوجھ کم کر دیتے ہو۔

چند شاگرد۔

اللہ آپ کی عمر طویل کرے۔

ظفر بن ہذیل۔

یا امام، ہمیں دھوبی کی مزدوری والے معمے کا حل بتایئے۔

شاگرد متوجہ ہو کر غور سے سُنتے ہیں۔

امام ابو حنیفہ۔

دراصل یہ مسئلہ قانون کے طالب علموں کو کسی فعل میں نیت یا ذہنی مفروضات کی اہمیت سمجھانے کے لیے بنایا گیا ہے۔ اگر دھوبی نے پہلے جُبہ چوری کیا اور پھر دھویا تو اُس کو دُھلائی کے پیسے نہیں مانگنے چاہیئں کیونکہ اُس نے جُبہ خود اپنے لیے مفروضہ مالک کی حیثیت سے دھویا۔ بالفاظِ دیگر، اُس نے جُبہ اپنے لیے دھویا نہ کہ گاہک کے لیے۔ لیکن اگر اُس نے جُبہ پہلے دھویا اور پھر چوری کرنے کا فیصلہ کیا، تو دُھلائی کے پیسوں پر اُس کا حق ہے کیونکہ دھوتے وقت جُبہ گاہک کی ملکیت تھا اور دھوبی اُجرت ملنے کی توقع میں اُس کو دھو رہا تھا۔

شاگرد حیرت سے امام کو دیکھتے ہیں۔

ابو یوسف غیر متاثر نظر آتا ہے۔

ابو یوسف۔

لیکن قاضی کو تو نیت کا علم ہو ہی نہیں سکتا کیونکہ دھوبی تو مانے گا ہی نہیں کہ اُس نے جُبّہ چوری کیا تھا۔ چوری کرنے سے پہلے دھویا یا بعد میں، یہ جاننے کا تو سوال ہی پیدا نہیں ہوتا۔ قاضی کیسے فیصلہ کرے گا کہ دھوبی کو پیسے ملنے چاہیئں یا نہیں؟

امام ابو حنیفہ۔

بالکل ٹھیک کہا۔ اس مسئلے کا ایک نظریاتی اور ایک عملی پہلو ہے۔ نظریاتی سمجھ عملی پہلو سے نبٹنے میں مدد دیتی ہے۔ آیا دھوبی دُھلائی کے پیسوں کا حقدار ہے یا نہیں، یہ مسئلہ نظریہء اخلاقیات سے متعلق ہے۔ نظریہ اخلاقیات میں ضمیر، احساسِ جرُم اور انسان کے خُدا سے رشتے کا مطالعہ شامل ہے۔ اس مطالعے کی روشنی میں مسئلے کا تجزیہ کرنے کے بعد قاضی بہتر فیصلہ کر سکتا ہے۔ ایک اعلیٰ درجے کا فقیہ کسی جرُم کی صرف شریعت میں لکھی ہوئی سزا سُنا کر بری الذمہ نہیں ہو سکتا۔ اُسے دھوبی کو بتانا ہو گا کہ اپنے ضمیر میں جھانک کر فیصلہ کرے کہ وہ دُھلائی کے پیسوں کا حق دار ہے یا نہیں۔ اگر دھوبی یا کوئی بھی مجرم اپنی نیت یا عمل کی سچی معلومات دینے کو تیار نہیں ہے تو قاضی کے لیے درست فیصلہ کرنا یا مجرم کے ضمیر کو جگانا مُشکل ہو گا۔

جہاں تک اس مسئلے کے عملی پہلو کا تعلق ہے، دھوبی کے اقرارِ جرُم کی عدم موجودگی میں قاضی یہ فیصلہ کرنے میں حق بجانب ہو گا کہ چونکہ دھوبی نے جُبّہ دھویا لہذا کچھ اُجرت کا حق دار ہے اور چونکہ اُس نے گاہگ کو پریشان کیا اور کام میں تاخیر کی، لہذا گاہگ اُجرت میں تخفیف کا حقدار ہے۔ قاضی تخفیف کی رقم بھی طے کر سکتا ہے۔

ابو یوسف جواب سے مطمئن نظر آتا ہے۔

امام وقفہ لے کر بولنا شروع کرتے ہیں۔

امام ابو حنیفہ۔

اس پورے سال میں ہم نے جو پڑھا ہے، آج ہم مل کر اُس کا خُلاصہ یاد کریں گے۔ خُلاصہ بیان کرنے کے ساتھ ساتھ میں سوال بھی پوچھوں گا تا کہ دیکھوں کہ طلباء کو اس میں سے کتنا یاد ہے۔ ساتھ ہی ساتھ میں کچھ متنازع موضوعات پر بھی بات کروں گا، لہذا میری ہر بات کو لکھنا ضروری نہیں ہے۔ ہو سکتا ہے کہ کچھ عرصے کے بعد میں اپنی رائے کو بہتر معلومات پر مبنی رائے سے بدل دوں، لہذا اس کو حتمی سمجھ کر نہ لکھیں۔

اس سال میں نے بنیادی طور پر معلومات کے دو بڑے حصے آپ کو منتقل کیے ہیں۔ ان دو حصوں کے نام میں نے بُری خبریں اور اچھی خبریں رکھے ہیں۔

میں پہلے بُری خبروں کا خُلاصہ بیان کرتا ہوں تا کہ ہم اچھی خبروں پر ختم کریں۔

امام ابو حنیفہ سر جھکا کر تھوڑی دیر سوچتے ہیں۔ پھر دھیمے انداز میں بولتے ہیں۔

ہم جانتے ہیں کہ ہمارے حجازی حکمرانوں کا دعویٰ ہے کہ حجاز سے وہ جو مذہب لے کر فارس آئے تھے، اب ہر کسی کو یہی ماننا ہے۔ وہ اپنے مذہب، ثقافت اور زبان کا کسی قسم کا تجزیہ برداشت نہیں کرتے جبکہ ہماری روایات میں ہر مذہب، ثقافت اور زبان کا تجزیہ کیا جاتا تھا۔ اب جو بھی ایسا کرے گا ذلت، تشدد، مال و جائداد کی ضبطی اور موت کا سامنا کرے گا۔ لہذا ہمیں اِن جیسا بننے کی پوری کوشش کرنی پڑتی ہے کیونکہ زرا سا فرق بھی ہمیں مشکوک اور قابلِ سزا بنا سکتا ہے۔ لیکن اِن جیسا بننے کے بعد بھی وہ ہمیں اپنا نہیں سمجھتے بلکہ الگ نسل کے طور پر رہنے پر مجبور کر دیتے ہیں۔

تاریخی طور پر ایسا کیوں ہوا؟ ہم اپنی تہذیب و تمدن کے اس مرحلے پر کس طرح پہنچے؟

امام تھوڑی دیر خاموش رہتے ہیں۔ طلباء اُنہیں احترام سے دیکھتے ہوئے انتظار کرتے ہیں۔

حجازی ہماری فارسی شہنشاہیت کے دور سے ہی یہاں سیاحت، تجارت اور کام ڈھونڈنے آیا کرتے تھے۔ کئی نے یہاں جائدادیں اور باغات خرید رکھے تھے۔ بالخصوص اموی قبیلے کے مالدار تاجروں کی یہاں حویلیاں اور زمینیں تھیں۔ لیکن پچھلے ستر، اسی سالوں سے، جب سے بنو امیہ، بنو عباس اور علوی قبیلوں کے مابین اقتدار کے لیے جدال و قتال شروع ہوا، حجاز سے ہزاروں مہاجرین شام، عراق، ایران، مصر، ہندوستان، اور کئی دوسرے ملکوں کی طرف بھاگے۔ ہم نے اُن کو مہاجرین سمجھ کر پناہ دی۔ کاشتکار معاشرہ ہونے کی وجہ سے ہمارے ہاں بُرے سے بُرے حالات میں بھی ہر شخص کو کھانا پینا اور کام کاج مل جاتا تھا لیکن یہ مہاجرین کام کاج سے زیادہ گھڑ سواری، تلوار بازی اور نیزے بازی سیکھتے تھے اور جو چیز چاہتے تھے، تلوار کے زور پر چھین لیتے تھے۔ اس کے ساتھ ساتھ ان کا ہر قابلِ استطاعت شخص درجنوں متعہ شادیوں اور کئی درجن لونڈیوں سے بے تحاشا بچے بھی پیدا کرتا جا رہا تھا۔ یہ چاہتے تھے کہ جلدازجلد مقامی آبادی سے تعداد میں بڑھ جائیں۔

ظفر بن ہذیل۔

میں حیران ہوں کہ ہمارے لوگ ان سے لڑتے کیوں نہیں تھے۔

امام ابو حنیفہ۔

کسان پیشہ لوگ گھُڑسواروں، تلوار بازوں اور نیزے بازوں سے نہیں لڑ سکتے۔ فوج سے فوج ہی لڑ سکتی ہے۔ ہماری فارسی سلطنت کی فوج آٹھ سو سال سے رومی فوجوں سے لڑ رہی تھی۔ دونوں فوجیں لڑ لڑ کر اتنی بکھر چکی تھیں کہ کسی بھی بیرونی مسلح لشکر کے لیے دونوں سابقہ سلطنتوں کے علاقے فتح کرنا بالکل آسان تھا۔ یہ علاقے فتح کر کے عربوں نے کوئی کمال نہیں کیا۔ اُس وقت کوئی بھی مسلح قوت یہاں قبضہ کر سکتی تھی۔

قصہ مختصر، حجازی اس علاقے میں تعداد میں بڑھتے گئے یہاں تک کہ اُنہوں نے بنو امیہ کی حکومت یہاں بھی قائم کر لی۔ ساتھ ہی اُنہوں نے مقامی لوگوں کو غُلام بنانا شروع کر دیا۔ میرے دادا کو بھی غلام بنا لیا گیا۔ جو غُلام عربی

زبان میں مہارت حاصل کر کے، قرآن و شریعت کا علم حاصل کر کے پڑھانا لکھانا شروع کر دیتے تھے، اُن کو آزاد کر کے اُستاد بنا دیا جاتا تھا۔ اس طرح میرے خاندان نے غُلامی سے نجات حاصل کی۔

پھر ہم فارسیوں نے علویوں اور عباسیوں کے ساتھ مل کر بنو امیہ کا تختہ الٹ دیا لیکن عباسیوں نے بہت سے فارسی اور علوی دھوکے دے دے کر قتل کر دیئے اور اعلان کیا کہ اب عباسی اکیلے ہی حکومت کریں گے۔ اُس وقت ہمیں احساس ہوا کہ ہم اپنی زندگی میں ان سے اپنا ملک آزاد نہیں کرا سکیں گے۔

امام ابو حنیفہ رُک کر شاگردوں پر نظر دوڑاتے ہیں۔

جن چیزوں کو ہم بدلنے کی طاقت نہیں رکھتے اور جو ہم پر اثرانداز ہوتی ہیں اُن کے مجموعے کو فلسفی ''تقدیر'' کا نام دیتے ہیں۔ مثلاً ہم یہ نہیں کہہ سکتے کہ ہمارے حکمرانوں کا پیش کردہ تصورِ خُدا اور حقیقی خُدا دو مختلف چیزیں ہیں کیونکہ یہ کہنے سے ہم قتل ہو سکتے ہیں۔ اس لیے ہم فرض کر لیتے ہیں کہ اِن کا پیش کردہ تصور ہی اصل خُدا ہے۔

اُس کے بعد، ہم حضرت محمد ﷺ کے اللہ کے آخری رسول ہونے اور قرآن مجید کے اللہ کی بھیجی ہوئی آخری کتاب ہونے کو بھی بطور عقیدہ قبول کر لیتے ہیں۔ اسی طرح ہم یہ بھی مان لیتے ہیں کہ عربی اللہ کی زبان ہے اور اس کو سیکھنا ہمارے لیے ضروری ہے۔ یہ ہمارا عقیدہ ہے اور اس کو تقدیر نے ہمارے لیے تشکیل دیا ہے۔ ہم عالم کی حیثیت سے صرف اُس صورت میں زندہ رہ سکتے ہیں کہ ہم اسلامی قانون کی درس و تدریس کرتے رہیں۔

شاگرد بڑی سنجیدگی اور غور سے سُنتے ہیں۔ امام سوچنے کا وقفہ لے کر بولتے ہیں۔

جب میں جوان تھا تو میری حقیقی دلچسپی علم الکلام میں تھی۔ علم الکلام میں متعدد مذاہب، خُداؤں کے متعدد تصوریات، منطق، فلسفہ اور متعدد انواع کے نظریات کا مطالعہ اور اُن پر بحث و مناظرے کرنا شامل ہے۔ یہ روایت ہم میں یونانی فلسفیوں سے آئی تھی۔ میں نے کئی سال مناظروں میں شرکت کی اور بیس مرتبہ اس کے لیے بصرہ بھی گیا جو فلسفیانہ بحثوں کا گڑھ ہوا کرتا تھا۔ میں نے اس میں اتنی مہارت حاصل کر لی تھی کہ لوگ میرے حوالے دیا کرتے تھے لیکن مہارت حاصل کرنے کے بعد مُجھے پتہ چلا کہ اس سے میری جان کو خطرہ ہے کیونکہ ایسی بحثیں کرنے والے کئی دانشوروں کو قتل کر دیا گیا تھا۔

میں نے آپ کو علم الکلام نہیں سکھایا تا کہ آپ قید، کوڑوں یا سزائے موت سے بچے رہیں۔ میں نے آپ کو صرف وہ علم دیا ہے جو ملازمتیں حاصل کرنے میں آپ کی مدد کرے گا کیونکہ ہر شخص کا پہلا فرض یہ ہے کہ وہ اپنے آپ کو زندہ رکھے۔ اُس کے بعد ہی وہ کسی قسم کی اچھی تبدیلی لانے کی اُمید رکھ سکتا ہے۔

اب میں دیکھنا چاہتا ہوں کہ آپ نے اس سال جو کچھ سیکھا ہے اس میں سے کتنا آپ کو یاد ہے۔ میں چاہتا ہوں کہ بڑی عمر کے شاگرد خاموش رہیں اور چھوٹوں کو اپنی یاداشت کا امتحان لینے کا موقع دیں۔ میرا پہلا سوال یہ ہے کہ اسلامی قانون کی بنّیاد کیا ہے؟

تیسرا شاگرد۔

(جلدی سے بولتے ہوئے) اسلامی قانون کو شریعتِ محمدی کہتے ہیں اور یہ رسول اللہ ﷺ کے طور طریقوں اور قرآنی احکامات پر مبنی ہے۔ آیاتِ قرآنی اور سُنتِ رسول ﷺ سے قانونی نصوص بنانے کے طریقہء کار کو فقہ کہتے ہیں۔

امام ابو حنیفہ۔

یہ تو ہو گئی تعریف۔ اب ہم رسول اللہ ﷺ کے طرز عمل کا علم کیسے حاصل کریں گے؟

چوتھا شاگرد۔

رسول اللہ ﷺ کی زندگی اور طرز عمل کا علم ہمیں قرآن مجید کی آیات سے بھی ملتا ہے اور اُن لوگوں کے بیانات سے بھی جو اُن کے ساتھ رہے۔ رسول اللہ ﷺ کے صحابہ سے منسوب یہ بیانات نسل در نسل منتقل ہوئے۔ ان کو حدیث کہا جاتا ہے۔

امام ابو حنیفہ۔

حدیث لکھنے کا مروجہ طریقہء کار کیا ہے؟

چوتھا شاگرد۔

عموماً حدیث ایسے لکھی جاتی ہے کہ زید نے بکر سے سُنا اور بکر نے عمر سے سُنا اور عمر نے رسول اللہ ﷺ سے سُنا۔ زید، بکر اور عمر کو راویوں کا سلسلہ کہا جاتا ہے۔

امام ابو حنیفہ۔

احادیث کی مختلف اقسام کیا ہیں؟

چوتھا شاگرد بولنے لگتا ہے لیکن امام پانچویں شاگرد کی طرف اشارہ کرتے ہیں۔

امام ابو حنیفہ۔

علی، تُم بتاؤ۔

پانچواں شاگرد۔

جس حدیث میں راویوں کا سلسلہ ٹوٹ جائے، یا کسی ایک راوی کا اُس سے پچھلے راوی سے براہ راست مِلنا جلنا ثابت نہ ہو، یا کسی راوی کا کردار کسی اور حدیث کی بنیاد پر مشکوک پایا جائے، تو ایسی حدیث کو ضعیف یا غیرمصدقہ کہا جائے گا۔ جس حدیث میں راویوں کا سلسلہ مکمل ہو اور سب راویوں کا کردار شک شُبہ سے بالاتر سمجھا جاتا ہو، اُس کو مُصدقہ حدیث کہا جاتا ہے۔ اگر کوئی حدیث آیاتِ قرآنی سے مختلف یا برعکس بات بتاتی ہو تو ایسی حدیث کو رد کیا جائے گا۔

امام ابو حنیفہ۔

کیا کوئی بتا سکتا ہے کہ حدیث کے زریعے سُنت کے بارے میں معلومات ہم تک کیسے پہنچیں؟

کئی شاگرد ہاتھ کھڑے کرتے ہیں۔ امام چھٹے شاگرد کی طرف اشارہ کرتے ہیں۔

چھٹا شاگرد۔

رسول اللہ ﷺ کے ساتھی جنہوں نے اُن کے ساتھ رہ کر اُن کے طور طریقے سیکھے، صحابہ کہلاتے ہیں۔ جب پہلے خُلفاء کے ادوار میں فتوحات کے نتیجے میں اموی سلطنت وسیع ہوئی تو کئی صحابہ شام، مصر اور فارس میں پھیل گئے۔ ان کے شاگرد، جنہوں نے ان سے سُنت کا علم حاصل کیا، تابعین کہلائے۔ اگلی نسل جس نے تابعین سے سیکھا، وہ تبع تابعین کہلائے۔ اس طرح یہ علم پھیلتا گیا۔

امام ابو حنیفہ۔

جب علم کو تابعین اور تبع تابعین کے طریقے سے پھیلایا گیا تو کیا مسائل پیدا ہوئے؟

شاگرد خاموش رہتے ہیں جس پر بڑی عمر کے طلباء بولنے کی کوشش کرتے ہیں۔

امام، محمد بن حَسن کی طرف اشارہ کرتے ہیں۔

محمد بن حَسن۔

تابعین اور تبع تابعین نے نہ صرف علم سیکھا اور سکھایا بلکہ اس کی روشنی میں اپنے اپنے خطوں کے مسئلوں کے ایسے حل تلاش کرنے کی کوشش کی جو مقامی ثقافت اور معاشرتی رواج میں قابل قبول ہو سکتے تھے، مثلاً یہ مسئلہ کہ کیا قرآن کا مقامی زبان میں ترجمہ ہو سکتا ہے یا عبادت مقامی زبان میں کی جا سکتی ہے، یا عیسائیوں، یہودیوں اور زرتشتیوں پر شریعت لاگو ہو گی یا نہیں۔ اسی لیے اب سلطنت کے ہر بڑے شہر میں اسلامی قانون کے ماہر اور قاضی موجود ہیں جو اپنے اپنے شہر کے مخصوص مسئلوں پر غور و فکر کرتے ہیں۔ اب مسئلہ یہ ہے کہ ان احادیث کا منبع ایک شخص نہیں ہے بلکہ کئی ہیں، جیسے حضرت عائشہ، حضرت عمر کے بیٹے عبداللہ، حضرت عباس کے بیٹے عبداللہ، رسول اللہ ﷺ کے خادمِ خاص عبداللہ بن مسعود، حضرت علیؓ وغیرہ وغیرہ۔ لہذا ہر فقیہ یا قاضی اپنے اپنے اُستاد کے علم کی روشنی میں اپنے فتاویٰ کی حمایت میں قرآن و سُنت کی قسم قسم کی تفاسیر پیش کرتا ہے۔ چناچہ فقہ اور شریعت کے مختلف اقسام کے مکاتبِ فکر حتیٰ کے فرقے تک وجود میں آ چکے ہیں۔ یہ لوگ ایک شریعت پر متفق ہونے کو کسی صورت میں تیار نہیں ہیں۔

امام ابو حنیفہ۔

جب کسی علم کی بنّیاد مشاہدے سے دیکھ بھال کر کے ناپ تول کر کے ثابت کیے جانے پر ہوتی ہے، جیسے کے ریاضی، طبیعات، کیمیا، حیاتیات یا حواسِ خمسہ اور عقل و منطق کے استعمال سے حاصل کیے گئے دیگر علوم میں ہوتا ہے، تو سائنسدانوں میں اختلافات کی گنجائش محدود ہوتی ہے۔ مثلاً کسی عمارت کی اونچائی کیا ہے، ناپ کر فیصلہ ہو

جاتا ہے۔ لیکن جب کسی علم کی بنیاد ایک دوسرے سے سُنی ہوئی باتوں پر ہو تو اختلاف کا امکان زیادہ ہوتا ہے۔ کیا کوئی بتا سکتا ہے کہ احادیث میں اختلافات کیسے پیدا ہوتے ہیں؟

سب شاگرد خاموش رہتے ہیں۔ امام کُچھ دیر انتظار کر کے خود جواب دینا شروع کرتے ہیں۔

امام ابو حنیفہ۔

چونکہ احادیث میں ایک راوی کا کردار دوسرے راوی یا راویوں کے بیانات سے جانچا جاتا ہے، اس عمل میں ذاتی انسانی پسند و ناپسند، عقیدت، مفاد، حسد، لالچ وغیرہ شامل ہو جاتے ہیں۔ اگر قرآن مجید کو واحد پیمانہ سمجھ لیا جائے تو فقیہوں کے جھگڑے کم ہو سکتے ہیں لیکن بیشتر فُقہا جھگڑے کم کرنا نہیں چاہتے کیونکہ اس سے اُن کو اپنی علمی برتری جتا کر دوسرے کو نیچا دکھا کر خوشی ہوتی ہے۔ ایسے فُقہا زیادہ تر قوانین آیاتِ قُرانی کے بجائے احادیث سے اخذ کرتے ہیں حتیٰ کہ اگر کوئی حدیث آیاتِ قرآنی سے مختلف یا برعکس راستہ بتاتی ہو، تب بھی اُس حدیث کو فوقیت دیتے ہوئے قرآن مجید کے بطور کلامِ الٰہی اولین حقِ دلیل رکھنے کو سرے سے نظر انداز کر دیتے ہیں۔

جیسا کہ آپ کو پتہ ہے، ہمارا فقہی طریقہ کار یہ ہے کہ مسئلے کا حل سب سے پہلے قرآن مجید میں تلاش کریں۔ اگر وہاں نہ ملے تو سُنت سے متعلق مستند احادیث میں تلاش کریں اور اگر وہاں بھی نہ ملے تو پھر باقی احادیث کو دیکھیں کہ وہاں اس مسئلے کا حل ہے کہ نہیں۔

اب فرض کریں کہ کوئی ایسا مسئلہ ہمارے سامنے آ جائے جو رسول اللہ ﷺ اور صحابہ کے سامنے نہیں آیا اور ہمیں قرآن مجید میں بھی کوئی ایسی آیت نہ ملے یا سُنت سے متعلق کوئی بھی ایسی حدیث نہ ملے جو اس مسئلے سے متعلق ہو تو ہم کیا کر سکتے ہیں؟ کون بتائے گا؟

تیسرا شاگرد۔

ایسی صورت میں ہم اجتہاد کریں گے۔ لیکن مُجھے اس کا مطلب نہیں پتا۔

سب شاگرد ہنستے ہیں۔

ابو یوسف۔

اجتہاد کا مطلب ہے نئے مسئلے کا ایسا حل تلاش کرنا جس کی پہلے مثال موجود نہیں لیکن جو ہمارے قرآن و سُنت کے علم کے مطابق رسول اللہ ﷺ اور صحابہ کو قابلِ قبول ہو گا۔ ہم قیاس کریں گے کہ رسول اللہ ﷺ اور صحابہ ایسی صورتحال میں کیا کرتے۔

امام ابو حنیفہ۔

درست ہے لیکن فرض کرو کہ صورتحال ایسی ہے جس کا تمام قرآن و سنت اور حدیث سے دور دور تک تعلق ہی نہیں۔ پھر فقیہ اُس صورتحال میں کیا کرے گا؟

صرف بڑی عمر کے طلباء ہاتھ کھڑا کرتے ہیں۔

امام تھوڑی دیر انتظار کر کے ظفر بن ہذیل کو جواب دینے کا اشارہ کرتے ہیں۔

ظفر بن ہذیل۔

ہم نظریہ اخلاقیات کی روشنی میں اپنی عقل استعمال کریں گے جیسا کہ قرآن بار بار کہتا ہے، تفکر کرو، غور و فکر کرو، عقل سے کام لو۔

امام ابو حنیفہ۔

درست کہا۔ قیاس، غور وفکر اور عقل استعمال کرنے کی ضرورت اس لیے پیش آتی ہے کہ شریعت کی نصوص محدود ہیں جبکہ انسانی رویے، معاشرتی حالات، روزمرہ کے واقعات، جرائم کے واقعات اور قدرتی حوادث مل کر لامحدود ترکیبوں اور ترتیبوں میں ہمارے سامنے آتے ہیں۔ محدود لامحدود کا احاطہ نہیں کر سکتا (36)۔ جب آپ قرآن، سُنت اور حدیث سے دلیل نہ ملنے کی صورت میں اپنے غور و فکر کے مطابق کوئی فتویٰ دیتے ہیں تو اُس کو فتویٰ الرائے کہا جاتا ہے۔ اس میں مُفتی یہ واضح کرتا ہے کہ اُس نے یہ رائے صرف اپنے غور و فکر پر انحصار کر کے دی ہے۔ لہذا وہ اُس کے نتائج کی مکمل ذمہ داری بھی قبول کرتا ہے۔ فتویٰ دینے کا یہ طریقہ مشہور فقیہ ابن مسعود استعمال کیا کرتے تھے۔ وہ کہا کرتے تھے، ''میں یہ کبھی نہیں کہتا کہ رسول اللہ ﷺ نے یہ کہا بلکہ محض اپنی عقل کے مطابق فیصلہ دیتا ہوں۔ اگر یہ فیصلہ درست ثابت ہو جائے تو میں کہتا ہوں کہ یہ اللہ تعالیٰ کی طرف سے تھا اور اگر یہ فیصلہ غلط نتائج لے آئے تو میں اپنے آپ کو اور شیطان کو موردِ الزام ٹھراتا ہوں۔''

کچھ شاگرد ہنستے ہیں۔ امام مُسکراتے ہیں اور خوش کُن انداز میں بولتے ہیں۔

اب میں اچھی خبر کی طرف آتا ہوں۔ اب مایوسی کی جگہ خوشی کی بات ہو گی۔ اچھی خبر یہ ہے کہ اس حجازی قانون کے دائرے کے اندر رہتے ہوئے ہم کئی شرعی طریقے استعمال کر کے لوگوں کی مدد کر سکتے ہیں کیونکہ فقہ اور شریعت میں بہت زیادہ لچک موجود ہے۔ یہ لچک کتنی زیادہ ہے، اس کا اندازہ آپ ایک واقعے سے لگا سکتے ہیں جو مُجھے ایک بُزرگ نے سُنایا۔ اس واقعے میں زنا کے ایک مقدمے میں ایک قاضی نے ملزم مرد اور عورت کو سنگسار کی سزا سُنائی تھی۔ اپیل پر دوسرے قاضی نے سنگسار کو غیرشرعی قرار دے کر سو کوڑوں کی سزا سُنائی۔ جب تیسرے قاضی کے پاس اپیل کی گئی تو اُس نے پہلے دونوں قضاۃ کے فیصلوں کو غیر شرعی قرار دے کر ملزموں کو صاف بری کر دیا۔

شاگرد حیران ہو کر امام کو دیکھتے ہیں۔

واقعہ یوں ہے کہ اموی حکومت کے آغاز میں یہاں تین قاضی مقرر کیے گئے تھے اور بے انصافی کے خوف سے تینوں

---

[36] ابو زہرہ، *حیاتِ امام ابو حنیفہ*، صفحہ 161

کو ایک دوسرے کے فیصلوں کے خلاف اپیل سُننے کا حق بھی دیا گیا تھا۔ ایک مدعی نے پہلے قاضی کی عدالت میں اپنی بیوی پر ایک شخص کے ساتھ زنا کرنے کا الزام لگایا۔ مقدمہ سُننے کے بعد قاضی نے ماعز بن مالک سے متعلق مشہور حدیث کو دلیل بنا کر فیصلہ دیا کہ مرد اور عورت دونوں کو سنگسار کر دیا جائے کیونکہ اس حدیث سے ثابت ہوتا ہے کہ زنا کی سزا سنگسار ہے۔ اس سے پہلے کہ میں آپ کو اپیل کے نتیجے میں دوسرے اور تیسرے قضاۃ کے فیصلے بتاؤں، آپ میں سے کوئی ماعز بن مالک والی پوری حدیث سُنا سکتا ہے؟

کئی شاگرد ہاتھ کھڑے کرتے ہیں۔

امام ساتویں شاگرد کی طرف اشارہ کرتے ہیں۔

ساتواں شاگرد۔

بدر میں قریش کی فوج سے لڑنے کے لیے جب رسول اللہ ﷺ اور صحابہ و انصار مدینہ سے نکلے تو ماعز بن مالک کو مدینہ میں عورتوں کی دیکھ بھال کے لیے چھوڑ گئے۔ معرکہ بدر کے کے بعد ماعز رسول اللہ ﷺ کی خدمت میں حاضر ہوا اور کہا کہ اُس نے چند عورتوں کے ساتھ زنا کیا ہے۔ رسول اللہ ﷺ یہ نہیں سُننا چاہتے تھے چنانچہ اُنھوں نے مُنہ پھیر لیا۔ ماعز پھر رسول اللہ ﷺ کے سامنے آیا اور وہی بات کہی۔ رسول اللہ ﷺ نے کہا، ''کیا تُم نشے میں ہو؟'' ماعز نے کہا نہیں۔ رسول اللہ ﷺ نے کہا، ''کیا تُم پاگل ہو؟'' ماعز نے کہا نہیں۔ پھر رسول اللہ ﷺ نے کہا، ''شاید تُم نے صرف بوس و کنار کیا یا ساتھ لیٹے یا ہاتھ دبائے۔''

ماعز نے کہا، ''نہیں، میں نے پورا فعل کیا۔''

رسول اللہ ﷺ ماعز کو موقع پہ موقع دیتے رہے کہ وہ اپنی جان بچا لے۔ لہذا اُنھوں نے کہا، ''کیا تُم زنا کا مطلب جانتے ہو؟'' ماعز نے جواب دیا، ''جی۔ میں جانتا ہوں کہ یہ حرام فعل ہے اور اس کو صرف اپنی بیوی کے ساتھ کرنے کی اجازت ہوتی ہے۔''

رسول اللہ ﷺ نے پھر کہا، ''کیا تمہیں یقین ہے کہ تُم عورتوں کے جسم میں اس طرح داخل ہوئے جس طرح ایک رسی کنویں میں میں گرتی ہے یا سوئی بوتل میں ڈبوئی جاتی ہے؟''

ماعز نے کہا، جی ہاں۔

رسول اللہ ﷺ نے کہا، ''تُم مُجھے یہ سب کیوں بتا رہے ہو؟''

ماعز نے کہا، ''تاکہ آپ مُجھے اُن گُناہوں سے پاک کر دیں جو مُجھ سے سرزد ہوئے۔''

ماعز نے اپنی جان بچانے کے سب راستے خود بند کر دیئے اور مجبوراً رسول اللہ ﷺ کو اُسے سنگسار کرانا پڑا (37)۔ اس

---

37 عسقلانی، *بلوغ المرام*، صفحہ 388

معاملے میں ملوث عورتوں کے نام سامنے نہیں آئے۔

امام ابو حنیفہ۔

شکریہ۔ اب وہ ملزم جس کو سنگسار کی سزا سُنائی گئی تھی، دوسرے قاضی کے پاس گیا اور اپیل دائر کر دی۔ دوسرے قاضی نے بھی سارا مقدمہ سُنا اور فیصلہ یہ دیا کہ ماعز بن مالک والی سزا رسول اللہ ﷺ نے اُسوقت دی تھی جب وہ قدیم صحیفے توریت سے ہدایات لے رہے تھے کیونکہ زنا کے بارے میں اللہ تعالی کے احکامات قرآن پاک کی آیات کی شکل میں ابھی نازل نہیں ہوئے تھے۔ قاضی نے لکھا کہ سورت النور کی دوسری آیت کے مطابق زنا کی سزا سو کوڑے ہے جس سے توریت میں موجود سنگسار کی سزا منسوخ ہو جاتی ہے۔ آپ میں سے کوئی یہ آیت سُنا سکتا ہے؟

ساتواں شاگرد۔

جی۔ زنا کار عورت اور زنا کار مرد، ان میں سے ہر ایک کو سو کوڑے لگاؤ اور اللہ کے دین میں اُن کے حق میں کوئی نرمی تم پر قبضہ نہ کر لے اگر تم اللہ اور یومِ آخرت پر ایمان لانے والے ہو۔ اور اُن کی سزا کا مومنوں میں سے ایک گروہ مشاہدہ کرے (24:2)۔

امام ابو حنیفہ۔

شکریہ۔ سو کوڑے کھانا سنگسار ہونے سے بہتر تھا لیکن ملزم نے تیسرے قاضی کی عدالت میں اپیل دائر کر دی اور ساتھ ہی یہ بھی لکھا کہ زنا کا الزام اُس پر اور ملزمہ پر بطور تہمت لگایا گیا ہے۔ یہ تیسرا قاضی فقہ کا بہت بڑا ماہر تھا چنانچہ اُس نے وہ چار گواہ بھی طلب کر لیے جو مدعی نے پہلی عدالت میں پیش کیے تھے۔ اُس نے چاروں گواہوں کو الگ الگ دنوں میں بلا کر گواہی دینے کو کہا اور تفصیلاً پوچھا کہ انہوں نے کس دن، کس وقت زنا ہوتے دیکھا، کس طرح دیکھا، اور کتنا دیکھا۔ ان چاروں کے بیانات میں اتنا کُھلا اور واضح تضاد تھا کہ قاضی نے اُن پر اور مدعی پر جھوٹ بولنے اور بہتان لگانے کے الزام میں مقدمے درج کر دیئے۔ اب آپ میں سے کوئی بتا سکتا ہے کہ قاضی نے فیصلے میں قران مجید کی کس آیت کا حوالہ دیا ہو گا؟

کئی شاگرد ہاتھ کھڑے کرتے ہیں۔

امام آٹھویں شاگرد کی طرف اشارہ کرتے ہیں۔

آٹھواں شاگرد۔

وہ لوگ جو نیک عورتوں پر تہمت لگاتے ہیں پھر چار گواہ پیش نہیں کرتے تو اُنھیں اَسّی کوڑے لگاؤ اور آئندہ کبھی ان کی گواہی قبول نہ کرو اور یہی لوگ بدکردار ہیں۔ (24:4)

امام ابو حنیفہ۔

شکریہ۔ اس واقعے سے ہمیں علم ہوتا ہے کہ جو قاضی جُرم ثابت کرنے کے طریقۂ کار کا بالتفصیل علم رکھتا ہے، وہ

کئی جانیں بچا سکتا ہے، کئی کو کوڑوں سے اور کئی دوسروں کو ہاتھ کٹنے سے بچا سکتا ہے۔ اگر قاضی کم علم اور ظالم ہو گا تو ناحق جان لینے کے گُناہِ کبیرہ کا مُرتکب ہو گا۔ کیا کوئی بتا سکتا ہے کہ گواہوں کی عدم موجودگی میں زنا کو ثابت کرنے کا شرعی طریقہء کار کیا ہے؟

ابو یوسف۔

میں وہ قرآنی آیات پڑھ دیتا ہوں جو طریقہء کار کو خود بخود واضح کر دیتی ہیں، ''جو لوگ اپنی بیویوں پر تہمت لگاتے ہیں اور ان کے پاس اپنے سوا اور کوئی گواہ نہ ہوں تو ان میں سے ہر ایک کو اللہ کی قسم کھا کر چار بار گواہی دینی ہوگی کہ یقیناً وہ سچوں میں سے ہے۔ اور پانچویں مرتبہ یہ کہنا ہوگا کہ اللہ کی اس پر لعنت ہو اگر وہ جھوٹوں میں سے ہے۔ اور اُس عورت سے یہ بات سزا کو ٹال دے گی اگر وہ اللہ کی قسم کھا کر چار بار گواہی دے کہ یقیناً وہ مرد جھوٹوں میں سے ہے۔ اور پانچویں بار یہ کہے کہ اس عورت پر اللہ کا غضب نازل ہو اگر وہ مرد سچوں میں سے ہو۔'' (24:3-10)

امام ابو حنیفہ۔

درست۔ اور اگر گواہ موجود ہوں تو پھر؟

ابو یوسف۔

چار گواہوں کو اسی طرح حلف اُٹھا کر گواہی دینی ہو گی کہ اُنھوں نے فعل ہوتے ہوئے اپنی آنکھوں سے دیکھا۔ ان گواہوں کی شہرت شک و شبہ سے بالاتر ہونی چاہیئے۔
لیکن چار صادق گواہوں کے سامنے کون بے وقوف زنا کرے گا؟

شاگرد دبی دبی آواز میں ہنستے ہیں۔

آٹھواں شاگرد۔

یا امام، یہ تو کوئی بات نہ ہوئی۔ اگر گواہ نہ ہوں اور مُجرم مرد اور عورت جھوٹے حلف لے لیں تو اُن کو تو کوئی سزا نہیں ملی۔ کیا اس سے قاضی کی غلطی ثابت نہیں ہو گی؟

امام ابو حنیفہ۔

اگر قاضی غلطی سے مُجرم کو سزا نہیں دیتا یا کم سزا دیتا ہے تو اللہ تعالیٰ کے پاس مُجرم کو سزا دینے کے اور کئی راستے موجود ہیں۔ اس لیے اللہ تعالیٰ ایسے نرم دل قاضی کو نہیں پکڑے گا۔ لیکن اگر قاضی غلطی سے کسی بے گُناہ کو سزا دے دیتا ہے یا کسی مُجرم کو ضرورت سے زیادہ سزا دے دیتا ہے، تو ایسا قاضی روزِ محشر اللہ کے سامنے جواب دہ ہو گا۔ لہذا اگر قاضی سے غلطی ہونی ہی ہے تو اُسے کوشش کرنی چاہیئے کہ نرم سزا کی جانب غلطی ہو۔ رسول اللہ ﷺ کا حکم موجود ہے کہ حدود قائم کرنے میں شریعت میں موجود سزاؤں میں سب سے نرم سزا دو۔ یہ ہمارے فقہ کا بنیادی

اصول ہے جس کو ہم استحسان کہتے ہیں۔ استحسان کی توجیہ یہ ہے کہ حقیقی جزا و سزا دینا قاضی کا نہیں بلکہ اللہ تعالیٰ کا حق ہے کیونکہ اُس سے کوئی راز پوشیدہ نہیں اور وہ دلوں کے بھید بھی جانتا ہے۔ قاضی اور عدالتیں تو صرف ٹھوس ثبوت پر ہی سزا دے سکتی ہیں۔ اصل حساب کتاب اللہ تعالیٰ کرے گا جس کے لیے اُس نے روزِ حساب مقرر کر رکھا ہے۔ (38)

امام ابو حنیفہ اور سارے شاگرد کچھ دیر خاموش بیٹھے رہتے ہیں۔

امام ابو حنیفہ۔

کیا تُم لوگ کوئی سوال پوچھنا چاہتے ہو؟

ابو یوسف۔

یا امام، آپ اکثر اس بات پر زور دیتے ہیں کہ قانونی فیصلوں میں احادیث کے بجائے آیاتِ قرانی پر بھروسہ کرو لیکن بیشتر قاضی تو صرف احادیث ہی سے کام چلا رہے ہیں۔

امام ابو حنیفہ۔

تم نے مجھے یاد کرا دیا کہ کچھ قاضی اتنے ظالم ہیں کہ زنا کی سو کوڑوں والی قرآنی سزا اُن کے لیے کافی نہیں ہے۔ وہ اس میں توریت سے لی گئی سنگسار کی سزا بھی جمع کر دیتے ہیں۔ چناچہ زانیوں کو سو سو کوڑے مارنے کے بعد سنگسار کیا جاتا ہے (39)۔ ان ظالموں کے دلوں میں اللہ کا کوئی خوف نہیں۔ اپنے ذاتی مفادات کی خاطر احادیث کو آیاتِ قرآنی پر ترجیح دیتے ہیں حالانکہ وہ جانتے ہیں کہ بیشتر احادیث جعلی بنائی گئی ہیں (40)۔ حال ہی میں والیٔ کوفہ محمد بن سُلیمان بن علی نے ایک جعلی عالم ابن ابی العوجا کو سزائے موت دی ہے جو ہزاروں جعلی احادیث تیار کر کے پھیلا چکا ہے اور ان میں سے کئی احادیث میں اُس نے حلال کو حرام اور حرام کو حلال بنا دیا ہے (41) مثلاً اگر آپ کسی مسلمان کو کہیں کہ یہودی یا عیسائی کا تیار کیا ہوا گوشت کھا لے تو وہ صاف انکار کر دے گا کیونکہ گوشت فراہم کرنے والے مسلمان تاجروں نے اس کاروبار سے یہودیوں اور عیسائیوں کو باہر نکالنے کے لیے ایک جعلی حدیث پھیلا دی ہے کہ یہودی اور عیسائی کا تیار کیا ہوا گوشت حرام ہے۔ کوئی مسلمان قرآن کھول کر نہیں دیکھے

---

[38] ابو زہرہ، *حیاتِ امام ابو حنیفہ*، صفحات 316-317, 325-327

[39] ابو زہرہ، *حیاتِ امام ابو حنیفہ*، صفحات 166-169, 473

[40] نعمانی، *سیرت النبی*، جلد 1، صفحہ 54

[41] مودودی، *خلافت و ملوکیت*، صفحات 187-200

گا کہ اللہ تعالیٰ اس کے بارے میں کیا کہتے ہیں۔
کون بتائے گا کہ قرآن میں اس کے بارے میں کیا حکم ہے؟
کئی شاگرد ہاتھ کھڑے کرتے ہیں۔ امام نویں شاگرد کی طرف اشارہ کرتے ہیں۔

نواں شاگرد۔

آج کے دن تمہارے لیے تمام پاکیزہ چیزیں حلال قرار دی گئی ہیں اور اہلِ کتاب کا کھانا بھی تمہارے لیے حلال ہے جبکہ تمہارا کھانا ان کے لیے حلال ہے۔ (5:5-6)

امام ابو حنیفہ۔

شکریہ۔ ایک اور جعلی حدیث ہے کہ بسترِ مرگ پر ایک آدمی نے وصیت کی کہ اُس کے چھ غُلام اُس کے مرنے کے بعد آزاد ہوں گے۔ جب وہ آدمی مر گیا تو اُس کے رشتے داروں نے رسول اللہ ﷺ سے شکایت کی کہ مرنے والے نے اُن کے لیے کچھ نہیں چھوڑا۔ رسول اللہ نے حکم دیا کہ اُس آدمی کی دو تہائی جائیداد اُس کے رشتے داروں کو ملنی چاہیئے جبکہ مرنے والے کی وصیت کا اطلاق صرف ایک تہائی جائیداد پر ہو گا۔ چنانچہ حکم کے مطابق چھ غُلاموں کو پکڑ کر اُن کے ناموں کا قرعہ ڈالا گیا۔ جن دو کے نام قرعے میں نکلے، اُن کو آزاد کر کے باقی چار کو رشتہ داروں میں تقسیم کر دیا گیا۔

پہلا شاگرد۔

(حیرت سے) آپ کو کیسے علم ہوتا ہے کہ کونسی حدیث اصلی ہے اور کونسی جعلی؟

امام ابو حنیفہ۔

سبق بھول گئے؟ جعلی ہونے کا پہلا نشان، اصلی حدیث قرآن کی کسی آیت کی نفی نہیں کر سکتی جبکہ مذکورہ حدیث اُس آیت کی نفی کرتی ہے جس میں قرعہ ڈالنے کو حرام کہا گیا ہے۔ جعلی ہونے کا دوسرا نشان، یہ حدیث قران کی اُس آیت سے مطابقت نہیں رکھتی جس میں غُلاموں کو آزاد کرنے کی حوصلہ افزائی کی گئی ہے۔
جعلی ہونے کا تیسرا نشان، اصلی حدیث اللہ تعالیٰ اور رسول اللہ ﷺ کو غیرعادل ظاہر نہیں کر سکتی جبکہ یہ حدیث چار انسانوں کو غلام بنا کر صرف دو کو آزاد کرنے کا حکم دے کر اللہ اور رسول ﷺ کے عادل ہونے کا انکار کرتی ہے۔
لہذا یہ حدیث جعلی ہے۔

پہلا شاگرد۔

سبحان اللہ!

امام ابو حنیفہ۔

ایسی اور کئی احادیث ہیں۔ قبا کے قبیلے قیس کی حدیث کسی کو یاد ہے؟

دوسرا شاگرد۔

میں سُناتا ہوں۔ رسول اللہ ﷺ کے ملازم انس بن مالک سے مروی ہے کہ قبا کے قبیلے قیس کے کچھ آدمی اسلام قبول کر کے مدینہ آئے لیکن وہ بیمار پڑ گئے، اُن کے پیٹ سوج گئے اور اُن کے چہرے زرد ہو گئے۔ رسول اللہ ﷺ نے اُنہیں حکم دیا کہ وہ اُن کے اونٹوں کے باڑے میں رہیں اور اونٹوں کا دودھ اور پیشاب دوا کے طور پر پیئں۔ وہاں سے وہ آدمی رسول اللہ ﷺ کے غلام یاسر کو، جو اونٹوں کی رکھوالی کرتا تھا، قتل کر کے اونٹ لے کر بھاگ گئے۔ رسول اللہ ﷺ کو جب یہ بتایا گیا تو اُنھوں نے اُن کے پیچھے گھُڑسوار بھیجے جو اُن کو پکڑ کر اونٹوں سمیت واپس لے آئے۔ جب رسول اللہ ﷺ ذی قرد پر حملے سے واپس لوٹے تو اُنھوں نے ان آدمیوں کے ہاتھ اور پیر کٹوا دیئے، اُن کی آنکھوں کو آگ میں لال گرم کی ہوئی لوہے کی سلاخوں سے نکلوا دیا اور اُن کو صحرا کی تپتی ریت میں گرمی میں مرنے کے لیے چھوڑ دیا۔ وہ پیاس بجھانے کے لیے پانی مانگتے رہے لیکن اُن کو پانی دینے کی اجازت نہیں دی گئی (42)۔

امام ابو حنیفہ۔

کیا یہ حدیث قرآن کی کسی آیت سے متصادم ہے؟

کئی شاگرد۔

و ما ا اَرۡسَلۡنٰکَ اِلَّا رَحۡمَۃً لِّلۡعٰلَمِیۡنَ (21:107)۔

امام ابو حنیفہ۔

اُنھوں نے رسول اللہ ﷺ کے غلام یاسر کو قتل کیا تھا جس کی سزا قصاص میں قتل یا خونبہا ہے اور یہ لوگ خونبہا ادا کرنے کی استطاعت نہیں رکھتے تھے۔ پھر اُنھوں نے اونٹ بھی چوری کیے تھے جس کی قرآنی سزا ایک ایک ہاتھ کاٹنا ہے۔ باقی جو اس حدیث میں لکھا ہے کہ آنکھوں کو آگ میں لال گرم کی ہوئی لوہے کی سلاخوں سے نکلوایا گیا، سارے ہاتھ پاؤں کٹوائے گئے، اور پینے کو پانی بھی نہیں دیا گیا جبکہ قرآن پاک میں ارشاد ہے کہ رسول اللہ ﷺ رحمت للعالمین ہیں، اس کی آپ کیا توجیہ کر سکتے ہیں؟

ابو یوسف۔

ممکن ہے کہ ابن ابی العوجاء جیسے کسی شخص نے حدیث لکھتے وقت اُس میں اضافہ کر دیا ہو تا کہ مسلمانوں میں متشددانہ ذہنیت پھیل جائے۔

امام ابو حنیفہ۔

---

[42] ابن ہشام، *سیرۃ ابن ہشام*، جلد 2، صفحہ 786

اگر ایسا ہوا ہے تو وہ شخص اس میں بہت کامیاب ہو گیا ہے کیونکہ ہمارے بیشتر عُلما، جو ایک طرف تو تقریریں کرتے ہیں کہ رسول اللہ ﷺ رحمت للعالمین ہیں، دوسری طرف جب اُن سے مرتد کی سزا کے بارے میں پوچھا جاتا ہے تو وہ اسی حدیث کی مثال دے کر کہتے ہیں کہ یہ مرتد کی سزا ہے۔ وہ یہ نہیں دیکھتے کہ رسول اللہ ﷺ نے اپنی زندگی میں نہ صرف کئی مُرتدین بلکہ مروان بن الحکم جیسے توہینِ رسالت کرنے والوں کو بھی معاف کر دیا تھا۔

امام غور کرنے کا وقفہ لیتے ہیں۔

اب آپ کے سامنے دو راستے ہیں۔ یا تو یہ مانیں کہ رسول اللہ ﷺ سب جہانوں کے لیے رحمت بن کر آئے یا یہ مانیں کہ مبینہ حدیث سو فیصد سچی ہے۔ آپ کونسا راستہ اختیار کریں گے؟

کئی شاگرد۔

پہلا راستہ۔

امام ابو حنیفہ۔

ہمارے لیے یہ کہنا ضروری ہے کہ رسول اللہ ﷺ رحیم تھے تاکہ ہم بھی رحم کر سکیں۔

پہلا شاگرد۔

یا امام، اگر ہمارے پاس زنا کا مقدمہ آئے، اچھی شہرت والے چار گواہ بھی ہوں جو گواہی دیں کہ اُنہوں نے یہ فعل ہوتے ہوئے اپنی آنکھوں سے دیکھا، تو قاضی کیسے ملزموں کو کوڑوں کی سزا سے بچائے گا؟

ابو یوسف۔

ایسا مقدمہ آ ہی نہیں سکتا۔ ایسا کام کوئی کسی کے سامنے نہیں کرتا۔

شاگرد ہنستے ہیں۔

محمد بن حسن۔

یا امام میں اس کا جواب دوں؟

امام ابو حنیفہ۔

بولو۔

محمد بن حسن۔

عورت کو قرآن کی اس آیت کے زریعے کوڑوں سے بچایا جا سکتا ہے؛ ''اور تمہاری عورتوں میں جو بے حیائی کی مرتکب ہوئی ہوں ان پر اپنے میں سے چار گواہ بنا لو۔ پس اگر وہ گواہی دیں تو ان کو گھروں میں روک رکھو یہاں تک کہ ان کو موت آجائے یا ان کے لیے اللہ کوئی راستہ نکال دے'' (4:15)۔ یہ آیت ظاہر کرتی ہے کہ عورت کی سزا یہ ہے کہ اُس کو یا تو تاحیات گھر میں بند کر دیا جائے یا اللہ اُس کی مدد کرے، مثلاً کوئی اُس سے شادی کر کے اُس کی ذمہ

داری اٹھا لے۔

امام ابو حنیفہ۔

آپ ایسا کر سکتے ہیں لیکن افسوس یہ ہے کہ ایسے بدبخت فُقہا کی کمی نہیں ہے جو دلیلیں دیتے ہیں کہ نرم سزاؤں کا حکم دینے والی یہ قرآنی آیات منسوخ ہو چکی ہیں۔ وہ ان کی جگہ سخت سزاؤں کا حکم دینے والی احادیث کو استعمال کرتے ہیں۔ ایسی صورت میں آپ کو گواہوں کی صداقت کی تحقیقات کرانے کے علاوہ زور و شور سے یہ منوانا پڑے گا کہ قرآنی احکامات کلام الٰہی ہونے کے ناطے ہر صورت میں فوقیت رکھتے ہیں۔ ساتھ ہی ساتھ متعلقہ احادیث کی صداقت کو بھی راویوں کے کرداروں پر شکوک و شبہات اور راویوں کے ٹوٹے ہوئے سلسلے کی روشنی میں چیلنج کرنا ہو گا۔ اس کے لیے آپ کو قرآن مجید اور سیرت النبی کا مکمل علم ہونا چاہیئے تا کہ آپ اُن مثالوں کا حوالہ دے سکیں جن میں نرمی برتی گئی۔ آپ ایسی متبادل احادیث کا بھی حوالہ دے سکتے ہیں جو ثابت کرتی ہوں کہ اعمال کا دارومدار نیتوں پر ہوتا ہے اور پھر آپ یہ ثابت کریں کہ، مثال کے طور پر، چور کی نیت چوری کی نہیں تھی یا مبینہ طور پر اہانت کرنے والے کی نیت توہین کرنا نہیں تھی۔

تیسرا شاگرد۔

(ہچکچاتے ہوئے) یا امام، کچھ لوگوں کا کہنا ہے کہ ہم جنسیت کی سزا موت ہے۔ کیا یہ درست ہے؟

کچھ شاگرد دبی دبی ہنسی ہنستے ہیں۔

امام ابو حنیفہ۔

اچھا ہوا تُم نے پوچھ لیا۔ کسی بھی چیز کا علم حاصل کرنے میں جھجک یا شرم حائل نہیں ہونی چاہیئے۔ ایک بات یاد رکھنی بہت اہم ہے۔ بیشتر لوگ ہم جنسیت، نابالغ بچوں سے جنسی زیادتی اور جبری جنسی فعل کو ایک ہی خانے میں ڈال دیتے ہیں۔ ان تین میں بہت بڑا فرق ہے اور ان کی سزائیں بھی مختلف ہیں۔ ہم جنسیت کا مطلب ایک جنس کے بالغ عمر کے لوگوں کے درمیان باہمی رضامندی سے جسمانی تعلق سے ہے۔ جو لوگ ہم جنسیت کی سزا موت قرار دیتے ہیں وہ یا تو قرآن مجید پڑھتے ہی نہیں یا اس سے ہدایت نہیں لیتے۔ کوئی بتائے گا کہ قرآن مجید میں ہم جنسیت کی کیا سزا لکھی ہے؟

چھ شاگرد ہاتھ کھڑے کرتے ہیں۔ امام ایک کی طرف اشارہ کرتے ہیں۔

امام ابو حنیفہ۔

خالد، تُم بتاؤ۔

دسواں شاگرد۔

اور تم میں سے جو دو مرد اس فعل کے مرتکب ہوئے ہوں تو انہیں بدنی سزا دو۔ پھر اگر وہ توبہ کرلیں اور اصلاح کر

لیں تو ان سے اِعراض کرو۔ یقیناً اللہ توبہ قبول کرنے والا اور بار بار رحم کرنے والا ہے۔ یقیناً اللہ پر اُنھی لوگوں کی توبہ قبول کرنا فرض ہے جو حماقت سے برائی کے مرتکب ہوتے ہیں پھر جلد توبہ کرلیتے ہیں۔ پس یہی لوگ ہیں جن پر اللہ توبہ قبول کرتے ہوئے جھکتا ہے۔ (4:16)۔

محمد بن حسن۔

یا امام، لیکن کئی عالم تو ایسی احادیث بیان کرتے ہیں جو بتاتی ہیں کہ خلفاء راشدین نے ہم جنسوں کو زندہ جلوا دیا اور سنگسار کروایا۔ پھر وہ جانوروں سے جنسی فعل کے بارے میں بھی احادیث بیان کرتے ہیں جن میں نہ صرف آدمی بلکہ جانور کے لیے بھی سزائے موت کا حکم ہوتا ہے اور پھر کہتے ہیں کہ جس جانور کے ساتھ جنسی فعل کیا گیا ہو، اُس کا گوشت کھانا بھی حرام ہے (43)۔

امام ابو حنیفہ۔

یہ نا ممکن ہے کہ خلفاء راشدین قرآنی آیات میں دیئے گئے اللہ کے احکامات کو چھوڑ کر اپنے اپنے قانون بنائیں کیونکہ ایسا کرنا تو اسلام ہی کو چھوڑنے کے مترادف ہے۔ جب یہ جعلی فقیہ کہتے ہیں کہ قرآن کی نرم سزاؤں والی آیات کی جگہ سخت سزاؤں والی احادیث آچکی ہیں تو اس کا مطلب یہ نکلتا ہے کہ، نعوذ باللہ، اللہ تعالیٰ احکامات بھیج کر پھر اُن کی درستگی کرتا ہے۔ اسطرح کہنا تو اللہ تعالیٰ کی توہین ہے۔

تیسرا شاگرد۔

یا امام، ہم جنسوں کے لیے سزائے موت کے حامی قرآن مجید کو پسِ پُشت کیوں ڈال دیتے ہیں؟

امام ابو حنیفہ۔

میں نے اپنی زندگی میں کسی ہم جنس کو سزائے موت ملتی نہ دیکھی ہے نہ سُنی ہے۔ سچی بات یہ ہے کہ میں نے آج تک نہیں سُنا کہ کسی نے اپنی یا کسی دوسرے کی ہم جنسیت کا اعتراف کیا ہو۔ یعنی یہ ایسا مسئلہ ہے جس پر تقریریں تو بہت ہوتی ہیں لیکن مسئلہ نظر نہیں آتا۔ میرا تجربہ یہ ہے کہ جو شخص کسی نظر نہ آنے والے مسئلے کے خلاف بہت شدومد سے بولتا ہے تو وہ مسئلہ اُس کے اپنے ذہن میں ہوتا ہے۔

سارے شاگرد ہنستے ہیں۔

امام ابو حنیفہ۔

کئی بار لوگ اُسی جرم میں ملوث ہوتے ہیں جس کی مذمت کر رہے ہوتے ہیں۔ مقصد اپنی پردہ پوشی ہوتا ہے لیکن

---

43 عسقلانی، *بلوغ المرام*، صفحہ 391

اُس جرُم کی مذمت میں اس حد تک چلے جاتے ہیں کہ اللہ تعالیٰ کے احکامات کو نہ صرف بھول جاتے ہیں بلکہ اللہ کا نام لے کر اپنی مرضی کے قانون بھی بناتے ہیں جو اللہ تعالیٰ کی سب سے بڑی توہین ہے۔ چونکہ یہ لوگ سورت النساء کی سولھویں آیت کا انکار نہیں سکتے، لہذا یہ کہتے ہیں کہ یہ آیت ہم جنسیت کے بارے میں ہے ہی نہیں کیونکہ یہ اللہ کی شان کے خلاف ہے کہ وہ ہم جنسیت کے بارے میں کوئی بات کرے۔ اگر آپ کو کوئی نام نہاد عالم یہ کہے کہ اللہ تعالیٰ نے قرآن میں ہم جنسیت کا ذکر کیا ہی نہیں تو آپ کیا جواب دیں گے؟

محمد بن حَسَن۔

قومِ لوط کا قصہ قرآنِ پاک میں موجود ہے۔

امام ابو حنیفہ۔

اور اگر وہ یہ نہ دیکھیں کہ قومِ لوط کو ہم جنسیت کی نہیں بلکہ بالجبر ہم جنسی فعل کی سزا دی گئی تھی اور کہیں کہ اللہ تعالیٰ نے ساری قومِ لوط کو آسمان سے پتھر برسا کر تباہ کر ڈالا تھا لہذا ہم جنسوں کو سنگسار کرنا درست ہے تو پھر؟

محمد بن حَسَن۔

ہم کہیں گے کہ یہ پتھر اللہ نے آسمان سے برسائے تھے، انسانوں نے نہیں برسائے تھے۔ یہ اللہ کا فیصلہ تھا۔ اللہ نے انسانوں کو قرآن مجید میں کہیں یہ حکم نہیں دیا کہ وہ سنگسار کریں۔ لہذا یہ معاملہ ہمیں اللہ پر ہی چھوڑنا چاہیئے کہ وہ اپنے طریقے سے اور اپنے چُنے ہوئے وقت پر جس کو جو چاہے سزا دے۔ ہمیں اللہ کے کاموں کو اپنے ہاتھ میں لینے کی کوشش نہیں کرنی چاہیئے کیونکہ ہم وہ نہیں جانتے جو اللہ تعالیٰ جانتا ہے۔

امام ابو حنیفہ۔

بہت اچھی بات کہی ہے۔ جس طرح ایک انسان کے فیصلے اور اللہ تعالیٰ کے فیصلے میں زمین آسمان کا فرق ہوتا ہے اسی طرح ایک پیغمبر کے فیصلے اور ایک عام بشر کے فیصلے میں بھی زمین آسمان کا فرق ہوتا ہے۔ آج کل کے جعلی عُلما سمجھتے ہیں کہ جو رسول اللہ ﷺ نے کسی مخصوص حالات میں کیا وہ ہم ہر حالات میں کر سکتے ہیں۔ مثال کے طور پر رسول اللہ ﷺ نے یہودی قبیلے بنو قریظہ کے بالغ مردوں کا قتلِ اللہ تعالیٰ کے حکم پر کسی خاص ضرورت کے تحت کیا تھا لیکن جعلی عالم یہ پرچار کرتے ہیں کہ اب مسلمانوں کو قیامت تک یہودی قتل کرنے ہیں۔ وہ یہ بھول جاتے ہیں کہ رسول اللہ ﷺ نے جو جہاد کیے تھے اور جن لوگوں کے قتل کے حکم صادر کیے تھے وہ اللہ تعالیٰ کے حکم سے کسی خاص ضرورت کے تحت کیے تھے۔ ایک عام انسان اس طرح نہیں کر سکتا کیونکہ وہ براہِ راست اللہ تعالیٰ سے الہام وصول نہیں کرتا۔ جب ہم قرآن مجید میں ایسے احکامات پاتے ہیں جن میں مُشرکوں، یہودیوں، عیسائیوں یا کسی اور گروہ سے بات چیت یا صلح یا دوستی یا نفرت اور جنگ کی بات ہو رہی ہوتی ہے تو ہمیں یاد رکھنا چاہیئے کہ یہ احکامات اللہ اپنے رسول کو بھیج رہا تھا اُن حالات میں جب اسلام ابھی اتنا کمزور تھا کہ اُس کے ختم ہو جانے کا خطرہ

تھا۔ اب اسلام کو کوئی خطرہ نہیں ہے۔ یہودی، عیسائی، مشرک یا کسی اور مذہب کے لوگ بکھر کر کمزور ہو کر مسلمانوں کے ذمی بن چکے ہیں۔ اگر اب ہم اُن کو ناحق قتل کرتے پھریں گے تو اللہ تعالیٰ کا عذاب ہم پر بھی آ سکتا ہے۔ اب ہمیں قرآن مجید کی اُن آیتوں پر زیادہ زور دینا چاہیئے جن میں رحم اور نرمی کا حکم ہے۔ ہمارا فقہ رحم و کرم کا فقہ ہے۔ ہمیں یہ حق حاصل نہیں ہے کہ ہم وہ زندگیاں چھینیں جو اللہ نے عطا کی ہیں یا وہ اعضاء کاٹیں جو اللہ نے انسانوں کو بخشے ہیں۔

ابو یوسف۔

کیا آپ کو یقین ہے کہ ہمارا فقہ اُن فقیہوں کے مقابلے میں کامیاب ہو گا جو سخت سے سخت سزاؤں پر شریعت کی بنّیاد رکھتے ہیں؟

امام ابو حنیفہ۔

ہمیں اپنا کام کرنا ہے۔ دوسرے کیا کرتے ہیں، یہ اُن کا مسئلہ ہے۔

ظفر بن ہذیل۔

پچھلے ہفتے میں قاضی ابن ابی لیلیٰ کے مدرسے میں گیا تو جس طرح کی باتیں وہاں ہو رہی تھیں اُنہوں نے مُجھے حیران کر دیا۔ میں نے اُن کے ساتھ نماز پڑھی۔ اُن کے امام نے مُجھ سے کہا کہ اللہ میری نماز نہیں قبول کرے گا کیونکہ وضو کے دوران میں نے ہاتھ پہلے دھوئے اور مُنہ بعد میں دھویا جبکہ شریعت میں لکھا ہے کہ پہلے مُنہ دھو کر پھر ہاتھ دھوئیں۔ (ہچکچاتے ہوئے) پتہ نہیں مُجھے یہ بات کرنی چاہیئے یا نہیں لیکن مُجھے بڑا عجیب لگا جب اُنہوں نے ایک گھنٹہ اس طرح کی بحث کی کہ (شرمندہ ہوتے ہوئے) اگر مخنث اپنے آپ سے جماع کرے اور اُس کے ہاں بچہ پیدا ہو، تو بچہ کس حیثیت سے مخنث کا وارث قرار پائے گا؟ کیا مخنث کی حیثیت والد کی ہو گی یا والدہ کی یا دونوں کی؟

شاگرد ہنستے ہیں۔ کچھ شاگرد اپنے قہقہوں کو دبانے کی کوشش کرتے ہیں۔

امام ابو حنیفہ مُسکراتے ہیں۔

محمد بن حسن۔

اور پھر اُنھوں نے یہ بحث کی کہ اگر مخنث کے ہاں دو بچے پیدا ہوں، ایک شکم سے اور ایک پُشت سے، تو دونوں ایک راستے سے پیدا نہ ہونے کے باعث بھائی یا بہن ہو سکتے ہیں یا نہیں (44)۔ جب میں نے اُنھیں کہا کہ ایسے کسی مُخنث کا وجود نہیں ہے جو اپنے آپ سے جماع کر سکے یا پشت سے بچہ پیدا کر سکے تو اُنھوں نے کہا، ''فقہ نہ صرف ممکن الوقع یا قریب الوقوع مسائل کا احاطہ کرتا ہے بلکہ بعید الوقوع اور مستحیل الوقوع مسائل کا بھی احاطہ کرتا ہے۔''

---

[44] ابو زہرہ، *حیاتِ امام ابو حنیفہ*، صفحہ 406

امام ابو حنیفہ۔

تُمہارے خیال میں وہ اس طرح کی بحثیں کیوں کرتے ہیں؟

ظفر بن ہذیل۔

میرا خیال ہے کہ خلیفہ کے جاسوس اُن کے مدرسے میں آتے ہیں، اُن کو اس طرح کی فضول بحثیں کرتے سُن کر ہنستے ہیں اور اُن کو خلافت کے لیے کوئی خطرہ نہیں سمجھتے۔ سنجیدہ گفتگو اور اعلیٰ درجے کی تعلیم کو بغاوت سمجھا جا سکتا ہے لہذا دوسرے عُلما حقیقی مسائل پر گفتگو کرنے سے اجتناب کرتے ہیں۔

امام ابو حنیفہ۔

بالکل درست کہا۔ اسی لیے عربی اور عجمی دماغوں کو زنگ لگتا جا رہا ہے۔ قاضی ابن ابی لیلیٰ کی مجبوری یہ ہے کہ وہ سرکاری عہدے اور بیت المال کی مالی امداد کے بغیر مدرسہ نہیں چلا سکتا لہذا اُس کو لکیر کا فقیر بنے رہنا پڑتا ہے۔ اسی لیے میں نے ہمیشہ سرکاری عہدے اور بیت المال سے وظیفہ لینے سے انکار کیا ہے۔ میں آزادانہ کام کرنا چاہتا ہوں اور میرا خواب یہ ہے کہ عالموں کی ایک ایسی فوج بناؤں جو بہترین قانون سازی کر سکے۔

ابو یوسف۔

لیکن ہم اِس قانون کو تب تک نافذ نہیں کر سکیں گے جب تک کوئی ایسا حکمران نہ آئے جو ہمیں تحفظ فراہم کر کے ہمارے فقہ کو سرکاری فقہ بنانے کا اعلان نہ کرے۔

امام ابو حنیفہ۔

ایسا حکمران کبھی نہ کبھی ضرور آئے گا۔ ایک نسل ظلم و بربریت سے اقتدار لیتی ہے لیکن جب اُس کا اقتدار مضبوط ہو جاتا ہے تو اُس کی اگلی نسل علم و ادب، فلسفہ اور عقل و دانش کی باتوں میں دلچسپی لینا شروع ہو جاتی ہے۔ میں نے آپ کو صرف ماضی کے قانون ہی نہیں پڑھائے بلکہ مستقبل میں زیادہ منصفانہ اور حقیقت پسندانہ قوانین بنانے والی سمجھ بوجھ بھی سکھانے کی کوشش کی ہے۔ وہ وقت آنے تک اپنے ضمیر کو مطمئن کرنے کی ہر ممکن کوشش کرتے رہیں۔ ایک جان بچانے سے آپ کو مزید جانیں بچانے کا حوصلہ ملے گا۔ لیکن ساتھ ہی میں آپ کو خبردار بھی کر دوں کہ اس راہ پر چلنے میں جو بے پناہ دشواریاں اور آپ کی زندگیوں کو جو خطرے درپیش ہوں گے اُن کو کبھی نظرانداز نہ کریں۔ ہمیشہ یاد رکھیں کہ نرمی برتتے برتتے آپ کو اپنے آپ پر کافر یا مرتد ہونے کا فتویٰ لگوانے سے ایک قدم پیچھے رہنا ہو گا۔

امام ابو حنیفہ کچھ دیر خاموش بیٹھے رہتے ہیں۔

تیسرا شاگرد۔

(ہچکچاتے ہوئے) یا امام، پتہ نہیں مجھے یہ کہنا چاہیئے یا نہیں لیکن کل ایک عجیب سے آدمی نے مجھے مدرسے سے

جاتے ہوئے روکا اور بڑی بدتمیزی سے پوچھا، ''کیا تُم ابو حنیفہ کے شاگرد ہو؟'' میں نے کہا، ''ہاں۔ اُن کو امام کہا کرو۔''

وہ کہنے لگا، ''کیا تُمہارا امام قُرآن کو انسانوں کی بنائی ہوئی کتاب کہتا ہے؟'' (45)

میں ڈر گیا اور میں نے کہا مُجھے نہیں پتہ۔

پھر اُس نے پوچھا، ''کیا تُمہارا امام مرجئی ہے؟'' اتنے میں دو تین اور لڑکے آ گئے جس سے مُجھے حوصلہ ہوا اور میں نے پوچھا کہ مرجئی سے اُس کا مطلب کیا ہے۔ اُس نے کہا، ''وہ جو مُشت زنی، ہم جنسیت، زنا اور ہیجڑوں سے بدفعلی کو جائز کہتے ہیں۔''

بیشتر شاگرد مُنہ چُھپا کر ہنستے ہیں۔

امام ابو حنیفہ، ابو یوسف، ظفر اور محمد کے چہرے پر پریشانی نظر آتی ہے۔

امام ابو حنیفہ۔

(پریشان لہجے میں) تُم نے کیا جواب دیا؟ کچھ اور پوچھا اُس نے؟

تیسرا شاگرد۔

وہ بہت مشکوک لگ رہا تھا۔ ہم سمجھ گئے کہ وہ ہماری جاسوسی کر رہا ہے۔ ہم نے اُسے کہا کہ امام ہم سے اس طرح کی باتیں نہیں کرتے اور جلدی سے آگے چل دیئے۔

امام ابو حنیفہ۔

تُم نے ٹھیک کہا۔ اگر آئندہ تُمہیں ایسے لوگ ملیں تو کہا کرو کہ میں مُلاقاتیوں کو ہمیشہ خوش آمدید کہتا ہوں، لہذا خود مل کر مُجھ سے پوچھ لیں۔ ایسے لوگوں کو کبھی بھی خود جواب نہ دینا ورنہ ہو سکتا ہے کہ وہ ان جوابوں کو موڑ توڑ کر ہمیں دہریہ یا مُرتد یا مرجئی یا خُدا جانے کیا بنا دیں۔ اللہ ہم سب کو محفوظ رکھے۔

ظفر بن ہذیل۔

(شاگردوں کو مُخاطب کرتے ہوئے) نمازِ ظہر کا وقت ہونے والا ہے۔

شاگرد آہستہ آہستہ کھڑے ہوتے ہیں اور اپنی اپنی چیزوں کو سمیٹتے ہوئے جانے کی تیاری کرتے ہیں۔ امام منبر پر بیٹھے سر جُھکائے سوچ میں گُم رہتے ہیں۔

ساتویں ایکٹ کا اختتام

---

45 ابو زہرہ، *حیاتِ امام ابو حنیفہ*، صفحات 317-316, 327-325

آٹھواں ایکٹ: ضمیر کے مطالبات

آٹھویں ایکٹ کے کردار، جو ساتویں ایکٹ میں پہلے بیان کیے جا چکے گئے ہیں:

امام ابو حنیفہ۔

ابو یوسف۔

ظفر بن ہذیل۔

محمد بن حسن۔

بیس کے قریب طلباء۔

نئے کردار:

حماد، امام ابو حنیفہ کا بیٹا، عمر پچیس سال کے لگ بھگ، اپنے باپ کی طرح نفیس فارسی جُبّے اور ریشمی دستار نما ٹوپی میں ملبوس ہے۔ چہرے پر ہلکی سی بنی سنوری داڑھی ہے۔

حفص بن عبدالرحمن، امام ابو حنیفہ کا کاروباری شریک درمیانی عمر کا مضبوط جسم والا شخص ہے۔ وہ رنگین فارسی جُبّہ اور چتکبری پگڑی پہنے ہوئے ہے۔

ملازم، ایک دُبلا پتلا چُست اور پھُرتیلا نوجوان ہے جس نے سفید تھوب پہن رکھا ہے۔

خوارج، یہ ایک درجن کے قریب بدو ہیں جن کی عمریں بیس سے لے کر ساٹھ سال تک ہیں۔ سخت دھوپ سے کالی ہوئی اُن کی جلدیں، جھُریوں بھرے چہرے، کھُردرے ہاتھ اور پاؤں اُن کی سخت جانی اور صحرا میں کاشتکاری یا گلہ بانی میں گزری زندگی کی عکاسی کرتے ہیں۔ اُنھوں نے کھدر نما کپڑے کے ریت اور دھول سے اٹے تھوب اور عمامے پہن رکھے ہیں۔ اُن کے طور طریقے سخت گیر اور لہجے کرخت ہیں۔

عبدالمالک، خلیفہ منصور کا معتمدِ خاص، درمیانی عمر کا شخص ہے۔ چھُبتی نظر رکھنے کے باوجود وہ نرم لہجے میں بات کرتا ہے۔ اُس کے چہرے کی جلد سفید اور ملائم ہے جس پر سفید نوکیلی اور بنی سنوری داڑھی ہے۔ وہ نفیس کشیدہ کاری کیے ہوئے کمخواب کے جبّے میں ملبوس ہے جس کے کھُلے گلے سے اُس کی ریشمی قمیض نظر آتی ہے۔ اُس نے بائیں ہاتھ کی درمیانی انگلی میں سونے کی انگوٹھی اور سر پر ریشمی پھندنوں والی رنگین دستار پہن رکھی ہے۔

غُلام، کالے رنگ کا توانا و مضبوط نوجوان، کھدر نما کپڑے کا تھوب پہنے ہوئے ہے۔

کنیز، کم عمر اور سفید رنگت والی شرمیلی لڑکی ہے جو نفیس کشیدہ کاری کی ہوئی گردن سے لے کر ٹخنوں تک لمبی رنگین ریشمی

قمیض پہنے ہے۔ اُس نے اپنے بال ریشمی صافے سے ڈھکے ہوئے ہیں اور کچھ زیورات بھی پہن رکھے ہیں۔

آٹھویں ایکٹ کا منظر: ساتویں ایکٹ میں بیان کیا گیا امام ابو حنیفہ کے مدرسے کا بڑا کمرہ۔

آٹھواں ایکٹ

کوفہ میں امام ابو حنیفہ کے مدرسے کا بڑا کمرہ

دور

تقریباً 757 عیسوی

امام ابو حنیفہ منبر پر بیٹھے ہیں۔ شاگرد دریوں پر امام کی طرف مُنہ کیے بیٹھے ہیں۔

امام ابو حنیفہ۔

(شاگردوں کو مُخاطب کرتے ہوئے) حماد ایک مہینہ مکہ اور مدینہ رہ کر آیا ہے۔ وہاں اُس کو امام مالک سے درس لینے کا نادر موقع بھی ملا۔ چھوٹی عمر کے شاگردوں کو شاید معلوم نہیں کہ امام مالک مدینہ کے سب سے بڑے فقیہ مانے جاتے ہیں۔ لہذا میں چاہتا ہوں کہ آپ حماد کا بیان سُنیں اور اُس سے پوچھیں کہ اُس نے وہاں کیا دیکھا، کیا سُنا اور کیا سیکھا۔ چونکہ آپ میں سے کئی نے مُجھے بتایا ہے کہ آپ امام مالک کے بارے میں جاننا چاہتے ہیں لہذا آج کا سبق یہی ہو گا۔ (حماد کو مُخاطب کرتے ہوئے)، حماد، یہاں سامنے آ جاؤ۔

حماد چل کر منبر کے پاس جاتا ہے اور امام کے دائیں ہاتھ کی جانب کھڑا ہو جاتا ہے۔

حماد۔

(ہچکچاتے ہوئے) مُجھے پتہ نہیں کہاں سے شروع کروں۔ مدینہ کے لوگ کہتے ہیں کہ امام مالک کے پاس جتنا علم ہے کسی کے پاس نہیں لیکن امام خود اس سے انکار کرتے ہیں۔

امام ابو حنیفہ۔

یہ اُن کی کسرِ نفسی ہے۔

حماد۔

ہم اُن کی مجلس میں بیٹھے تھے کہ ایک عجیب واقعہ ہوا۔ ایک آدمی نے ایک سوال پوچھا۔ امام مالک نے جواب دینے سے انکار کرتے ہوئے کہا کہ جواب کا سوالی کو کوئی فائدہ نہیں ہو گا۔ سوالی نے منت کرتے ہوئے کہا کہ وہ مراکش سے چھ مہینے کا سفر کر کے مدینہ آیا ہے تا کہ اس سوال کا جواب معلوم کرے لیکن امام نے بے رُخی سے

کہا، ''تُمہارے سفر کا کوئی فائدہ نہیں ہوا۔'' سوالی نے کہا، ''مراکش میں تو جو عرب آتے ہیں وہ دعوے کرتے پھرتے ہیں کہ امام مالک کے پاس ہر چیز کا علم ہے۔'' امام نے درشتی سے کہا، ''اب جب تُم واپس جاؤ گے تو لوگوں کو بتا دینا کہ میرے پاس ہر چیز کا علم نہیں ہے''۔

امام ابو حنیفہ۔

کوئی بھی شخص ہر چیز کا علم نہیں لے سکتا۔ یہ بتاؤ کہ امام مالک درس کیسے دیتے ہیں؟

حماد۔

یہاں عراق میں ہم سب لوگوں کو اکٹھے درس دیتے ہیں لیکن امام مالک لوگوں کو علاقائی بنّیادوں پر الگ الگ درس دیتے ہیں۔ جب ہم اُن کے گھر گئے تو بہت سارے لوگ موجود تھے۔ امام کی کنیز نے دروازے پر آ کر کہا، ''پہلے حجاز کے لوگ اندر جائیں۔'' حجازی اندر چلے گئے۔ پھر کچھ دیر کے بعد لڑکی نے آ کر کہا، ''شام کے لوگ اندر آ جائیں۔'' صرف شامی اندر گئے۔ شامیوں کے بعد مصریوں کی باری آئی۔ عراقی لوگوں کو سب سے آخر میں بلّایا گیا۔

امام نے اپنے جُبّے پر خوشبو لگا رکھی تھی اور سر پر دستار پہنی ہوئی تھی۔ وہ ایک چھوٹی ٹانگوں والی میز کے پیچھے قالین پر بیٹھے تھے اور ایک کونے میں ایک مرتبان سے مُشک و کافور کا دھواں نکل رہا تھا۔ انھوں نے لوگوں کو کہی گئی باتیں لکھنے کی اجازت نہیں دی اور کہا، ''میں غلطی بھی کر سکتا ہوں۔ لہذا میرا حوالہ نہ دو۔ جب میں کسی فتوے پر پُریقین ہوؤں گا تو تُمہیں لکھنے کی اجازت دے دوں گا۔'' وہ کئی سوالوں کا جواب دیتے ہوئے خوفزدہ ہو جاتے تھے، جھجکتے تھے اور ہمیشہ ان الفاظ کا اضافہ کرتے تھے، ''جو اللہ کی مرضی،'' ''اللہ واحد قادرِ مطلق ہے'' اور ''مُجھے نہیں پتہ،'' یا ''یہ صرف میری رائے ہے'' اور ''میں یقین سے نہیں کہہ سکتا۔'' وہ بار بار کہتے تھے کہ حاکموں کے خلاف بغاوت کرنا عقل مندی نہیں ہے اور، ''بغاوت سے افراتفری، موت، تباہی اور بے انصافی پھیلتی ہے۔ اس کو تُم لکھ سکتے ہو۔'' کسی نے کہا کہ اس کی مثالیں دیں اور اُنھوں نے مکہ اور مدینہ کی تاریخ بیان کرتے ہوئے کہا کہ ہم اس کو لکھیں۔ میں نے بھی لکھا اور پھر ساتھی شاگردوں سے موازنہ کر کے اس کو مکمل کیا۔

امام ابو حنیفہ۔

(مایوسی سے) کیا اُنھوں نے فقہ نہیں پڑھایا؟

حماد۔

نہیں۔ وہ سُنتِ رسول ﷺ یا قرآن و حدیث پر بات کرنے سے کتراتے تھے اور اُن کا بنیادی مقصد لوگوں کو حجاز کی تاریخ بتا کر حکمرانوں کے خلاف بغاوت کرنے سے ڈرانا تھا۔ وہ کہتے تھے قرآن ہمیں اللہ، رسول ﷺ اور اولی الامر کی اطاعت کا حکم دیتا ہے۔

امام ابو حنیفہ۔

چلو پھر آج اس کو حجاز کی تاریخ کا سبق ہی سمجھ لیتے ہیں۔

حماد اپنے جُبّے کی جیب سے پرچے نکال کر سامنے رکھ کر پڑھتا ہے۔

حماد۔

پہلا واقعہ جو امام مالک نے بتایا وہ خلیفہ یزید کا امام حُسین اور اُن کے خاندان و حمایتوں کا قتلِ عام تھا لیکن اس کو تو سب جانتے ہیں۔

پہلا شاگرد۔

اگر میں وہاں ہوتا تو امام مالک سے پوچھتا کہ کیا یزید کے خلاف بغاوت کرنا غلط تھا۔

حماد۔

میں نے یہ سوال امام مالک سے کیا تھا۔ اُنھوں نے کہا کہ جو آدمی مالی وسائل میں اتنا کمزور ہو کہ اُس کے پاس سو لشکری بھی نہ ہوں تو اُس کو ہزاروں کی تعداد میں مسلح فوج اور اتنے وسیع معاشی وسائل کے مالک طاقتور بادشاہ کی بیعت نہ کر کے کیا مل سکتا تھا؟

امام ابو حنیفہ۔

لیکن ہم امام حُسینؓ کے عظیم مقصد سے واقف ہیں جس کے لیے اُنھوں نے اپنی جان کا نذرانہ دیا۔ اگلا واقعہ سُناؤ۔

حماد۔

(پرچے سے پڑھتے ہوئے) امام حُسین کو شہید کرنے کے بعد یزید نے اپنا لشکر مکہ اور مدینہ فتح کرنے کے لیے بھیجا۔ اُس کے لشکریوں نے تقریباً دس ہزار مقامی لوگ قتل کیے جن میں سات سو معززین بھی تھے۔ تین دنوں میں ایک ہزار عورتوں کی آبرو ریزی کی جن میں سے بیشتر بعد میں حاملہ بھی ہوئیں۔ لشکریوں نے منجیقوں سے خانہ ء کعبہ پر پتھر برسائے جس سے وہاں آگ بھی لگی اور اُس کی ایک دیوار گر گئی۔ کچھ روایتوں میں آگ لگنے کی وجوہات اور لکھی گئی ہیں جیسے کہ افراتفری میں کھانا پکانے والی آگ کا پھیلنا لیکن منجیقوں سے سنگ باری پر تمام مورخین متفق ہیں (46)۔

دوسرا شاگرد۔

(حیران ہوتے ہوئے) لیکن یہ کیسے ہو سکتا ہے؟ کعبہ کی حفاظت کا ذمہ تو اللہ تعالیٰ نے لے رکھا ہے۔

حماد۔

---

[46] مودودی، *خلافت و ملوکیت*، صفحات 185-181

امام مالک کا کہنا تھا کہ یزید کو ان سب حرکتوں کی سزا مل گئی تھی۔ جس سال اُس نے مکہ پر چڑھائی کی، اُسی سال وہ گھوڑے سے گر کر مر گیا جبکہ ابھی وہ چالیس سے بھی دو تین سال کم عمر کا تھا۔

امام ابو حنیفہ۔

کیا امام مالک نے کوئی ایسا واقعہ بتایا جو اُن کی اپنی زندگی میں پیش آیا ہو اور انہوں نے خود دیکھا ہو؟

حماد۔

(پرچہ دیکھتے ہوئے) امام مالک نے بتایا کہ جب وہ چالیس سال کے تھے، 128 ہجری (746 عیسوی) میں، تو ابو حمزہ الخارجی نے مکہ پر اُسوقت حملہ کیا جب حج ہو رہا تھا۔ امام کے اُستاد، ربیعہ ابن عبدالرحمٰن اور دوسرے معززین نے خارجیوں کے ساتھ امن کا معاہدہ کیا۔ کچھ عرصے بعد خارجی مدینہ میں داخل ہو گئے اور قریشیوں کو بالخصوص قتل کرنا شروع کر دیا (47) کیونکہ وہ کہتے تھے کہ یہ اقتدار کے اتنے لالچی ہیں کہ انہوں نے اس علاقے کے لوگوں کو حکومت سے بے دخل کر دیا ہے (48)۔

ملازم کمرے میں داخل ہو کر امام ابو حنیفہ کو مخاطب کرتا ہے۔

ملازم۔

یا امام، خوارج کا ایک گروہ دو جنازوں کے ساتھ باہر کھڑا ہے۔ اُنہوں نے لاشیں مسجد کے دروازے کے ساتھ رکھ دی ہیں اور آپ سے بات کرنا چاہتے ہیں۔

امام ابو حنیفہ۔

اُن کو بتا دو کہ ظہر کے بعد جنازہ پڑھا دیں گے۔ فی الحال وہ جا کر قبریں کھُدوائیں۔

ملازم۔

یہ تو میں نے کہہ دیا تھا لیکن وہ قبریں کھُدوانے سے پہلے آپ سے فتویٰ مانگتے - - -

خوارج کے بارہ آدمی کمرے میں گھس آتے ہیں۔

ان میں سے کچھ بدتمیز بدو بیٹھے ہوئے شاگردوں کا لحاظ کیے بغیر امام تک پہنچنے کی کوشش میں اُن سے ٹکراتے ہیں۔۔ شاگرد کھڑے ہو کر اُن کے لیے جگہ چھوڑنے کی کوشش کرتے ہیں اور ایک طرف ہو جاتے ہیں تا کہ خوارج امام سے بات کر سکیں۔

---

[47] حوالہ جات میں دیکھیے: Abu Zahra, *The Four Imams* صفحات 22-27

[48] ابو زہرہ، *حیاتِ امام ابو حنیفہ*، صفحات 237-231 & 223-222

امام اپنے منبر پر بیٹھے رہتے ہیں اور حماد اپنی جگہ کھڑا رہتا ہے۔

خوارج امام کے گرد کھڑے ہو کر اونچی آوازوں میں بولتے ہیں۔

خوارج۔

(اونچی آواز میں) سلام علیکُم۔

امام ابو حنیفہ۔

وعلیکُم سلام۔ جا کر قبریں کُھدوائیں۔ ہم ظہر کے بعد نمازِ جنازہ پڑھا دیں گے۔

خوارج کا پہلا سردار۔

(درشت لہجے میں) ان دو کو قبروں اور نمازِ جنازہ کی ضرورت نہیں۔

امام ابو حنیفہ۔

کیوں؟

خوارج کا پہلا سردار۔

کیوں؟ تُم پوچھتے ہو کیوں؟ ظاہر ہے کہ دونوں نے گُناہِ کبیرہ کیے ہیں۔ ہمارے مولویوں نے ان کے جنازے پڑھانے سے اور ان کو مسلمانوں میں دفنانے سے انکار کر دیا ہے۔ اب جھگڑا اس بات کا ہے کہ لاشیں یہودیوں کے قبرستان میں پھینکی جائیں یا عیسائیوں کے، یا جنگل میں درندوں کی دعوت کے لیے پھینکی جائیں۔ کچھ کہہ رہے ہیں کہ جلا دی جائیں اور کچھ کہتے ہیں کہ صحرا میں پھینک ائیں۔ ایک تو یہ بھی کہتا ہے کہ مجوسیوں کے مرگ خانے میں گِدھوں کی خوراک بننے رکھ دی جائیں۔ ہمیں کچھ سمجھ نہیں آ رہی کہ کیا کریں۔ تُم سے فتویٰ لینے آئے ہیں۔

امام ابو حنیفہ۔

کیا یہ مرحومین کافر تھے؟

خوارج کا پہلا سردار۔

آخر دم تک ہم انہیں مسلمان سمجھتے رہے۔

امام سر جُھکا کر غور کرتے ہیں۔ خوارج جواب کے منتظر خاموشی سے اُنہیں دیکھتے ہیں۔

امام سر اُٹھا کر فیصلہ کُن انداز سے بولتے ہیں۔

امام ابو حنیفہ۔

(سردار کو مُخاطب کرتے ہوئے) کیا ہم ایمان کو حصوں میں تقسیم کر سکتے ہیں؟

خوارج کا پہلا سردار۔

اس کا کیا مطلب ہے؟ (طنزیہ انداز میں) اگر ہم اتنے پڑھے لکھے ہوتے تو تُمہارے پاس کیا لینے آتے؟

کئی خوارج طنزیہ ہنسی ہنستے ہیں اور کچھ قہقہے لگاتے ہیں۔

امام ابو حنیفہ۔

اس کا مطلب یہ ہے کہ جب کوئی کلمہ پڑھتا ہے، لاالہٰ اللہ محمد الرسول اللہ، تو کیا ہم کہہ سکتے ہیں کہ یہ آدھا مسلمان ہے یاچوتھائی مسلمان ہے یا تین چوتھائی مسلمان ہے؟

خوارج کا پہلا سردار۔

نہیں۔ یا مسلمان ہے یا نہیں ہے۔

امام ابو حنیفہ۔

تو پھر ان بدنصیب مُسلمانوں کو اسلامی جنازہ وتدفین دینے سے کیوں انکار کرتے ہو؟

خوارج کا پہلا سردار۔

(جزبز ہوتے ہوئے) میں نے تُمہیں بتایا ہے کہ انھوں نے کبیرہ گُناہ کیے ہیں۔ کیا تُمھیں پتہ نہیں کہ کبیرہ گُناہ کرنے والا اسلام سے خارج ہو جاتا ہے؟ اِن کا ٹھکانہ جہنم ہے۔ اِن کو مسلمانوں میں نہیں دفنایا جا سکتا۔

امام ابو حنیفہ۔

انھوں نے کیا گناہ کیے تھے؟

خوارج کا پہلا سردار۔

جو مرد ہے، چھُپ کر شراب پیتا تھا۔ ایک دن اس نے زہریلی شراب پی لی اور مر گیا۔ جو عورت ہے، اُس نے چھپ کر زنا کیا تھا۔ جب اُسے پتہ چلا کہ وہ حاملہ ہو گئی ہے تو وہ راز فاش ہونے اور سنگسار ہونے سے ڈر گئی۔ اس سے پہلے کہ اللہ تعالیٰ کا انصاف اُس تک پہنچتا، اُس نے اپنی تقدیر اپنے ہاتوں میں لے لی اور خود کُشی کر لی۔

امام ابو حنیفہ۔

(افسوس سے سر کو جُھکاتے ہوئے) استغفراللہ!

خوارج کا پہلا سردار۔

(حیرت زدہ ہوتے ہوئے) کیا کہا؟

امام ابو حنیفہ۔

(آواز اونچی میں) استغفراللہ!

خوارج ایک دوسرے کی طرف حیرت سے دیکھتے ہیں اور سرگوشیاں کرتے ہیں۔

خوارج کا پہلا سردار۔

تُم کیسے اللہ سے گُناہِ کبیرہ کرنے والوں کے لیے معافی مانگتے ہو؟ جو میں نے ابھی تمہیں بتایا ہے کیا تُم نے سُنا

نہیں ؟

امام ابو حنیفہ۔

اللہ کسی کو بھی معاف کر سکتا ہے۔ کیا وہ قادرِ مطلق اور رحمان و رحیم نہیں ہے؟ کیا تم دن میں کئی بار بسم اللہ الرحمان الرحیم نہیں کہتے؟

خوارج حیرت زدہ ہو کر ایک دوسرے سے سرگوشیاں کرتے ہیں۔

خوارج کا پہلا سردار۔

(غُصے سے) لیکن گُناہِ کبیرہ کی تو معافی ہوتی ہی نہیں۔ شراب نوشی اور زنا گُناہِ کبیرہ ہیں۔

امام ابو حنیفہ۔

کیا یہ اللہ کے پیغمبر کو سولی پر لٹکانے سے زیادہ بڑے گُناہ ہیں؟

خوارج کا پہلا سردار۔

پیغمبر کو سولی پر لٹکانا؟ نہیں، اس سے بڑے نہیں ہو سکتے۔

امام ابو حنیفہ۔

تو کیا حضرت عیسیٰ علیہ السلام نے سولی پر لٹکے ہوئے یہ دُعا نہیں کی تھی، ''اے اللہ ان کو معاف کر دینا، یہ نہیں جانتے کہ یہ کیا کر کر رہے ہیں؟''

خوارج کا پہلا سردار۔

(غُصے سے چلاتے ہوئے) ہم یہاں عیسائی مذہب کا درس لینے نہیں آئے۔ کیا ہم تمہیں عیسائی نظر آتے ہیں؟

کئی خوارج غُصے سے بڑبڑاتے ہیں۔

خوارج کے کئی آدمی۔

(غُصے سے بڑبڑاتے ہوئے) لعنت اللہ! نعوذ باللہ!

امام ابو حنیفہ۔

تو پھر میں تُمہیں قرآن مجید پڑھ کر سنا دیتا ہوں کہ حضرت ابراہیم علیہ السلام نے پیغمبروں کی نافرمانی کرنے والوں کے لیے کیا کہا تھا،

اور ابراہیم نے کہا، ''اے میرے ربّ! اس شہر کو امن کی جگہ بنا دے اور مجھے اور میرے بیٹوں کو اس بات سے بچا کہ ہم بتوں کی عبادت کریں۔ اے میرے ربّ! انھوں نے یقیناً لوگوں میں سے بہتوں کو گمراہ بنا دیا ہے۔ پس جس نے میری پیروی کی تو وہ یقیناً مجھ سے ہے اور جس نے میری نافرمانی کی تو یقیناً تُو بہت بخشنے والا اور بار بار رحم کرنے والا ہے۔'' (14:36-37)

نوح کی قوم نے بھی پیغمبروں کو جھٹلادیا تھا جب ان کے بھائی نوح نے ان سے کہا تھا، ''کیا تم تقویٰ سے کام نہیں لو گے؟ یقیناً میں تمہارے لیے ایک امانت دار پیغمبر ہوں۔ پس اللہ کا تقویٰ اختیار کرو اور میری اطاعت کرو۔'' انہوں نے کہا، ''کیا ہم تیری بات مان لیں جبکہ سب سے نچلے درجے کے لوگوں نے تیری پیروی کی ہے؟'' اس نے کہا، ''مجھے اس کا کیا علم ہے جو کام وہ کیا کرتے تھے؟ ان کا حساب صرف میرے ربّ کے ذمے ہے۔ کاش! تم شعور رکھتے۔ میں تو ایمان لانے والوں کو دھتکارنے والا نہیں ہوں۔'' (26:106-115)

''میں ان لوگوں کو جو ایمان لائے ہیں کبھی دھتکارنے والا نہیں۔ یقیناً وہ لوگ اپنے ربّ سے ملاقات کرنے والے ہیں۔ لیکن تمہیں میں ایک ایسی قوم دیکھتا ہوں جو جہالت کر رہے ہیں۔ اور اے میری قوم! اگر میں ان کو دھتکار دوں تو اللہ سے مجھے بچانے میں کون میری مدد کرے گا؟ پس کیا تم نصیحت نہیں پکڑوگے؟ اور میں تمہیں یہ نہیں کہتا کہ میرے پاس اللہ کے خزانے ہیں اور نہ ہی میں غیب جانتا ہوں اور نہ ہی میں کہتا ہوں کہ میں ایک فرشتہ ہوں۔ اور نہ ہی میں یہ کہتا ہوں کہ جن لوگوں کو تمہاری آنکھیں حقیر اور ذلیل دیکھتی ہیں انہیں اللہ ہرگز کوئی خیر عطا نہیں کرے گا۔ اللہ ہی سب سے زیادہ جانتا ہے جو اُن کے دلوں میں ہے۔ (اگر میں ان کو دھتکار دوں) تب تو ضرور میں ظالموں میں سے ہو جاؤں گا۔'' (11:30-32)

خوارج کا پہلا سردار۔

(متکبرانہ انداز میں) تُم نے عیسائیوں اور یہودیوں کے پیغمبروں کے ارشادات تو پڑھ دیئے لیکن رسول اللہ ﷺ کے مُبارک مُنہ سے نکلا ہوا ایک لفظ پڑھنے کی تُمہیں توفیق نہیں ہوئی۔ تُمہارے پاس اسلام کا علم ہے ہی نہیں اور تُم اپنے آپ کو عالم کہتے ہو؟ میرا تعلق بنو تیم قبیلے سے ہے۔ تُمہارا سارا خاندان ہمارا غُلام تھا۔ اب تُم اپنے آپ کو امام کے بجائے موالی کہا کرو۔ موالیوں میں تو ہم شادیاں بھی نہیں کرتے۔

خوارج طنزیہ ہنسی ہنستے ہیں۔

شاگرد اس صورتحال سے پریشان اور غُصے میں نظر آتے ہیں۔

امام ابو حنیفہ۔

(اونچی آواز میں) جب لوگ سُنتے ہیں کہ میں بنو تیم کا موالی ہوں تو وہ بنو تیم کی عزت کرتے ہیں۔ میرا نام تُمہیں عزت بخشتا ہے لیکن بنو تیم کا نام مُجھے کوئی عزت نہیں بخشتا۔

کئی خوارج اور شاگرد قہقہے لگا کر ہنستے ہیں۔

خوارج کا پہلا سردار غُصے سے اپنے ہنسنے والے ساتھیوں کو گھورتا ہے۔

حماد آگے بڑھ کر امام اور خوارج کے درمیان کھڑا ہو جاتا ہے۔

حماد۔

(غُصے سے خوارج کے پہلے سردار کو مُخاطب کرتے ہوئے) میرے والد نے قرآن مجید کی تلاوت کی اور تُم نے قرآن کی بات ماننے سے انکار کر دیا۔ قرآن مجید کی کہی ہوئی بات نہ ماننے والا اسلام سے خارج ہو جاتا ہے۔

امام ابو حنیفہ۔

(حماد کو ڈانتے ہوئے) حماد خاموش رہو۔

خوارج کا پہلا سردار غُصے سے آگے بڑھتا ہے لیکن دوسرا سردار اُسے روک دیتا ہے۔

خوارج کا دوسرا سردار۔

(پہلے سردار کو مُخاطب کرتے ہوئے) عبداللہ! مُخ مانی، اگر تُجھے قرآن کی آیات ہی کی پہچان نہیں ہے تو مُنہ بند رکھا کر۔ امام نے قرآن پڑھا ہے جو اللہ تعالیٰ نے رسول اللہ ﷺ ہی پر نازل کیا تھا۔ قرآن میں جن پیغمبروں کا ذکر ہے وہ اللہ ہی کے پیغمبر تھے۔ اور تُجھے یہ بھی نہیں پتہ کہ سارے بڑے فقیہ موالی ہی ہیں کیونکہ یہ قریش کے بڑے بڑے سرداروں سے زیادہ علم والے ہیں۔

خوارج کا پہلا سردار۔

(غیر مطمئن انداز میں امام ابو حنیفہ کو مُخاطب کرتے ہوئے) تو تُمہارے خیال میں ہر طرح کے گناہ کرنا حلال ہے؟

امام ابو حنیفہ۔

ہم یہ نہیں کہتے کہ گناہگاروں کو اللہ سزا نہیں دے گا لیکن ہم یہ فیصلہ نہیں کر سکتے کہ کون جنت میں جائے گا اور کون دوزخ میں۔ یہ فیصلہ ہم اللہ پر چھوڑتے ہیں۔ وہی بہترین انصاف کرنے والا ہے۔ اپنے وقت میں رسول اللہ ﷺ نے قصاص میں قاتلوں کو سزائے موت دلوائی، زانیوں کو کوڑے لگوائے، چوروں کے ہاتھ کٹوائے لیکن پھر بھی اُن کو مسلمان مانا اور اُن میں سے مرنے والوں کو جنازے اور مُناسب تدفین کا حق دیا۔ سزا پانے والوں کو بعد میں جہاد میں شامل ہونے پر مال غنیمت میں حصہ دیا، وراثت کا حق دیا اور اُن کے جنازوں میں شامل ہوئے حتیٰ کے عبداللہ بن ابی کے جنازے میں بھی شرکت کی۔ رسول اللہ ﷺ نے کبھی اعلان نہیں کیا کہ گناہ کرنے والا اب مسلمان نہیں رہا۔ ماعز بن مالک کو زنا پر سنگسار کیا گیا لیکن پھر اُس کا جنازہ بھی پڑھایا گیا۔

خوارج کا پہلا سردار۔

(مطمئن نظر آتے ہوئے) اب جب کہ تُم نے رسول اللہ ﷺ کی مثال دی ہے تو میں تُمہاری بات مان لیتا ہوں۔ اگر یہ سُنتِ رسول ﷺ ہے تو پھر ٹھیک ہے۔ ہم ان دو کا حساب اللہ پر چھوڑتے ہیں لیکن ہمارے مُلا ان کو ہمارے قبرستان میں دفن نہیں ہونے دیتے۔

امام ابو حنیفہ۔

ان کو ہمارے قبرستان میں دفنا دو۔ (ملازم کو مُخاطب کرتے ہوئے) جاؤ جا کر کچھ مزدوروں سے دو قبریں کھُدوا دو۔ میں نمازِ ظہر کے بعد اُن کی مزدوری ادا کر دوں گا۔

(خوارج کو مُخاطب کرتے ہوئے) آپ باہر باغ میں انتظار کر سکتے ہیں۔ وہاں پینے کا پانی بھی ہے اور اگر آپ کو کھانا چاہیئے تو ساتھ ہی ہمارا مطعم ہے۔ وہاں سے ہر شخص کھانا کھا سکتا ہے۔

خوارج کا دوسرا سردار۔

شکراً یا امام۔ جزاک اللہ الخیر۔

خوارج آہستہ آہستہ کمرے سے باہر جاتے ہیں۔

شاگرد واپس اپنی اپنی جگہ پر آ کر بیٹھتے ہیں۔

امام سر جھکا کر سرگوشی میں دُعائیں پڑھتے ہیں۔ پھر وہ سر اُٹھا کر حماد کو مُخاطب کرتے ہیں۔

امام ابو حنیفہ۔

(حماد کو مُخاطب کرتے ہوئے) حماد، فی الحال تم مذہبی بحثوں میں حصہ نہ لیا کرو۔

حماد۔

(ناراضگی سے) اگر آپ حصہ لے سکتے ہیں تو میں کیوں نہیں لے سکتا؟

امام ابو حنیفہ۔

میں مقابل شخص کی بہترین صفات کو سامنے لانے کے لیے بحث کرتا ہوں لیکن میں نے محسوس کیا کہ تُم نے اُس شخص کی بدترین صفت کو مشتعل کرنے والی بحث کی۔ تُم نے اُسے خارج از اسلام قرار دینے کی جانب اشارہ کیا۔ کسی کو خُدائی ہدایت کے دائرے سے باہر نکالنے کا مطلب دراصل اپنے آپ کو باہر نکالنا ہوتا ہے۔

حماد۔

میں معذرت خواہ ہوں لیکن میرا خیال ہے کہ میری تنبیہ نے ہی اُسے ہماری بات ماننے پر مجبور کیا۔

امام ابو حنیفہ۔

اگر خوارج کا دوسرا سردار بھی پہلے جیسا ہی ہوتا تو ہم دونوں قتل ہو سکتے تھے۔

حفص بن عبدالرحمٰن کمرے میں داخل ہو کر سب کو سلام کر کے اور جوابی سلام سُن کر امام کے ساتھ منبر کے بائیں جانب بیٹھ جاتا ہے۔

حفص بن عبدالرحمٰن۔

(امام کو مُخاطب کرتے ہوئے) میں نے سارا کپڑا ایک ہی گاہگ کو بیچ دیا۔ میں نے سوچا کہ اب ظُہر کی نماز میں شامل ہو جاؤں۔

امام ابو حنیفہ۔

گاہک کو بتایا تھا کہ ایک تھان خراب ہے؟

حفص بن عبدالرحمن۔

(گھبراتے ہوئے) اللہ مُجھے معاف کرے، وہ تو میں بھول ہی گیا۔

امام ابو حنیفہ۔

حفص تُمہاری بھول ہماری شہرت تباہ کر دے گی اور شہرت کے ساتھ کاروبار بھی۔ فوراً جاؤ اور گاہک کو ڈھونڈ کر خراب تھان کا پیسہ واپس کر آؤ۔

حفص بن عبدالرحمن۔

لیکن مُجھے تو پتہ ہی نہیں گاہک کون تھا اور کہاں سے آیا تھا۔

امام ابو حنیفہ۔

اللہ ہمیں معاف کرے۔ خراب تھان کی کیا قیمت تھی؟

حفص بن عبدالرحمن۔

تیس دینار۔

امام ابو حنیفہ۔

باہر جا کر تیس دینار فقیروں میں تقسیم کر آؤ۔ حرام پیسہ پاس نہیں رکھنا چاہیئے۔

حفص بن عبدالرحمن۔

شاید گاہک تھان واپس کرنے آئے۔

امام ابو حنیفہ۔

آئے گا تو اپنے پاس سے تیس دینار اُسے دے دیں گے۔

حفص بن عبدالرحمن۔

نماز کے بعد جا کر فقیروں کو دے آؤں گا۔

امام ابو حنیفہ۔

(ہنستے ہوئے) حفص، جیب میں حرام پیسہ ہو تو نماز کس طرح قبول ہو گی؟ ایسی نماز کا کیا فائدہ؟ جاؤ یہ پیسہ ابھی دے آؤ۔

حفص اُٹھ کر باہر چلا جاتا ہے۔

امام ابو حنیفہ۔

(شاگردوں کو مُخاطب کرتے ہوئے) اگر آپ کا منافع دوسرے کے نقصان پر مبنی ہے تو دوسرا آپ کے بارے میں اچھی رائے نہیں پھیلائے گا۔ میں نے کئی تاجروں کو جلد سے جلد امیر بننے کی کوشش میں اپنے کاروباروں کا نقصان کرتے دیکھا ہے۔

حماد۔

(پچھلی ناراضگی کے تاثرات چہرے پر لیے ہوئے) آپ اکثر ہمیں بتاتے ہیں کہ اعمال میں توزان قائم رکھو لیکن کبھی کبھی مُجھے یوں لگتا ہے کہ آپ انتہا پر چلے جاتے ہیں۔ مُجھے یاد ہے کہ ایک دفعہ ایک عورت ایک ریشمی کپڑا بیچنے آئی اور اُس نے سو درہم مانگے لیکن میں یہ دیکھ کے حیران رہ گیا کہ آپ نے اُس کو پانچ سو درہم ادا کر دیئے۔

امام ابو حنیفہ۔

وہ ریشم کا نادر کپڑا تھا لیکن اُس عورت کو اُس کی قیمت کا انداز نہیں تھا۔ اگر میں وہ سو درہم میں خرید لیتا اور بعد میں عورت کو پتہ چل جاتا کہ ایسا کپڑا بہت مہنگا ہوتا ہے تو وہ میرے بارے میں کہتی پھرتی کہ میں بے ایمان آدمی ہوں۔ تُمہارے خیال میں دور دراز شہروں اور قصبوں سے لوگ ہم سے تجارت کرنے کیوں آتے ہیں؟ کیا اُن کو اپنے قُرب و جوار میں تاجر نہیں ملتے؟ چونکہ ہم ہر سودے پر بہت معمولی منافع لیتے ہیں، ہم اس پورے خطے میں سب سے زیادہ مال بیچتے ہیں۔ ایمانداری طول المدت میں بہت فائدہ دیتی ہے۔

مُلازم بھاگتا ہوا اندر آتا ہے اور چڑھتے سانس کے ساتھ امام کو مُخاطب کرتا ہے۔

مُلازم۔

(جلدی جلدی اونچا بولتے ہوئے) یا امام، امیرالمومنین کے وزیر عبدالمالک تشریف لائے ہیں۔

عبدالمالک، غُلام اور کنیز مُلازم کے پیچھے اندر آتے ہیں۔

غُلام نے کمخوابی کپڑے کی ایک تھیلی اُٹھا رکھی ہے۔

امام حیران ہو کر کھڑے ہو جاتے ہیں۔ شاگرد بھی احتراماً کھڑے ہو جاتے ہیں۔

عبدالمالک۔

سلام علیکُم۔

امام ابو حنیفہ اور شاگرد۔

وعلیکُم سلام

عبدالمالک۔

(خوشدلی سے) یا امام طول عمرک، اللہ یرحمک (آپ کی عمر لمبی ہو، اللہ آپ پر رحم کرے)۔ کیا کوئی ایسی جگہ ہے جہاں ہم رازداری سے بات کر سکیں؟

امام ابو حنیفہ۔

(شاگردوں کو مُخاطب کرتے ہوئے) آپ مسجد میں چلے جائیں۔ اگر میں نماز کے وقت نہ پہنچا تو میرے بغیر نماز شروع کر دینا۔ حماد، ظفر، محمد اور ابو یوسف، اگر مجھے تاخیر ہو جائے تو آپ نمازِ جنازہ بھی پڑھا دینا اور خزانچی سے پیسے لے کر قبریں کھودنے والوں کو مزدوری دے دینا۔ محترم وزیر کے محفاظوں کو کہنا کہ کسی کو اندر نہ آنے دیں اور دیکھنا کہ خوارج جنازے اور تدفین کے انتظام سے مطمئن ہو کر جائیں۔

ابو یوسف۔

اس کی آپ بالکل فکر نہ کریں۔

شاگرد کمرے سے باہر چلے جاتے ہیں۔

امام منبر کے قریب ایک قالین کی طرف اشارہ کر کے عبدالمالک کو بیٹھنے کا کہتے ہیں۔

امام ابو حنیفہ۔

(غُلام اور کنیز کو مُخاطب کرتے ہوئے) بچو! باہر ہمارے مطعم میں کھانا اور پھل ہیں۔ جاؤ جو چاہے کھا لو۔

غُلام اور کنیز عبدالمالک کی جانب دیکھتے ہیں۔

عبدالمالک۔

(غُلام کو مُخاطب کرتے ہوئے) یہ تھیلی مُجھے دے دو اور مطعم میں چلے جاؤ۔

غُلام تھیلی عبدالمالک کو دے کر کنیز کے ساتھ باہر چلا جاتا ہے۔

عبدالمالک اور امام ابو حنیفہ قالین پر بیٹھ جاتے ہیں۔

عبدالمالک محتاط انداز سے بات شروع کرتا ہے۔

عبدالمالک۔

یا امام، آپ بہت خوش قسمت ہیں۔امیرالمومنین شاذ و نادر ہی کسی کو اتنی عزت و تکریم دیتے ہیں کہ اُس کے لیے تحفے بھیجیں۔ آپ کی حکمت و دانائی اور فقہ میں مہارت کی باتیں سُن کر وہ بہت متاثر ہوئے ہیں۔ امیرالمومنین کے چچوں نے آپ کی اتنی تعریفیں کی ہیں کہ وہ آپ کو خلافت کا قاضی القضاۃ، اور آپ کے بہترین شاگردوں کو علاقائی قضاۃ کے مناصب عطا کرنا چاہتے ہیں۔ لہذا اُنھوں نے آپ کے لیے یہ رقم اور ایک خوبصورت کنیز بھیجی ہے۔ (تھیلی امام کو دیتے ہوئے) اس میں دس ہزار درہم ہیں اور کنیز کی عمر صرف پندرہ سال ہے۔ ازرہِ کرم یہ تحفے قبول کریں۔

امام ابو حنیفہ۔

(پریشان ہوتے ہوئے) براہ مہربانی یہ تھیلی اپنے پاس ہی رکھیں۔ میں اُس وقت تک تحفے نہیں لیتا جب تک مُجھے یقین نہ ہو جائے کہ ان کے عوض مُجھ سے وابستہ کی گئی توقعات کو پورا کر سکوں گا۔

عبدالمالک۔

لیکن آپ یقیناً کر سکتے ہیں۔ آپ کو اس سارے خطے میں بہترین فقیہ مانا جاتا ہے۔ آپ سے زیادہ کون قاضی القضاۃ بننے کا حقدار ہے؟

امام ابو حنیفہ۔

مجھے افسوس ہے لیکن میں اس عہدے کی ذمہ داریاں پوری نہیں کر سکتا۔

عبدالمالک امام کو حیرت سے دیکھتا ہے۔

عبدالمالک۔

اتنے علم کے باوجود؟ مذاہب، قرآن، سنت، حدیث، فقہ، شریعت، ان سب کے ماہر ہونے کے باوجود آپ ایسا کہتا ہیں؟ میں تو سُنا ہے کہ آپ کے شاگرد بھی اتنی اعلیٰ تعلیم حاصل کر چکے ہیں کہ کئی کو قاضی کا منصب سونپا جا سکتا ہے۔ اور آپ اُن کے اُستاد ہونے کے باوجود اپنے آپ کو قاضی القضاۃ بننے کے مُناسب نہیں سمجھتے؟ کیوں؟

امام ابو حنیفہ۔

بات یہ ہے کہ قاضی کے لیے ایماندار اور جُرات مند ہونا ضروری ہے۔ اُس میں اتنی جُرات ہونی چاہیئے کہ اگر انصاف کا تقاضہ ہو تو خلیفہ، اُس کے بیٹوں، درباریوں، وزیروں، قبائلی رشتہ داروں اور سپہ سالاروں کے خلاف فیصلہ دے سکے۔ مُجھ میں یہ حوصلہ نہیں ہے۔ اس کے علاوہ مُجھے خوف ہے کہ جب خلیفہ مُجھ سے علویوں کے قتل کے فتوے مانگیں گے تو میں ایسا نہیں کر سکوں گا۔

عبدالمالک۔

(پریشان ہوتے ہوئے) یہ تو بعد کی بات ہے۔ فی الحال تو اُنہوں نے آپ کے لیے تحائف ہی بھیجے ہیں۔ مُجھے خوف ہے کہ اگر آپ نے یہ واپس کر دیئے تو وہ اس کو اپنی توہین سمجھیں گے۔ شروع ہی سے اپنے لیے مسئلہ کھڑا کرنے کا کیا فائدہ؟ کیوں نہ تحفے قبول کر کے آپ اُن سے دوستی کا آغاز کریں اور ایسا رشتہ استوار کریں جس میں اُن پر آپ کا اثر رسوخ قائم ہو جائے اور آپ اُن سے ایسی باتیں منوا سکیں جو آپ کی نظر میں انصاف پر مبنی ہوں؟

امام ابو حنیفہ۔

مُجھے افسوس ہے کہ میں یہ نہیں کر سکتا۔

عبدالمالک۔

دیکھیں، میں آپ کی مدد کرنا چاہتا ہوں۔ میں امیرالمومنین کو یہ بتا سکتا ہوں کہ آپ نے کہا ہے کہ یہ رقم غریبوں میں تقسیم کر دیں کیونکہ آپ کو اس کی ضرورت نہیں۔ اس سے امیرالمومنین اپنی توہین محسوس کرنے کے بجائے خوش ہو جائیں گے لیکن کم از کم کنیز تو قبول کر لیں۔ میرا اسلامی علم بہت محدود ہے لیکن میرا خیال ہے کہ قرآن مجید

کی چوتھی سورت کی چوتھی آیت آپ کو کنیز رکھنے کی اجازت دیتی ہے۔

امام ابو حنیفہ۔

میں معذرت خواہ ہوں، میری عمر ایسی ہے کہ میں اس لڑکی کے کسی کام نہیں آ سکتا۔

عبدالمالک۔

(زوردار قہقہ لگا کر ہنستا ہے) میں آپ کی حسِ مذاق کی داد دیتا ہوں۔

امام ابو حنیفہ۔

میں مذاق نہیں کر رہا۔ میں واقعی اس نوجوان لڑکی کے کسی کام نہیں آ سکتا۔

عبدالمالک۔

یا امام، یہ میں نے پہلی بار سُنا ہے۔ آپ کو پتہ تو ہو گا کہ خدمت مرد نہیں کرتا عورت کرتی ہے۔ یہ لڑکی آپ کی خدمت کرے گی، آپ کا خیال رکھے گی اور آپ کو جوان بنا دے گی۔

امام ابو حنیفہ۔

میں نہیں چاہتا کہ وہ میرے بوڑھے جسم سے نفرت کرے۔ اُسے اُس کی عمر کے مطابق ساتھی کی ضرورت ہے۔

عبدالمالک۔

واللہ! میں نے آج تک ایسا مرد نہیں دیکھا جو اتنا خوبصورت تحفہ لینے سے انکار کر دے۔ میں آپ کی شرافت کا احترام کرتا ہوں لیکن امیرالمومنین آپ کو جو عزت دے رہے ہیں، اُس کو ٹُھکرا کر آپ اُن کو ناراض کیوں کرنا چاہتے ہیں؟ اگر کنیز رکھنا آپ کے اُصولوں کے خلاف ہے تو آپ اس کو آگے بیچ دینا۔

امام ابو حنیفہ۔

میں انسانوں کی خرید و فروخت نہیں کرتا۔ اور پھر میں ایک ایسی لڑکی کو کیسے بیچ سکتا ہوں جو خلیفہ کے حرم میں رہی ہو اور کئی اندرونِ خانہ رازوں سے واقف ہو؟ مُجھ پر بیت الخلیفہ کے رازوں کو افشا کرنے کا الزام لگ سکتا ہے۔

عبدالمالک۔

(ہنستے ہوئے) یا امام اب آپ نے اُس میدان میں قدم رکھا ہے جس کا ماہر میں ہوں۔ جو لڑکی امیرالمومنین کے ذاتی حرم میں رہی ہو وہ مُناسب انتظامات کے بغیر حرم نہیں چھوڑ سکتی اور کسی اور کے حوالے بھی نہیں کی جا سکتی۔ حرم میں بھی صرف خواجہ سرا ہی انتظامات کے ذمہ دار ہوتے ہیں جن کو جسمانی طور پر اچھی طرح معاینہ کرنے کے بعد یہ کام سونپا جاتا ہے۔ جو کنیز آپ کے لیے بھیجی گئی ہے وہ کسی بھی صورت میں امیرالمومنین کے ذاتی حرم میں نہیں رہی البتہ میں یقین سے نہیں سکتا کہ وہ اُن کے کسی درباری کے گھر میں رہی ہے یا نہیں۔ اگر آپ کے خیال میں آپ کی عمر اس کنیز کے لیے مُناسب نہیں اور آپ اس کو بیچنا بھی نہیں چاہتے تو اپنے بیٹے کو تحفے میں دے

دیں لیکن انکار کر کے امیرالمومنین کو ناراض نہ کریں۔

امام ابو حنیفہ۔

معاف کرنا میرے دوست، میں نہیں چاہتا کہ اپنے بیٹے کو غُلاموں اور کنیزوں کا عادی بناؤں۔

میں آپ کا شکرگزار ہوں کہ آپ نے میرے لیے اچھا سوچا لیکن میں اپنے اصولوں کے لیے جیتا ہوں۔ میں معذرت خواہ ہوں کہ دونوں میں سے کوئی تحفہ قبول نہیں کر سکتا۔

عبدالمالک۔

(مایوسی سے) جب میں آپ کے پاس آیا تھا تو میری بڑی توقعات تھیں کہ آپ امیرالمومنین کی جانب سے بڑھایا گیا دوستی کا ہاتھ خوشدلی سے اپنے ہاتھ میں لیں گے اور وہ فخر سے آپ کے سر پر قاضی القضاۃ کی دستار باندھیں گے لیکن اب میں سخت فکر مند ہوں۔ آپ کو بچانے کے لیے مُجھے طرح طرح کے حیلے بہانے تلاش کرنے پڑیں گے۔ سچی بات یہ ہے کہ امیرالمومنین کو شک ہے کہ آپ دل سے علویوں کے طرفدار ہیں اور وہ آپ کو جیل بھیجنا چاہتے تھے لیکن اُن کا خیال تھا کہ شاید خلیفہ کے بعد دوسرا بڑا عہدہ لے کر آپ علویوں کا ساتھ چھوڑ دیں گے۔ آپ کا انکار اُن کے خدشات کو مزید بڑھا دے گا۔ اب اللہ ہی جانتا ہے کہ مُستقبل میں آپ کے ساتھ کیا ہوگا۔

امام ابو حنیفہ۔

میں اللہ اور انصاف کے علاوہ کسی کا طرفدار نہیں ہوں۔ اگر بات دوستی کی ہے تو آپ امیر کو میری طرف سے یہ پیغام دے دیں کہ وہ جب چاہیں مُجھے بُلا سکتے ہیں، باہمی مشورہ کر سکتے ہیں، میری استطاعت کے مطابق مُجھے کوئی کام کرنے کو کہہ سکتے ہیں اور اگر میرے شاگرد علاقائی قضاۃ کے عہدے لینا چاہیں تو میں اُن کی حوصلہ افزائی کروں گا۔

عبدالمالک۔

شکراً یا امام۔ آپ نے مُجھے ایک راستہ بتا دیا ہے جس سے میں امیرالمومنین کو راضی کر سکتا ہوں۔

امام ابو حنیفہ۔

(اُٹھ کر کھڑے ہوتے ہوئے) مُجھے اجازت دیں کہ میں مُلازم کو آپ کے لیے کچھ پھل اور کھانا لانے کو کہوں۔

عبدالمالک۔

(اُٹھ کر کھڑے ہوتے ہوئے) اس کی ضرورت نہیں ہے۔ میں زیادہ دیر نہیں رُک سکتا۔ میں آپ کو یقین دلاتا ہوں کہ میری طرف سے آپ کو کوئی نقصان نہیں پہنچے گا۔ میں پوری کوشش کروں گا کہ امیرالمومنین کے شکوک غیض و غضب میں نہ بدل جائیں۔ میں اُن کو اس پر بھی قائل کرنے کی کوشش کروں گا کہ آپ کو قاضی القضاۃ کے بجائے کوئی غیرسیاسی فرائض سونپے جائیں، یرحمک اللہ (اللہ آپ پر رحم کرے)۔

امام ابو حنیفہ۔

یرحمک اللہ۔ مع السلامہ (سلامتی سے جائیں)۔
عبدالمالک اور امام دروازے کی طرف جاتے ہیں۔

آٹھویں ایکٹ کا اختتام

نواں ایکٹ: مردوں کا مذہب

نویں ایکٹ کے کردار:

خلیفہ منصور۔

امام ابو حنیفہ۔

حُرّہ، خلیفہ منصور کی بیوی، تیس سال سے کچھ زیادہ عمر، رنگ گورا اور جسم درمیانی جسامت کا ہے۔ اُس نے موتیوں سے جڑی کشیدہ کاری کی ہوئی رنگین ریشمی قمیض پہن رکھی ہے جو گردن سے لے کر ٹخنوں تک جسم کو ڈھکے ہوئے ہے۔ اُس نے سونے کی بالیاں، انگوٹھیاں اور ایک ہار پہن رکھا ہے اور بالوں کو رنگین ریشمی شال سے ڈھکا ہوا ہے۔

قاضی ابن ابی لیلیٰ، ساٹھ کے لگ بھگ عمر، سفید رنگت اور سفید داڑھی والا فربہ شخص ہے۔ اُس نے کمخواب کا نفیس جُببہ اور پھندنوں سے آراستہ ریشمی پگڑی پہن رکھی ہے۔

نویں ایکٹ کا منظر:

خلیفہ منصور کے محل میں ایک ذاتی کمرہ۔

نواں ایکٹ

خلیفہ منصور کے محل میں ایک ذاتی کمرہ

دور

تقریباً 757 عیسوی

حرہ چہرے پر بے زاری کے تاثرات لیے ایک انتہائی نفیس فارسی قالین پر گول تکیے کے ساتھ لگی بیٹھی ہے۔ اُس کے سامنے کمرے کی دوسری جانب قاضی ابن ابی لیلیٰ اپنے سامنے رحل پر ایک موٹی سی کتاب رکھے بیٹھا ہے۔ حرہ بے چین اور بے زار نظر آتی ہے۔

حُرّہ۔

(شکایتی انداز میں) جہاں تک میرے چھوٹے دماغ کو سمجھ آتی ہے، قرآن کے مطابق مرد کو چار شادیوں کی اجازت ہے۔ ٹھیک ہے۔ میں منصور کی دوسری تین بیویوں کو برداشت کرتی رہی اور اس پر بھی راضی تھی کہ وہ تین راتیں

اُن کے ساتھ گزار کر چوتھی رات میرے پاس آتا تھا لیکن اب تو اُس نے مزید مُتعہ شادیوں اور لونڈیوں کے بندوبست کرنے میں حد ہی کر دی ہے۔ وہ کہتا ہے کہ شریعت اس کی اجازت دیتی ہے لیکن یہ میرے لیے ناقابلِ برداشت ہو چکا ہے۔ (زور دیتے ہوئے) کیا آپ کو پتہ ہے کہ چھ مہینے ہو چکے ہیں جب وہ آخری بار میرے ساتھ سویا تھا؟ مُجھے امید تھی کہ آپ میرے ساتھ انصاف کروائیں گے لیکن آپ نے بھی یہ بتا کر مُجھے مایوس کر دیا ہے کہ مرد کو اتنی ہی مُتعہ شادیوں اور لونڈیوں کی اجازت ہے جتنی اُس کی جیب اجازت دیتی ہے۔ اگر مُجھے یہ علم ہوتا تو میں کسی غریب آدمی سے شادی کر لیتی، یا ایسے آدمی سے جو ایک ہی شادی کی استطاعت رکھتا۔ (اونچی آواز میں) اب مُجھے بتائیں میں کیا کروں؟ لامحدود مدت تک انتظار کرتے کرتے کھا کھا کر موٹی ہوتی جاؤں یا اپنی زندگی میں کوئی دلچسپی لانے کے لیے محل کی دوسری عورتوں کے گھٹیا حیلوں اور سازشوں میں شریک ہو جاؤں؟ میں دوسری عورتوں کے ذلت کے درجے تک نہیں گر سکتی۔ میں پڑھے لکھے خاندان سے آئی ہوں لیکن مُجھے محل سے باہر جا کر تعلیم و تربیت یا انسانی خدمت کرنے کے کسی کام میں شامل ہونے کی اجازت نہیں ہے۔ منصور کہتا ہے کہ باہر جانا عورت کے لیے جسمانی ترغیب کا باعث بنتا ہے لیکن میں سب جانتی ہوں کہ یہ نظام مردوں نے اس لیے بنا رکھا ہے تا کہ وہ باہر نوجوان لونڈیوں کے ساتھ مُنہ ماری کرتے رہیں اور اُن کی محبت کی پیاسی بیویاں باہر جا کر یہی کام نہ شروع کر دیں۔ اسی لیے محل کے اندر بھی ہماری خدمت کے لیے صرف خواجہ سراء یا خصی کیے ہوئے غُلام ہی رکھے جاتے ہیں۔ (طنزاً) ہمارے شوہر ہم پر کتنا اعتماد کرتے ہیں!

حُرہ تھوڑی دیر خاموش رہتی ہے۔ قاضی ابن ابی لیلیٰ اُسے ہمدردی سے دیکھتا ہے۔

قاضی ابن ابی لیلیٰ۔

(مودب انداز میں) یا سیدہ، آپ کو غُلام عورتوں کی کوئی فکر نہیں کرنی چاہیئے۔ شریعت میں ان کے حقوق ایسے نہیں ہیں کہ بیوی کے حقوق پر رتی برابر اثر ڈال سکیں۔ ایک حدیث شریف ہے، (کتاب سے پڑھتے ہوئے) ''اگر تمہاری لونڈی زنا کرے تو جسمانی سزا دو، دوبارہ کرے تو جسمانی سزا دو، تیسری بار کرے تو فوراً بیچ دو چاہے اُس کی قیمت میں تمہیں صرف رسی کا ایک ٹکڑا ملے۔''

حُرہ۔

مُجھے اس کی فکر نہیں ہے لیکن منصور کی ایک لونڈی ہے جس کا میں نام نہیں لینا چاہتی۔ وہ اُس سے شادی کرنے کا سوچ رہا ہے۔

قاضی ابن ابی لیلیٰ۔

(بات پر زور دیتے ہوئے) شادی کے بعد بھی غُلام عورت کا درجہ آزاد عورت سے بہت نیچے ہوتا ہے۔ شریعت کے مطابق غُلام عورت بیوی بھی بن جائے تو اُس کو مروجہ تین طلاقوں کے بجائے دو بار کہنے سے ہی طلاق دی جا سکتی

ہے۔ طلاق کے بعد وہ تین دفعہ حیض آنے کے بجائے صرف دو حیض آنے تک سابقہ خاوند کے گھر میں رہ سکتی ہے۔

حُرہ۔

لیکن اگر اُس نے منصور سے بچہ پیدا کر دیا تو اُس کا درجہ میرے برابر ہو جائے گا۔

قاضی ابن ابی لیلیٰ۔

یا سیدہ میں ابھی دیکھتا ہوں کہ شریعت اس بارے میں کیا کہتی ہے۔

قاضی ابن ابی لیلیٰ کتاب کے ورق پلٹا پلٹا کر ڈھونڈتا ہے اور پھر ایک خاص صفحہ کھول کر احترام سے پڑھتا ہے۔

کیا غُلام عورتیں جن سے تُم نے بچے پیدا کیے ہوں بیچی جا سکتی ہیں؟ اس مسئلے پر صحابہؓ میں اختلاف پایا جاتا ہے۔ اگرچہ زیادہ تر صحابہؓ ایسا کرنا زیادتی سمجھتے ہیں، حضرت جابرؓ سے مروی ہے، ''رسول اللہ ﷺ کی حیاتِ مبارکہ کے دوران ہم اُن غُلام عورتوں کو بھی بیچا کرتے تھے جو مالکوں کے بچوں کی مائیں تھیں۔'' حضرت عمرؓ نے ایک بار کہا، ''تُم کیسے ایک غُلام عورت کو بیچ سکتے ہو جس نے تُمھارا بچہ پیدا کیا اور تُم ایک کُنبہ بن گئے؟'' لیکن حضرت علیؓ، حضرت جابر اور دیگر صحابہؓ اُن غُلام عورتوں کو جن سے مالکوں کے بچے ہوئے تھے بیچنا جائز سمجھتے تھے۔ حضرت علیؓ کا کہنا ہے، ''میں اور عمرؓ اُم ولد لونڈیوں کو بیچنا ناجائز سمجھتے تھے لیکن اب میں جانتا ہوں کہ یہ جائز ہے'' (49)۔

(کتاب بند کرتے ہوئے) آپ نے سُنا یا سیدہ؟ اگر غُلام عورت مالک کا بچہ پیدا کر کے بھی بیچی جا سکتی ہے تو اُس کا درجہ آپ کے درجے کے برابر کیسے ہو سکتا ہے؟ اور پھر اُس کے بچوں کا وراثت میں حق آزاد عورت کے بچوں کے برابر بھی نہیں ہوتا (50)۔ مجُھے یقین ہے کہ امیرالمومنین صرف وہی کرتے ہیں جس کی شریعت اجازت دیتی ہے۔

حُرہ۔

(چڑچڑے انداز ہیں) منصور کہاں سے شریعت کا عالم بن گیا ہے؟ اُسے تو یہ بھی نہیں پتہ کہ غُسلِ جنابت کیا ہوتا ہے۔ اُس سے پوچھیں کہ کنیزوں کے ساتھ رات گزار کے وہ نہاتا بھی ہے یا نہیں۔ وہ شریعت کے صرف وہی حصے منتخب کرتا ہے جو اُس کو متعہ شادیاں کرنے اور لونڈیاں رکھنے کی اجازت دیتے ہیں۔ (مایوسی سے) اگر مجُھے علم ہوتا تو میں کسی سادہ سے آدمی سے شادی کر لیتی لیکن عورتوں نے مجُھے شاندار محلاتی زندگی اور منصور کی دولت کے بارے میں سُہانے خواب دکھائے۔ مجُھے کچھ علم نہیں تھا کہ اس چمک دمک کے پیچھے کیا ہے۔ اب مجُھے ساری زندگی اپنی

---

49 ابو زہرہ، *حیاتِ امام ابو حنیفہ*، صفحات 546-545

50 مودودی، *خلافت و ملوکیت*، صفحات 296 ,175-171

جہالت کی قیمت ادا کرتے رہنا ہے۔

قاضی ابن ابی لیلیٰ۔

یا سیدہ، آپ خوش قسمت ہیں کہ آپ امیرالمومنین کی زوجہ ہیں۔ آپ کے پاس نفیس ترین کپڑے اور زیورات ہیں، نوکر چاکر ہیں، ہر طرح کا کھانا پینا۔ ۔ ۔

حُرہ۔

(بات کاٹتے ہوئے) اور ایسا خاوند جو لونڈیوں کے ساتھ سوتا ہے۔

قاضی ابن ابی لیلیٰ۔

یا سیدہ، آپ کے وہی ایک خاوند ہیں کیونکہ اب آپ دوسری شادی نہیں کر سکتیں۔ آپ کی خاطر میں امیرالمومنین کو کچھ نصیحتیں کروں گا اور ابو حنیفہ سے بھی کہوں گا کہ اُن سے بات کریں۔ اگرچہ میں اکثر باتوں میں ابو حنیفہ سے اتفاق نہیں کرتا، اُن کی نصیحت کا امیرالمومنین پر زیادہ اثر ہو گا کیونکہ امیرالمومنین ابو حنیفہ سے بہت متاثر ہوئے ہیں۔

خلیفہ منصور اور امام ابو حنیفہ کمرے میں داخل ہوتے ہیں۔

قاضی ابن ابی لیلیٰ اور حُرہ احتراماً کھڑے ہو جاتے ہیں۔

چاروں ایک دوسرے کو سلام کرتے ہیں۔

خلیفہ منصور سب کو بیٹھنے کا اشارہ کر کے حُرہ کے قریب گول تکیے کے ساتھ کمر لگا کر آرام سے بیٹھ جاتا ہے۔

امام ابو حنیفہ اور قاضی ابن ابی لیلیٰ خلیفہ منصور اور حُرہ کے بالمقابل بیٹھتے ہیں۔

خلیفہ منصور۔

(امام ابو حنیفہ کو مُخاطب کرتے ہوئے) سب مُجھے امیرالمومنین کہتے ہیں لیکن تُم میرا درجہ کم کر کے مُجھے امیر کہتے ہو۔ اس کی کیا وجہ ہے؟

امام ابو حنیفہ۔

جناب میں تو امیر کہہ کر آپ کا درجہ بڑھاتا ہوں۔

خلیفہ منصور۔

(قہقہہ لگاتے ہوئے) کیسے؟

امام ابو حنیفہ۔

کیا آپ مانتے ہیں کہ آپ کی رعایا میں تین چوتھائی آبادی یہودیوں، عیسائیوں، مجوسیوں اور دیگر مذاہب پر مشتمل ہے جبکہ مسلمان کُل آبادی کا صرف ایک چوتھائی حصہ ہیں؟

خلیفہ منصور۔

میرا یہی خیال ہے۔

امام ابو حنیفہ۔

جو آپ کو امیرالمومنین کہتے ہیں، وہ آپ کو صرف ایک چوتھائی کا امیر تسلیم کرتے ہیں لیکن میں امیر کہہ کر آپ کا اختیار آپ کی ساری رعایا پر تسلیم کرتا ہوں۔

خلیفہ منصور۔

(ہنستے ہوئے) میں نے تُم جتنا زہین و فطین شخص کبھی نہیں دیکھا۔ تُم میرے بھیجے ہوئے تحائف واپس کیوں لوٹا دیتے ہو جبکہ امام مالک میرے تحفے قبول کر لیتا ہے؟

امام ابو حنیفہ۔

امام مالک تُحفے قبول کرتے ہیں لیکن دوسروں کو تُحفے لینے سے منع کرتے ہیں۔

خلیفہ منصور۔

کیا تُم یہ کہہ رہے ہو کہ وہ مُنافق ہے؟

امام ابو حنیفہ۔

نہیں۔ لوگوں نے اُن سے پوچھا تھا، ''آپ خود حکمرانوں سے تُحفے قبول کرتے ہیں لیکن دوسروں کو روکتے ہیں، ایسا کیوں؟''

امام مالک نے جواب دیا، ''کیا تُم میرے ضمیر پر میرے غلط اعمال کے ساتھ ساتھ اپنے غلط اعمال کا بوجھ بھی ڈالنا چاہتے ہو؟''

خلیفہ منصور۔

اس کا کیا مطلب ہے؟

امام ابو حنیفہ۔

اس کا مطلب ہے کہ وہ حکمرانوں سے تحفے قبول کرنا غلط سمجھتے ہیں۔ شاید وہ دانش مندی سے تُحفوں کا استعمال کرتے ہیں مثلاً غریب شاگردوں کی مدد کرنا لیکن وہ دوسرے لوگوں میں ایسی دانش مندی کا ثبوت نہیں دیکھتے۔

خلیفہ منصور۔

ٹھیک کہتے ہو۔ امام مالک بہت غریب تھا لیکن لوگوں کے سامنے وقار قائم رکھتا تھا۔ ایک دفعہ میرے مخبروں نے مُجھے بتایا کہ اُس نے اپنے کُنبے کو روٹی کھلانے کے لیے اپنے گھر کی چھت اُتروا کر بیچ دی ہے۔ میں نے فوراً والیء مدینہ کو حکم بھیجا کہ امام کی ضروریات کا خیال رکھے۔ اب میں نے سُنا ہے کہ وہ بہترین چیزوں کا مطالبہ کرتا ہے، عدن

اور خراسان سے نئے کپڑے جو اعلیٰ درجے کی مصری کپاس سے بنے ہوں، خوشبوئیں، عطر اور لوبان۔ اُس کے گھر میں قالین، تکیے، برتن، سجاوٹ کا ساز و سامان، سب کچھ ہے۔ وہ بہترین غذا کھاتا ہے، گوشت بہت کھاتا ہے اور کہتا ہے کہ کیلا خاص طور پر اُس پھل کی طرح ہے جس کا قرآن میں ذکر ہے، جو جنت میں مُسلمانوں کو ملے گا۔

امام ابو حنیفہ۔

اللہ آپ کو اس نیکی کا اجر دے۔ جہاں تک جنت کا تعلق ہے، مُجھے یقین نہیں کہ ہم سب وہاں ہوں گے۔

خلیفہ منصور امام کے آخری جُملے کو سُنے بغیر بولتا جاتا ہے۔

خلیفہ منصور۔

(شیخی بھگارتے ہوئے) دیکھا؟ میرے مُخبر مُجھے چھوٹی چھوٹی تفصیلات سے بھی آگاہ رکھتے ہیں تا کہ مُجھے پتہ ہو کہ خلافت کے دور دراز علاقوں میں کیا ہو رہا ہے۔ مُجھے یہ بھی علم ہے کہ تُم میں تجارت اور کاروبار کرنے کی اعلیٰ ترین صلاحتیں پائی جاتی ہیں اور تُم ایماندار ہونے کے باوجود تجارت سے بہت دولت کماتے ہو۔ کیا اسی لیے تُم میرے بھیجے ہوئے تُحفے قبول نہیں کرتے؟

امام ابو حنیفہ۔

جناب، اگر کوئی مُجھے اپنی ذاتی حلال کمائی سے، ایسی کمائی سے جو کسی دوسرے کا حق چھینے بغیر کی گئی ہو، خلوصِ نیت سے اور بغیر کوئی جوابی توقع رکھے تحفہ دے تو میں قبول کر لیتا ہوں۔

خلیفہ منصور۔

(غُصے سے) کیا تم یہ کہہ رہے ہو کہ میری کمائی حرام کمائی ہے اور میں دوسروں کے حق چھینتا ہوں؟

امام ابو حنیفہ۔

جناب، جو تحفے آپ نے مُجھے بھیجے تھے وہ آپ کی کمائی سے نہیں آئے تھے۔ وہ بیت المال کی ملکیت تھے۔

خلیفہ منصور۔

اس سے کیا فرق پڑتا ہے؟ خلافت کے اعلیٰ ترین منصب پر فائز ہونے کے ناطے میں اپنی صوابدید پر بیت المال سے خرچ کر سکتا ہوں۔

امام ابو حنیفہ۔

جناب، عمال کے زریعے جو محصولات، اموال و اشیا بیت المال میں آتی ہیں، آپ اُن کے امین ہیں۔ آپ کو یہ حق ہے کہ ان میں سے رقوم لشکریوں کو دیں کیونکہ وہ خلافت کے لیے لڑتے ہیں یا عمال، قضاۃ اور خلافت کے دیگر ملازمین کو تنخواہیں دیں۔ غریبوں، بیواؤں اور یتیموں کا بھی اس پر حق ہے۔ میں ان میں سے کسی درجے میں نہیں آتا لہذا بیت المال سے کچھ لینے کا حق دار بھی نہیں۔

خلیفہ منصور۔

(پہلی بار امام کو آپ کہہ کر مُخاطب کرتے ہوئے) میں آپ کی وضاحت سے مطمئن ہوں اور آپ کی دانش مندی کی قدر کرتا ہوں۔ میں نے فقہ اور شریعت پر آپ کے انتہائی گہرے علم کی داستانیں سُنی ہیں اور مُجھے خوشی ہو گی اگر آپ میرے معتمدِ خاص بن جائیں۔ اور اگر آپ آج ہمارا ایک مسئلہ حل کر دیں تو میں آپ کو اپنے خاندان کے ایک فرد کی طرح سمجھوں گا۔ مسئلہ یہ ہے کہ میری یہ بیوی سمجھتی ہے کہ میں اس کے حقوق کا خیال نہیں رکھتا حالانکہ میں نے حکم دے رکھا ہے کہ اس کو جو چاہیئے وہ اس کو فراہم کیا جائے۔ میں دوسری بیویوں سے زیادہ اس کا خیال رکھتا ہوں کیونکہ یہ میری پہلی بیوی ہے لیکن یہ دُکھی رہتی ہے اور شکایت کرتی رہتی ہے کہ میں انصاف نہیں کرتا۔ ایک کٹر مُسلمان ہونے کے ناطے میں اپنی جسمانی ضروریات اور خوشی کے لیے صرف وہی کرتا ہوں جس کی شریعت اجازت دیتی ہے۔ میں پوری کوشش کرتا ہوں کہ سُنتِ رسول اللہ ﷺ کی حدود و قیود کے اندر رہوں۔ لہذا مُجھے اس کے دُکھی رہنے یا شکایت کرنے کی کوئی مُناسب وجہ نظر نہیں آتی۔ آپ اس بارے میں کیا کہتے ہیں؟

امام ابو حنیفہ۔

جناب یہ معاملہ خالصتاً آپ دونوں کا ذاتی معاملہ ہے اور آپ دونوں ہی مل بیٹھ کر اس کو حل کر سکتے ہیں۔ مُجھے سمجھ نہیں آ رہا کہ میں اس میں کیا کردار ادا کر سکتا ہوں۔

خلیفہ منصور۔

(حیران ہوتے ہوئے) کمال ہے! اتنے بڑے مذہبی عالم ہونے کے باوجود آپ یہ فیصلہ نہیں کر سکتے کہ ہم دونوں میں سے کون حق پر ہے؟ مُجھے تو بتایا گیا تھا کہ شریعتِ محمدی میں ہر مسئلے کا حل موجود ہے اور آپ شریعت کے سب سے بڑے عالم ہیں۔

امام ابو حنیفہ۔

اگر آپ کوئی مخصوص مسئلہ بتائیں تو میں اُس کا حل تلاش کرنے کی کوشش کر سکتا ہوں۔

خلیفہ منصور۔

مخصوص مسئلہ یہ ہے کہ پچھلی رات ہم جھگڑ رہے تھے اور دونوں غُصے میں آ گئے۔ حُرہ نے چلا کر کہا، ''قسم باللہ، میں قاضی کے پاس جاؤں گی اور خُلع مانگوں گی اور اگر میں نے نہ مانگا تو میں اپنی ساری جائداد، زیورات، لونڈیاں، ہر چیز خیرات کر دوں گی۔''

میں نے کہا، ''تو مانگ۔ اور میں بھی اللہ کی قسم کھا کر کہتا ہوں کہ اگر میں تُجھے تین بار طلاق نہ دوں تو میں اپنی ساری سلطنت کسی کے حوالے کر کے دستبردار ہو جاؤں گا۔''

اب مسئلہ یہ ہے کہ ہم دونوں نے قسمیں کھا لی ہیں اور ہمیں بتایا گیا ہے کہ قسم پوری نہ کرنا گُناہِ کبیرہ ہے۔ کیا

یہ بات درست ہے؟

امام ابو حنیفہ۔

درست ہے۔ المومنین علی شروطھم (مومن اپنے عہد پر قائم رہتا ہے)۔

خلیفہ منصور۔

لیکن نہ یہ خلع چاہتی ہے اور نہ میں طلاق دینا چاہتا ہوں۔ اگر یہ خلع نہیں مانگتی تو اس کو اپنی ہر شے خیرات کرنی ہے اور اگر میں طلاق نہیں دیتا تو مُجھے کسی اور کو خلیفہ بنا کر سب کچھ چھوڑنا پڑتا ہے۔ ہمیں سمجھ نہیں آ رہی کہ ہم گُناہِ کبیرہ سے بچنے کے لیے کیا کریں۔ کئی عالموں سے پوچھ چکا ہوں۔ سب کہتے ہیں کہ یہ بڑا مشکل مسئلہ ہے۔

امام ابو حنیفہ۔

جناب یہ تو کوئی مسئلہ ہی نہیں۔ اس کا بڑا آسان حل ہے۔

خلیفہ منصور۔

(حیران ہو کر) واقعی؟ کیا کفارہ ادا کرنا پڑے گا؟

امام ابو حنیفہ۔

اگر آپ مُجھ پر بھروسہ کریں تو آپ دونوں ابھی یہاں اپنی قسموں سے بری ہو سکتے ہیں۔

خلیفہ منصور۔

ہمیں تُم پر بھروسہ ہے۔

امام ابو حنیفہ۔

(حُرہ کو مُخاطب کرتے ہوئے) سیدہ، آپ امیر سے کہیں، ''میں آپ سے طلاق مانگتی ہوں۔''

حُرہ۔

(خوفزدہ ہوتے ہوئے) لیکن میں تو طلاق چاہتی ہی نہیں۔

خلیفہ منصور۔

میں بھی نہیں چاہتا۔

امام ابو حنیفہ۔

جیسا کہ میں نے پہلے کہا، اگر آپ دونوں مُجھ پر بھروسہ کریں تو آپ اپنی قسموں سے بھی بری ہو جائیں گے اور طلاق بھی نہیں ہو گی۔ اگر ایسا نہ ہوا تو آپ یہ کہہ کر اپنے بیانات واپس لے سکتے ہیں کہ آپ صرف میرے الفاظ کو بِلا نیت دُہرا رہے تھے۔

خلیفہ منصور۔

(مطمئن ہوتے ہوئے) چلو جیسا یہ کہتے ہیں کر کے دیکھتے ہیں۔

حُرہ۔

(ہچکچاتے ہوئے منصور کو مُخاطب کرتے ہوئے) مُجھے آپ سے طلاق چاہیئے۔

امام ابو حنیفہ۔

یا سیدہ، طلاق مانگ کر آپ اپنی قسم سے بری ہو گئی ہیں۔

(منصور کو مُخاطب کرتے ہوئے) اب آپ سیدہ کو کہیں، ''مُجھے ایک درہم دو تو میں ابھی تمہیں طلاق دیتا ہوں۔''

خلیفہ منصور۔

(حُرہ کو مُخاطب کرتے ہوئے) مُجھے ایک درہم دو تو میں ابھی تمہیں طلاق دیتا ہوں۔

امام ابو حنیفہ۔

جناب، طلاق پر راضی ہو کر آپ بھی اپنی قسم سے بری ہو گئے ہیں۔

(حُرہ کو مُخاطب کرتے ہوئے) یا سیدہ، اب آپ امیر کو کہیں، ''مُجھے مشروط طلاق قبول نہیں ہے۔''

حُرہ۔

مُجھے مشروط طلاق قبول نہیں ہے۔

امام ابو حنیفہ۔

اب آپ دونوں اپنی قسموں سے بری ہو گئے ہیں اور طلاق بھی نہیں ہوئی۔ لیکن یہ مسئلہ اس لیے آسان تھا کیونکہ آپ نے قسمیں کھاتے وقت لفظ ''غیر مشروط'' نہیں کہا تھا۔

حُرہ اُداس چہرہ لیے قالین پر نظریں جمائے بیٹھی ہے۔

خلیفہ منصور۔

آپ کو فقیہ مشرق کہنے میں لوگ بالکل حق بجانب ہیں۔ آپ کی شہرت بلا وجہ نہیں بنی۔ لیکن ہمارا دوسرا مسئلہ تو حل نہیں ہوا کیونکہ حُرہ مُجھ سے خوش نہیں ہے۔

امام ابو حنیفہ۔

جناب، کیا میں پوچھ سکتا ہوں کہ جب آپ نے دوسری اور مزید شادیاں کی تھیں تو کیا آپ نے سیدہ حُرہ سے پوچھا تھا؟

حُرہ یکدم نظریں اُٹھا کر حیرت اور احترام سے امام ابو حنیفہ کو دیکھتی ہے لیکن اُس کے چہرے پر منصور کے متوقع غُصے کے ردعمل کا خوف بھی ہے۔

خلیفہ منصور۔

(جزبز ہوتے ہوئے) یہ کہاں لکھا ہے کہ دوسری بیوی لانے کے لیے پہلی سے پوچھا جائے؟ میں نے تو قاضی ابن ابی لیلیٰ سے پوچھا تھا کہ کیا قرآن اور سُنت میں دوسری شادی کی اجازت ہے۔ اِنہوں نے کہا کہ اجازت ہے۔

امام ابو حنیفہ۔

آپ کی اجازت سے میں اس بارے میں قرآنی احکامات پڑھ دیتا ہوں، ''عورتوں میں سے جو تمہیں پسند آئیں ان سے نکاح کرو۔ دو دو اور تین تین اور چار چار۔ لیکن اگر تمہیں خوف ہو کہ تم انصاف نہیں کر سکو گے تو پھر صرف ایک یا وہ جو تمہاری ملکیت ہیں۔ یہ اس سے قریب تر ہے کہ تم ناانصافی سے بچو۔'' (4:3)

اس سے میں یہ مُراد لیتا ہوں کہ بے انصافی کے خوف سے آدمی کو ایک ہی شادی کرنی چاہیئے سوائے اس کے کہ پہلی بیوی اپنی خوشی سے دوسری بیوی لانے کی اجازت دے۔

قاضی ابن ابی لیلیٰ۔

امیر المومنین! آپ کی اجازت سے عرض کرتا ہوں کہ فقہ کے ماہرین نے اس آیت میں لفظ ''انصاف'' کی تفسیر کرتے ہوئے لکھا ہے کہ اس کا مطلب بیویوں کو مساوی غذا، کپڑے، رہائش اور دیگر ضروریاتِ زندگی فراہم کرنا ہے۔ قرآن مجید کا موضوع دل اور پیار محبت کے معاملات نہیں ہیں۔ چونکہ صاحبِ استطاعت شخص اپنی بیویوں کو ضرورت کی ہر شے مہیا کر سکتا ہے، اُسے دوسری بیوی لانے کے لیے پہلی کی اجازت نہیں چاہیئے۔

حُرہ قاضی ابن ابی لیلیٰ کی جانب حقارت سے دیکھتی ہے لیکن جلد ہی اپنے تاثرات کو چُھپا لیتی ہے۔

امام ابو حنیفہ۔

(قاضی ابن ابی لیلیٰ کو مُخاطب کرتے ہوئے) آپ ہی کہتے ہیں کہ قرآن مجید میں ہر چیز کا ذکر اور ہر مسئلے کا حل موجود ہے تو پھر کیسے ممکن ہے کہ دل اور پیار محبت کے معاملات کا ذکر نہ ہو؟

خلیفہ منصور۔

سوال یہ ہے کہ میں قرآن و سنت پر مبنی شریعت پر چل رہا ہوں یا نہیں۔

(قاضی ابن ابی لیلیٰ کو مُخاطب کرتے ہوئے) آپ اس کا جواب دیں۔

قاضی ابن ابی لیلیٰ۔

امیرالمومنین! جو آیت ابھی امام ابو حنیفہ نے پڑھی وہ آپ کو چار بیویاں رکھنے کی اجازت دیتی ہے۔ اسی سورت، سورت النساء کی پچیسویں آیت، ''اور عورتوں میں سے وہ بھی تم پر حرام ہیں جن کے خاوند موجود ہوں سوائے ان کے جن کے تم مالک ہو'' آپ کو کنیزوں سے بھی مُستفید ہونے کی اجازت دیتی ہے۔

خلیفہ منصور۔

(امام ابو حنیفہ کو مُخاطب کرتے ہوئے) آپ کیا کہتے ہیں؟

امام ابو حنیفہ۔

جناب، اجازت کا مطلب یہ نہیں کہ ایسا کرنا احسن ترین عمل ہے۔ بھوک سے مرتے آدمی کو اپنا گدھا یا گھوڑا کھانے کی بھی اجازت ہوتی ہے لیکن مجھے یقین ہے کہ آپ اس کو احسن ترین خوراک نہیں کہیں گے۔ قرآنِ پاک کے نزول سے قبل عرب دس دس بیویاں اور درجنوں کنیزیں رکھتے تھے لیکن اللہ تعالیٰ نے یہ تعداد کم کر کے چار کو حد مقرر کیا۔

خلیفہ منصور۔

آپ دونوں کے درمیان جو اختلافات ہیں اُن سے پتہ چلتا ہے کہ متفقہ شریعت نام کی کوئی چیز نہیں ہے۔ میرے پاس اتنا وقت نہیں ہے کہ فُقہا کی بحثوں میں ظائع کروں۔ میں ابن ابی لیلیٰ کی مذہبی رہنمائی سے خوش ہوں لیکن میں (امام ابو حنیفہ کو مُخاطب کرتے ہوئے) آپ کی بے باکی کو پسند کرتا ہوں جو اس سے پہلے میرے بُزرگوں کے سوا کسی نے میرے سامنے ظاہر کرنے کی جُرات نہیں کی۔ مُجھے خوشی ہے کہ کم از کم ایک شخص ایسا ہے جو میری خوشی یا ناخوشی کی پرواہ کیے بغیر اپنے من کی بات کہتا ہے۔ ابو حنیفہ! میرے دل میں ہمیشہ آپ کا ایک مُقام ہو گا۔

اب جب بھی میرا دربار لگے گا اور مُجھے فیصلے کرنے میں مشوروں کی ضرورت ہو گی، آپ کو وہاں موجود ہونا پڑے گا۔

امام ابو حنیفہ۔

میں اس کو اپنے لیے باعثِ افتخار سمجھوں گا۔

خلیفہ منصور۔

جہاں تک میری بیویوں کی مذہبی رہنمائی کا تعلق ہے، میرے خیال میں قاضی ابن ابی لیلیٰ ہی اُس کے لیے مُناسب ہیں۔

میں اب آپ دونوں سے اجازت چاہوں گا کیونکہ مُجھے آرام کی ضرورت ہے۔

جانے سے پہلے مطعم کے کھانے اور مشروبات سے ضرور لطف اندوز ہوں۔ مُلازم آپ کو بغیر کہے کھانا اور مشروبات فراہم کریں گے۔

امام اور قاضی کھڑے ہو کر مع السامہ کہتے ہیں اور کمرے سے باہر چلے جاتے ہیں۔

نویں ایکٹ کا اختتام

دسواں ایکٹ: نیا مسلمان

دسویں ایکٹ کے کردار:

ابن المقفع۔ ابن المقفع کو اب عبداللہ بھی کہا جاتا ہے جس سے پتہ چلتا ہے کہ اُس نے اسلام قبول کر لیا ہے۔

عیسیٰ بن علی، خلیفہ منصور کا چچا۔

غُلام، گورے رنگ کا ایک نوجوان لڑکا، کھدر نما کپڑے کا تھوب پہنے ہوئے ہے۔

دسویں ایکٹ کا منظر:

عیسیٰ بن علی کی حویلی کی مجلس گاہ جس میں پچاس کے قریب مہمان آرام سے بیٹھ سکتے ہیں۔ کئی قیمتی فارسی قالین فرش پر ایک دوسرے کے اوپر بے ترتیبی سے پھینکے ہوئے ہیں کیونکہ یہ اتنے زیادہ ہیں کہ ایک ایک کر کے نہیں بچھائے جا سکتے لیکن دولت کی نمائش کے لیے رکھے گئے ہیں۔ دیواروں کے ساتھ کشیدہ کاری کیے ہوئے بڑے حجم کے تکیے لگے ہیں۔ خط و کتابت کے لیے ایک چھوٹی ٹانگوں والی کتابت کی میز ایک کونے میں رکھی ہے۔

دسواں ایکٹ

عراق میں کسی جگہ عیسیٰ بن علی کی حویلی

دور

تقریباً 759 عیسوی

عیسیٰ بن علی جوش و خروش میں ہے۔ وہ ایک موٹے اور نرم گدے پر آرام سے بیٹھا ہے۔ اُس نے ابھی ابھی کھانا ختم کیا ہے، لہذا اُس کے سامنے دسترخوان پر گوشت، پلاؤ اور پھلوں کی کچھ طشتریاں رکھی ہوئی ہیں۔ ابن المقفع اُس کے سامنے بیٹھا ہے۔ عیسیٰ اُسے عبداللہ کے نام سے پکارتا ہے جس سے معلوم ہوتا ہے کہ ابن المقفع نے اسلام قبول کر لیا ہے۔ عیسیٰ خوش باش اور حوصلہ افزا لہجے میں ہاتھ ہلا ہلا کر بولتا ہے لیکن کبھی کبھی اُس کی آنکھوں میں ایک شرارتی چمک اور جملوں میں طعنہ زنی نظر آتی ہے۔

عیسیٰ۔

الحمدللہ! (بسیار خوری کے باعث ہچکیاں لیتے ہوئے) عبداللہ! میں تُمھارے اندر بڑی صحت مندانہ تبدیلیاں دیکھ رہا ہوں۔

جب سے تُم نے اسلام قبول کیا ہے، تماری اندر خود اعتمادی آ گئی ہے۔ اب تُم جرأت و بے باکی سے بات کرتے ہو۔ تُمھاری صحت بھی پہلے سے بہتر ہو گئی ہے اور چہرے پر رونق آ گئی ہے۔ ان تبدیلیوں سے ثابت ہوتا ہے کہ اللہ مسلمان کو طاقت دیتا ہے اور مُنافقوں والی بُزدلی دور کر دیتا ہے۔ اسلام قبول کرنے سے پہلے تُم بُرے حال میں تھے، (حقارت سے) اُس چوہے کی طرح ادھر اُدھر بھاگتے پھرتے تھے (ہاتھ ادھر اُدھر گھماتے ہوئے) جس کے پیچھے بلی لگی ہوئی ہو۔

(زور دار قہقہے لگاتے ہوئے اپنی توند پر ہاتھ پھیرتا ہے) مُجھے یاد ہے تُم میری مجلس میں کتنے خوفزدہ انداز میں سب سے پیچھے بیٹھتے تھے جہاں مہمان جوتے اُتار کے رکھتے تھے (دوبارہ ہنستا ہے)۔ تُم ہمیشہ انتظار میں رہتے تھے کہ کوئی عرب سردار تُمھاری عربی سے متاثر ہو کر تُمہیں اپنے قریب بیٹھنے کو کہے۔

ایک دن میں نے تُمہیں مہمانوں کے گردآلود جوتوں کے پاس بیٹھے دیکھا اور تمہیں بُلا کر اپنے پاس بٹھایا۔ اگرچہ اُن دنوں بھی تُمھاری عربی فصیح و بلیغ اور عیب سے خالی تھی لیکن جب تُم بات چیت کرتے تھے تو ایسے لگتا تھا کہ تُم اپنے لہجے پر شرم محسوس کرتے ہو، اور جب کوئی عرب تُمھاری زبان دانی کی تعریف کرتا تھا تو تُم سُکھ کا سانس لیتے تھے۔

(شیخی بگھارتے ہوئے) دیکھا میری یاداشت کتنی تیز ہے؟

ماضی میں اپنی خستہ حالی کا ذکر سُنتے ہوئے ابن المقفع شرمندگی محسوس کرتا ہے لیکن عیسیٰ اس پر کوئی توجہ نہیں دیتا۔

ابن المقفع۔

یا شیخ! اللہ تعالیٰ نے آپ کو خالصتاً عربی قوتِ حافظہ سے نوازا ہے!

عیسیٰ اس کو تعریف سمجھتا ہے کیونکہ وہ ابن المقفع سے تعریف ہی سُننے کی توقع رکھتا ہے۔

عیسیٰ۔

(فخر سے) مُجھے اور بھی بہت کچھ یاد ہے۔ جب تُم نے مُجھے بتایا کہ تم نے مُبادیاتِ اسلام کا مطالعہ مکمل کر لیا ہے تو میں نے تُم سے پوچھا کہ کیا تُم نے ان میں کوئی غلطی دیکھی ہے۔ تُم نے کہا، نہیں۔ میں نے کہا، ''تو پھر تُمہیں مسلمان ہونے سے کیا چیز روکتی ہے؟'' تُم نے کہا کہ تُم مسلمان ہونا چاہتے ہو۔ میں نے تُمہیں گلے لگایا اور اُسی رات تُمہیں کھانے پر بُلایا۔ کھانے کے دوران (کھلکھلا کے ہنستے ہوئے) تُم اتنے گھبرائے ہوئے تھے کہ تُم نے اس طرح کی آوازیں نکالنی شروع کر دیں (زبان کو چٹخا چٹخا کر آوازیں نکالتا ہے)۔ میں نے پوچھا کہ کیا سارے مجوسی کھانا کھاتے ہوئے اس طرح کی آوازیں نکالتے ہیں (51)۔ میں نے یہ اس لیے پوچھا تھا کیونکہ میں پہلی بار کسی مجوسی کے ساتھ کھانا کھا رہا تھا۔ میں نے تُمہیں چھیڑنے کے لیے کہا، ''عبداللہ مجوسیوں کی طرح کھانا مت کھاؤ، اب تُم

---

[51] ذیات، *تاریخ ادب العربی*، صفحات 326-320

مسلمان ہو۔''

تُم نے کہا، ''مجوسی اس طرح کھانا نہیں کھاتے۔ مُجھے اس لیے ہچکیاں آ رہی ہیں کیونکہ میں پہلی بار ایک شیخ کے ساتھ کھانا کھاتے ہوئے گھبرا رہا ہوں۔'' میں نے کہا کہ تُم مجوسیوں کی طرف داری کر رہے ہو اور تُم نے کہا، ''جب سے میرے باپ نے مُجھے بصرہ بھیجا تھا، میں کسی مجوسی سے نہیں مِلا۔'' میں تُمہارے باپ کو بھی جانتا تھا۔ اللہ نے اُسے بہت عقل دی تھی لیکن وہ مجوسی ہی رہا حالانکہ آگ کی پوجا کرنے سے بڑی بیوقوفی اور کیا ہو سکتی ہے؟

(قہقہہ لگاتے ہوئے) آگ! سوچو! صحرا میں پانی کی سخت قلت ہوتی ہے۔ لہذا جب بدو کھانا پکا لیتے ہیں تو آگ کو بُجھانے کے لیے وہ پانی ضائع نہیں کرتے بلکہ اُس پر پیشاب کر دیتے ہیں۔ ہم کہا کرتے تھے کہ مجوسی آگ کی پوجا کرتے ہیں لیکن ہم اُس پر پیشاب کر کے اُسے بُجھا دیتے ہیں۔

عیسیٰ قہقہے لگاتا ہے۔

ابن المقفع اس توہین پر اپنا غم و غُصہ چُھپانے کی کوشش کرتا ہے۔

عیسیٰ۔

(سنجیدہ ہوتے ہوئے) اگر استعارے کے طور پر لیا جائے تو جس آسانی سے بدو آگ پر پیشاب کر کے اُس کو بُجھا دیتے ہیں، اُسی آسانی سے ہم نے فارس پر قبضہ کر لیا۔ اب بے شمار زرتشتی، یہودی، عیسائی اور دوسرے لوگ مسلمان بننا چاہتے ہیں لیکن اگر ہم یہ حق سب کو دے دیں تو بیت المال میں جزیے کی آمدنی اتنی کم ہو جائے گی کہ کاروبارِ خلافت ہی ٹھپ ہو جائے گا۔ لشکری تنخواہیں نہ ملنے پر بغاوت کر دیں گے۔ سمجھ دار لوگ جانتے ہیں کہ خلافت صرف اُسی وقت تک قائم رہتی ہے جب تک لشکری نئے نئے علاقے فتح کر کے مالِ غنیمت بھیجتے رہتے ہیں۔

ابن المقفع۔

میں نے پڑھا ہے کہ اموی بھی اسی لیے لوگوں کو مسلمان ہونے سے روکتے تھے۔

عیسیٰ۔

(چونکتے ہوتے ہوئے) مُجھے بتاؤ کیا پڑھا ہے۔ ہو سکتا ہے کہ ہمیں کوئی نئے طریقے پتہ چل جائیں۔

ابن المقفع۔

میں نے پڑھا ہے کہ حجاج بن یوسف کے عاملوں نے اُس کو لکھا کہ ذمی کثرت سے مسلمان ہو کر کوفہ اور بصرہ میں آباد ہو رہے ہیں جس سے جزیہ و خراج کی آمدن گھٹ رہی ہے۔ اس پر حجاج نے فرمان جاری کیا کہ ان کو شہروں سے نکال کر حسبِ سابق جزیہ لگایا جائے۔ اس حکم کی تعمیل میں جب یہ نو مسلم بصرہ و کوفہ سے نکالے جا رہے تھے تو وہ یا محمداہ، یا محمداہ پکار پکار کر روتے جاتے تھے اور ان کی سمجھ میں نہیں آتا تھا کہ کہاں جا کر فریاد کریں۔ اس صورتِ حال پر بصرہ و کوفہ کے عُلما و فُقہا چیخ اُٹھے اور جب یہ نو مسلم روتے پیٹتے شہروں سے نکلے تو عُلما و فُقہا بھی

ان کے ساتھ روتے جاتے تھے۔

عُمر بن عبدالعزیزؒ جب خلیفہ بنے تو خراسان سے ایک وفد نے آکر ان سے شکایت کی کہ ہزارہا آدمی جو مسلمان ہوئے تھے سب پر جزیہ لگا دیا گیا ہے اور والی الجراح بن عبداللہ الحکمی کے تعصب کا یہ حال ہے کہ وہ اعلانیہ کہتا ہے، ''اپنی قوم کا ایک آدمی مُجھے دوسرے سو آدمیوں سے زیادہ عزیز ہے۔''

عمر بن عبدالعزیزؒ نے الجراح کو معزول کرتے ہوئے لکھا، ''اللہ تعالیٰ نے محمد ﷺ کو اسلام کا داعی بنا کر بھیجا تھا، محصول اکٹھا کرنے والا نہیں۔'' (52)

عیسیٰ۔

میں حجاج بن یوسف اور الجراح الحکمی کی فراست کی داد دیتا ہوں۔ عمر بن عبدالعزیزؒ نے تو حکومتی آمدنی اتنی گھٹا دی تھی اور اپنے قبیلے کو اتنی سادہ زندگی گزارنے پر مجبور کر دیا تھا کہ اُس کے اپنے خاندان کو اُسے زہر دینا پڑا۔

(ہنستے ہوئے) کہیں تُم بھی تو جزیہ بچانے کے لیے ہی مسلمان نہیں ہوئے؟ (قہقہہ لگاتا ہے)۔

ابن المقفع خاموش رہتا ہے۔ عیسیٰ غُلام کو ''زید'' کہہ کر پکارتا ہے۔ زید اندر آتا ہے۔

عیسیٰ۔

زید، شراب لے کر آؤ۔ شیرازی شراب لانا۔ میں نے عبداللہ کو خوشخبری سُنانی ہے۔

زید واپس جاتا ہے اور طشت میں ایک صراحی اور سونے کے بنے ہوئے کندہ کاری کیے ہوئے دو جام لے کر آتا ہے۔ وہ ان کو عیسیٰ کے سامنے رکھ کر جام میں شراب اُنڈیلنا چاہتا ہے لیکن عیسیٰ ہاتھ کے اشارے سے اُسے روک دیتا ہے اور جانے کا اشارہ کرتا ہے۔

زید باہر چلا جاتا ہے۔ عیسیٰ ایک جام اُٹھا کر ابن المقفع کو فخر سے دِکھاتا ہے۔

عیسیٰ۔

(شیخی بگھارتے ہوئے) یہ جام کسریٰ کے ذاتی استعمال میں تھے۔ اِن کے نیچے دیکھو، کسریٰ کی شاہی مُہر، اور کناروں پر دیکھو، بڑی نفاست سے کندہ کیے ہوئے گُھڑ سوار ہاتھ میں تیر کمان لیے ایک بھاگتے ہرن پر نشانہ باندھتے ہوئے۔ اللہ کی قدرت دیکھو کہ وہ ہمیں مکہ کی سنگلاخ چٹانوں میں بھوک ننگ سے بچا کر ان زرخیز زمینوں میں لایا اور ہمارے ہاتھوں میں سونے کے وہ جام دیئے جو کبھی کسریٰ کے ہاتھوں میں تھے۔

عیسیٰ ایک جام میں شراب اُنڈیلتا ہے۔ جب وہ دوسرا جام بھرنے لگتا ہے تو ابن المقفع کہتا ہے،

ابن المقفع۔

---

[52] مودودی، خلافت و ملوکیت، صفحات 163-162

یا شیخ! میں معذرت خواہ ہوں لیکن میں نے سچا مسلمان بننے کی قسم کھائی ہے، لہذا میں شراب نہیں پی سکتا۔ میں آپ کا وفادار ہوں لیکن قرآن مجید شراب پینے سے منع کرتا ہے۔

عیسیٰ جام کو طشت میں رکھ کر قہقہہ لگاتا ہے اور ہنستے ہنستے بولتا ہے۔

عیسیٰ۔

تُمہیں ہر چیز میں کمال چاہیئے۔ پہلے عربی سیکھی تو فصاحت و بلاغت میں عربوں سے کہیں آگے نکل گئے۔ اب مُسلمان ہوئے تو سمجھنے لگے کہ مُجھ سے بہتر شریعت جانتے ہو۔ (فخر سے) میں رسول اللہ ﷺ کے چچا عباس کا پڑپوتا اور عظیم فقیہ عبداللہ بن عباس کا پوتا ہوں۔ اور اب (طنزاً) ایک نیا مسلمان مُجھے اسلام سکھا رہا ہے۔ واہ!

عیسیٰ اپنے جام سے شراب کے بڑے بڑے گھونٹ لے کر ابن المقفع کو مُخاطب کرتا ہے۔

عیسیٰ۔

میں حیران ہوں کہ تُمھارے اجداد نے یہ شیرازی آبِ حیات کس طرح تیار کیا حالانکہ وہ اپنے مُردہ بزرگوں کو گِدھوں کی خوارک بننے کے لیے چھوڑ دیتے تھے۔ تُمہیں شاید علم نہیں کہ نیک مسلمانوں کے لیے شراب منع نہیں کی گئی تھی (53)۔ تُم نے قرآن کو غور سے نہیں پڑھا۔ سورت المائدہ کو دوبارہ پڑھو۔ اس میں لکھا ہے؛

''وہ لوگ جو ایمان لائے اور نیک عمل بجا لائے ان پر اس میں کوئی گناہ نہیں جو وہ کھاتے ہیں بشرطیکہ وہ تقویٰ اختیار کریں، ایمان لائیں اور نیک عمل کریں۔ پھر اور بھی تقویٰ اختیار کریں اور احسان کریں۔'' (5:93)

عیسیٰ مزید شراب جام میں انڈیل کر پیتا ہے۔

ابن المقفع۔

(مودبانہ انداز میں) یا شیخ، آپ درست فرماتے ہیں لیکن اس سے پچھلی آیات بھی دیکھیں؛

''اے وہ لوگو جو ایمان لائے ہو! یقیناً مدہوش کرنے والی چیز، جوا، بت پرستی اور تیروں سے قسمت آزمائی یہ سب ناپاک شیطانی عمل ہیں۔ ان سے بچو تاکہ تم کامیاب ہو جاؤ۔ شیطان تو یہی چاہتا ہے کہ نشے اور جوئے کے ذریعے تمہارے درمیان دشمنی اور بغض پیدا کر دے اور تمہیں ذکرِ الٰہی اور نماز سے باز رکھے۔'' (5:91-92)

عیسیٰ۔

تُم ٹھیک کہتے ہو۔ مدہوشی اور نشہ خباثت ہے۔ اگر تُم نے مُجھے مدہوش یا نشے کی حالت میں دیکھا تو ضرور ٹوکنا۔ جو آیت میں نے پڑھی اور جو آیات تُم نے پڑھیں، دونوں سے ثابت ہوتا ہے کہ کھانے پینے سے نہیں بلکہ مدھوشی یا نشے میں آنے سے منع کیا گیا ہے؛ زیادہ کھانا کھانے سے بھی آدمی مدہوش ہو جاتا ہے۔ پُرانی کھجوروں میں اتنا خمیر ہوتا ہے کہ

---

[53] ابو زہرہ، *حیاتِ امام ابو حنیفہ*، صفحہ 201؛ نعمانی، *سیرت النبی*، جلد 1، صفحات 326-327

کئی لوگ سرور میں آنے کے لیے بہت سی پُرانی کھجوریں کھا لیتے ہیں لیکن کسی جگہ کھجوروں کو حرام نہیں کہا گیا۔ اس آیت کی حکمت یہ ہے کہ اس نے ہر نشے سے بچنے کی تاکید کی۔

ابن المقفع۔

یا شیخ، آپ درست کہتے ہیں۔ میں معافی چاہتا ہوں۔ دراصل عربی زبان میں کسی بات کو سمجھنا زرا مشکل ہوتا ہے کیونکہ اسم، فعل اور زمانہ اکیلے لفظ میں جڑ کر آتے ہیں۔ مثلاً ''وہ جائے گا'' تین لفظ ہیں۔ ''وہ'' اسم ہے، ''جائے'' فعل ہے اور ''گا'' زمانہ مستقبل کو ظاہر کرتا ہے۔ تین لفظوں سے مل کر جُملہ بنتا ہے۔ لیکن عربی میں اس جُملے کو ایک ہی لفظ ''سیذھب'' میں لکھا جائے گا۔ پھر عربی زبان میں ماضی حال اور مستقبل میں فرق کرنا بھی مشکل ہوتا ہے۔ اسی لیے آیاتِ قرآنی کی تفسیر میں اتنے زیادہ اختلافات پیدا ہو رہے ہیں۔ عربی زبان کی ساختی تراکیب میں بہت اصلاحات کی ضرورت ہے۔

عیسیٰ۔

(غُصے اور حقارت سے) مسلمان ہونے کا یہ مطلب نہیں کہ تُمہیں ہماری زبان پر بھی تنقید کا حق مل گیا ہے۔ یہ مت بھولو کہ اللہ کا آخری کلام عربی میں ہے۔ عربی زبان میں تبدیلیاں لانے کا مطلب، نعوذ باللہ، اللہ کے کلام میں تبدیلیاں لانا ہے۔ اس طرح کا مشورہ دینا اللہ تعالیٰ کی توہین کرنے کے زمرے میں آتا ہے۔ نئے مسلمان ہونے کے ناطے تُمہاری غلطی معاف کرتے ہوئے میں فرض کر لیتا ہوں کہ جو تُم نے کہا میں نے نہیں سُنا لیکن آئندہ عربی زبان کی توہین کبھی مت کرنا ورنہ (دھمکی دیتے ہوئے) قسم باللہ میں تُمہیں قاضی کے حوالے کر دوں گا اور خود گواہی دوں گا۔ (اُنگلی سے اشارہ کرتے ہوئے) اور کبھی قرآن کی خود تفسیر کرنے کی کوشش نہ کرنا۔ یہ کام مُتقی اور پرہیزگار فُقھا کا ہے، (طنزاً) نئے مسلمانوں کا نہیں۔

ابن المقفع کا چہرہ پیلا زرد ہو جاتا ہے اور وہ سخت گھبرا جاتا ہے۔

ابن المقفع۔

یا شیخ! مجھے موقع دیں تو میں بتاؤں کہ میں نے اپنی طرف سے کوئی تفسیر نہیں کی، میں تو صرف آپ کے مُتقی اور پرہیزگار اماموں کی کہی ہوئی باتیں دُہرا رہا تھا۔ حدیث شریف میں ہے کہ کچھ لوگوں نے حضرت عمرؓ کے زمانے میں شراب پی۔ جب اُن کو بتایا گیا کہ شراب حرام ہے تو اُنھوں نے وہی آیت پڑھی جو آپ نے پڑھی تھی اور کہا کہ نیک مسلمان جو چاہیں کھا پی سکتے ہیں لیکن حضرت عمرؓ نے اس تفسیر کو قبول نہ کرتے ہوئے کہا کہ یہ آیت شراب کے حرام قرار دیئے جانے سے پہلے نازل ہوئی تھی اور۔ ۔ ۔

عیسیٰ۔

(ابن المقفع کو گھورتے ہوئے) کیا تُم اماموں کی تحریریں پڑھنے لگے ہو؟

ابن المقفع۔

(خوف سے جلدی جلدی بولتے ہوئے) صرف مُتقی اور پرہیزگار اماموں کی، جو سب سے زیادہ مشہور ہیں، جن کا آپ ذکر کرتے ہیں، امام مالک، امام ابو حنیفہ اور امام جعفر۔

عیسیٰ۔

تُمھیں کسی نے بتایا نہیں کہ خلافت سے ان تینوں کی وفاداریاں مشکوک ہیں؟ (سختی سے) وہ عالم تو ہیں لیکن اُنھیں خلیفہء وقت کی خواہشات کے برعکس قران، سنت اور شریعت کی تفسیریں بیان کرنے کا اختیار نہیں ہے۔ خلیفہ مذہبی اور دُنیاوی، دونوں معاملات میں اعلیٰ ترین اختیارات کا مالک ہوتا ہے۔ (حقارت سے) جہاں تک ابو حنیفہ کا تعلق ہے، ہم اُس کے علم کی قدر کرتے ہیں لیکن اگر وہ قاضی القضاۃ بننے سے انکار کرتا رہا تو مُجھے یقین ہے کہ اللہ اُس کے مُقدر میں جیل ہی میں موت لکھ دے گا۔

غُصے میں عیسیٰ شراب کا آدھا جام ایک ہی سانس میں پی جاتا ہے۔

ابن المقفع۔

یا شیخ! میں کسی امام کی تحریر نہ پڑھوں گا نہ سُنوں گا۔

عیسیٰ۔

اپنے کام کی ضروریات سے زیادہ نہ کُچھ پڑھو نہ لکھو۔ عقل مند آدمی اپنا مُقام جانتا ہے۔ میں تُمھیں رازداری کی ایک بات بتاتا ہوں۔ سفیان المہلبی مُجھ سے تُمھاری رہائش کی تلاشی لینے کی اجازت مانگ رہا تھا۔ کہنے لگا کہ مُخبروں کے مطابق تُم زنادقہ کی کتابوں کے ترجمے کر رہے ہو اور ابھی تک اپنے زرتشتی آگ کے پجاری شہنشاہوں کے پرستار ہو۔

ابن المقفع کا چہرہ خوف سے زرد پڑ جاتا ہے لیکن وہ خوف پر قابو پاتے ہوئے کہتا ہے؛

ابن المقفع۔

یا شیخ! میں تو آپ کے لیے پُرانی فارسی کتابوں کے ترجمے کر رہا ہوں تا کہ آپ نوشیرواں کے شاہی حکومتی طُرقِ کار کی گہری سمجھ حاصل کر سکیں۔

عیسیٰ۔

میں نے سفیان کو حکم دیا تھا کہ اپنے مخبروں کو میرے مُلازموں سے دور رکھے۔ وہ ایسا آدمی نہیں ہے جو ذاتی عناد کے بغیر تُمھاری کتابوں کی چھان بین کرے۔ یا تو تُم نے کہیں اُس کی بے عزتی کی ہے یا اُس کو کوئی نقصان پہنچایا ہے۔

ابن المقفع معذرت خواہانہ انداز میں مُسکراتے ہوئے بولتا ہے۔

ابن المقفع۔

یا شیخ! یہ اتنی معمولی بات ہے کہ آپ اس پر ہنسیں گے لیکن یقین کریں بات صرف یہ ہے کچھ لوگ سفیان کی بہت بڑی ناک کا مذاق اُڑاتے ہیں خاص طور پر اس لیے کہ وہ چھوٹے قد کا دُبلا پتلا آدمی ہے لیکن ناک بُہت ہی بڑی ہے۔

عیسیٰ بہت دلچسپی اور شوق سے متوجہ ہو کر سُنتا ہے۔ ساتھ ہی ساتھ وہ ہنسنا شروع ہو جاتا ہے جس سے ابن المقفع کو بات جاری رکھنے کا حوصلہ ملتا ہے۔

ابن المقفع۔

یہ شرارتی لوگ کہتے ہیں کہ سفیان اور اُس کی ناک دو الگ الگ شخصیتیں ہیں۔ جتنا بڑا سفیان، اُتنی ہی بڑی اُس کی ناک۔ جب وہ سفیان کے سامنے آتے ہیں تو ایک بار سلام کرنے کے بجائے دو بار سلام کرتے ہیں اور کچھ تو یہ بھی کہتے ہیں، ''دونوں پر سلامتی ہو۔''

عیسیٰ زور زور سے قہقہے لگا کر ہنستا ہے۔

ابن المقفع۔

سفیان اس طعنے سے بہت تلملاتا ہے لیکن چونکہ اُس کو چھیڑنے والے خلیفہ کے درباری اور دیگر بااثر لوگ ہیں وہ اُن کے خلاف کچھ نہیں کر سکتا۔ چند ہفتے پہلے وہ انہی لوگوں کے درمیان بیٹھا تھا کہ میں بھی وہاں گیا۔ میں نے دوسروں کے ساتھ ساتھ اُسے بھی ''سلام علیکم'' کہا لیکن وہ چھلانگ مار کر کھڑا ہو گیا اور کہنے لگا، ''تو نے بھی دوسروں کی طرح مجھے 'سلام علیکما' کہا؟ تیری یہ جرات؟'' میرا خیال ہے کہ مسلسل چھیڑ خوانی نے اُسے اپنی ناک کے بارے میں حساس کر دیا ہے اور چونکہ میری کوئی قبائلی پشت پناہی نہیں ہے، اُس نے مجھے کمزور سمجھ کر سارا غُصہ مجھ پر ہی نکالا تاکہ دوسروں کو ڈرائے۔

عیسیٰ اتنا ہنستا ہے کہ اُسے اپنی ہلتی ہوئی توند سنبھالنی پڑتی ہے۔

عیسیٰ۔

واللہ، تُم نے بالکل ٹھیک کہا۔ میں نے بھی محسوس کیا ہے کہ وہ اپنی ناک کے بارے میں بہت ہی زیادہ حساس ہے۔ تو یہ وجہ ہے کہ یہ بے وقوف تُمہاری کتابوں کی تلاشی لینا چاہتا تھا۔ میں شرطیہ کہہ سکتا ہوں کہ اُسے تُمہاری کتابوں میں ایک لفظ بھی سمجھ نہیں آنا تھا۔ آنے دو اب اُسے میرے پاس۔ میں ''سلام علیکما'' کہہ کہہ کر اُسے مجنون بنا دوں گا۔

عیسیٰ بار بار اپنی ناک کی طرف اشارہ کر کے ''سلام علیکما'' کہتا ہے۔

ابن المقفع۔

(اعتماد کے ساتھ) یا شیخ! اگر آپ چاہیں تو میں اپنی کتابیں لا کر آپ کو دکھا دوں گا تاکہ آپ کو تسلی ہو جائے کہ

میں آپ کے کُتب خانے میں عربی زبان میں عظیم یونانی، ہندی اور فارسی ادب کا اضافہ کر رہا ہوں۔ دین اور بے دینی کے معاملات میں آپ سفیان سے بہت بہتر تفریق کر سکتے ہیں۔

عیسیٰ۔

(ہمدردانہ لہجے میں) فکر مت کرو۔ میں اُس موٹی ناک والے گدھے کو اپنے ہاں کسی کی چھان بین کرنے کی اجازت نہیں دیتا۔ تُمھاری زبان دانی عربوں کا سرمایہ ہے۔ میں سفیان اور اُس کی ناک کے چکر میں بھول ہی گیا تھا کہ آج میں نے تُمھیں کیوں بُلایا۔ تُمھارے لیے ایک بہت بڑی خوشخبری ہے۔ میرے بھتیجے منصور اور بھائی عبداللہ کے درمیان ایک معاملے پر جھگڑا تھا لیکن اب دونوں نے ایک امن معاہدہ بنا کر اُس پر دستخط کرنے ہیں۔ دونوں نے تُمھاری زبان دانی کی شُہرت سُن رکھی ہے اور دونوں نے کہا ہے کہ چونکہ یہ بہت اہم معاہدہ ہے، اس کو لکھنے کے لیے تمھیں خلیفہ کے دربار میں بھیجا جائے۔

ابن المقفع۔

(گھبراتے ہوئے) یا شیخ، امیرالمومنین کے ہاں تو بہت اعلیٰ پائے کے کاتب ہیں۔ اُنھیں میری ضرورت کیوں ہے؟

عیسیٰ۔

شروع میں منصور اپنے ہی کاتب استعمال کرنا چاہتا تھا لیکن بھائی عبداللہ نے کہا کہ منصور کے کاتب لازماً منصور ہی کی طرف داری کریں گے اور معاہدے میں ایسی شرائط لکھ دیں گے جن سے عبداللہ کا نقصان اور منصور کا فائدہ ہو گا۔

(دھمکی آمیز لہجے میں) اب لوگوں کو یہ مت بتانا کہ ہمیں اپنے بھتیجے پر بھروسہ نہیں ہے۔ ہم صرف یہ چاہتے ہیں کہ معاہدہ اتنا پکا اور سکہ بند ہو کہ مستقبل میں منصور اس کی نصوص میں ڈھیل پا کر یا نکتے نکال کر ہم سے کیے ہوئے وعدوں سے مکر نہ سکے اور ہمارے استحقاقات و مُراعات میں کمی کرنے کے قابل نہ ہو سکے۔ بات سمجھے؟ دوبارہ بتاتا ہوں۔ ہم نہیں چاہتے کہ بعد میں منصور اُن مراعات و استحقات کو کم کرنے کے قابل ہو جو وہ اس معاہدے میں ہمیں عطا کرے گا۔ ہم کمزور معاہدہ نہیں چاہتے۔

عبداللہ چاہتا ہے کہ یہ معاہدہ کوئی ماہر اور قابلِ اعتبار کاتب ایسے انداز میں لکھے کہ منصور کے پاس اس کی کسی نُص سے انحراف کا کوئی راستہ موجود نہ رہے۔ یہ قرآن میں بھی لکھا ہے کہ معاہدوں کو لکھ لیا کرو کیونکہ شیطان ہر وقت ہمیں وعدوں سے منحرف ہونے کی ترغیب دیتا رہتا ہے۔

(سختی سے) اب تُم اس لالچ میں نہ آ جانا کہ موقع دیکھ کر منصور کے حق میں نرم معاہدہ لکھ کر اُس کے دربار میں اپنا مُقام بنانے کی کوشش کرو۔ (دھمکی آمیز انداز میں) عبداللہ ایسے آدمی کو کبھی نہیں بخشتا جو زیادہ چالاک بننے کی کوشش کرے۔

ابن المقفع۔

(عاجزی سے) یا شیخ! میں آپ کو چھوڑ کر کہیں اور کام کرنے کا سوچ بھی نہیں سکتا۔

عیسیٰ۔

مُجھے تمہاری زبان دانی پر بھروسہ ہے لیکن یاد رکھو کہ (سخت لہجے میں) تُمہیں نصوص اس طرح لکھنی ہیں کہ بعد میں متفقہ قیود و شرائط سے انحراف کا کوئی عذر باقی نہ رہے۔ سمجھ آئی؟

ابن المقفع۔

یا شیخ! عُلما تو قرآن کی آیتوں کی بھی الگ الگ تفسیر کر دیتے ہیں اور ایک دوسرے سے الگ معنی دے دیتے ہیں۔

عیسیٰ۔

یہ ٹھیک ہے کہ کئی الفاظ کے معنی میں شکوک و شبہات پائے جاتے ہیں اور کئی جُملوں کی تفسیر الگ الگ کی جا سکتی ہے لیکن تُمہیں یہ یاد رکھنا ہے کہ اگر زبان کی ساختی ترکیب یا کسی اور وجہ سے شک و شبہے کی گُنجائش رہ سکتی ہے تو اس کا سارا فائدہ میرے بھائی کو پہنچنا چاہیئے۔ میں دوبارہ یہ بات نہیں کہوں گا۔ اور اس ساری کاروائی کی کسی کو خبر نہیں ہونی چاہیئے۔ اب تُم میری ہدایات کو دُہراؤ تا کہ مُجھے تسلی ہو جائے کہ تُمہیں سمجھ آ گئی ہے کہ ہم کیا چاہتے ہیں۔

ابن المقفع کسی سخت گیر اُستاد کے سامنے بیٹھے ہوئے تابع فرماں شاگرد کی طرح بولتا ہے۔

ابن المقفع۔

یہ معاہدہ جو امیرالمومنین عطا اللہ بقا۔۔۔

عیسیٰ۔

یہ القابات اُس کے دربار میں بولنا۔ میرے لیے منصور صرف ایک نافرمان بھتیجا ہے۔ جب وہ بچہ تھا تو مُجھ سے اکثر مار کھایا کرتا تھا۔ اب خلیفہ بن کر ہم ہی پر رعب جھاڑتا ہے۔

ابن المقفع۔

یہ معاہدہ مابین امیر منصور و عبداللہ بن علی ایسی قانونی زبان میں اور ایسی مہارت سے لکھا جانا ہے کہ مستقبل میں کسی بھی وقت امیر اس کی نصوص کی ساختی ترکیب میں ایسی سقم یا ڈھیل یا کمزوری تلاش نہ کر سکیں جو اُن کو عطا کردہ مراعات و استحقاقات میں جزوی یا کُلی کمی کرنے یا واپس لینے کی خواہش پوری کرنے کا موقع فراہم کر سکیں۔ اگر کسی جگہ شک و شبہے کی گنجائش کو مکمل طور پر ختم کرنا ممکن نہ ہو تو ایسے شک و شبہے کا سارا فائدہ عبداللہ بن علی کو بخلاف امیر منصور پہنچنا چاہیئے۔

عیسیٰ۔

(مطمئن ہو کر دایاں ہاتھ اوپر اُٹھاتا ہوئے) بالکل ٹھیک! تُمہاری یہی خوبی مُجھے پسند ہے کہ تمہیں بار بار بات کو سمجھانا نہیں پڑتا۔ اب جاؤ اور سفر کی تیاری کرو۔

دسویں ایکٹ کا اختتام

گیارہواں ایکٹ: ایک خاندانی جھگڑا

گیارہویں ایکٹ کے کردار، جو دسویں ایکٹ میں بیان کیے گئے:

ابن المقفع۔ ابن المقفع کو اب اُس کے اسلامی نام عبداللہ سے بُلایا جاتا ہے۔

عیسیٰ بن علی، خلیفہ منصور کا چچا۔

غُلام۔

نئے کردار:

عبداللہ بن علی، عیسیٰ بن علی کا بھائی اور خلیفہ منصور کا چچا۔ عبداللہ اپنے بھائی سے کم فربہ جسم لیکن زیادہ گہری رنگت رکھتا ہے جو صحرا کی جُھلسا دینے والی گرمی میں اُس کے سفر اور معرکوں میں حصہ لینے کی وجہ سے ہے۔ لمبی سفید داڑھی اور چہرے پر جُھریوں کی وجہ سے وہ عیسیٰ سے عُمر میں بڑا دکھائی دیتا ہے۔

گیارہویں ایکٹ کا منظر:

عیسیٰ بن علی کی حویلی کی مجلس گاہ جیسا کہ دسویں ایکٹ میں بیان کی گئی۔

گیارہواں ایکٹ

عراق میں کسی جگہ عیسیٰ بن علی کی حویلی

دور

تقریباً 759 عیسوی

عیسیٰ اور عبداللہ بن علی تکیوں سے ٹیک لگائے قالین پر بیٹھے ہیں۔ وہ بے صبری سے ابن المقفع کی واپسی کا انتظار کر رہے ہیں۔ عبداللہ بے چین نظر آتا ہے۔ وہ اونچی آواز میں اور الفاظ پر زور دے کر بولتا ہے۔

عبداللہ بن علی۔

(جذباتی انداز میں) اپنی آخری وصیت میں السفاح نے صاف لکھا تھا کہ اُس کے بعد خلافت کی ذمہ داری میرے ہاتھوں میں ہو گی۔ مجھے نہیں پتہ کہ حرامی منصور نے وہ وصیت کہاں پھینکی اور میری عدم موجودگی کا فائدہ اُٹھاتے ہوئے

بیت المال کی کُنجیوں سمیت ہر شے پر قابض ہو گیا۔ اس احسان فراموش نے یہ بھی خیال نہ کیا کہ میں شام میں اپنی جان ہتھیلی پر رکھ کر امویوں کے خلاف لڑ رہا تھا۔ جو مال میں نے شام سے یہاں بھیجا، یہ اُس پر بھی قابض ہو گیا۔ کتنی شرم کی بات ہے کہ اس کل کے بچے نے ہم بزرگ داناؤں کو اس طرح کنارے کر دیا کہ اب ہم اُس سے مراعات حاصل کرنے کے لیے انتظار میں بیٹھے ہیں۔

(چھاتی کوٹتے ہوئے) میں نے قبیلے کے لیے خون دیا اور اب میں اِس کا محتاج ہوں!

عیسیٰ۔

اُس کو کل کا بچہ مت سمجھو۔ جو چالاکی اُس نے دکھائی ہے وہ ہماری دانائی سے کہیں زیادہ ہے۔ پہلے اُس نے ابو مُسلم کے زریعے تُمہارے خراسانی لشکریوں کو ورغلا کر اپنے ساتھ شامل کروایا اور فتح کے بعد اُس کی بڑھتی طاقت دیکھ کر اُسے بھی مروا دیا۔

عبداللہ۔

(کُڑھتے ہوئے) میں قبیلے کا سردار تھا۔ میں مال و متاع دوسروں میں تقسیم کیا کرتا تھا۔ آج میں اس انتظار میں بیٹھا ہوں کہ منصور میرے لیے کتنا وظیفہ مقرر کرتا ہے۔ میرے اپنے بھتیجے نے میری عزت خاک میں ملا دی۔ (غُصے سے) جانتے ہو دوسرے قبیلے ہمارے بارے میں کیا کہہ رہے ہیں؟ وہ کہہ رہے ہیں کہ عباسیوں کو حکومت کرنے کا کیا حق ہے جب کہ اُن کے اپنے بچے بزرگوں کو ایک طرف کر کے خود حکمران بن بیٹھتے ہیں۔

عیسیٰ۔

(سمجھاتے ہوئے) یا اخی! تُم یہاں نہیں تھے اور علوی اتنے طاقتور ہو چکے تھے کہ اپنی امامت کا اعلان کرنے ہی والے تھے۔ اگر منصور اور اُس کے لشکری حکومت کو ہمارے لیے نہ چھین لیتے تو آج ہم علویوں کے نامزد امام کی بیعت کر کے بھوکے مر رہے ہوتے۔ جب سے منصور خلیفہ بنا ہے وہ مالِ غنیمت میں سے ہمارا حصہ باقاعدگی سے ہمیں بھیج رہا ہے اور کبھی کبھی مشورے بھی لے لیتا ہے۔

عبداللہ۔

تبھی تو میں نے اُس کے سارے عُذر قبول کر لیے۔ اُس نے مُجھے لکھا تھا کہ اگر وہ خلافت پہ قبضہ نہ کرتا تو علوی سب کچھ لے جاتے لیکن (جوش سے ہاتھ ہلاتے ہوئے) اب اُسے خلافت میرے حوالے کرنے سے کیا چیز روکتی ہے؟ چونکہ اُس کو پتہ ہے کہ اُس کے پاس ہم سے بہت زیادہ لشکری ہیں، وہ اقتدار چھوڑنے کو تیار نہیں۔

عیسیٰ۔

غلطیاں تُم سے بھی تو ہوئی ہیں۔ اگر تُم خراسانیوں کو مال غنیمت میں سے مُناسب حصہ دیتے رہتے تو وہ ابو مُسلم کے ورغلانے میں نہ آتے اور منصور کے ساتھ شامل نہ ہوتے۔

عبداللہ۔

(جزبز ہوتے ہوئے) کیسے دیتا؟ مال متاع کے بڑے بڑے حصے عرب قبیلوں کو بھیجنے پڑتے تھے تا کہ وہ ہمارے خلاف نہ ہو جائیں۔ عدنانی، قحطانی، یمنی، مزری، ازد، تمیم، کلب، قیس اور دیگر قبیلوں کی آپس میں اتنی لڑائیاں ہو چکی تھیں کہ اُنھوں نے مسجدیں بھی الگ الگ بنا لی تھیں (54)۔ اُن کی حمایت حاصل کرنے کے کے لیے مُجھے اُنہیں خوش رکھنا پڑتا تھا۔ (چلاتے ہوئے) تُمہیں تو یہ خود پتہ ہونا چاہیئے بجائے اس کے کہ میں تُمہیں سمجھاؤں۔ بات کو سمجھو۔ انصار نے بھی رسول اللہ ﷺ کے لیے جنگیں لڑی تھیں، جانیں دی تھیں، لیکن جس طرح رسول اللہ ﷺ نے سارا مال غنیمت قریشی قبیلوں میں تقسیم کر کے انصار کو کہا تھا، ''تمُہارے لیے میری محبت ہی کافی ہے،'' اسی طرح مُجھے بھی مال غنیمت خراسانیوں کے بجائے عرب قبیلوں کو ہی دینا پڑتا تھا۔ فرق یہ ہے کہ انصار رسول اللہ ﷺ کی محبت میں بغیر مال کے بھی اُن کے ساتھ رہے جبکہ خراسانی منصور کے خلیفہ بننے کے امکانات دیکھتے ہی مُجھے چھوڑ کر اُس کے پاس بھاگ گئے۔۔

عیسیٰ۔

(قہقہہ لگاتے ہوئے) ہانڈی سے نکلا آگ میں گِرا۔ منصور نے اُنہیں علویوں کے خلاف استعمال کیا، اقتدار پر قبضہ کیا، اور مالِ غنیمت دینے کی بجائے قتل کروا دیا۔

عبداللہ۔

اللہ نے اُنہیں مُنافقت کی اچھی سزا دی۔ منافقوں کی یہی سزا ہونی چاہیئے تھی۔

عیسیٰ۔

خراسانیوں کے لیے ''مُنافق'' کا لفظ استعمال نہیں کیا جا سکتا۔ رسول اللہ ﷺ کے زمانے میں ''منافق'' اُن کو کہا جاتا تھا جو بظاہر اسلام قبول کر کے دل میں اپنے پچھلے مذاہب پر قائم رہتے تھے۔ خراسانی تُمہیں چھوڑ کر منصور سے جا ملے لیکن وہ مُسلمان ہی تھے۔ اور تم نے تو غُصے میں آ کر بطور سزا وہ خراسانی بھی قتل کرا دیئے جو ابھی تُمہارے ساتھ ہی تھے۔ (شرارتاً عبداللہ کو چڑاتے ہوئے) میرا خیال ہے کہ اللہ ہم سے ناراض ہے کیونکہ ہم کافروں کے بجائے مسلمانوں کو قتل کرتے ہیں۔

عبداللہ۔

(غُصے سے) رسول اللہ ﷺ کے زمانے میں بالغ مسلمان صرف دس ہزار کے قریب تھے۔ یہ سب اپنے پچھلے مذاہب

---

[54] مودودی، *خلافت و ملوکیت*، صفحات 171-175, 296

بدل کر مسلمان ہوئے تھے۔ لہذا کوئی بھی مُنافق اصلاً یا تو مشرک تھا یا یہودی یا عیسائی یا زرتشتی۔ اب جبکہ مسلمان بہت زیادہ ہیں اور بیشتر پیدائشی مسلمان ہیں، لہذا مُنافق بھی کئی قسم کے ہو سکتے ہیں۔ فارسی بھی تو پہلے یہودی، عیسائی یا مجوسی ہی تھے .جو اب مسلمان ہونے کا بہانہ کر کے عربوں سے انتقام لینے کا سوچتے رہتے ہیں۔

عبداللہ کے آخری فقرے سے عیسیٰ کو اچانک کوئی بات یاد آ جاتی ہے۔ وہ بے چینی سے کھڑا ہو کر ادھر اُدھر چلنا شروع ہو جاتا ہے۔

عیسیٰ۔

(بے چینی سے) ابن المقفع بھی مجوسی سے ہی مسلمان ہوا تھا۔

عبداللہ۔

(غُصے سے چلاتے ہوئے) تُم کہتے ہو کہ مُجھ سے غلطیاں ہوئی ہیں لیکن تُم نے تو ہماری تقدیر ہی ایک مجوسی کے ہاتھ میں دے دی اور اُسے عبداللہ عبداللہ کہتے رہے۔ اگر تُم نے مُجھے بتایا ہوتا کہ یہ مجوسی ہے تو میں کوئی اور کاتب ڈھونڈ لیتا۔ لگتا ہے کہ منصور نے اُسے بھی لالچ دے کر خرید لیا ہے اور اب بیٹھا اُس سے ہمارے راز سُن رہا ہے۔

عیسیٰ قالین پر بیٹھ جاتا ہے۔

عیسیٰ۔

(جواباً چلاتے ہوئے) اگر میں نے کوئی عرب کاتب منصور کے دربار میں بھیجا ہوتا تو وہ لازماً وہی کرتا جو تُم کہہ رہے ہو۔ (جوش سے ہاتھ ہلاتے ہوئے) مُجھے بتاؤ، کوئی عربی ہماری نوکری کیوں کرے گا اگر اُسے خلیفہ کے دربار میں کام کرنے کا موقع مل جائے؟

عبداللہ۔

ٹھیک کہتے ہو۔ لالچ میں عربی اور عجمی سب ایک جیسے ہیں۔

عیسیٰ۔

فکر مت کرو۔ تمہاری اور منصور کی مثالوں سے ثابت ہوتا ہے کہ قریشیوں کو اللہ تعالیٰ نے اتنی عقل دی ہے کہ ہم عجمیوں سے کھُلا فائدہ اُٹھا کر اُنہیں قتل بھی کروا سکتے ہیں۔ اور پھر قریشیوں میں عباسی سب سے زیادہ عقل مند نکلے۔ اسی لیے خلافت کو عباسیوں ہی کے ہاتھوں میں رہنا چاہیئے لیکن ایسا تب ہی ہو سکتا ہے جب ہم آپس میں نہ لڑیں۔ میں تو کہتا ہوں کہ منصور کو ہی حکومت کرنے دو اور ہم بوڑھے اُس کو قبیلے کی بھلائی کرنے کے مشورے دیتے رہیں گے۔

عبداللہ۔

اور جہاں تک ابو مُسلم کا تعلق ہے، اُس کے ساتھ جو ہوا اچھا ہوا۔ عجمی خنزیر ہمارا رشتہ دار بننے کے خواب دیکھ رہا تھا۔

عیسیٰ۔

مُجھے یقین نہیں ہے کہ اُس نے واقعی ہماری بہن کا رشتہ مانگا تھا لیکن منصور نے اُس کے ساتھ جو کیا اچھا کیا۔ خراسانی ہمارے لیے خطرہ بن سکتے تھے۔

عبداللہ۔

پہلے تُم نے کہا تھا کہ اللہ ہم سے ناراض ہے کیونکہ ہم کافروں کے بجائے مسلمانوں کو قتل کرتے ہیں اور اب تُم وہی کہہ رہے ہو جو میں نے کہا تھا۔ مُجھ سے شرارتیں نہ کرو۔ اب تُم بڑھے ہو۔ اپنی سفید داڑھی کو دیکھو اور شرارتی چھوٹا بھائی بننے کی کوشش نہ کرو۔

عیسیٰ۔

(قہقہ لگاتے ہوئے) وقت گزارنے کے لیے تھوڑا ہنسی مذاق کرنا پڑتا ہے۔ یا اللہ! یہ ابن المقفع کدھر مر گیا۔ اب تک اس کو آ جانا چاہیئے تھا۔

عبداللہ۔

دفعہ کرو مجوسی کو۔ مُجھے بتاؤ کہ منصور نے ابو مُسلم کے ساتھ کیا کِیا۔

عیسیٰ۔

(حیرت سے) تُمہیں نہیں پتہ؟

عبداللہ۔

میں نے مُختلف قسم کی کہانیاں سُنی تھیں لیکن میں منصور کے طور طریقوں اور کردار کو سمجھنا چاہتا ہوں۔ اس لیے اگر تُمہیں سچی بات پتہ ہے تو بتاؤ۔

عیسیٰ۔

منصور ابو مسلم کو اُس کے لشکر میں آدمی بھیج کر گرفتار نہیں کرا سکتا تھا۔ ظاہر ہے اس سے بہت زیادہ خون خرابہ ہوتا۔ لہذا اُس نے ابو مسلم کو اُس کی خدمات اور کارناموں کی تعریفوں سے بھرا ہوا خط بھجوایا اور امیر الجیش کا عہدہ قبول کرنے کے لیے دربار میں آنے کی دعوت دی۔ جب ابو مُسلم دربار میں پہنچا تو منصور کے تخت کے پیچھے چھُپے ہوئے مسلح آدمی اُس پر جھپٹے اور اُسے باندھ کر منصور کے سامنے کھڑا کر دیا (55)۔

پھر منصور نے شاہی انداز میں تقریر کرتے ہوئے کہا، ''ابو مُسلم! تُم نے کئی بار میری حکم عدولی کی ہے۔ میرا آخری

55 انگریزی حوالہ جات میں دیکھیے: Holt, P. M., et al. (eds.), p. 109

حکم تمہارے لیے یہ تھا کہ تُم اپنا لشکر لے کر شام چلے جاؤ لیکن تُم مُخالف سمت میں خراسان جانے کی تیاریاں کر رہے ہو۔ میرے مخابر نے مُجھے بتایا ہے کہ سرکاری خطوط میں تُم اپنا نام میرے نام کے اوپر لکھتے ہو۔ ایسا عمل خلیفہء وقت اور اللہ تعالیٰ کی منشا کی سخت توہین کرنے کے زُمرے میں آتا ہے۔ اب مُجھے پتہ چلا ہے کہ تُم خراسان واپس پہنچ کر باغیوں کی قیادت کر کے خلافت کو ختم کرنے کے منصوبے بنا رہے ہو۔ تُمہاری ماضی کی خدمات کو دیکھتے ہوئے میں نے تُمہاری حکم عدولیوں کو برداشت کیا لیکن باغیوں کی قیادت کرنے کی غرض سے خراسان واپس جانا اور غداری کرنا ایک ناقابلِ معافی جُرم اور اللہ تعالیٰ کی رضا کی نفی کرنے کا گُناہِ کبیرہ ہے۔''

پھر منصور کے اشارے پر محافظ ابو مُسلم کو لے گئے اور اُس کا سر قلم کر دیا۔

عبداللہ۔

یعنی منصور نے ابو مُسلم کو بُزدلوں کی طرح دھوکا دے کر دربار میں بلایا۔

عیسیٰ۔

میرے خیال میں تو یہ بہت بڑی عقلمندی تھی کیونکہ ابو مُسلم کے قتل کے بعد خراسان میں جو عوامی احتجاج اور مُظاہرے ہوئے اُن کی تفاصیل سُن کر ہمیں اندازہ ہوا کہ وہ فارسیوں میں کتنا مقبول ہو چکا تھا۔ ہم نے عبد الجبار جیسے جابرترین آدمی کو وہاں کا والی مقرر کیا لیکن وہ بھی مظاہروں پر قابو نہ پا سکا اور جدال و قتال کر کے لوگوں میں ظالم مشہور ہو گیا۔ لہذا ہمیں اُسے قربانی کا بکرا بنانا پڑا۔ ہم نے ہر طرف خبریں پھیلا دیں کہ منصور تو ابو مُسلم کو والیء خراسان بنانا چاہتا تھا لیکن عبد الجبار نے والی بننے کے لالچ میں ابو مُسلم پر جھوٹے الزامات لگا کر اُسے قتل کرا دیا۔ اس پر خراسانیوں نے عبد الجبار کو قصاص میں قتل کرانے کا مُطالبہ کیا اور منصور نے اُن کی خواہش پوری کر کے امن و امان قائم کر دیا۔

عبداللہ ششدر ہو کر عیسیٰ کو دیکھتا ہے۔

عیسیٰ۔

یا اخی! میں تُمہیں بتا رہا ہوں کہ ہم منصور جتنے چالاک نہیں ہو سکتے۔ خلیفہ بننے کا دعویٰ چھوڑ کر اُس کے حق میں دستبردار ہو جاؤ۔ میں خود تُمہارے ساتھ بیت الخلیفہ چلوں گا اور ہم اُس کے ساتھ امن معاہدہ کر کے مزید استحقاقات و مراعات لے کر آئیں گے۔

عبداللہ۔

اب تو یہ ہو ہی نہیں سکتا۔ تُم سے عبد الجبار کا انجام سُن کر مُجھے یقین ہو گیا ہے کہ منصور پر بھروسہ کرنے سے بہتر ہے کہ آدمی کسی سانپ پر بھروسہ کر لے۔

عیسیٰ۔

ایسی بات نہیں ہے۔ منصور نے ہمیشہ خاندان کے لیے بہتر ہی کیا ہے۔ اور پھر وہ فصاحت و بلاغت میں بھی سب سے آگے ہے۔ ابو مُسلم کی سزائے موت کے بعد جو خطبہ اُس نے مسجد میں دیا تھا اُس کو عُلما نے فصاحت و بلاغت کا شاہکار قرار دیا ہے۔

عبداللہ۔

(حقارت سے) میں نے وہ خطبہ پڑھا ہے۔ خطبہ صرف یہ ظاہر کرتا ہے کہ منصور مسجد میں منبر پر بیٹھ شیطان کی پوجا کرنے کے حق میں دلیلیں گھڑ سکتا ہے۔

عیسیٰ۔

(پریشان ہوتے ہوئے) یہ تُم کیسے کہتے ہو؟

عبداللہ۔

اُس کے الفاظ پر غور کرو۔ وہ مسجد میں بیٹھے لوگوں کو مُخاطب کر کے کہتا ہے؛

''اے لوگو! اطاعت شعاری کی پُرامن زندگی سے نافرمانی کی پُرخوف زندگی میں نہ جاؤ اور اپنے دلوں میں اُمراء کے خلاف کوئی سازش پوشیدہ نہ رکھو، ورنہ اللہ تعالیٰ اپنے دین کو غالب کرنے اور حق کو بلند کرنے کے لیے سازشی شخص کی حرکتوں یا زبان کی لغزشوں سے اُس عداوت کو آشکارا کر دے گا جسے وہ چُھپانا چاہتا ہے۔''

(دایاں ہاتھ عیسیٰ کے سامنے ہلاتے ہوئے) اگر تفتیشی گُر کے بدنیتی پر مبنی پہلے سے بنائے ہوئے مفروضوں کے تحت یہ الفاظ کسی کمزور آدمی کے سامنے کھڑے ہو کر بکیں تو وہ اتنا خوف زدہ ہو سکتا ہے کہ اپنے کانپتے ہاتھوں اور کانپتی زبان سے ایسا تاثر دے گا کہ اُس کے دل میں سازش ہے چاہے وہاں کچھ بھی نہ ہو۔ ایسی خبیث دلیل دے کر منصور دراصل یہ دعویٰ کر رہا ہے کہ وہ لوگوں کے دلوں کے بھید جانتا ہے۔

پھر آگے چل کر منصور کہتا ہے، ''درحقیقت جس نے ہم سے عبائے خلافت چھیننے کی کوشش کی اُسے ہم نے اپنی میان میں پوشیدہ چیز سے کاٹ ڈالا۔''

عیسیٰ۔

لیکن اس طرح کی تقریریں تو سارے خُلفاء، حتیٰ کے والی بھی مسجدوں میں معمول کے مطابق کرتے رہے ہیں تا کہ لوگ اُن کے تابع فرماں اور وفادار رہیں۔

عبداللہ۔

درست کہا لیکن جو بات میرے دل میں کھٹکتی ہے وہ ابو مُسلم کو قتل کرنے میں منصور کی دی ہوئی ایک بڑی ہی عجیب توجیہ ہے۔ مانا کہ ابو مُسلم کو قتل ہونا ہی تھا لیکن اپنے خُطبے میں منصور کہتا ہے، ''کچھ لوگ کہہ رہے ہیں کہ ابو مُسلم نے ہماری بہت خدمت کی اور اُس کا قتل ناحق ہوا۔ یہ درست ہے کہ ابو مُسلم نے ہزاروں لوگوں سے

ہماری بیعت کا حلف لیا لیکن حلف نامے کے الفاظ یہ ہیں کہ حلف کی پاسداری ترک کرنا خود اپنی موت کے پروانے پر دستخط کرنے کے مترادف ہے۔ عوام سے ہمارے حق میں یہ حلف لے کر ابو مُسلم نے تسلیم کیا کہ نافرمان خود اپنی موت کے پروانے پر دستخط کرتا ہے۔ لہذا ابو مُسلم کا فیصلہ میں نے نہیں بلکہ اُس نے خود کیا۔ انصاف قائم کرنے میں اُس کی خدمات نے مُجھے یہ توصلہ دیا کہ اُس کے ساتھ اُسی کے قانون کے مطابق انصاف کروں۔'' (56)

(عیسیٰ کے سامنے ہاتھ ہلاتے ہوئے) کچھ سمجھ آئی؟ اپنے بہترین دوست اور اتحادی کا سر قلم کرانے کے بعد، جو اُس کے لیے کئی سال لڑتا رہا، اگر منصور افسوس کرنے کے بجائے یہ کہہ دیتا ہے کہ مقتول نے اپنا قتل خود کیا، تو اُس کو اپنے چچوں کے ساتھ ایسا کرنے سے کونسی شرم و حیا باز رکھے گی؟

عیسیٰ کے چہرے پر پریشانی اور خوف کی جھلک آتی ہے لیکن وہ فوراً اس کو جھٹک دیتا ہے۔

عیسیٰ۔

چھوڑو یا اخی! کیسی باتیں کرتے ہو؟ ابو مُسلم غیرعربی، غیر قبیلہ خراسانی تھا لیکن ہم تو اُس کے چچے ہیں۔ منصور سارے قبیلے اور عباسی خلافت کو داؤ پر لگائے بغیر ہمیں کیسے نُقصان پہنچا سکتا ہے؟ وہ بے ضمیر ہو سکتا ہے لیکن بے وقوف ہرگز نہیں ہے۔

عبداللہ۔

چلو۔ امید رکھتے ہیں کہ اُسے اس کا احساس ہے۔ (مایوسی سے) دیکھتے ہیں کہ تُمھارا مجوسی ابن القفع ہمارے لیے کیسا معاہدہ لے کر آتا ہے۔

عیسیٰ۔

(بے چینی سے) میں حیران ہوں کہ وہ کہاں رہ گیا ہے۔ اُس کو تو کل یہاں پہنچ جانا چاہیئے تھا۔ لو! وہ آ گیا۔

ابن المقفع ہاتھ میں ایک دستاویز لیے اندر آتا ہے۔ دستاویز کو لپیٹ کر باریک سُنہری دھاگے سے باندھا گیا ہے۔ وہ طویل سفر سے بہت تھکا ہوا اور بدحواس نظر آتا ہے۔ اُس کے سلام کرنے سے پہلے ہی عیسیٰ بول پڑتا ہے۔

عیسیٰ۔

ہمیں معاہدہ دیکھنے کی اتنی جلدی ہے کہ میں تُم سے نہیں پوچھوں گا کہ تمہیں واپس آنے میں اتنی دیر کیوں لگی۔

جلدی سے معاہدہ پڑھو۔

ابن المقفع کھڑا رہتا ہے اور کوئی اُسے بیٹھنے کو نہیں کہتا۔

---

[56] زیات، *تاریخ ادب العربی*، صفحات 326-320

ابن المقفع۔

یا شیخ، امیرالمومنین نے مجھے واپس جانے کی اجازت نہیں۔ ۔ ۔

عیسیٰ۔

(بے صبری سے) بعد میں۔ بعد میں۔ پہلے معاہدہ پڑھو۔

ابن المقفع جلدی سے دستاویز کھول کر پڑھنا شروع کرتا ہے۔

ابن المقفع۔

بسم اللہ الرحمٰن ۔ ۔ ۔

عیسیٰ۔

(بے چینی سے) معمولات کو چھوڑو۔ ہمیں پتہ ہے کہ پہلے کیا لکھا ہوتا ہے۔ محتویات سے شروع کرو۔

ابن المقفع۔

(جلد جلد پڑھتے ہوئے) من جانب امیرالمومنین ابو جعفر عبداللہ ابن محمد المنصور ۔ ۔ ۔

عبداللہ۔

(چلاتے ہوئے) کیا تُم بہرے ہو؟ تُم نے سُنا نہیں جب عیسیٰ نے تُمہیں کہا تھا کہ معمولات کو چھوڑ دو؟

ابن المقفع ششدر ہو کر عبداللہ کو دیکھتا ہے۔

ابن المقفع۔

(دستاویز پڑھتے ہوئے) اللہ تعالیٰ کی یہ خاص عنایت ہے کہ اُس نے خلافت کو امیرالمومنین المنصور (جلدی جلدی پڑھتے ہوئے) کے قابل ہاتھوں میں دیا۔ اس عنایت نے امیرالمومنین کو توفیق دی ہے کہ وہ اپنے خاندان کے اُن بزرگوں کے ساتھ فراخ دلی سے پیش آئیں جن کے مشوروں اور رہنمائی کی امیرالمومنین کو زندگی کے ہر اچھے بُرے اور کٹھن مرحلے پر اور ہر آزمائش میں ضرورت رہتی ہے۔

اگرچہ کہ چچا عبداللہ بن علی نے (جھجکتے ہوئے) اللہ تعالیٰ کی منشا کے خلاف خلیفہ ہونے کا دعویٰ کیا جبکہ اللہ تعالیٰ نے اپنی حکمتِ عالیہ سے مومنین کی سربراہی کے منصبِ اعلیٰ کے لیے اپنے خادم ابو جعفر المنصور کو چُنا تھا، چچا عبداللہ بن علی کو معاف کرنے میں امیرالمومنین بڑی مسرت محسوس کر رہے ہیں۔

(تیزی سے سانس لیتے ہوئے) امیرالمومنین اپنے بزرگ عبداللہ بن علی سے درخواست کرتے ہیں کہ ہمارے درمیان جو ماضی قریب میں ہوا، اُس کو بھول کر جلد از جلد بلا تکلف و تردد، بغیر مسلح محافظوں یا لشکریوں کے بیت الخلیفہ میں تشریف لے آئیں۔ امیرالمومنین اُن کا ایسی ہی محبت و شفقت سے استقبال کریں گے جیسا کہ ایک فراخ دل حکمران کو اپنے حکمت و دانائی کے حامل بزرگ کے ساتھ کرنا چاہیئے۔

ابن المقفع خاموش ہو جاتا ہے۔ دونوں بھائی اُس کو اس توقع سے دیکھتے ہیں کہ وہ ابھی کچھ اور پڑھے گا۔
ابن المقفع خاموش کھڑا رہتا ہے۔

عبداللہ۔

(حیرت سے) بس؟ اور کچھ نہیں ہے؟

ابن المقفع۔

یا شیخ بس یہی لکھوا کے بھیجا ہے۔

عبداللہ۔

(غُصے سے چلاتے ہوئے) اُسے یہ لکھنے کی جرأت کیسے ہوئی کہ وہ مُجھے معاف کرتا ہے؟ پھر اُس نے یہ کیوں لکھا کہ میں بغیر مسلح محافظوں کے آؤں۔ یہ ایک جال ہے! شکار پھانسے والا جال! اس نے ایسا ہی خط ابو مُسلم کو بھیجا تھا۔

عیسیٰ۔

صبر یا اخی! صبر! (ابن المقفع کو مُخاطب کرتے ہوئے) تُم مہمان خانے میں جاؤ لیکن ابھی گھر مت جانا۔ ہم تھوڑی دیر بعد تُمہیں بلائیں گے۔

ابن المقفع باہر چلا جاتا ہے۔ عیسیٰ اپنے بھائی کو مُخاطب کرتا ہے۔

عیسیٰ۔

یا اخی! تُم خوامخواہ گھبرا رہے ہو۔ مُجھے تو اس خط میں کوئی خطرناک بات نظر نہیں آتی۔ وہ تمہیں اپنا مہمان بننے کی دعوت دے رہا ہے۔

عبداللہ۔

ابھی تُم نے مُجھے بتایا کہ اُس نے ایسا ہی خط ابو مُسلم کو بھیجا تھا۔ معافی دی، درجہ بلند کرنے کا وعدہ کیا لیکن جونہی ابو مُسلم دربار میں پہنچا، اُس کا سر قلم کرا دیا۔

عیسیٰ۔

(بے صبری سے) یا اخی! میں نے تُمہیں بتایا ہے کہ تُمہارا اور اُس کا خونی رشتہ ہے جبکہ ابو مُسلم ایک گھٹیا نسلی عجمی تھا۔

عبداللہ۔

(چلاتے ہوئے) بہترین دوست اور اتحادی جس نے اُس کے لیے بے دریغ قتل کیے۔

عیسیٰ۔

پھر بھی وہ خراسانی ہی تھا۔ تُم اپنے آپ پر کیسے ابو مُسلم کی مثال کا اطلاق کر سکتے ہو؟ دیکھو! ابو مُسلم غیرعرب عجمی تھا، نیا مسلمان تھا، اُس نے منصور کی حکم عدولی کی، اور پھر وہ غداری کر کے بغاوت کی تیاریاں کر رہا تھا۔ اس کے برعکس تُم منصور کے چچا ہو، خالص ترین ہاشمی قریشی ہو، تُم نے بغاوت نہیں کی، صرف السفاح کی وصیت کے مطابق خلافت پر اپنا حق مانگا۔ تمہارا مسئلہ خاندان کا اندرونی جھگڑا ہے۔

عبداللہ۔

(شک کرتے ہوئے) تو کیا تُم چاہتے ہو کہ میں اکیلا اُس حرامی کے دربار میں جاؤں؟

عیسیٰ۔

(تسلی دیتے ہوئے) ہرگز نہیں۔ میں تُمہارے ساتھ جاؤں گا۔ ہم دوسرے بھائیوں کو بھی ساتھ لے چلیں گے اور اس مسئلے کو ہمیشہ ہمیشہ کے لیے ختم کر کے آئیں گے۔

عبداللہ۔

اُس نے یہ کیوں لکھا کہ میں بغیر مسلح محافظوں یا لشکریوں کے آؤں؟ اُس کی نیت ہی خراب ہے۔ اُسے یہ لکھنے کی جُرات کیسے ہوئی کہ وہ مُجھے معاف کرتا ہے؟ وہ ہوتا کون ہے مُجھے معاف کرنے والا؟

(سختی سے) میں اُس وقت تک نہیں جاؤں گا جب تک وہ ایک پکے معاہدے پر دستخط نہیں کرتا جو اُسے ہر طرح سے ہمارے خلاف کوئی کاروائی کرنے سے روک دے، ایسا معاہدہ جس میں رتی برابر بدنیتی اور بدعملی کی گنجائش نہ ہو۔ یہ معاہدہ ہم اُسے لکھ کر بھیجیں گے۔ اور وہ مُجھ سے قطعی طور پر غیرمشروط معافی مانگے۔ اگر وہ یہ دو کام کر دیتا ہے تو پھر میں سوچوں گا۔

عیسیٰ۔

لیکن اگر اُس نے ہمارے لکھے ہوئے معاہدے پر دستخط کرنے سے انکار کر دیا تو پھر؟

عبداللہ۔

(غُصے سے کھڑے ہوتے ہوئے) اب دیکھا؟ اب تُم بھی وہی کہہ رہے ہو جو میں کہہ رہا ہوں۔ اگر اُس کی نیت صاف ہے تو دستخط کیوں نہیں کرے گا؟

عیسیٰ۔

صبر، صبر یا اخی۔ مُجھے زرا سوچنے دو۔ میرے خیال میں وہ معاہدے پر دستخط کرنے سے انکار نہیں کرے گا لیکن اُس کو انکار کرنے کا موقع ہی کیوں دیا جائے؟ اگر میں خود یہ معاہدہ لے کر جاؤں تو وہ کبھی انکار نہیں کرے گا کیونکہ مُجھے دیکھتے ہی وہ ماضی کی طرح ذہنی طور پر بچہ بن کر میری عزت کرنے لگ جاتا ہے۔

عبداللہ بن علی مطمئن ہو کر قالین پر بیٹھ جاتا ہے۔

عبداللہ۔

سچ پوچھو تو میرا دل کرتا ہے کہ اُس کے مُنہ پر اتنی گالیاں بکوں بلکہ تھوکوں کہ اُسے پتہ لگ جائے۔ افسوس! اگر میں شام نہ جاتا تو آج وہ مُجھ سے معافیاں مانگ رہا ہوتا۔ اس کی چوری اور سینہ زوری دیکھو! وہ میرا حقِ خلافت چھینتا ہے، پھر مُجھ پے بغاوت کا الزام لگاتا ہے اور پھر بغیر مانگے مُجھے معافی نامہ بھیجتا ہے! پاگل حرامی!

عیسیٰ۔

جذباتیت سے کوئی فائدہ نہیں ہوتا۔ میں ایک ایسا معاہدہ لکھوں گا جو نہ صرف تُمہارا تحفظ کرے گا بلکہ اُس کو ہم سے معافی مانگنے پر بھی مجبور کرے گا۔ وہ سارے بزرگوں کو ناراض کرنے کی سکت نہیں رکھتا۔ اگر ضرورت پڑی تو میں سارا قبیلہ اکٹھا کر کے بیت الخلیفہ لے جاؤں گا۔ ہم منصور کا ایسا گھیراؤ کریں گے کہ وہ معافی کی بھیک مانگے گا۔ میرا خیال ہے کہ جو خط ابن المقفع لے کر آیا ہے وہ درباریوں کے سامنے لکھا گیا ہو گا جب منصور کے ارد گرد خوشامدی ٹولے کھڑے ہوں گے۔ ایسے ماحول میں ایک مطلق العنان حکمران کا رُعب دبدبہ قائم رکھنے کے لیے اُسے ایسا خط لکھنا ضروری نظر آیا ہو گا لیکن تنہائی میں ہمارے سامنے اُس کے پاس اس کے سوا کوئی چارہ نہ ہو گا کہ ہمارے لکھے ہوئے معاہدے پر دستخط کر دے۔ میں تُمہیں بتانا بھول گیا کہ قبائلی شوریٰ میں بھائی سُلیمان اُس کو مارنے کے لیے دوڑا تھا۔ منصور چوہے کی طرح دبک گیا اور معافیاں مانگنے لگا۔

عبداللہ قہقہہ لگا کر ہنستا ہے۔

عیسیٰ غُلام کو ''زید'' کہہ کر آواز دیتا ہے۔

زید اندر آتا ہے۔

عیسیٰ۔

ابن المقفع کو، میرا مطلب ہے عبداللہ کو کہو کہ ادھر آئے۔

غُلام چلا جاتا ہے۔ تھوڑی دیر میں تھکا ہوا ابن المقفع نیند بھری آنکھوں کے ساتھ اندر آتا ہے۔ عیسیٰ اُسے کتابت کی میز کے پاس بیٹھنے کا اشارہ کرتا ہے۔

ابن المقفع میز کے پاس بیٹھ جاتا ہے۔

عیسیٰ۔

(تلخ لہجے میں ابن المقفع کو مُخاطب کرتے ہوئے) میں نے تُمہاری فصاحت و بلاغت پر بھروسہ کرتے ہوئے بڑی امیدوں سے تُمہیں بھیجا تھا کہ تُم میرے آدھے ان پڑھ بھتیجے کو اپنی زبان دانی سے متاثر کر کے ہمارے لیے کوئی سود مند معاہدہ لکھ کر لاؤ گے لیکن تُم کیا لائے؟ ایک بادشاہ کا معافی نامہ ایک باغی کے نام!

عبداللہ بن علی حقارت سے ابن المقفع کی جانب دیکھتا ہے۔

ابن المقفع۔

جناب، امیرالمومنین نے مجھے اس معاملے میں بولنے کی اجازت ہی نہیں دی۔ اُنھوں نے حکم دیا کہ میرا کام صرف سُن کر لکھنا ہے۔ جب میں نے اس بارے میں کوئی بات کرنے کی کوشش کی تو اُنھوں نے کہا، ''کیا تُم چاہتے ہو کہ میں تمہیں واپس بھیج دوں؟'' میں کیا کر سکتا تھا؟

عیسیٰ۔

(سُنی ان سُنی کرتے ہوئے) میں نے شاعروں اور عالموں کو امیروں سے جاگیریں اور انعامات لیتے دیکھا ہے لیکن تُم میں وہ خوبیاں ہیں ہی نہیں۔

ابن المقفع۔

یا شیخ، میں امیرالمومنین کی شان میں قصیدہ لکھ کر انعام و اکرام لے سکتا تھا لیکن مجھے ایک خاص مقصد کے لیے بھیجا گیا تھا۔

عیسیٰ۔

(تیزی سے جواب دیتے ہوئے) جس کو حاصل کرنے میں تُم ناکام رہے۔

ابن المقفع۔

(منت کرتے ہوئے) یا شیخ، امیرالمومنین نے مجھے دیکھتے ہی حکم دیا کہ لکھو اور چند منٹوں میں سب کچھ ختم کر کے کہا کہ اب اس پر بات نہیں ہو گی۔

عیسیٰ۔

اگر یہی بات تھی تو پھر تُمہیں واپس آنے میں ایک دن اور کیوں لگا؟

ابن المقفع۔

امیرالمومنین نے حکم دیا کہ مجھے اگلے دن پھر آنا ہو گا۔ میں اس اُمید پر رُک گیا کہ شاید وہ اپنے خط پر نظرثانی کر کے خط کے بجائے معاہدہ لکھیں گے۔ لیکن دوسرے دن اُنھوں نے مجھ سے وضاحت مانگی کہ میں نے رسالۃ الصحابہ میں ایک مضمون میں یہ کیوں لکھا تھا کہ امیرالمومنین کو عُلما کی ایک مجلس شوریٰ قائم کرنی چاہیئے تا کہ وہ اُنہیں امور سلطنت اور عوامی مسائل حل کرنے میں مدد فراہم کر سکے۔

عیسیٰ۔

(زوردار قہقہہ لگاتے ہوئے) تُمہارا خیال تھا کہ میرا بھتیجا تُمہارے جیسے نو مسلموں کے مشورے سُنے گا؟ مضمون لکھنے سے پہلے تُمہیں مجھ سے پوچھنا چاہیئے تھا۔

ابن المقفع۔

آپ ٹھیک کہتے ہیں۔ امیرالمومنین نے بھی یہی کہا کہ اُنھیں ایسی شوریٰ کی ضرورت نہیں ہے (57) لیکن اُنھوں نے ہندی کہانی "پنچ تنترا" کے میرے ترجمے "کلیلہ و دمنہ" کی تعریف کی۔

عیسیٰ۔

اپنی تعریفیں سُن کر تُم یہ بھول گئے کہ تُمہیں وہاں کسی کام سے بھیجا گیا تھا۔

ابن المقفع۔

میں تو اس اُمید پر اُن سے باتیں کرتا رہا کہ شاید وہ خوش ہو جائیں اور آپ کے معاہدے کو آپ کے حق میں لکھنے پر راضی ہو جائیں لیکن جب بھی میں نے اس موضوع پر بات کرنے کی کوشش کی تو اُنھوں نے کہا کہ میرا اس سے کوئی تعلق نہیں ہے۔ یہ خاندان کا اندرونی معاملہ ہے اور اس کو خاندان کے اندر ہی حل ہونا چاہیئے۔

عیسیٰ۔

(عبداللہ بن علی کو مُخاطب کرتے ہوئے) دیکھا بھائی؟ ہمارا بھتیجا جانتا ہے کہ اُسے خاندان کی بات سُننی پڑے گی۔

(ابن المقفع کو مُخاطب کرتے ہوئے) تُمھاری عربی زبان کی مہارت ہمارے کسی کام نہ آئی۔ لہذا اب میں بولتا جاؤں گا اور تُم لکھتے جاؤ۔ اس کو لفظ بہ لفظ لکھنا ہے۔ لکھو۔

عیسیٰ کھڑا ہو کر آگے پیچھے ٹہلتے ہوئے بولتا جاتا ہے اور کبھی کبھار ابن المقفع کے پیچھے کھڑے ہو کر اُس کاغذ پر سرسری نظر ڈالتا ہے جس پر ابن المقفع پرندے کے پر سے بنے ہوئے قلم کو سیاہی دان میں ڈبو ڈبو کر لکھتا ہے۔

ابن المقفع تیزی سے لکھتا جاتا ہے۔ عیسیٰ اپنی کہی ہوئی باتوں پر آپ ہی خوش ہو کر اکڑتا ہے خاص طور پر جب وہ شاندار القابات و خطابات اور پیچیدہ قانونی زبان میں کوئی نُص لکھواتا ہے۔

عیسیٰ۔

لکھو۔ أعوذ باللہ من الشیطان الرجیم۔ (وقفہ) بسم اللہ الرحمٰن الرحیم۔

من جانب امیرالمومنین الشرعی والحقیقی عبداللہ بن علی، عطا اللہ البقا والدوام۔ (وقفہ)

بنام امیرالمومنین المفروض ابو جعفر عبداللہ المنصور۔ اما بعد۔

عیسیٰ ٹہر کر آنکھیں بند کر کے ذہن پر زور دے کر اسلامی دُعائیں یاد کرتا ہے۔

الحمد للله رب العالمین۔ مالک یوم الدین۔ ایاک نعبدُ و ایاک نستعین۔

(وقفہ) میں اللہ تعالیٰ کے سوا کسی کی اطاعت نہیں کرتا اور میں فانی انسانوں کے آگے سر جُھکانے سے نفرت کرتا ہوں۔

---

[57] مودودی، خلافت و ملوکیت، صفحہ 238

(وقفہ) یہ زندگی عارضی ہے۔ ہر نفس کو موت کا ذائقہ چکھنا ہے۔

عیسیٰ دوبارہ ٹہلنا شروع کر دیتا ہے اور اعتماد سے بولتا ہے۔

اسلام کے وسیع تر مفاد کی خاطر، جدال و قتال بین المسلمین سے بچنے کی خاطر

(وقفہ) اور اللہ تعالیٰ کے خاص منتخب شدہ عباسی قبیلے کے مفاد کی خاطر،

(وقفہ) میں خلافت کے محترم و مکرم منصب اور اختیارات تمہیں تفویض کرنے پر راضی ہوں۔

عبداللہ بن علی بے چین نظر آتا ہے اور ایک ہاتھ اُٹھا کر اشارہ کرتے ہوئے مداخلت کرتا ہے۔

عبداللہ۔

یا اخی! کیا یہ ممکن نہیں ہے کہ اس کو اس طرح لکھا جائے کہ معاہدہ ہونے کے بعد بھی میرا خلافت پر شرعی و اخلاقی حق قائم رہے تاکہ مستقبل میں - - -

عیسیٰ اُس کی بات کاٹ کر جلدی سے بولتا ہے۔

عیسیٰ۔

اخی! میرے شروع کے الفاظ یاد کرو۔ میں نے سب سے پہلے کیا لکھوایا تھا؟ یہ معاہدہ ظاہر کرتا ہے کہ تُم شرعی و حقیقی خلیفہ ہو اور تُم صرف اشارہ دے رہے ہو کہ تُم خلافت منصور کے حوالے کر سکتے ہو بشرطیکہ وہ درج ذیل شرائط و لوازمات کو پورا کرے۔

عبداللہ۔

(خوش ہوتے ہوئے) تُم ٹھیک کہتے ہو۔ یہ اسی طرح لکھا جانا چاہیئے۔

اخی، میں تُمھاری دانائی کی داد دیتا ہوں۔

عیسیٰ۔

(ابن المقفع کو مُخاطب کرتے ہوئے) ہم کہاں پُہنچے تھے؟

ابن المقفع۔

آخری جُملہ تھا، ''میں خلافت کے محترم و مکرم منصب اور اختیارات تمہیں تفویض کرنے پر راضی ہوں۔''

عیسیٰ۔

ہاں۔ لکھو۔ میں خلافت کے محترم و مکرم منصب اور اختیارات تمہیں تفویض کرنے پر راضی ہوں اور میں اس منصبِ اعلیٰ پر قبیلے کے بزرگوں سے مشورہ کیے بغیر قابض ہونے میں تُمھاری جلد بازی کو بھی معاف کرتا ہوں۔

(وقفہ) یہاں پر یاد دہانی کرا دوں کہ مرحوم امیر ابوالعباس السفاح نے اس منصب کی ذُمہ داریاں اپنی وصیت میں مجُھے سونپی تھیں۔

(وقفہ) عمر کے تقاضوں اور فطری فراخ دلی کے سبب میں اس منصبِ اعلیٰ کو تُمھارے حوالے کرنے کو تیار تھا لیکن تُم نے اس کو بن پوچھے بن مانگے ہی لے لینا بہتر سمجھا۔ (وقفہ) تُمھارے اس فعل نے قبیلے کے بزرگوں میں جو شکوک و شبہات اور دُکھ، تکلیف اور ناراضگی کے جو احساسات پیدا کیے ہیں اُن کا ازالہ درج ذیل اقدامات سے ہو سکتا ہے۔

عیسیٰ اپنی بھویں سکیڑ کر غور کرتا ہے اور آہستہ آہستہ بولتا ہے۔

انسان کو اُس کے کیے ہوئے وعدوں سے پھر جانے کے لیے شیطان ہر وقت ورغلاتا رہتا ہے، (وقفہ) لہذا قبیلے کے بزرگ چاہتے ہیں کہ اقتدار کی تُمھیں منتقلی کی تصدیق کرنے سے پہلے تُم شیطان کے ورغلانے سے بچنے کے لیے درج ذیل اقدامات کرو:

(وقفہ) پہلا قدم: بزرگوں سے بن مانگے بن پوچھے اور بغیر مشورہ کیے خلافت کا منصب اپنے ہاتھ میں جلد از جلد لینے کی غیر مشروط تحریری معافی مانگو۔ (وقفہ) دوسرا قدم: قرآن مجید پر ایک حلفیہ بیان لو کہ تم میری جان و مال اور عزت و آبرو کا تحفظ کرو گے؛ (وقفہ) میرے خلاف کسی قسم کی کاروائی نہ خود کرو گے اور نہ ہی کسی ایسی کاروائی میں براہِ راست یا بالواسطہ شمولیت کرو گے؛ (وقفہ) اور اگر تمہیں کسی ایسی کاروائی کی خبر ملے تو فوراً مُجھے اس سے آگاہ کرو گے۔ (وقفہ) یہ حلف نامہ جس پر تُم نے گواہوں کی موجودگی میں دستخط کرنے ہیں دوسرے صفحے پر موجود ہے۔ (وقفہ) اس دستخط شدہ حلف نامے کی وصولی پر، میں وعدہ کرتا ہوں کہ تمہارے حقِ خلافت کو تسلیم کرتے ہوئے تُمھاری بیعت کروں گا (وقفہ) جس سے پہلے ہم اپنے حقوق، مُراعات، استحقاقات، اور دائرہِ اختیار کے علاقہ جات کا تعین کریں گے۔

(وقفہ) دستخط: امیرالمومنین الشرعی والحقیقی عبداللہ بن علی۔

(ابن المقفع کو ہدایات دیتے ہوئے) اب ایک دوسرا ورقہ لو اور اُس پر حلف نامہ لکھو۔

ابن المقفع ایک نیا ورق لے کر میز پر رکھتا ہے اور انتظار کرتا ہے۔

عیسیٰ۔

ورقے میں سب سے اوپر موٹے الفاظ میں ''حلف نامہ'' لکھو۔

عیسیٰ حلف نامہ لکھواتا ہے اور ابن المقفع تیزی سے لکھتا جاتا ہے۔

میں، امیرالمومنین ابو جعفر عبداللہ المنصور حلفیہ اقرار کرتا ہوں کہ اگر میں؛

(وقفہ) اپنے چچا عبداللہ بن علی کی جان و مال اور عزت و آبرو کا تحفظ کرنے میں ناکام رہا (وقفہ) یا میں نے عبداللہ بن علی کے خلاف کسی قسم کی کاروائی کی یا ایسی کسی کاروائی میں براہِ راست یا بالواسطہ شمولیت کی (وقفہ) یا کسی ایسی کاروائی کی خبر ملنے پر عبداللہ بن علی کو آگاہ کرنے میں ناکام رہا تو (وقفہ) نتیجاً درجِ ذیل سزاؤں کا مستحق و موجب

ہوؤں گا: (وقفہ) منصبِ خلافت کو خود بخود عبداللہ بن علی کا حقِ شرعی تصور کیا جائے گا اور مجھے یہ منصب عبداللہ بن علی کے حوالے کرنا ہو گا۔ (وقفہ) تمام مُسلمانوں کو میری بیعت سے آزاد و مبرا تصور کیا جائے گا۔ (وقفہ) میری تمام بیویوں کو اُن کے عقود النکاح سے آزاد و مُبرا تصور کیا جائے گا (58)۔

ابن المقفع سخت پریشانی کے عالم میں عیسیٰ کی جانب دیکھتا ہے۔

ابن المقفع۔

یا شیخ! ایسا نہ لکھوائیں۔

عیسیٰ۔

(سختی سے) اپنا کام کرو۔ مجھے مشورے مت دو اور بیچ میں مت ٹوکو۔ لکھتے جاؤ۔

میرے غُلام اور کنیزیں میری شرعاً جائز ملکیت سے آزاد و مبرا تصور کیے جائیں گے۔ (وقفہ) میرے گھوڑے، مویشی، اموال و جائداد بحق عبداللہ بن علی ضبط کر لیے جائیں گے۔ (وقفہ) اور مجھ پر لازم ہو گا کہ امیر المومنین عبداللہ بن علی کے احکامات کی تعمیل کروں۔ (وقفہ) دستخط: امیرالمومنین ابو جعفر عبداللہ المنصور۔

عیسیٰ اطمینان کا سانس لے کر گول تکیے سے ٹیک لگا کر قالین پر بیٹھ جاتا ہے۔ عبداللہ بن علی اپنے آپ محظوظ ہو کر مُسکراتا ہے۔ ابن المقفع کا چہرہ سخت پریشانی سے پیلا زرد ہے۔

عیسیٰ۔

(ابن المقفع کو مُخاطب کرتے ہوئے) ورقے ادھر لاؤ۔

ابن المقفع اُٹھ کر کاغذات عیسیٰ کو دے کر اُس کے قریب کھڑا ہو جاتا ہے۔

ابن المقفع۔

(جھجکتے ہوئے) یا شیخ، امیرالمومنین یہ معاہدہ لکھنے پر مجھے قتل کرا دیں گے۔

عیسیٰ۔

(جزبز ہوتے ہوئے) کیا اللہ تعالیٰ کی وسیع و عریض زمین میں تُم اکیلے کاتب ہو؟

ابن المقفع۔

(منت کرتے ہوئے) امیرالمومنین جانتے ہیں کہ میں آپ اور شیخ عبداللہ کے لیے لکھتا ہوں۔ مجھ پر رحم کریں اور آخری نصوص کو حذف کر دیں، خاص طور پر بیویوں والی نُص۔

---

[58] ذیات، *تاریخ ادب العربی*، صفحات 326-320

عیسیٰ۔

بیوقوف آدمی! یہ معاہدہ بھائی عبداللہ کی طرف سے ہے۔ تُمھاری طرف سے نہیں۔

ابن المقفع۔

یا شیخ! میرے اُستاد اور دوست عبدالحمید نے مروان بن عبدالمالک کی طرف سے ابو مُسلم کی ہجوء لکھی تھی۔ فتح کے بعد ابو مُسلم نے عبدالحمید کا سر قلم کرا دیا تھا حالانکہ عبدالحمید صرف کاتب تھا اور مروان کے احکامات کی تعمیل کرتا تھا۔

عیسیٰ۔

(سرد مہری سے) ابو مُسلم اب جہنم میں ہے۔ اس سے تُمھارا دل ٹھنڈا ہو جانا چاہیئے۔ اور پھر تُم ہجوء نہیں لکھ رہے۔ کیا تُمھیں ہجوء اور قانونی معاہدے کا فرق بھی نہیں پتہ؟

ابن المقفع۔

یا شیخ! امیرالمومنین اس حلف نامے کو اپنی سخت توہین تصور کریں گے۔ ہجوء سے بھی بڑی توہین۔

عیسیٰ۔

(محظوظ ہوتے ہوئے) یہی تو ہم چاہتے ہیں۔ اُسے ہم سے اب تک صرف شفقت ملی ہے جس کی وجہ سے وہ ہمیں اپنے خوشامدیوں کی طرح سمجھنے لگ پڑا ہے۔ جب اُسے ہماری طرف سے پھٹکار ملے گی تو وہ تلملائے گا لیکن تُمھیں اس سے خوفزدہ نہیں ہونا چاہیئے۔ یاد رکھو کہ مروان اور ابو مُسلم ایک دوسرے کے جانی دُشمن تھے اور ایک دوسرے کے ملازموں کو قتل کرنا اپنا روایتی حق سمجھتے تھے۔ اس کے برعکس ہم منصور کے دُشمن نہیں بلکہ چچے ہیں۔ وہ ہم سے تھوڑی بہت توہین اُسی طرح برداشت کر لے گا جس طرح ہم نے اُس سے یہ توہین برداشت کر لی ہے کہ وہ ہم سے مشورہ کیے بغیر خلافت پر قابض ہو گیا۔ وہ اپنے چچوں کو نقصان نہیں پہنچائے گا۔

ابن المقفع۔

(گھبرائے ہوئے لہجے میں) یا شیخ، چونکہ وہ اپنے چچوں کو نقصان نہیں پہنچانا چاہیں گے لہذا وہ مُجھے قربانی کا بکرا بنائیں گے۔ آپ نے ہی مُجھے بتایا تھا کہ جب ایک بادشاہ اپنے دُشمن بادشاہ کو نہیں مار سکتا تو وہ ایک دوسرے کے آدمیوں کو مارتے رہتے ہیں۔

عیسیٰ۔

(چلاتے ہوئے) بیوقوف! ہم منصور کے دشمن نہیں، چچے ہیں۔ میں نے تُمھیں بتایا ہے کہ یہ خاندانی جھگڑا ہے، دُشمنوں کا مقابلہ نہیں۔ نہ تو منصور میری جاگیر میں تُمھیں پکڑنے کے لیے اپنے آدمی بھیجے گا اور نہ ہی میں تُمھیں اُس کے دربار میں دوبارہ بھیجوں گا۔ تُم خود بھی آئندہ اُس کے دربار میں مت جاؤ اور اُس کے رسالۃ الصحابہ کے لیے لکھنا

بند کر دو۔

عیسیٰ غُلام کو ''زید'' کہہ کر پکارتا ہے۔ زید اندر آتا ہے۔

عیسیٰ۔

(خط اور حلف نامہ زید کو دیتے ہوئے) ان کو دفتر میں دو اور کہو کہ اس کو بیت الخلیفہ بھجوانا ہے لیکن پیغام رساں پہلے میرے پاس آ کر ہدایات لے۔

عبداللہ۔

(زید کو مُخاطب کرتے ہوئے) ٹھہرو!

زید ابن المقفع کے ساتھ کھڑا ہو جاتا ہے۔

عبداللہ۔

(عیسیٰ کو مُخاطب کرتے ہوئے) تُم تو کہہ رہے تھے کہ تُم خود منصور کے پاس جاؤ گے اور اُس سے دستخط کراؤ گے ورنہ تو وہ دستخط کرنے سے صاف انکار کر دے گا۔

عیسیٰ۔

عبدالصمد ان دنوں منصور کے ساتھ رہتا ہے۔ میں پیغام رساں کو سختی سے ہدایت کروں گا کہ یہ کاغذات صرف عبدالصمد کو دینے ہیں اور کہنا ہے کہ بہرصورت حلف نامے پر منصور سے دستخط کروا کے بھیجے۔ منصور عبدالصمد کی بات کبھی نہیں ٹالتا۔ جب عبدالصمد حلف نامے پر دستخط کروا کے واپس بھیجے گا تو ہم دونوں جا کر منصور سے اپنے استحقاقات پر مذاکرات کریں گے۔

عبداللہ۔

تُم کیسے کہہ سکتے ہو کہ وہ عبدالصمد کے کہنے پر اس پر دستخط کر دے گا؟

عیسیٰ۔

اگر میں نے اُس سے کوئی مال متاع یا غنیمت میں کوئی بڑا حصہ یا کوئی جاگیر مانگی ہوتی تو عین ممکن ہے کہ وہ دستخط نہ کرتا۔ لیکن جس طرح میں نے معاہدہ لکھوایا ہے، اس پر دستخط کرنے سے منصور کا کچھ نہیں جاتا۔ منصور خلافت کے منصب پر قائم رہنا چاہتا ہے لیکن اُسے علم ہے کہ اُس کے کُچھ بزرگ اس پر خوش نہیں ہیں۔ اس حلف نامے پر دستخط کرنے سے اُس کی خلافت قائم رہے گی اور اُسے یہ بھی تسلی ہو جائے گی کہ ایسا بزرگوں کی رضا سے ہوا ہے۔ پھر دستخط نہ کرنے کی کیا کوئی وجہ باقی رہ جاتی ہے؟

عبداللہ۔

میرے خیال میں تُم ٹھیک کہتے ہو۔ وہ عبدالصمد کی ہر بات مانتا ہے۔

عیسیٰ۔

(زید کو مُخاطب کرتے ہوئے) کاغذات دفتر لے جاؤ اور پیغام رساں کو بھیجو۔

(ابن المقفع کو مُخاطب کرتے ہوئے) تُم ابھی تک یہاں کیوں کھڑے ہو؟ سفر سے تھکے نہیں؟ جاؤ جا کر آرام کرو۔

ابن المقفع پریشان چہرہ لیے بھاری قدم اُٹھاتا ہوا باہر چلا جاتا ہے۔

گیارہویں ایکٹ کا اختتام

بارہواں ایکٹ: کاتب کا قصور

بارہویں ایکٹ کے کردار:

خلیفہ منصور کمخوابی فارسی جُبّے میں ملبوس ہے جس پر سونے کے دھاگے سے کشیدہ کاری کی گئی ہے۔ اُس نے سر پر ریشمی پھُندنوں والی رنگین دستار پہن رکھی ہے۔

الربیع بن یونس، خلیفہ منصور کا معتمدِ خاص، چالیس سے کچھ زیادہ عمر، کالی اور سفید بنی سنوری داڑھی اور درمیانے جسم والا شخص ہے۔ اُس نے منصور کے لباس سے ملتے جُلتے جُبّہ اور دستار پہن رکھے ہیں۔

کاتب، نوکیلی کالی داڑھی والا دُبلا پتلا آدمی ہے جو سفید تھوب اور عمامہ پہنے ہوئے ہے۔

بارہویں ایکٹ کا منظر:

خلیفہ منصور کے محل میں ایک ذاتی کمرہ۔ منصور ایک بڑے دیوان پر تکیوں سے ٹیک لگائے بیٹھا ہے۔ دیوان کے ساتھ لکڑی کی ایک منقش الماری میں عطر کی بوتلیں رکھی ہیں۔ کمرے کے ایک کونے میں رکھے ایک مرتبان سے مُشک و کافور کا دھواں نکل رہا ہے۔ دوسرے کونے میں چھوٹی ٹانگوں والی کتابت کی میز رکھی ہے جس پر ایک قلم، سیاہی دان اور کاغذ رکھے ہیں۔ الربیع بن یونس، منصور کے سامنے دوسرے دیوان پر سیدھا اور متوجہ ہو کر بیٹھا ہوا ہے۔

بارہواں ایکٹ

بغداد میں خلیفہ منصور کے محل میں ایک ذاتی کمرہ

دور

تقریباً 760 عیسوی

خلیفہ منصور کو الربیع بن یونس کی وفاداریوں پر گہرے شکوک ہیں۔

خلیفہ منصور۔

(نرم لیکن پُرشک لہجے میں) ایک دہائی سے بھی پُرانی بات ہے جب اُموی خنزیر سُلیمان نے مُجھے قتل کرنے کے لیے تلوار اُٹھائی تھی۔ تُم نے چِلا کر اُسے روکا اور میری جان بچائی۔ مُجھے اب بھی اچھی طرح یاد ہے۔

الربیع بن یونس۔

(مودبانہ انداز میں) امیرالمومنین! امیر سُلیمان یہ تصور بھی نہیں کر سکتا تھا کہ کسی دن اللہ تعالیٰ آپ کو اُس کے عامل کے منصب سے بلند کر کے خلیفۃ المسلمین بنا دے گا!

خلیفہ منصور۔

رات میں بہت سوچتا رہا۔ مُجھے یاد آیا کہ جب اُس نے مُجھ پر چوری کا الزام لگایا تھا اور تلوار نکال کر مُجھے مارنے لگا تھا تو تُم پچھلے کمرے سے بھاگتے آئے تھے اور اُس کی منت کر کے اُس کو روکا تھا۔ کیا تمہیں یاد ہے کہ گودام میں کوئی اور تھا کہ نہیں؟

الربیع۔

اور کوئی بھی نہیں تھا، یا سیدی۔ مُجھے اچھی طرح یاد ہے۔

خلیفہ منصور۔

مُجھے بھی اچھی طرح یاد ہے۔ اور کوئی نہیں تھا۔ سُلیمان اور تُمہارے علاوہ اس واقعے کا کوئی گواہ نہیں تھا۔ (سیدھے بیٹھ کر الربیع کو گھُورتے ہوئے) تو پھر برمکی کو اس کا کیسے علم ہوا؟ وہ کل میرے پاس آیا تھا۔ کہنے لگا کہ کیا میرے پاس اب بھی وہ نادر خنجر ہے جو میں نے امویوں کی لوٹ مار کے گودام سے چرُایا تھا؟

الربیع۔

(چوکنا ہوتے ہوئے اعتماد کے ساتھ) یا سیدی، میں نے آپ کو مشورہ دیا تھا کہ برمکی کو وہاں تعینات نہ کریں جہاں کسی زمانے میں سُلیمان حکمران تھا۔ میں نے آپ کو یہ بھی بتایا تھا کہ وہاں لوگوں میں آپ کے بارے میں کہانیاں مشہور ہیں کہ آپ سُلیمان کے عامل ہوا کرتے تھے۔ مُجھے افسوس ہے لیکن آپ کے وفادار خادم ہونے کے ناطے مُجھے کہنا پڑ رہا ہے کہ آپ میرے مشوروں کو کوئی اہمیت نہیں دیتے اور جب حالات بگڑ جاتے ہیں تو آپ مُجھ پر ہی الزام لگا دیتے ہیں۔ (تلخی سے) مُجھے اب سمجھ آئی کہ امام ابو حنیفہ کیوں آپ کی مُلازمت قبول نہیں کرتے۔ اگر میں نے بھی آپ کی مُلازمت قبول کرنے سے انکار کر دیا ہوتا تو آپ کے پُرانے دوست کی حیثیت سے عزت پاتا اور سکھ کی زندگی گزارتا۔ لیکن میں نے آپ کی پیشکش قبول کی، آپ کی خدمت کی، اور اب جب بھی آپ کے بارے میں کوئی افواہ پھیلتی ہے تو آپ سب سے پہلے مُجھ پر ہی شک کرتے ہیں۔ جہاں تک آپ کی مُبینہ چوری، میرا مطلب ہے نام نہاد چوری کا قصہ ہے، اگر آپ کا خیال ہے کہ ایسی باتوں کو چھُپایا یا دبایا جا سکتا ہے تو یہ ناممکن ہے۔ مرنے سے پہلے سُلیمان نے خود یہ قصہ سینکڑوں لوگوں کو سُنایا ہو گا۔ (جذبات سے گلوگیر آواز میں) میں آپ کا سب سے وفادار خادم ہوں اور مُجھے سخت دُکھ ہے کہ آپ مُجھ پر شک کرتے ہیں۔ اگر آپ سمجھتے ہیں کہ میرا خون سفید ہو گیا ہے تو اس خنجر سے میرا سینہ چیر کر دیکھ لیں۔

الربیع اُٹھ کر جذباتی انداز میں اپنا خنجر جُبّے کے اندر سے نکال کر منصور کو پیش کرتا ہے۔

خلیفہ منصور۔

(متاثر اور خوش ہوتے ہوئے) نہیں، نہیں، مُجھے تُمہاری وفاداری پر کوئی شک نہیں ہے۔ جب تُم امیر سُلیمان کے قریبی دوست تھے اور میں محض اُس کا عامل تھا تو تُم نے میری جان بچائی تھی۔ یہی ایک بات تُمہاری وفاداری ثابت کرنے کے لیے کافی ہے۔ میں صرف اس پریشانی میں ہوں کہ میرے ماضی کے قصے آج کل لوگوں میں کیوں پھیلائے جا رہے ہیں اور ایسا کون کر رہا ہے۔ (دائیں ہاتھ سے کسی غیرمرئی شے کو ہٹاتے ہوئے) دفع کرو! کسی دن مُجھے پتہ چل ہی جائے گا کہ گڑے مُردے اُکھاڑ کر میری شہرت کو کون داغدار کر رہا ہے۔ (رسمی انداز اپناتے ہوئے) آج کتنے جاسوس خبریں لائے ہیں؟

الربیع۔

یا سیدی، آج نو آئے تھے۔ چونکہ آپ کہتے ہیں کہ آپ کے پاس بیوی بچوں کے لیے وقت نہیں ہوتا، میں نے اُن کے بیانات سُن کر لکھ لیے تھے تاکہ آپ اپنے خاندان کو وقت دے سکیں۔

الربیع کے بارے میں منصور کے شکوک و شبہات دوبارہ سر اُٹھانے لگتے ہیں۔

خلیفہ منصور۔

آج کے بعد جاسوسوں کو میرے سامنے پیش کیا کرو۔ (ہمدردی کرتے ہوئے) بات یہ نہیں کہ مُجھے تُم پر بھروسہ نہیں ہے لیکن اگر ہم دونوں مل کر بیانات سُنیں گے تو کسی بات کو غلطی سے نظرانداز کر جانے کا امکان کم ہو جائے گا۔ آج کیا خبریں ملیں؟

الربیع پرچے کو سامنے رکھ کر اور اُس سے دیکھ کر پڑھتا ہے۔

الربیع۔

(رسمی انداز میں) امیرالمومنین! پہلے خراسان کی خبر سُن لیں۔ جمہور نے ہم سے غداری کرتے ہوئے اعلان کیا ہے کہ وہ غیر مسلموں کا ضبط کیا ہوا مال متاع بیت المال میں نہیں بھیجے گا۔ اُس نے اپنے لشکریوں کو قرآنی آیات اور احادیث سُنا کر قائل کر لیا ہے کہ مالِ غنیمت اُن ہی کا حق ہے جو اس کے لیے جہاد کرتے ہیں۔ جب ہمارے آدمی اس مال متاع کو بغداد لانے کے لیے اونٹ اور گھوڑے لے کر پہنچے تو جمہور غُصے سے اپنے لشکریوں کے سامنے چلانے لگا، ''ہم اپنی جانیں خطرے میں ڈالتے ہیں، ہم قتل کرتے ہیں اور قتل ہوتے ہیں لیکن مال متاع خلیفہ لے جاتا ہے۔ ہم اس بے انصافی کو برداشت نہیں کریں گے۔'' جاسوسوں کا کہنا ہے کہ عوامی بغاوت کے نتیجے میں ہمارے اُن آدمیوں کے قتل ہونے کا اندیشہ ہے جو مال لانے خراسان گئے تھے لیکن فی الفور اس کا خدشہ نہیں ہے۔

خلیفہ منصور۔

(غور کرتے ہوئے) کیا جاسوسوں نے تخمینہ لگایا کہ جمہور کے وفادار کتنے ہیں؟

الربیع۔

سند باد کے خلاف لڑائی میں جمہور کے بہت آدمی ہلاک ہو گئے تھے۔ ہمارا خیال تھا کہ وہ سند باد کو شکست نہیں دے سکے گا لیکن اُس نے شکست دے دی۔ اب اُس کے پاس صرف سات ہزار لشکری بچے ہیں۔ جاسوس بتاتے ہیں کہ ان سات ہزار میں سے تین ہزار کے لگ بھگ عرب ہیں جو جمہور کا ساتھ چھوڑ کر ہمارے اُن آدمیوں کے ساتھ شامل ہو سکتے ہیں جو ہم نے بغداد سے بھیجے تھے۔

خلیفہ منصور۔

(حکم دیتے ہوئے) ابن اشعط کو فوری طور پر دس ہزار لشکری دے کر بھیجو۔ احکامات یہ ہیں کہ جمہور اور اُس کے ساتھیوں کو ختم کرنا ہے۔ اگر وہ فرار ہو جائیں تو آذربائجان کی سرحد تک اُن کا پیچھا کرو۔ یہ لشکر آج رات تک تیار ہو جانا چاہیئے اور ابن اشعط کو کہو کے فجر کے وقت روانگی سے پہلے مُجھے مل کے جائے۔ جمہور کے لشکر میں جو عرب جہادی ہیں، اُن کی طرف ایک تیزرفتار گھڑسوار پیغام رساں بھی روانہ کر دو۔ ان کے لیے پیغام یہ ہے کہ ابن اشعط کا لشکر پہنچتے ہی اُس میں شامل ہو جائیں۔ یہ اُن کے لیے بہتر ہے ورنہ اُن کی قسمت وہی ہو گی جو جمہور اور اُس کے آدمیوں کی۔

الربیع ہدایات کو لکھتا ہے اور بھویں سکیڑ کر اُن پر غور کرتا ہے۔

الربیع۔

امیرالمومنین! لیکن یہ عرب جوان جمہور کے خراسانیوں کے ساتھ مل کر کئی سالوں سے لڑ رہے ہیں۔ ان کی آپس میں دوستیاں اور رفاقتیں بن چکی ہیں۔ اپنے دوستوں کو قتل کرنے کے بجائے بھاگ کر بغداد واپس آنا اُن کے لیے زیادہ قابلِ قبول ہو گا۔

خلیفہ منصور۔

بحیثیت مُسلمان اُنہیں علم ہونا چاہیئے کہ اُن کی وفاداری اور دوستی صرف اللہ، رسول اور خلافتِ عباسیہ کے ساتھ ہے۔ اکٹھے لڑنے سے وفا کا کوئی رشتہ قائم نہیں ہوتا۔

الربیع۔

لیکن جب یہ دس ہزار لشکری یہاں سے چلے جائیں گے تو یہاں کی افرادی قوت کی کمی کو وہ تین ہزار عرب جوان واپس آ کر کسی حد تک پورا کر سکتے ہیں۔

خلیفہ منصور۔

درست کہتے ہو لیکن میرے اپنے مخابرات نے مُجھے بتایا تھا کہ عرب اور فارسی جہادیوں میں دوستیاں کم اور دُشمنیاں

زیادہ ہوتی ہیں کیونکہ عرب عام طور پر فارسیوں کو مال غنیمت میں حصہ دینے سے کتراتے ہیں۔ مجھے یقین ہے کہ ابن اشعط کے لشکر کے پہنچتے ہی یہ تین ہزار عرب جوان اپنے فارسی ساتھیوں پر پل پڑیں گے جس سے ابن اشعط کا کام آسان ہو جائے گا۔ دس اور تین، تیرہ ہزار عرب بڑے آرام سے جمہور کے چار ہزار عجمیوں کا خاتمہ کر دیں گے۔ اُس کے بعد ہمیں جتنی افرادی قوت کی یہاں ضرورت ہو گی اُتنے واپس بلا لیں گے۔ تُمہیں تو یہ خود پتہ ہونا چاہیئے تھا، الربیع! اگلی خبر کیا ہے؟

الربیع۔

ابن خازم ہرات میں جعلی پیغمبر اُستادِ غیس اور اُس کے مُریدوں کا خاتمہ کرنے میں کامیاب ہو گیا ہے اور اب وہ بادغیس کی جانب پیش قدمی کر رہا ہے۔ اس خاتمے کے بعد فارسیوں کا فارسی پیغمبر لانے کا خواب چکنا چور ہو جانا چاہیئے تھا لیکن جاسوسوں نے بتایا ہے کہ زیدیہ فرقہ خبریں پھیلا رہا ہے کہ بہت جلد ایک فارسی پیغمبر آنے والا ہے جو شریعتِ محمدیہ کو منسوخ کر دے گا (59)۔ بہت سے فارسی جو تسلیم نہیں کرتے کہ پیغمبر صرف عرب ہی ہو سکتا ہے اس فرقے میں جوق در جوق شامل ہو رہے ہیں۔

خلیفہ منصور۔

(قہقہہ لگاتے ہوئے) فارسی پیغمبر! (طنزاً) وہ کونسی زبان میں اللہ تعالیٰ سے وحی وصول کرے گا؟ ان احمقوں کو علم نہیں کہ اللہ تعالیٰ گھٹیا زبانوں میں وحی نہیں بھیجتا۔ عربی اللہ کی زبان ہے اور جو بھی اللہ کی خوشنودی چاہتا ہے اُس کو عربی سیکھنی چاہیئے۔ (60) اُستادِ غیس سمجھتا تھا کہ پیغمبر بن کر وہ خلیفہ کو شکست دے سکتا ہے لیکن اُسے یہ علم نہیں تھا کہ جب سے نظامِ خلافت رائج ہوا ہے، سرزمینِ عرب میں بھی پیغمبری کا دعویٰ کرنے والوں کو خلفاء نے ہمیشہ قتل کروا دیا ہے۔ اب کوئی پیغمبر نہیں آ سکتا۔ اگلی خبر سُناؤ۔

الربیع۔

امیرالمومنین! حَسن بن قحطبہ جہادیوں کی بہت اچھی تربیت کر رہا ہے۔ اُس نے اپنی ذاتی مجلسوں میں کہا ہے کہ وہ اپنی موت تک آپ کا وفادار رہے گا۔

خلیفہ منصور۔

بہت اچھا۔ اگلی خبر۔

---

[59] ابو زہرہ، *حیاتِ امام ابو حنیفہ*، صفحات 237-231 & 223-222

[60] ابو زہرہ، *حیاتِ امام ابو حنیفہ*، صفحات 421-416

الربیع۔

مدینہ سے حَسن بن یزید نے اطلاع دی ہے کہ محمد نفس ذکیہ اور ابراہیم ابھی تک روپوش ہیں۔ جاسوسوں کا کہنا ہے کہ وہ چُھپ چُھپ کر اپنی امامت قائم کرنے کے لیے لشکری بھرتی کر رہے ہیں۔ امام حَسنؑ کے پوتے ہونے کے ناطے ان کو کافی خراسانیوں کی حمایت حاصل ہے لیکن میرے خیال میں یہ فکر کی بات نہیں کیونکہ خراسان مدینہ سے بہت دور ہے۔

خلیفہ منصور۔

(چوکنا ہوتے ہوئے) تُم کہتے ہو کہ خراسان مدینہ سے دور ہے؟ خراسان شام سے بھی دور ہے لیکن یہ دوری خراسانیوں کو شام پہنچ کر امویوں کی لاشوں کے ڈھیر لگانے سے نہیں روک سکی، اور ہم تو بغداد میں ہیں جو خراسان سے شام کی نسبت بہت قریب ہے۔ یہ بُہت سنگین مسئلہ ہے۔ خراسانیوں کی رسول اللہ ﷺ کے رشتہ داروں سے محبت جنون کی حد تک پہنچی ہوئی ہے۔ اسی لیے اُنھوں نے ہماری مدد کی تھی اور اب جب اُن کو علیؑ کے پڑپوتے ہمارے خلاف بھڑکائیں گے تو وہ جنون کی آخری حد کو بھی پار کر جائیں گے۔

الربیع۔

یا سیدی، ہم نے والیء مدینہ کو حکم بھیج دیا تھا کہ دونوں بھائیوں کو بہرصورت پکڑ کر سزائے موت دینی ہے۔ اُن کا باپ پہلے ہی ہماری جیل میں ہے۔ اور ہم کیا کر سکتے ہیں؟

خلیفہ منصور۔

سمجھ نہیں آتی کہ اُس کو جیل میں رکھوں یا قتل کرا دوں۔ عبداللہ بن حَسن علیؑ کا پوتا ہے۔ قتل کرا دیا تو فارسی غُصے سے پاگل ہو جائیں گے۔ زیاد بن عبداللہ کو والیء مدینہ بنا کر میں نے سخت غلطی کی۔ وہ کہتا تھا کہ جلد ہی دونوں بھائیوں کو پکڑ کر بغداد بھیجے گا لیکن اُس نے ایک کبوتر بھی نہیں پکڑا۔ گدھے کو پتہ ہی نہیں کہ پکڑنا کیسے ہے۔

الربیع۔

زیاد مدینہ کے سارے علویوں کو پکڑ کر اِن کے ٹھکانے کا پتہ لگوا سکتا تھا۔

خلیفہ منصور۔

اگر زیاد سب علویوں کو کوڑے لگوا دیتا تو چوہے اپنے بِلوں سے باہر نکلوا سکتا تھا لیکن اُس نے کچھ نہیں کیا۔ اُس میں والی کا کام کرنے کی صلاحیت ہی نہیں ہے۔ اُس کی جگہ محمد بن خالد کو تعنیات کرو۔ محمد کو کل دربار میں بلاؤ۔ میں خود اُس کو ہدایات دوں گا کہ مدینہ پہنچ کر زیاد سے اختیارات لے لے لیکن یہ خفیہ رکھنا ہو گا تا کہ پہلے محمد وہاں پہنچ کر زیاد کو گرفتار کر لے ورنہ ایک اور بغاوت ہو سکتی ہے۔ کوئی اور خبر باقی ہے؟

الربیع۔

(جھجکتے ہوئے) امیرالمومنین! آپ کے چچا عبدالصمد نے ایک خط اور حلف نامہ دیا ہے جو آپ کے چچا عبداللہ اور عیسیٰ نے بھیجا ہے۔ جناب عبدالصمد نے کہا ہے کہ اس پر آپ نے لازماً دستخط کرنے ہیں لیکن مجھے ڈر ہے کہ یہ آپ کے پڑھنے کے لائق نہیں ہے۔

خلیفہ منصور۔

(تجسس کے ساتھ) ایسا کیا ہے اس میں؟

الربیع۔

اُنھوں نے ایک حلف نامہ بھیجا ہے لیکن اُس میں جو شرائط لکھی ہوئی ہیں وہ سخت توہین امیز ہیں۔ آپ نہ پڑھیں تو بہتر ہو گا۔ آپ چاہیں تو میں اس کو واپس بھجوا دیتا ہوں۔

خلیفہ منصور۔

(سختی سے) خط مُجھے دو۔

الربیع خط اور حلف نامہ منصور کو دیتا ہے۔ منصور اِنھیں پڑھتا ہے۔ جوں جوں وہ پڑھتا جاتا ہے اُس کے چہرے پر تناؤ آتا جاتا ہے۔ وہ سیدھا بیٹھ کر کن انکھیوں سے الربیع کو دیکھتا ہے۔ اُس کے ماتھے کی لکیریں گہری ہوتی جاتی ہیں اور چہرے پر غم و غُصے کے اثار نظر آتے ہیں۔

خلیفہ منصور۔

(گلوگیر اور مدھم آواز میں) تُم نے یہ پڑھا ہے؟

الربیع۔

(معذرت خواہانہ انداز میں) جی جناب۔ میں یہ آپ کے سامنے نہیں لانا چاہتا تھا لیکن میرا فرض تھا کہ آپ کو دکھاؤں۔

خلیفہ منصور۔

جاسوس ان کی قوت کے بارے میں کیا کہتے ہیں؟

الربیع۔

عبداللہ بن علی کے پاس صرف پانچ ہزار لشکری باقی رہ گئے ہیں۔ عیسیٰ بن علی اُس کو تحفظ فراہم کر رہا ہے اور اُس کے پاس تقریباً دس ہزار لشکری ہیں۔ لیکن اگر آپ مُجھے کہنے کی اجازت دیں تو بات یہ ہے کہ یہ آپ کے بزرگ ہیں اور خلافت کے لیے کسی خطرے کا باعث نہیں ہیں۔ ان سے جنگ کرنے سے قطعاً کوئی مقصد حاصل نہیں ہو گا کیونکہ یہ آپ سے صرف مراعات و استحقاقات چاہتے ہیں۔ (خوشامدی انداز میں) ان کو آپ سے فراخ دلی کی اُمید ہے۔ جاسوسوں کا کہنا ہے کہ یہ دونوں آپ پر دباؤ ڈال کر مصر میں حکومت کرنے کا حق حاصل کرنا چاہتے ہیں۔ اگر ان کو مصر دے دیا جائے تو یہ آپ کے راستے سے باہر ہو جائیں گے۔ چونکہ یہ سب بھائی اکٹھے رہنا چاہتے ہیں، یہ مصر

چلے جائیں گے۔

خلیفہ منصور۔

(طنزاً) جو مُجھ پر گندگی کا ڈھیر اِنہوں نے پھینکا ہے، اُس کے بعد میں تحفے میں مصر اِن کو دے دوں! (حقارت سے) مصر لیتے ہی یہ وہاں اپنی خلافت قائم کر لیں گے اور پھر وہاں سے گندم کی ایک بوری بھی بغداد نہیں آئے گی۔

منصور دونوں کاغذوں کو اپنی مُٹھی میں بھینچ کر، اُن کی گیند بنا کر ایک کونے میں پھینک دیتا ہے۔ پھر وہ تکیے سے ٹیک لگا کر آرام سے بیٹھ جاتا ہے۔

(غور کرتے ہوئے) میرے بچپن سے عیسیٰ ہمیشہ مُجھ سے شفقت سے پیش آتا رہا ہے۔

الربیع، تُمھارا کیا خیال ہے؟ وہ اس بڑھے بدمعاش عبداللہ کی طرف داری کیوں کر رہا ہے؟

الربیع۔

جناب اگر آپ مُجھے اجازت دیں تو عرض کروں کہ آپ کے سارے چچے آپ پر فخر کرتے ہیں۔ عبدالصمد اور عیسیٰ زیادہ وفادار ہیں لیکن سُلیمان بھی اپنی غُصے والی طبیعت کے باوجود آپ کی طرف داری کرتا رہا ہے۔ جہاں تک اس خط اور حلف نامے کا تعلق ہے، یہ بزرگ چھوٹوں کو ڈانٹ ڈپٹ کرنا اپنا حق سمجھتے ہیں۔ ممکن ہے کہ عبداللہ سوچ رہا ہو کہ اُس کو ایک طرف کر دیا گیا ہے کیونکہ آپ نے اُس کو کوئی خاص مراعات نہیں عطا کی ہیں۔ عیسیٰ اُسے سمجھاتا رہتا ہے کہ خاندانی مسئلے خاندان ہی میں حل ہونے چاہیئں۔ اسی لیے آپ کی خلافت کے پانچ سال گزر گئے اور عبداللہ نے آپ کے خلاف کچھ نہیں کیا۔

خلیفہ منصور۔

کیا تُم نے کہا تھا کہ عبدالصمد نے مُجھے ان کاغذوں پر دستخط کرنے کو کہا ہے؟

الربیع۔

جی ہاں۔

منصور دیوان سے اُٹھ کر سوچتا ہوا آگے پیچھے ٹہلنا شروع ہو جاتا ہے۔

احتراماً الربیع بھی اُٹھ کر کھڑا ہو جاتا ہے۔

خلیفہ منصور۔

الربیع! یہ کاغذات فرش سے اُٹھا کر مُجھے دو۔

الربیع گیند کی شکل میں مڑا تڑا ہوا خط اور حلف نامہ قالین سے اُٹھا کر دیوان پر رکھ کر، کھول کر اُن کی جُھریاں سیدھی کرنے کی کوشش کرتا ہے۔ منصور ٹہلتا رہتا ہے۔

خلیفہ منصور۔

الربیع، وہ گھر بن گئے جو میں نے نمک کی بنیادوں پر بنوانے کو کہا تھا؟

الربیع۔

جناب وہ پچھلے ہفتے تیار ہو گئے تھے۔

خلیفہ منصور۔

برسات شروع ہونے میں ابھی ایک مہینہ باقی ہے۔

الربیع۔

(چوکنا ہوتے ہوئے) آپ یہ تو نہیں سوچ رہے کہ اپنے چچوں کو برسات میں اُن گھروں میں مہمان بنا کر ٹھہرائیں؟

خلیفہ منصور۔

(قہقہہ لگاتے ہوئے) نہیں۔ اللہ معاف کرے، مُجھے اِن بڑھے گدھوں کی ہمیشہ ضرورت رہے گی۔ میں انہی کے ساتھ پلا بڑھا تھا۔ انہوں نے ہی مُجھے گھڑ سواری، تلوار بازی اور نیزے بازی سکھائی تھی۔ میری روح میں شان و شوکت حاصل کرنے کے اعلی مقاصد انہوں نے ہی بھرے تھے۔ میں یہ سب کچھ اُنہی کو خوش کرنے کی توقع میں کرتا ہوں۔ اگر یہ مر گئے تو میری زندگی میں بہت کم خوشی باقی بچے گی لیکن یہ مُجھے کئی لحاظ سے کمزور بھی کر دیتے ہیں۔
(فیصلہ کُن انداز میں) کاتب کو بُلاؤ۔

الربیع کمرے سے باہر جاتا ہے اور تھوڑی دیر کے بعد کاتب کو لے کر اندر آتا ہے۔

کاتب منصور کو ''سلام علیکُم یا امیر المومنین'' کہہ کر کتابت کی میز کے سامنے بیٹھ جاتا ہے۔ وہ میز پر کاغذ رکھ کر قلم سیاہی دان میں ڈبو کر لکھنے کی تیاری کرتا ہے۔

خلیفہ منصور۔

(کاتب کو مُخاطب کرتے ہوئے) میں صرف محتویات بولوں گا۔ بعد میں تُم مروجا القابات و آداب خط کے اوپر نیچے لکھ دینا۔ خط میری طرف سے عبداللہ بن علی کے نام لکھنا ہے۔ یاد رکھنا کہ میرے نام کے ساتھ امیر المومنین نہیں لکھنا اور کسی قسم کا کوئی لقب نہیں لگانا ہے۔ یہ بھتیجے کی طرف سے چچا کو لکھا گیا ذاتی خط ہے۔ لکھو۔

منصور سوچ سوچ کر آہستہ آہستہ بولتا ہے۔ کاتب غور سے سُن کر تیزی سے لکھتا جاتا ہے۔

خلیفہ منصور۔

میں اپنے شفیق و مہربان چچا کے اپنے تابع فرماں بھتیجے پر شکوک و وسوسوں سے سخت دُکھی ہوا ہوں۔ (وقفہ) میں آپ سے بالمشافہ ملاقات کر کے شکوک و شبہات کا ازالہ کرنا چاہتا ہوں (وقفہ) اور درخواست کرتا ہوں کہ میری کوتاہیوں کو اُسی طرح معاف کر دیں جیسے بچپن میں میری شرارتوں کو معاف کیا کرتے تھے۔

(وقفہ) میں یہ خط عام پیغام رساں کے زریعے نہیں بلکہ چچا عبدالصمد اور اپنے دو قریبی آدمیوں کے ہمراہ بھیج رہا ہوں۔

(وقفہ) مجھے امید ہے کہ اس سے آپ کے شبہات کا ازالہ ہو جائے گا۔ (وقفہ) آپ کے مزید اطمینان کے لیے میں اُس حلف نامے پر بھی دستخط کر کے بھیج رہا ہوں جو آپ نے ارسال کیا تھا۔

منصور عبداللہ بن علی کا بھیجا ہوا حلف نامہ دیوان سے اُٹھا کر کاتب کو دیتا ہے۔

خلیفہ منصور۔

(کاتب کو مُخاطب کرتے ہوئے) اس حلف نامے کی لفظ بہ لفظ نقل تیار کر کے اور میرے خط کو مکمل کر کے میرے دستخطوں کے لیے لے کر آؤ۔ یہ کام تُم نے اپنے کمرے میں اکیلے کرنا ہے اور اس کی کسی دوسرے کو قطعاً خبر نہیں ہونی چاہیئے۔

کاتب سینے پر ہاتھ لگا کر سر جُھکا کر اقرار کرتا ہے اور کاغذات لے کر باہر چلا جاتا ہے۔

الربیع۔

امیرالمومنین! آپ نے بہت اچھا اور دانش مندانہ فیصلہ کیا ہے۔

خلیفہ منصور۔

(ہنستے ہوئے) ابھی تُم میری مزید دانائی دیکھو گے۔

منصور چہرے پر تناؤ کے آثار لیے ٹہلتا ہے جبکہ الربیع متوقع نظروں سے اُسے دیکھتا ہے۔

خلیفہ منصور۔

الربیع! وہ عالم نُما کاتب کون ہے جو عبداللہ نے ہمارے مابین معاہدہ لکھوانے بھیجا تھا؟

الربیع۔

جناب، عبداللہ کے پاس کوئی کاتب نہیں ہیں۔ جو کاتب آیا تھا وہ عیسیٰ کا کاتب تھا۔

خلیفہ منصور۔

اُس کے بارے میں تُم کیا جانتے ہو؟

الربیع۔

فارسی مجوسی ہے لیکن عیسیٰ کے ہاتھ پر اسلام قبول کر کے عبداللہ کہلاتا ہے۔ اُس کا باپ دادویہ حجاج بن یوسف کا عامل المحصول تھا۔ حجاج نے غبن کے شک میں دادویہ کا ہاتھ توڑ دیا تھا۔ اسی لیے مسلمان ہونے سے پہلے عبداللہ کو ابن المقفع کہا جاتا تھا۔

منصور کے چہرے پر ایک چمک آ جاتی ہے جیسے کہ اُس نے کوئی معمہ حل کر لیا ہو۔

خلیفہ منصور۔

(طنزاً) ابن المقفع! شروع میں اُس کی لُغتہ الفصحہ میں مہارت سے میں بہت متاثر ہوا لیکن وہ زیادہ دیر تک مجھے دھوکا

نہیں دے سکا۔ میں نے اُس کے عربی بھیس کے پیچھے چھُپی ہوئی فارسی شعوبیت پہچان لی۔ اُس نے رسالۃ الصحابہ میں ایک مضمون میں لکھا تھا کہ مُجھے اپنے گرد عالم اور دانشور اکٹھے کرنے چاہیئں جو امور سلطنت پر مُجھے مشورے دیں۔ (ہنستے ہوئے) گویا کہ مُجھے علم و دانش کی ضرورت ہے۔
الربیع، تُمہیں یاد ہے کہ میں نے مُعان بن زیدہ کو بڑا عہدہ کیوں دیا تھا؟

الربیع۔

اُس نے عجمی روندیہ کے بھیجے ہوئے قاتل سے آپ کی جان بچائی تھی۔

خلیفہ منصور۔

اور ہم نے جمہور کو کس کے خلاف لڑایا تھا؟

الربیع۔

مجوسیوں کے خلاف۔

خلیفہ منصور۔

(بھویں سُکیڑتے ہوئے) اب اس معمے میں جعلی پیغمبر اُستاد غیس کو شامل کرو۔ وہ بھی مجوسی تھا، اور باغیوں کا سردار ملبعد، وہ بھی مجوسی ہے۔ اس معمے کے ٹکروں کو جوڑو تو صاف نظر آئے گا کہ عجمی اور مجوسی خلافت کے خلاف سازشوں میں مصروف ہیں۔ (تلخی سے) اور اب میرے چچوں کو دیکھو! اُنہوں نے ایک مجوسی کاتب رکھا کیونکہ اُن کو عربی لکھنے کے لیے کوئی عربی نہیں ملتا! میری چھٹی حس مُجھے بتاتی ہے کہ ابن المقفع مُنافق ہے۔ اگر اُس نے دل سے اسلام قبول کیا ہوتا تو خلیفہ کی وفاداری میں میرے چچوں کو کوئی بہتر مشورہ دیتا اور ایسی تذلیل و توہین آمیز زبان نہ لکھتا جس میں مُجھے منصبِ خلافت، غلاموں، کنیزوں اور جائدادوں سے فارغ ہونے کا پابند کیا جائے۔

الربیع۔

یا سیدی، وہ تو محض ایک کاتب ہے اور حکم کا پابند ہے لیکن اگر اُس کے ایمان کی سچائی کی جانچ کروانی ہے تو والیء بصرہ کو تفتیش کرنے کا حکم بھیجا جا سکتا ہے۔

خلیفہ منصور۔

(غُصے سے چلاتے ہوئے) اب تفتیش کرنے کو کیا رہ گیا ہے؟ کیا اُس مجوسی نے یہ نہیں لکھا کہ امیرالمومنین کی بیویاں مطلقہ تصور ہوں گی، اُس کے غلام آزاد تصور ہوں گے اور سارے مُسلمان اُس کی بیعت سے آزاد ہوں گے؟ کیا کوئی مسلمان اللہ تعالیٰ کے نائب کی بیعت کرنے کے بعد اُس کے بارے میں ایسی توہین آمیز زبان لکھ سکتا ہے؟ اور تُم تفتیش کی بات کرتے ہو؟ میرے چچوں پر بھی لعنت ہو جو اپنے دفتروں میں بیت الخلیفہ سے خط و کتابت کرنے کے لیے مُنافق بھرتی کرتے ہیں۔ اب یہ مجوسی میرے چچوں کے ہاتھوں میری تذلیل کی کہانی سب کو سُناتا

پھرے گا۔ یہ تو میرا اپنا خاندان ہے جو عبائے خلافت کو داغدار کرتا پھر رہا ہے! عبداللہ سے تو میں بعد میں نبٹوں گا جب وہ یہاں آئے گا۔ فی الحال میں عیسیٰ کو ایک چھوٹا سا سبق سکھا کر شروعات کرتا ہوں۔ سفیان المہلبی کو ایک خُفیہ حکم نامہ بھیجو جس میں صرف یہ لکھو، ''عیسیٰ کے مجوسی کو اُس کے زرتشتی خُدا کے سُپرد کر دو۔''

الربیع۔

(پریشانی سے) میں معذرت چاہتا ہوں، مُجھے سمجھ نہیں آئی۔

خلیفہ منصور۔

(جزبز ہوتے ہوئے) الربیع! بعض اوقات تُمہاری عقل تُمہارا ساتھ چھوڑ جاتی ہے۔ مُجھے بتاؤ، زرتشتی خُدا کیا ہے؟

الربیع۔

آگ، امیرالمومنین!

خلیفہ منصور۔

اگر اب بھی سمجھ نہیں آئی تو سمجھنے کی کوشش بھی نہ کرو۔ سفیان المہلبی سمجھ جائے گا۔ مذہبی معاملات میں وہ تُم سے زیادہ فہم و بصیرت رکھتا ہے۔ (61)

منصور اطمینان سے دیوان پر بیٹھ کر تکیے کے ساتھ کمر لگا دیتا ہے۔

الربیع۔

امیرالمومنین! چونکہ ابن المقفع آپ کے چچا کا ذاتی مُلازم ہے، ہمیں اس کو سزائے موت دینے کے لیے کسی قاضی سے مُنافقت یا ارتداد کے جُرم کا فتویٰ لینا ہو گا تاکہ آپ اس اقدام سے غیر متعلق نظر آئیں اور آپ کے چچا آپ پر ذاتی انتقام لینے کا دعویٰ نہ کر سکیں۔

خلیفہ منصور۔

درست مشورہ دیا۔ سفیان یہ سب کچھ کر لے گا۔ وہ ایسے کاموں کا ماہر ہے۔ میں عبداللہ کا بھیجا ہوا حلف نامہ دستخط کر کے اسی لیے بھیج رہا ہوں کہ حلف نامے اور سزائے موت میں کوئی تعلق نظر نہ آئے۔ (ہنستے ہوئے) اِس سے عبداللہ اور عیسیٰ اور زیادہ تلملائیں گے۔

منصور کچھ دیر بھویں سکیڑ کر غور کرتا ہے۔ اچانک اُسے کُچھ یاد آ جاتا ہے۔

الربیع! تُم نے فتوے کی بات کر کے مُجھے ابو حنیفہ کی یاد دلا دی ہے۔ ہمیں اُس سے پوچھنا چاہیئے کہ مُرتد کی کیا

---

[61] ذیات، *تاریخ ادب العربی*، صفحات 326-320 اور *دائرہ معارف الاسلامیہ*، صفحات 709-705

سزا ہے اور اس بارے میں اُس سے فتویٰ طلب کرنا چاہیئے کیونکہ لوگ کہتے ہیں کہ میرے قضاۃ صرف میرے فیصلوں کو سچا ثابت کرنے کے لیے شریعت کی نصوص بناتے رہتے ہیں۔ مُجھے ابو حنیفہ جیسے غیرجانبدار فقیہ سے فتوے طلب کرنے چاہیئں۔ یہ میری خلافت کے شایانِ شان ہو گا۔

الربیع۔

امیر المومنین! ابو حنیفہ نے کئی بار قاضی القضاۃ بننے کی پیشکش مسترد کی ہے۔ ہمیں اُسے یہ تاثر نہیں دینا چاہیئے کہ وہ خلافت کے لیے بہت اہم ہے۔

خلیفہ منصور۔

(سختی سے) وہ میرے لیے بہت اہم ہے۔ جب تک وہ میرا قاضی القضاۃ نہیں بنتا، مُجھے چین نہیں آئے گا۔ کل قاضی ابن ابی لیلیٰ، قاضی ابن شبرمہ اور ابو حنیفہ، تینوں کو بلاؤ۔ ہم اُن سے مرتد کی سزا کے بارے میں فتویٰ طلب کریں گے۔ (ہنستے ہوئے) ان کو ایک دوسرے کے خلاف دلیلیں دیتے ہوئے سُن کر بہت لطف آئے گا۔
اب تُم جا سکتے ہو۔

بارہویں ایکٹ کا اختتام

تیرہواں ایکٹ: مُرتد کی سزا

تیرہویں ایکٹ کے کردار، جو پہلے بیان کیے گئے:

خلیفہ منصور۔

امام ابو حنیفہ۔

قاضی ابن ابی لیلیٰ۔

الربیع بن یونس، خلیفہ کا معتمد۔

عبدالمالک، خلیفہ کا معتمد۔

نئے کردار:

عمرو بن عبید، خلیفہ منصور کا دوست فربہ جسم اور مزاحیہ طبیعت کا حامل ہے۔ اُس نے ایک سادہ سفید تھوب اور سر پر چکبترا گترا پہن رکھا ہے۔

عیسیٰ بن موسیٰ، خلیفہ منصور کا مشیر، ادھیڑ عمر اور درمیانی جسامت والا شخص ہے۔ اُس نے کشیدہ کاری کیا ہوا فارسی جُبہ اور ریشمی پھندنوں والی دستار پہن رکھی ہے۔

قاضی ابن شبرمہ، دُبلا پتلا، سفید بالوں اور سفید داڑھی والا بوڑھا شخص ہے۔ اُس نے ایک نفیس فارسی جُبہ اور ریشمی دستار پہن رکھی ہے۔

ابوالعباس طوسی، جیل خانوں اور عقوبت خانوں کا داروغہ بھاری بھرکم جسم اور موٹے چہرے والا شخص ہے۔ اُس نے کھدر نما کپڑے کا تھوب اور سر پر سُرمئی رنگ کا گترا پہن رکھا ہے۔

جلاد، لمبا اور توانا جسم والا ادھیڑ عمر شخص ہے جس کا سر گنجا اور چہرہ کھردرا ہے۔ اُس نے سُرمئی رنگ کا تھوب پہن رکھا ہے اور کمر پر چمڑے کی پیٹی باندھ رکھی ہے۔ پیٹی سے ایک میان اُس کے بائیں جانب لٹک رہی ہے جس کے اوپر سے تلوار کا دستہ دکھائی دیتا ہے۔

غُلام، گندمی رنگت والا نوجوان لڑکا ہے جس نے کھدر نما کپڑے کا تھوب پہن رکھا ہے۔

تیرہویں ایکٹ کا منظر:

بغداد میں خلیفہ منصور کے بیت الخلیفہ کا دربار۔ دونوں طرف کی دیواروں کے ساتھ کئی دیوان نما منقش کُرسیاں لگی ہیں جن پر کشیدہ کاری کیے ہوئے ریشمی تکیے ہیں۔ درمیان میں سامنے والی دیوار کے ساتھ ایرانی قالینوں سے مزین تین فٹ اونچے

پلیٹ فارم پر شاہی تخت رکھا ہے۔ فرش پر قالین بچھے ہیں اور دیواریں آرائشی تلواروں، ڈھالوں اور نیزوں سے آراستہ ہیں۔

تیرہواں ایکٹ

بغداد میں خلیفہ منصور کے بیت الخلیفہ کا دربار

دور

تقریباً 760 عیسوی

عبدالمالک، عمرو بن عبید، عیسیٰ بن موسیٰ، امام ابو حنیفہ، قاضی ابن ابی لیلیٰ، قاضی ابن شبرمہ، اور ابوالعباس طوسی تخت کے قریب کمرے کے دونوں اطراف رکھے ہوئے دیوانوں پر بیٹھے ہیں۔ جلاد سب سے آخری کُرسی پر بیٹھا ہے۔ یہ سب خلیفہ منصور کی آمد کے منتظر ہیں۔ کچھ اپنے ساتھ بیٹھے دوسرے اشخاص سے گفتگو کر رہے ہیں۔ غُلام دروازے کے پاس کھڑا ہے۔

الربیع کمرے میں داخل ہوتا ہے اور اونچی آواز میں اعلان کرتا ہے۔

الربیع۔

امیر المومنین ابو جعفر عبداللہ المنصور عطا اللہ بقا تشریف لاتے ہیں۔

حاضرین کھڑے ہو جاتے ہیں۔ منصور تیزی سے چلتا ہوا آتا ہے اور تخت پر بیٹھ کر سب کو بیٹھنے کا اشارہ کرتا ہے۔ حاضرین بیٹھ جاتے ہیں لیکن غُلام دروازے پر کھڑا رہتا ہے۔

خلیفہ منصور۔

(توقف کر کے آہستہ آہستہ بولتے ہوئے) أعوذ باللہ من الشیطان الرجیم۔ بسم اللہ الرحمٰن الرحیم۔

میرے علم میں آیا ہے کہ کئی لوگ جن کو اللہ تعالیٰ نے اسلام کے نور سے فیض یاب کیا تھا، شیطان کے ورغلانے میں آ کر گُمراہی کی تاریکی میں جا رہے ہیں۔ میں نے آج تین محترم و مکرم عُلما کو بلایا ہے کہ وہ ہمیں شریعت کے مطابق ارتداد کی سزا کے بارے میں آگاہ کریں۔ میں یہ بھی چاہتا ہوں کہ آپ بتائیں کہ اس سزا کے پیچھے کیا حکمت ہے اور شریعت ہمیں اس مسئلے سے نمٹنے کا کیا طریقہء کار بتاتی ہے۔

میں چاہتا ہوں کہ قاضی ابن ابی لیلیٰ سے گفتگو کا آغاز کروں کیونکہ یہ ہمارے سب سے نُمایاں قاضی ہیں۔ میرا دوست عمرو بن عبید اکثر مذاق میں کہتا ہے کہ میں ان کی عزت صرف اس لیے کرتا ہوں (ہنستے ہوئے) کہ اِنھوں نے اموی

خلافت کے خلاف اپنا مشہور فتویٰ دیا تھا (62) لیکن ایسی بات نہیں ہے۔ میں ویسے بھی ان کی عزت کرتا ہوں۔

دربار میں موجود بیشتر افراد ہنستے ہیں۔

قاضی ابن ابی لیلیٰ۔

(کھنکار کر گلہ صاف کرتے ہوئے) امیرالمومنین! اس مسئلے پر بات کرنے سے پہلے آپ کی اجازت سے میں یہ پوچھنا چاہتا ہوں کہ ابو حنیفہ کو دربار میں کیوں بُلایا جاتا ہے جبکہ ان کا خلافت میں کوئی رسمی عہدہ، دفتر یا مُقام نہیں ہے اور نہ ہی یہ کوئی عہدہ قبول کرنے پر راضی ہیں۔ خلافت کے معاملات پر ان کے سامنے گفتگو کرنا دانش مندی نہیں ہے کیونکہ، (جھجکتے ہوئے) میں یہ کہنے کی معافی چاہتا ہوں لیکن شاید آپ کو اطلاع نہیں دی گئی ہے کہ ابو حنیفہ چند سال پہلے تک کہا کرتے تھے کہ، نعوذ باللہ، قرآن مجید اللہ کا نہیں بلکہ انسانوں کا بنایا ہوا کلام ہے، نعوذ باللہ۔ اللہ تعالیٰ یہ الفاظ دُہرانے پر مُجھے معاف کرے۔

اس گُستاخی پر میں نے ابو حنیفہ کو اپنی عدالت میں طلب کیا تھا۔ ابو حنیفہ نے سب قضاۃ کے سامنے اعترافِ جُرم کیا تھا، شرمندگی ظاہر کی تھی، اللہ تعالیٰ سے توبہ کی تھی اور پھر عدالت نے ان کو معاف کیا تھا (63)۔

خلیفہ منصور۔

قاضی صاحب، مُجھے معلوم ہے کہ ابو حنیفہ نے ماضی میں بھِڑوں کے کئی چھتوں میں ہاتھ ڈالے ہیں لیکن بھِڑ کے کاٹے بغیر نہ شہد ملتا ہے اور نہ ہی تصدیق ہوتی ہے کہ بھِڑ کاٹتی ہے۔ ابو حنیفہ فقیہِ مشرق کے نام سے ویسے ہی مشہور نہیں ہوئے۔ اِنہیں دربار میں بُلانے کی وجہ یہ ہے کہ اِن کی عوامی مقبولیت کو پیشِ نظر رکھتے ہوئے میں اِنہیں اپنا قاضی القضاۃ مقرر کرنا چاہتا ہوں لیکن اس سے پہلے میں جاننا چاہتا ہوں کہ یہ مذہبی مسائل کو کیسے حل کرتے ہیں، شریعت کی بنّیاد کس پر رکھتے ہیں، شریعت کی نصوص کی کیا تفسیر کرتے ہیں اور اُن کو کس انداز سے نافذ کرتے ہیں۔

قاضی ابن ابی لیلیٰ۔

(احتجاج کرتے ہوئے) امیرالمومنین! ہر کوئی جانتا ہے کہ ابو حنیفہ شریعتِ الٰہی کے بجائے عقلِ انسانی کے استعمال کو ترجیح دیتے ہیں۔ اِن کو معلوم ہونا چاہیئے کہ اللہ تعالیٰ نے عقلِ انسانی کو اتنا بڑا نہیں بنایا کہ وہ اللہ کی حِکمت کا مُقابلہ کر سکے۔ اسی لیے ہم پر فرض ہے کہ ہم اللہ تعالیٰ کے احکامات کو اپنی عقلوں سے جانچنے کے بجائے صرف اُن

---

[62] مودودی، *خلافت و ملوکیت*، صفحات 274-269

[63] ابو زہرہ، *حیاتِ امام ابو حنیفہ*، صفحات 317-316, 327-325

کی تعمیل کریں۔ مسلمان کو حواسِ خمسہ سے مشاہدہ کر کے عقل سے تجزیہ کر کے کام کرنے کے بجائے کلامِ الٰہی کے بتائے ہوئے راستے پر چلنا چاہیئے۔
اگر آپ ابو حنیفہ کو قاضی مقرر کریں گے تو مُسلمان اُن کے فتاویٰ کو قبول نہیں کریں گے کیونکہ ابو حنیفہ کا عقیدہ یہ ہے کہ عقلِ انسانی کا استعمال شریعت الٰہیٰ پر چلنے سے بہتر ہے (64)۔

خلیفہ منصور۔

(امام ابو حنیفہ کو مُخاطب کرتے ہوئے) یا امام! قاضی صاحب نے آپ پر جو الزام لگایا ہے آپ خود اُس کا جواب دیں۔ میں مذہبی عالم نہیں ہوں کہ آپ کے عقائد کی جانچ کر سکوں، لہذا آپ کو اجازت ہے کہ براہِ راست قاضی صاحب کو مُخاطب کریں۔

امام ابو حنیفہ۔

(قاضی ابن ابی لیلیٰ کو مُخاطب کرتے ہوئے) قاضی صاحب، کیا شریعتِ الٰہی انسانی کیفیت و حالات کے عقل مندانہ تجزیے پر مبنیٰ ہے یا اس کے برعکس ہے؟

قاضی ابن ابی لیلیٰ۔

اللہ تعالیٰ کی بھیجی ہوئی شریعت کے اصول عقل کے اعلیٰ ترین میعار کی عکاسی کرتے ہیں۔

امام ابو حنیفہ۔

تو پھر شریعت کے اصول اور عقل کے اعلیٰ ترین میعار کا استعمال اصل میں دونوں ایک ہی چیز ہوئے۔ پھر آپ یہ کیسے کہتے ہیں کہ میں ایک کو دوسرے پر فوقیت دیتا ہوں؟ اگر اللہ تعالیٰ کی خواہش یہ ہوتی کہ ہم محض اُس کے احکامات کی تعمیل کریں تو اُسے ہمیں حواسِ خمسہ دے کر ہمارے سروں میں سوچنے سمجھنے والے دماغ ڈالنے کی کیا ضرورت تھی؟

قاضی ابن ابی لیلیٰ۔

(حقارت سے) اللہ نے ہمیں دماغ اس لیے دیئے تھے کہ ہم اُس کی ہدایات کو سمجھ سکیں لیکن آپ نے اپنے دماغ کو اُس کی ہدایات پر سوالات اُٹھانے کے لیے استعمال کرنا شروع کر دیا۔

امام ابو حنیفہ۔

میں اللہ کی ہدایات پر کبھی سوال نہیں اُٹھاتا۔ میں صرف یہ جانچتا ہوں کہ کوئی مبینہ ہدایت واقعی اللہ کی طرف سے

---

[64] ابو زہرہ، *حیاتِ امام ابو حنیفہ*، صفحات 129-125 اور 191

ہے یا نہیں کیونکہ تاریخ ایسی مثالوں سے بھری پڑی ہے کہ لوگوں نے اپنی باتوں کو اللہ کی باتیں کہہ کر قبول کروایا۔ میں اللہ کے انصاف پر کبھی شک نہیں کرتا لیکن جب انسان اللہ کے اختیارت کو اپنے ہاتھوں میں لے لیتا ہے تو احتجاج کرتا ہوں۔

قاضی ابن ابی لیلیٰ۔

(سرزنش کرتے ہوئے) شریعت اللہ تعالیٰ کی بھیجی ہوئی آخری ہدایات ہیں۔ جو شخص کسی اور چیز کو شریعت سے بالاتر سمجھتا ہے وہ عالم تو درکنار، مسلمان ہی نہیں۔ مُرتد ہے۔

امام ابو حنیفہ۔

شریعت کے مطابق بُہتان لگانے کی سزا ستر کوڑے ہے۔ آپ کو یہ بھی ذہن میں رکھنا چاہیئے۔۔

خلیفہ منصور۔

(قہقہہ لگاتے ہوئے) واہ! قاضی صاحب امام کو مُرتد کہہ رہے ہیں جس کی سزا موت ہے اور امام صاحب قاضی پر بُہتان لگانے کا الزام لگا رہے ہیں جس کی سزا ستر کوڑے ہے۔

بیشتر حاضرین ہنستے ہیں۔ قاضی ابن ابی لیلیٰ اور امام ابو حنیفہ سنجیدہ رہتے ہیں۔

قاضی ابن ابی لیلیٰ۔

(منصور کو مُخاطب کرتے ہوئے) امیرالمومنین، سچی بات یہ ہے کہ ابو حنیفہ نے آپ کے آبا ؤ اجداد کے مذہب کو عقلِ انسانی کی روشنی میں تبدیل کر کے رکھ دیا ہے۔

خلیفہ منصور۔

(امام ابو حنیفہ کو مُخاطب کرتے ہوئے) امام صاحب، آپ اپنے دفاع میں کیا کہتے ہیں؟

امام ابو حنیفہ۔

جناب والا، میں احمق نہیں ہوں کہ عقلِ انسانی کو شریعتِ الٰہی سے بالاتر قرار دے کر اپنے آپ کو مُرتد کہلواؤں (65) لیکن میں ایسے درس ضرور دیتا ہوں جن میں عقلِ انسانی اور شریعت، دونوں کے استعمال میں فرق کو واضح کرتا ہوں۔ میں یہ بھی کہتا ہوں کہ عقلِ انسانی کو بطور آلہ یا اوزار شریعت کی تفسیر و تعبیر میں استعمال کیا جا سکتا ہے۔

خلیفہ منصور۔

---

[65] مودودی، خلافت و ملوکیت، صفحات 250-249

(متجسس ہوتے ہوئے) مجھے ایسی مثالیں دو جن میں تُم نے میرے آباؤ اجداد کی شریعت کو عقلِ انسانی سے بالاتر قرار دیا ہو۔

امام ابو حنیفہ۔

جناب میں آپ سے ایک سوال پوچھوں گا اور درخواست کروں گا کہ عقلِ انسانی کی روشنی میں اس کا جواب دیں۔ مُجھے یہ بتائیں کہ اوسطاً اور عموماً جسمانی طاقت مرد میں زیادہ ہوتی ہے یا عورت میں؟

خلیفہ منصور۔

یہ کیسا سوال ہے؟ ہر کوئی جانتا ہے کہ مرد عموماً عورت سے زیادہ طاقتور ہوتا ہے۔

امام ابو حنیفہ۔

درست فرمایا یا امیر! آپ کے اجداد کی شریعت میں ایک نُص ہے کہ جہاد کے بعد لائے گئے مال غنیمت میں سے جہادی مرد کو جہادی عورت سے دُگنا حصہ دو۔ میں اپنے شاگردوں کو یہی حدیث پڑھاتا ہوں۔ اگر میں نے عقلِ انسانی کی روشنی میں کوئی شریعت بنائی ہوتی تو میں لکھتا کہ چونکہ عورت نے مرد کے مقابلے میں کمزور ہونے کے باوجود جہاد میں حصہ لیا، لہذا اُسے مرد کے حصے سے دُگنا دو۔

عمرو بن عبید اچانک بحث میں دلچسپی لینے لگتا ہے اور سیدھا بیٹھ کر غور سے سُنتا ہے۔

عمرو بن عبید۔

کیا زبردست مثال دی ہے!

خلیفہ منصور۔

بہت دلچسپ بات کی۔ ایک اور مثال دیں۔

امام ابو حنیفہ۔

میں دوبارہ سوال پوچھوں گا اور درخواست کروں گا کہ عقلِ انسانی کی روشنی میں اس کا جواب دیں۔ انسانی فُضلے اور مادہ منویہ میں سے کیا چیز زیادہ نجس و بدبودار ہوتی ہے؟

خلیفہ منصور۔

(جزبز ہوتے ہوئے) یہ تو سب کو پتہ ہے۔ کیا یہ ضروری ہے کہ میں اس کا جواب دوں؟

امام ابو حنیفہ۔

نہیں یا امیر! ہم سب جانتے ہیں کہ فُضلہ بدبودار اور نجس ہوتا ہے۔ آپ کے اجداد کی شریعت میں ایک نُص ہے کہ رفع حاجت کے بعد اعضائے مخصوصہ کو دھو ڈالو۔ ایک اور نص یہ ہے کہ مادہ منویہ کے اخراج کے بعد مکمل غُسل کرو، حتیٰ کے سر کے بالوں کو بھی دھوؤ۔ چونکہ یہ آپ کے اجداد کی شریعت ہے، میں یہی بات شاگردوں کو پڑھاتا

ہوں۔ اگر میں نے عقلِ انسانی کی روشنی میں شریعت بنائی ہوتی تو میں لکھتا کہ رفع حاجت کے بعد مکمل غُسل کرو اور مادہ منویہ کے اخراج کے بعد اعضائے مخصوصہ کو دھو ڈالو۔

عمرو بن عبید۔

مرحبا یا امام! آپ نے زبردست بات کی۔

خلیفہ منصور۔

(امام ابو حنیفہ کو مُخاطب کرتے ہوئے) اگر آپ مُجھے ایک اور مثال دیں تو مُجھے یقین آ جائے گا کہ آپ میرے آباؤ اجداد کے دین ہی کی تعلیم دیتے ہیں۔

امام ابو حنیفہ۔

یا امیر، آپ جتنی مثالیں چاہیں گے میں سُناتا رہوں گا۔ اگلی مثال کے لیے میں پھر آپ سے سوال پوچھوں گا۔ شریعت اقامتِ الصلوۃ پر زیادہ زور دیتی ہے یا روزے رکھنے پر؟

خلیفہ منصور۔

نماز ہر روز سارا سال پڑھنی فرض ہے۔ روزے صرف ایک مہینے کے لیے فرض ہیں۔

امام ابو حنیفہ۔

درست فرمایا۔ اب ایک شرعی نُص ہے کہ عورتیں ایامِ ماہواری میں نماز نہ پڑھیں بلکہ ان ایام کے اختتام پر ایک دن روزہ رکھ کر کفارہ ادا کر دیں۔ چونکہ یہ شریعت میں ہے لہذا میں بھی یہی پڑھاتا ہوں۔ اگر میں عقلِ انسانی کی روشنی میں یہ نُص بناتا تو میں لکھتا کہ عورتیں اپنی چھوڑی ہوئی نمازیں ایامِ ماہواری کے بعد پڑھ لیں۔ میں نے یہاں بھی آپ کے آباؤ اجداد کے دین کو بالکل نہیں بدلا۔ (66)

خلیفہ منصور۔

(امام ابو حنیفہ کو مُخاطب کرتے ہوئے) آپ واقعی اپنے آپ کو مصیبت سے نکالنے کا طریقہ جانتے ہیں۔ آپ نے تو اپنے آپ کو مُرتد ہونے کے الزام سے بچا لیا لیکن اب میرے قاضی کو بہتان تراشی کے جُرم میں کوڑے لگنے سے کون بچائے گا؟

(قاضی ابن ابی لیلیٰ کو مُخاطب کرتے ہوئے) آپ نے ابو حنیفہ پر بہتان لگایا یہ جانتے ہوئے کہ بُہتان تراشی کی سزا ستر کوڑے ہے۔ اب آپ اپنے دفاع میں کیا کہتے ہیں؟

---

[66] ابو زہرہ، *حیاتِ امام ابو حنیفہ*، صفحات 129-125 اور 191

قاضی ابن ابی لیلیٰ کا چہرہ پیلا زرد پڑ جاتا ہے اور بات کرنی مُشکل ہو جاتی ہے۔

قاضی ابن ابی لیلیٰ۔

(احتجاج کرتے ہوئے) امیرالمومنین میں کئی لوگ پیش کر سکتا ہوں جو گواہی دیں گے کہ ابو حنیفہ کے مُطابق عقلِ انسانی میں شریعت سے بہتر حکمت پائی جاتی ہے۔

قاضی ابن شبرمہ۔

(قاضی ابن ابی لیلیٰ کو مُخاطب کرتے ہوئے) قاضی صاحب آپ اپنے لیے مزید کھڈے کیوں کھود رہے ہیں؟ کیا آپ نے وہ حدیث نہیں سُنی، ''کسی کے جھوٹا ہونے کے لیے اتنا ہی کافی ہے کہ سُنی سُنائی بات کو آگے پھیلاتا جائے۔''

امام ابو حنیفہ۔

(خلیفہ منصور کو مُخاطب کرتے ہوئے) جناب کیا میں قاضی صاحب کا دفاع کر سکتا ہوں؟

سب لوگ حیران ہو کر امام ابو حنیفہ کی طرف دیکھتے ہیں۔

خلیفہ منصور۔

(محظوظ ہوتے ہوئے) بولیے۔

امام ابو حنیفہ۔

شریعت کی نصوص کے مطابق بُہتان اُس الزام کو کہتے ہیں جو کسی عدالت میں قاضی کے سامنے حلف اُٹھا کر لگایا گیا ہو۔ عام زندگی میں بہتان کا شکار شخص اگر کسی عدالت میں مقدمہ درج نہیں کراتا تو نہ مقدمہ چلے گا اور نہ سزا جاری ہو گی۔ چونکہ میں نے مقدمہ کسی عدالت میں درج نہیں کرایا لہذا قاضی ابن ابی لیلیٰ پر کوئی سزا واجب نہیں۔

قاضی ابن ابی لیلیٰ مطمئن ہو کر منصور کی طرف کن انکھیوں سے دیکھتا ہے۔

خلیفہ منصور۔

(ابو حنیفہ کو مُخاطب کرتے ہوئے) شریعت کے بارے میں آپ کا علم قابلِ ستائش ہے۔ میری خواہش ہے کہ آپ میرے قاضی القضاۃ کا منصب سنبھالیں۔

عیسیٰ بن موسیٰ۔

(خوشامدی انداز میں) امیرالمومنین! آپ نے صحیح انتخاب کیا۔ امام مالک نے بھی ابو حنیفہ کی تعریف میں ایک دفعہ کہا تھا، ''ابو حنیفہ دلائل دینے کا اتنا ماہر ہے کہ وہ تمہیں یقین دلا سکتا ہے کہ پتھر کے ستون دراصل لکڑی کے بنے ہوئے ہیں۔''

قاضی ابن ابی لیلیٰ۔

(احتجاج کرتے ہوئے) امام مالک نے یہ الفاظ تعریف میں نہیں طنز میں کہے تھے۔ امام مالک شریعت کے علمبردار

ہیں، عقلِ انسانی کے نہیں۔

خلیفہ منصور۔

(ابو حنیفہ کو مُخاطب کرتے ہوئے) یا امام، میری سلطنت کا سب سے بڑا عالم کون ہے؟

امام ابو حنیفہ۔

جناب سب سے بڑا عالم وہ ہے جو عُلما کے مابین اختلافات کو اچھی طرح جانتا ہے۔ میں تو اپنے آپ کو شاگرد ہی سمجھتا ہوں۔ میرے خیال میں جب تک آپ سیکھتے رہتے ہیں، آپ عالم بن سکتے ہیں لیکن اگر آپ اپنے آپ کو عالم سمجھنا شروع کر دیں تو آپ اپنی بے علمی ظاہر کرنے لگیں گے۔

خلیفہ منصور۔

آپ نے شریعت کا علم کس سے حاصل کیا؟

امام ابو حنیفہ۔

شاگردوں سے۔

منصور اور درباری قہقہے لگا کر ہنستے ہیں۔

امام ابو حنیفہ۔

میرا مطلب ہے کہ اُن لوگوں سے جو عبداللہ بن عمر، حضرت علیؓ، عبداللہ بن مسعود اور آپ کے پردادا عبداللہ بن عباس جیسے عظیم عالموں کے شاگرد تھے۔ حماد بن ابی سُلیمان اٹھارہ سال تک میرے باقاعدہ اُستاد رہے۔

خلیفہ منصور۔

میں ان کے بارے میں زیادہ نہیں جانتا۔ آپ کن بنیادی عقائد کی تبلیغ کرتے ہیں؟

امام ابو حنیفہ۔

یا امیر! ہم مردہ لوگوں اور گُناہ گاروں کی مذمت نہیں کرتے بلکہ ان کا معاملہ اللہ تعالیٰ پر چھوڑ دیتے ہیں۔ ہم کہتے ہیں کہ کچھ چیزیں ہمارے اختیار سے باہر ہیں لیکن کچھ چیزوں کو بدلنا ہمارے اختیار میں ہے۔ ہم مستند زرائع سے سیرت النبی ﷺ کے واقعات اور اقوال حاصل کرتے ہیں اور ان سے اور قرآن مجید سے قوانینِ شریعت کی تشکیل کرتے ہیں۔

قاضی ابن ابی لیلیٰ۔

(احتجاج کرتے ہوئے) امیرالمومنین! گُناہ گاروں کی مذمت نہ کرنا اہلِ معتزلہ کی جاری کی ہوئی بدعت ہے۔ معتزلہ کی بیشتر تعلیمات اسلامی عقائد کی نفی کرتی ہیں۔ اِن پر پابندی لگنی چاہیئے اور اہلِ معتزلہ کو غیر مسلم قرار دیا جانا چاہیئے۔

عمرو بن عبید۔

(پُرجوش انداز میں) سچ کہا۔ میں اکثر معتزلہ کے ساتھ بیٹھا کرتا تھا۔ جس آزادی سے وہ بحثیں کرتے ہیں اُس سے فاسد خیالات کی تبلیغ کرنا بہت آسان ہو جاتا ہے۔

امام ابو حنیفہ۔

معتزلہ میں سب لوگ ایک جیسے خیالات نہیں رکھتے۔ ان میں کئی قسم کے لوگ موجود ہیں، نیک اور پرہیزگار مسلمانوں سے لے کر دہریوں تک۔ اور یہ نہ بھولیں کہ سب سے پہلے اہل معتزلہ ہی غیراسلامی مذاہب پر تنقید کیا کرتے تھے۔ انہی کی بحثوں کی وجہ سے بے شمار لوگ اپنے پُرانے مذاہب چھوڑ گئے اور اُن کا مُسلمان ہونا آسان ہو گیا۔ آپ کو اِن پر پابندی لگانے کے بجائے اِن کی نظریاتی خدمات کو سراہنا چاہیئے۔

عمرو بن عبید۔

معتزلہ کی محفلوں میں بیٹھنے سے مُجھے پتہ چلا کہ میرا دوست بشار بن بُرد زندیق ہے۔ میں امیرالمومنین سے گذارش کرتا ہوں کہ اُس کی بے حیا شاعری پر پابندی لگائیں۔

خلیفہ منصور۔

یہ آدمی کون ہے؟

عمرو بن عبید۔

صدیقی! بشار بھینسے کی طرح کالا اور موٹا ہے۔ اُس کے چہرے پر چیچک کے داغ ہیں اور اُس کی آنکھوں پر پیدائشی طور پر ایک لال جھلی ہے جس کی وجہ سے وہ دیکھ نہیں سکتا، صرف یہ بتا سکتا ہے کہ دن ہے یا رات۔ لوگ اُسے لال آنکھوں والا بھینسا کہتے ہیں لیکن وہ اپنے آپ کو نہ صرف مقبول شاعر کہتا ہے بلکہ اپنی بے ہودہ نظموں میں اُن عورتوں کے قصے بیان کرتا ہے جو بقول اُس کے اُس پر مرتی ہیں۔ اس کی نظمیں نوجوانوں کا کردار خراب کر رہی ہیں۔ اُس کو بغداد سے باہر نکال دیا جانا چاہیئے۔

خلیفہ منصور۔

(دوستانہ لہجے میں) عمرو، یہ تُم کیا کالے گُناہ گاروں کے قصے دربار میں لے آئے ہو؟

عمرو بن عبید۔

صدیقی! یہ تو قرآن مجید میں بھی ہے کہ روزِ قیامت کُفر بعد از ایمان کرنے والوں کے چہرے کالے ہوں گے اور اللہ کی رحمت پانے والوں کے چہرے سفید ہوں گے (3:106)۔

خلیفہ منصور۔

(عمرو بن عبید کو مُخاطب کرتے ہوئے) بُرے لوگوں کی دوستی چھوڑو۔ احکامات وصول کرو اور اُس کو بغداد سے نکلوا

دو (67)۔

(علماء کو مُخاطب کرتے ہوئے) ہم یہاں ایک بہت اہم مسئلے پر بات کرنے کے لیے اکٹھے ہوئے ہیں، جو کہ ارتداد کا مسئلہ ہے۔ خلیفہ ہونے کی حیثیت سے میرا فرض ہے کہ ارتداد کے رحجان کے بڑھنے سے پہلے ہی اس کا سدِ باب کروں۔ اگرچہ میرے علم میں آیا ہے کہ شریعت کے مطابق مُرتد کا ارتداد زبانی یا فعلی طور پر ظاہر ہوتے ہی اُسے قتل کر دیا جانا چاہیئے، میں فاضل عُلما سے اس بارے میں سُننا چاہتا ہوں کہ مُرتدین کو کیسے پہچاننا ہے اور اُن کو سزائے موت دینے کا طریقہء کار کیا ہے۔ میں آپ سے ایک ایسا فتویٰ چاہتا ہوں جو اس عمل کو سرانجام دینے میں میرے ہاتھ مضبوط کرے، شکوک و شبہات کو دور کرے اور قانونی طریقہء کار کو واضح کرے تا کہ گرفتاریاں کرنے اور سزائیں دینے کے عمل میں غلطیاں نہ ہوں۔ چونکہ قاضی ابن ابی لیلیٰ خلافت میں قاضی کے منصب کے حامل ہیں، میں ان سے شروع کرتا ہوں۔ قاضی صاحب، اس بارے میں آپ کیا فتویٰ دیتے ہیں؟

قاضی ابن ابی لیلیٰ۔

(خوشامدی انداز میں) امیرالمومنین! آپ نے پہلے ہی ظاہر کر دیا ہے کہ آپ اس بارے میں شریعت کا درست علم رکھتے ہیں۔ میں صرف اس کی تفصیل بیان کر سکتا ہوں اور اس کے لیے میں باحیات فُقہا میں سب سے بڑے فقیہ امام مالک کا حوالہ دیتا ہوں۔

(عالمانہ انداز میں خطبہ دیتے ہوئے) مُفتی ہونا بہت بڑی ذمہ داری کا حامل ہونا ہے۔ مُفتی کو اُس وقت تک فتویٰ نہیں دینا چاہیئے جب تک وہ شریعت کی سو فیصد سمجھ حاصل نہ کر لے اور اس کی سو فیصد درست تفسیر کا یقین نہ کر لے۔ بصورتِ دیگر وہ اللہ تعالیٰ کی پکڑ میں آ سکتا ہے۔ اس خدشے سے کہ میں فتویٰ دینے میں غلطی نہ کر جاؤں میں امام مالک کی جمع کی ہوئی متعلقہ احادیث اور اُن کی تفسیر لکھ کر ساتھ لایا ہوں۔

امام مالک نے مسئلہء ارتداد کے بارے میں جو لکھا ہے، میں اُس کا خُلاصہ پڑھ دیتا ہوں۔

قاضی ابن ابی لیلیٰ کچھ اوراق اپنے جُبّے کی جیب سے نکال کر، ایک خاص پرچہ نکال کر، بہت سنجیدگی اور ادب و احترام سے پڑھتا ہے۔

امام مالک لکھتے ہیں، 'میں نے زید ابن اسلم سے سُنا کہ رسول اللہ ﷺ نے کہا، ''اگر کوئی اپنا دین بدلتا ہے تو اُس کا سر قلم کر دو۔''

ہماری رائے میں یہ الفاظ اُن کے بارے میں کہے گئے ہیں جو اسلام کو کسی اور دین کے لیے ترک کر دیتے ہیں۔ ان کو مرتدین کہا جاتا ہے۔ مرتدین کی دو اقسام ہیں۔ ایک وہ جو اسلام کو دل سے ترک کر چکے ہیں لیکن بظاہر مسلمان

---

[67] ابو زہرہ، *حیاتِ امام ابو حنیفہ*، صفحہ 276

بنے ہوئے ہیں۔ ان کو مُنافق مرتد کہا جائے گا۔ دوسری قسم کے مرتد وہ ہیں جو اسلام کو اعلانیہ ترک کرتے ہیں، یعنی لوگوں کو بتا بھی دیتے ہیں کہ وہ اسلام چھوڑ چکے ہیں۔ یہ مرتد ہیں لیکن مُنافق نہیں۔

منافق مُرتد کو توبہ کا موقع دیئے بغیر قتل کر دیا جانا چاہیئے۔ اِس کی توبہ قابلِ قبول نہیں ہے کیونکہ وہ اپنے ارتداد کو چُھپا رہا تھا اور اسلام پر ایمان رکھنے کا اعلان کر رہا تھا۔ مُنافقت کی وجہ سے اُس کی توبہ کے سچے ہونے پر بھروسہ نہیں کیا جا سکتا۔ (68)

جو شخص اعلانیہ اسلام کو چھوڑتا ہے، مُنافقت نہیں کرتا، اُس کو توبہ کا موقع ملنا چاہیئے۔ اُس کو بُلا کر توبہ کرنے کو کہا جائے۔ اگر وہ توبہ کر لے تو بخشا جا سکتا ہے۔ اگر وہ توبہ نہیں کرتا تو پھر اُسے بھی رسول اللہ ﷺ کے مذکورہ بالا فرمان کے مطابق قتل کرنا ہو گا۔'

خلیفہ منصور۔

ٹھیک ہے۔ (قاضی ابن شبرمہ کو مُخاطب کرتے ہوئے) آپ اس بارے میں کیا کہتے ہیں؟ قاضی ابن ابی لیلیٰ نے جو پڑھا، کیا آپ اس سے اتفاق کرتے ہیں؟

قاضی ابن شبرمہ۔

امیرالمومنین، میں قاضی ابن ابی لیلیٰ کے بیان سے اتفاق کرتا ہوں۔ اس بارے میں امام مالک کا فتویٰ واضح ہے۔ کوئی مسلمان رسول اللہ ﷺ کے احکامات کا انکار نہیں کر سکتا۔ میں اس میں صرف یہ اضافہ کر سکتا ہوں کہ رسول اللہ ﷺ کا قول زید ابن اسلم سے مروی ہے۔ زید ابن اسلم کا کردار اُن کی زندگی میں بے داغ مانا جاتا تھا۔

خلیفہ منصور۔

(امام ابو حنیفہ کو مُخاطب کرتے ہوئے) یا امام، آپ اس بارے میں کیا کہتے ہیں؟ کیا آپ میرے ان دو قضاۃ سے اتفاق کرتے ہیں؟

امام ابو حنیفہ۔

یا امیر! میں آپ کے دونوں قضاۃ سے یہ پوچھنا چاہتا ہوں کہ کیا رسول اللہ ﷺ کوئی ایسا حکم دے سکتے ہیں جو، نعوذ باللہ، اللہ تعالیٰ کے دیئے ہوئے حکم کے برعکس ہو؟

خلیفہ منصور۔

قضاۃ سے پوچھنے کی ضرورت نہیں۔ اس کا جواب تو ہر کوئی دے سکتا ہے۔ یہ ناممکن ہے۔

---

68 حوالہ جات میں دیکھیے: Abu Zahra, *The Four Imams*, p. 76-77

امام ابو حنیفہ۔

یا امیر، قرآنِ پاک میں اللہ تعالیٰ ارشاد فرماتے ہیں؛

''اے وہ لوگو جو ایمان لائے ہو! جب تم اللہ کی راہ میں ضرب لگاؤ تو اچھی طرح چھان بین کیا کرو اور جو تم پر سلام بھیجے اس سے یہ نہ کہا کرو کہ تُو مومن نہیں ہے۔ اس سے پہلے تم بھی اسی طرح ہوا کرتے تھے، پھر اللہ نے تم پر فضل کیا۔ پس خوب چھان بین کرلیا کرو۔ یقیناً اللہ اس سے جو تم کرتے ہو بہت باخبر ہے۔'' (4:94)

اس حکمِ الٰہی کے تحت جو بھی ہم پر سلامتی بھیجے، ہم اُس کو غیرمومن نہیں کہہ سکتے، مُنافق یا مُرتد کہہ کر قتل نہیں کر سکتے۔ جہاں تک اعلانیہ مُرتد کا تعلق ہے، میں امام مالک سے اس حد تک اتفاق کرتا ہوں کہ اُسے بُلا کر توبہ کرنے کو کہا جائے۔ لیکن اگر وہ توبہ نہیں کرتا تو ہمیں اُس کا معاملہ اللہ پر چھوڑ دینا چاہیئے کیونکہ مُرتد ہو کر اُس نے صرف اپنا نقصان کیا ہے۔ اُس کا مقدمہ ہمارے پاس نہیں بلکہ اللہ کے پاس ہے، لہذا یہ اللہ کا اختیار ہے کہ وہ اُسے سزا دے یا نہ دے۔ مُرتد کو قتل کر کے ہم اُس سے اللہ کا عطا کیا ہوا وہ موقع چھین لیتے ہیں کہ وہ اپنی زندگی کے دوران توبہ کر کے خود ہی مُسلمان ہو جائے۔ ہمیں اللہ کی دی ہوئی زندگی چھیننے اور اللہ کے اختیارات اپنے ہاتھ میں لینے کا حق نہیں دیا گیا ہے۔

خلیفہ منصور۔

(حیران ہوتے ہوئے) کیا آپ یہ کہہ رہے ہیں کہ امام مالک جیسے جید فقیہ کا فتویٰ غلط ہے؟

امام ابو حنیفہ۔

امام مالک نے اپنے فتوے کی بنّیاد قرآنِ پاک کو پیچھے چھوڑ کر ایک مشتبہ حدیث پر رکھی ہے کہ ''اگر کوئی اپنا دین بدلتا ہے تو اُس کا سر قلم کر دو۔'' امام مالک نے یہ بھی نہ سوچا کہ اگر سارے انسان اس حدیث پر عمل کرتے، اگر مکہ میں مذہب بدلنے والوں کے سر قلم کر دیئے جانے کا رواج ہوتا تو آج ایک بھی مسلمان نہ ہوتا۔

قاضی ابن ابی لیلیٰ۔

(حقارت سے) شریعت کو سمجھنے کے لیے صرف الفاظ نہیں بلکہ اُن کے پسِ منظر پر بھی غور کرنا پڑتا ہے۔

امام ابو حنیفہ۔

تھوڑی دیر پہلے تو آپ کہہ رہے تھے کہ شریعت کی نصوص کی بلا سوچے تعمیل ہونی چاہیئے کیونکہ عقلِ انسانی ان کی حکمت تک نہیں پہنچ سکتی۔ اب آپ شریعتی حکم پر غور و فکر بھی کر رہے ہیں اور عقلِ انسانی کے زریعے اُس کی جانچ بھی کر رہے ہیں۔

قاضی ابن ابی لیلیٰ۔

(سُنی ان سُنی کرتے ہوئے) رسول اللہ ﷺ بعض اوقات مختصر کلمات کہتے تھے جن کا پسِ منظر اُن کے مطالب کو

واضح کرتا تھا۔ یہ جُملہ، ''اگر کوئی اپنا دین بدلتا ہے تو اُس کا سر قلم کر دو'' رسول اللہ ﷺ نے اُس وقت کہا تھا جب اُن سے شکایت کی گئی تھی کہ کچھ مُسلمان اپنے آبائی مذاہب کی طرف واپس لوٹ رہے ہیں۔ امام مالک لکھتے ہیں (اوراق میں سے ایک ورقہ ڈھونڈ کر پڑھتے ہوئے)، ''رسول اللہ ﷺ کے ارشاد کا اطلاق اُن لوگوں پر نہیں ہوتا جو یہودیت چھوڑ کر عیسائیت یا عیسائیت چھوڑ کر یہودیت اختیار کرتے ہیں یا کوئی بھی مذہب چھوڑ کر اسلام قبول کرتے ہیں۔ رسول اللہ ﷺ کا یہ ارشاد صرف اُن کے لیے ہے جو اسلام چھوڑ کر کوئی اور مذہب اختیار کرتے ہیں، اور اللہ بہتر جانتا ہے۔''

قاضی ابن ابی لیلیٰ اوراق کو جُبّے کے اندر رکھ کر خلیفہ منصور کو مُخاطب کرتا ہے۔

قاضی ابن ابی لیلیٰ۔

امیرالمومنین! احادیث کی مدد سے قوانینِ شریعت تشکیل کرنے کی یہ ایک اعلیٰ مثال ہے۔ ہم جانتے ہیں کہ رسول اللہ ﷺ چاہتے تھے کہ سب لوگ اپنے اپنے مذہب چھوڑ کر مُسلمان ہو جائیں۔ لہذا اُنھوں نے یہ جُملہ دیگر مذاہب کے مُرتدین کے لیے نہیں کہا بلکہ اسلام کو اُن مکار لوگوں کے مذاق سے بچانے کے لیے کہا جو اسلام قبول کرنے کے بعد اس کو نُقصان پہنچانے کی غرض سے چھوڑ دیتے تھے یا کسی دُنیاوی غرض سے مُسلمان بنتے تھے، اس کو دل سے نہیں مانتے تھے اور پھر ترک کر دیتے تھے۔ اس مُنافقت کی ایک حالیہ مثال (حقارت سے) ابن ابی العوجا نے قائم کی ہے جو مُسلمان عالم کے بھیس میں رسول اللہ ﷺ کی سُنت اور اور اُن کے دیئے ہوئے فیصلوں پر جعلی احادیث گھڑتا رہا۔ اپنی گرفتاری پر اُس نے اعتراف کیا کہ وہ **چالیس ہزار** (''چالیس ہزار'' پر زور دیتے ہوئے) احادیث گھڑ کر پھیلا چُکا ہے جن میں سے کئی میں اُس نے حلال کو حرام اور حرام کو حلال بنا دیا ہے۔

(خوشامدی انداز میں) امیر المومنین! آپ کے چچا کے بیٹے والیء کوفہ محمد بن سُلیمان بن علی کو یہ اعزاز حاصل ہوا کہ اُنھوں نے ابن ابی العوجا پر مُنافقت کا جُرم عائد کر کے اُسے سزائے موت دی (69)۔

امام ابو حنیفہ۔

(قاضی ابن ابی لیلیٰ کو مُخاطب کرتے ہوئے) کیا ابن ابی العوجا نے بتایا کہ ان **چالیس ہزار** جعلی احادیث کو گھڑنے میں اُسے کتنا وقت لگا؟

قاضی ابن ابی لیلیٰ۔

(تیزی سے) بیس سال۔

---

69 مودودی، *خلافت و ملوکیت*، صفحات 200-187

امام ابو حنیفہ۔

(حساب لگاتے ہوئے) یہ ہر روز کی تقریباً پانچ احادیث بنتی ہیں۔ کیا لوگ ان احادیث کو سچ مانتے رہے؟

قاضی ابن ابی لیلیٰ۔

لوگ اُس کو اصلی مسلمان عالم سمجھ کر اُس کی عزت و تکریم کرتے تھے، لہذا وہ اُس کی ہر بات سچ مانتے رہے۔ اس سے پتہ چلتا ہے کہ مُنافقت کتنی خطرناک چیز ہے۔

امام ابو حنیفہ۔

(قاضی ابن ابی لیلیٰ کو مُخاطب کرتے ہوئے) شکریہ۔

قاضی ابن ابی لیلیٰ۔

کس بات کا شکریہ؟

امام ابو حنیفہ۔

آپ نے ثابت کر دیا ہے کہ جعلی احادیث گھڑ کر لوگوں کو اُن کی سچائی کے بارے میں قائل کرنا کتنا آسان کام ہے۔ امویوں نے بھی درجنوں احادیث گھڑ کر یہ بات پھیلائی تھی کہ رسول اللہ ﷺ نے بنو امیہ کے اقتدار میں آنے کی پیش گوئی کی تھی۔ آپ نے ثابت کر دیا ہے کہ بیشتر احادیث جھوٹ پر مبنی ہیں (70) لیکن پھر بھی آپ ان کی بنیاد پر اپنی شریعت کے قوانین بناتے ہیں حتیٰ کہ ایسے قوانین بھی جن سے لوگوں کی زندگیاں چھینی جاتی ہیں۔

تمام درباری ششدر رہ جاتے ہیں اور منصور چوکنا ہو کر قاضی ابن ابی لیلیٰ کو دیکھتا ہے۔

خلیفہ منصور۔

(قاضی ابن ابی لیلیٰ کو مُخاطب کرتے ہوئے) کیا آپ کے خیال میں ایک آدمی کے لیے یہ ممکن ہے کہ وہ چالیس ہزار ایسی جعلی احادیث تیار کرے جو رسول اللہ ﷺ اور صحابہ کے کلماتِ حقیقی نظر آئیں؟ پھر وہ یہ جعلی احادیث بیس سال تک بناتا رہے اور لوگوں کو اُن کی سچائی پر شک بھی نہ ہو، اور وہ اِن کو رسول اللہ ﷺ کے فرامین سمجھتے رہیں؟ کیا اللہ کے دین کی انسانی تشکیل اتنی آسان ہے؟

قاضی ابن ابی لیلیٰ۔

(پُرجوش انداز میں) امیرالمومنین! ابن ابی العوجا نے آپ کے عم زاد محمد بن سُلیمان کے سامنے ایسا کام کرنے کا اعتراف کیا ہے۔ آپ اُن سے تصدیق کر سکتے ہیں۔ لیکن ابن ابی العوجا کی سزائے موت سے ابو حنیفہ نے کوئی سبق

---

70 نعمانی، سیرت النبی، جلد 1، صفحہ 54

حاصل نہیں کیا ہے۔

امام ابو حنیفہ۔

(قاضی ابن ابی لیلیٰ کو مُخاطب کرتے ہوئے) آپ ابن ابی العوجا جیسے کئی اشخاص کی گھڑی ہوئی احادیث کی بنّیاد پر فتوے جاری کرتے ہیں اور سبق مُجھے سیکھنے کو کہتے ہیں؟ آپ ایسی احادیث کو بطورِ ثبوت پیش کرتے ہیں جو پہلی نظر میں ہی جعلی نظر آ جاتی ہیں کیونکہ اُن کی زبان ہی اتنی کمزور ہوتی ہے کہ آپ کو اُن کی تفسیر میں صفحوں کے صفحے لکھنے پڑتے ہیں۔ مثال کے طور پر یہ جو حدیث آپ نے پیش کی، ''اگر کوئی اپنا دین بدلتا ہے تو اُس کا سر قلم کر دو،'' اگر یہ رسول اللہ ﷺ نے کہا ہوتا تو وہ واضح طور پر کہتے، ''اسلام کو ترک کرنے والے کا سر قلم کر دو'' کیونکہ سیرت سے یہ ثابت ہے کہ رسول اللہ ﷺ اپنی بات کو واضح طور پر بیان کیا کرتے تھے۔

قاضی ابن ابی لیلیٰ۔

(چلاتے ہوئے) تُم نے امام مالک کی تصدیق شدہ حدیث کو جعلی کہا! تُم خود جعلی مسلمان بنے ہوئے ہو۔ تُم تو مسلمان ہی نہیں ہو۔

حاضرین ششدر ہو کر قاضی ابن ابی لیلیٰ اور امام ابو حنیفہ کو دیکھتے ہیں۔

منصور قاضی ابن ابی لیلیٰ کے غُصے سے محظوظ ہوتا ہے لیکن جلد ہی مداخلت کرتا ہے۔

خلیفہ منصور۔

(سختی سے) میں اپنے دربار میں اس طرح کا طرزِ عمل برداشت نہیں کروں گا۔

(قاضی ابن ابی لیلیٰ کو مُخاطب کرتے ہوئے) قاضی صاحب، آپ خاموش رہیں۔

(امام ابو حنیفہ کو مُخاطب کرتے ہوئے) آپ نے امام مالک کی تصدیق شدہ حدیث کو جعلی کہا۔ اب آپ کو ثابت کرنا پڑے گا کہ یہ حدیث جعلی ہے۔ آپ اپنے اس دعوے کے ثبوت میں کیا کہتے ہیں؟

امام ابو حنیفہ۔

یا امیر! جو حدیث کسی مصدقہ حدیث یا آیاتِ قرآنی کی نفی کرتی ہو، وہ لازماً جعلی ہی ہوتی ہے۔ یہ حدیث کہ ''اگر کوئی اپنا دین بدلتا ہے تو اُس کا سر قلم کر دو'' ایک مصدقہ حدیث، ''دین کے معاملے میں کوئی جبر نہ کرو'' اور قرآن کی آیت ''اے وہ لوگو جو ایمان لائے ہو! جب تم اللہ کی راہ میں ضرب لگاؤ تو اچھی طرح چھان بین کر لیا کرو اور جو تم پر سلام بھیجے اس سے یہ نہ کہا کرو کہ تُو مومن نہیں ہے،'' دونوں سے متصادم ہے، دونوں کی نفی کرتی ہے۔ لہذا مُجھے اس میں کوئی شک نہیں کہ یہ حدیث گھڑی گئی ہے۔

خلیفہ منصور۔

لیکن اس حدیث کی تصدیق تو امام مالک نے کی ہے اور قاضی ابن ابی لیلیٰ نے اس کا پورا پسِ منظر بھی بتایا ہے کہ

چونکہ رسول اللہ ﷺ سب کو مسلمان دیکھنا چاہتے تھے لہذا اس حدیث سے یہ مطلب اخذ کرنا درست ہے کہ صرف اسلام چھوڑنے والوں کو قتل کرنا مقصود ہے۔ میں آپ سے کہوں گا کہ میرے قضاۃ پر تنقید نہ کریں بلکہ صرف یہ بتائیں کہ آپ کے خیال میں مرتدین کے ساتھ کیا ہونا چاہیئے۔ آپ نے قرآن مجید کی آیات پڑھیں لیکن اُن کا پسِ منظر نہیں بتایا۔ میں جاننا چاہتا ہوں کہ یہ آیات کیوں اور کب نازل کی گئیں۔

قاضی ابن شبرمہ۔

امیر المومنین، میں نے اس آیت کے پسِ منظر کے بارے تفصیل سے پڑھ رکھا ہے۔ فتح مکہ کے بعد، ابو حدرد کی قیادت میں مومنوں کا ایک جتھہ اِدم کی جانب بھیجا گیا تھا تاکہ وہ مقامی لوگوں کو اسلام قبول کروائیں۔ اس جتھے میں خندیف قبیلے کا ایک آدمی محلم بن جثیمہ تھا جس کا جہاد میں شامل ہونے کا واحد مقصد مالِ غنیمت کا حصول تھا۔ جب یہ جتھہ وادیِ ادم میں پہنچا تو ان کو غطفان قبیلے کا ایک آدمی عامر الاشجاعی نظر آیا جو اپنے اونٹ پر مال لادے جا رہا تھا۔ عامر الاشجاعی نے جہادیوں کو سلام کیا لیکن محلم نے اُسے قتل کر ڈالا اور اُس کے اونٹ اور مال و اسباب پر قبضہ کر لیا۔

غطفان کا سردار یوحنا بن حصن اور خندیف کا سردار العقرا بن حبیس رسول اللہ ﷺ کے پاس پہنچے اور اِس ناحق قتل کے بارے میں ایک دوسرے سے جھگڑنے لگے۔ غطفان کا سردار عامر کے قتل کے قصاص کا مطالبہ کر رہا تھا جبکہ خندیف کا سردار قاتل محلم بن جثیمہ کا تحفظ کر رہا تھا کیونکہ محلم اُس کے قبیلے میں کچھ حیثیت رکھتا تھا۔

یہ جھگڑا رسول اللہ ﷺ کے سامنے بہت دیر تک چلتا رہا۔ یوحنا نے کہا، ''یا رسول اللہ ﷺ، میں اس قاتل کو ہرگز نہیں چھوڑوں گا بلکہ اس کی عورتوں کو اُسی دُکھ سے رُلاؤں گا جس دُکھ سے اس نے ہماری عورتوں کو رُلایا ہے۔''

اس پر یہ آیت نازل ہوئی، ''اے وہ لوگو جو ایمان لائے ہو! جب تم اللہ کی راہ میں ضرب لگاؤ تو اچھی طرح چھان بین کر لیا کرو۔ اور جو تم پر سلام بھیجے اس سے یہ نہ کہا کرو کہ تُو مومن نہیں ہے۔ تم دنیاوی زندگی کے اموال چاہتے ہو تو اللہ کے پاس غنیمت کے کثیر سامان ہیں۔ اس سے پہلے تم بھی اسی طرح ہوا کرتے تھے، پھر اللہ نے تم پر فضل کیا۔ پس خوب چھان بین کرلیا کرو۔ یقیناً اللہ اس سے جو تم کرتے ہو بہت باخبر ہے۔ (4:94)

خلیفہ منصور۔

(قاضی ابن شبرمہ کو مُخاطب کرتے ہوئے) ابو حنیفہ کا کہنا ہے کہ اس آیت کے مُطابق ہم کسی بھی ایسے شخص کو قتل نہیں کر سکتے جو ہم پر سلامتی بھیجے، چاہے وہ کافر یا مُرتد ہی کیوں نہ ہو۔ آپ اس کے بارے میں کیا کہتے ہیں؟

قاضی ابن شبرمہ۔

ابو حنیفہ اس آیت کا غلط اطلاق کر رہے ہیں۔ محلم اور عامر، قاتل اور مقتول، دونوں مسلمان تھے۔ یہ آیت قتال بن المسلمین کے بارے میں ہے، اس کا مُرتد اور کافر کو قتل کرنے سے کوئی تعلق نہیں ہے۔ غیر متعلقہ آیت کا حوالہ

دینا غلط ہے۔

خلیفہ منصور۔

(غُصے سے امام ابو حنیفہ کو مُخاطب کرتے ہوئے) یہ آیت ایک مسلمان کے ناحق قتل پر نازل ہوئی تھی۔ پھر آپ نے اس کا حوالہ کیوں دیا؟ میں نے آپ کو مُرتدین کے بارے میں فتویٰ لینے کے لیے طلب کیا تھا لیکن آپ وقت ظائع کر رہے ہیں۔

امام ابو حنیفہ۔

یا امیر! اگر آپ سارا واقعہ سُن لیں تو یہ واضح ہو جائے گا کہ میں نے اس آیت کا حوالہ کیوں دیا تھا۔ کسی کو مُرتد قرار دینے کے لیے قاضی کو ثبوت درکار ہوتا ہے۔ اس آیت اور اس کے پسِ منظر میں جو واقعہ ہے، دونوں کا تعلق حصولِ ثبوت سے ہے۔

خلیفہ منصور۔

پورا واقعہ کیا ہے؟

امام ابو حنیفہ۔

مسلمان طائف پر حملے کی تیاری کر رہے تھے لیکن غطفان کا سردار یوحنا قصاص میں محلم بن جثیمہ کے قتل کا مُطالبہ کرتا رہا۔ رسول اللہ ﷺ نے کہا، ''قصاص میں پچاس اونٹ ابھی لے لو اور پچاس طائف پر حملے سے واپسی پر لے لینا۔''

یوحنا اس پیشکش کو قبول کرنے سے انکار کرتا رہا اور بنو لیث کا ایک آدمی مُخیثِر اُس کی حمایت میں رسول اللہ ﷺ سے کہنے لگا کہ اس قتل نے لوگوں کو اسلام قبول کرنے سے خوفزدہ کر دیا ہے کیونکہ اسلام قبول کر کے بھی وہ قتل ہو جاتے ہیں۔ مُخیثِر نے کہا، ''یا رسول اللہ ﷺ، میں اس قتل کو اس طرح دیکھتا ہوں کہ اسلام قبول کرنے کی شروعات ہو رہی تھیں، بھیڑوں کا ایک گلہ اپنے سرداروں سمیت آ رہا تھا، پہلی بھیڑ کو مار دیا گیا اور پچھلی سب بھاگ گئیں۔ آج اس قتل کے قصاص میں قاتل کو قتل کرنے کا قانون لاگو کریں اور مستقبل میں ایسے واقعات کے لیے خونبہا کا قانون لاگو کر دیں۔''

رسول اللہ ﷺ نے اپنا ہاتھ اُٹھا کر اصرار کیا، ''نہیں، تمہیں اس سفر میں پچاس اونٹ قصاص میں لینے ہوں گے اور پچاس طائف سے واپسی کے بعد۔''

خندیف کا سردار العقرا، غطفان والوں کو ایک طرف لے جا کر تنہائی میں دباؤ ڈالتے ہوئے کہنے لگا، ''تُم نے ایک مرے ہوئے آدمی کے لیے رسول اللہ ﷺ کے فیصلے کی مُخالفت کی ہے۔ کیا تمہیں علم نہیں کہ اگر رسول اللہ ﷺ تم پر لعنت بھیج دیں تو اللہ بھی تُم پر لعنت بھیجے گا؟ میں قسم کھا کر کہتا ہوں کہ اگر تُم نے خونبہا نہ لیا تو میں بنو تمیم

کے پچاس آدمی لاؤں گا جو اللہ کو گواہ بنا کر کہیں گے کہ تُمھارا مقتول دوست کافر تھا اور اُس نے کبھی نماز نہیں پڑھی تھی۔ پھر اُس کے قتل کو زرا برابر بھی اہمیت نہیں دی جائے گی۔'' یہ سُن کر غطفان گھبرا گئے اور اُنہوں نے سوچا کہ اُن کے سو اونٹ ظائع ہو جائیں گے۔ چنانچہ وہ خونبہا لینے پر راضی ہو گئے۔ (71)

خلیفہ منصور۔

اس سے آپ کیا ثابت کرنا چاہتے ہیں؟

امام ابو حنیفہ۔

اس سے یہ ثابت ہوتا ہے کہ گواہ اکٹھے کر کے کسی کو بھی مُرتد یا کافر بنایا جا سکتا ہے، پے در پے خونِ ناحق بہایا جا سکتا ہے۔ کیا آپ اپنی سلطنت میں اس طرح کے رواج کو فروغ دینا پسند کریں گے؟ یا امیر! ایمان کے ہونے یا نہ ہونے کا معاملہ انسان اور اللہ کے درمیان ہے۔ صرف اللہ تعالیٰ دلوں کے بھید جانتا ہے۔ ہم اس معاملے میں فیصلہ کرنے کا حق نہیں رکھتے کیونکہ اگر ہم کسی کو کافر کہہ کر قتل کر دیتے ہیں تو عین ممکن ہے کہ روزِ قیامت ہمیں پتہ چلے کہ وہ تو ساری زندگی اچھے کام کرتا رہا اور اللہ تعالیٰ نے اُس کی کسی نیکی پر خوش ہو کر اُسے ہم سے بہتر سمجھا۔ قرآن پاک میں اللہ تعالیٰ ارشاد فرماتے ہیں، ''یقیناً جو لوگ ایمان لائے اور جو یہودی ہیں اور نصاریٰ اور بغیر مذاہب والے، جو بھی اللہ اور یومِ آخرت پر ایمان لائے اور نیک اعمال بجا لائے، ان سب کے اجر اُن کے ربّ کے پاس ہیں۔ ان پر کوئی خوف نہیں آئے گا اور نہ ہی وہ غم کریں گے۔'' (2:62)

خلیفہ منصور۔

(قاضی ابن ابی لیلیٰ کو مُخاطب کرتے ہوئے) کیا آپ اس سے اتفاق کرتے ہیں۔

قاضی ابن ابی لیلیٰ۔

(انتقامی نظروں سے امام ابو حنیفہ کو دیکھتے ہوئے) نہیں جناب۔ ابو حنیفہ نے اب یہ ثابت کر دیا ہے کہ وہ نہ صرف عقلِ انسانی بلکہ انسانیت کو بھی شریعت پر ترجیح دیتے ہیں۔ اگر مسلمان ابو حنیفہ کے بتائے ہوئے راستے پر چلتے تو آج وہ دُنیا کی سب سے بڑی سلطنت کے مالک نہ ہوتے۔

خلیفہ منصور۔

(قاضی ابن ابی لیلیٰ کو مُخاطب کرتے ہوئے) مُجھے اس کی وضاحت چاہیئے۔

قاضی ابن ابی لیلیٰ۔

---

[71] ابن ہشام، *سیرۃ ابن ہشام*، جلد 2، صفحات 772-769

(بلند آواز اور عالمانہ انداز میں خطبہ دیتے ہوئے) امیرالمومنین! قتلِ مُرتدین صرف ایک جزُ ہے اُن سارے اجزاء کا جو مِل کر اسلام کے تحفظ اور متواتر توسیع کی ضمانت دیتے ہیں۔ یہ اجزاء ایک معمے کے اُن ٹکڑوں کی طرح ہیں جو جڑُ کر مکمل تصویر بنتے ہیں۔

میں اِس کا خُلاصہ بیان کر دیتا ہوں۔

(وقفہ لے کر بولتے ہوئے) پہلا جزُ ہے، مفتوحہ علاقوں میں اسلام کو یک طرفہ طور پر نافذ کرنا، جس کا مطلب ہے کہ ہر مذہب کا شخص اسلام قبول کر سکتا ہے لیکن اس کو نہ ترک کر سکتا ہے اور نہ ہی اس پر تنقید کر سکتا ہے یا اس پر سوال اُٹھا سکتا ہے یا واپس اپنے پُرانے مذہب میں واپس جا سکتا ہے۔ مرتدین اور مُنافقین کو ہمیشہ قتل کیا جاتا ہے اگر وہ غیر مسلم ملکوں میں نہ بھاگ جائیں۔ دوسرا جزُ یہ ہے کہ سزائے موت کے خوف سے لوگوں کو اللہ اور اُس کے رسول ﷺ پر تنقید کرنے، سُنتِ رسول ﷺ پر اعتراضات اُٹھانے اور قرآن مجید میں غلطیاں ڈھونڈنے سے باز رکھا جاتا ہے (72)۔ ان اقدامات کے بغیر اسلامی سلطنت سکڑنا شروع ہو جائے گی۔

خلیفہ منصور تعریفی نظروں سے قاضی ابن ابی لیلیٰ کو دیکھتا ہے۔

تیسرا جزُ یہ ہے کہ مسلمان مرد کسی بھی مذہب کی کئی عورتوں سے اولاد پیدا کر کے اُن کو مسلمان بناتا ہے لیکن غیر مسلم مرد مسلمان عورت سے ہرگز شادی نہیں کر سکتا۔ چنانچہ مسلمانوں کی تعداد بڑھتی جاتی ہے اور غیر مسلموں کی تعداد گھٹتی جاتی ہے۔

خلیفہ منصور۔

کیا خوب بات کی۔

قاضی ابن ابی لیلیٰ۔

چوتھا جزُ یہ ہے کہ مسلمان لاتعداد بچے پیدا کریں تا کہ متواتر جہاد کے لیے ایسے نوجوان ہمیشہ دستیاب ہوں جو کافر ملکوں میں داخل ہو کر اسلامی سلطنت کو وسیع کرتے رہیں۔ کچھ لوگ کہتے ہیں کہ لاتعداد بچے پیدا کرنے سے غُربت پھیلتی ہے لیکن وہ یہ نہیں دیکھتے کہ اگر مادی وسائل کی کمی نہیں ہو گی تو لوگ جہاد بھی نہیں کریں گے، اسلامی سلطنت میں توسیع بھی نہیں ہو گی اور اللہ تعالیٰ کا پیغام آگے پھیلنا بھی بند ہو جائے گا۔

خلیفہ منصور۔

بہت اچھی وضاحت کی۔ جاری رکھیے۔

قاضی ابن ابی لیلیٰ۔

---

72 مودودی، *خلافت و ملوکیت*، صفحات 171-160؛ ابو زہرہ، *حیاتِ امام ابو حنیفہ*، صفحہ 266

پانچواں جزُ یہ ہے کہ سلطنت کے اندر غیر مسلموں کو جزیے، جائدادوں کی ضبطی، غُلامی اور توہینِ رسالت کے الزام کے خوف میں رکھ کر اسلام قبول کرنے پر آمادہ کیا جاتا ہے۔ غیر مسلم کے مرنے پر اُس کے وارث صرف تب ہی وراثت وصول کر سکتے ہیں جب وہ مسلمان ہو جائیں ورنہ جائداد بحق خلافت ضبط ہو جاتی ہے (73)۔ سوائے اُن غیر مسلموں کے جن کی خدمات سلطنت کے لیے ناگزیر ہیں، غیر مسلموں کو بالعموم ایسی حالت میں رکھا جاتا ہے کہ وہ اسلام قبول کرنے میں ہی اپنی بہتری سمجھیں۔

خلیفہ منصور۔

درست کہا۔ ورنہ غیر مُسلم کبھی بھی نورِ حق نہ دیکھ پائیں گے۔

قاضی ابن ابی لیلیٰ حقارت سے امام ابو حنیفہ کی طرف دیکھ کر منصور کو مُخاطب کرتا ہے۔

قاضی ابن ابی لیلیٰ۔

انھی اجزاء کی بدولت آج ہماری سلطنت دُنیا کی سب سے بڑی سلطنت ہے۔

امیرالمومنین! اب یہ آپ پر منحصر ہے کہ اس کی توسیع کو جاری رکھیں اور ساری دُنیا میں اسلام کو غالب کر کے اللہ تعالیٰ کو خوش کر کے جنت میں مقام حاصل کریں یا ابو حنیفہ کی انسانیت پرست بدعات کو نافذ کر دیں۔ اگر آپ ابو حنیفہ کی بدعات کو نافذ کریں گے تو لوگ بڑی آسانی سے اسلام کو ترک کرتے جائیں گے، اس پر تنقید کریں گے اور اس کی بالادستی کو تسلیم نہیں کریں گے۔ غیر مُسلموں پر اسلام قبول کرنے کے لیے کوئی دباؤ نہیں ہو گا۔ اس سے دائرہء اسلام پھیلنے کے بجائے سکڑتا جائے گا اور ساتھ ہی آپ کی سلطنت بھی۔

خلیفہ منصور۔

(خوش ہو کر قاضی ابن ابی لیلیٰ کو مُخاطب کرتے ہوئے) مرحبا یا قاضی! میں نے اپنی زندگی میں شریعت کے تاریخی کردار کا اس سے بہتر خُلاصہ نہیں سُنا۔

عمرو بن عبید۔

(قاضی ابن ابی لیلیٰ کو مُخاطب کرتے ہوئے) مرحبا یا قاضی! آپ جیت گئے۔

خلیفہ منصور۔

(قاضی ابن ابی لیلیٰ کو مُخاطب کرتے ہوئے) آپ نے ثابت کر دیا ہے کہ آپ اسلام کا دفاع دوسرے عُلما سے بہتر کر سکتے ہیں۔ چونکہ آپ کے فتوے کو قاضی ابن شبرمہ اور امام مالک کی حمایت بھی حاصل ہے لہذا میں اس کو

---

[73] مودودی، *خلافت و ملوکیت*، صفحات 296 ,175-171

قبول کرتا ہوں۔

(امام ابو حنیفہ کو مُخاطب کرتے ہوئے) یا امام! میرا مشورہ ہے کہ آپ کافروں، مُرتدوں، فاسقوں، فاجروں اور دیگر گُناہ گاروں کی زندگیاں بچانے کے بجائے اُن کی روحیں بچانے کی فکر کریں۔ آپ غلط راستے پر چل رہیں ہیں لیکن اس کے باوجود میں تجسس کی وجہ سے آپ کے مزید ارشادات سُننا پسند کروں گا اور آپ کو دربار میں طلب کرتا رہوں گا اس اُمید پر کہ شاید آپ راہِ راست پر آ جائیں۔ مجُھے آپ سے ہمدردی ہے۔

خلیفہ منصور اُٹھ کر کھڑا ہو جاتا ہے اور دربار سے باہر چل دیتا ہے۔ سب درباری بھی احتراماً کھڑے ہو جاتے ہیں۔ باہر جاتے ہوئے قاضی ابن ابی لیلیٰ امام ابو حنیفہ کی جانب فاتحانہ انداز سے دیکھتا ہے لیکن وہ نظریں جُھکائے افسردہ حالت میں گہری سوچوں میں گُم ہیں۔

تیرہویں ایکٹ کا اختتام

چودہواں ایکٹ: عربی کا عالم بننے کی سزا

چودہویں ایکٹ کے کردار:

ابن المقفع۔

والیء بصرہ سفیان بن معاویہ المہلبی، ادھیڑ عمر، بہت بڑی ناک والا وہی آدمی ہے جس کا ذکر دسویں ایکٹ میں عیسیٰ بن علی اور ابن المقفع کے درمیان گفتگو میں ہوا تھا۔ اُس نے گہرے سُرمئی رنگ کا کشیدہ کاری کیا ہوا جُبّہ اور کالا اور سفید چکبترا عمامہ پہن رکھا ہے، کمر پر چمڑے کی پیٹی باندھی ہوئی ہے جس سے ایک میان اُس کے بائیں ہاتھ کی جانب لٹک رہی ہے۔

معلن، مضبوط اور فربہ جسم والا شخص ہے۔

چھ منتظمین، مختلف عمروں کے حاکمانہ انداز رکھنے والے فربہ اشخاص ہیں جو سفید تھوب اور چکبترے عمامے پہنے ہوئے ہیں۔

بیس کے قریب لشکری، جن میں سے کچھ کے ہاتھوں میں تلواریں اور کچھ کے ہاتھوں میں لمبے ڈنڈے ہیں۔ انہوں نے کھدر نما کپڑے کے تھوب اور گترے پہن رکھے ہیں۔

بہت بڑا ہجوم، جس کا زیادہ تر حصہ ناظرین کو نظر نہیں آتا لیکن لوگوں کی آوازیں سُنائی دیتی ہیں۔ ہجوم میں سے چند کردار کبھی کبھی سکرین پر نمودار ہوتے ہیں اور اطراف میں گُم ہو جاتے ہیں۔

چودہویں ایکٹ کا منظر:

ایک وسیع ریتلا میدان۔ میدان کے بیچ میں لکڑی کا ایک لمبا اور مضبوط ستون زمین میں گاڑا گیا ہے جس کے ساتھ ابن المقفع کو رسیوں سے باندھا گیا ہے۔ ابن المقفع کے گرد چاروں اطراف لکڑیوں کے ڈھیر لگائے گئے ہیں، لہذا اُس کا صرف کمر سے اوپر کا حصہ نظر آتا ہے۔ تلواریں ہاتھوں میں لیے چار لشکری لکڑیوں کے ڈھیروں کے چاروں اطراف کھڑے ہیں جبکہ آٹھ لشکری ہجوم کو ڈنڈوں سے ڈرا دھمکا کر قریب آنے سے روکتے ہیں۔

ابن المقفع کا سر جھکا ہوا ہے اور وہ کوئی حرکت نہیں کر رہا۔ کبھی کبھی مجمعے میں سے کوئی ابن المقفع پر لعن طعن کرتا ہے۔ ہجوم میں سے کچھ آدمی لکڑیوں کے قریب آنے کی کوشش کر کے اور لشکریوں کو زچ کر کے خوش ہوتے ہیں۔ لشکری اُن کو ڈنڈوں اور تلواروں سے ڈراتے ہیں اور وہ واپس بھاگ جاتے ہیں۔ سخت گرمی کی وجہ سے لشکری پسینے میں بھیگے ہوئے ہیں اور ہجوم کو پیچھے کرتے کرتے تھکے ہوئے لگتے ہیں۔

مجمع میں موجود کردار اور اُن کے افعال:

محنت مشقت اور مزدوریاں کرنے کی وجہ سے زیادہ تر مرد اور عورتیں پتلے جسموں والے ہیں اور اُن کے ہاتھ اور چہرے کُھردرے ہیں۔ انھوں نے کھدر نما کپڑے کے کُھلے کُھلے تھوب پہن رکھے ہیں اور زیادہ تر ننگے سر ہیں۔ کُچھ کے تھوب پھٹے پُرانے ہیں اور کچھ نے بھدی سی ٹوپیاں پہن رکھی ہیں۔ ایک دو کٹے ہاتھوں والے بھی ہیں اور ایک کا چہرہ بگڑا ہوا ہے لیکن کوئی اُن کی موجودگی کا بُرا نہیں مناتا۔ ہاتھ کا کٹا ہونا یا چہرے کا بگڑا ہونا ان کو ہجوم میں اور لشکریوں کے ساتھ شرارتیں کرنے سے باز نہیں رکھ سکتا۔

ہجوم میں کچھ عورتیں بُرقعے اور نقاب پہنے ہوئے ہیں۔ کچھ کے صرف بال ڈھکے ہوئے ہیں۔

ہجوم میں بہت سے بچے اور بچیاں بھی موجود ہیں۔ زیادہ تر پھٹے پُرانے کپڑوں میں اور ننگے پاؤں ہیں۔ کچھ بچوں کے تھوب بڑوں کے تھوبوں کو بازؤں اور لمبائی میں کاٹ کر چھوٹا کر کے بنائے گئے ہیں۔ کچھ بچے صرف کمر کے گرد دھوتی نما کپڑا لپیٹے ہوئے ہیں اور کچھ چھوٹے بچے بالکل ننگے ہیں۔ کافی بچے گندی حالت میں ہیں۔ اُن کے بال بکھرے ہوئے اور گرد سے اٹے ہوئے ہیں۔ وہ بڑوں کے درمیان ہجوم میں ادھر اُدھر بھاگتے پھرتے ہیں اور بڑوں کی ڈانٹ ڈپٹ حتیٰ کے تھپڑوں کی بھی پرواہ نہیں کرتے۔

ضعیف مرد اور عورتیں جو زیادہ دیر کھڑے نہیں رہ سکتے، قریب آ کر گھٹنوں کے بل بیٹھ جاتے ہیں اور تجسس سے ابن المقفع کو دیکھتے ہیں لیکن جب لشکری اُن کو ڈرا دھمکا کر پیچھے جانے پر مجبور کرتے ہیں یا جوان لوگ اُن کے آگے آنے کی کوشش کرتے ہیں تو وہ احتجاج کرتے ہوئے، بڑبڑاتے ہوئے کھڑے ہو جاتے ہیں۔

لوگوں کے عام رویوں سے ظاہر ہوتا ہے کہ اُنھیں ابن المقفع کی قسمت یا مبینہ جرائم سے زیادہ اپنی اپنی ذات کو نُمایاں کرنے میں دلچسپی ہے۔ وہ اونچی اور جوشیلی آوازوں میں بولتے ہیں، ایک دوسرے کی بات پر جھگڑتے ہیں، کبھی اپنی بات پر اڑ جاتے ہیں، کبھی ہنس پڑتے ہیں اور کبھی لاپرواہی سے مُنہ بناتے ہیں۔ کچھ ابن المقفع کو حقارت سے دیکھ کر اُس پر ہنستے ہیں۔ ہجوم میں کسی سرکس میں آئے ہوئے لوگوں کا غیر سنجیدہ ماحول ہے۔ جب کوئی ابن المقفع پر ہنستا ہے تو ایسے جیسے اپنی انفرادیت جتا کر دوسروں کو کہہ رہا ہو، ''زیادہ تر لوگ احمق ہوتے ہیں لیکن اس کا اطلاق مجھ پر نہیں ہوتا۔''

منتظمین اور معلن بے حسی، غرور و تمکنت سے ایک طرف کھڑے سفیان المہلبی کا انتظار کر رہے ہیں۔ وہ اپنی جسمانی حرکات

سے، جیسا کہ کولھوں پر ہاتھ رکھ کر یا ہاتھ پیچھے باندھ کر اکڑ کر ادھر اُدھر دیکھنا اور ہجوم کو نظرانداز کرنا، یا تو اپنی اُکتاہٹ اور اعتماد یا اپنے اصحابِ اختیار ہونے کا اظہار کرتے ہیں۔ لشکری اُن کو عزت کی نگاہ سے دیکھتے ہیں لیکن وہ باقی سب سے الگ تھلگ کھڑے ہجوم کو بے اعتنائی سے دیکھتے ہیں۔ بعض اوقات وہ ابن المقفع کو ایسی تحقیرآمیز نگاہ سے دیکھتے ہیں جیسے کہ اُنھیں اُس سے ذاتی دُشمنی ہو۔ جب ہجوم میں سے کوئی اُن کے قریب آنے کی کوشش کرتا ہے تو وہ اسے نفرت کی نگاہ سے دیکھتے ہیں۔ وہ لوگوں کی شرارتوں سے بے زار نظر آتے ہیں لیکن لوگ اُنھیں کوئی اہمیت نہیں دیتے اور نہ ہی اُن سے خائف نظر آتے ہیں۔

ہجوم سے کچھ دور صاف ستھرے اور نفیس جبُوں اور عماموں میں ملبوس بالائی طبقے کے کُچھ تماشائی بھی گھوڑوں پر سوار ہیں۔ یہ دور رہ کر ہی سب کچھ دیکھنا چاہتے ہیں اور قریب آنے کی کوشش نہیں کرتے۔

چودھواں ایکٹ

بصرہ کے قریب ایک ریتلا میدان

دور

تقریباً 760 عیسوی

ہجوم میں سے کچھ لوگ لکڑیوں کے قریب آنے کی کوشش کرتے ہیں، لشکری اُن کو واپس بھگا دیتے ہیں لیکن چند لوگ موقع پا کر ابن المقفع کے قریب آ کر اُس پر تھوکتے ہیں۔

جب لشکری اُن کو واپس بھگا دیتے ہیں تو ہجوم میں سے ایک آواز آتی ہے۔

آواز۔

''اوئے! مُجھ پر مت تھوکو!''

چند عورتیں ہجوم میں راستہ بنا کر لکڑیوں کے قریب آتی ہیں۔ وہ تجسس یا ہمدردی سے ابن المقفع کو دیکھتی ہیں اور قیاس آرائی کرتی ہیں کہ وہ زندہ ہے یا مر چکا ہے۔

ہجوم میں سے چند کنکریاں ابن المقفع پر پھینکی جاتی ہیں، یہ دیکھنے کے لیے کہ کیا وہ زندہ ہے۔ ابن المقفع کا جسم کوئی ردِعمل ظاہر نہیں کرتا۔

حجاب پہنے ہوئے ایک فربہ جسم والی عورت۔

(طنزاً اور اونچی آواز میں) شاہی مہمان بادشاہ کے گھوڑے پر سوار ہے۔

ہجوم میں سے قہقھوں کی آوازیں آتی ہیں۔

پہلی آواز۔

یہ تو خوف سے ہی مر گیا ہے۔

دوسری آواز۔

(زور سے ابن المقفع کو سُناتے ہوئے) اگر اتنے دلیر نہیں تھے تو قرآن مجید کی ہمسری کرنے کی کوشش کیوں کی؟

تیسری آواز۔

شاعر ہوتے ہی پاگل ہیں۔

چوتھی آواز۔

شاعروں کی توہین مت کرو۔ یہ شاعر نہیں تھا۔

تیسری آواز۔

شاعر ہی تھا۔

چوتھی آواز۔

شاعر نہیں تھا۔ اس نے قرآن مجید کے اندازِ تحریر کی نقالی کرنے کی کوشش کی تھی۔ اگر تُمہیں سمجھ نہیں ہے تو مُنہ بند رکھو۔

تیسری آواز۔

تُم مُنہ بند رکھو۔

لڑنے کی آوازیں آتی ہیں۔

پہلا لشکری۔

(حکم دیتے ہوئے) نکلو ادھر سے۔ لڑنے والوں کو گرفتار کر لیا جائے گا۔

لڑنے کی آوازیں بند ہو جاتی ہیں۔ ایک گھوڑے کے سرپٹ دوڑنے کی آواز آتی ہے۔ آواز قریب آتی جاتی ہے۔ اچانک لشکریوں کی تعداد میں اضافہ ہوتا جاتا ہے۔ لشکری لکڑیوں کے گرد گھیرا ڈال کر بے ہنگم اور شور کرتے ہوئے ہجوم کو پیچھے سے پیچھے دھکیلنا شروع ہو جاتے ہیں حتیٰ کہ صرف منتظمین، معلن اور لشکری ہی سامنے رہ جاتے ہیں۔ ہجوم نظر نہیں آتا لیکن لوگوں کا شور و غُل سُنائی دیتا رہتا ہے۔

لشکری اپنے دائیں جانب راستہ بناتے ہیں جس سے سفیان المہلبی گھوڑے پر سوار نمودار ہوتا ہے۔ وہ ابن المقفع اور لکڑیوں کے سامنے خالی جگہ پر گھوڑا روک کر، گھوڑے پر غرور و تمکنت سے بیٹھا ہجوم کو گھورتا ہے۔

لشکری اور منتظمین اُس کو احترام سے دیکھتے ہیں۔

معلن آگے ہو کر بلند آواز میں اعلان کرتا ہے۔

معلن۔

(اونچی آواز میں) والیء بصرہ صاحب السمو سفیان بن مُعاویہ المہلبی عوام سے خطاب کریں گے۔ سب کو حکم دیا جاتا ہے کہ خاموش رہیں اور صاحب السمو کا فیصلہ سُنیں۔

دور کھڑا ایک منتظم اسی اعلان کو بلند ترین آواز میں دُہراتا ہے تا کہ ہجوم کے آخری حصے میں موجود لوگ بھی اعلان کو سُن لیں۔ شور مدھم ہوتے ہوتے ختم ہو جاتا ہے۔

خاموشی چھا جاتی ہے۔

سفیان اپنی کمر پر بندھی پیٹی اور اُس کے ساتھ لٹکتی ہوئی میان کو ہلا جُلا کر سیدھا ہو کر بیٹھنے کی کوشش کرتا ہے۔ پھر وہ اپنے عمامے کو اس انداز سے سر پر تھوڑا پیچھے کرتا ہے کہ مزید سخت گیر حکمران نظر آئے۔ خود اعتمادی کی کمی کے باعث وہ کچھ وقت لیتا ہے اور ضرورت سے زیادہ اکڑ کر اپنے جُبّے کے اندر سے ایک پرچہ نکال کر پڑھنے کی تیاری کرتا ہے۔

ہجوم میں گُم کوئی شخص اس تاخیر پر بے صبری دکھاتے ہوئے سیٹی بجاتا ہے جس پر سفیان ایک جھٹکا کھا کر سخت غُصے کے عالم میں مجمع کو گھورتا ہے۔

لشکری چوکنے ہو کر تلواریں اور ڈنڈے سونتتے ہیں۔ چھ لشکری ڈنڈے ہلاتے ہوئے ہجوم کے اندر داخل ہو جاتے ہیں۔ ہجوم پیچھے ہو جاتا ہے۔

چند اور لشکری ڈنڈوں سے دھمکا کر ہجوم کو سفیان سے مزید دور کر دیتے ہیں۔

معلن جلدی سے آگے بڑھ کے اونچی آواز سے نعرہ لگاتا ہے۔

معلن۔

(پورے زور سے چلاتے ہوئے) نعرہ تکبیر!

ہجوم۔

(چلاتے ہوئے) اللہ و اکبر!

معلن۔

(پورے زور سے چلاتے ہوئے) جاء الحقا و زھق الباطلا!

ہجوم۔

(چلاتے ہوئے) انا الباطلا کان زھوقا!

معلن۔

(چلاتے ہوئے) امیرالمومنین و والی البصرہ!

ہجوم۔

(چلاتے ہوئے) طول عمرہ، طول عمرہ! (لمبی عُمر ہو)۔

نعروں اور اُن کے بعد خاموشی سے حوصلہ پا کر، حالات بے قابو ہونے کے ڈر سے سفیان جلدی جلدی اپنا کام ختم کرنے کی کوشش کرتا ہے۔ وہ اپنی پوری طاقت لگا کر زور سے بولنے کی کوشش کرتا ہے لیکن اُس کی آواز میں مردانہ بھاری پن کم اور باریکی زیادہ ہے۔

سفیان المہلبی۔

أعوذ باللہ من الشیطان الرجیم۔ بسم اللہ الرحمٰن الرحیم!

اے مومنو اور وہ سب لوگو جنہوں نے امیرالمومنین ابوجعفر عبداللہ المنصور عطا اللہ بقا کی بیعت کی ہے! (وقفہ) سُنو اور ہمیشہ یاد رکھو کہ اللہ نے ہمیں تُم پر عدل سے حکومت کرنے کا اختیار دیا ہے تا کہ ہم تُمہیں ہر قسم کے شر اور فساد سے بچائیں۔

جس طرح ہمارا فرض ہے کہ تُم میں عدل قائم کریں، اسی طرح تُمہارا فرض ہے کہ ہمارے تابع فرماں رہو۔ اللہ کے مقرر کیے ہوئے حکمرانوں کے ساتھ تعاون کر کے تُم اللہ کی نعمتوں اور ہماری مہربانیوں کے حقدار بنتے ہو لیکن میں دیکھ رہا ہوں کہ تُم میں سے کچھ ہماری تلواروں کا نشانہ بننے کے خواہش مند ہیں۔

(غُصے سے مجمع کو گھورتے ہوئے) میں تُمہیں خبردار کرتا ہوں کہ اُن میں سے نہ بنو جن پر اللہ کا غضب نازل ہوا۔

(ابن المقفع کی طرف انگلی سے اشارہ کرتے ہوئے) یہ آدمی جس کا اصلی نام روزبہ بن دادویہ تھا، آگ کی پرستش کرنے والا مجوسی تھا جو مُنافقت کرتے ہوئے مسلمان بنا اور اپنے آپ کو عبداللہ ابو محمد کہلوانے لگا۔ اس کا خُفیہ مقصد ہمارے اعلیٰ و ارفع مذہب کو داغدار کرنا تھا۔ اس مقصد کے حصول کے لیے اس نے کئی برس لگا کر عربی زبان میں مہارت حاصل کی اور ملحدوں اور زندیقوں کی فارسی کتابوں کے ترجمے ہماری پاک زبان میں کرنے لگا۔ عربی زبان میں مہارت حاصل کرنے کا اس کا دوسرا ناپاک مقصد یہ تھا کہ نعوذ باللہ، قرآن مجید کی ہمسری کرنے والی ایک کتاب لکھے۔ یقیناً یہ اس میں ناکام ہی ہوتا لیکن یہ ان مذموم کوششوں میں لگا رہا۔

معلن جلدی سے آگے بڑھ کے اونچی آواز سے نعرہ لگاتا ہے۔

معلن۔

(پورے زور سے چلاتے ہوئے) مرگ بر مُنافقین!

ہجوم۔

(چلاتے ہوئے) مرگ بر مُنافقین!

معلن۔

(پورے زور سے چلاتے ہوئے) مرگ بر ملحدین!

ہجوم۔

(چلاتے ہوئے) مرگ بر ملحدین!

معلن واپس اپنی جگہ پر چلا جاتا ہے۔

سفیان المہلبی۔

(اونچی آواز میں) اللہ تعالیٰ علیم و بصیر ہے۔ وہ اس مجوسی مُنافق کے ناپاک ارادوں سے باخبر تھا۔ چنانچہ ایک رات اللہ تعالیٰ نے امیرالمومنین کو خواب میں اس کی خبر دی۔

دوسرے دن امیرالمومنین نے مُجھے، اپنے وفادار خادم کو بُلایا اور اور اس کی رہائش گاہ کی تلاشی لینے کو کہا۔

تلاشی کے دوران ہمیں فارسی زبان میں لکھی ہوئی کئی کتابیں ملیں جن سے ہمیں علم ہوا کہ یہ دل سے آگ کی پرستش کرنے والا زرتشتی تھا لیکن اوپر اوپر سے اسلام کا لبادہ اوڑھے ہوئے تھا حتیٰ کہ اس نے اپنے بیٹے کا نام بھی رسول اللہ ﷺ کے نام پر محمد رکھا ہوا تھا۔

تلاشی کے دوران ہمیں اس کی لکھی ہوئی ایک نظم ملی جس سے اس کی اپنے آبائی گھر کے قریب واقع مجوسی عبادت گاہ ''بیتِ عاتکہ'' سے محبت کا راز فاش ہو گیا۔

اس نظم میں یہ لکھتا ہے؛

الوداع! اے بیتِ عاتکہ الوداع!
دل سے میرے پر نہ ہو گا تو وداع
دُشمنوں میں مُجھ کو رہنا ہے سدا
روح میری تُجھ سے نہ ہو گی جُدا
جبر کا پھندا مُقدر ہے میرا
لوٹ آؤں چاہتا ہے دل میرا
دھو کے تیرے صحن کو، دہلیز کو
پھر سے چمکا دوں تیری ہر چیز کو
آگ سے روشن کروں گا تُجھ کو میں
پھر کبھی بُجھنے نہ دوں گا اُس کو میں
کر کے سجدہ در بہ روحِ ایزدی

اُس سے مانگوں گا میں عافیت تری۔ (74)

ہجوم ''شرم'' ''شرم'' کے نعرے ایک لہر میں بلند کرتا ہے جس کے اُتار چڑھاؤ سے اُس میں نفرت کے بجائے شرارت کا عنصر غالب نظر آتا ہے۔ لوگ ابن المقفع کی مُبینہ مُنافقت پر غُصہ کرنے سے زیادہ سفیان کی باریک چیختی ہوئی آواز سے زیادہ محظوظ ہوتے ہوئے نظر آتے ہیں۔

جب ''شرم'' ''شرم'' کے نعروں کی لہر ختم ہونے کا نام ہی نہیں لیتی تو یہ واضح ہونے لگتا ہے کہ لوگ سفیان المہلبی کا مذاق اُڑا رہے ہیں۔ اِس کو محسوس کرتے ہوئے، سفیان اور اُس کے لشکری گھبرائے ہوئے نظر آتے ہیں۔

معلن جلدی سے آگے بڑھ کے اونچی آواز میں نعرہ لگاتا ہے۔

معلن۔

(پورے زور سے چلاتے ہوئے) لعنت اللہ اللکاذبین!

ہجوم۔

(چلاتے ہوئے) لعنت اللہ اللکاذبین!

معلن۔

(چلاتے ہوئے) لعنت اللہ اللفاسقین و الفاجرین!

ہجوم۔

(چلاتے ہوئے) لعنت اللہ اللفاسقین و الفاجرین!

معلن۔

(چلاتے ہوئے) لعنت اللہ اللمُنافقین!

ہجوم۔

(چلاتے ہوئے) لعنت اللہ اللمُنافقین!

سفیان لشکریوں کو اشارہ کرتا ہے۔ کئی لشکری تیزی سے لکڑیوں پر مٹی کے برتنوں سے تیل انڈیلنا شروع ہو جاتے ہیں۔

ہجوم میں سے ایک چیختی ہوئی آواز آتی ہے۔

آواز۔

موٹی ناک!

---

[74] ذیات، تاریخ ادب العربی، صفحات 326-320؛ دائرہ معارف الاسلامیہ، صفحات 709-705

ہجوم میں سے قہقھوں کی آوازیں سُن کر کئی لشکری غُصے ہو کر ہجوم کے ایک حصے پر ڈنڈوں سے حملہ کرتے ہیں۔

سفیان ایک لشکری کو آگ لگانے کا اشارہ کر کے گھوڑے کو ایڑ لگا کر اُسے سرپٹ دوڑاتا ہوا چلا جاتا ہے۔ لشکری آگ لگانے کی کوشش کرتا ہے جبکہ دوسرے لشکری ہجوم کو قابو کرنے کی کوششوں میں مصروف رہتے ہیں۔

لوگوں کے ادھر اُدھر دوڑنے سے اُڑنے والے گرد و غُبار میں کئی آوازیں سنائی دیتی ہیں۔

پہلی آواز۔

بھاگو! یہ تو ہمیں قتل کرنے لگے ہیں۔

دوسری آواز۔

(چلاتے ہوئے) تُم مُجھے کُچل رہے ہو۔ بچاؤ! بچاؤ!

تیسری آواز۔

حمار! کہنیاں مت مارو۔

شعلے ابن المقفع کو گھیر لیتے ہیں اور ہر شخص آگ سے دور بھاگتا ہے۔

آگ میں سے ابن المقفع کے چیخنے کی آواز آتی ہے۔

ابن المقفع۔

دادویہ! دادویہ! دادویہ تُجھے خُدا کی مار پڑے۔ اے خُدائے بزرگ و برتر!

چودہویں ایکٹ کا اختتام

پندرہواں ایکٹ: اندھے کی محبت

پندرہویں ایکٹ کے کردار:

بشار بن برُد، لمبا، کالا اور موٹا ادھیڑ عمر شخص ہے۔ اُس کی آنکھوں پر پیدائشی طور پر ایک پتلی لال جھلی ہے جس کی وجہ سے وہ سوائے آگ اور روشنی کے کوئی چیز دیکھ نہیں سکتا۔ وہ یہ بتا سکتا ہے کہ کسی وقت دن ہے یا رات۔ بچپن میں بیماری نے اُس کے چہرے پر چیچک نما داغ چھوڑ دیئے ہیں۔ وزنی جسم کی وجہ سے وہ بھاری قدموں سے چلتا ہے۔ اُس نے سفید تھوب اور چکبترا گترا پہن رکھا ہے۔

عبدہ، بیت الخلیفہ کی ایک درمیانی عمر کی، موٹے جسم اور کالی رنگت والی خادمہ ہے۔ اُس کے چہرے کے نقش دلفریب نہیں ہیں لیکن وہ اپنے ذہن میں اپنے آپ کو ایک خوبصورت نوجوان لڑکی سمجھ کر اُسی کے طور طریقوں سے چلتی اور بات کرتی ہے۔ اُس کی آواز میٹھی اور رسیلی ہے اور اُس نے شوخ رنگوں والا لمبا کُرتا پہن رکھا ہے۔ وہ بیت الخلیفہ کے مطعم میں کام کرتی ہے لیکن اُس نے چنچل کنیزوں والے نخریلے طور طریقے اپنا رکھے ہیں۔

ربابہ، درمیانی عمر کی، پتلے جسم اور گندمی رنگت والی عورت ہے۔ اگرچہ اُس کے چہرے کے نقش عبدہ سے زیادہ پُرکشش ہیں لیکن اُس کی آواز عبدہ کی آواز جیسی میٹھی اور رسیلی نہیں بلکہ تیز اور کرخت ہے۔ وہ حکم چلانے والے انداز میں اونچی آواز میں بات کرتی ہے۔

پندرہ مرد اور پانچ عورتیں، جن کی عمریں بیس سے لے کر ساٹھ سال تک ہیں۔ ان میں سے چند اُس مجمع میں موجود تھے جس میں ابن المقفع کو جلایا گیا تھا۔ مردوں نے تھوب اور گترے پہن رکھے ہیں اور کچھ عورتوں نے بالوں کو سادہ یا رنگین صافوں سے ڈھانکا ہوا ہے۔

پندرہویں ایکٹ کا منظر:

بشار کے مٹی کے بنے ہوئے گھر کے سامنے ریتلا میدان جس میں تھوڑی تھوڑی گھاس بھی اُگی ہوئی ہے۔ تقریباً پندرہ مرد اور پانچ عورتیں روزمرہ کی باتیں کرنے کے لیے اکٹھے ہوئے ہیں۔ وہ بشار کے گھر کے سامنے گھاس پر بیٹھے ہوئے ہیں جبکہ بشار اپنے گھر کی دہلیز پر بیٹھا ہے۔ بشار کے گھر میں سامنے دروازہ نہیں ہے لیکن ایک کھدر نما کپڑے کا پردہ دروازے کا کام کرتا ہے جس کی وجہ سے گھر کے اندر کی چیزیں چھُپی ہوئی ہیں۔

پندرہواں ایکٹ

بشار کے گھر کے سامنے کھُلی جگہ

دور

تقریباً 760 عیسوی

پہلا شخص۔

میں قسم کھا کے کہتا ہوں کہ وہ شاعر تھا۔

دوسرا شخص۔

(اصرار کرتے ہوئے) نہیں۔ شاعر نہیں تھا۔ شاعر اس طرح نہیں مارے جاتے۔

پہلا شخص۔

(طنزاً) تو کیا وہ کسی اور طرح مارے جاتے ہیں؟

حاضرین ہنستے ہیں۔

دوسرا شخص۔

بے وقوف آدمی، میرا مطلب یہ تھا کہ اگر وہ شاعر ہوتا تو امیرالمومنین کے قصیدے لکھ کر معافی حاصل کر لیتا۔

پہلا شخص۔

لیکن وہ بیت الخلیفہ پہنچتا کیسے؟ پہلے تو اُسے المہلبی کی موٹی ناک کا قصیدہ لکھنا پڑتا۔

حاضرین ہنستے ہیں۔

بشار۔

مُجھے بھی ایک دوست وہاں لے گیا تھا لیکن میں نے صرف شُعلے دیکھے اور چیخیں سُنیں۔

پہلا شخص۔

کیا اُس نے چیخ و پکار کی؟

کئی آوازیں۔

ہاں۔

بشار۔

پہلے ہم سمجھے کہ اُنھوں نے اُسے مُردہ حالت میں ستون سے باندھا ہوا ہے لیکن جب شعلے بلند ہوئے تو وہ چیخا اور

چلایا، ''دادویہ، دادویہ'' اور پھر کہا، ''دادویہ تجھے خُدا کی مار پڑے۔ اے خُدائے بُزرگ و برتر!''

تیسرا شخص۔

یہ دادویہ کون تھا؟

بشار۔

دادویہ اُس کا باپ تھا۔

ایک بوڑھی عورت۔

(کوستے ہوئے) ہائے! باپ کو بددُعا دینے والا، کیسا بُرا آدمی تھا۔ اس سے پتہ چلتا ہے کہ امیرالمومنین کا خواب سچا تھا۔

بشار۔

(غُصے سے) اُم سلامہ! تُم اُسے بُرا کہتی ہو صرف اس لیے کہ اُس نے اپنے باپ کو کوسا؟ کیا یہ نہیں ہو سکتا کہ اُس کا باپ بُرا تھا؟ (شرارتاً اُم سلامہ کو تنگ کرتے ہوئے) اسی لیے تو قرآن میں لکھا ہے کہ ایک مرد کی گواہی دو عورتوں کی گواہی کے برابر ہے۔ عورت کی بات کا بھروسہ نہیں کیا جا سکتا۔

اُم سلامہ۔

(غُصے سے چلاتے ہوئے) زبان کو لگام دے بشار! اُس آدمی کو اچھا کہہ کر تو نے امیرالمومنین کے فیصلے کو غلط کہا ہے۔

بشار۔

(تیزی سے) میں نے یہ نہیں کہا۔ یہ تُم نے ابھی کہا ہے۔

دوسرے حاضرین قہقہے لگاتے ہیں۔ اُم سلامہ کھڑی ہو کر چلاتی ہے۔

اُم سلامہ۔

(غُصے سے چلاتے ہوئے) تو بدمعاش ہے بشار۔ تیری رگوں میں تیرے غُلام باپ کا خون دوڑ رہا ہے۔ (حاضرین کو مُخاطب کرتے ہوئے) تُم سمجھتے ہو کہ یہ بہت بڑا شاعر ہے؟ اس کی امیر کبیر ماں نے ایک فارسی غُلام خریدا، اُس کے ساتھ مُنہ کالا کیا اور پھر اُس سے شادی کا ڈرامہ رچایا۔ اسی لیے سوائے گندی شاعری سے عورتوں کو ورغلانے کے یہ اور کچھ کر ہی نہیں سکتا۔ (بشار کو مُخاطب کرتے ہوئے) اپنے باپ کی طرح تو بھی آگ کی پوجا کرنے والا مجوسی ہی ہے اور میں اللہ سے دُعا کرتی ہوں کہ ایک دن تو بھی جل مرے۔

بشار۔

(قہقہہ لگاتے ہوئے) گالیاں دیتی رہو۔ یہ میرے قبض کا بہترین علاج ہے۔

بشار اپنی بڑھی ہوئی توند پر ہاتھ پھیرتا ہے۔ حاضرین قہقہے لگاتے ہیں۔

بشار بھی خوش ہو کر ہنستا ہے۔ اُم سلامہ گھر جانے کے لیے چلنا شروع کر دیتی ہے۔

بشار۔

(اونچی آواز سے پکارتے ہوئے) اُم سلامہ واپس آ جاؤ۔ جاتی کیوں ہو؟ واپس آ جاؤ۔ مُجھے تو حکیم نے بھی قبض کُشا دینے سے انکار کر دیا ہے۔ مُجھے تمہاری گالیاں سُن کر بڑا مزا آتا ہے۔ صرف ایک خواہش ہے کہ گالیاں کوئی نوجوان عورت دیتی تو زیادہ اچھا لگتا۔

اُم سلامہ بُڑبُڑاتی ہے اورواپس آنے سے ہچکچاتی ہے۔ پھر وہ واپس آ کر چلاتی ہے۔

اُم سلامہ۔

(غُصے سے) بے شرم خنزیر! تو کنوارہ ہی مرے گا۔ سو سالہ بڑھی بیوہ بھی تُجھ سے شادی نہیں کرے گی۔

بشار کُھل کر ہنستا ہے جس سے حاضرین میں ایک دوستانہ ماحول پیدا ہو جاتا ہے۔

اُم سلامہ واپس آ کر گھاس پر اپنی جگہ پر بیٹھ جاتی ہے۔

پہلا شخص۔

(خوشامد کرتے ہوئے) بشار، تُم بصرہ کے بہترین شاعر ہو۔ آج کچھ اشعار سُنا دو۔

ایک نوجوان عورت۔

ہاں، سُنا دو نہ۔ (منت کرتے ہوئے) وہ نظم سُناؤ جو تُم نے عبدہ کی محبت میں کہی تھی۔

بشار کے چہرے پر دُکھ کے آثار دکھائی دیتے ہیں اور وہ آہ بھرتا ہے۔

بشار۔

آج میں عبدہ کی محبت کی نظمیں نہیں سُنا سکتا۔ میرا دل اُداس ہے لیکن سُننا چاہتے ہو تو وہ سُناؤں گا جو موقعے کی مُناسبت سے ہو۔ جو ہم نے پچھلے دنوں دیکھا میں نے اُس پر کُچھ کہا ہے۔

حاضرین سنجیدہ اور خاموش ہو جاتے ہیں۔ سکوت کو اُم سلامہ کی اونچی آواز توڑتی ہے۔

اُم سلامہ۔

(ڈانتے ہوئے) اب تُو اُس مردود کے مرثیے کہے گا کیونکہ وہ تیرا فارسی بھائی تھا؟

بشار۔

(چلاتے ہوئے) ساری نسلیں خُدا نے ہی بنائیں ہیں۔ کیا فارسیوں کو کسی دوسرے خُدا نے بنایا تھا؟ میں یہاں پیدا ہوا تھا اور یہیں میرے عربی قبیلے بنو عقیل نے میری پرورش کی۔ پھر بھی تُم مُجھے فارسی کہتی ہو؟

عمامہ پہنے ہوئے ایک ادھیڑ عمر آدمی۔

نسل ماں سے نہیں چلتی۔ اگر تُم فارسی نہیں ہو تو پھر تُم آگ کی پوجا کرنے والے مجوسی کی موت پر اتنے اُداس کیوں ہو کہ اُس تعریف میں نظمیں پڑھنا چاہتے ہو؟

بشار۔

(چلاتے ہوئے) کس نے کہا کہ میں اُس کی تعریف میں نظمیں پڑھنا چاہتا ہوں؟ تُم یہ کیوں فرض کر لیتے ہو کہ میں یہ کروں گا یا وہ کروں گا؟ تُم سب بدنیت لوگ ہو۔ نہ تُمھیں میری سمجھ آتی ہے اور نہ میری شاعری کی۔ میرے پاس مت آیا کرو۔ میں اکیلا ہی ٹھیک ہوں۔

پہلا شخص۔

(منت کرتے ہوئے) ہمیں سمجھ آتی ہے اور ہم تُمھاری شاعری کو بہت پسند کرتے ہیں۔

بشار۔

تو پھر سچ سچ بتاؤ کہ تُمھیں کیا سمجھ آتا ہے؟

چوتھا شخص۔

(شرارتاً) تُم اپنے ذہن میں یہ فرض کر لیتے ہو کہ تُم ایک نوجوان شہزادے ہو جو کسی خوبصورت شہزادی کی مُحبت میں گرفتار ہے۔ یعنی تُم جو ہو اُس کے برعکس فرض کرتے ہو اور اُس کی محبت میں نظمیں کہتے ہو جو تُمھیں کبھی نہیں ملے گی۔

حاضرین کے قہقہوں سے بشار ناراض ہو جاتا ہے۔

بشار۔

(ناراضگی سے) تُم جاہل لوگ ہو۔ دانش مند میری شاعری کی قدر کرتے ہیں اور مُجھ سے ملنے آتے ہیں۔ تُم کس خوبصورتی کی بات کرتے ہو؟ یہاں تو لوگوں کو شیروں میں خوبصورتی نظر آتی ہے جب وہ کہتے ہیں، ''میں شیر جیسا ہوں۔'' کوئی ان سے پوچھے کہ شیر محبت کرنے والی چیز ہے یا چیر پھاڑ کرنے والا حیوان؟

(غُصے سے) جاؤ دفع ہو جاؤ۔ سارے دفع ہو جاؤ۔ آج میں تُمھیں کچھ نہیں سناؤں گا۔

پہلا شخص۔

(حاضرین کو مُخاطب کرتے ہوئے) تُم لوگ اُس کی نظم سُننے سے پہلے ہی اُس پر تبصرے کرنے لگے۔ کیا پہلے سے ہی مفروضے قائم کر لینا عقلمندی ہے؟ اور اگر وہ مرثیہ ہی پڑھنا چاہتا تھا تو اس میں کیا حرج ہے؟ ابن المقفع نے خوفناک سزا پا کر اپنے گُناہوں کا کفارہ اسی دُنیا میں ادا کر دیا ہے۔ اب مُردوں کو کس لیے کوستے ہو؟

بشار۔

(تلخی سے) ہم سب کو اپنے اپنے گُناہوں کا کفارہ ادا کرنا ہے لیکن ہم میں سے بیشتر اپنے آپ کو بہت نیک سمجھتے

ہیں۔ اب جاؤ اور مجھے مزید تنگ نہ کرو۔

پہلا شخص۔

(حاضرین کو مخاطب کرتے ہوئے) اب دیکھا؟ تم لوگوں نے اُسے ناراض کر کے چھوڑا۔ اس کی باتیں اور نظمیں ہماری واحد تفریح رہ گئی تھیں، اب ہم اُس سے بھی گئے۔

چوتھا شخص۔

بشار میں معافی مانگتا ہوں۔ ہم واقعی جاہل اور بے وقوف ہیں لیکن ہم تم سے کچھ سیکھنے آتے ہیں، اپنی سوچوں کو وسیع کرنے آتے ہیں۔ تمہیں ہم پر مہربانی کرنی چاہیئے۔

نوجوان عورت۔

(منت کرتے ہوئے) ہماری غلطیوں کو معاف کر دو۔ تمہارے اشعار سُنے بغیر ہم اپنی شامیں کیسے گزاریں گے؟

بشار مُسکراتا ہے جس سے اُس کی ناراضگی دور ہونے کا پتہ چلتا ہے۔

بشار۔

شاعری کو گہرائی سے سمجھنے کے لیے اُس شاعر کو سمجھو جس نے اشعار کہے۔ کیوں؟ کیونکہ شاعری شاعر کی روح کی عکاسی کرتی ہے جبکہ روح شاعر کے ارد گرد کے اُن حالات کی عکاسی کرتی ہے جو اُسے مُتاثر کرتے ہیں۔

چوتھا شخص۔

(شیخی بگھارتے ہوئے) یہی تو میں نے کہا تھا! تُمہاری روح تُمہارے حالات سے دُکھی ہے اور تُم اُسے تسلی دینے کے لیے حالات کو حقیقت کے برعکس تصور کرتے ہو۔

پہلا شخص۔

(ڈانٹے ہوئے) تُم چُپ نہیں رہ سکتے؟ تُم پھر اُسے ناراض کر دو گے۔

چوتھا شخص۔

معافی چاہتا ہوں۔

پہلا شخص۔

ناراض نہ ہونا بشار۔ ہم سب تُمہاری نظم کے مُتنظر ہیں۔ ہم وعدہ کرتے ہیں کہ کوئی بدتمیزی نہیں ہو گی۔

کئی آوازیں۔

ہم وعدہ کرتے ہیں۔

بشار خاموش بیٹھا رہتا ہے۔ سب اُس کی طرف متوقع نظروں سے دیکھتے ہیں لیکن جب وہ دیر تک کچھ نہیں بولتا تو وہ مایوس ہو کر ایک دوسرے سے باتیں شروع کر دیتے ہیں۔ بشار کھنکار کر گلا صاف کرتا ہے اور تالی بجا کر سب کو خاموش ہونے

کا اشارہ کرتا ہے۔ حاضرین کے خاموش ہونے پر بشار آنکھیں بند کر کے سنجیدہ انداز میں اور ترنم کے ساتھ نظم پڑھتا ہے۔

بشار۔

عارضی دُنیا میں خوش رہتا نہ وہ
اپنی منزل کو کبھی پاتا نہ وہ
اعلیٰ ارفع اُس کی فطرت،
اُس کی کاوش اُس کی ہمت
خواب رہ گئے سب ادھورے،
جس قدر کی اُس نے محنت
نہ دُھلا داغِ غُلامی،
غیر نے کی اُس سے نفرت
اُس سے چھینا اُس کا ماضی،
بن کے بیٹھے اُس پے قاضی
آگ کی آغوش میں ہو کر امر،
پا گیا یزداں سے وہ عُمرِ خضر
خاک سے آدم بنا ہے خاک ہے بے نور
آگ ہے سورج کی بیٹی، نور سے بھرپور
اس کی پوجا سب نے کی ہے، اُس نے سوچا تھا
وہ جو اپنی روح کے زخموں پہ روتا تھا۔

عمامہ پہنے ہوئے ایک آدمی اچانک اُٹھ کر کھڑا ہو جاتا ہے اور چلاتا ہے۔

عمامہ پہنے ہوئے ایک ادھیڑ عمر آدمی۔

(چلاتے ہوئے) بشار! کیا تیرے دماغ کے ساتھ تیرا ایمان بھی چلا گیا ہے؟ کیا تُجھے سمجھ ہے کہ تیرے ساتھ کیا ہو گا اگر المہلبی کے کانوں تک یہ مجوسی اشعار پہنچ گئے؟

بشار ہڑبڑا ہو کر آنکھیں کھول دیتا ہے جیسے کسی ڈراونے خواب سے جاگ گیا ہو۔

بشار۔

(پریشانی سے) کیا میں نے کُچھ غلط پڑھ دیا؟

عمامہ پہنے ہوئے ادھیڑ عمر آدمی۔

تو نے آگ کو خاک سے بالاتر کہا، تو نے کہا کہ خاک بے نور ہے اور آگ نور سے بھرپور ہے۔ کیا تو بھول گیا ہے کہ اللہ تعالیٰ نے آدم کو خاک سے اور شیطان کو آگ سے پیدا کیا؟

بشار۔

(خوفزدہ ہوتے ہوئے) میرے لفظوں کا غلط مطلب نہ لو۔ میں تو اپنی بات کر رہا تھا کہ مُجھے آگ نظر آتی ہے لیکن خاک نظر نہیں آتی کیونکہ میری اُنکھوں پر جھِلی ہے جس میں سے صرف روشنی ہی گزر سکتی ہے۔ قتل گاہ میں بھی مُجھے صرف آگ ہی نظر آئی۔ میں آگ کی پوجا نہیں کرتا۔

عمامہ پہنے ہوئے ادھیڑ عمر آدمی۔

(سختی سے) آج کے لیے اتنا ہی کافی ہے۔ آئندہ کبھی یہ اشعار نہ پڑھنا۔

عمامہ پہنے ہوئے آدمی جلدی سے اُٹھ کر چلا جاتا ہے۔ ایک ایک کر کے سب چلے جاتے ہیں۔

بشار اکیلا بیٹھا زمین کو گھورتا رہتا ہے۔ کچھ دیر بعد اُس پر غنودگی چھا جاتی ہے اور وہ اونگھنے لگتا ہے۔ پھر وہ گھاس پر لیٹ کر اپنے گھر کی دہلیز کو تکیہ بنا کر اپنا سر اُس پر رکھ دیتا ہے۔ اچانک ایک کنکری آ کر اُس کی توند پر لگتی ہے اور عبدہ کی شرارتی ہنسی سنائی دیتی ہے۔ بشار جلدی سے اُٹھ کر بیٹھ جاتا ہے اور اپنے جُبّے کی شکنوں کو ہموار کرنے لگتا ہے۔

بشار۔

(خوشی سے بولتے ہوئے) عبدہ، میری پیاری عبدہ! (ہوا میں سونگھتے ہوئے) بیت الخلیفہ کے عطر کی خوشبو آ رہی ہے۔ چُھپتی کیوں ہو؟ آج یہاں کوئی نہیں ہے۔ سب چلے گئے۔ میں ابھی خواب میں تمہیں دیکھ رہا تھا اور تُمہاری رسیلی آواز سُن رہا تھا۔ جب کنکری نے مُجھے جگایا تو کچھ دیر تک میں سمجھتا رہا کہ میں خواب ہی دیکھ رہا ہوں۔

عبدہ اپنے ہاتھ میں ایک صراحی لیے آتی ہے اور آگے بڑھ کر صراحی بشار کے پاس رکھ دیتی ہے۔ بشار ہوا میں ہاتھ پھیرتے ہوئے عبدہ کو ہاتھ لگا دیتا ہے۔ عبدہ پیچھے ہٹ جاتی ہے۔

عبدہ۔

(نخریلی اواز میں) تُم نے وعدہ کیا تھا کہ تُم مُجھے کبھی نہیں چھوؤ گے۔

بشار۔

میں تو صُراحی ڈھونڈ رہا تھا۔ سوچ رہا تھا کہ آج بیت الخلیفہ کی شراب میرے نصیب میں ہے کہ نہیں۔

عبدہ۔

(ادائیں دکھاتے ہوئے) تُم چالاک بننے کی کوشش کر رہے تھے لیکن چالاک ہو نہیں۔ تُمہیں کیا پتہ کہ میں شراب کی صُراحی لے کر آئی ہوں؟

بشار۔

(ہوا میں سونگھتے ہوئے) اللہ تعالیٰ نے مجھے بصارت نہیں دی لیکن سونگھنے کی حس کُتے کی حِس جتنی دے دی ہے اور سُننے کی حس کو بھی دُگنا کر دیا ہے۔ میں نے شراب کی خوشبو بھی سونگھ لی اور جب تُم نے صُراحی زمین پر رکھی تو پتھروں سے اُس کے ٹکرانے کی جھنکار بھی سُن لی۔

عبدہ۔

(شیخی بگھارتے ہوئے) یہ بیت الخلیفہ کی بہترین شراب ہے۔ تُمہیں کیا پتہ کتنی مُشکل سے نکال کر لائی ہوں۔ محل سے کوئی چیز لانا ناممکن ہے لیکن ایک شاہی محافظ ہے جو میرا دوست بن گیا ہے۔۔۔

بشار اپنے ہونٹوں پر اُنگلی رکھ کر عبدہ کو خاموش رہنے کا اشارہ کرتا ہے۔ وہ ایک ہاتھ سے کان کو موڑ کر کے، سر کو نصف دائرے میں گُھما کر اپنے ہمسائیوں کی آوازیں سُننے کی کوشش کرتا ہے کہ کوئی اُن کو دیکھ تو نہیں رہا۔

بشار۔

زرا دیکھنا کہ ربابہ یا سلمہ اپنی دیواروں کے اوپر سے جھانک کر دیکھ تو نہیں رہیں؟

عبدہ۔

نہیں۔ اُن ٹوہ لگانے والیوں کی فکر نہ کرو۔ دونوں کُتیوں نے ایک ایک خفیہ عاشق رکھا ہوا ہے لیکن ہماری پاکیزہ محبت سے حسد کرتی ہیں۔

بشار۔

(مذاق کرتے ہوئے) اسی لیے تو میں کہتا ہوں کہ پاکیزہ محبت زیادہ خطرناک ہوتی ہے۔

عبدہ۔

(جعلی غُصہ دِکھاتے ہوئے) دیکھا نا؟ تُم نے اپنے مطلب کی بات نکال ہی لی۔ ایسی باتیں کرو گے تو ملنے نہیں آؤں گی۔

بشار۔

(شرمندہ ہوتے ہوئے) ایسا نہ کہو عبدہ۔ تُم میری زندگی کا نور ہو۔ تمہاری سُریلی آواز سُنے بغیر میں کیسے زندہ رہوں گا؟ میں تو اس امید میں بیٹھا رہتا ہوں کہ تُم مجھے ملنے آؤ گی۔

عبدہ۔

پھر تُمہیں وعدہ کرنا ہو گا کہ تُم مُجھے ہاتھ نہیں لگاؤ گے، دوسروں کو میرے بارے میں نہیں بتاؤ گے، دوسروں سے نہیں پوچھو گے کہ میں کہاں ہوں یا کیا کر رہی ہوں اور، سب سے بڑھ کر یہ کہ دوسروں کے سامنے میری محبت کی نظمیں نہیں پڑھو گے۔

بشار۔

(جلدی سے) میں وعدہ کرتا ہوں لیکن اگر تُم میری بات کا یقین کرو تو تُمہارے متعلق باتیں میں نہیں بلکہ یہاں آنے والے شرارتی لوگ کرتے ہیں۔ میں اُن کی زبانیں بند نہیں کر سکتا۔ خُدا جانے کیسے اُنہیں پتہ چل گیا کہ میں تُم سے محبت کرتا ہوں۔ اب وہ مُجھے چھیڑنے کے لیے تُمہاری باتیں کرتے ہیں۔

عبدہ۔

وعدہ کرو کہ تُمہیں چھیڑنے والے جو بھی کہیں تُم میرے بارے میں ایک لفظ بھی نہیں بولو گے۔

بشار۔

میں وعدہ کرتا ہوں ۔

عبدہ۔

اب اپنی نئی نظمیں پڑھو اور یہ ہمارے درمیان راز رہنا چاہیئے۔

بشار عبدہ کے ساتھ مشترکہ راز کی بات سُن کر خوش ہو کر جذباتی آواز میں بولتا ہے۔

بشار۔

رات مُجھے نیند نہیں آ رہی تھی کیونکہ میں حالیہ واقعات پر بہت دُکھی تھا۔ میں جانتا ہوں کہ تُم میرے ساتھ نہیں رہ سکتیں لیکن میری خواہش تھی کہ تُم میرے ساتھ ہوتیں۔ شاید میرا دکھ کم کرنے کے لیے خُدا نے میرے ذہن میں یہ اشعار بھیجے کیونکہ جب یہ میرے ذہن میں آئے تو میں اونگھ رہا تھا۔ میں نے جلدی جلدی کئی بار دُہرا کر ان کو حفظ کر لیا۔

عبدہ خوش ہو کر ہنستی ہے۔

عبدہ۔

(جھجکتے ہوئے) کیا یہ درست ہے کہ مدرسے کے طلباء تُمہارے پاس آ کر تُمہاری شاعری لکھ کر لے جاتے ہیں؟

بشار۔

ہاں ہاں، وہ مہینے میں دو تین بار آتے ہیں اور لکھ کر لے جاتے ہیں۔

عبدہ۔

تو پھر کیا یہ کتابوں میں لکھتے ہیں؟

بشار۔

ہاں۔ اُن کے اُستاد کہتے ہیں کہ میں کئی دفعہ اعلیٰ و ارفع احساسات کو اسفل باتوں کے ساتھ جوڑ دیتا ہوں لیکن پھر بھی میں عربی زبان کے بہترین شاعروں میں سے ہوں۔

عبدہ۔

کیا وہ اُن نظموں کو بھی لکھ کر لے گئے ہیں جو تُم نے میری محبت میں کہی ہیں؟

بشار۔

(گھبراتے ہوئے) لیکن تُم بالکل فکر نہ کرو۔ وہ بالکل نہیں جانتے کہ تُم کون ہو۔ وہ سمجھتے ہیں کہ میری نظموں میں عبدہ ایک خیالی کردار ہے کیونکہ اُنھیں یقین ہے کہ کوئی عورت مُجھ سے تنہائی میں ملنے آ ہی نہیں سکتی۔ محبت تو دور کی بات ہے۔

عبدہ۔

شکریہ بشار۔ تُم نے میرے کردار اور بیت الخلیفہ میں میری ملازمت کو نقصان پہنچائے بغیر مُجھے ابدی شُہرت دے دی ہے۔ اب وہ نظم پڑھو جو تُم نے کل رات کہی ہے۔

بشار تھوڑا جھجکتا ہے لیکن پھر حوصلہ جمع کر کے ترنم سے پڑھتا ہے۔

بشار۔

طولِ شب تو محض بہانہ تھا
نیند کو مُجھ سے دور جانا تھا
دل کو پتھر کا بناتا اے خُدا
مُجھ کو تنہا ہی گر بنانا تھا

عبدہ ہنستی ہے اور کوشش کرتی ہے کہ اُس کی ہنسی خوشگوار محسوس ہو۔ وہ اپنے ذہن میں اپنے آپ کو ایک مشہور شاعر کی محبوبہ تصور کرتی ہے لیکن بشار کے اگلے اشعار ظاہر کرتے ہیں کہ وہ صرف اپنے دُکھوں کا اظہار کر رہا ہے جن کا عبدہ سے تعلق نہیں ہے۔

بشار۔

کیا ہوں میں ماسوائے روح و جسم
ایک جھونکے سے میرا نکلے دم
قلب لاغر چھپا ہے جثے میں
ضعف آیا ہے میرے حصے میں

عبدہ مُنہ چُھپا کے ہنستی ہے۔ اس کا جھٹکے کھاتا جسم ظاہر کرتا ہے کہ وہ ہنس رہی ہے لیکن بشار دیکھ نہیں پاتا اور شعر پڑھتا جاتا ہے۔

بشار۔

جسم گرچہ پہاڑ کی مانند

قلب بکھرے گُلاب کی مانند
مسلا جاتا ہے روز طعنوں سے
خون و خوں ہو گیا بہانوں سے

عبدہ کھکھلا کر طنزیہ ہنسی ہنستی ہے۔ بشار پریشان ہو کر خاموش ہو جاتا ہے۔

عبدہ۔

(ہنستے ہوئے) یہ کیا کہہ رہے ہو بشار؟ میں تو سمجھتی تھی کہ اتنے جسم اور قد کاٹھ کے ساتھ تُم مضبوط آدمی ہو لیکن تُم تو عورتوں کی طرح کمزور ہو۔

بشار۔

(پریشان ہوتے ہوئے) ایسا کیوں کہتی ہو؟

عبدہ۔

(جزبز ہوتے ہوئے) میں تو ایک ایسی نظم کی توقع کر رہی تھی جو ایک توانا مرد مردانہ انداز میں ایک عورت کی محبت میں کہتا ہے۔ یہ نظم تو میں اپنی سہیلیوں کو سُنا بھی نہیں سکتی۔ وہ مُجھ پر ہنسیں گی۔ (طعن آمیز انداز میں) اس نظم میں تُم اپنے آپ کو کسی عورت کی طرح کمزور ظاہر کر رہے ہو جبکہ حقیقت یہ ہے کہ خُدا کا بھیجا ہوا بڑے سے بڑا طوفان، جو وہ ماضی میں قوموں کو تباہ کرنے کے لیے بھیجا کرتا تھا، تُمھیں اپنی جگہ سے نہیں ہِلا سکتا۔ تمھیں چاہیئے تھا کہ مُجھے نرم و نازک اور اپنے آپ کو تندرست و توانا ظاہر کرتے ہوئے اپنی محبت مُجھے پیش کرتے۔ لیکن لگتا ہے کہ تُم صرف اپنے لیے شعر کہتے ہو، میرے لیے نہیں۔

بشار۔

لیکن میں تو یہ بیان کر رہا تھا کہ تُمھارے بغیر میں کتنا تنہا، لاچار اور دُکھی ہوں۔
(منت کرتے ہوئے) تُم مُجھ سے شادی کیوں نہیں کرتیں؟

عبدہ۔

(غُصے سے) اور محل کی اعلیٰ زندگی چھوڑ دوں؟ اچھا کھانا، اچھے کپڑے؟ کس لیے؟ تُمھارے لیے؟ پتہ ہے لوگ تُمھیں کیا کہتے ہیں؟ تُم سے شادی کر لوں تو ہر کوئی مُجھ پر ہنسے گا۔ نہیں بشار! مُجھے اُمید تھی کہ تُم میرے لیے زبردست شاعری کہو گے اور دوسری عورتیں اُسے سُن کر مُجھ پر رشک کریں گی لیکن تُم تو دُکھوں کی دھول میں ایسے پلٹیاں کھا رہے ہو جیسے گدھا کیچڑ میں۔

بشار۔

(جلدی سے) میں وعدہ کرتا ہوں کہ ایسی ہی نظمیں کہوں گا جیسی تُم چاہتی ہو۔

عبدہ۔

تو پھر ابھی کہو۔ آج اپنی سہیلیوں کو سناؤں گی جو محل میں میرے ساتھ کام کرتی ہیں۔

بشار بہت دُکھی ہو جاتا ہے۔ وہ اپنے دُکھ کو چُھپانے کی کوشش کرتا ہے جس سے اُس کے چہرے پر تذلیل کے آثار اور جُھریاں مزید نمایاں ہو کر اُسے بدصورت کر کے دکھاتی ہیں۔

بشار۔

(اُداسی سے) شاعری کھانے کی طرح نہیں ہوتی جس کو جلدی جلدی پکایا جا سکے۔ افسوس عبدہ! تُم بھی شاعری کو نہیں سمجھتیں۔ اگر میں ایک تندرست و توانا نوجوان ہوتا اور تُم ایک حسین و جمیل لڑکی ہوتیں تو ہم خوابوں میں تسکین کیوں ڈھونڈتے؟ رومانوی شاعری تو ایک پناہ گاہ ہے جو ہمیں اُس وقت پناہ دیتی ہے جب زندگی پناہ نہیں دے سکتی۔

اس کا مقصد ہمیں تقدیر کی محرومیوں سے دور خوابوں کے پرستان میں لے جانا ہے۔

میں اپنی نظموں کے زریعے خوابوں کی ایک جنت میں جانا چاہتا ہوں لیکن جب بھی قریب پہنچتا ہوں تو دیکھتا ہوں کہ جہنم مُنہ کھولے میرا انتظار کر رہی ہے۔

عبدہ۔

مُجھے تُمہاری باتوں کی کوئی سمجھ نہیں آ رہی۔ میں جا رہی ہوں۔

عبدہ اُٹھ کر کھڑی ہوجاتی ہے۔

بشار۔

(منت کرتے ہوئے) رُکو! ٹھہرو! نظم کے بغیر مت جاؤ۔

مُجھے چند منٹ دو، میں تُمہاری مرضی کی نظم تُمہیں سُنا دیتا ہوں۔

عبدہ بیٹھ جاتی ہے۔ بشار سوچ بچار کر کے آہستہ آہستہ پڑھتا ہے۔

بشار۔

گاؤں کے لوگوں کی باتیں، جتنا بھی دیں غم
میرے دل میں پیار محبت کبھی نہ ہو گی کم
میرے جام میں مے ء محبت عبدہ بھرتی ہے
غیر دلوں میں آگ حسد کی اور بھڑکتی ہے
میں کہتا ہوں اپنے دلوں میں پیار کو مت روکو
دل کی باتیں دل ہی جانے، اس کو مت ٹوکو
مُجھ پر ہنسنا چاہتے ہو تم، جتنا چاہو ہنسو

اندھا ہے پر کرے محبت، طعنے دو مُجھ کو
آنکھیں نہ ہوں تب بھی چاہتیں ہوتی جاتی ہیں
دل کی باتیں کانوں سے بھی دل میں آتی ہیں
عشق نہ ہو جس دل کے اندر وہ بھی اندھا ہے
دل کی نظر سے دیکھنے والا ہی بس زندہ ہے۔ (75)

بشار کے ساتھ والے گھر کے صحن کی دیوار کے پیچھے ربابہ کھڑی نظر آتی ہے۔ وہ کرخت اواز میں چلاتی ہے۔
بشار اور عبدہ ششدر ہو کر اُس کی طرف دیکھتے ہیں۔

ربابہ۔

(چلاتے ہوئے) بے حیا عورت! محل کے آدمی تیرے لیے کافی نہیں ہیں کہ ہمارے پڑوس میں اس بے نماز زندیق سے گندی باتیں کرنے چلی آتی ہے؟

عبدہ جلدی سے اُٹھ کر چل دیتی ہے۔ بشار مُشکل سے اُٹھ کر سیدھا کھڑا ہو جاتا ہے۔

ربابہ۔

(عبدہ کے پیچھے چلاتے ہوئے) دوبارہ میں نے تجھے اس دہریے سے پینگیں لڑاتے دیکھا تو قاضی کے پاس تیری شکایت کروں گی۔

بشار۔

(چلاتے ہوئے) عبدہ، رُکو، مت جاؤ۔

(ربابہ کو مُخاطب کرتے ہوئے) میں قاضی کے پاس تُجھ پر بہتان کا مقدمہ درج کراؤں گا۔ پتہ ہے کتنی سزا ہے بُہتان لگانے کی؟ ستر کوڑے! تو نے مُجھے کیا سمجھ رکھا ہے کہ تو نے میری مہمان کی بے عزتی کی؟ بے حیا تو ہے۔

ربابہ دیوار کے پیچھے غائب ہو جاتی ہے۔ عبدہ واپس نہیں آتی۔ بشار واپس اپنے گھر کی دہلیز پر بیٹھ کر سر جھکا کے اونگھنے لگتا ہے۔

پندرہویں ایکٹ کا اختتام

---

[75] ذیات، *تاریخ ادب العربی*، صفحات 375-366

سولھواں ایکٹ: اللہ کے نائب کی حکم عدولی

سولھویں ایکٹ کے کردار جو پہلے بیان کیے جاچکے ہیں:

خلیفہ منصور۔

امام ابو حنیفہ۔

قاضی ابن ابی لیلیٰ۔

قاضی ابن شبرمہ۔

الربیع بن یونس، خلیفہ کا معتمد۔

عبدالمالک، خلیفہ کا معتمد۔

ابوالعباس طوسی، جیل خانوں اور عقوبت خانوں کا داروغہ۔

جلاد، جیسا کہ تیرھویں ایکٹ میں بیان کیا گیا۔

چار غُلام۔

نئے کردار:

حسن بن قحطبہ، لشکریوں کا کماندار مضبوط جسم، کالی اور سفید داڑھی والا ادھیڑ عمر شخص ہے۔ اس نے سفید رنگ کا تھوب اور گترا پہن رکھا ہے۔

حمید بن قحطبہ، حَسن بن قحطبہ کا بھائی، تندرست و توانا نوجوان ہے۔ حَسن سے چھوٹا ہونے کی وجہ سے ابھی اُس کی داڑھی اور بالوں میں سفیدی نہیں آئی۔ اُس نے اپنے بھائی جیسے کپڑے پہن رکھے ہیں۔

سولھویں ایکٹ کا منظر:

بغداد میں خلیفہ منصور کے بیت الخلیفہ کا دربار جیسا کہ تیرھویں ایکٹ میں بیان کیا گیا۔

سولھواں ایکٹ، پہلا منظر

بغداد میں خلیفہ منصور کے بیت الخلیفہ کا دربار

دور

تقریباً 763 عیسوی

دربار میں دونوں طرف کی دیواروں کے ساتھ دیوان نما منقش کُرسیوں پر عبدالمالک، حَسن بن قحطبہ، حمید بن قحطبہ اور ابوالعباس طوسی بیٹھے ایک دوسرے سے باتیں کر رہے ہیں۔ دروازے کے ساتھ آخری کُرسی پر جلاد بیٹھا ہے۔ درمیان میں سامنے والی دیوار کے ساتھ ایرانی قالینوں سے مزین تین فُٹ اونچے پلیٹ فارم پر شاہی تخت رکھا ہے۔ فرش پر قالین بچھے ہیں اور دیواریں آرائشی تلواروں، ڈھالوں اور نیزوں سے آراستہ ہیں۔ ایک غُلام دروازے میں کھڑا ہے۔ الربیع کمرے میں داخل ہوتا ہے اور اونچی آواز میں اعلان کرتا ہے۔

الربیع۔

امیر المومنین ابو جعفر عبداللہ المنصور عطا اللہ بقا تشریف لاتے ہیں۔

حاضرین کھڑے ہو جاتے ہیں۔ منصور تیزی سے چل کر آتا ہے اور تخت پر بیٹھ کر سب کو بیٹھنے کا اشارہ کرتا ہے۔ سب بیٹھ جاتے ہیں۔ غُلام دروازے پر کھڑا رہتا ہے۔ منصور حمید بن قحطبہ کی طرف حیرت سے دیکھتا ہے۔

خلیفہ منصور۔

(حمید بن قحطبہ کو مُخاطب کرتے ہوئے) تُم یہاں کیوں بیٹھے ہو؟

حمید بن قحطبہ۔

(گھبراتے ہوئے) امیرالمومنین! بھائی حَسن کی طبیعت خراب ہے، اس لیے میں اُس کے ساتھ آیا ہوں۔

خلیفہ منصور۔

(حسن کو گھورتے ہوئے حمید کو مُخاطب کرتے ہوئے) یہ اتنا بیمار تو نہیں کہ لشکر کی قیادت نہ کر سکے۔

حمید بن قحطبہ۔

جناب یہ بہت بیمار ہے۔

خلیفہ منصور۔

مُجھے تو بیمار نہیں لگتا۔ (حسن کو مُخاطب کرتے ہوئے) کیا مسئلہ ہے حَسن؟ آج تُم چُپ بیٹھے ہوئے ہو اور تُمہارا بھائی تُمہاری وکالت کر رہا ہے؟ (طنزاً) کیا بیماری سے تُمہاری زبان بند ہو گئی ہے؟

حسن بن قحطبہ۔

جناب میں بیمار نہیں ہوں۔

خلیفہ منصور۔

(حیران ہوتے ہوئے) تو پھر لشکر لے کر موصل کب روانہ ہو گے؟

حسن بن قحطبہ۔

(اعتماد کے ساتھ) جناب میں نے قسم اُٹھالی ہے کہ اب کسی مُسلمان کو قتل نہیں کروں گا۔

منصور حَسن کو غیض و غضب کی نظر سے دیکھتا ہے۔ دربار میں سنسنی اور سناٹا چھا جاتا ہے۔

سب حَسن کی نافرمانی کے ہولناک نتائج سے خوفزدہ نظر آتے ہیں۔ حمید جلدی سے اُٹھ کر کھڑا ہو جاتا ہے۔

حمید بن قحطبہ۔

(ہاتھ جوڑ کر منت کرتے ہوئے) امیرالمومنین! یہ دماغی توازن کھو بیٹھا ہے۔ اس کو گھر بھیج دیں اور میں آپ کی اجازت سے لشکر کی قیادت کروں گا۔ اس کی جگہ میں جاؤں گا۔

منصور سرد مہری سے حمید کو بیٹھنے کا اشارہ کرتا ہے۔ حمید بیٹھ جاتا ہے۔

خلیفہ منصور۔

(سرپرستانہ انداز میں حَسن کو مُخاطب کرتے ہوئے) تُم اچھی طرح جانتے ہو کہ خلیفہ زمین پر اللہ کا نائب ہوتا ہے۔ پھر تُم نے کیسے یہ قسم اُٹھا لی جو تمہیں اللہ کے نائب کی حکم عدولی پر مجبور کرتی ہے؟ دراصل یہ بالواسطہ طور پر اللہ تعالیٰ کی حکم عدولی ہے۔ تُمہارے پاس صرف دو راستے ہیں؛ یا تو اللہ کے نائب کے احکامات مان کر کے اللہ کو خوش کرو یا نافرمانی کر کے اللہ کے غیض و غضب کو دعوت دو۔ تمہیں یہ بھی علم ہو گا کہ اللہ کو ناراض کرنے کا نتیجہ اس دُنیا میں ذلت اور آخرت میں جہنم ہوتا ہے۔

حسن بن قحطبہ۔

(سرد مہری سے) امیرالمومنین! اگر آپ کی تابع فرمانی کرنا اللہ تعالیٰ کی خوشنودی حاصل کرنا ہے تو میں اتنی خوشنودی حاصل کر چکا ہوں کہ جنت میرے مقدر میں لکھ دی گئی ہے۔ اور اگر آپ کی حکم عدولی کرنا اللہ تعالیٰ کو ناراض کرنا ہے تو میں پہلے ہی اتنے قتل کر چکا ہوں کہ اب مُجھے جہنم میں جانے سے کوئی نہیں بچا سکتا۔

خلیفہ منصور۔

(سختی سے) تُم سمجھتے ہو کہ مُجھے خون بہانا اچھا لگتا ہے؟ میں صرف اپنی نہیں تُم سب کی جانیں بچانے میں لگا ہوا ہوں۔ اگر تُم نے اپنی قسم نہ توڑی تو جو تُم قتل کر چکے ہو، اُن کے بدلے میں علوی سب سے پہلے تُمہیں قتل کریں گے۔

حسن بن قحطبہ۔

(سختی سے) امیرالمومنین، میں نے جو قسم اُٹھائی ہے اُس میں کفارہ ادا کرنا شامل ہے۔ میں نے اللہ تعالیٰ کی معافی حاصل کرنے کے لیے اپنی جان کا کفارہ ادا کرنے کی قسم کھائی ہے۔ اس لیے اگر کوئی مُجھے قتل کرنے آئے گا تو تب بھی میں تلوار نہیں اُٹھاؤں گا۔

خلیفہ منصور۔

(غُصے سے بپھرتے ہوئے) میں ابھی یہیں تُمہارے کُفارے کا بندوبست کر دیتا ہوں۔ میں تُمہیں اپنے آدمیوں کی زندگیاں خطرے میں ڈالنے کی اجازت نہیں دے سکتا۔ ابھی دیکھتے ہیں کہ تُم قسم توڑتے ہو یا اپنی جان دے کر کفارہ ادا کرتے ہو۔

حسن بن قحطبہ۔

(کھڑا ہوتے ہوئے) میں اپنی جان دینے کے لیے تیار ہوں۔ شاید اس طرح میں بخشا جاؤں۔

جلاد اپنی کُرسی سے اُٹھ کر میان سے تلوار نکال کر حَسن کی جانب بڑھتا ہے۔

حاضرین بھی کھڑے ہو کر حَسن سے دور جانے لگتے ہیں تا کہ اُن پر خون کے چھینٹے نہ پڑیں۔

جلاد حَسن کے سامنے کھڑا ہو کر منصور کے حُکم کا انتظار کرتا ہے۔ حمید بن قحطبہ بھاگ کر منصور کے سامنے ہاتھ جوڑ کر کھڑا ہو جاتا ہے۔

حمید بن قحطبہ۔

(منت کرتے ہوئے) جناب اس کا دماغی توازن بگڑ چُکا ہے اور یہ کئی دنوں سے بکواس بکے جا رہا ہے۔ رحم کریں۔ اس کو جانے دیں۔ میں لشکر لے کر موصل جاؤں گا۔

خلیفہ منصور۔

(حمید کو نظرانداز کر کے حَسن کو مُخاطب کرتے ہوئے) حَسن! تُمہارے باپ کی بہادری نے خلافتِ عباسیہ کی تشکیل میں بہت بڑا کردار ادا کیا تھا (76)۔ قحطبہ ابن الشبیب الطائی دلیر مرد تھا۔ اگر آج وہ زندہ ہوتا تو تمہاری بزدلی پر خود تُمہاری گردن اُتار دیتا۔ میں اُس کی ان تھک کاوشوں اور تُمہارے بھائی کے حوصلے اور خلافت سے وفاداری کی قدر کرتا ہوں۔ ماضی میں تُمہاری خدمات، تُمہارے والد کی خدمات، اور تُمہارے بھائی کی تُم سے وفاداری کو مدِ نظر رکھتے ہوئے میں تُمہیں معاف کرتا ہوں لیکن میں تُمہیں خبردار کرتا ہوں کہ آئندہ میرے سامنے کبھی نہ آنا۔ (غُصے سے) اب دفع ہو جاؤ اور کسی دور دراز قصبے میں جا کر مُنہ چُھپا کے بیٹھ جاؤ۔ ہمیں تُمہاری حماقت سے کہیں زیادہ اہم مسئلوں سے نبٹنا ہے۔

جلاد تلوار کو میان میں ڈال کر اپنی کُرسی پر واپس جا کر بیٹھ جاتا ہے۔ حَسن بن قحطبہ وقار سے سر بلند کیے دربار سے باہر چلا جاتا ہے۔

حاضرین اپنی اپنی کُرسیوں پر بیٹھ جاتے ہیں۔

---

[76] مودودی، خلافت و ملوکیت، صفحات 274-269

حمید بن قحطبہ اور کچھ اور درباری۔

جزاک اللہ یا امیرالمومنین!

حمید بن قحطبہ منصور کو تشکر بھری نظروں سے دیکھتا ہے۔ منصور خاموشی سے غور کرتا ہے۔ حاضرین متوقع نظروں سے اُسے دیکھتے ہیں۔

خلیفہ منصور۔

(مشکوک نظروں سے الربیع کو دیکھتے ہوئے) تُمھارے جاسوسوں نے ہمیں کیوں نہیں بتایا کہ حَسَن کا ابو حنیفہ کے ہاں آنا جانا لگا ہوا ہے؟

الربیع۔

(ششدر ہوتے ہوئے) جناب جاسوسوں نے بتایا تھا لیکن میں نے آپ سے ذکر نہیں کیا کیونکہ میں سمجھتا تھا کہ ابو حنیفہ آپ کا دوست ہے۔ اس لیے میں نے حَسَن کی ابو حنیفہ سے مُلاقاتوں میں کوئی قباحت محسوس نہیں کی۔ (خوشامد کرتے ہوئے) آپ کی فراست مُجھے ہمیشہ حیران کر دیتی ہے۔ آپ کو کیسے شک ہوا کہ حَسَن ابو حنیفہ سے مِلتا ہے؟

خلیفہ منصور۔

(حقارت سے) جو زبان آج حَسَن بول رہا تھا وہ صرف ابو حنیفہ ہی کی زبان ہو سکتی ہے۔ میں نے زندگی میں صرف ایک ہی ایسا شخص دیکھا ہے جو خلیفہ سے تحفے لینے سے انکار کر دیتا ہے، اپنے ذہن سے بات کرتا ہے اور مارنے کے بجائے مرنا پسند کرتا ہے۔ اگر ابو حنیفہ کے اختیار میں ہوتا تو یہاں مسلمانوں کی خلافت کے بجائے مُسلمانوں کا بھائی چارہ یہودیوں، عیسائیوں، زرتشتیوں، مشرکوں حتیٰ کہ مُرتدوں کے ساتھ بھی قائم ہوتا۔ آپس میں شادی بیاہ ہو رہے ہوتے اور دین مذہب کے مسائل روزِ قیامت پر چھوڑ دیئے جاتے۔ بعض دفعہ مجھے سمجھ نہیں آتا کہ ابو حنیفہ کا ایمان اللہ پر ہے یا کسی اور خُدا پر۔

حمید بن قحطبہ۔

جناب آپ نے درست فرمایا۔ ابو حنیفہ کا کہنا ہے کہ اللہ، اُس کے انبیاء و صحیفوں اور روزِ قیامت پر ایمان رکھنے اور اہل کتاب ہونے کے ناطے یہودیوں اور عیسائیوں کو بھی مومن ہی سمجھا جانا چاہیئے (77)۔

خلیفہ منصور۔

(غُصے سے چلاتے ہوئے، الربیع کو مُخاطب کرتے ہوئے) بُلاؤ ابو حنیفہ کو۔ قاضی ابن ابی لیلیٰ اور قاضی ابن شبرمہ کو

---

[77] مودودی، خلافت و ملوکیت، صفحات 216-217

بھی بلاؤ۔ آج میں یہ مسئلہ ختم کر کے ہی چھوڑوں گا۔

الربیع جلدی سے اُٹھ کر ہدایات جاری کرنے کے لیے دربار سے باہر چلا جاتا ہے۔

منصور اُٹھ کر کھڑا ہو جاتا ہے اور حاضرین بھی احتراماً کھڑے ہو جاتے ہیں۔

خلیفہ منصور۔

فُقہا کے آنے تک میں اندر جا رہا ہوں۔ (غُلام کو مُخاطب کرتے ہوئے) مُجھے اطلاع کر دینا جب عُلما آ جائیں۔ تب تک مہمانوں کی خاطر تواضع کرو۔

غُلام سر جُھکا کر منصور کے پیچھے باہر چلا جاتا ہے۔ کچھ دیر کے بعد تین غُلام طشتریوں میں کئی قسم کے پھل اور مٹّی کی صراحیوں میں مشروبات لے کر اندر آتے ہیں۔ وہ دیوانوں کے ساتھ چھوٹی میزوں پر مٹّی کے آبخوروں میں مشروبات انڈیلتے ہیں اور پھلوں کی طشتریاں میزوں پر رکھ کر چلے جاتے ہیں۔ الربیع واپس آ کر اپنی کُرسی پر بیٹھ جاتا ہے۔

الربیع۔

(حمید بن قحطبہ کو مُخاطب کرتے ہوئے) آج تُم نے اپنے بھائی کی جان بچا ہی لی لیکن کب تک؟ آج امیرالمومنین نے اُسے بخش دیا کیونکہ وہ نہیں چاہتے کہ موصل لشکر لے کر جاتے ہوئے تُمہارے ذہن پر اپنے بھائی کا خون سوار رہے لیکن وہ نافرمانی بھولنے والے نہیں۔

حمید بن قحطبہ۔

(غُصے سے) اگر حَسَن کو کوئی سزا دی گئی تو اُس کی ساری ذمہ داری ابو حنیفہ پر ہو گی۔ ابو حنیفہ نے میرے بہادر بھائی کا ذہن خراب کر کے اُسے بُزدل بنا ڈالا۔

عبدالمالک۔

تُم حَسَن کو بُزدل کہتے ہو؟ آج جو حَسَن نے کیا وہ تو کوئی بہادر سے بہادر آدمی بھی نہیں کر سکتا۔ اور پھر میں نے تو سُنا ہے کہ حَسَن ابو حنیفہ سے ملنے سے بہت پہلے اپنے ضمیر پر بوجھ محسوس کر رہا تھا۔ اسی لیے وہ ابو حنیفہ سے ملنے گیا تھا۔ ابو حنیفہ نے صرف اُسے اللہ سے معافی مانگنے اور کفارہ ادا کرنے کا مشورہ دیا۔

حمید بن قحطبہ۔

(اصرار کرتے ہوئے) نُکتہ یہ نہیں ہے کہ اُس کے ضمیر پر بوجھ ابو حنیفہ سے ملنے سے پہلے تھا یا بعد میں۔ نکتہ یہ ہے کہ ابو حنیفہ نے اُسے کیا بتایا۔ اگر ابو حنیفہ چاہتا تو اُسے ''و اطیعو اللہ و اطیعو الرسولِ و اولیٰ الامر'' سُنا کر اُس کا ذہن صاف کر سکتا تھا لیکن ابو حنیفہ نے اُس کا دماغ مزید خراب کر دیا یہ کہہ کر کہ مسلمان پر مسلمان کا خون حرام ہے۔ اور پھر کریلے پر یہ بھی نیم چڑھایا کہ اُسے اپنے گُناہوں کا کفارہ ادا کرنا ہو گا۔ جب حَسَن نے ابو حنیفہ کو بتایا کہ امیرالمومنین نے اُسے موصل کے باقی ماندہ علویوں کو ختم کرنے کا حُکم دیا ہے تو ابو حنیفہ نے کہا (ابو حنیفہ

کے لہجے کی نقل کرتے ہوئے) ''بیٹے! اب تُمہارے امتحان کا وقت آ گیا ہے۔ اگر تُم نے سچی توبہ کی ہے تو مزید قتل مت کرو۔'' بالفاظ دیگر، حکم ماننے سے انکار کر دو۔

(غُصے سے) میں کہتا ہوں کیا ایک عالم اس طرح کی بات کر سکتا ہے؟ یہ تو بغاوت اور فساد پھیلانے کی بدترین مثال ہے۔ اور پھر بات یہیں پر ختم نہیں ہوئی۔ جب حَسن نے ابو حنیفہ کو کہا کہ حکم عدولی پر امیرالمومنین اُس کا سر قلم کروا دیں گے تو ابو حنیفہ نے بڑے آرام سے کہا، (ابو حنیفہ کے لہجے کی نقل کرتے ہوئے) ''اگر تُمھاری توبہ سچی ہے تو مرنا قبول کر لو کیونکہ صرف اسی صورت میں اللہ تعالیٰ کو علم ہو گا کہ تُم نے پورے خلوصِ نیت اور ایمانداری کے ساتھ توبہ کرتے ہوئے بخشش مانگی تھی۔''

(جوش سے بولتے ہوئے) میں کہتا ہوں، اگر حَسن مارا گیا تو اس کی وجہ صرف یہ ہو گی کہ ابو حنیفہ نے اُسے گُمراہ کیا۔

الربیع۔

(حقارت سے) ابو حنیفہ کو کوئی علم نہیں کہ ہم کن خطرات کا سامنا کر رہے ہیں۔ نفس ذکیہ اور ابراہیم کو علوی قبیلے اور باغی فارسیوں کی زبردست حمایت حاصل ہے۔ خراسان سے لے کر یمن اور افریقہ تک لوگ حضرت علیؑ کے نام پر اُن کے پڑپوتوں کی بیعت کر رہے ہیں۔ بصرہ اور کوفہ میں ان کے ایک لاکھ کے قریب خُفیہ مرید ہیں۔ تقریباً ہر روز خلافت کے متعدد علاقوں سے بغاوت کی خبریں آ رہی ہیں۔ امیرالمومنین اپنے ہی آدمیوں میں باغیوں کے نفوذ کی پریشانی سے کئی راتوں سے صحیح طور پر سو بھی نہیں سکے۔ پچھلے دو ماہ سے وہ ہر رات خُفیہ مقامات پر جگہ بدل بدل کے سوتے ہیں جہاں تازہ دم گھوڑے موجود ہوتے ہیں تا کہ اگر اُنھیں فوری طور پر کسی اور مقام کے لیے نکلنا پڑ جائے تو گھوڑے موجود ہوں۔ اُنھوں نے بغداد میں نئی تعمیرات کو معطل کر دیا ہے اور ہر رات کئی گھنٹے جائے نماز پر بیٹھے عبادت کرتے رہتے ہیں (78)۔ اِدھر ہم اِن خطروں سے گھرے ہوئے ہیں اور اُدھر ابو حنیفہ ہمارے لشکروں کے سرداروں کے (طنزاً) ضمیر جگا رہا ہے۔

ابوالعباس طوسی۔

(نفرت سے) واللہ! آج میں ابو حنیفہ کو نہیں چھوڑوں گا۔ اس سے پہلے کہ وہ ہمیں تباہی اور موت کی طرف لے جائے اُس کا سر اُتار دیا جانا چاہیئے۔

حاضرین کچھ دیر سنجیدہ اور خاموش بیٹھے رہتے ہیں۔

پردہ گرتا ہے۔

---

[78] مودودی، خلافت و ملوکیت، صفحات 274-269

سولھواں ایکٹ، دوسرا منظر

امام ابو حنیفہ، قاضی ابن ابی لیلیٰ اور قاضی ابن شبرمہ اندر داخل ہوتے ہیں۔ وہ بیت الخلیفہ جلدی پہنچنے کے لیے تیز تیز چلتے آئے ہیں، اس لیے اُنھیں پسینہ آیا ہوا ہے اور اُن کے سانس چڑھے ہوئے ہیں۔ وہ حاضرین کو سلام کرتے ہوئے اور جواب لیتے ہوئے خالی کُرسیوں پر بیٹھتے ہیں جہاں غُلام اُنھیں کھجور کے پتوں کے بنے ہوئے ہاتھ سے ہلائے جانے والے پنکھے دیتے ہیں تا کہ وہ اپنے آپ کو ہوا دے سکیں، اور مٹی کے آبخوروں میں پانی اور مشروب پیش کرتے ہیں۔

امام ابو حنیفہ اور دونوں قضاۃ رومالوں سے چہروں پر آیا ہوا پسینہ خشک کرتے ہیں۔ ابوالعباس طوسی اور حمید بن قحطبہ امام ابوحنیفہ کو نفرت سے دیکھتے ہیں۔ الربیع انتظار کرتا ہے کہ نئے مہمان پسینہ خشک کر لیں اور پانی پی لیں۔ پھر وہ خلیفہ منصور کو اطلاع دینے محل کے اندر چلا جاتا ہے۔ تھوڑی دیر بعد الربیع واپس آ کر اونچی آواز میں اعلان کرتا ہے۔

الربیع۔

امیر المومنین ابو جعفر عبداللہ المنصور عطا اللہ بقا تشریف لاتے ہیں۔

منصور اندر آتا ہے۔ حاضرین کھڑے ہو جاتے ہیں۔ منصور تخت پر بیٹھ کر سب کو بیٹھنے کا اشارہ کرتا ہے۔

سب بیٹھ جاتے ہیں۔ غُلام دروازے پر کھڑا رہتا ہے۔

خلیفہ منصور۔

(امام ابو حنیفہ کو سخت غُصے سے مُخاطب کرتے ہوئے) ابو حنیفہ! میں نہیں چاہتا کہ تاریخ میں میرا نام عُلما پر تشدد کرنے والے یا اُن کو قتل کرنے والے خلیفہ کے طور پر لکھا جائے۔ اسی لیے میں نے شروع ہی سے تُمھیں عزت دی اور تُمھاری دانش مندی کی قدر کی۔ میں نے تمھیں اپنے بعد خلافت کا سب سے بڑا عہدہ پیش کیا لیکن تُم نے اسے قبول کرنے سے انکار کر دیا۔ پھر میں نے قسم اُٹھائی کہ تُمھیں خلافت میں ضرور کوئی منصب دوں گا لیکن تُم نے میری قسم کی بھی کوئی پرواہ نہیں کی۔ بحیثیت عالم تُم جانتے تھے کہ اپنی قسم پوری نہ کرنا کتنا بڑا گُناہ ہے لیکن تُم نے جان بوجھ کر مُجھے گُناہ گار کیا۔

امام ابو حنیفہ۔

یا امیر، میں نے بغداد کی تعمیر کی نگرانی قبول کر کے آپ کی قسم کو پورا کر دیا ہے۔

خلیفہ منصور۔

نہیں، تُم نے ایک غیرمذہبی عہدہ قبول کر کے میری قسم کو مذاق بنا ڈالا۔

امام ابو حنیفہ۔

جناب آپ کی قسم صرف یہ تھی کہ آپ مُجھے خلافت میں ملازمت دیں گے۔ اُس میں مذہبی ملازمت کا ذکر نہیں تھا۔

خلیفہ منصور۔

(حقارت سے) تُم الفاظ سے کھیل کر اور دلیلیں دے کر اپنا بچاؤ کرنا خوب جانتے ہو۔ اس میں تُم سے کوئی نہیں جیت سکتا۔ اسی لیے تُم عوام میں اتنے مقبول ہو لیکن یہ کھیل اب زیادہ دیر نہیں چلے گا۔ میں سیدھی بات کرتا ہوں۔ تُم علویوں کی طرف داری کیوں کرتے ہو؟

امام ابو حنیفہ۔

یا امیر! تیرہ سال گزر چکے ہیں جب عباسیوں نے اُمیوں کا تختہ اُلٹ کر اقتدار سنبھالا تھا۔ جب آپ کے بھائی ابوالعباس السفاح پہلے عباسی خلیفہ کے منصب عالیہ پر سرفراز ہوئے تھے تو میں نے عراق کے سب عُلما اور فُقہا کی نمائندگی کرتے ہوئے اُن کی بیعت کی تھی۔ ہمیں اُمید تھی کہ عباسی عدل اور امن قائم کریں گے لیکن مُجھے افسوس سے کہنا پڑ رہا ہے کہ آپ نے بلاوجہ علویوں کو جیلوں میں ڈال رکھا ہے اور کئی کو قتل ۔ ۔ ۔

خلیفہ منصور۔

(بات کاٹتے ہوئے) تُم نے عباسیوں کا وفادار رہنے کا حلف لیا تھا، علویوں کا نہیں۔ اب تُم اس سے کیسے انکار کر سکتے ہو؟

امام ابو حنیفہ۔

جناب، اگر آپ کو یاد ہو تو حلف نامے کے الفاظ یہ تھے، ''ہم اللہ تعالیٰ کے شکرگزار ہیں کہ اُس نے خلافت کو رسول اللہ ﷺ کے رشتے داروں کے سپرد کر کے ہمیں اُمویوں کے جبر و استبداد سے نجات عطا کی۔ ہم آپ کو بطور خلیفہ قبول کرتے ہیں اور علی القیام الساعہ عباسیوں کے وفادار رہنے کا حلف اُٹھاتے ہیں۔''

یہ حلف ہمیں اجازت دیتا ہے کہ ہم ناانصافی میں شامل نہ ہوں کیونکہ ''علی القیام الساعہ'' کے دو مطلب ہیں، ایک مطلب ہے ''ساعتِ قیامت تک،'' اور دوسرا ہے ''اس ساعت کے خاتمے تک۔'' اگر آپ غیرضروری قتل کرتے رہیں گے تو مُجھے افسوس ہے کہ مُجھے ''علی القیام الساعہ'' کا دوسرا مطلب لینا پڑے گا۔

حاضرین ششدر ہو کر یقین نہ کرنے والی نظروں سے امام کو دیکھتے ہیں۔

امام ابو حنیفہ۔

آپ کہتے ہیں کہ آپ میری قدر کرتے ہیں لیکن آپ میرے اُستاد، عظیم عالم اور فقیہ عبداللہ بن حسَن پر جیل خانے میں تشدد کروا رہے ہیں۔ آپ کے کارندوں کو اُن کی ضعیف العمری پر بھی ترس نہیں آتا۔ آپ کے آدمی اُن کے دونوں بیٹوں کو بھی قتل کرنے کے درپے ہیں جبکہ آپ مُجھے کہہ سکتے تھے کہ میں اُن کو بغاوت سے روک دوں ۔ ۔

خلیفہ منصور۔

(بات کاٹتے ہوئے) عبداللہ بن حسَن تُمھارے لیے تُمھارا اُستاد ہے لیکن ہمارے لیے وہ حسَنؓ کا بیٹا اور علیؓ کا پوتا ہے۔

اولادِ علیؓ ہونے کے ناطے یہ ہمارے لیے ہمیشہ علوی ہی رہیں گے اور ہم اُن کے لیے عباسی ہی رہیں گے۔ چونکہ تُم عرب نہیں ہو، تمہیں کبھی سمجھ نہیں آئے گی کہ عرب اپنے حریف قبیلے کے افراد کو کبھی بھی اپنے ساتھ اقتدار میں شامل نہیں کرتے۔ تُم علویوں کو بغاوت سے نہیں روک سکتے کیونکہ وہ بھی عرب ہونے کے ناطے ہماری بیعت صرف وقتی طور پر زندگیاں بچانے کے لیے کریں گے اور موقع پاتے ہی ہمیں قتل کر کے اقتدار پر قبضہ کر لیں گے۔

امام ابو حنیفہ۔

جناب، رسول اللہ ﷺ قبائلی اختلافات ختم کر کے مسلمانوں کو متحد کرنا چاہتے تھے لیکن افسوس ہے کہ اُن کے رشتے دار ہی اُن سے اُلٹ راستے پر چل پڑے ہیں۔ میں علویوں کو اقتدار حاصل کرنے کے بجائے علمی کام کرنے پر راغب کرنے کی کوشش کر سکتا ہوں۔

خلیفہ منصور۔

ہمیں ایسے عالموں کی کوئی ضرورت نہیں جو صرف لفظوں سے کھیلتے ہوں اور خلافت اور اسلام کی توسیع کے لیے کام کرنے سے انکار کرتے ہوں۔

امام ابو حنیفہ۔

جناب، خلافت کی توسیع کا کام جہادی جسمانی قوت سے کرتے ہیں لیکن اگر لوگوں کے دلوں اور دماغوں کو راضی کرنے کے لیے عُلما موجود نہ ہوں تو بغاوتیں بھی ہوتی ہیں۔

خلیفہ منصور۔

یہاں میں تُم سے اتفاق کرتا ہوں لیکن میں نے جب بھی تمہیں ہمارے ساتھ شامل ہو کر (طنزاً) اپنی علمی حمایت مہیا کرنے کو کہا، تُم نے انکار کر دیا۔ میرا بہترین رئیسِ لشکر حَسن بن قحطبہ موصل کی مہم کی قیادت کرنے والا تھا لیکن تُم نے اُسے یہ بتا کر بُزدل بنا ڈالا کہ مسلمان پر مسلمان کا خون حرام ہے۔ اُس کا باپ قحطبہ ابن الشبیب الطائی دلیر آدمی تھا جس نے اُمویوں کی شکست میں فیصلہ کُن کردار ادا کیا تھا لیکن بیٹا تُمہارے ہتھے چڑھ گیا۔ تُم کیسے عالم ہو جسے علم ہی نہیں کہ رسول اللہ ﷺ نے کہا تھا، ''مومن وہ ہے جو اپنے عہد کی پاسداری کرے''؟

(حاضرین کو مُخاطب کرتے ہوئے) موصل کے علویوں نے میری بیعت کرتے وقت جس حلف نامے پر دستخط کیے تھے اُس میں لکھا تھا کہ اگر وہ میری بیعت کو ترک کریں گے تو مُجھے اُن کی جانوں اور جائدادوں پر اختیار حاصل ہو گا۔ اب انھوں نے اپنا عہد توڑ کر موصل میں میرے حاکم کے احکامات ماننے سے انکار کر دیا ہے۔ لہذا حلف نامے کے مطابق اُنھوں نے خود اپنی موت کے پروانے پر دستخط کر کے اپنا خون مُجھ پر حلال کر دیا ہے۔

(امام ابو حنیفہ کو مُخاطب کرتے ہوئے) آج میں تُمہیں آخری موقع دے رہا ہوں۔ میں نے عُلما کو اس لیے بلایا ہے کہ وہ موصل کے علویوں کے بارے میں ایسا فتویٰ جاری کریں جو مُجھے اُنھیں ختم کرنے کی اجازت دے۔ جب یہ

فتویٰ جاری ہو گا تو حسَن کے پاس لشکر کی قیادت نہ کرنے کا کوئی عذر باقی نہیں رہے گا۔
میں قاضی ابن شبرمہ سے آغاز کروں گا۔
(قاضی ابن شبرمہ کو مخاطب کرتے ہوئے) قاضی صاحب آپ کیا کہتے ہیں؟ کیا اُن کو قتل کرنا حلال ہے جنھوں نے حلف نامے پر دستخط کیے اور پھر یہ جانتے ہوئے بھی مکر گئے کہ اُنھوں نے اپنی جانیں اور جائدادیں میرے پاس گروی رکھی تھیں؟

قاضی ابن شبرمہ۔

(غور کرتے ہوئے) امیرالمومنین، شریعت میں عہد کی پاسداری کا حکم ہے اور اس مخصوص صورتحال میں، جیسا کہ عہد کیا گیا تھا، یہ حلف نامہ آپ کو عہد توڑنے والوں کی جانوں اور جائدادوں پر اختیار دیتا ہے۔ اگر آپ اس اختیار کو استعمال کرتے ہیں تو ایسا کرنا کوئی گُناہ نہیں۔ وہ اپنی موتوں کے خود ذمہ دار ہوں گے۔
(ہچکچاتے ہوئے) لیکن میں یہ اضافہ کرنا ضروری سمجھتا ہوں کہ اختیار کا ہونا اختیار کے استعمال کرنے کو لازم نہیں کرتا۔ چونکہ یہ معاہدہ اُنھوں نے آپ کے ساتھ کیا تھا اور اختیار بھی آپ ہی کو دیا تھا، اگر آپ اُن کو معاف کر دیں یا نظرانداز کر دیں تو اس میں بھی کوئی شرعی قدغن نہیں ہے اور نہ ہی ایسا کرنا گُناہ ہے۔ اس صورتحال میں شریعت آپ کو دونوں اختیارات دیتی ہے، قتل کا بھی اور معافی کا بھی۔ (79)

خلیفہ منصور۔

(قاضی ابن ابی لیلیٰ کو مخاطب کرتے ہوئے) آپ کی اس بارے میں کیا رائے ہے؟

قاضی ابن ابی لیلیٰ۔

امیرالمومنین! اللہ تعالیٰ عہد کی پاسداری اُسی طرح چاہتا ہے جیسا کہ وہ لکھا گیا۔ موصل کے لوگوں نے حلف لیا تھا کہ وہ آپ کے تابع فرماں ہوں گے۔ بصورتِ دیگر، اُن کو قتل کر کے اُن کی جائدادیں ضبط کی جاسکتی ہیں۔ اب چونکہ اُنھوں نے آپ کی حکم عدولی کی ہے، اگر وہ قتل کیے جاتے ہیں تو اِس کے ذمہ دار خود اُن کے اپنے اعمال ہیں۔

خلیفہ منصور۔

(امام ابو حنیفہ کو مُخاطب کرتے ہوئے) اب بتاؤ ابو حنیفہ، اس کا تُمھارے پاس کیا جواب ہے؟ کیا یہ واضح نہیں ہو گیا کہ میں حق پر ہوں اور تُم نے حسَن کو غلط پٹی پڑھائی؟

امام ابو حنیفہ سر جُھکائے خاموش بیٹھے رہتے ہیں۔

---

79 ابو زہرہ، *حیاتِ امام ابو حنیفہ*، صفحات 102-77 ,43؛ مودودی، *خلافت و ملوکیت*، صفحات 274-257 ,228-226

خلیفہ منصور۔

(درباریوں کو مُخاطب کرتے ہوئے) آپ کیا کہتے ہیں؟

حمید بن قحطبہ۔

امیر المومنین! قاضی صاحبان درست کہہ رہے ہیں۔

ابوالعباس طوسی۔

امیر المومنین! قاضی صاحبان شریعت کے ماہر ہیں۔

خلیفہ منصور۔

(امام ابو حنیفہ کو مُخاطب کرتے ہوئے) تُم کیوں خاموش ہو؟ آج تمہیں ماننا پڑے گا کہ تُم غلط راستے پر ہو۔

امام ابو حنیفہ۔

یا امیر مُجھے افسوس ہے لیکن میں آپ کی مرضی کی بات نہیں کہہ سکتا۔

خلیفہ منصور۔

(طنزاً) کیا تُم یہ کہہ رہے ہو کہ میرے دو عالم فاضل قضاۃ شریعت سے بے بہرہ ہیں؟

(دونوں قضاۃ کی جانب اشارہ کرتے ہوئے) کیا یہ قانون نہیں جانتے؟

امام ابو حنیفہ۔

کیا میں آپ سے اور آپ کے قضاۃ سے ایک سوال پوچھ سکتا ہوں؟

خلیفہ منصور۔

پوچھو۔ چونکہ آج یہ تمہارا آخری موقع ہے لہذا کُھل کر اپنے (طنزاً) علم و فضل کے جوہر دکھاؤ۔

امام ابو حنیفہ۔

کیا میں کوئی ایسا مال بیچ سکتا ہوں یا گروی رکھ سکتا ہوں جس کا مالک کوئی اور ہو؟

خلیفہ منصور۔

یہ تو عام آدمی بھی بتا سکتا ہے کہ ایسا کرنا غیرقانونی ہے۔

امام ابو حنیفہ۔

درست۔ آپ نے خود تسلیم کر لیا کہ موصل کے لوگوں نے ایک غیرقانونی معاہدہ کیا جب اُنھوں نے، بقول آپ کے، اپنی جانیں آپ کے پاس گروی رکھیں کیونکہ وہ اپنی جانوں کے مالک ہی نہیں ہیں۔ زندگی اللہ دیتا ہے، وہی اُس کا مالک ہوتا ہے اور وہی اُس کو لے سکتا ہے۔ معاہدے میں اپنی جانوں کا سودا کرنا یا گروی رکھنا ایک غیرقانونی فعل تھا جو آپ کے وفاداروں نے اُن سے جبراً کروایا۔

حاضرین ششدرہو کر امام ابو حنیفہ کو دیکھتے ہیں۔ دربار میں سنسنی پھیل جاتی ہے۔

کچھ حاضرین ایک دوسرے سے سرگوشیاں کرتے ہیں۔

سرگوشی میں کسی کی آواز۔

آج یہ ضرور قتل ہو گا۔

خلیفہ منصور۔

(طنزاً!) یہ سودا بیچنے والے تاجر کی زبان بول رہی ہے (80)۔ یہ عالم کی زبان نہیں ہے۔ (امام ابو حنیفہ کو مُخاطب کرتے ہوئے) اگرچہ میں تُم سے متفق نہیں ہوں، آج میں تُمہاری ساری باتیں سُنوں گا تا کہ تُمہیں اچھی طرح بے نقاب کر کے تُمہارے بارے میں کوئی حکم جاری کروں۔ یہ دلیل تجارتی زبان میں ہے۔ شریعت کی زبان میں کوئی دلیل دو۔

امام ابو حنیفہ۔

جناب میں اور دلیلیں بھی دوں گا لیکن یہ عرض کر دوں کہ تجارت رسول اللہ ﷺ اور صحابہ کا بھی پیشہ رہی ہے اور رسول اللہ ﷺ بھی ثواب اور گُناہ کے حساب کرنے میں تجارتی مثالیں دیا کرتے تھے، جیسے کہ انھوں نے کہا کہ جو اس دُنیا میں ایک نیکی کرے گا تو آخرت میں اس کا دوگنا اجر پائے گا۔ بہرحال، میں غیر تجارتی مثال دیتا ہوں۔ میرا دوسرا سوال آپ سے یہ ہے کہ اگر ایک عورت آپ کی بیوی نہیں ہے، نہ ہی جائز ملکیت سے خریدی گئی کنیز ہے اور نہ ہی کسی مالِ غنیمت کا حصہ ہے بلکہ ایک آزاد عورت ہے، تو کیا اُس سے تعلق قائم کرنا شرعاً جائز ہو گا یا زنا تصور کیا جائے گا؟

خلیفہ منصور۔

شریعت کا کوئی بھی طالب علم بتا سکتا ہے کہ ایسا کرنا زنا کے زمرے میں آتا ہے۔

امام ابو حنیفہ۔

درست فرمایا۔ اب فرض کریں کہ یہ عورت آپ کے ساتھ ایک معاہدہ کرتی ہے جس میں یہ لکھا گیا ہے کہ اگر وہ معاہدہ توڑ دے گی تو اُس کا جسم آپ پر حلال ہو جائے گا۔ پھر وہ معاہدہ توڑ دیتی ہے۔ کیا ایسی صورت میں آپ کا اُس کے ساتھ زنا کرنا حلال ہو جائے گا؟

خلیفہ منصور۔

---

80 ابو زہرہ، *حیاتِ امام ابو حنیفہ*، صفحہ 608

(جزبز ہوتے ہوئے) کیا تُم یہ کہنا چاہتے ہو کہ معاہدے کے مطابق ہونے کے باوجود زنا جائز نہیں ہوتا؟

امام ابو حنیفہ۔

جی جناب۔ جو فعل شریعت میں حرام ہے ہم اُس کو معاہدہ کر کے حلال نہیں کر سکتے۔ موصل کے لوگوں کا اپنی جانوں کو معاہدے کا حصہ بنانا اُن کے قتل کو کسی صورت میں حلال نہیں کرتا کیونکہ شریعت کسی مسلمان کے قتل کی اجازت نہیں دیتی سوائے قتل کے قصاص میں، اگر وارثین خونبہا لینے سے انکار کر دیں، یا فساد فی الارض کے جُرم میں، یعنی اگر موصل کے لوگ ہتھیاروں سے آپ کے لشکر پر حملہ کریں۔ دیگر کسی صورت میں مسلمان کا قتل حلال نہیں ہے۔ اگر کوئی لوگ اللہ اور اُس کے رسول ﷺ کے خلاف زبانی بغاوت کرتے ہیں، تب بھی ایسے باغیوں کو صرف قید ہی کیا جا سکتا ہے (81)۔ تنقید کرنے، گالیاں دینے یا قتل کی دھمکیاں دینے پر بھی قتل نہیں کیا جا سکتا جب تک وہ مسلح ہو کر لڑائی نہ کریں۔ اُس کے بعد بھی اُن کو صرف میدانِ جنگ ہی میں قتل کیا جا سکتا ہے۔

خلیفہ منصور۔

میں نے تو نہیں سُنا کہ تاریخ میں ایسا کبھی کیا گیا ہو۔

امام ابو حنیفہ۔

جناب حضرت علیؓ نے باغی خوارج کو قتل نہیں کیا تھا حالانکہ وہ اُنہیں قتل کی دھمکیاں دیتے رہتے تھے۔ اُنھوں نے خوارج کو مسجد میں آنے سے بھی نہیں روکا تھا اور جہاد میں مالِ غنیمت میں حصہ لینے سے بھی محروم نہیں کیا تھا۔

قاضی ابن ابی لیلیٰ اور قاضی ابن شبرمہ بولنے کی کوشش کرتے ہیں لیکن منصور اُنہیں خاموش رہنے کا اشارہ کرتا ہے۔

خلیفہ منصور۔

اسی لیے تو خوارج نے علیؓ کو مسجد میں عین اُس وقت پیچھے سے خنجر مار کر شہید کر دیا تھا جب وہ نماز کی امامت کرا رہا تھا۔ علیؓ نے اپنی نرمی کی بہت بھاری قیمت ادا کی۔ (غُصے سے چلاتے ہوئے) کیا تُم چاہتے ہو کہ میں بھی اسی طرح قتل ہو جاؤں؟ میں علیؓ نہیں ہوں۔ میں قاتل کے قتل کرنے سے پہلے پیش رفت کرتے ہوئے اُسے قتل کرا دیتا ہوں۔ اب تُم کہو گے کہ یہ بھی حرام ہے؟

حاضرین دبی دبی ہنسی ہنستے ہیں۔

امام ابو حنیفہ۔

یا امیر، آپ کو پیش از وقت کاروائی کرنے کا حق حاصل ہے لیکن اُس کی کچھ شرائط ہیں۔ اولاً آپ کو یقین ہونا

---

81 عسقلانی، *بلوغ المرام*، صفحات 371-370

چاہیئے کہ دشمن کے پاس آپ پر حملہ کرنے کے وسائل ہیں، ثانیاً، اُس کی نیت اور ارادہ حملہ کرنے کا ہے، اور ثالثاً، صلح جوئی کا کوئی راستہ موجود نہیں ہے۔ موصل کے لوگوں کے پاس آپ پر حملہ کرنے کے وسائل ہی نہیں ہیں۔ ایسی صورت میں شریعت آپ کو اُنہیں قتل کرنا تو دور، اُن پر حملہ کرنے کی بھی اجازت نہیں دیتی۔

خلیفہ منصور۔

(حاضرین کو مُخاطب کرتے ہوئے) کیا کوئی ہے جو ابو حنیفہ کو غلط ثابت کرے؟

الربیع۔

(بے اعتنائی سے) چھوڑیں جناب، سب جانتے ہیں کہ ابو حنیفہ ایسی شریعت کی تبلیغ کرتے ہیں جو انہوں نے خود ہی بیٹھ کے بنائی ہے۔ اِن کا فقہ انسانیت کا فقہ ہے جس کی تائید نہ تو قران مجید سے ہوتی ہے اور نہ ہی حدیث سے (82)۔ اسی لیے ان کی شریعت آپ کے آباؤاجداد کی تعلیمات سے متصادم ہے۔ مثلاً آپ کے پردادا عبداللہ بن عباس سے مروی ایک حدیث ہے کہ جو بھی کوئی حلف اُٹھاتا ہے، اُسے سوچنے اور نظرثانی کرنے کے لیے دو ایام کی مہلت ملتی ہے۔ ان دو ایام میں وہ انشاء اللہ کہہ کر اپنے حلف سے آزاد ہو سکتا ہے لیکن دو ایام کے بعد وہ حلف کا پابند ہے۔ ابو حنیفہ اس حدیث کے برعکس کہتے ہیں کہ حلف اُٹھانے والا اگر فوری طور پر اپنے حلف سے آزاد ہونے کو نہ کہے اور اُس جگہ سے چلا جائے جہاں اُس نے حلف لیا تو وہ اُسی وقت اپنے حلف کا پابند ہو جاتا ہے۔

خلیفہ منصور۔

(امام ابو حنیفہ کو مُخاطب کرتے ہوئے) تُم نے میرے پردادا کی حدیث کو کیوں بدلا؟

امام ابو حنیفہ۔

جناب اگر ہم الربیع کی بتائی ہوئی حدیث کو درست تسلیم کر لیں تو اس کا مطلب یہ ہو گا کہ آپ اپنے کسی لشکری، درباری یا بیعت کرنے والے کو اپنا وفادار نہیں سمجھ سکتے۔ وفادار ہونا تو درکنار ممکن ہے کہ یہ سب آپ کے دُشمن ہوں۔

خلیفہ منصور۔

(برہم ہوتے ہوئے) کیا مطلب؟

امام ابو حنیفہ۔

الربیع کے قانون کے مطابق یہ سب آپ کے سامنے حلف وفاداری اُٹھا کر گھر جا کر انشاء اللہ کہہ کر اپنے اپنے حلف

---

[82] ابو زہرہ، *حیاتِ امام ابو حنیفہ*، صفحات 579-578 اور 692

سے آزاد ہو سکتے ہیں۔

حاضرین قہقہے لگا کر ہنستے ہیں۔ منصور بھی مُسکراتا ہے۔

خلیفہ منصور۔

(الربیع کو مُخاطب کرتے ہوئے) الربیع، تُم بحث میں ابو حنیفہ سے نہیں جیت سکتے۔

ابوالعباس طوسی۔

امیرالمومنین! اگر آپ اجازت دیں تو میں ابو حنیفہ کو دلائل میں شکست دے سکتا ہوں۔

خلیفہ منصور۔

اگر ایک بھی ایسا شخص مل جائے تو مُجھے بڑی خوشی ہو گی۔

ابوالعباس طوسی۔

(امام ابو حنیفہ کو مُخاطب کرتے ہوئے) یا امام، آپ جانتے ہیں کہ میں عقوبت خانوں کا داروغہ ہوں اور حکم کا پابند ہوں۔ اگر امیرالمومنین مُجھے کسی ایسے قیدی کے قتل کا حکم دیں جس کے گُناہ یا بے گُناہی کا مُجھے علم نہ ہو تو کیا مُجھے حکم ماننا چاہیئے یا انکار کر دینا چاہیئے؟

امام ابو حنیفہ۔

کیا آپ امیر کی صوابدید پر بھروسہ کرتے ہیں یا اُس پر شک کرتے ہیں؟

ابوالعباس طوسی۔

(گھبراتے ہوئے) یہ کیسا سوال ہے؟ (منصور کی طرف کن اکھیوں سے دیکھتے ہوئے جلدی سے بولتے ہوئے) امیرالمومنین اللہ تعالی کے نائب ہیں۔ وہ ہمیشہ حق پر ہوتے ہیں۔

امام ابو حنیفہ۔

آپ نے اپنے سوال کا جواب خود ہی دے دیا ہے۔

منصور اور حاضرین ہنستے ہیں۔

خلیفہ منصور۔

(محظوظ ہوتے ہوئے) ابوالعباس! تُم نے ابو حنیفہ کو جس جال میں پھنسانے کی کوشش کی اُس میں خود ہی میں پھنس گئے۔

(حاضرین کو مُخاطب کرتے ہوئے) کیا واقعی ابو حنیفہ کو کوئی غلط ثابت نہیں کر سکتا۔

قاضی ابن ابی لیلیٰ۔

(جزبز ہوتے ہوئے) جناب ہم سب جانتے ہیں کہ ابو حنیفہ غلط راستے پر ہے۔ میں اس کی وضاحت کر دیتا ہوں۔

(غور کرتے ہوئے) قرآن و سنت پر مشتمل ہونے کے باوجود شریعت ہمیشہ تفسیر کی مُحتاج ہوتی ہے۔ تفسیر کرنا فقیہ کا کام ہے اور ہر فقیہ کا فرض ہے کہ اللہ، رسول ﷺ اور اولی الامر کی تابع فرمانی کرتے ہوئے شریعت کی ایسی تفسیر کرے جو حالات و واقعات اور مسلمانوں کی وقتی ضروریات کے مطابق ہو۔ رسول اللہ ﷺ اور خلفاءِ راشدین نے بھی حالات و واقعات کے مطابق ہی سزاؤں اور حدود کو نافذ کیا تھا جس کا ثبوت یہ ہے کہ اُنھوں نے مختلف حالات میں ایک جیسی لگی بندھی سزائیں نہیں دیں، کچھ حالات میں سختی دکھائی اور کچھ میں نرمی۔ اس کو نظریہ ضرورت کہتے ہیں۔

خلیفہ منصور۔

نظریہ ضرورت کی کوئی مثال دے دیں تو بات سب کی سمجھ میں آ جائے۔

قاضی ابن ابی لیلیٰ۔

ایک بار اسی مجلس میں خندیف قبیلے کے ایک مسلمان محلم بن جثیمہ کا ذکر ہوا تھا جس نے غطفان قبیلے کے مسلمان شخص عامر الاشجاعی کو قتل کر کے اُس کے اونٹ اور مال اسباب پر قبضہ کر لیا تھا۔ اگر بغیر تفسیر کے شریعت نافذ کی جاتی تو ڈاکہ ڈالنے پر محلم کا ہاتھ کاٹ کر اُسے قتل کے قصاص میں قتل کیا جانا تھا لیکن رسول اللہ ﷺ نے قصاص میں غطفان قبیلے کو سو اونٹ دے کر محلم کو معاف کر دیا کیونکہ طائف پر حملے کے لیے محلم کے خندیف قبیلے کی مدد کی ضرورت تھی (83)۔ اس کے برعکس جب قبا کے قبیلے قیس کے کچھ آدمی رسول اللہ ﷺ کے غلام یاسر کو قتل کر کے اونٹ لے کر بھاگ گئے تھے تو رسول اللہ ﷺ نے ان آدمیوں کے ہاتھ اور پیر کٹوا دیئے، اُن کی آنکھوں کو آگ میں لال کی ہوئی لوہے کی سلاخوں سے نکلوا دیا اور اُن کو صحرا کی تپتی ریت میں گرمی میں مرنے کے لیے چھوڑ دیا تھا (84)۔ ان دو واقعات کا موازنہ کریں تو پتہ چلتا ہے کہ شریعت کے نفاذ میں کتنی لچک دکھائی جا سکتی ہے۔

خلیفہ منصور۔

آپ نے بہت اچھی طرح وضاحت کی۔

قاضی ابن ابی لیلیٰ۔

لہذا ثابت ہوا کہ شریعت ہمیشہ فقیہ کی تفسیر کی مُحتاج ہوتی ہے۔ ہم جو آپ کے قاضی ہیں شریعت کی تفسیر خلافت کو مضبوط کرنے کے مقصد، ارادے اور نیت سے کرتے ہیں جبکہ ابو حنیفہ شریعت کی ایسی تفسیر کرتے ہیں جو

---

[83] ابن ہشام، *سیرۃ ابن ہشام*، جلد 2، صفحات 772-769

[84] ابن ہشام، *سیرۃ ابن ہشام*، جلد 2، صفحہ 786

خلافت کو کمزور کر سکے۔

خلیفہ منصور۔

(امام ابو حنیفہ کو مُخاطب کرتے ہوئے) کیا یہ درست ہے؟

امام ابو حنیفہ۔

نہیں جناب۔ میں شریعت کی تفسیر اس طرح کرتا ہوں کہ کمزور اور بے یار و مددگار لوگوں کو انصاف مل سکے۔ اس طرح میں خلافت سمیت ہر کسی کو مضبوط کرتا ہوں کیونکہ جس غریب کو انصاف ملتا رہے وہ بغاوت نہیں کرتا۔ اس کے برعکس آپ کے قاضی بے انصافی پر مبنی فیصلے دے دے کر بغاوت کو ہوا دے رہے ہیں اور خلافت کو کمزور کر رہے ہیں۔

قاضی ابن ابی لیلیٰ۔

(برہم ہوتے ہوئے) تُم بہت عرصے سے میرے فیصلوں پر تنقید کر رہے ہو جبکہ امیر المومنین نے تُمہیں حکم دیا تھا کہ قضاۃ کے فیصلوں پر تنقید نہ کرو اور شریعت کی حکمرانی میں دخل نہ دو۔

امام ابو حنیفہ۔

مُجھے افسوس ہے لیکن ابھی پچھلے ہفتے آپ نے ایک فیصلہ دیا ہے جس سے ظاہر ہوتا ہے کہ آپ تو شریعت کی بنیادی نصوص ہی سے ناواقف ہیں۔

قاضی ابن ابی لیلیٰ۔

(غُصے سے) ہمیں تُمہاری شریعت سے کوئی سروکار نہیں۔

خلیفہ منصور۔

(امام ابو حنیفہ کو مُخاطب کرتے ہوئے) یہ کونسا فیصلہ تھا؟

امام ابو حنیفہ۔

یا امیر، پچھلے ہفتے ایک عورت جس کا دماغی توازن خراب ہے، راہ چلتے ایک آدمی پر چلائی اور اُسے کہا، ”تیری ماں نے تیرے باپ کے ساتھ زنا کیا تھا تو تُو پیدا ہوا تھا۔“

وہ آدمی عورت کو پکڑ کر قاضی ابن ابی لیلیٰ کے سامنے لے گیا۔ قاضی صاحب نے گواہ طلب کیے، اُنھوں نے حلفاً گواہی دی اور بُہتان لگانے کا جُرم ثابت کیا۔ قاضی صاحب نے فیصلہ سُنایا کہ عورت کو چھڑی سے مارا جائے، ستر بار مدعی کے باپ کی ہتک کرنے پر اور ستر بار مدعی کی ماں کی ہتک کرنے پر۔ اُسی دن مسجد میں عورت کو ایک سو چالیس بار چھڑی سے مارا گیا۔

قاضی ابن ابی لیلیٰ۔

(امام ابو حنیفہ کو مُخاطب کرتے ہوئے) میں نے یہ اس لیے کیا کہ لوگ ایک دوسرے کو گالیاں دینے سے باز رہیں اور علاقے میں امن و امان قائم رہے جس کو تُم تباہ کرنے پر تُلے ہوئے ہو۔

خلیفہ منصور۔

(امام ابو حنیفہ کو مُخاطب کرتے ہوئے) تُم کیسے کہتے ہو کہ یہ خلافِ شریعت ہے؟

امام ابو حنیفہ۔

اس فیصلے میں قاضی ابن ابی لیلیٰ نے ایک یا دو نہیں پوری چھ غلطیاں کیں۔

خلیفہ منصور۔

(حیرت سے) چھ غلطیاں؟ ابو حنیفہ! اگر تُم یہ ثابت نہ کر سکے تو آج میں تُمہیں بہتان لگانے کی سزا دے کر ہی چھوڑوں گا۔

امام ابو حنیفہ۔

جی۔ ضرور۔ پہلی غلطی جو قاضی ابن ابی لیلیٰ نے کی وہ اُن کا یہ حکم تھا کہ سزا مسجد میں دی جائے حالانکہ رسول اللہ ﷺ کا حکم ہے کہ مسجدوں میں سزائیں مت دو۔

دوسری غلطی یہ تھی کہ عورت کو کھڑا کر کے چھڑی سے مارا گیا حالانکہ شریعت میں حکم ہے کہ عورتوں کو بٹھا کر سزا دی جائے تا کہ اُن کی بے پردگی نہ ہو۔

تیسری غلطی یہ تھی کہ دو سزائیں ایک ہی دن میں دی گئیں حالانکہ شریعت میں حکم ہے کہ دو سزاؤں میں ایک دن کا وقفہ دو تا کہ مجرم بہت زخمی نہ ہو جائے یا مر نہ جائے۔

چوتھی غلطی، قاضی صاحب نے اُس عورت کو دو سزائیں دیں، باپ پر بہتان کی الگ اور ماں پر بہتان کی الگ۔۔ قاضی صاحب نے اُن حوالوں سے استفادہ نہیں کیا جن میں لکھا ہے کہ من حیث الجماعت بہتان لگانے کی ایک ہی سزا ہوتی ہے۔ مثلاً اگر ایک آدمی سو آدمیوں پر مشتمل کسی جماعت پر بہتان لگاتا ہے تو اُس کو سو بار نہیں، ایک ہی بار سزا دی جائے گی۔

پانچویں غلطی یہ تھی کہ جن والدین پر بہتان لگانے کی سزا اُس عورت کو دی گئی، وہ دونوں کب کے وفات پا چکے ہیں۔ شریعت میں حوالے موجود ہیں کہ سزا صرف ایسی صورت میں دی جا سکتی ہے جب کہ مجروح بذات خود عدالت میں بہتان کا دعویٰ دائر کرے۔ مرے ہوئے لوگ بُہتان کا دعویٰ نہیں دائر کر سکتے۔ اُن کے بیٹے کو مقدمہ عدالت میں لانے کا شرعی حق حاصل ہی نہیں تھا۔

رہی چھٹی بات، تو شریعت میں واضح احکامات موجود ہیں کہ فاترالعقل پر حد قائم نہیں کی جا سکتی لیکن قاضی صاحب نے ایک فاترالعقل پر مقدمہ چلایا، غیر شرعی طور پر مقدمہ چلایا، غیر شرعی فیصلہ سُنایا اور پھر سزائیں بھی غیر شرعی

طریقے سے دلوائیں۔

قاضی ابن ابی لیلیٰ۔

(چلاتے ہوئے) میں نہیں جانتا کہ تُم کس شریعت کی بات کر رہے ہو۔ تُم نے خود ہی بیٹھ کر کوئی شریعت گھڑی ہے جو بدعت اور گُناہِ کبیرہ ہے۔ ہم تو رسول اللہ ﷺ کی سُنت کے پیروکار ہیں جنہوں نے سخت ترین سزائیں دے کر اسلامی ریاست قائم کی تھی اور اُس کی توسیع شروع کی تھی۔ اُنہوں نے سنگسار، ہاتھ کاٹنا اور سر قلم کرنا شریعت میں نافذ کروایا۔ ابھی میں نے قبا کے قبیلے قیس کے مُرتدوں کی مثال دی تھی۔

(خلیفہ منصور کو مُخاطب کرتے ہوئے) امیرامومنین! ابو حنیفہ لوگوں کو یہ بتا کر کہ آپ کے قاضی غلط فیصلے کرتے ہیں سارے نظامِ خلافت کو بدنام کر رہا ہے۔ وہ آپ کی شہرت کو داغدار کر رہا ہے جبکہ مسئلہ صرف تفسیر کا ہے۔

امام ابو حنیفہ۔

لیکن جو حدیث آپ نے بیان کی ہے وہ جھوٹی ہے کیونکہ شریعت میں سزائے موت کے مجرم کو بھی پانی پینے کا حق دیا گیا ہے۔

خلیفہ منصور۔

(غُصے سے) اب یہ میری برداشت سے باہر ہو گیا ہے۔

(امام ابو حنیفہ کو مُخاطب کرتے ہوئے) ایک طرف تو تُم قاضی بننے سے انکار کرتے ہو اور دوسری طرف میرے قضاۃ پر تنقید کر کے میری بدنامی کرتے ہو۔ کیا تُم اپنا مُنہ بند نہیں رکھ سکتے تھے؟

امام ابو حنیفہ۔

یا امیر! جس فاترالعقل عورت کو بے رحمی سے پیٹا گیا، اُس کے رشتے دار میرے پاس آئے اور میری رائے پوچھی۔ میں نے اُنہیں صرف یہ بتایا کہ اس مقدمے کی شرعی حیثیت کیا ہے۔

خلیفہ منصور۔

(چلاتے ہوئے) تُم شریعت کی ایسی تفسیر کرنے کے اہل ہی نہیں ہو جو خلافت کی بقا اور توسیع میں مدد دے سکے۔ تُم مُنہ کھولتے وقت یہ سوچتے ہی نہیں کہ تُمھاری بات سے خلافت کو کتنا نُقصان پہنچ سکتا ہے۔ آج سے تُم اپنا مُنہ بند رکھو گے۔ تُمھارا عوام سے مِلنا جُلنا بند ہے۔ آج سے تُمھیں گھر سے باہر جانے کی اجازت نہیں ہے۔ اندر ہی رہو۔ جہاں تک بغداد کی تعمیر کے کام کا تعلق ہے، الربیع تُمھارے پاس معماروں کے سربراہ کو مشورے اور ہدایات کے لیے بھیجتا رہے گا۔ اگر تمھیں نگرانی اور معاینے کے لیے تعمیراتی جگھوں پر جانا ہو گا تو مُحافظ تُمھارے ساتھ جائیں گے۔

الربیع۔

امیرالمومنین، میں ابو حنیفہ کے گھر اور مدرسے کے باہر محافظ تعینات کروا دوں گا۔

قاضی ابن شبرمہ۔

امیرالمومنین، میں گذارش کرتا ہوں کہ شریعت کی مختلف تفسیر کرنے کے باوجود ابو حنیفہ بہت بڑے فقیہ اور علم کا خزانہ ہیں۔ لہذا ہمیں مشکل قانونی معاملات میں ان سے مشورہ کرنے کی اجازت دی جائے اور ان کے شاگردوں کو بھی ان کے علم سے فیض یاب ہونے کی اجازت دی جائے۔

خلیفہ منصور۔

(الربیع کو ہدایات دیتے ہوئے) صرف قاضی صاحبان اور شاگردوں کو اس سے ملنے کی اجازت ہے۔ عوام الناس، بالخصوص میرے لشکر کے افراد، کسی صورت میں امام سے ملاقات نہیں کر سکتے۔ (امام ابو حنیفہ کو مُخاطب کرتے ہوئے) ابو حنیفہ، میں تُمھیں حکم دیتا ہوں کہ گھر یا مدرسے سے باہر مت نکلو۔ عوام سے تُمھارا ملاقات کرنا منع ہے۔
(قاضی ابن ابی لیلیٰ کو مُخاطب کرتے ہوئے) قاضی صاحب، موصل پر حملے کے بارے میں فتویٰ جاری کریں تا کہ ہم آج کا اجلاس ختم کریں۔

قاضی ابن ابی لیلیٰ۔

(ادب و احترام سے بولتے ہوئے) امیرالمومنین! یہ فتویٰ بہت سنگین نوعیت کا حامل ہے کیونکہ اس کا تعلق خلافت کے لیے جہاد کرنے والوں اور دیگر لوگوں کی جانوں اور مال و اسباب سے ہے۔ اسی سبب سے یہ مُفتی کے کاندھوں پر ایک بارِ گراں ہے۔ لہذا میں نے فیصلہ کیا ہے کہ اپنی طرف سے کچھ کہنے کے بجائے قرآن مجید سے اللہ تعالیٰ کے بھیجے ہوئے کلام کا حوالہ دوں اور اس فتوے کو اللہ تعالیٰ کے بھیجے ہوئے احکامات سے اخذ کروں۔
میں نے تلاوت کے لیے سورت الانفعال کی وہ آیات منتخب کی ہیں جو اللہ تعالیٰ نے رسول اللہ ﷺ پر ایسے ہی حالات میں نازل فرمائی تھیں جن کا ہم آج سامنا کر رہے ہیں۔
سورت الانفعال بہت لمبی ہے، لہذا میں صرف اُن آیات کی تلاوت کروں گا جن کا اس فتوے سے براہِ راست تعلق ہے۔

قاضی ابن ابی لیلیٰ بہت سنجیدہ ہو کر اپنا بایاں ہاتھ توند پر اور دایاں اُس کے اوپر رکھ کر، سر جُھکا کر، آنکھیں بند کر کے، کھنکار کر گلا صاف کر کے بڑے احترام سے درد بھری آواز میں تلاوت کرتا ہے۔

أعوذ باللہ من الشیطان الرجیم۔ بسم اللہ الرحمٰن الرحیم۔

اور یاد کرو جب اللہ تمہیں دو گروہوں میں سے ایک کا سامنا کرنے کا وعدہ دے رہا تھا، تم چاہتے تھے کہ تمہارے حصہ میں وہ گروہ آئے جس میں لڑائی کی طاقت نہ ہو لیکن اللہ چاہتا تھا کہ وہ اپنے کلمات سے حق کو سرفراز کرے اور کافروں کی جڑ کاٹ دے تا کہ وہ حق کو بالاتر اور باطل کو فنا کردے، چاہے مجرم اس کو کتنا ہی ناپسند کریں۔

جب تم ربّ سے فریاد کر رہے تھے تو اس نے تمہاری التجا کو قبول کرلیا کہ میں ضرور ہزاروں قطار در قطار فرشتوں سے تمہاری مدد کروں گا۔

اور اللہ نے اسے کچھ نہیں بنایا تھا سوائے بشارت کے تا کہ تمہارے دل مطمئن ہو جائیں۔

اللہ کے سوا کہیں سے کوئی مدد نہیں آتی۔ یقیناً اللہ غلبہ پانے والا اور حکمت والا ہے۔

اور جب وہ تم پر اطمینان بخش اونگھ طاری کر رہا تھا، اُس نے آسمان سے پانی برسایا تا کہ تمہیں صاف کرے، شیطانی مٹی تم پر سے اُتارے تا کہ تمہارے دلوں کو طاقت اور قدموں کو مضبوطی عطا کرے۔

جب تیرا رب فرشتوں کو وحی بھیج کر کہہ رہا تھا، ''میں تمہارے ساتھ ہوں، پس مومنوں کو مضبوط کرو۔ میں کافروں کے دلوں میں دہشت ڈال دوں گا۔ پھر ان کی گردنوں پر مارو اور ان کے جوڑ جوڑ پر ضربیں لگاؤ'' کیونکہ انہوں نے اللہ اور اس کے رسول کی مخالفت کی اور جو بھی اللہ اور اس کے رسول کی مخالفت کرتا ہے تو یقیناً اللہ سزا دینے میں بہت سخت ہے۔ یہ ہے، پس اب اسے چکھو۔ اور یقیناً کافروں کے لیے آگ کا عذاب ہے۔

اے مومنو! جب کافروں کے بھاری لشکر سے مڈھ بھیڑ ہو تو انہیں اپنی پیٹھیں نہ دکھاؤ۔

اور جو اُس دن پیٹھ دکھائے گا، سوائے قتال کی چال کے طور پر یا اپنے گروہ سے جڑنے کے لیے، تو یقیناً وہ اللہ کے غضب کے ساتھ لوٹے گا، اُس کا ٹھکانا جہنم ہوگا جو بہت ہی برا ٹھکانا ہے۔ (8:7-17)

قاضی ابن ابی لیلیٰ آنکھیں کھول کر لمبا سانس لے کر منصور کی جانب دیکھتے ہوئے بولتا ہے۔

قاضی ابن ابی لیلیٰ۔

امیرالمومنین! قرآن مجید کی یہ آیات تفسیر کی محتاج نہیں ہیں۔ جب رسول اللہ ﷺ نے مومنوں کو لڑنے کا حکم دیا تو کچھ مسلمان لڑنا نہیں چاہتے تھے۔ ایسے مسلمانوں کے بارے میں (امام ابو حنیفہ کی جانب دیکھتے ہوئے) اللہ تعالیٰ ارشاد فرماتے ہیں:

حق کے ظاہر ہونے کے بعد وہ حق کے بارے میں تجھ سے ایسے بحث کر رہے تھے جیسے کہ اُن کو موت کی طرف ہانکا جا رہا تھا اور وہ اُسے دیکھ رہے تھے۔ (8:6)

اللہ کے نزدیک جانداروں میں بدترین وہ بہرے اور گونگے ہیں جو عقل استعمال نہیں کرتے۔ اور اگر اللہ اُن کے اندر کوئی اچھی بات دیکھتا تو انہیں ضرور سُنا دیتا۔ اور اگر انہیں سُنا بھی دیتا تو ضرور اعراض کرتے ہوئے وہ پیٹھ پھیر جاتے۔ (8:23-24)

قاضی ابن ابی لیلیٰ وقفہ لے کر پھر بولنا شروع کرتا ہے۔

امیرالمومنین، حسَن بن قحطبہ جیسے لوگ جو کہتے ہیں کہ قتال کی وجہ سے اُن کے ضمیر پر بوجھ ہے، یہ بھول جاتے ہیں کہ جس کی موت کا وقت آ چکا ہو وہ اُسے زندہ نہیں رکھ سکتے، ایسے لوگوں کے لیے اللہ تعالیٰ فرماتے ہیں:

تم نے انہیں قتل نہیں کیا بلکہ اللہ نے انہیں قتل کیا اور پھر جب تُم نے پتھر مارے تو تُم نے نہیں بلکہ اللہ نے مارے تا کہ وہ مومنوں کو اچھی آزمائش میں ڈالے۔ (8:18)

پھر وہ لوگ (امام ابو حنیفہ کی جانب دیکھتے ہوئے) جو کہتے ہیں کے باغی کو قتل کرنے کے بجائے جیل میں ڈالا سکتا ہے، یا وہ جہادی جو کافروں کو قتل کرنے کے بجائے یرغمالی قیدی بنا کر تاوان وصول کرنا چاہتے ہیں، اِن کے بارے میں اللہ تعالیٰ فرماتے ہیں:

نبی کے لیے جائز نہیں کہ زمین میں خونریزی کیے بغیر قیدی بنائے۔ تم دنیا کی متاع چاہتے ہو جبکہ اللہ آخرت چاہتا ہے اور اللہ غلبے والا اور حکمت والا ہے۔ (8:68)

آخر میں قرآن مجید کی واضح آیت پڑھ کر میں اس فتوے کو جاری کرتا ہوں:

اے نبی! مومنوں کو قتال کی ترغیب دے۔ اگر تم میں سے بیس صبر کرنے والے ہوں تو وہ دو سو پر غالب آ جائیں گے۔ اور اگر تم میں سے ایک سو ہوں تو وہ ایک ہزار کافروں پر غالب آ جائیں گے کیونکہ وہ ایسے لوگ ہیں جو کچھ سمجھتے نہیں۔ (8:66)

امیرالمومنین! یہی میرا فتویٰ ہے۔ اور اللہ تعالیٰ بہتر جانتا ہے۔

قاضی ابن ابی لیلیٰ فاتحانہ انداز سے نظریں گُھما کر حاضرین کو دیکھتا ہے اور بالخصوص امام ابو حنیفہ کو گھورتا ہے جو سر جُھکائے دُکھی بیٹھے ہیں۔ دُکھ اُن کے چہرے اور ماتھے کی لکیروں سے ظاہر ہوتا ہے۔

منصور، جو بے چینی سے اس لمبے، گھمبیر اور مُشکل فتوے کے ختم ہونے کا انتظار کر رہا تھا، جلدی سے بولتا ہے۔

خلیفہ منصور۔

شکراً یا قاضی۔ (امام ابو حنیفہ کو مُخاطب کرتے ہوئے، سختی سے) اگر تُم نے قرآن مجید کی یہ آیات حَسن بن قحطبہ کو سُنائی ہوتیں تو وہ بُزدلی کی جانب مائل نہ ہوتا۔

امام ابو حنیفہ۔

جناب! کُچھ خُدا کا خوف کریں۔ یہ آیات رسول اللہ ﷺ پر اُس وقت نازل ہوئی تھیں جب وہ کُفار کے ایک لشکر کا مُقابلہ کرنے جا رہے تھے۔ لیکن آپ تو حمید بن قحطبہ کو اپنے مُسلمان رشتے داروں کو قتل کرنے بھیج رہے ہیں جو آپ کی طرح رسول اللہ ﷺ کے گھرانے کے وارث ہیں۔

قاضی ابن ابی لیلیٰ۔

(امام ابو حنیفہ کو مُخاطب کرتے ہوئے) اس طرح تو یزید بن معاویہ بھی رسول اللہ ﷺ کی اہلیہ اُم حبیبہؓ کا بھتیجا اور کاتبِ وحی کا بیٹا تھا۔ ابو لہب رسول اللہ ﷺ کا چچا تھا اور جن کو تُم نے ابھی ابھی کُفار کہا، وہ سب رسول اللہ ﷺ کے قریشی رشتے دار تھے، کئی بہت قریبی رشتے دار تھے۔ کیا تُم نے وہ آیات نہیں پڑھیں جو عہد توڑنے والوں کے بارے

میں اللہ تعالیٰ نے رسول اللہ ﷺ پر نازل فرمائی تھیں؟

وہ لوگ جن سے تو نے معاہدہ کیا پھر وہ ہر بار اپنا عہد توڑ دیتے ہیں اور ڈرتے نہیں۔ پس اگر تُو اُن سے متصادم ہو تو اُن کے پچھلوں کو بھی تتربتر کر دے تا کہ شاید وہ نصیحت پکڑیں۔ اور اگر کسی قوم سے تُو خیانت کا خوف کرے تو اُن سے ویسا ہی کر جیسا اُنھوں نے کیا ہو۔ اللہ خیانت کرنے والوں کو ہرگز پسند نہیں کرتا۔ (8:57-59)

یہ آیات سب معاہدہ توڑنے والوں کے لیے ہیں، چاہے کافر ہوں یا مُسلمان۔

خلیفہ منصور۔

(امام ابو حنیفہ کو مُخاطب کرتے ہوئے) قاضی ابن ابی لیلیٰ نے ثابت کر دیا ہے کہ تُم راہِ حق پر نہیں ہو۔ اب مُجھے تُمھارے مشوروں کی کوئی ضرورت نہیں۔

(حمید بن قحطبہ کو مُخاطب کرتے ہوئے) حمید! موصل روانگی کے لیے لشکر کو تیار کرو۔ میں عصر کی نماز کے بعد تُمھیں ہدایات جاری کروں گا۔

منصور یکدم تخت سے اُٹھ کر باہر چلا جاتا ہے۔

حاضرین بھی کھڑے ہو کر جانے کی تیاری کرتے ہیں۔

الربیع۔

(حقارت سے امام ابو حنیفہ کو مُخاطب کرتے ہوئے) آج تو تُم مُجھے قتل کروانے لگے تھے۔

امام ابو حنیفہ۔

نہیں۔ دراصل تُم مُجھے قتل کروانے لگے تھے لیکن میں نے دونوں کی جان بچائی (85)۔

الربیع۔

(حیرت زدہ ہوتے ہوئے) تُم نے اپنی جان تو بچا لی لیکن میری جان کسطرح بچائی؟

امام ابو حنیفہ۔

میں نے امیر کو یہ نہیں بتایا کہ لشکریوں کے لیے تُمھارے بنائے ہوئے حلفِ وفاداری میں ''انشاء اللہ'' لکھا ہوا ہے۔ اس کا مطلب یہ ہے کہ وہ وفادار ہونے کے پابند ہی نہیں۔ وہ بغاوت کر کے کہہ سکتے ہیں کہ اللہ کی مرضی یہی تھی کہ وہ بغاوت کریں۔

---

[85] ابو زہرہ، *حیاتِ امام ابو حنیفہ*، صفحات 92-91

الربیع۔

(ششدر ہو کر دھمکی آمیز انداز میں چلاتے ہوئے) آج تُم صرف اس لیے بچ گئے ہو کہ امیرالمومنین اپنے آپ کو عالموں کا قاتل نہیں کہلوانا چاہتے لیکن میں دیکھتا ہوں کہ تُم کتنا عرصہ اپنے آپ کو بچائے رکھو گے۔

امام ابو حنیفہ۔

اُتنا ہی عرصہ جتنا خُدا چاہے گا۔ لیکن یاد رکھنا یہی بات تُم پر بھی لاگو ہوتی ہے۔

امام ابو حنیفہ باہر چلے جاتے ہیں۔ الربیع کھڑا سوچتا رہ جاتا ہے۔

سولھویں ایکٹ کا اختتام

سترہواں ایکٹ: غدار کو بھی دھوکا نہ دو

سترہویں ایکٹ کے کردار، جو پہلے بیان کیے جا چکے گئے:

امام ابو حنیفہ۔

حماد، امام ابو حنیفہ کا بیٹا

ابو یوسف۔

ظفر بن ہذیل۔

محمد بن حسن۔

حفص بن عبدالرحمن، امام ابو حنیفہ کا کاروباری شریک۔

ابوالعباس طوسی، جیل خانوں اور عقوبت خانوں کا داروغہ۔

نئے کردار:

چار لشکری، تھوب اور گترے پہنے ہوئے۔ ان کی کمروں پر چمڑے کی پیٹیاں بندھی ہیں جن سے میانیں لٹک رہی ہیں۔ میانوں سے تلواروں کے دستے نظر آتے ہیں۔

سترہویں ایکٹ کا منظر:

ساتویں ایکٹ میں بیان کیا گیا امام ابو حنیفہ کے مدرسے کا بڑا کمرہ۔

سترہواں ایکٹ

کوفہ میں امام ابو حنیفہ کے مدرسے کا بڑا کمرہ۔

دور

تقریباً 766 عیسوی

امام ابو حنیفہ، حماد، ابو یوسف، ظفر بن ہذیل، اور محمد بن حسن مدرسے میں ایک قالین پر بیٹھے حفص بن عبدالرحمن کے آنے کا انتظار کر رہے ہیں۔

محمد بن حسن۔

(جوش و جذبے کے ساتھ) یا امام، میں کئی بار کہہ چکا ہوں کہ خلافت میں شامل ہو کر ہم اگر زیادہ نہیں تو تھوڑی بہت تو تبدیلی لا سکتے ہیں۔ اگر ہم مزید عرصہ خلافت سے باہر بیٹھے رہے تو اپنے علم اور کتابوں سمیت دفن کر دیئے جائیں گے۔

ظفر بن ہذیل۔

(زور دیتے ہوئے) یا امام، محمد ٹھیک کہہ رہا ہے۔ جب سے میں قاضی بنا ہوں، میں نے کئی لوگوں کو موت سے بچایا ہے۔

امام ابو حنیفہ۔

مُجھے اس کے بارے میں بتاؤ۔

ظفر بن ہذیل۔

ابھی پچھلے مہینے میں نے ایک جوڑے کو بچایا جنہیں اُن کا قبیلہ سنگسار کرنے کی تیاری کر رہا تھا۔ چار آدمی گواہی دے رہے تھے کہ اُنہوں نے جوڑے کو قابلِ اعتراض حالت میں دیکھا۔ میں نے چاروں سے علیحدہ علیحدہ ملاقات کی اور انہیں اُس حدیث کے بارے میں بتایا جس میں کہا گیا ہے، ''اگر تُم کسی کا ایک عیب چھُپاؤ گے تو اللہ تعالیٰ روزِ قیامت تُمہارے کئی عیب پوشیدہ رکھے گا۔'' میں نے کہا، ''تُم نے بھی اپنی زندگی میں کچھ نہ کچھ ایسا کیا ہو گا جو تُم اپنے والدین، خاندان یا دوستوں سے قیامت کے دن پوشیدہ رکھنا چاہو گے۔ اگر تُم اس جوڑے کا راز افشا نہ کرو تو عین ممکن ہے کہ اللہ تعالیٰ تُمہارے راز افشا نہ کرے۔''

چار میں سے تین آدمی گواہی نہ دینے پر راضی ہو گئے لیکن وہ کہنے لگے کہ اُنہوں نے تو پہلے ہی لوگوں کو بتا دیا ہے کہ اُنہوں نے جوڑے کو دیکھا تھا اور اگر اب وہ گواہی نہیں دیں گے تو لوگ اُن کو جھوٹا کہیں گے۔ میں نے اُنہیں کہا، ''تُم گواہی دیتے وقت صرف یہ کہہ دینا کہ تُم نے جوڑے کو اکٹھے دیکھا لیکن ممنوعہ فعل ہوتے ہوئے نہیں دیکھا۔ صرف اتنی سی بات سے دو انسانوں کی جانیں بچ جائیں گی اور تُمہیں بھی لوگ جھوٹا نہیں کہیں گے۔'' وہ تین آدمی اس پر راضی ہو گئے۔ چنانچہ میں نے گواہی کے ناقص ہونے کی بنّیاد پر اُس جوڑے کو اس شرط پر بری کر دیا کہ وہ آئندہ ایسا کام نہیں کریں گے۔

امام ابو حنیفہ۔

مُجھے خوشی ہے کہ ہمارا لگایا ہوا پودا کچھ نہ کچھ پھل دے رہا ہے، کچھ تشدد کم کر رہا ہے اور کچھ انسانوں کی زندگیاں بچا رہا ہے۔ مُجھے علم نہیں کہ مُجھے کتنا اور کام کرنے کا موقع دیا جائے گا۔ غالباً مُجھے دوبارہ جیل بھیجا جائے گا اور پھر وہیں رکھا جائے گا۔

میں اس آزمائش سے گزرنے کے لیے تیار ہوں لیکن اگر ایسا ہوا تو شاید ہماری دوبارہ ملاقات نہ ہو۔ چنانچہ میں نے اپنے شاگردوں کے لیے نصیحتیں لکھ رکھی ہیں اور اگر مجھے مستقل جیل میں ڈال دیا گیا تو ظفر ان کو تمہارے سامنے پڑھ دے گا۔ بعد میں یہ سب شاگردوں کے سامنے بھی پڑھ دینا۔

امام اپنے جُبّے کے اندر سے ایک تہہ کیا ہوا کاغذ نکال کر ظفر کو دیتے ہیں۔ ظفر احتیاط سے کاغذ کو اپنی جیب میں ڈال دیتا ہے۔

حفص بن عبدالرحمن صدمے کی حالت میں پیلا زرد چہرہ لیے اندر آتا ہے۔

حفص بن عبدالرحمن۔

(ماتمی لہجے میں) سلام علیکُم۔

حاضرین۔

وعلیکُم سلام۔

حفص امام ابو حنیفہ کے پاس بیٹھ جاتا ہے۔ سب اُس کی طرف متوقع نظروں سے دیکھتے ہیں لیکن وہ سر جُھکا کر خاموش بیٹھا رہتا ہے۔

امام ابو حنیفہ۔

پھر؟ کیا پتہ چلا؟

حفص بن عبدالرحمن۔

یا امام، بہت ہولناک واقعات ہوئے ہیں۔ مُجھ میں آپ کو بتانے کا حوصلہ نہیں ہے۔

امام ابو حنیفہ۔

حوصلہ کرو۔ میں جاننا چاہتا ہوں کہ کیا ہوا۔

حفص بن عبدالرحمن۔

منصور کے آدمی عبداللہ بن حَسَن سے کُچھ نہ اُگلوا سکے لیکن منصور یہ ماننے کو تیار نہ تھا کہ عبداللہ کو اپنے بیٹوں کے محل و وقوع کا علم نہیں۔ اُس نے تفتیش کرنے والوں کو نااہل قرار دے کر نئے آدمیوں کو اس کام پر لگایا۔ نئے آدمیوں نے ہر اُس شخص کو پکڑ لیا جس کا عبداللہ کے خاندان سے کسی بھی طرح کا دور دراز کا تعلق واسطہ تھا۔ مدینہ میں سارے کے سارے قبیلے کی زمینیں جائدادیں ضبط کر کے، نیلام کر کے وہ ہر علوی کو زنجیروں میں باندھ کے عراق لے آئے اور ایک ایک کر کے سب پر تشدد کیا۔آپ کو کیسے بتاؤں کہ (ہچکچاتے ہوئے) ابراہیم کے بیٹے محمد کو زندہ دیوار میں چنُوا کر پلستر کر دیا۔

امام ابو حنیفہ۔

(ماتمی انداز میں) اللہ! یا اللہ! انا للہ و انا علیہ راجعون!

حفص بن عبدالرحمن۔

پھر اُنھوں نے ابراہیم کے بوڑھے سُسر کو ننگا کر کے کوڑے مارے تا کہ یہ دیکھ کر دوسرے بتا دیں کہ ابراہیم کہاں ہے۔ یا امام! میں مزید نہیں بتا سکتا۔ آپ کو بہت دُکھ ہو گا۔

امام ابو حنیفہ۔

اگر میں اپنے پیاروں کی مدد نہیں کر سکتا تو اُن کے حالات سُن کر اُن کے دُکھ درد کو محسوس تو کر سکتا ہوں۔ مجھے سب کچھ بتاؤ۔

حفص بن عبدالرحمن۔

اگر آپ اصرار کرتے ہیں۔ آخرکار اُنھوں نے ابراہیم کے سسر کا سر قلم کر کے خراسان میں کئی جگھوں پر عوامی نمائش کے لیے رکھا۔ منصور کے چار گُرگے اُس کے ساتھ ساتھ جاتے تھے اور لوگوں کو بتاتے تھے کہ یہ نفس ذکیہ کا سر ہے، اب اُس کی حکومت نہیں بن سکتی، بغاوت کا خیال ذہن سے نکال دو۔ لیکن اُنھیں زیادہ دیر اس طرح کرنے کی ضرورت نہیں پڑی۔ اُنھوں نے مدینہ میں نفس ذکیہ اور اُس کے حامیوں کے چھپنے کی جگہ ڈھونڈ نکالی اور سب کو مار کے اُن کی لاشیں تین روز تک عوامی نمائش کے لیے لٹکا دیں۔ نفس ذکیہ کا سر اُس کی موت کے ثبوت کے طور پر کاٹ کر رکھ لیا اور کئی شہروں میں اُس کی نمائش کی۔ باقی لاشوں کو مدینہ کے متروکہ یہودی قبرستان میں پھینک دیا۔ (86)

امام ابو حنیفہ۔

انا للہ و انا علیہ راجعون! ابراہیم نہیں پکڑا گیا؟

حفص بن عبدالرحمن۔

ابراہیم کو بصرہ میں سزائے موت دی گئی۔ میں یہ تصدیق نہیں کرا سکا کہ وہ بصرہ میں گرفتار ہوا تھا یا مدینہ سے بصرہ لایا گیا تھا۔

امام ابو حنیفہ اپنا سر جُھکا کر شدید دُکھ میں دیر تک خاموش بیٹھے رہتے ہیں۔

امام ابو حنیفہ۔

(اپنے آپ سے بولتے ہوئے) آخرکار منصور نے اپنی حیوانیت کو پوری طرح ظاہر کر دیا۔ (طنزاً) اللہ کا نائب! امیرالمومنین!

---

[86] مودودی، *خلافت و ملوکیت*، صفحات 200-187

دین کا مُحافظ! اللہ کے نام پر شیطان مردود کا نائب۔

ابو یوسف۔

(منت کرتے ہوئے) یا امام! آپ کے جیل جانے سے کیا فائدہ ہو گا؟ مُردہ لوگوں کی حمایت میں زندہ لوگوں کو چھوڑ جانے کا کیا فائدہ؟ دو عرب قبیلوں کے درمیان اقتدار کی جنگ میں ہمیں کسی ایک کا ساتھ دینے کی کیا ضرورت ہے، اور پھر وہ بھی ہارے ہوئے قبیلے کا؟ نفس ذکیہ نے کوفہ پر حملہ کیا تھا اور عراق کے کُچھ حصوں کو فتح بھی کیا تھا۔ آپ عباسیوں سے یہ توقع نہیں کر سکتے کہ وہ اُس سے نرمی سے پیش آتے۔

(جھجکتے ہوئے) میں آپ کو مشورہ دینے کے قابل تو نہیں ہوں لیکن آپ نے ہمیں کُھل کر اپنی رائے کا اظہار کرنا سکھایا تھا۔ میں یہ کہنا چاہتا ہوں کہ اگر آپ قاضی القضاۃ کا عہدہ قبول کر لیں تو شاید آپ خلافت میں اندر سے تھوڑی بہت تبدیلی لا سکیں۔ شاید آپ حکمرانوں کو تھوڑی بہت نرمی اختیار کرنے پر آمادہ کر سکیں۔ کچھ نہ کر سکنے سے کچھ کرنا بہتر ہوتا ہے۔

امام ابو حنیفہ۔

(مایوسی سے) میں منصور کا جلاد نہیں بن سکتا۔ میرا اُستاد ابھی بھی اُس کی جیل میں ہے۔ اگر میں منصور کی جیل میں ہوتا تو کیا تُم قاضی کا عہدہ قبول کرتے؟

ابو یوسف۔

لیکن آپ کا معاملہ عبداللہ بن حَسن سے مختلف ہے۔ آپ نے کبھی کسی کو بغاوت کرنے کے لیے نہیں کہا۔

امام ابو حنیفہ۔

عبداللہ بن حسن نے بھی نہیں کہا تھا۔ منصور چاہتا ہے کہ مُجھ سے بچے کُھچے علویوں کے قتل کو جائز قرار دینے کا فتویٰ لے لیکن میں نے علوی اماموں سے ہی تعلیم حاصل کی تھی۔ میں امام زید بن علی، امام محمد باقر اور امام جعفر صادق کو نہیں بھول سکتا۔ ان سے میں نے عبداللہ بن عمرؓ، حضرت علیؓ، عبداللہ بن مسعود، عبداللہ بن عباس اور اُن کے ورثاً کا فقہ سیکھا۔ علویوں کی دی ہوئی تعلیم کو میں اُن ہی کے وارثوں کے قتل کے فتوے صادر کرنے میں کیسے استعمال کر سکتا ہوں؟

ظفر بن ہذیل۔

یا امام، اس تمام وقت میں آپ جانتے تھے کہ علوی حق پر ہیں۔ پھر آپ نے عباسیوں کی بیعت کیوں کی؟ علویوں کا ساتھ کیوں نہیں دیا؟

امام ابو حنیفہ۔

(دُکھ کو بھولنے کی کوشش کرتے ہوئے) اس کی بے شمار وجوہات تھیں۔ کئی لوگوں کی امانتیں میرے پاس تھیں،

کئی کے اثاثے میرے زیرِ انتظام تھے جن کی مالیت پانچ کروڑ درہم کے قریب تھی۔ ایسا کوئی شخص نہ تھا جس کو میں اتنی بڑی ذمہ داری سونپ کر چلا جاتا۔ پھر میں درجنوں طلباء، یتیموں اور بیواؤں کو وظائف دے رہا تھا۔ بیسیوں ملازمین روزگار کمانے کے لیے میری تجارت کے مُحتاج تھے۔ لیکن میرے علویوں کے ساتھ شامل نہ ہونے کی سب سے بڑی وجہ یہ تھی کہ میں نے حساب لگا لیا تھا کہ اُن کی جانیں بغیر کچھ حاصل کیے قربان ہو جائیں گی۔ میں نے عربوں کی تاریخ پڑھ رکھی تھی اور حالات کو اپنی آنکھوں سے بدلتے دیکھا تھا۔ میں جانتا تھا کہ حمایت کے بلند بانگ دعوے کرنے کے بعد لوگ علویوں کو حکمرانوں کے ہاتھوں ذبح ہونے کے لیے اُسی طرح چھوڑ دیں گے جس طرح اُنہوں نے پہلے کئی بار چھوڑا ہے۔ امام علیؑ کو مسجد میں خنجر مار کر شہید کیا گیا۔ پھر اُن کے بیٹے امام حسینؑ کو کربلا میں شہید کیا گیا۔ اگرچہ علیؑ کے دوسرے بیٹے حسنؑ، امیر معاویہ سے رقم لے کر کنارہ کش ہو گئے تھے (87) لیکن پھر بھی اُن کو زہر دے دیا گیا۔ اوسطاً ہمارے لوگ ظالم کا ساتھ دیتے ہیں اور حق پرست کے ساتھ حمایت کا دعویٰ کر کے اُسے چھوڑ دیتے ہیں، شاید اس لیے کے ظالم کے پاس بانٹنے کے لیے زیادہ مالِ غنیمت ہوتا ہے۔

محمد بن حسَن۔

لیکن یہ سب تو آپ کی پیدائش سے پہلے ہوا۔ کیا آج کے زمانے سے اس کا کوئی تعلق ہے؟

امام ابو حنیفہ۔

علویوں کی پہلی اور دوسری نسل کا قتل میری پیدائش سے پہلے کی بات ہے۔ لیکن جب امام حُسین کے پوتے زید بن علی زین العابدین کو خلیفہ ہشام کے خلاف بغاوت کے الزام میں یہیں کوفہ میں شہید کیا گیا تو میں چالیس سے کچھ اوپر عمر کا تھا۔

محمد بن حسَن۔

یہ کب کی بات ہے؟

امام ابو حنیفہ۔

122 ہجری (740 عیسوی)۔ پھر تین سال بعد، اُن کے بیٹے یحییٰ کو خراسان میں شہید کیا گیا۔ ابھی ان دو شہادتوں کی یاد تازہ تھی کہ 130 ہجری (748 عیسوی) میں یحییٰ کے بیٹے عبداللہ کو بھی آخری اموی خلیفہ مروان کے خلاف بغاوت کے الزام میں یمن میں سزائے موت دے دی گئی۔ میں ان حالات کا مشاہدہ کرتا رہتا تھا اور سوچتا تھا کہ کمزور لوگوں کو بغاوت پر اُکسا کر ذبح کروانے کا کیا فائدہ؟ ایسے لوگوں کی کمی نہیں ہے جو دوسروں کو خوش فہمیوں میں مُبتلا کر کے، بے بنیاد حوصلہ اور ہمت بڑھا کر ایسے راستے پر ڈال دیتے ہیں جس کی منزل صرف تباہی ہوتی ہے۔

---

[87] مودودی، خلافت و ملوکیت، صفحہ 148

ایسے ہی ایک شخص فقیہِ خراسان ابراہیم بن میمون الصائغ تھے جنھوں نے مُجھ سے کہا کہ وہ میری بیعت کر کے عباسی بے انصافی کے خلاف بغاوت کرنے کو تیار ہیں۔ میں نے جواباً کہا، ''اگر میں بغاوت کروں گا تو بلاشبہ مارا جاؤں گا اور اس کا فائدہ کسی کو نہیں ہو گا۔ میں اپنے قتل میں خود قاتلوں کا شریک بن کر کئی دوسروں کے حوصلے پست کر دوں گا۔'' الصائغ نے میرا مشورہ قبول نہیں کیا۔ نتیجاً وہ خراسان ہی میں ابو مُسلم کے ہاتھوں مارے گئے۔ میں جانتا تھا کہ علوی حق پر ہیں لیکن جیت نہیں سکتے۔ اُن کے کئی ایسے حامی تھے جو اُنھیں جیتنے کے جھوٹے خواب دکھاتے تھے۔ میں جانتا تھا کہ یہ حامی زید بن علی زین العابدین کو اُن کے دادا اور پردادا کی طرح اکیلا چھوڑ کر مروا دیں گے۔ میں نے زید کو روکنے کی پوری کوشش کی لیکن جب میں نے دیکھا کہ وہ نہ رُکنے کا تہیہ کر چکے ہیں تو میں نے ایک خطیر رقم اُن کو بھجوا دی تاکہ اُنھیں یہ تسلی ہو جائے کہ میرا دل اُن کے ساتھ ہے۔

ظفر بن ہذیل۔

آپ اُنھیں کیسے جانتے تھے؟

امام ابو حنیفہ۔

وہ بہت بڑے عالم تھے۔ کوفہ کے لوگوں نے اُنھیں یقین دلا دیا تھا کہ اُنھیں لگ بھگ ایک لاکھ لوگوں کی حمایت حاصل ہے۔ پندرہ ہزار نے اُن کی بیعت بھی کر لی لیکن جب اموی لشکر بغاوت کو کُچلنے کے لیے شہر میں داخل ہوا تو صرف دو ہزار لوگوں نے زید کا ساتھ دیا۔ کچھ لوگوں نے کہا کہ وہ معرکے میں تیر لگنے سے ہلاک ہوئے لیکن دوسرے بتاتے تھے کہ اُن کو گرفتار کر کے یہیں کوفہ میں سولی پر چڑھایا گیا۔ تُم کہتے ہو کہ یہ ماضی کی باتیں ہیں لیکن ابھی تُمھارے سامنے حفص نے بتایا ہے کہ میرے اُستاد کے بیٹے اور دیگر علویوں کی لاشیں مدینہ کے متروکہ یہودی قبرستان میں پھینک دی گئی ہیں۔

ظفر بن ہذیل۔

ہمیں یہ تو سمجھ آتی ہے کہ حکمران باغی مسلمانوں کو کافر کہہ کر مسلمانوں کے قبرستانوں میں دفنانے نہیں دیتے لیکن یہ انھیں یہودی قبرستانوں میں کیوں پھنکواتے ہیں؟ ان کا یہودیوں سے کیا تعلق ہے؟

امام ابو حنیفہ۔

اس کی کئی وجوہات ہیں۔ پورے مشرق وسطیٰ میں جگہ جگہ یہودی رہتے تھے اور کئی طرح کے پیشہ ورانہ کام اور تجارت کرتے تھے۔ اپنی محنت اور کاروباری صلاحیتوں کے باعث ان کے پاس مال دولت اور جائدادیں بھی تھی۔ مدینہ سے یہودیوں کے نکالے جانے اور ان کی زمینوں جائدادوں پر قبضے کرنے کے بعد ایک سلسلہ پورے عرب و عجم میں چلا۔ لوگ جگہ جگہ یہودیوں کو قتل کرنے لگے اور ان کی زمینوں اور جائدادوں پر قبضے کرنے لگے۔ چونکہ فنی ماہر، تعلیم یافتہ لوگ اور تجارت پیشہ لوگ جنگ و جدال نہیں کر سکتے اس لیے یہودی لڑنے کے بجائے ہندوستان، یونان، استنبول،

مراکش، اندلس اور دوسرے ملکوں کی جانب بھاگنا شروع ہوگئے۔ مشرق وسطیٰ کے بیشتر علاقے یہودیوں سے خالی ہوتے گئے۔ اب عام لوگ متروکہ یہودی قبرستانوں کے قریب جانے سے ڈرتے ہیں کہ کہیں اُن پر یہودی ہونے یا یہودیوں کا ہمدرد ہونے کا الزام نہ لگ جائے۔ چنانچہ یہودی قبرستان حکمرانوں کے لیے باغیوں کی لاشیں پھینکنے کے لیے بہترین جگہیں ہیں، نہ کوئی مسلمان وہاں جائے گا اور نہ ہی لاشوں کو باہر لا کر اُن کے مقبرے بنائے گا۔ حکمران نہیں چاہتے کہ باغیوں کے مقبرے ہوں اور اُن کو تا قیامت عزت و تکریم ملتی رہے، جس طرح امام حُسینؓ اور کئی دوسرے شہیدوں کو مل رہی ہے۔

امام ابو حنیفہ خاموش ہو کر سر جُھکا دیتے ہیں۔ کچھ دیر بعد وہ سر اُٹھا کر تلخی سے کہتے ہیں:

عباسی دعوے کیا کرتے تھے کہ وہ علویوں پر بنو امیہ کے مظالم کے خلاف لڑ رہے ہیں لیکن اب وہ بھی امویوں کی طرح علویوں پر ظُلم کرتے ہی جا رہے ہیں۔

ظفر بن ہذیل۔

(منت کرتے ہوئے) یا امام! آپ کے تجربے کی روشنی میں کیا یہ کہنا درست نہیں ہے کہ اگر آپ علویوں کی حمایت میں عباسیوں پر تنقید جاری رکھیں گے تو ہم سب کو جیلوں میں بند کر کے طوق پہنا دیئے جائیں گے؟ اب جبکہ آپ کے اُستادِ محترم عبداللہ بن حسن جیل میں ہیں اور اُن کے بیٹے ہلاک کر دیئے گئے ہیں، کوئی علوی قیادت تو بچی ہی نہیں۔

امام ابو حنیفہ۔

(سوچتے ہوئے) تُم ٹھیک کہتے ہو لیکن میری عمر میں انسان اپنے ماضی کے سہارے جیتا ہے۔ میں ایک ایسے آدمی کی ملازمت نہیں کر سکتا جس نے میرے جاننے والے اور کئی بہت اچھے لوگ قتل کر دیئے۔ باون سال بنو اُمیہ کی بربریت دیکھ کر میں نے عباسیوں کی بیعت اس اُمید پر کی تھی کہ وہ امن و انصاف قائم کریں گے لیکن میرا اندازہ غلط نکلا۔

ظفر بن ہذیل۔

(پریشانی سے) لیکن اگر آپ عباسیوں کے حق میں کیے ہوئے اپنے حلف کو توڑیں گے تو آپ کی ساکھ کو نقصان پہنچے گا۔

امام ابو حنیفہ۔

مُجھ سے پہلے عباسیوں نے اپنے سارے وعدے توڑ ڈالے۔ میرا حلف اُتنا ہی مُقدس تھا جتنا اُن کے وعدے۔ حلف میں یہ نہیں لکھا تھا کہ میں اُن کی ملازمت بھی کروں گا۔

امام ابو حنیفہ اداسی سے سر جُھکا لیتے ہیں۔ پھر وہ سر اُٹھا کر کچھ بولنے ہی لگتے ہیں کہ ابوالعباس طوسی چار مُحافظوں کے

ساتھ تیزی سے چلتے ہوئے اندر آتا ہے۔ امام بیٹھے رہتے ہیں لیکن باقی سب پریشانی اور خوف سے کھڑے ہو جاتے ہیں۔

ابو العباس طوسی۔

(سرد مہری سے) سلام علیکم۔

امام ابو حنیفہ۔

وعلیکُم سلام۔

ابو العباس طوسی۔

(سختی سے امام ابو حنیفہ کو مُخاطب کرتے ہوئے) امیرالمومنین کو اطلاعات ملی ہیں کہ آپ نے خلافتِ عباسیہ اور اللہ تعالیٰ کی حاکمیت پر تنقید کا سلسلہ بند نہیں کیا ہے۔ آپ نے اُن کے لیے اس کے سوا کوئی چارہ نہیں چھوڑا کہ آپ کو مستقل جیل میں بند کر دیا جائے۔

امام ابو حنیفہ۔

(اُٹھ کر کھڑے ہوتے ہوئے) چلو۔ جیل اب میرا دوسرا گھر ہے۔ اُمویوں نے صرف ایک بار مُجھے جیل میں ڈال کر تشدد کیا تھا لیکن عباسیوں نے تو یہ بار بار کرنا شروع کر دیا ہے۔

ابو العباس طوسی۔

(طنزاً) بہت اچھا ہو گا اگر یہ آخری دفعہ ہو۔

حماد۔

(بے تابی سے آگے بڑھتے ہوئے) اس کا کیا مطلب ہے؟

ابوالعباس طوسی جواب دیئے بغیر امام ابو حنیفہ کا بازو پکڑ کر باہر چل دیتا ہے۔ دو مُحافظ اُن کے آگے اور دو اُن کے پیچھے چلتے ہیں۔

حفص بن عبدالرحمٰن اور حماد اُن کے پیچھے کمرے سے باہر چلے جاتے ہیں۔

ابو یوسف، محمد بن حَسن اور ظفر بن ہذیل کمرے میں رہ جاتے ہیں۔

ظفر بن ہذیل۔

(اُداسی سے) میں امام کو گلے مل کر رُخصت کرنا چاہتا تھا لیکن میں نے سوچا کہ اس سے اُن کا حوصلہ کمزور پڑ جائے گا۔ مُجھے اُمید ہے کہ وہ واپس آئیں گے۔

ابو یوسف۔

وہ واپس آئیں گے۔ جب بھی وہ گرفتار ہوتے ہیں، ہفتے دس دن میں واپس آ جاتے ہیں۔ اب تو یہ معمول بن چکا ہے۔

محمد بن حسن۔

(افسوس کے ساتھ) ہو سکتا ہے کہ اس دفعہ واپس نہ بھیجیں۔

ابو یوسف۔

نہیں، ایسا نہیں ہو سکتا۔ امام کو قید میں رکھ کے منصور کو کیا ملے گا؟

محمد بن حسن۔

اُن کا خط پڑھ کے دیکھتے ہیں۔ شاید اس میں کوئی ایسی معلومات لکھی ہوں جن سے کوئی اندازہ ہو سکے۔

ابو یوسف۔

خط سے یہ پتہ تو نہیں چل سکتا کہ منصور اُن کے ساتھ کیا کرے گا۔

محمد بن حسن۔

یہ تو وقت ہی بتائے گا۔ چلو خط پڑھ کے دیکھتے ہیں۔

ظفر بن ہذیل اپنی جیب سے خط نکال کر کھول کے پڑھنا شروع کرتا ہے۔

ظفر بن ہذیل۔

میرے عزیز طلباء،

منصور کوشش کرے گا کہ تُم میں سے چند اور کو خلافت میں قاضی تعینات کرے۔ میرے خلافت میں منصب نہ لینے کی میری اپنی وجوہات تھیں لیکن یہ تُم پر لاگو نہیں ہوتیں۔ تُم میرے بہترین طُلباء ہو اور تُمہارا فرض ہے کہ اپنے آپ کو زندہ رکھ کر علم کی روشنی پھیلانے کی روایت کو جاری رکھو۔ مدرسہ، علم اور تعلیم و تدریس کا جو طریقہء کار ہم نے اس مدرسے میں وضع کیا تھا، اگر اِن کو بچانے کا کوئی اور راستہ نہیں ہے تو تُم خلافت میں ملازمتیں لینے میں آزاد ہو۔ میری دُعائیں تُمہارے ساتھ ہوں گی۔

میری درج ذیل نصیحتیں یاد رکھنا اور ان کو کم عمر شاگردوں کے سامنے بھی پڑھ دینا۔

ظفر صفحہ پلٹ کر دوسری طرف لکھی ہوئی تحریر پڑھتا ہے۔

سب کے ساتھ حَسن سلوک سے پیش آؤ کیونکہ اس کے بغیر والدین بھی آپ کے خلاف ہو سکتے ہیں۔ اچھا برتاؤ کرنے سے اجنبی بھی دوست بن سکتے ہیں۔

گُناہوں سے بچو، جہنم کے خوف یا جنت کے لالچ میں نہیں بلکہ اس لیے کہ گُناہ اچھے سلوک کے برعکس ہوتے ہیں۔

اگر دوسروں کی بات کی تردید کرنی پڑے تو مغرورانہ یا بڑائی دکھانے کے انداز میں نہ کرو کیونکہ اگر تُم اپنے علم و فن کی نمائش میں تکبر ظاہر کرو گے تو تُمہارے مُخالف تُمہارے خلاف سازشیں کریں گے۔

اگر کسی نظریے یا عقیدے کی مُخالفت کرنی پڑے تو جھگڑا کرنے والے انداز میں نہ کرو ورنہ تُمہارے مُخالف اپنے

عقیدوں میں مزید پکے ہو کر اپنے موقف کا مزید دفاع کریں گے۔

اگر کوئی متنازعہ رائے پیش کرو تو اُسے اپنی رائے بتا کر نہ پیش کرو، ایسا نہ ہو کہ یہ تُمہارے اور مخالفین کے درمیان ایک دیوار بن جائے۔

بااثر لوگوں کا احترام کرو اور حاکموں کی طاقت کو کمتر مت سمجھو۔

عمر میں اپنے سے چھوٹے اور درجے میں اپنے سے کم لوگوں سے شفقت سے پیش آؤ۔

گُناہ گاروں سے بھی شفقت کا برتاؤ کرؤ۔

لوگوں کو وہ کام کرنے کا مشورہ نہ دو جو اُن کی اہلیت، وسائل یا قوت سے باہر ہو۔

ہر کسی کو اُس کی سمجھ کے درجے کے مطابق تعلیم دو اور نئے شاگردوں کو واضح اور سہل الفہم سبق دو۔

کسی کی توہین نہ کرو۔

اپنے ایسے راز اور کمزوریاں افشا نہ کرو جو تُم پر الزام تراشی کی صورت میں واپس تُمہارے سامنے آئیں۔

کمینے سے دوستی مت کرو اور آزمائش کے بغیر بھروسہ نہ کرو۔

جن چیزوں کو عام عوام بُرا سمجھتی ہے اُن میں حصہ نہ لو۔

غیبت میں شمولیت نہ کرو اور احمقوں سے بے تکلفی اختیار نہ کرو۔

اچھے کپڑے پہنو، خوشبو استعمال کرو اور جو تُم سے ملنے آئیں اُن کی خاطر تواضع کرو۔ کُچھ ایسے دوست بناؤ جو تمہیں بتائیں کہ دوسرے تُمہارے بارے میں کیا کہتے ہیں تا کہ اُن کی دی ہوئی معلومات کی روشنی میں تُم اپنے آپ کو بہتر بناتے رہو۔

کسی کو دھوکا نہ دو، حتیٰ کے غدار کو بھی دھوکا نہ دو۔

بے ایمان سے بھی ایمانداری برتو اور جن کا مذہب تُم سے مُختلف ہے اُن سے شفقت کا برتاؤ کرو۔ (88)

سترہویں ایکٹ کا اختتام

---

[88] ابو زہرہ، *حیاتِ امام ابو حنیفہ*، صفحات 333-335

اٹھارہواں ایکٹ: مرنے کے بعد بھی

اٹھارہویں ایکٹ کے کردار، جو پہلے بیان کیے گئے:

خلیفہ منصور۔

عبالصمد بن علی، منصور کا چچا۔

امام ابو حنیفہ۔

الربیع بن یونس۔

ابوالعباس طوسی۔

قاضی ابن ابی لیلیٰ۔

غُلام۔

اٹھارہویں ایکٹ کا منظر:
خلیفہ منصور کے محل میں ایک ذاتی کمرہ۔ کئی قیمتی فارسی قالین فرش پر ایک دوسرے کے اوپر بے ترتیبی سے پڑے ہوئے ہیں۔ چار پوستین چڑھے ہوئے منقش دیوان دائیں ہاتھ والی دیوار اور چار بائیں ہاتھ والی دیوار کے ساتھ رکھے ہوئے ہیں۔

اٹھارہواں ایکٹ

خلیفہ منصور کے محل میں ایک ذاتی کمرہ۔

دور

تقریباً 767 عیسوی

خلیفہ منصور اور قاضی ابن ابی لیلیٰ دیوانوں پر آمنے سامنے بیٹھے ہیں۔ غُلام دروازے کے ساتھ کھڑا ہے۔ ابوالعباس طوسی کمرے میں داخل ہوتا ہے۔

ابوالعباس طوسی۔

امیرالمومنین، میں ابو حنیفہ کو لے آیا ہوں۔ وہ باہر والی بیٹھک میں انتظار کر رہا ہے۔

خلیفہ منصور۔

اب اُس کا موقف کیا ہے؟

ابوالعباس طوسی۔

جناب ہم نے آپ کی ہدایات پر پورا عمل کیا اور اُس کو ہر روز کوڑے مارنے کے دوران پوچھتے رہے کہ قاضی القضاۃ کا عہدہ قبول کرو گے یا نہیں۔ وہ کہتا رہا، ''میں اس عہدے کے قابل نہیں ہوں۔'' اُسے مجموعاً ایک سو دس کوڑے مارے گئے ہیں جو ایک بوڑھے کے لیے بہت زیادہ ہیں۔ جب وہ کوڑے کھا کر واپس کمرے میں جاتا ہے تو نفل پڑھتا ہے۔ اُسے یہ کہتے ہوئے سُنا گیا ہے، ''اے اللہ! تو قادرِ مطلق ہے، اپنی عظیم طاقت سے مجھے بچا۔''

خلیفہ منصور۔

کیا وہ کبھی روتا ہے؟

ابوالعباس طوسی۔

جناب، ایک بار جب اُسے بتایا گیا کہ اُس کی ماں اُس کے لیے روتی ہے تو وہ رو پڑا تھا۔

خلیفہ منصور۔

اس کا مطلب ہے کہ اب اُس کی ہمت جواب دے گئی ہے۔ اُسے اندر لاؤ۔

ابوالعباس طوسی باہر جاتا ہے اور امام ابو حنیفہ کو لے کر اندر آتا ہے۔ امام ابو حنیفہ بہت لاغر اور ضعیف نظر آتے ہیں۔ اُن کا چہرہ پیلا زرد ہے اور وہ نقاہت کی وجہ سے چلتے ہوئے لڑکھڑاتے ہیں۔ اُنہوں نے اپنے معمول کے مطابق جُبہ اور دستار پہن رکھی ہے لیکن یہ صاف نہیں ہیں اور جُبے پر جگہ جگہ شکنیں پڑی ہوئی ہیں۔ جُبہ کچھ جگہوں سے پھٹا ہوا بھی ہے۔ منصور امام ابو حنیفہ اور ابوالعباس طوسی کو بیٹھنے کا اشارہ کرتا ہے۔ وہ دونوں قاضی ابن ابی لیلیٰ کے ساتھ منصور کے سامنے بیٹھ جاتے ہیں۔ قاضی ابن ابی لیلیٰ خجالت سے ایک بار امام ابو حنیفہ کو دیکھتا ہے لیکن جلدی سے نظریں جُھکا لیتا ہے اور دوبارہ اُنہیں نہیں دیکھتا۔

خلیفہ منصور۔

(امام ابو حنیفہ کو مُخاطب کرتے ہوئے) اب تو تُمہارے حواس ٹھکانے آ گئے ہوں گے۔ کیا تُمہیں یقین آیا کہ اللہ تُمہارے اور علویوں کے ساتھ نہیں بلکہ میرے ساتھ ہے؟ اگر ایسا نہ ہوتا تو نفس ذکیہ اور ابراہیم مارے نہ جاتے اور تُم جیل میں ذلت نہ اُٹھا رہے ہوتے۔ کیا یہ قرُآن میں نہیں لکھا ہوا، ''تو جسے چاہتا ہے عزت دیتا ہے اور جسے چاہتا ہے ذلت دیتا ہے؟''

(نرم لہجے میں نصیحت کرتے ہوئے) میں اب بھی تُمہیں کہتا ہوں، اللہ تعالیٰ کی نافرمانی چھوڑ دو تو وہ تُمہیں بھی اُسی طرح اپنی نعمتوں سے نوازے گا جس طرح مجھے نوازا ہے۔ اللہ کی جانب لوٹ آؤ اور یہ شیطانی ضد بازی چھوڑ دو۔

امام ابو حنیفہ سر جُھکائے خاموش بیٹھے رہتے ہیں۔

خلیفہ منصور۔

کیا کہتے ہو؟ عہدہ لینے پر راضی ہو؟ (شفقت سے بولتے ہوئے) میں کہتا ہوں کہ ماضی کو بھول جاؤ۔ میں تُمہیں یقین دلاتا ہوں کہ اب سے میں تُمہارے ساتھ بہت اچھا سلوک کروں گا۔ جن سے اللہ خوش ہو وہ اُنہیں ذلت کی زندگی کی طرف نہیں لے جاتا۔ کیا ہم روز نماز میں دُعا نہیں مانگتے، ''اے اللہ ہمیں اُس سیدھے راستے پر چلنے کی ہدایت دے جو تیری نعمتیں پانے والوں کا راستہ ہے نہ کہ اُن کا جن پر تو نے اپنا غضب نازل کیا؟''

امام ابو حنیفہ۔

(الفاظ پر زور دیتے ہوئے) دُنیاوی کامیابی خُدا کی خوشنودی کا ثبوت نہیں ہے اور دُنیاوی ذلت خُدا کی ناراضگی کا ثبوت نہیں ہے۔ حضرت عیسیٰ علیہ السلام دُنیا میں سب سے زیادہ ذلت و تشدد برداشت کر کے سولی پر چڑھائے جانے والوں میں شامل ہیں لیکن خُدا اُن سے خوش تھا۔ (نصیحت کرتے ہوئے) خُدا کا خوف کرو اور اپنے اعمال کو خُدا کی مرضی نہ کہو۔ میرے دل میں بھی خوفِ خُدا کی کمی ہے کیونکہ جب تُم مُجھ سے اچھا برتاؤ کرتے ہو تب بھی میں تُم سے ڈرتا ہوں۔ اگر میں تُمہارا قاضی بن گیا تو میں تُمہارے غُصے کے خوف سے انصاف نہیں کر سکوں گا۔ تُمہارے چہیتے لوگ قضاۃ سے اپنی مرضی کے فیصلے لکھواتے ہیں لیکن میں یہ نہیں کر سکوں گا۔

خلیفہ منصور۔

(چلاتے ہوئے) تُم جھوٹ بول رہے ہو۔ تُم یہ کر سکتے ہو۔ تُم میں اتنی زبردست قابلیت ہے کہ تُم ہر فیصلے کے حق میں دلیلیں دے سکتے ہو۔ امام مالک نے ویسے ہی نہیں کہا تھا کہ تُم پتھر کے ستونوں کو لکڑی کے بنے ہوئے ثابت کر سکتے ہو۔

امام ابو حنیفہ۔

اب آپ نے خود فیصلہ دے دیا ہے، جھوٹا آدمی قاضی نہیں بن سکتا۔

خلیفہ منصور۔

(ضدی انداز میں) اب تُم جو مرضی کہتے رہو، تُمہاری تقدیر میرے ہاتھ میں ہے۔ میرا تُمہارا ذاتی مُقابلہ ہے جس میں ایک ضرور ہارے گا اور میں آج تک ہارا نہیں۔ آج میں قسم کھاتا ہوں کہ تُم میرے قاضی القضاۃ کے طور پر جانے جاؤ گے۔

امام ابو حنیفہ۔

(اعتماد کے ساتھ) اور میں قسم کھاتا ہوں کہ ایسا نہیں ہوگا۔ میں تُمہارا قاضی بننے کے بجائے دریائے فرات میں ڈوب مرنا پسند کروں گا۔

ابوالعباس طوسی۔

(امام ابو حنیفہ کو مُخاطب کرتے ہوئے) یا امام، آپ دیکھتے نہیں کہ امیرالمومنین نے قسم کھا لی ہے؟ کیا آپ چاہتے ہیں کہ وہ قسم توڑ کر گُناہ گار ہو جائیں؟

امام ابو حنیفہ۔

خیرات دے کر کفارہ ادا کیا جا سکتا ہے۔ امیر کے پاس کفارہ ادا کرنے کے لیے بہت مال ہے۔

خلیفہ منصور۔

(امام ابو حنیفہ کو مُخاطب کرتے ہوئے) کیا تُم یہ نہیں مانتے کہ میں امیرالمومنین بننے کا حقدار ہوں اور مسلمانوں پر میری اطاعت لازم ہے؟

امام ابو حنیفہ۔

جب آپ شریعت کے مطابق کوئی رائے طلب کرتے ہیں تو آپ کو اُسے قبول کرنا چاہیئے چاہے وہ آپ کی خواہشوں کے خلاف ہی کیوں نہ ہو۔ حقیقت یہ ہے کہ آپ شریعت کی رائے سچائی کو جاننے اور خُدا کی خوشنودی حاصل کرنے کے لیے نہیں مانگتے بلکہ صرف اس لیے کہ لوگوں کو بتا سکیں کہ آپ کو عُلما کی حمایت حاصل ہے۔ آپ کو زرا احساس نہیں ہوتا کہ آپ کے قاضی اور درباری صرف خوف کی وجہ سے آپ کی حمایت کرتے ہیں۔

خلیفہ منصور۔

میں تُمہاری سچی رائے جاننا چاہتا ہوں۔

امام ابو حنیفہ۔

جائز حکمرانی میں لوگوں کو احتجاج کا حق حاصل ہوتا ہے۔ جائز حکمرانی کے لیے لوگوں کی حمایت حکمران بننے سے پہلے حاصل کرنا ضروری ہے نہ کہ بعد میں۔ جس طریقے سے آپ نے حکمرانی حاصل کی ہے اُسے کوئی بھی حقیقی عالم جائز قرار نہیں دے گا۔ (89)

خلیفہ منصور۔

(ابوالعباس طوسی کو مُخاطب کرتے ہوئے) اس کو جیل میں واپس لے جاؤ۔ (ڈانتے ہوئے) کیا تُم قیدیوں کو پورا کھانا بھی نہیں دیتے؟ دیکھو ابو حنیفہ کا وزن کتنا کم ہو گیا ہے۔
(غُلام کو مُخاطب کرتے ہوئے) جانے سے پہلے ابو حنیفہ کو مطعم میں بہترین کھانا دو۔ یہ بھوکا لگ رہا ہے۔ سمجھتے ہو؟ سب سے اچھا کھانا دو اور سزا کے طور پر ابوالعباس کو کھانا بالکل نہیں دینا۔ کیا کہا میں نے؟

---

[89] مودودی، *خلافت و ملوکیت*، صفحات 250-249؛ ابو زہرہ، *حیاتِ امام ابو حنیفہ*، صفحہ 299

غُلام۔

جی حضور۔ سب سے اچھا کھانا کھلانا ہے۔ ابوالعباس کو کھانا نہیں دینا۔

ابوالعباس طوسی اور امام ابو حنیفہ اُٹھ کر غُلام کے پیچھے چلتے ہوئے باہر نکل جاتے ہیں۔

منصور کچھ دیر خاموش بیٹھا رہتا ہے۔

خلیفہ منصور۔

(قاضی ابن ابی لیلیٰ کو مُخاطب کرتے ہوئے) اب مُجھے یقین ہو گیا ہے کہ ابو حنیفہ علویوں کے ساتھ ہے۔ امام مالک بھی کبھی کبھی گُمراہ ہو جاتا ہے۔ پچھلے دنوں وہ اپنی ہدایات بھول گیا اور لوگوں کو کہتا پھرا کہ مُتعہ حرام ہے۔ وہ اپنے آپ کو حدیثوں کا ماہر کہتا ہے لیکن اُسے پتہ ہی نہیں کہ رسول اللہ ﷺ نے ایک بار قبیلہ بنو غفار کی ایک عورت عالیہ نامی سے شادی کی لیکن اگلے دن طلاق دے کر رُخصت کر دیا (90)۔ کیا یہ مُتعہ نہیں تھا؟

قاضی ابن ابی لیلیٰ۔

امیرالمومنین، رسول اللہ ﷺ کی نیت مُتعہ کی نہیں تھی۔ حدیث شریف میں لکھا ہے کہ شادی کے بعد اُنہیں معلوم ہوا کہ عالیہ کو چھوت کی ایک بیماری ہے۔ اس لیے وہ عالیہ کو نہیں رکھ سکے اور عزت و احترام سے واپس اُس کے باپ کے گھر بھیج دیا۔ چونکہ رسول اللہ ﷺ کی زندگی ہمارے لیے مشعل راہ ہے، اس شادی سے اللہ تعالیٰ ہمیں یہ سبق دینا چاہتے تھے کہ اگر وظیفہ ء زوجیت ادا کیے بغیر طلاق ہو تب بھی حق مہر ادا کرنا لازم ہے۔

خلیفہ منصور۔

میرے پاس حق مہر کی کوئی کمی نہیں ہے۔ کیا مالک غلط نہیں کہتا کہ متعہ حرام ہے؟

قاضی ابن ابی لیلیٰ۔

امیرالمومنین، رسول اللہ ﷺ نے چند مواقع پر مُتعہ کی اجازت دی تھی۔ مثلاً معرکہ اوطاس میں انہوں نے تین ایام کے لیے اس کی اجازت دی لیکن بعد میں اس کو حرام کر دیا (91)۔

حضرت عائشہؓ سے مروی ہے کہ آپ ﷺ نے ایک دفعہ ایک عورت عمرہ بنت جون سے شادی کی لیکن چند روز کے بعد طلاق دے دی۔ اُس کا حق مہر تین جوڑے کپڑے تھے جو آپ نے اُسے دے دیئے (92)۔

---

90 عسقلانی، *بلوغ المرام*، صفحات 324-329

91 عسقلانی، *بلوغ المرام*، صفحات 324-329

92 عسقلانی، *بلوغ المرام*، صفحات 338, 350

خلیفہ منصور۔

مُجھے اس کے پورے حوالے چاہیئں۔ میں یہ اپنی بیویوں کو بتانا چاہتا ہوں جو میری شادیوں پر اعتراضات اُٹھاتی ہیں۔

قاضی ابن ابی لیلیٰ۔

جناب، اس حدیث کی ابوالسید سعدی نے تصدیق کی ہے لیکن راویوں کے سلسلے میں ایک راوی کا سُراغ نہیں ملتا۔

خلیفہ منصور۔

بیشتر احادیث اسی نوعیت کی ہوتی ہیں۔ مُجھے چند اور مصدقہ حدیثیں بتائیں۔

قاضی ابن ابی لیلیٰ۔

حضرت علیؓ بن ابوطالب سے مروی ہے کہ رسول اللہ ﷺ نے خیبر کی فتح کے دن پالتو گدھے کا گوشت کھانا اور متعہ کرنا حرام کر دیا تھا (93)۔

خلیفہ منصور۔

کیا آپ یہ کہہ رہے ہیں کہ رسول اللہ ﷺ نے کچھ دفعہ متعہ کی اجازت دی اور کچھ دفعہ اس کی اجازت نہیں دی؟

قاضی ابن ابی لیلیٰ۔

جی حضور۔

خلیفہ منصور۔

پھر تو مسئلہ ہی ختم ہو گیا۔ اس کا مطلب یہ ہوا کہ میں ان دو احکامات میں سے جس کو چاہے اختیار کر سکتا ہوں۔ میں متعہ کو اختیار کرنا چاہتا ہوں اور میں نے امام مالک کو ہدایات جاری کی تھیں کہ اس کے برعکس تبلیغ نہ کرے لیکن وہ بھول گیا اور حکم عدولی کر بیٹھا۔ پھر میں نے اُسے ایک اور ہدایت بھی بھیجی تھی کہ ایک خاص حدیث لوگوں کو نہ سُنائے جس میں لکھا ہے کہ جبری شادی میں طلاق کی ضرورت نہیں ہوتی، لوگ اس سے یہ مطلب اخذ کر رہے تھے کہ وہ میری بیعت کے پابند نہیں ہیں کیونکہ یہ جبری بیعت تھی۔۔

قاضی ابن ابی لیلیٰ۔

امام مالک کو یہ حدیث ہرگز نہیں سُنانی چاہیئے تھی۔

خلیفہ منصور۔

لیکن اُس نے سُنا دی۔ میں نے ایک عورت کو اُس کے پاس بھیجا تا کہ دیکھوں کہ وہ یہ حدیث سُنائے گا یا نہیں۔

---

93 عسقلانی، *بلوغ المرام*، صفحات 329-324

عورت نے اُس سے فریاد کی کہ اُس کی جبری شادی ہوئی ہے اور اُسے طلاق چاہیئے۔ مالک میرا حکم بھول گیا اور اُس عورت کو کہا کہ جبری شادی میں طلاق کی ضرورت نہیں ہوتی۔ میرے حکم پر والیء مدینہ جعفر بن سُلیمان نے مالک کو لوگوں کے سامنے (حقارت سے) ننگا کر کے کوڑے مارے۔ اُس کے بازو کو شکنجے میں جکڑ کر کھینچا اور کندھے کا جوڑ ہلا دیا۔ (ہنستے ہوئے) مالک نے معافی مانگی اور توبہ کی کہ آئندہ یہ حدیث نہیں سُنائے گا۔ اپنے علم و فضل پر اُس کا سارا غرور ہوا ہو گیا۔

قاضی ابن ابی لیلیٰ۔

(حیران ہوتے ہوئے) لیکن جناب میں نے تو سُنا تھا کہ امام مالک کو آپ کے علم کے بغیر سزائیں دی گئی تھیں اور جب آپ کو اِس کا علم ہوا تو آپ نے جلاد کو باندھ کر عراق لائے جانے کا حکم دیا اور پھر آپ نے اُس کی بے عزتی کروا کو اُسے جیل میں ڈالا۔ (94)

خلیفہ منصور۔

(قہقہہ لگاتے ہوئے) آپ نے جو سُنا وہ بھی سچ ہے۔ دراصل میں مالک کو دو راستے دکھانا چاہتا تھا۔ ایک راستہ موت بذریعہ تشدد کی طرف جاتا ہے اور دوسرا اُسے میرا مقربِ خاص بناتا ہے۔ جعفر بن سُلیمان میرے طریقہء کار کو اچھی طرح جانتا ہے۔ چناچہ بطور والیء مدینہ اُس نے جلاد کو مالک پر تشدد کا حکم دیا۔ پھر بطورِ خلیفہ میں نے جلاد کو سزا دینے کا حکم بھیج دیا۔ مالک کا انتقام لے کر میں اُسے اپنا طرف دار بنانا چاہتا تھا۔ چناچہ ایسا ہی ہوا اور مالک کو بات سمجھ میں آ گئی۔ چونکہ لوگوں کی اکثریت ان اماموں کی گرویدہ ہے اور ان کی ہدایات پر عمل کرتی ہے، لہذا اماموں کو اپنے ساتھ رکھنا ضروری ہے۔

ابوالعباس طوسی اور الربیع بھاگتے ہوئے کمرے میں آتے ہیں۔ اُن کے سانس چڑھے ہوئے ہیں۔

ابوالعباس طوسی۔

(سانس پر قابو پانے کی کوشش کرتے ہوئے) جناب، ابو حنیفہ اچانک فوت ہو گیا ہے۔

خلیفہ منصور۔

(افسوس کے ساتھ) انا للہ و انا علیہ راجعون۔

قاضی ابن ابی لیلیٰ۔

---

94 حوالہ جات میں دیکھیے: Abu Zahra, *The Four Imams*, p. 22-27؛

مودودی، *خلافت و ملوکیت*، صفحات 274-269

(سر جھُکاتے ہوئے) انا للہ و انا علیہ راجعون۔

خلیفہ منصور۔

کس جگہ فوت ہوا؟

ابوالعباس طوسی۔

وہ کھانا کھا کر میرے ساتھ محل کے پھاٹک تک پہنچا ہی تھا کہ گر کر فوت ہو گیا۔ اُس کے مُنہ سے جھاگ نکل رہی تھی۔ (پریشانی سے) آپ کے غُلام نے جو کھانا اُسے دیا تھا۔۔۔

خلیفہ منصور۔

(غُصے سے چلاتے ہوئے) بے وقوف! مُنہ بند رکھو اور فوراً واپس جیل خانے پہنچ جاؤ۔ کوئی پوچھے تو تُمہارے مُنہ سے صرف یہ نکلنا چاہیئے کہ تُم ابو حنیفہ کو زندہ سلامت محل میں چھوڑ کر واپس آ گئے تھے۔ اگر کوئی اور بات لوگوں تک پہنچ گئی تو اُس کی موت تُمہاری تحویل میں ہونے کے جرم میں ہمیں تُمہیں سزائے موت دینا پڑے گی۔

ابوالعباس طوسی جلدی سے کمرے سے باہر چلا جاتا ہے۔

خلیفہ منصور۔

(الربیع کو مُخاطب کرتے ہوئے) لاش کہاں ہے؟

الربیع۔

جناب میں نے لاش فوراً اُٹھوا کر محل کے اندر خُفیہ کمروں میں پہنچوا دی تھی تا کہ آپ سے ہدایات طلب کروں۔

خلیفہ منصور۔

بہت اچھا کیا۔ اب نہلا دُھلا کر بہترین کپڑے پہنا کر عزت و احترام سے ہمارے گھُڑ سواروں کے ہمراہ اُن کو اُن کے گھر لے جاؤ۔ اعلان کرواؤ کے امام ابو حنیفہ نے قاضی القضاۃ کا عہدہ قبول کر لیا تھا۔ امیرالمومنین کا شکریہ ادا کیا لیکن گھر جاتے ہوئے دل کا دورہ پڑنے سے فوت ہو گئے۔ ساتھ ہی یہ اعلان بھی کرواؤ کہ اُن کا جنازہ بغداد کی مسجدِ خلافت میں ہو گا جس میں امیرالمومنین، خلافت کے سارے چھوٹے بڑے اہلکار، وزیر، مشیر، قاضی اور معتمدین و معززین شرکت کریں گے۔

(غور کرتے ہوئے) میری طرف سے ایک ذاتی بیان بھی جاری کرو کہ مُجھے عراق کے عظیم ترین عالم، فقیہ مشرق اور بغداد کی تعمیر کے نگرانِ عالیٰ کی اچانک وفات سے سخت صدمہ ہوا ہے۔ میری جانب سے امام کے اہلِ خانہ اور فاضل شاگردوں کے نام تعزیتی خطوط بھی جاری کرواؤ۔

الربیع۔

دفنانے کی جگہ اور کفن دفن کے انتظامات ہماری جانب سے ہوں گے یا اُن کے مدرسے والوں پر چھوڑ دیں؟

خلیفہ منصور۔

یہ سب ہماری طرف سے تمہیں کرنا ہے۔ اس کے لیے جتنے خدمت گار چاہیئں محل سے لے جاؤ۔ امام کو میری قبر کے لیے رکھی گئی جگہ کے ساتھ دفن کرنا ہے۔ اس کے لیے ایک کُتبہ تیار کرواؤ جس پر لکھا ہو گا، ''مشرق کا عظیم ترین فقیہ اور شہر بغداد کے منصوبے اور تعمیر کا نگرانِ اعلیٰ۔'' یہ سب جلدی جلدی افواہوں کے پھیلنے سے پہلے کرنا ہے۔

الربیع تیزی سے چلتا ہوا کمرے سے باہر نکل جاتا ہے۔

خلیفہ منصور۔

(قاضی ابن ابی لیلیٰ کو مُخاطب کرتے ہوئے) کیا میں نے کوئی خلافِ شریعت کام کیا ہے؟

قاضی ابن ابی لیلیٰ۔

نہیں جناب۔ آپ نے امام کی قبر کے لیے بہترین جگہ کا انتخاب کیا ہے۔ اس سے فقہ اور شریعت کی تشکیل کرنے اور اسلام کو پھیلانے میں اُن کی خدمات تسلیم ہوں گی۔ اُن کے مقبرے پر آنے والے لوگ آپ کے لیے بھی دُعائے خیر کیا کریں گے۔ اگر انجام اچھا ہو تو زرائع جیسے بھی استعمال کیے جائیں اُن سے فرق نہیں پڑتا۔

عبدالصمد بن علی غم و غُصے کی حالت میں دوڑتا ہوا اندر آتا ہے۔ اُس کا سانس چڑھا ہوا ہے۔

عبدالصمد بن علی۔

(ہانپتے ہوئے قاضی ابن ابی لیلیٰ کو مُخاطب کرتے ہوئے) مُجھے اپنے بھتیجے کے ساتھ ذاتی بات کرنی ہے۔

قاضی ابن ابی لیلیٰ اُٹھ کر باہر چلا جاتا ہے۔

عبدالصمد بن علی۔

(غُصے سے منصور کو مُخاطب کرتے ہوئے) مار دیا نا آخر! عام لوگ تو عام ہی تھے، اب بوڑھے فقیہ اور عالم بھی تُمہارے ہاتھوں سے محفوظ نہیں رہے۔ تُم ہمیشہ جیتنا چاہتے ہو لیکن اس بار تُم ہار گئے ہو۔

خلیفہ منصور۔

(جزبز ہوتے ہوئے) چچا مُجھ سے اسطرح بات نہ کرو۔ میں سخت صدمے کی حالت میں ہوں۔ مُجھ سے زیادہ کوئی اُسے زندہ نہیں دیکھنا چاہتا تھا۔

عبدالصمد بن علی منصور کے سامنے دیوان پر بیٹھ کر اپنا سانس بحال کرتے ہوئے بولتا ہے۔

عبدالصمد بن علی۔

(طنزاً) واقعی؟ کیا اسی لیے اُس کو جیل میں ڈال کر تشدد کروایا تھا؟ بوڑھے ضعیف پر بھی ترس نہیں آیا تُمہیں؟ کیا اُس کو نظرانداز نہیں کر سکتے تھے تُم؟

خلیفہ منصور۔

(اکڑتے ہوئے) چچا اُس کی موت کے اصل ذمہ دار تُم ہو۔ تُم نے ہی مُجھے اس راستے پر ڈالا تھا کہ اُس کو قاضی القضاۃ بناؤ۔ میں تو کسی فارسی فقیہ کو قاضی بنانا ہی نہیں چاہتا تھا۔ (طنزاً) تُمہارے ہی مشورے پر میں نے اُسے بیت الخلیفہ میں بُلایا تھا۔

عبدالصمد بن علی۔

(غُصے سے چلاتے ہوئے) میں نے یہ تو نہیں کہا تھا کہ اُس کو مار مار کر قاضی بناؤ۔

خلیفہ منصور۔

تُم نے مُجھے کہا تھا کہ اُسے عزت و احترام سے قائل کرو لیکن عزت اُسے راس نہیں آئی۔ اُس نے سونا چاندی اور عورت، کچھ بھی قبول نہیں کیا۔ اگر وہ عہدہ قبول کر کے ایک دن بعد استعفےٰ دے کر چلا جاتا تب بھی میری قسم پوری ہو جاتی لیکن اُس نے یہ بھی کرنا گوارہ نہ کیا۔ کم از کم میری پیشکش کی لاج ہی رکھ لیتا۔

عبدالصمد بن علی۔

وہ دھوکے باز نہیں تھا۔ کم از کم اتنا تو تُم سمجھ جاتے۔

منصور سر جُھکا کر سوچتا ہے۔

خلیفہ منصور۔

(نرمی سے) میں دل سے اُسے پسند کرتا تھا اور اُس کی بے باکی کا مداح تھا لیکن اُس نے مُجھے ہرانے کی قسم کھا لی تھی۔ تُم جانتے ہو کہ میں کبھی ہار نہیں مانتا۔ چناچہ میں نے حُکم دیا ہے کہ اُس کی قبر میری قبر کی جگہ کے ساتھ بنائی جائے۔ میں موت میں اُس کو وہ اعزاز دوں گا جو زندگی میں اُس نے میرے ہاتھوں سے لینے سے انکار کر دیا۔

عبدالصمد بن علی۔

پھر تو تُم واقعی ہار گئے ہو بھتیجے! اُس کی قبر کا تُمہاری قبر کے ساتھ بننا ناممکن ہے۔

منصور ششدر ہو کر عبدالصمد کو دیکھتا ہے۔

خلیفہ منصور۔

ناممکن کیوں ہے؟

عبدالصمد بن علی۔

(طنزاً) لگتا ہے کہ تُمہارے جاسوس اور مُخبر تمہیں صرف آدھی خبریں سُناتے ہیں۔ پچھلے ہفتے ابو حنیفہ نے اپنا وصیت نامہ مدرسے بھجوایا تھا جس کی نقول کوفہ اور بصرہ تک اُس کے کم از کم پچاس ہزار مداحوں کے پاس پہنچ چکی ہیں۔ وصیت نامے میں لکھا ہے، ''مُجھے کسی ایسی زمین میں دفن نہ کیا جائے جو دوسروں سے چھینی گئی ہو۔'' اب ایک

لاکھ کے قریب لوگ اُس کے گھر کی طرف چل پڑیں گے اور اُسے اُس کی مسجد اور مدرسے کے علاوہ کہیں دفن نہیں ہونے دیں گے۔ اب کیا تُم ایک لاش حاصل کرنے کے لیے اتنے لوگوں سے لڑو گے؟ اور اگر تُم نے یہ جنگ شروع کی تو تمہارے ناٹک کا پول کُھل جائے گا کہ وہ قاضی القضاۃ کا عہدہ قبول کرنے کے بعد دل کا دورہ پڑنے سے مرا۔

خلیفہ منصور۔

(حیران ہوتے ہوئے) مسجدِ خلافت جیسی شاندار جگہ میں دفن ہونے میں کیا بُرائی ہے؟

عبدالصمد بن علی۔

جس زمین پر مسجدِ خلافت تعمیر ہوئی ہے وہ مُقامی یہودیوں سے چھینی گئی تھی۔ ابو حنیفہ کے مُرید کبھی بھی اُسے چھینی ہوئی زمین میں دفن نہیں ہونے دیں گے۔

خلیفہ منصور۔

(لاپرواہی سے) ہم کوئی ایسی شاندار جگہ ڈھونڈیں گے جو اُس کی وصیت کے مُطابق ہو۔ میں اپنی قبر کی جگہ بھی وہاں منتقل کروا دوں گا۔

عبدالصمد بن علی۔

(طنزاً) کیا سارے فارس میں کوئی ایسی جگہ ہے جو ہم نے کسی سے چھینی نہ ہو؟

خلیفہ منصور۔

کوئی نہ کوئی زمین تو ہو گی جو رضاکارانہ طور پر مسلمان ہونے والوں نے دی ہو گی۔

عبدالصمد بن علی۔

ابو حنیفہ بغداد کی تعمیر کا نگرانِ اعلیٰ تھا۔ وہ جانتا تھا کہ یہاں کوئی بھی زمین اپنی آزادانہ مرضی سے ہمیں نہیں دی گئی۔

(طنزاً) بھتیجے تُم یہ کھیل ہار گئے ہو۔ عباسی قبیلہ تُمہیں کبھی بھی ایک لاش حاصل کرنے کے لیے خون کی ہولی کھیلنے کی اجازت نہیں دے گا۔

منصور کا چہرہ ہار کی اذیت سے بگڑا ہوا نظر آتا ہے۔ وہ اپنا چہرہ ہاتھوں میں چھپا کر کراہتا ہے۔ عبدالصمد ششدر ہو کر اُسے دیکھتا ہے۔ منصور سر اُٹھا کر اپنے آپ پر طنزاً مُسکراتا ہے۔

خلیفہ منصور۔

(تلخی سے بولتے ہوئے) ابو حنیفہ! تو نے اپنی قبر سے بھی مُجھے للکارنے کا منصوبہ بنایا! مرنے کے بعد بھی تو مُجھے

چین نہیں لینے دے گا (95)۔

عبدالصمد بن علی۔

(منصور پر طنز کرتے ہوئے) بڈھا قبر میں پہنچ کر بھی تجھ پر ہنسے گا۔

اٹھارویں ایکٹ کا اختتام

---

[95] ابو زہرہ، *حیاتِ امام ابو حنیفہ*، صفحات 102-77 ,43 اور مودودی، *خلافت و ملوکیت*، صفحات 274-257 ,228-226

اُنیسواں ایکٹ: اندھا شیطان

اُنیسویں ایکٹ کے کردار:

بشار بن بُرد، جیسا کہ پندرہویں ایکٹ میں بیان کیا گیا لیکن اب اُس کی عمر پہلے سے تئیس سال زیادہ، یعنی ستر سال ہے۔ اُس نے سفید تھوب اور چکبترا گترا پہن رکھا ہے۔

چار نوجوان، جن کی عمریں اٹھارہ سے لے کر پچیس سال تک ہیں۔ یہ بشار کی شاعری کے مداح ہیں اور اُس سے شاعری سیکھنے اور گفتگو کرنے کے لیے اُس کے پاس آتے ہیں۔ اُنھوں نے صاف ستھرے رنگین جُبے پہن رکھے ہیں اور اُن کے طور طریقے ظاہر کرتے ہیں کہ اُن کا تعلق خوشحال گھرانوں سے ہے۔ وہ تمیزدار اور پڑھے لکھے ہیں، اور بشار کی باتیں توجہ اور ادب سے سُنتے ہیں۔ ایک نوجوان چند کاغذ، قلم اور سیاہی دان ساتھ رکھے ہوئے ہے۔

مالک بن دینار، درمیانی عمر، چھریرے بدن اور پتلی داڑھی والا شخص ہے۔ اُس کی آنکھیں اور گال اندر کو دھنسے ہوئے ہیں۔ وہ بصرہ کی ایک مسجد کا امام اور امر بالمعروف و نہی عن المنکر ادارے کا سربراہ ہے۔ اُس نے خاکی رنگ کا جُبہ اور سفید قمیض اور پاجامہ پہن رکھا ہے۔

مالک بن دینار کے شاگرد، ایک درجن کے قریب لڑکے ہیں جن کی عمریں پندرہ سے بیس سال کے درمیان ہیں۔ ان کے جسم دُبلے لیکن مضبوط ہیں۔ وہ صحرائی ماحول میں پلنے کے باعث سخت جان ہیں اور اُن کے طور طریقوں میں سختی ہے۔ چند لڑکوں کے کمزور جسم مناسب غذائیت کے کم میسر ہونے کی نشاندہی کرتے ہیں۔ یہ سب کھدر نما کپڑے کے تھوب پہنے ہوئے ہیں اور تین لڑکوں کے پھٹے پرانے تھوب ظاہر کرتے ہیں کہ وہ یا تو یتیم ہیں یا غریب گھرانوں سے ہیں۔

اُنیسویں ایکٹ کا منظر:

بشار کے مٹی کے بنے ہوئے گھر کے سامنے ریتلا میدان جس میں تھوڑی تھوڑی گھاس بھی اُگی ہوئی ہے۔ بشار کے گھر میں سامنے دروازہ نہیں ہے لیکن ایک کھدر نما کپڑے کا پردہ دروازے کا کام کرتا ہے جس کی وجہ سے گھر کے اندر کی چیزیں نظر نہیں آتیں۔

اُنیسواں ایکٹ

بشار کے گھر کے سامنے کھُلی جگہ

دور

تقریباً 783 عیسوی

775 عیسوی میں ابو جعفر عبداللہ المنصور کی وفات کے بعد سے اُس کا بیٹا ابو عبداللہ محمد المہدی خلیفہ کے منصب پر فائز ہے۔

اوپر بیان کیے گئے چار نوجوان بشار کے ساتھ باتیں کرنے اکٹھے ہوئے ہیں۔ وہ بشار کے گھر کے سامنے گھاس پر ایک دری بچھا کر اُس پر بیٹھے ہوئے ہیں جبکہ بشار اپنے گھر کی دہلیز پر بیٹھا ہے۔ نوجوان شراب کی ایک صراحی اور مٹی کے پیالے لائے ہیں۔ وہ کبھی کبھی صُراحی میں سے شراب پیالوں میں اُنڈیل کر پیتے ہیں۔ ایک پیالہ بشار کے پاس بھی رکھا ہے۔

پہلا نوجوان۔

بشار! اب تو انتظار کرتے کرتے ہم بوڑھے ہونے لگے ہیں۔ اب تو کوئی نظم سُنا دو۔

بشار خاموش بیٹھا رہتا ہے۔ پہلا نوجوان دوسرے کو کہنی مار کر بشار کو شعر کہنے پر راغب کرنے کی کوشش کرنے کا اشارہ کرتا ہے۔

دوسرا نوجوان۔

بشار، جب ہم ابوالعتاہیہ کے پاس جاتے ہیں تو وہ بہت خوشی سے ہمیں شعر سُناتا ہے۔ ہمیں اُسے کہنا بھی نہیں پڑتا۔ وہ خود ہی سمجھ جاتا ہے کہ ہم اُس کی شاعری سُننے آئے ہیں۔

بشار۔

ابوالعتاہیہ خلیفہ المہدی کا لاڈلا ہے۔ وہ جو چاہے گا سکتا ہے لیکن المہدی کے چمچوں نے میری زبان بند کروا دی ہے۔ پہلے المنصور میری زبان کو تالہ لگوایا کرتا تھا، اب اُس کے بیٹے کی باری ہے۔ اُس کے جاسوس یہاں میری شاعری سُننے کے لیے پھرتے رہتے ہیں۔

تیسرا نوجوان۔

میں نے تو سُنا ہے کہ المنصور بہت اچھا خلیفہ تھا۔

بشار۔

جب اُس کے گُناہ بہت زیادہ ہو گئے تھے تو بخشوانے کے لیے مکہ حج کرنے گیا تھا لیکن راستے ہی میں گُناہوں کے بوجھ سمیت مر گیا۔

تیسرا نوجوان۔

اگر تُم مالک بن دینار کی شکایتوں سے ڈرتے ہو تو ہم اُسے کبھی بھی والیء بصرہ تک نہیں پہنچنے دیں گے۔ (شیخی

بگھارتے ہوئے) ہمارے رابطے بیت الخلیفہ تک ہیں۔ ہم کسی کو نہیں بتائیں گے کہ ہم نے تُم سے شاعری سُنی ہے۔ ہم صرف اپنی عربی بہتر کرنا چاہتے ہیں۔ لہذا ہم پر مہربانی کرو۔

بشار خاموش رہتا ہے۔ پہلا نوجوان دوسرے کو آنکھ مار کر اشارہ کرتا ہے جیسے کہ دوسرے کے پاس بشار سے شعر کہلوانے کا کوئی طریقہ ہے۔

دوسرا نوجوان۔

چلو ٹھیک ہے بشار۔ ہم شاعری کو بھول جاتے ہیں۔ صرف باتیں کرتے ہیں۔ ہمیں بتاؤ کہ تُمھیں عبدہ سے محبت کیسے ہوئی۔

بشار۔

عبدہ کب کی جا چکی۔ آخری بار میری اُس سے ملاقات بیس سال پہلے ہوئی تھی۔ کوئی مُجھے نہیں بتاتا کہ اُس کا کیا بنا۔

تیسرا نوجوان۔

پھر تو یہ بتانے میں کوئی ہرج نہیں کہ بنا دیکھے تُمھیں اُس سے محبت کیسے ہوئی۔

بشار نوجوانوں کی چالاکیوں پر مُسکراتا ہے۔ تیسرا نوجوان بشار کو راضی ہوتے دیکھ کر اس کو اپنی کامیابی سمجھ کر دوسروں کو آنکھ مارتا ہے۔

بشار۔

(ہنستے ہوئے) لوگ کبھی نہیں بدلتے۔ بیس سال سے یہی پوچھتے آ رہے ہیں۔ عبدہ چلی گئی لیکن اُس کے لیے کہی ہوئی میری نظمیں لوگوں کی زبانوں پر ہیں۔ وہ سمجھتے ہیں کہ کسی کو دیکھ کر محبت ہوتی ہے، لہذا اُنھیں سمجھ نہیں آتی کہ اندھا کیسے محبت کر سکتا ہے۔ بہت پہلے میں نے اِس کو نظم میں بیان کیا تھا لیکن میں بھول گیا ہوں۔ شاید اس طرح تھا،

اے لوگو! اے لوگو! میرے کان محبت کرتے ہیں
تُم سمجھو یا نہ سمجھو، یہ بھی نظارہ کرتے ہیں۔

نوجوان خوش ہوتے ہیں کہ اُنھوں نے بشار کو شعر سُنانے پر راضی کر لیا۔
وہ ایک دوسرے کو خاموش رہ کر سُننے کا اشارہ کرتے ہیں۔

بشار۔

اے لوگو! اے لوگو! میرے کان محبت کرتے ہیں
تُم سمجھو یا نہ سمجھو، یہ بھی نظارہ کرتے ہیں

اندھوں کے بھی دل ہوتے ہیں وہ بھی محبت کرتے ہیں
دل کا آنکھوں سے کیا لینا، کان آنکھیں بن جاتے ہیں۔

نوجوان جوش سے ''مرحبا! مرحبا!'' کہتے ہیں اور ایک دوسرے کی طرف خوشی سے دیکھتے ہیں۔ پہلا نوجوان قلم کو سیاہی دان میں ڈبو ڈبو کر کاغذ پر تیزی سے لکھتا جاتا ہے۔

دوسرا نوجوان۔

(شرارتی لہجے میں) اس کا مطلب ہے کہ تمہیں خوبصورت چہرے کے بجائے سُریلی آواز متاثر کرتی ہے۔

تیسرا نوجوان۔

(سرگوشی کرتے ہوئے) بے وقوف! اُسے خوبصورتی کا کیا پتہ؟ وہ دیکھ ہی نہیں سکتا۔

بشار۔

(طنزاً) آخرکار میری بات تُمھاری سمجھ میں آ ہی گئی۔

تیسرا نوجوان۔

(معذرت کرتے ہوئے) میں معافی چاہتا ہوں۔ مجھے پتہ ہونا چاہیئے تھا کہ تُمھاری حسِ سماعت عام لوگوں سے بہت زیادہ ہے۔ لوگ کہتے ہیں کہ تُمھارے ہمسائیوں اور رشتے داروں نے عبدہ کو ڈانٹ ڈپٹ کر بھگا کر تُمھاری محبت کا خون کیا اور تُمھیں یہ کہہ کر تسلیاں دیں کہ وہ موٹی بدشکلی تھی۔ کیا وہ تُمھاری محبت کو ختم کرنے میں کامیاب ہوئے؟

تیسرا نوجوان دوسروں کو اشاروں سے بتاتا ہے کہ اس طرح بشار مزید اشعار سنائے گا۔

بشار۔

میں لوگوں کی باتوں میں نہیں آتا۔ جو لوگ میری محبت کو ختم کرنے کے لیے مُجھ پر دباؤ ڈالتے تھے، اُن کے لیے میں نے بہت پہلے کچھ اشعار کہے تھے۔ سارے یاد نہیں ہیں لیکن وہ کچھ اس طرح تھے:

میرے قریبی لوگوں کے دل میرے دل کے قریب نہیں

نوجوان خوشی اور جوش و خروش سے مصرع کو دُہراتے ہیں۔

بشار بھی بہت خوش ہوتا ہے اور پہلے والی جھجک چھوڑ کر بلاتکلف بولے چلا جاتا ہے۔

بشار۔

میرے قریبی لوگوں کے دل میرے دل کے قریب نہیں
اُن راہوں پر لے جاتے ہیں جو مُجھ کو مرغوب نہیں
اپنے طور اور اپنے طریقے مُجھ پر دھونسے جاتے ہیں

عبدہ کی اُلفت سے نفرت مُجھ پر ٹھونسے جاتے ہیں
میں کہتا ہوں میرے دل کو اس کے حال پہ رہنے دو
جالوں سے بچ کر کیا چلنا، اس کو جال میں آنے دو۔ (96)

نوجوان جوش سے ''مرحبا! مرحبا!'' کہتے ہوئے ایک دوسرے کو اشارے کرتے ہیں کہ کسی طرح بشار سے مزید اشعار کہلوائیں۔ پہلا نوجوان اشعار لکھتا جاتا ہے۔

بشار خاموش ہو جاتا ہے۔

دوسرا نوجوان۔

بشار ہم تُمھارے دُکھ درد سمجھتے ہیں کیونکہ ہم بھی ایسے ہی دُکھوں سے گزر رہے ہیں۔ مُجھے بھی ایک لڑکی سے محبت ہے لیکن اُس کا باپ بہت زیادہ مہر مانگتا ہے۔ وہ کہتا ہے کہ اس رقم پر اُس کا حق ہے کیونکہ اُس نے لڑکی کو پالنے پر سولہ سال خرچہ کیا ہے، کھانا پینا، کپڑا، جوتا وغیرہ۔ ہمیں سمجھ نہیں آتی کہ باپ کیوں اپنی بیٹیاں شادی میں دینے کی اتنی قیمت وصول کرتے ہیں۔ والدینی شفقت سے پالنے کے بجائے وہ اسے کاروبار سمجھتے ہیں۔ اچھے گھروں کی لڑکیوں کو اُن کے باپ گھروں میں بند رکھتے ہیں تا کہ اُن کا مُنہ مانگا مہر وصول کریں، لہذا ہم اُن سے مل بھی نہیں سکتے جبکہ پیسے والے لوگ کئی کئی بیویاں اور لونڈیاں خریدتے جاتے ہیں۔ میرا باپ کہتا ہے کہ میں کام کر کے بچت کر کے مہر کی رقم اکٹھی کروں لیکن اس میں اتنے سال لگ جائیں گے کہ اُس لڑکی کو کوئی امیر آدمی مُجھ سے پہلے لے جائے گا۔ خوشحال گھرانوں کے لڑکوں کا یہ حال ہے تو دوسروں کا کیا ہو گا؟

تیسرا نوجوان۔

دراصل یہ مسئلہ ہے ہی خوشحال گھرانوں کا۔ غریب غریبوں میں شادی کرتے ہیں جہاں حق مہر برائے نام ہوتا ہے۔ لڑکی کا باپ اسی پر خوش ہو جاتا ہے کہ کوئی اُس کی بیٹی کا ذمہ اُٹھا لے گا۔ اکثر غریب نوجوان تو لشکر میں بھرتی ہو کر چلے جاتے ہیں اور مفتوحہ علاقوں سے مُفت جبری شادیاں کر لیتے ہیں یا کنیزیں لے آتے ہیں لیکن ہم پڑھنے لکھنے والے نرم مزاج لوگ ہیں۔ ہم تلواریں اور نیزے اُٹھا کر گھوڑوں پے چڑھ کر جنگیں نہیں لڑ سکتے۔

چوتھا نوجوان۔

اس لحاظ سے میں خوش قسمت تھا کہ میرے باپ نے میرے لیے مہر ادا کر کے میری شادی کرا دی تھی لیکن (افسوس کرتے ہوئے) ایک دن غُصے میں آ کر میں نے اپنی بیوی کو تین طلاقیں دے کر اُس کے باپ کے گھر بھیج دیا۔ اگلے دن مُجھے اپنی حماقت پر بہت افسوس ہوا اور میں اُسے واپس لانے گیا لیکن اُس کے باپ نے کہا کہ

---

96 ذیات، *تاریخ ادب العربی*، صفحات 375-366

شریعت کے مطابق اب اُس کی شادی کسی دوسرے مرد سے ہو گی اور اگر وہ طلاق دے دے تو پھر میں اُس سے دوبارہ شادی کر سکتا ہوں۔ اس کو حلالہ کا قانون کہتے ہیں۔

بشار۔

تُمہارے سسر کے لیے تو حلالہ کا قانون بہت سودمند ثابت ہوا۔ وہ دوبارہ اپنی بیٹی کی شادی کا مہر وصول کرے گا اور اگر وہ دوسرا آدمی طلاق دے گا اور تُم دوبارہ اپنی بیوی سے شادی کرنے کی درخواست کرو گے تو تُمہارا سسر ایک بار پھر حق مہر وصول کرے گا۔ واہ! کیا خوب ہے۔ اگر یہ قانون نہ ہوتا تو تُمہارے سسر کو ایک ہی بار پیسے ملتے۔

چوتھا نوجوان۔

چونکہ یہ قانون قرآن مجید میں ہے، اس میں کوئی نہ کوئی حکمت ہو گی۔ میں نے قاضی سے پوچھا تھا کہ اس میں کیا حکمت ہے اور اُس نے کہا کہ حلالہ کا قانون خاوند کو جلد بازی میں طلاق دینے کی سزا دینے کے لیے بنایا گیا تھا۔

پہلا نوجوان۔

لیکن سزا تو بے قصور عورت کو بھی ملی کہ وہ کسی اور سے شادی کرے، پھر طلاق لے، اور پھر واپس آئے۔

بشار۔

سزا کیسی؟ جس عورت کا خاوند اتنا غُصے والا، جلد باز اور بیوقوف ہو، اُسے تو نئی شادی میں خوش ہونا چاہیئے۔

چوتھا نوجوان مُنہ بناتا ہے جبکہ دوسرے نوجوان اور بشار قہقہے لگا کر ہنستے ہیں۔

دوسرا نوجوان۔

میں نے تو آسان حل پا لیا ہے، یا تو کسی غریب گھر میں تھوڑا سا حق مہر دے کر شادی کر لوں گا یا کوئی اچھی سی کنیز خرید لوں گا۔ میں نے قاضی سے پوچھا تھا۔ وہ کہنے لگا کہ غُلام خریدنا، بیچنا اور رکھنا حرام نہیں ہے۔ صرف اچھا سلوک کرنے کا حکم ہے۔

بشار۔

خُدا کا شکر ہے کہ اُس نے غلام رکھنا حرام نہیں کیا ورنہ میں تو پیدا ہی نہ ہوتا۔

نوجوان قہقہے لگا کر ہنستے ہیں۔

پہلا نوجوان۔

(حیران ہوتے ہوئے) ایسا کیوں کہتے ہو؟

بشار۔

(ہنستے ہوئے) میری ماں میری طرح بدشکل، لمبی اور موٹی تھی۔ قبیلے میں کوئی اُس سے شادی کرنے کو تیار نہ تھا۔ لیکن وہ پیسے والی تھی۔ چناچہ اُس نے ایک فارسی غُلام خریدا اور اُس سے شادی کر لی۔ تب میں پیدا ہوا۔

پہلا نوجوان۔

تُمہارے قبیلے نے اُسے روکا نہیں؟

بشار۔

میری ماں کا قبیلہ اچھا ہے۔ اُنھوں نے اس شادی میں اُس کا پورا ساتھ دیا اور جشن بھی منایا۔
(چوتھے نوجوان کو مُخاطب کرتے ہوئے) تُمہارے لیے حلالہ قانون کا حل موجود ہے۔

چوتھا نوجوان۔

(دلچسپی لیتے ہوئے) وہ کیا ہے؟

بشار۔

میرے ایک شاگرد نے مُجھے بتایا تھا کہ ''کتاب الحیل'' نامی ایک کتاب ہے جس میں شریعت کی سختیوں کو نرم بنانے کے حلال طریقے دیئے گئے ہیں۔ ان کو شریعت حرام نہیں کہتی۔ کچھ لوگ کہتے ہیں کہ امام ابو حنیفہ نے یہ کتاب لکھی تھی اور کچھ کہتے ہیں کہ یہ اُن کے شاگرد امام محمد بن حَسن نے لکھی تھی (97)۔ اگر تُمہارا کوئی قابل اعتماد دوست تُمہاری مطلقہ بیوی سے شادی کر کے طلاق دے دے تو تُم اُس سے دوبارہ شادی کر سکتے ہو۔

چوتھا نوجوان۔

(مایوسی سے) قابل اعتماد دوست تو مل جائے گا لیکن حق مہر کے پیسے ایک نہیں دو شادیوں کے لیے لانے پڑیں گے۔
اتنے پیسے کہاں سے لائیں؟

بشار۔

یہ بڑے افسوس کی بات ہے۔

پہلا نوجوان۔

(ہچکچاتے ہوئے) ہم نے ایک بار حصے ڈال کر ایک لشکری سے ایک لڑکی خریدی تھی۔ وہ اُسے ہندوستان سے غُلام بنا کر لایا تھا۔ ہمیں بتایا گیا تھا کہ حصے ڈال کر غُلام خریدنے کی اجازت ہے (98) لیکن وہ لڑکی ہر وقت اپنے ماں باپ اور بہن بھائیوں کو یاد کر کے روتی رہتی تھی۔ ہمیں اُس کی حالت پر اتنا دُکھ ہوا کہ ہم نے مزید پیسے جمع کر کے ایک

---

[97] تفصیلات کے لیے دیکھیے: ابو زہرہ، *حیاتِ امام ابو حنیفہ*، صفحات 269، 716، بالخصوص شرعی حیلوں پر اس کتاب کا باب، صفحات 717-692

[98] ابو زہرہ، *حیاتِ امام ابو حنیفہ*، صفحات 503-502

آدمی کا ذمہ لگایا کہ وہ اُسے ایک قافلے کے ساتھ ہندوستان واپس لے جائے۔

بشار۔

خُدا تُمہیں اس نیکی کا اجر دے گا۔

پہلا نوجوان۔

لیکن جب لوگوں کو پتہ چلا کہ ہم نے لڑکی کو ہندوستان واپس بھیج دیا ہے تو کسی نے ہمیں اچھا نہیں کہا بلکہ ہماری نرم دلی کا مذاق اُڑانا شروع کر دیا اور کہنے لگے کہ ہم نے مردوں والا کام نہیں کیا۔ حتیٰ کے عورتوں نے بھی ہمیں کمزور دل ہونے کے طعنے دینے شروع کر دیئے۔ کچھ نے کہا کہ اگر ہم اُس کے آنسو نہیں دیکھ سکتے تھے تو اُسے بیچ کر اپنے پیسے واپس لے لیتے۔ اس سے مُجھے احساس ہوا کہ ہم اخلاقی پستی کے سب سے نچلے گڑھے میں گر چکے ہیں۔

بشار۔

جب میں انسان کی خباثت کی طرف دیکھتا ہوں تو مُجھے قرآن مجید کی ایک آیت یاد آتی ہے، لقد خلقنا الانسان فی احسن التقویم ، ثم رددنہ اسفل السافلین (95:5-6)۔ واقعی اللہ تعالیٰ نے انسان کو اسفل السافلین بنا دیا ہے۔ یہ میری سب سے پسندیدہ آیت ہے۔ میں اکثر کہا کرتا ہوں کہ فرشتوں کے سردار ابلیس کے آدم کو سجدہ نہ کرنے کی یہی وجہ تھی (99)۔ وہ جانتا تھا کہ نسلِ آدم میں کسقدر وحشت و بربریت پھیلانے کی صلاحیت ہے۔ لیکن میں یہ بھی جانتا ہوں کہ ہم اس دُنیا میں جو دُکھ اور تکلیفیں اُٹھاتے ہیں وہ اس لیے ہیں کہ اگلی زندگی میں خُدا ہمیں ان کا اجر دے۔ (مذاق کرتے ہوئے) مثلاً جب خُدا نے مُجھے بدشکلے اندھے بھینسے کی مانند ساری زندگی دُکھ اور تکلیفیں اُٹھانے کے لیے بنایا تو شاید اس لیے کہ دوسری زندگی میں بطورِ اجر تُم نوجوانوں جیسی اچھی شکل و صورت، آنکھیں اور جسم عطا کر کے میری خوشیوں کو دوبالا کر دے۔

بشار اپنے قریب ترین بیٹھے ہوئے دوسرے نوجوان کو چھو کر محسوس کرتا ہے جس پر سب نوجوان ہنستے ہیں۔ دوسرا نوجوان بشار کے کاندھے پر تھپکی دیتا ہے۔

دوسرا نوجوان۔

اگر کچھ اور شعر سُنا دو تو میں تُمہیں گلے مل کے جاؤں گا۔

تیسرا نوجوان۔

بشار تُم اپنے فلسفیانہ خیالات کو شاعری میں کیوں نہیں بیان کرتے؟ تُم اتنے بڑے شاعر ہو کہ فلسفے کو بھی قافیہ

---

[99] زیات، *تاریخ ادب العربی*، صفحات 375-366

اور ردیف کا لحاظ کرتے ہوئے تغزل کے ساتھ بیان کر سکتے ہو۔

بشار۔

میں یہ کرنا چاہتا تھا لیکن مسئلہ یہ ہے کہ اگر کوئی شخص اعلیٰ و ارفع خیالات کو پیش کرتا ہے تو کئی لوگ حسد میں مُبتلا ہو کر سازشیں شروع کر دیتے ہیں۔ سب سے پہلا الزام یہ لگایا جاتا ہے کہ یہ شاعر یا نثر نگار اپنی تحریر میں قرآن مجید کی ہمسری کرنے کی کوشش کر رہا ہے۔ اس خوف نے عرب دانشوروں کو بانجھ کر دیا ہے۔ یہ خوف شروع سے ہی لوگوں کے دلوں میں اسقدر سرایت کر گیا تھا کہ حضرت عائشہؓ کی بہن عصمہ کے بیٹے عروہ ابن الزبیر نے معرکہء حرہ کے روز اپنی لکھی ہوئی بہترین کتابوں کو جلا کر راکھ کر دیا تھا۔ اُس کو خوف تھا کہ اُس کی اعلیٰ و ارفع تحریروں کو قرآن کی ہمسری کرنے کی کوشش قرار دیا جائے گا (100)۔ ایسا ہی جھوٹا الزام لگا کر عظیم مترجم اور جدید عربی زبان کے بانی ابن المقفع کو زندہ جلا دیا گیا تھا۔ پچھلی صدی میں کئی کے ساتھ ایسا ہو چکا ہے۔

چنانچہ اکثر شاعر اس الزام سے بچنے کے لیے فُحش شاعری، ہجو نگاری اور قصیدہ گوئی کو ترجیح دیتے ہیں۔ اس سے اُن پر قرآن مجید کی ہمسری کرنے کی کوشش کرنے کا الزام بھی نہیں آتا اور وہ امیر لوگوں، خلفاء اور مقامی حاکموں کے درباروں میں انعام و اکرام بھی حاصل کر لیتے ہیں۔ بنو امیہ کے دورِ خلافت میں تین شاعر، جریر، اخطل اور فرزدق ایک دوسرے کی اور امراء کے حریفوں کی ہجو لکھ لکھ کر اتنے مقبول ہو گئے کہ ہمیشہ درباروں میں بلائے جاتے تھے۔

دوسرا نوجوان۔

(پُر شوق انداز میں) تو پھر اُن ہی کی کچھ نظمیں ہمیں سُنا دو۔ اس سے تُم پر کوئی الزام بھی نہیں آئے گا۔ تُم کہہ سکتے ہو کہ یہ تو بادشاہوں کے شاعر تھے۔

بشار۔

اُن کی نظمیں ہماری ثقافت کو ظاہر کرتی ہیں۔ ثقافت کو سمجھے بغیر اُن کی نظموں کے معنی بھی سمجھ نہیں آتے۔ چونکہ ہماری ثقافت کا بڑا حصہ قبیلوں کے آپس میں مقابلوں اور نفرتوں پر مشتمل ہے، یہی بات شاعری میں بھی نظر آتی ہے۔ چنانچہ اخطل کہتا ہے؛

بنجر زمین، سخت اور پیاس کی ماری
سوکھی، اکڑی، جتنی بھی ہو کھاری
کہیں نہ کہیں ہو گی گھاس کی کیاری
انسانوں کے دل ہیں اِس سے بھی عاری

---

100 انگریزی حوالہ جات میں دیکھیے: Abu Zahra, *The Four Imams* صفحات 46-47

عداوت، ہٹ دھرمی، سب پے ہے طاری
دل کے ہر کونے میں نفرت ہے کاری
اے ہند، میری جاں، میری پیاری
دُعا ہے کہ عمر لمبی ہو تمہاری
گرچہ تمہارے قبیلے سے ہماری
صدا کی نفرت رہے گی جاری

نوجوان قہقہے لگا کر ہنستے ہیں۔

دوسرا نوجوان۔

دشمن قبیلے میں جا کر چھُپ کر محبتیں کرنا۔ واہ!

بشار۔

قبائلی تعصب ہماری ثقافت کا حصہ ہے۔ جہاں ہم اپنے قبیلے کی بہادری، غلبے، سخاوت، جاگیروں اور ملکیتوں کے متعلق شیخیاں بھگارتے ہیں، وہیں حریف قبیلوں کی بُزدلی، ذلت، کمینگی اور غُربت پر بھی ہجو گوئی کرتے ہیں۔ یہی سوچ ہم نے اپنے مذہب میں بھی منتقل کی ہے۔ چناچہ ہم اپنے مذہب کو اعلیٰ و ارفع اور دوسروں کے مذاہب کو گھٹیا اور ذلیل بنا کر پیش کرتے ہیں۔

دوسرا نوجوان۔

بشار، اگر تُم صرف شاعری تک ہی محدود رہو تو تُمہیں جاسوسوں سے خطرہ نہیں ہو گا۔

بشار۔

قبائلی تعصب میں ہجو لکھنے کی مثال بنو تمیم کے بارے میں اخطل کی ہجو ہے، کہتا ہے؛

پوچھو جو اُن سے کون ہے سردار تُمہارا
کہتے ہیں وہ جو لگتا ہے بندہ غُلام سا
سردار اُن کا وہ جو کمینہ جہان کا
اطوار سے لگے ہے وہ لونڈا غُلام کا

نوجوان دل کھول کر قہقہے لگا کر ہنستے ہیں۔ بشار خوش ہو کر جاری رکھتا ہے۔

چلنا پڑے جو ساتھ تو بدتر ہیں ہم سفر
جتنا بھی نیچ سوچ لو، اُس سے بھی نیچ تر
پی کر شراب دیکھتے ہیں خواب بے مہار

بکتے ہیں پھر تمیم، مغلظات بے شمار
اتنے سخی ہیں بانٹنے کو پیاز بھی نہیں
کھانا چھپا کے پوچھتے ہیں بھوک تو نہیں
بننا نہ کبھی بھول کے مہماں تمیم کے
بہتر ہے اس سے آس لگا لو غنیم سے

نوجوان دیر تک ہنستے رہتے ہیں۔

بشار۔

قبائلی لڑائیاں صرف میدانِ جنگ میں نہیں بلکہ شاعری میں بھی ہوتی رہیں۔ شاعر ایک دوسرے کے قبیلے کی ہجو خُلفاء کے دربار میں سُنا سُنا کر انعام و اکرام وصول کرتے رہے۔ تقریباً تیس سال تک اموی دربار کی محفلوں میں اخطل، جریر اور فرزدق کے درمیان ایک دوسرے کی ہجو گوئی کا مقابلہ چلتا رہا اور یہ تینوں ہنسا ہنسا کر خلفاء سے انعامات لیتے رہے۔

دوسرا نوجوان۔

بشار، ان شاعروں کی کہی ہوئی ہجو ہی سُنا دو۔ اگر جاسوس سُن رہے ہیں تو وہ بھی ہنسیں گے۔ شاید خلیفہ کو بھی جا کر سُنائیں اور تُمھیں دربار میں بُلایا جائے۔

بشار۔

ایک بار اخطل نے جریر کے قبیلے کی کنجوسی اور کمینگی کا یوں مذاق اُڑایا:

صحرا میں کالی رات میں بھوکا سفر کرے
دیکھو کہیں پہ آگ جلے، آس کچھ بنے
کُتوں کے بھونکنے کی صدا سُن کے مسافر
امید لے کے آتا ہے کھانے ملے گا، پر
آیا جو پاس دیکھا قبیلہ جریر کا
کنجوسیوں کا مارا، بھوکا فقیر سا
گندم کی کمی کوئی نہیں ان کے ہاں مگر
مہمان کے لیے نہیں روٹی بھی میسر
کہتے ہیں اپنی ماں سے جلدی پیشاب کر
اس آگ کو بُجھا دے ہمیں نہ خراب کر

اور ماں نے اپنے لاڈلوں کا مان رکھ لیا
آدھا پیشاب کر کے آدھا بچا لیا

نوجوان خوب ہنستے ہیں۔ بشار بھی ہنستے ہنستے جاری رکھتا ہے۔

بشار۔

ایک بار اخطل نے جریر کے بہت اونچے خواب دیکھنے پر ہجو کہی جس کو اُس نے ''ابن مراغہ (بے شرم گدھی کا بیٹا)'' کا عنوان دیا؛

تنہا بیٹھا سپنے دیکھے بادشاہ بننے کے
اونچی سوچیں آ جاتی ہیں بھیڑوں میں رہ کے
ایسے خواب حقیقت کرنا بس میں نہیں تیرے
پہنچ تیری مشکل ہے وہاں جہاں پچھلے تھے میرے
اپنے پچھلوں کے قِصوں کو لے کر تو آیا
میرے بزرگوں جیسا کوئی ان میں نہ پایا
گدھے کو تُو نے گھوڑا سمجھا دوڑا دوڑا کر
مُلک فتح کرنے تو نکلا، بھُولا اپنا گھر
دوڑ دوڑ کر گدھا بھی جاں کی بازی ہار گیا
ہاتھ میں جو تھا نکل گیا، تو خالی ہاتھ آیا

نوجوان ہنستے ہیں۔ بشار رُک کر پیالے سے تھوڑی شراب پیتا ہے۔

بشار۔

پھر فرزدق نے بھی جریر کو طعنے دیتے ہوئے اور اپنے اعلیٰ نسب ہونے پر فخر کرتے ہوئے ایک نظم دربار میں سنائی؛

وہ جس نے سورج چاند ستارے
زمیں کے اوپر کھڑے کرائے
اُسی نے میرے آبا و اجداد
صاحبِ حیثیت بنائے
لکھے ہیں تاریخ میں اُن کے قصے
بہادری کے دلاوری کے
ہمارے محلوں کے آنگنوں میں

بادشاہوں کی مجلسوں کے
اگر تو دیکھے ہمارے قلعے
نا ختم ہو حد ترے حسد کی
جریر تجھ کو نہ ہضم ہو گی
جو شان و شوکت ہے میرے گھر کی
حسب نصب ہے نصیب اپنا
تو اپنی بھیڑوں میں جا کے رہ جا
میرے حرم میں ہیں سات حوریں
تو اپنی بھیڑوں کے ساتھ سو جا

نوجوان ہنستے ہیں۔ بشار جاری رکھتا ہے؛

جواباً جریر نے اسی بحر میں فرزدق کی ہجو کہہ ڈالی؛

وہ جس نے سورج چاند ستارے
زمیں کے اوپر کھڑے کرائے
اُسی نے تیرے ابا و اجداد
ذلت کے کھڈے میں جا گرائے
لکھے ہیں تاریخ میں سب کے قصے
شرابیوں کے، حرامیوں کے
تُمہاری جھگی کے پیچھے ہوتی
حرام کاری، دلالیوں کے
یہی ہے سارا غرور تیرا
اسی پہ شیخی بگھارتا رہ
تو جھوٹے قصے سُنا سُنا کر
نصیب اپنا سنوارتا رہ
غلیظ تر ہے جو تیرا گھر ہے
اسی میں تیری گزر بسر ہے
تیری وراثت میں بُزدلی ہے

تو اُس میں بھی سب سے بالاتر ہے
مُنافقت کر کے ساتھی سے اپنے
تو چُھپ گیا اُس کو آگے کر کے
جب اِس سے بھی کام نہ چلا تو
تو بچ گیا بہن پیش کر کے (101)۔

دوسرا نوجوان۔

یہ تو جریر نے بہت ہی بے عزتی کر دی فرزدق کی۔

بشار۔

یہ تو ابتدا ہے۔ اس سے آگے اتنی شرمناک باتیں ہیں کہ میرے لیے کہنا مشکل ہے۔

تیسرا نوجوان۔

کمال ہے کہ اموی خلفاء اپنے درباروں میں اتنی گھٹیا شاعری سُنتے تھے۔

بشار۔

صرف سُنتے ہی نہیں تھے، خوش ہو کر انعام و اکرام بھی دیتے تھے۔ اس کی وجہ یہ تھی کہ وہ خود بھی ایسے ہی معاشرے میں پل کر بڑے ہوئے تھے جس میں عظمت کے خواب دیکھنا، دوسروں کی تحقیر کر کے اپنے آپ کو بڑا بنانا، دوسرے کو بُزدل بنا کے اپنے آپ کو بہادر ظاہر کرنا، دوسروں کی کمزوریوں سے فائدہ اُٹھا کر اپنی سلطنت بڑھائے جانا وغیرہ روز مرہ کا معمول تھا۔ جب آپ دانشوروں کو اعلیٰ اخلاق کی باتیں لکھنے پر قتل کر دیں اور صرف ہجو اور قصیدے لکھنے پر انعام دیں تو ایسا ہی معاشرہ پروان چڑھ سکتا ہے۔
میں نے درمیانہ راستہ اختیار کر کے رومانوی شاعری لکھی تا کہ مُجھ پر قرآن کی ہمسری کرنے والی شاعری لکھنے کا الزام نہ لگے لیکن پھر بھی میں اپنے آپ کو محفوظ نہیں سمجھتا۔ میرا خیال ہے کہ آنے والے وقتوں میں عقل و دانش مرتی جائے گی کیونکہ لوگ ایک دوسرے کو صرف ماضی کے لوگوں کی نقل کرنے پر مجبور کر رہے ہیں۔ جب میں کوئی اعلیٰ و ارفع بات لکھنا چاہتا ہوں تو میرا ذہن یہ سوچ سوچ کر مفلوج ہو جاتا ہے کہ کیا اس پر مُجھے سزا دی جائے گی یا اس کو قبول کر لیا جائے گا۔ جس دن سے مالک بن دینار نے مُجھے پیغام بھجوایا ہے کہ اگر میں نے ایک شعر بھی کہا تو مُجھے قتل کر دیا جائے گا، میری خود اعتمادی ختم ہو گئی ہے۔ چونکہ میں دیکھ نہیں سکتا لہذا ڈرتا رہتا ہوں کہ کوئی آ کر خنجر ہی نہ مار جائے۔ اُس دن سے میں نے صرف ایک ہی رُباعی لکھی ہے:

---

[101] ذیات، *تاریخ ادب العربی*، صفحات 195-182

اگر نہ ہو ممکن وصالِ صنم
ہمارے لیے ہو یہی اک جنم
کبھی نہ ہو کوئی بھی نظرِ کرم
ضروری ہے کیا ہم پے اتنا ستم؟ (102)

اچانک تیسرا نوجوان چوکنا ہو کر کھڑا ہو جاتا ہے اور چلاتا ہے۔

تیسرا نوجوان۔

(ایک سمت میں اشارہ کرتے ہوئے) دیکھو! دیکھو! شیطان مالک بن دینار اپنے شاگردوں کے ساتھ آ رہا ہے۔

نوجوان ایک دم کھڑے ہو کر اشارہ کی گئی سمت میں دیکھتے ہیں۔ پھر وہ جلدی جلدی اپنی چیزیں سمیٹتے ہیں اور تیزی سے بھاگتے ہیں۔

بشار حیران پریشان بیٹھا رہتا ہے اور ادھر اُدھر ہاتھ مارتے ہوئے شراب کی صُراحی کو پکڑ لیتا ہے جو اُس کے پاس پڑی ہے۔

بشار۔

(نوجوانوں پر چلاتے ہوئے) اپنی صُراحی تو لیتے جاؤ۔ یہ گواہی یہاں چھوڑ دی ہے میری جواب طلبی کے لیے؟

پہلا نوجوان بھاگتا ہوا آتا ہے اور تیزی سے صُراحی اور پیالہ اُٹھا کر واپس دوڑ لگا دیتا ہے۔

کُچھ دیر بعد مالک بن دینار اور اُس کے بارہ شاگرد بشار کے پاس پہنچ جاتے ہیں۔ وہ بشار کے گرد گھیرا ڈال کر کھڑے اُسے غُصے اور نفرت سے گھورتے ہیں۔

مالک بن دینار۔

(شدید غُصے سے) اندھے شیطان! ہمارے نوجوانوں کا کردار بگاڑنے میں لگا ہوا ہے؟

بشار۔

آنکھوں والے شیطان! اندھا شیطان آنکھوں والے شیطان سے کم خطرناک ہوتا ہے۔

مالک بن دینار۔

لڑکوں کے ساتھ شرابیں پیتا ہے! تُجھے پتہ نہیں کہ شراب کو اُم الخبائث کہا گیا ہے؟

بشار۔

(غُصے سے) جس چیز کا علم نہ ہو اُس پر مت بولا کر۔ تُجھے میری جاسوسی کرنے کا اختیار کس نے دیا؟

---

[102] ذیات، *تاریخ ادب العربی*، صفحات 375-366

مالک بن دینار۔

(دھمکی دیتے ہوئے) ہم نے تُجھے خبردار کیا تھا کہ لڑکوں سے مت مِلا کر لیکن تو اُنہیں پینے پِلانے اور فسق و فجور کی جانب راغب کر رہا ہے۔ تُجھے پتہ ہے کہ تو جہنم کی آگ میں جلے گا جو بدترین آگ ہے؟

بشار۔

(طنزاً) لگتا ہے کہ تو جہنم کی آگ میں جلتے جلتے ابھی نیچے پھینکا گیا ہے۔ اسی لیے تُجھے جہنم کا اچھی طرح پتہ ہے۔

پہلا شاگرد دوڑ کر بشار کے پیٹ میں لات مارتا ہے۔

پہلا شاگرد۔

خنزیر! ہمارے اُستاد کی توہین کرتا ہے؟ تُو جاہل ہے۔ ہمارے اُستاد کو ہر چیز کا پتہ ہے۔ وہ مدینہ سے آیا ہے۔

بشار۔

مدینہ کا پانی پی کر سارے عقلمند نہیں ہو جاتے۔ تیرا اُستاد جاہل ہے جس نے تُجھے اندھے بزرگ کو لات مارنا سکھایا۔ کیا اسطرح وہ تُجھے نیک بنا رہا ہے؟ جا لڑکے گھر جا۔ اس خبیث کے پیچھے نہ چل۔

مالک بن دینار۔

ملحدین کے لیے کوئی رحم نہیں ہوتا چاہے وہ اندھے ہوں یا بوڑھے۔

بشار۔

مُلحد ہونے نہ ہونے کا فیصلہ تیرے جیسے بیمار ذہن کے لوگ نہیں کر سکتے۔ جب میں امیرالمومنین کو بتاؤں گا کہ تُو ایک عظیم شاعر پر جھوٹے الزامات لگا رہا ہے تو تُجھے چُھپنے کی جگہ نہیں ملے گی۔

مالک بن دینار۔

جھوٹے الزامات؟ سب جانتے ہیں کہ تُو کبھی مسجد میں نہیں آتا۔

بشار۔

پہلے شریعت پڑھ لے پھر بات کرنا، اندھا اپنے آپ کو پاک نہیں رکھ سکتا اور ناپاک کا مسجد میں داخلہ منع ہوتا ہے۔

مالک بن دینار۔

تیرے ہمسائے گواہی دیں گے کہ تو گھر میں بھی نماز نہیں پڑھتا۔

بشار۔

اور میں گواہی دیتا ہوں کہ تو نے کبھی گھر میں نماز نہیں پڑھی کیونکہ وہاں تُجھے دیکھنے والا کوئی نہیں سوائے اللہ اور تیرے بیوی بچوں کے۔ میں تیری طرح اپنی نمازوں کی نمائش نہیں لگاتا۔ یہ میرے اور خُدا کے درمیان ذاتی معاملہ ہے۔ میں تیری طرح بے غیرت نہیں کہ خُدا کے ساتھ اپنے رشتے کی اشتہارابازی کروں۔

مالک بن دینار۔

قسم باللہ، پچھلی دفعہ میں نے تُجھ پر ترس کھا کر مرتد ہونے کا الزام نہیں لگایا تھا۔ میں اپنے ہاتھوں پر ایک اندھے بڑھے کا خون نہیں دیکھنا چاہتا تھا لیکن اب نہیں چھوڑوں گا۔ تو مُرتد ہے اور تُجھے قتل ہونا چاہیئے۔ اب تو نہیں بچے گا۔

مالک کی باتوں سے مشتعل ہو کر اُس کے شاگرد غُصے سے بشار کو مارنا شروع کر دیتے ہیں۔ چونکہ بشار دیکھ نہیں سکتا کہ لاتیں اور مکے کہاں سے آئیں گی، وہ غیر متوقع طور پر سر اور مُنہ پر مکے کھا لیتا ہے لیکن پھر وہ بازو چہرے کے سامنے لا کر اور سر نیچے کر کے چہرہ بچاتا ہے۔ شاگرد اُس کی پُشت پر مکے اور ٹانگوں پر لاتیں مارتے ہیں۔

مالک فخر سے اکڑ کر ایک طرف کھڑا آرام سے تماشا دیکھتا ہے۔

تھوڑی دیر بشار خاموشی سے مار کھاتا رہتا ہے لیکن جب لاتیں اور مکے ناقابلِ برداشت ہو جاتے ہیں تو وہ اپنے بازو ہوا میں ہلاتا ہوا چلانا شروع ہو جاتا ہے۔

بشار۔

(ہوا میں مکے مارتے اور چلاتے ہوئے) جاؤ دفع ہو جاؤ، امیرالمومنین کے پاس جاؤ۔ وہ تُم سب کو گرفتار کروائیں گے کیونکہ وہ شاعروں کی عزت کرتے ہیں۔ وہ مُلاؤں سے زیادہ شاعروں کی قدر کرتے ہیں۔ اُن کے دربار میں درجنوں شاعر ہیں جو سب مُجھے جانتے ہیں۔

بشار کی باتوں سے شاگرد مزید مشتعل ہوتے ہیں لیکن مالک بن دینار کچھ فکرمند ہو جاتا ہے۔

پہلا شاگرد بشار کو اتنے زور سے دھکا دیتا ہے کہ وہ پہلو کے بل نیچے گر جاتا ہے۔

مالک آگے بڑھ کر شاگردوں کو روکتا ہے۔

مالک بن دینار۔

بس بہت ہو گیا۔ یہ کافی ہے۔ چونکہ اس کو سزائے موت ہونی ہے لہذا اس کو پیٹنے کا کوئی فائدہ نہیں۔ اچھے مسلمانوں کو صبر و برداشت کا مظاہرہ کرنا چاہیئے۔ ہم قاضی کے پاس جا کر اس کے خلاف فتویٰ لیں گے۔ پھر ہم امیرالمومنین کے پاس جائیں گے اور دیکھیں گے کہ وہ ہماری قدر کرتے ہیں یا اس (طنزاً) اندھے شیطان کی۔

شاگرد رُک جاتے ہیں۔ بشار زمین پر پڑا رہتا ہے۔

بشار۔

(بھاری سانسیں لیتے ہوئے) تُم اُنھیں کوئی تحفہ نہیں دے سکتے لیکن میں اُن کی شان میں ایسا قصیدہ لکھوں گا کہ وہ تُم سب کو جیل بھجوا دیں گے۔

تھکے ہوئے شاگرد آرام کرنے ریتلی زمین پر بیٹھ جاتے ہیں۔

بشار زمین پر پڑا رہتا ہے۔

مالک بن دینار۔

(شاگردوں کو مُخاطب کرتے ہوئے) اب آرام سے بیٹھے رہو۔ اس کو مارنا نہیں۔ فتویٰ لینے سے پہلے اس کو مارنا حرام ہے۔ اگر یہ تُمہیں اشتعال دلائے تو اس کو بولنے دو۔ میں کوئی پیشاب کرنے کی جگہ ڈھونڈنے جا رہا ہوں۔

پہلا شاگرد۔

(ایک طرف اشارہ کرتے ہوئے) اُستاد، اُدھر کچھ جھاڑیاں ہیں۔

مالک اشارہ کی گئی سمت کی جانب چل دیتا ہے۔ بشار زمین پر لیٹے ہوئے بولتا ہے۔

بشار۔

(درد سے کراہتے ہوئے) آج تک کسی کی جرأت نہیں تھی کہ مُجھے مارے۔ جس طرح تُم نے مُجھے مارا ہے، کمینے بزدلو، لگتا ہے کہ تُمہارے پیٹ خالی ہیں۔ میں شرطیہ کہتا ہوں کہ تمہیں دن میں آدھے پیٹ کا کھانا بھی نہیں ملتا۔ اسی لیے تُم کھاتے پیتے گھرانوں کے میرے طلباء سے حسد کرتے ہو۔ لیکن وہ موٹے جسموں کے ہونے کے باجود بھاگ گئے۔

شاگرد قہقہے لگا کر ہنستے ہیں۔

پہلا شاگرد۔

(شیخی بگھارتے ہوئے) وہ ہمارا مُقابلہ نہیں کر سکتے۔ جب اُن کی فارسی مائیں اُن کو زنان خانوں میں لاڈ پیار سے پال رہی تھیں تو ہم صحرا کی گرمی میں اونٹ پالتے تھے، کاشت کرتے تھے اور کھجوروں اور اونٹنی کے دودھ پر گزارہ کیا کرتے تھے۔

بشار۔

(طنزاً) اسی لیے اونٹ کی طرح تُم طاقتور کو اپنے اوپر بٹھا کر سواریاں کراتے ہو۔ فرق یہ ہے کہ اونٹ بھی کمزور کو دانتوں سے نہیں کاٹتا اور کُھروں کے نیچے نہیں کُچلتا۔

دوسرا شاگرد۔

(غُصے سے) واللہ اب میں اس کو نہیں چھوڑوں گا۔ اس نے بدوؤں کی توہین کی ہے۔

دوسرا شاگرد اُٹھ کر بشار کو مارنے دوڑتا ہے لیکن جھاڑیوں کے پیچھے سے مالک کی آواز اُسے روک دیتی ہے۔

مالک بن دینار۔

(جھاڑیوں کے پیچھے سے چلاتے ہوئے) مُجھے خُشک کرنے کے لیے ڈھیلے نہیں مل رہے۔ جلدی سے تین ڈھیلے ڈھونڈو۔ اب اس کو مارنا نہیں ہے۔ شریعت مُجرم کو مقررہ سزا سے زیادہ مارنے کی اجازت نہیں دیتی۔ اس کو قاضی کے

سامنے پیش کرنا ہے۔

دوسرا شاگرد جلدی سے بشار کے پیٹ میں لات مار کر مالک بن دینار کی طرف بھاگ جاتا ہے۔

مالک بن دینار۔

(چلاتے ہوئے) جلدی سے ڈھیلے ڈھونڈو۔ میں اس کو خشک کیے بغیر کھڑا نہیں ہو سکتا۔

بشار۔

(اونچی آواز میں بولتے ہوئے) جب پیشاب تُمہارے اندر تھا تو تُمہیں گندا نہیں لگتا تھا۔ جونہی باہر نکلا، تمہیں غلیظ لگنے لگ پڑا۔

کچھ دیر بعد مالک بن دینار دوسرے شاگرد کے ساتھ واپس لوٹتا ہے۔ اُس نے ازاربند دائیں ہاتھ میں پکڑ کر پائجامہ اوپر اُٹھایا ہوا ہے اور بایاں ہاتھ پائجامے کے اندر ڈال کر ڈھیلے سے خُشک کر رہا ہے۔ وُڈوانی کرتے کرتے وہ شاگردوں کو مُخاطب کرتا ہے۔

مالک بن دینار۔

اندھے شیطان نے ابھی اعتراف کیا ہے کہ وہ پیشاب اور فُضلے کو غلیظ نہیں سمجھتا۔

بشار۔

میں نے یہ نہیں کہا۔

مالک بن دینار۔

(شاگردوں کو مُخاطب کر کے شیخی بگھارتے ہوئے) اس کو شریعت کا کچھ علم نہیں ہے۔ ایک حدیث ہے کہ کم از کم تین ڈھیلے استعمال کرتے ہوئے پیشاب کے ہر قطرے کو خُشک کرو۔ مسلمانوں کو ہمیشہ اس پر عمل کرنا چاہیئے تا کہ وہ عذابِ قبر سے بچے رہیں۔

مالک بن دینار ڈھیلے کو پائجامے سے باہر نکال کر ایک طرف پھینک کر پائجامہ باندھ لیتا ہے۔

مالک بن دینار۔

مُجھے یقین ہے کہ یہ آدمی اپنے آپ کو صاف نہیں رکھتا اور تُم نے اس کو ہاتھ لگائے ہیں۔ لہذا اب تُم سب کو نہانا پڑے گا۔ چونکہ اسلام مکمل ضابطہء حیات ہے، لہذا ہمارے ہر عمل اور ہر چیز کے بارے میں، چاہے وہ ہمیں کتنی بھی معمولی لگے، ایک قاعدہ اور کلیہ ہے۔ عُلما نے متعین کیا ہے کہ سوئی کی نوک جتنا معمولی قطرہ بھی جسم کو ناپاک کر دیتا ہے۔ اسی لیے حکم ہے کہ پیشاب کے بعد اپنے آپ کو دھوؤ اور اگر پانی میسر نہ ہو تو ریت یا مٹی کے تین ڈھیلوں سے اپنے جسم کو خُشک کرو اور اس سے پہلے، عضوءِ مخصوص کو تین بار بائیں ہاتھ سے سونتو اور جھٹکے دو تا کہ

شک نہ رہے (103)۔

بشار۔

(طنزاً) یہ سارے طریقے مردوں کے لیے ہیں۔ کیا عورتوں کے پیشاب خشک کرنے کا کوئی شرعی طریقہ نہیں ہے؟

مالک بن دینار۔

(بشار کو مُخاطب کرتے ہوئے) تو مٹی پے ہی پڑا رہ کیونکہ تو زمین کا گندا کیڑا ہے۔ اب میں تُجھے اور نہیں پٹواؤں گا کیونکہ تیرے مُقدر میں اب صرف موت ہے۔

(شاگردوں کو مُخاطب کرتے ہوئے) اور یاد رکھو کہ دائیں ہاتھ سے مخصوص اعضاء کو چھونے کی اجازت نہیں ہے کیونکہ دایاں ہاتھ نیکی کا ہاتھ ہے جو کھانا کھانے کے لیے استعمال ہوتا ہے۔ صرف بائیں ہاتھ کو خاص اعضاء اور رفع حاجت کے بعد صفائی ستھرائی کے لیے استعمال کرنا ہے۔

بشار۔

(طنزاً) تُم میں سے کچھ کے ناخن لمبے ہیں اور تُم نے میرے جسم پر کُھرچیں مار دی ہیں۔ اپنے ناخن کاٹنا بھی یاد رکھو ورنہ وضو کے بعد فُضلہ تُمھارے ناخنوں میں پھنس کر سیدھا تُمھارے مُنہ میں جائے گا۔

دوسرا شاگرد۔

(حقارت سے) تُمھارے مُنہ میں جائے گا۔

مالک بن دینار۔

(شاگردوں کو مُخاطب کرتے ہوئے) چلو، پانی ڈھونڈو اور اپنے آپ کو اس شیطان کی غلاظت سے پاک کرو۔ پھر ہمیں قاضی کے پاس جا کر اس کی شکایت درج کرانی ہے۔

مالک بن دینار مڑ کر چل دیتا ہے۔

دوسرا شاگرد جب دیکھتا ہے کہ مالک کا مُنہ دوسری جانب ہے تو وہ دوڑ کر جلدی سے بشار کو پورے زور سے ایک لات مارتا ہے۔ بشار کراہتا ہے۔

دور سے کسی آدمی کے چلانے کی آواز آتی ہے۔

دور سے آنے والی آواز۔

(غُصے سے چلاتے ہوئے) اوئے بدمعاش! خبردار جو اس کو مارا۔ تیرے خیال میں اس کا کوئی قبیلہ نہیں؟ ٹھہر وہیں

---

103 عسقلانی، *بلوغ المرام*، صفحات 73-69

پے، تُجھے بتاتے ہیں ابھی۔

دوسرا شاگرد دوڑ لگا دیتا ہے۔ مالک بن دینار اور باقی شاگرد بھی تیز تیز چلنا شروع کر دیتے ہیں۔ مالک بھاگتا نہیں تا کہ شاگردوں کے سامنے اُس کا وقار مجروح نہ ہو لیکن بشار کے قبیلے والوں کو قریب آتا دیکھ کر سب دوڑ لگا دیتے ہیں۔

اُنیسویں ایکٹ کا اختتام

بیسواں ایکٹ: قصیدہ ہجو بن گیا

بیسویں ایکٹ کے کردار:

بشار بن بُرد، جیسا کہ اُنیسویں ایکٹ میں بیان کیا گیا۔

دو بوڑھے آدمی، راہگیر، بشار کے گھر کے آگے سے گُزر رہے ہیں۔

سلمہ، ایک بوڑھی عورت جو بشار کے گھر کے ساتھ والے گھر میں رہتی ہے۔

بشار کے قبیلے کے چھ مرد، جن کی عُمریں بیس اور ساٹھ سال کے درمیان ہیں۔

دس ادھیڑ عمر مرد اور عورتیں، بشار کے پاس آ کر بیٹھتے ہیں اور اُس کی شاعری سُنتے ہیں۔

ایک نوجوان، بشار کے شاگردوں میں سے ہے اور اس موقع پر مجبوراً اپنے آپ کو برقعے میں چُھپا کر بشار کو خبردار کرنے آیا ہے۔

ربابہ، جیسا کہ پندرہویں ایکٹ میں بیان کیا گیا لیکن اب وہ پہلے سے تیئس سال زیادہ عمر کی ہے۔

بیسویں ایکٹ کا منظر:

بشار کے گھر کے سامنے ریتلا میدان جس میں تھوڑی تھوڑی گھاس بھی اُگی ہوئی ہے۔

بیسواں ایکٹ

بشار کے گھر کے سامنے کُھلی جگہ

دور

تقریباً 783 عیسوی

بشار سخت غُصے میں اپنے آپ سے باتیں کرتے ہوئے دل کی بھڑاس نکال رہا ہے۔ وہ اپنے گھر کے سامنے آگے پیچھے چلتے ہوئے تصور میں ایک بہت بڑے مجمع سے خطاب کر رہا ہے۔

وہ اونچی آواز میں بولتا ہے تا کہ اُس کے فرضی سامعین میں سب سے آخری آدمی تک اُس کی آواز پہنچ جائے۔

بشار۔

(چلاتے ہوئے) کیا سمجھتے ہو تُم اپنے آپ کو؟ تُمہارے خیال میں تُم جو چاہے کرتے پھرو اور تُمہیں کوئی پوچھنے والا

نہیں ہے؟ ایک اندھے بے ضرر آدمی کو مارتے ہو اور سمجھتے ہو کہ تُمہیں کوئی سزا نہیں دے گا؟ امیرالمومنین تک تُمہارے پہنچنے سے پہلے میرا قبیلہ مُجھے وہاں لے جائے گا۔ میں اُن کے سامنے اپنا قصیدہ پڑھ کر بدمعاش مالک اور اُس کے لونڈوں سے تحفظ مانگوں گا۔ میرا قصیدہ اتنا شاندار ہو گا کہ کوئی شاعر اُس کا مُقابلہ نہیں کر سکے گا۔

بشار کھانس کر اپنا گلا صاف کرتا ہے اور اونچی آواز میں پڑھتا ہے۔

ظالم ہم سے کرتا ہے جب جور و ستم کی بات
اُس کو فوراً یاد کراتے ہیں اُس کی اوقات
جتنے بھی لشکر آ جائیں ہتھیاروں سے لیس
گرد و غُبار کی دھول ہو اتنی، دن بن جائے رات
نیزوں تلواروں سے ڈرنا اپنی ریت نہیں
جتنے دُشمن سامنے آئیں دے دیتے ہیں مات

بشار ہوا میں بازو ایسے چلاتا ہے جیسے تلوار سے وار کر رہا ہو۔

تلواریں جب تلواروں سے دھول میں ٹکرائیں
ریزہ ریزہ چنگاریاں چمک چمک گر جائیں
جتنے بھی تُم لا سکتے ہو لاؤ اپنے ساتھ
بھاگ اُٹھیں گے سورمے جب ہوں گے دو دو ہاتھ

بشار ہوا میں مکے لہراتا ہوا اونچی آواز میں پڑھتا ہے؛

لاچاروں کو حق کی طاقت کر دیتی ہے دلیر
بھینسیں اکٹھی ہو جائیں تو دوڑ لگا دیں شیر۔ (104)

قہقہے کی آواز سُن کر بشار چونک جاتا ہے۔ دو بوڑھے راہگیر سامنے آتے ہیں۔

پہلا بوڑھا آدمی۔

(بشار کو مُخاطب کرتے ہوئے) بشار؟ پاگل ہو گیا ہے کیا؟

بشار۔

(بے رُخی اور سرد مہری سے پڑھتے ہوئے)

---

104 ذیات، *تاریخ ادب العربی*، صفحات 375-366

اگر تُم میری روح میں جھانکتے
میری نیک فطرت کو پہچانتے
میرے ساتھ ہوتے، مُناتے مجھے
مُجھے بخش دیتے، مُجھے جانتے
مگر تُم نہ چاہو مُجھے جاننا
ارادہ تُمہارا مُجھے مارنا
لہذا بناتے ہو مُجرم مجھے
چڑھاتے ہو بے وجہ سولی مُجھے
اگر تُم میں ہوتی خود اپنی سمجھ
تُمہیں علم ہوتا کہ ہو نا سمجھ
مگر تُم کو اپنا نہیں ہے شعور
تمہارے ذہن میں ہے کتنا فتور
لہذا تُمہیں بخش دیتا ہوں میں
نہیں اس میں کچھ بھی تُمہارا قصور (105)۔

دوسرا بوڑھا آدمی۔

(پہلے آدمی کو مُخاطب کرتے ہوئے) یہ تو واقعی پاگل ہو گیا ہے۔ لگتا ہے کہ مالک بن دینار کے لونڈوں نے اس کے سر پر ٹُھڈے مارے ہیں۔

پہلا بوڑھا آدمی۔

(خوفزدہ ہوتے ہوئے) میں نے سُنا ہے کہ پاگل کی صحبت دوسروں کو بھی پاگل کر دیتی ہے۔ چلو چلیں یہاں سے۔

دونوں چلنے لگتے ہیں لیکن دوسرا آدمی رُک جاتا ہے۔

دوسرا بوڑھا آدمی۔

ٹہرو۔ مُجھے ابھی یاد آیا کہ اس نے جو آخری اشعار پڑھے ہیں وہ شیخ خلیل بن احمد کے اشعار ہیں۔ اگر یہ ایک دانش مند کے اشعار دُہرا سکتے ہے تو یہ پاگل نہیں ہے۔

پہلا بوڑھا آدمی۔

---

[105] ذیات، *تاریخ ادب العربی*، صفحات 493-492

میں اس کا امتحان لیتا ہوں۔

(بشار کو مُخاطب کرتے ہوئے) تُم جھوٹے ہو۔ تُم نے کہا کہ یہ تُمہارے اشعار ہیں۔

بشار۔

(سختی سے) میں نے یہ نہیں کہا۔ تُم جھوٹے ہو۔

پہلا بوڑھا آدمی۔

لیکن تُم اِن کو ایسے فخریہ انداز میں پڑھ رہے تھے جیسے کہ یہ تُمہارے ہوں۔

بشار خاموش رہتا ہے۔

پہلا بوڑھا آدمی۔

(دوسرے آدمی کو مُخاطب کرتے ہوئے) خاموش ہو گیا ہے۔ خاموشی جرُم کا اقرار ہوتی ہے۔

بشار۔

(سختی سے) میں بہت کُچھ کہہ سکتا ہوں لیکن تُمہارے جیسے خبیثوں کے مُنہ نہیں لگنا چاہتا۔

پہلا بوڑھا آدمی۔

تو کس کے سامنے بولو گے؟ اب تو قاضی نے بھی تُمہارا مقدمہ سُننے سے انکار کر دیا ہے۔

بشار۔

(بے چینی سے) قاضی نے میرے بارے میں کیا کہا؟

پہلا بوڑھا آدمی۔

ہم بازار میں تُمہارے قبیلے والوں سے ملے تھے۔ وہ خود تُمہیں خبر سُنانے آ رہے ہیں۔

بشار۔

(غُصے سے) تُم نہیں بتا سکتے کہ کیا ہوا؟

پہلا بوڑھا آدمی۔

ہم بُری خبروں کے پیغام رساں نہیں بننا چاہتے۔

بشار۔

(چلاتے ہوئے) تو پھر دفع ہو جاؤ۔ میں اللہ کے کسی جعلی نائب سے نہیں ڈرتا۔

پہلا بوڑھا آدمی۔

(دوسرے آدمی کو مُخاطب کرتے ہوئے) کیا اس نے اللہ کا نائب کہا؟

دوسرا بوڑھا آدمی۔

ہاں۔

پہلا بوڑھا آدمی۔

لیکن اللہ کا نائب تو خلیفہ ہوتا ہے یا امام ہوتے ہیں۔

دونوں آپس میں سرگوشی کرتے ہیں اور جلدی جلدی چلے جاتے ہیں۔

بشار اپنے گھر کی دہلیز پر بیٹھ جاتا ہے۔

سلمہ ساتھ والے گھر کی دیوار سے جھانکتی ہے۔

سلمہ۔

بشار، مجھے تُم سے ہمدردی ہے لیکن تُمہیں احتیاط سے بات کرنی چاہیئے۔

بشار خوش ہو کر اپنے بھاری جسم کو سنبھالتا آہستہ آہستہ اپنے پیروں پر کھڑا ہوتا ہے۔

بشار۔

واقعی سلمہ؟ تُمہیں مجُھ سے ہمدردی ہے؟ تُمہاری آواز سن کر مجُھے بڑی خوشی ہوتی ہے۔

سلمہ۔

تو پھر میرے لیے کوئی شعر کہو۔

بشار۔

آج میں نے خلیفہ المہدی کی شان میں قصیدہ تیار کیا ہے جو ابوالعتاہیہ کے قصیدوں سے بدرجہا بہتر ہے۔ میرے قبیلے والے میرے لیے دربار میں حاضری کا وقت مانگنے گئے ہوئے ہیں۔ پھر وہ مجُھے دربار میں لے کر جائیں گے۔ جب خلیفہ میرا قصیدہ سُنے گا تو مالک بن دینار کے لگائے ہوئے الزامات کو مسترد کر دے گا۔

سلمہ۔

یہ تو بہت اچھی بات ہے۔ میرا قصیدہ کدھر ہے؟

بشار۔

تُمہارا قصیدہ بھی پڑھ دیتا ہوں۔

بشار مزاحیہ انداز میں بچوں کو ہنسانے والے مسخرے کی طرح گنگناتا ہے۔

سلمہ بنی ہے شکر سے
نہ آدم کی پسلی سے
پیاز کی بو کو دور کرے
سلمہ ایسی خوشبو دے

سلمہ۔

(ہنستے ہوئے) یہ تو بچوں والی شاعری ہے۔

بشار۔

سچی بات یہ ہے کہ میں نے یہ نظم مدرسے ہی میں کہی تھی جب مولوی نے ہمیں بتایا تھا کہ حوا کو آدم کی پسلی سے بنایا گیا تھا (106)۔

سلمہ۔

تُمہارے قبیلے والے آ رہے ہیں۔ میں دُعا کروں گی کہ وہ اچھی خبر لائیں ہوں۔

سلمہ اپنے گھر کی دیوار کے پیچھے غائب ہو جاتی ہے۔

بشار کے قبیلے کے چھ آدمی جن کی عُمریں بیس اور ساٹھ کے درمیان ہیں، قریب آتے ہیں۔

قبیلے کے آدمی۔

سلام علیکُم۔

بشار۔

وعلیکُم سلام۔ (بے چینی سے) کیا بنا؟ کیا ہوا؟

قبیلے کے آدمی بشار کے گھر کے سامنے گھاس پر بیٹھ جاتے ہیں۔ وہ سارے دن کی جدوجہد سے تھکے ہوئے لگتے ہیں۔ بشار اپنے گھر کی دہلیز پر بیٹھ کر اُن کے بولنے کا انتظار کرتا ہے۔

قبیلے کا پہلا بوڑھا آدمی۔

(تھکی ہوئی آواز میں) ہم قاضی کے پاس گئے اور کہا کہ مالک بن دینار اور اُس کے لونڈے تُمہیں مارتے اور دھمکاتے ہیں۔ قاضی نے کہا کہ مالک نے پہلے شکایت درج کرائی ہے کہ تُم مسلسل بصرہ کے نوجوانوں میں بے راہ روی اور گمراہی پھیلا رہے ہو، تُمہارا دین ایمان کوئی نہیں ہے، تُم عورتوں کے بارے میں بے حیا نظمیں پڑھتے ہو اور تُمہارے رویے سے معاشرتی اقدار خطرے میں ہیں۔ قاضی نے مالک سے کہا کہ وہ ہمارے قبیلے کو پابند کر سکتا ہے کہ تُمہارے چال چلن کو درست کرے لیکن اس سے مالک کی تسلی نہیں ہوئی اور اُس نے سنگین نوعیت کے الزامات عائد کر دیئے۔ اُس نے کہا کہ تُم مُرتد ہو اور زرتشتی عقیدے کی تبلیغ کرتے ہو۔ اب یہ قاضی کے دائرۂ اختیار سے باہر ہے کیونکہ خلیفہ کے واضح احکامات موجود ہیں کہ ارتداد اور غیر اسلامی مذاہب کی تبلیغ جیسے مذہبی نوعیت کے سنگین

---

106 عسقلانی، *بلوغ المرام*، صفحات 334-331

مقدمات اُس کے دربار میں بھیجے جائیں۔

بوڑھا آدمی سانس لینے کے لیے رُکتا ہے۔ بشار بے چینی سے انتظار کرتا ہے۔

قبیلے کا پہلا بوڑھا آدمی۔

بد قسمتی سے مالک کو پتہ تھا کہ آج کل خلیفہ بصرہ میں ٹھہرا ہوا ہے۔ چنانچہ وہ اُس کے وزیر یعقوب بن داؤد کے پاس چلا گیا اور مطالبہ کیا کہ اُس کا استغاثہ خلیفہ کی عدالت میں دائر کیا جائے۔ پھر ہم نے سُنا کہ یعقوب نے مالک کو دربار میں حاضر ہونے کا وقت دے دیا ہے۔ چناچہ ہم بھی یعقوب کے پاس گئے۔ یعقوب سے مُلاقات کا وقت مِلنا بہت مُشکل تھا۔ آدھا دن انتظار کرنے کے بعد ہماری باری آئی۔ ہم نے یعقوب کی منت سماجت کرتے ہوئے کہا کہ تُم بہت بڑے شاعر ہو اور تُم بنو عقیل کی جانب سے خلیفہ کی شان میں قصیدہ پڑھنا چاہتے ہو۔

پہلا بوڑھا آدمی خاموش ہو جاتا ہے۔

بشار۔

(بے صبری سے) پھر کیا ہوا؟

قبیلے کا پہلا نوجوان۔

(غُصے سے بولتے ہوئے) یعقوب پکا خنزیر نکلا۔ اُس نے ہمیں حقارت سے دیکھتے ہوئے کہا، ''امیرالمومنین کا جمالیاتی ذوق بہت اعلیٰ ہے۔ وہ اللہ تعالیٰ کی بہترین تخلیق سے شاعری سُنتے ہیں اور اپنا ذاتی وقت خوبصورت کنیزوں اور اچھے جسموں والے نوعمر غُلاموں کے ساتھ گزارتے ہیں۔ ایک بدشکل بڑھا اُن کا قصیدہ پڑھنے کے لیے پیش کر کے میں اُن کے عتاب کا نشانہ نہیں بننا چاہتا۔ کیا تُم چاہتے ہو کہ میں کوڑے کھاؤں؟''

قبیلے کا دوسرا نوجوان، جو بیتابی سے بولنے کا انتظار کر رہا تھا، فوراً بول پڑتا ہے۔

قبیلے کا دوسرا نوجوان۔

(بے صبری سے پہلے نوجوان کو مُخاطب کرتے ہوئے) مُعاویہ، تو بہت کچھ بھول گیا ہے۔ سب سے پہلے یعقوب نے ایک قہقہہ لگا کر کہا تھا کہ وہ بشار کو بہت اچھی طرح جانتا ہے۔

(بشار کو مُخاطب کرتے ہوئے) اُس نے کہا تھا کہ وہ تُمہاری شاعری بہت پسند کرتا ہے۔ جب ہم نے اُسے کہا کہ تُمہیں خلیفہ کے سامنے پیش کرے تو تب بھی وہ ہنستا رہا لیکن ہمیں بعد میں سمجھ آئی کہ اُس کے خیال میں ہم مذاق کر رہے تھے۔ پھر جب اُسے احساس ہوا کہ ہم سنجیدہ ہیں تو ایک دم اُس کا رنگ بدل گیا اور وہ کہنے لگا، ''تُمہاری عقل ٹھکانے ہے؟ کیسا لگے گا جب ایک اندھا، لمبا موٹا بھینسا نما بڑھا دو نفیس مزاج شہزادوں کی موجودگی میں امیرالمومنین کے قصیدے پڑھے گا؟ شہزادوں نے تو ہدایات دے رکھی ہیں کہ کوئی بدصورت مرد یا عورت، یا جس میں جسمانی نقص ہو اُن کے محل یا ذاتی دفاتر میں بھرتی نہ کیا جائے۔ شاہی خاندان سمجھے گا کہ میں اُن کے اعلیٰ جمالیاتی

ذوق کا مذاق اُڑا رہا ہوں۔

بشار کا چہرہ گہرے دُکھ کا اظہار کرتا ہے لیکن نوجوانوں کو جوشِ جذبات میں یہ نظر نہیں آتا۔

قبیلے کا پہلا نوجوان۔

(مُقابلہ کرتے ہوئے) اب تُو بھول رہا ہے۔ تُجھے یاد ہی نہیں کہ اُس نے ہمارے سارے قبیلے کی بے عزتی کر دی تھی۔ جب ہم نے اُسے کہا کہ یہ بنو عقیل کی عزت کا مسئلہ ہے تو وہ کہنے لگا، ''بنو عقیل کو ویسے بھی کون پوچھتا ہے؟ اگر تُمہارے قبیلے والے عقلمند ہوتے تو بشار کو زنجیروں میں باندھ کے رکھتے، لوگوں کے سامنے ایسی شاعری نہ پڑھنے دیتے جس میں پاکباز عورتوں کے بارے میں بے حیائی کے کلمات کہے جاتے ہیں۔''

بشار۔

(چلاتے ہوئے) میں نے ایسی شاعری کبھی نہیں کہی۔ جو ایسی شاعری کہتے ہیں وہ تو خلفاء کے درباروں میں انعام و اکرام سے نوازے جاتے ہیں۔ میں نے جریر، اخطل اور فرزدق کی کچھ نظمیں سنائی تھیں یہ بتانے کے لیے کہ اموی درباروں میں خلفاء بیٹھ کر کس طرح کی نظمیں سُنا کرتے تھے۔

قبیلے کا دوسرا بوڑھا آدمی۔

(بشار کو مُخاطب کرتے ہوئے) ایسا لگتا ہے کہ مالک نے یعقوب کو تُمہارے خلاف بہت زیادہ غلط باتیں بتائی ہیں، بہت جھوٹے الزام لگائے ہیں اور یعقوب اُس کی ہر بات مانتا گیا ہے۔

ہم نے اُسے کہا کہ ابوالعتاہیہ ایک کُمہار تھا جو گلی گلی پھر کر مٹی کے برتن بیچا کرتا تھا لیکن خلیفہ اُس کی شاعری پسند کرتا ہے جو بشار کی شاعری سے بہت کم تر درجے کی ہے۔ خلیفہ بشار کی شاعری کو ضرور پسند کرے گا۔ لیکن یعقوب نے ہماری ایک نہ سُنی۔

بشار۔

جو میرے دین ایمان کی بات کرتے ہیں، کیا اُنھیں پتہ نہیں کہ ابوالعتاہیہ زندگی بعد الموت پر ایمان نہیں رکھتا؟ اُس کا تو کوئی مذہب ہی نہیں ہے۔ اور کیا اُنھیں نہیں پتہ کہ خلیفہ اپنی لونڈی عتبہ کی محبت میں لکھی ہوئی ابوالعتاہیہ کی غزلیں سُنتا ہے، اُس کے ساتھ بیٹھ کر محل کی کنیزوں سے گانے سُنتا ہے، اور اُس نے عتبہ ابوالعتاہیہ کو تحفے میں دی تھی؟ خلیفہ رومانوی شاعری کے خلاف نہیں ہے۔ اُس کے درباریوں کے بیٹے میرے پاس آتے ہیں اور مُجھے سب بتا جاتے ہیں کہ محل میں کیا ہوتا ہے۔ (مایوسی سے) کاش کہ خلیفہ ایک بار میری نظمیں سُن لیتا۔ یہ ابوالعتاہیہ کی شاعری سے بہت بہتر ہیں۔

قبیلے کا پہلا نوجوان۔

ہم نے یعقوب کو یہ بتایا تھا۔ اُس نے کہا، ''کیا تُم نے ابوالعتاہیہ کو دیکھا ہے؟ روشن چہرہ، کانوں کے اوپر لہراتے

ہوئے کالے گھنے بال، تندرست توانا جسم۔ امیرالمومنین اُس کی شاعری اس لیے نہیں سُنتے کہ وہ شاعری میں اچھا ہے بلکہ اس لیے کہ وہ دیکھنے میں اچھا ہے۔''

بشار۔

(طنزاً) اگر یعقوب خلیفہ کے دربار میں مالک کو میرے خلاف بکواس کرنے کی اجازت دے سکتا ہے تو مجھے وہاں کیوں نہیں جانے دیتا؟ میرے خیال میں یعقوب ضرورت سے زیادہ پہرے دار کُتا بن رہا ہے۔ اُس کو صرف اس لیے وزیر بنایا گیا تھا کہ وہ علویوں کے ساتھ اپنے تعلقات کو استعمال کر کے علویوں کی بغاوت کو بند کرا دے گا۔ لیکن ابھی تک علویوں نے ہتھیار نہیں ڈالے۔ میں شرطیہ کہتا ہوں کہ یعقوب کے دن گنے جا چکے ہیں۔

قبیلے کا پہلا بوڑھا آدمی۔

(جزبز ہوتے ہوئے) اس وقت مسئلہ یعقوب کا نہیں تُمہارا ہے۔ تُم اپنے آپ کو بہت بڑی چیز سمجھتے ہو اور تُمہیں احساس ہی نہیں ہے کہ ہمارا قبیلہ کتنا کمزور ہے۔ ہم خلیفہ اور اُس کے آدمیوں کی سخاوت اور مہربانی پر انحصار کرتے ہیں۔ ہمیں کسی نے بتایا ہے کہ اگر ہم یعقوب کو رشوت دیں تو وہ ہمیں دربار میں مُلاقات کا وقت دے سکتا ہے لیکن ہمارے پاس پیسے کہاں ہیں؟ ہمارے برعکس مالک بن دینار کی رسائی بااثر لوگوں تک ہے کیونکہ وہ جانتے ہیں کہ مالک خلافت کے لیے جہادی تیار کرتا ہے جبکہ تُم لڑکوں کو جہاد کے بجائے عشقیہ شاعری سُنا کر شریف گھروں کی لڑکیوں کا پیچھا کرنے پر مائل کرتے ہو۔

بشار۔

(دفاعی انداز میں) میری شاعری سے زیادہ عشقیہ شاعری تو ابوالعتاہیہ کی ہے۔ وہ کیسے خلیفہ اور اُس کے شاہزادوں کے سامنے غزلیں سُنا کر انعام لیتا ہے؟ خلیفہ کا حرم کنیزوں سے بھرا ہے اور بے شمار نوجوان مہر کی رقم نہ ہونے کی وجہ سے شادی کرنے سے بھی قاصر ہیں۔ کیا یہ مسئلے میری شاعری نے پیدا کیے ہیں؟ نہیں۔ میری شاعری تو صرف اُن نوجوانوں کو سکون دیتی ہے جو معاشرے کی ناانصافیوں کی وجہ سے پریشان ہیں۔

قبیلے کا پہلا بوڑھا آدمی۔

(ڈانٹے ہوئے) رہنے دے بشار۔ یہ سب ہمیں پتہ ہے۔ ہم بھی اسی معاشرے میں زندگی گزار کر بوڑھے ہوئے ہیں۔ یہ مسئلے نہ تُو حل کر سکتا ہے اور نہ تیری شاعری۔ اس وقت مسئلہ یہ ہے کہ کیا تو طبعی موت مرنا چاہتا ہے یا تشدد کی موت؟

بشار۔

(ششدر ہوتے ہوئے) موت؟ کس جرم میں موت؟ شراب پینے کی سزا ستر کوڑے ہے۔ خلیفہ اور اُس کے بیٹے محل میں شراب پیتے ہیں۔ عبدہ میرے لیے محل سے شراب لاتی تھی۔ خلیفہ اور اُس کے بیٹے عشقیہ شاعری سُنتے ۔ ۔ ۔

قبیلے کا پہلا بوڑھا آدمی۔

(غُصے سے) زبان کو لگام دے بشار۔ ہم تُجھے بچانے کی کوشش کر رہے ہیں اور تو ایسی باتیں کر کے سارے قبیلے کو جلا وطن کروا کے تپتے صحرا میں بھوک اور پیاس سے مروانے پر تُلا ہوا ہے۔ کیا یہی صلہ ہے جو تُو ہمیں دے رہا ہے؟ جب تیرے والدین فوت ہوئے تھے تو سارے قبیلے نے مل کر تُجھے پالا، تُجھے مدرسے پڑھنے بھجوایا، تُجھے اپنا عرب نام دیا حالانکہ تیرا باپ ایک تو فارسی اور اوپر سے غُلام بھی تھا۔ کیا کوئی اور عرب قبیلہ ہے جو اپنی عورت کو کسی فارسی سے شادی کرنے دے؟ ہم نے تیرے اور تیرے والدین کے لیے اپنی ساری روایات توڑیں اور آج تُو ہمیں ہی ذلیل کروا رہا ہے؟

بشار۔

(طنزاً) اگر قبیلے کا کوئی مرد میری ماں سے شادی کر لیتا تو اُسے کیا ضرورت تھی غُلام خرید کر اُس سے شادی کرنے کی؟ کیا فارسی انسان نہیں ہوتے؟ میرا باپ نیک آدمی تھا۔

قبیلے کا پہلا بوڑھا آدمی۔

وہ لمبی، کالی بے ڈھنگی اور ہٹ دھرم، کسی مرد کی ماتحتی قبول کرنے کے بجائے مرد کو اپنے ماتحت دیکھنا چاہتی تھی۔ لیکن ہم نے اُس کی شادی کو قبول کیا۔ کونسا عرب قبیلہ فارسی غُلام کے اندھے بیٹے کو اپنا بنا کر پالتا ہے؟ ہم نے اچھے بُرے میں تیرا ساتھ دیا اور جواباً تو ہم پے ذلت لے آیا۔ اور اب تو چاہتا ہے کہ بنو عقیل اپنی عورتوں اور بچوں سمیت صحرا میں بھوکے پیاسے مر جائیں؟ یہ جو امیروں اور درباریوں کے لڑکے تیرے پاس شاعری سُننے آتے ہیں، تُو ان کو کیوں نہیں کہتا کہ اپنے باپوں سے کہہ کر تُجھے بچائیں؟

بشار صورتحال کی نزاکت کا احساس کرتے ہوئے دُکھی ہو کر ندامت سے سر جھکا دیتا ہے۔

بشار۔

(معذرت خواہانہ انداز میں) بھائیو! میں تُمہیں یقین دلاتا ہوں کہ میری وجہ سے تُم پر کوئی مصیبت نہیں آئے گی۔ اب تُم میرے لیے کسی قاضی یا وزیر کے پاس نہ جاؤ۔ میں ستر سال کا ہوں اور میں نے تُم لوگوں کی مدد سے ایک اچھی زندگی بسر کی ہے۔ موت تو ایک دن آنی ہی آنی ہے۔ تُم لوگ مُجھے عاق کر کے قبیلے کو بچاؤ۔ قبیلے کے بچوں پر توجہ دو۔ جہاں تک امیروں اور درباریوں کے بیٹوں کا تعلق ہے، وہ تو صرف اپنی تفریح اور تفنن طبع کے لیے میرے پاس آتے تھے جس سے میرا دل بھی بہل جاتا تھا۔ وہ تو اپنے باپوں کو شاید یہ بھی بتانے کی جرات نہ کریں کہ وہ مُجھے جانتے ہیں۔

قبیلے کا دوسرا بوڑھا آدمی۔

(حوصلہ افزائی کرتے ہوئے) ہم عرب ہیں اور جس کو تحفظ دیتے ہیں اُس کو تنہا نہیں چھوڑتے۔ ابھی بھی اُمید باقی

ہے۔ ہم گواہی دیں گے کہ تُم مرتد نہیں ہو بلکہ ہمارے ساتھ نماز پڑھتے ہو۔ جہاں تک شراب اور شاعری کا معاملہ ہے، بدترین نتیجہ یہ ہو گا کہ خلیفہ تُمہیں ستر کوڑوں کی سزا سُنائے گا جو ہمیں یقین ہے کہ تُمہارا جسم برداشت کر لے گا۔ ہم تُمہاری دیکھ بھال کریں گے اور پھر لوگوں کا تُمہارے پاس آنا جانا بند کر دیں گے۔ اس طرح کوئی تُمہارے چال چلن یا عقیدے کے بارے میں افواہیں نہیں پھیلا سکتے گا۔ تُم بھی خلیفہ یا حکام یا شہزادوں کے بارے میں اشتعال انگیز باتیں کرنا چھوڑ دو۔

بشار تشکر کے مارے رو پڑتا ہے۔ وہ اپنے تھوب کے دامن سے اپنے آنسو پونچھتا ہے۔

بشار۔

بھائیو! تُم جانتے ہو کہ میں نے کبھی آگ کی پوجا نہیں کی۔ آنکھوں پر جِھلی ہونے کی وجہ سے مُجھے صرف روشنی نظر آتی ہے۔ رات کو مُجھے آگ نظر آ جاتی ہے۔ اسی لیے میں نے ایک بار کہا تھا کہ آگ روشن اور مٹی تاریک ہے۔ لوگوں نے میرے الفاظ کو توڑ مروڑ کر غلط مطلب نکالے اور کہا کہ میں اپنے باپ کے مذہب پر چلتا ہوں حالانکہ میرے باپ نے اسلام قبول کیا تھا۔ تبھی قبیلے نے میری ماں کو اُس سے شادی کی اجازت دی تھی۔ جہاں تک شاعری کا تعلق ہے میری زندگی کی واحد خوشی یا تو شاعری ہے یا کبھی کبھار میرے مداح جو میرے لیے تھوڑی سی شراب لے آتے ہیں۔

بشار تھوڑی دیر خاموش رہ کر سوچتا ہے۔

تُم لوگوں نے میرے لیے جو کیا ہے، میں تہہ دل سے تُمہارا شکرگزار ہوں۔ بچپن سے میری خواہش تھی کہ قبیلے کے لیے کوئی اچھا کام کروں۔ میں ایک ہی کام کر سکتا تھا کہ بہترین شاعر بنوں، قبیلے کا نام مشہور کروں، لوگ کہیں کہ بنو عقیل کے پاس سب سے اچھا شاعر ہے۔ میں خواب دیکھا کرتا تھا کہ خلیفہ مُجھے دربار میں بُلائے گا اور میں اُس کو خوش کر کے اپنے قبیلے کے لیے مراعات لے کر لوٹوں گا لیکن لگتا ہے کہ تقدیر نے اِس کا اُلٹ کر دیا ہے۔ میں نے قبیلے کے لیے عزت کے بجائے ذلت کما لی ہے۔

بشار سر جُھکا کر تھوڑی دیر سوچتا ہے۔ پھر سر اُٹھا کر بولتا ہے۔

شاعری میری تاریک اور کٹھن زندگی میں روشنی بن کر آتی تھی، مُجھ میں جینے کی خواہش بیدار کرتی تھی، زندہ رہنے کے لیے طاقت عطا کرتی تھی۔ اگر شاعری گُناہ ہے بھائیو، تو پھر مُجھے مر ہی جانے دو۔ اس کے بغیر میں زندہ رہ کر کیا کروں گا؟ اور اب تو میرے ضمیر پر ایک اور بوجھ بھی ہے کہ جن لوگوں نے مُجھے پالا پوسا، روٹی، کپڑا، مکان دیا، میں اُن کے لیے ذلت و رسوائی کا سبب بنا۔

قبیلے کا پہلا بوڑھا آدمی۔

ہم ہمیشہ تُم پر فخر کریں گے۔ اُموی حکمران بھی ظالم تھے لیکن وہ شاعروں کی قدر کرتے تھے۔ کم از کم ایسا سلوک

نہیں کرتے تھے جیسا اب ہو رہا ہے۔ اُن کے وقت میں تُمھارا کچھ نہ کچھ نام و مُقام تھا۔ بس تُم احتیاط کرو اور باقی اللہ پر چھوڑ دو۔

بشار۔

مسئلہ یہ ہے کہ مالک بن دینار جیسے خبیث کچھ بھی اللہ پر نہیں چھوڑتے۔ اُن کا اللہ پر ایمان ہی نہیں، ورنہ اللہ کے کام خود اپنے ہاتھوں میں نہ لیتے۔ اب میں جو بھی کروں گا وہ الزام تراشی کے بہانے ڈھونڈتے رہیں گے۔

قبیلے کا دوسرا بوڑھا آدمی۔

اگر تُم لوگوں سے ملنا بند کر دو تو کچھ فائدہ ہو سکتا ہے۔ یا افواہ پھیلا دو کہ تُمھاری قوتِ گویائی ختم ہو گئی ہے۔ گونگے بن جاؤ۔

بشار۔

یعنی کہ مرنے سے پہلے مر جاؤں۔ ستر کی عمر میں جب سارا جسم درد کرتا ہو، کھانا پینا مشکل ہو اور موت زندگی سے زیادہ آسان لگتی ہو، تُم کہتے ہو کہ وہ ایک چیز بھی چھوڑ دوں جو مُجھے زندہ رکھے ہوئے ہے؟ تُمھارے کہنے پر میں کوشش تو کروں گا لیکن میں اپنے آپ کو جانتا ہوں۔ میری زبان میرے قابو میں نہیں ہے۔ تُم پر الزام آئے گا کہ میں تُمھارے قبیلے کا ہوں۔ نہیں بھائیو! مُجھے عاق کر دینا ہی تُمھارے لیے بہتر ہے۔ میں جانتا ہوں کہ میں زبان بند نہیں رکھ سکوں گا۔ اسی لیے میں نے بہت پہلے ایک نظم کہی تھی:

میری تخلیق کے مقصد کی نہیں مُجھ کو خبر
میری مرضی سے نہیں ہوتا کہیں کوئی امر
مُجھ کو تخلیق کیا لے لی میری آزادی
مُجھ پہ جو تھوپا گیا اُس کی نہیں مجھ کو فکر
میری اوقات نہیں ہے کہ رہوں میں بے عیب
میرے ادراک میں آتا ہی نہیں علم الغیب
بے لچک ذہن بنایا ہے میری فطرت نے
مُجھ کو مظلوم بنایا ہے تیری قدرت نے

بشار سر جُھکا کر خاموش ہو جاتا ہے۔

دس ادھیڑ عمر مردوں اور عورتوں کو آتے دیکھ کر قبیلے کا پہلا اور دوسرا بوڑھا آدمی اُٹھ کر کھڑے ہو جاتے ہیں اور چلنے کی تیاری کرتے ہیں۔

قبیلے کا پہلا بوڑھا آدمی۔

چلو چلیں۔ اس کے غدار مداح شاعری سُننے اور جاسوسی کرنے آ رہے ہیں۔

(بشار کو مُخاطب کرتے ہوئے) محتاط رہ کر بات کرنا۔ اسلام اور خلیفہ کی تعریفیں کرنا۔

قبیلے کے دو بوڑھے آدمی چلے جاتے ہیں۔

قبیلے کے باقی لوگ اپنی جگہوں پر بیٹھے رہتے ہیں۔

دس ادھیڑ عمر مرد اور عورتیں آتے ہیں اور سلام کر کے بیٹھے ہوؤں کے ساتھ بیٹھ جاتے ہیں۔ بشار اُن کے سلام کا جواب نہیں دیتا۔ وہ نئے آنے والوں سے خائف ہے۔ وہ اپنے کان کا رُخ نئے آنے والوں کی طرف کر کے اُن کی آوازیں پہچاننے کی کوشش کرتا ہے۔

پہلی بوڑھی عورت۔

ڈرو مت بشار۔ ہم بنو اُمیہ کے لوگ ہیں اور تُم سے ہمدردی کرنے آئے ہیں۔ ہم نے سُنا ہے کہ تُمہارے خلاف مہم چلائی جا رہی ہے۔ ہمارے دور میں تو شاعروں کو عزت دی جاتی تھی۔

بشار۔

تُمہارے ساتھ دو مشکوک آدمی ہیں جو میری باتوں کو توڑ مروڑ کر دوسروں کو سُناتے ہیں۔ جب تک تُم اُن کو نکال کر واپس نہیں بھیجتے، مُجھ سے کُچھ بھی سُننے کی توقع نہ کرو۔

پہلی بوڑھی عورت۔

کتنی شرم کی بات ہے، اندھے اور بوڑھے آدمی کو ستانا! ہمیں بتاؤ بشار وہ دو کون ہیں۔

دو شرارتی آدمی ایک گترا پہنے ہوئے آدمی کے ساتھ سرگوشیاں کرتے ہیں۔

گترا پہنے ہوئے شخص۔

بشار، میں اُن بدمعاشوں کو جانتا ہوں۔ وہ یہاں موجود نہیں ہیں۔

بشار۔

جھوٹا بدمعاش! ابھی اُنہوں نے تُمہارے کان میں سرگوشیاں کی ہیں۔

حاضرین قہقہے لگا کر ہنستے ہیں۔

گترا پہنے ہوئے شخص۔

بشار، تُمہارے کان شیطان کے کان ہیں۔

پہلی بوڑھی عورت۔

(تینوں آدمیوں کو مُخاطب کرتے ہوئے) ایک اندھے بوڑھے آدمی کو تنگ کرتے ہوئے تُمہیں شرم نہیں آتی؟

بشار۔

دھوکا دینے والا بھی اندھا ہوتا ہے کیونکہ وہ اپنے افعال کے نتائج نہیں دیکھ سکتا۔

پہلا شرارتی شخص۔

(طنزاً) یہ ہمارے افعال کے نتائج کو بھی دیکھ سکتا ہے۔

کچھ حاضرین اس طنز پر ہنستے ہیں۔

بشار۔

(غُصے سے) چلے جاؤ۔ مُجھے تنگ مت کرو۔ میرے پاس تُمہارے لیے کچھ نہیں ہے۔ میرا تُم سے کوئی تعلق نہیں ہے۔ میری نظر میں تُمہارا وجود ہی نہیں ہے۔

پہلی بوڑھی عورت۔

(تین شرارتی آدمیوں کو مُخاطب کرتے ہوئے) تُم تینوں یہاں سے چلے جاؤ تا کہ ہم سکون سے یہ شام گزاریں۔
(حاضرین کو مُخاطب کرتے ہوئے) کوئی ان کو نکالو یہاں سے۔

قبیلے کا پہلا نوجوان۔

(تین شرارتی آدمیوں کو مُخاطب کر کے) چلو اُٹھو، نکلو یہاں سے۔

دوسرا شرارتی شخص۔

(اکڑتے ہوئے) تُم ہمیں نکال کے دکھاؤ۔

چار نوجوان کھڑے ہو کر تین شرارتیوں کے گرد کھڑے ہو جاتے ہیں۔

تھوڑی سی دھینگا مُشتی کے بعد وہ تینوں چل دیتے ہیں۔

پہلا شرارتی شخص۔

چلو چلیں۔ آؤ بھائی۔ اس کی بیوقوفانہ باتیں سُن کر وقت ظائع کرنے کا کیا فائدہ؟

تین شرارتی آدمی چلے جاتے ہیں۔ چاروں نوجوان اپنی اپنی جگہ پر بیٹھ جاتے ہیں۔

بشار۔

اُس نے میری باتوں کو بیوقوفانہ کہا۔ حقیقت یہ ہے کہ ساری دُنیا حماقت میں ڈوبی ہوئی ہے۔

بشار سیدھا ہو کر ایسے بیٹھتا ہے جیسے مسجد کا امام منبر پر بیٹھ کر خُطبہ دیتا ہے اور بہت سنجیدہ انداز میں تقریر کرتا ہے۔

اماموں، فقیہوں اور مُفتیوں کا ایک دین پر اتفاق ہی نہیں ہے۔ امام مالک نے اپنی ساری زندگی حدیثوں کو اکٹھا کرنے اور اپنی کتاب میں لکھنے پر لگائی۔ پھر لوگوں سے کہا کہ ہر قول و فعل میں، چاہے ہاتھ مُنہ دھونے جیسا معمولی فعل ہی کیوں نہ ہو، اپنے اجداد کی نقل کرو۔

دوسری طرف امام ابو حنیفہ نے ساری زندگی حدیثوں اور اُن کے راویوں کا تجزیہ کرنے کے بعد کہا کہ راویوں کی اکثریت

آپس میں ہی مُتفق نہیں ہے اور بیشتر حدیثیں آیاتِ قرآنی سے ہی متفق نہیں ہیں، لہذا بیشتر حدیثوں کا اعتبار ہی کوئی نہیں۔ امام ابو حنیفہ نے لوگوں کو سُنّتِ رسول اللہ ﷺ سے مثالیں دیتے ہوئے سمجھایا کہ ہر چیز میں اجداد کی نقل نہ کرو۔ ہمارے اجداد قتل و غارت کرتے رہے ہیں۔ عقل بتاتی ہے کہ قتل و غارت اچھی چیز نہیں ہے۔ چونکہ یہ بات امیر منصور کو پسند نہیں تھی، اُس نے امام ابو حنیفہ کو زہر دے کر مار دیا۔

بشار سانس لینے کے لیے رُکتا ہے۔

حاضرین اُس کی تقریر سے مسحور ہو کر اُس کے دوبارہ بولنے کا انتظار کرتے ہیں۔

اب باری آتی ہے تیسرے امام، امام جعفرؒ کی۔ امام جعفرؒ کے مطابق رسول اللہ ﷺ کے وارثین حکومت چلانے کے سب سے پہلے حقدار تھے لیکن امویوں اور عباسیوں نے اہل بیت کے حق کو تسلیم کرنے کے بجائے رسول اللہ ﷺ کے وارثین کو نسل در نسل بُری طرح شہید کیا اور ساتھ ہی ساتھ ایک دوسرے کا بھی بے دریغ قتلِ عام کیا۔ یعنی ان دو قبیلوں کا اتفاق صرف اس بات پر ہے کہ رسول اللہ ﷺ کا کوئی وارث زندہ نہیں چھوڑنا۔ پھر بھی یہ مسلمانوں کے سردار ہیں اور مُجھے سب مل کر کافر کہتے ہیں۔

حاضرین قہقہے لگا کر ہنستے ہیں۔ بشار بھی ہنس پڑتا ہے۔

پہلی بوڑھی عورت۔

بشار، ہمیں تُم سے ہمدردی ہے۔

بشار۔

مسجد میں مالک بن دینار صاف سُتھرے پانی سے دن میں پانچ دفعہ لمبے لمبے وضو کرتا ہے لیکن اُس کا دماغ غلاظت سے اور روح لالچ و نفرت سے لبریز ہے۔ وہ اس لیے میرے پیچھے پڑا ہوا ہے کہ میں یہاں ہر کسی سے بہتر عربی جانتا ہوں اور امراء کے لڑکے اُس کے بجائے مُجھ سے سیکھنے آتے ہیں۔ اُس نے اپنے لونڈے لا کر مُجھے پٹوایا لیکن وزیر یعقوب نے میرے بجائے اُسے خلیفہ کے دربار میں حاضری کا وقت دے دیا۔

پہلی بوڑھی عورت۔

تُمہیں کسی نہ کسی طرح خلیفہ کے دربار میں پہنچنا چاہیئے۔

بشار۔

خلیفہ؟ وہ خلیفہ جو محل میں لونڈوں اور لونڈیوں کے ساتھ بیٹھ کر شراب پیتا ہے اور دوسرے شرابیوں کو کوڑے لگواتا ہے؟ جو خود عشقیہ شاعری سُنتا ہے لیکن دوسرے شاعروں کو سزائیں سُناتا ہے؟ اس وقت خلیفہ کے فیصلے تو یعقوب کر رہا ہے۔ وہی اصلی خلیفہ ہے۔

سوکھے جُھریوں بھرے چہرے والی ایک عورت اور دو دُبلے پتلے آدمی آ کر خاموشی سے سب کے پیچھے بیٹھ جاتے ہیں۔ کوئی

اُن کی طرف توجہ نہیں دیتا کیونکہ بشار جوشِ جذبات میں اونچا اونچا بول رہا ہے اور لوگ مسحور ہو کر اُس کی باتیں سُن رہے ہیں۔

بشار۔

(تلخی اور غُصے سے) عشقیہ شاعری سُن کر خلیفہ نے ابوالعتاہیہ کو اپنی بہترین کنیز انعام میں دی لیکن مُجھے اپنا مُنہ بند رکھنے کا حکم بھیج دیا۔ میں کہتا ہوں، اگر خلیفہ کو شاعری سُننے کا حق ہے تو عام لوگوں کو کیوں نہیں؟ یعقوب نے کہا کہ امیرالمومنین ابوالعتاہیہ جیسے خوش شکل جوانوں سے قصیدے سُنتے ہیں کسی اندھے بدشکلے بڑھے سے نہیں۔

پہلی بوڑھی عورت۔

دورِ اُمیہ میں تو ایسا نہیں ہوتا تھا۔ عبدالمالک بن مروان کے دربار میں جب اخطل شعر پڑھنے آتا تھا تو اُس کی داڑھی سے بھی شراب ٹپک رہی ہوتی تھی۔

بشار۔

اگر قصیدے صرف خوش شکل جوان کے مُنہ سے اچھے لگتے ہیں تو پھر موٹے لمبے بھینسے نما بڑھے کے مُنہ سے ہجو ہی اچھی لگے گی۔ لہذا اب میں ہجو ہی کہوں گا۔

حاضرین، سامعین، یہ ہے میری ہجو، (طنزاً) عزت مآب امیرالمومنین ابو عبداللہ محمد المہدی کے حضور میں اور میں اس کو بنو اُمیہ کے نام کرتا ہوں جن سے (طنزاً) امیرالمومنین کے اجداد نے خلافت کو چھینا تھا۔

حاضرین اس گُستاخی پر دم بخود رہ جاتے ہیں۔ بشار ترنم سے ہجو کہتا ہے؛

بہت سو چکے ہو اُمیہ کے بیٹو!
اُٹھو اپنی میراث پھر سے سمیٹو
عبائے خلافت کو واپس لو ورنہ
خلیفہ لہو میں ڈبو دے گا اس کو

حاضرین ششدر ہو کر بشار کو دیکھتے ہیں۔

بشار آسمان کی طرف ہاتھ اُٹھا کر مزاحیہ سنجیدگی سے کہتا ہے؛

بنا پھرتا ہے کب سے اللہ کا نائب
مگر خوں بہانے سے ہو گا نہ تائب
خلیفہ اصل میں ہے اُس کا وزیر
خوشامد و رشوت سے بن کے امیر
اگر چاہو مِلنا خلیفہ کو تُم

تو یعقوب کی کر دو مُٹھی گرم

کرے فیصلے موج مستی کے ساتھ

ہے مصروف مہدی کنیزوں کے ساتھ

حاضرین ہنستے ہنستے لوٹ پوٹ ہو جاتے ہیں۔

بشار اپنی چھاتی کوٹ کوٹ کر ماتم کرتا ہے؛

پڑھائیں نمازیں چڑھائیں چڑھاوے

ہے ان کا لبادہ، مُقدس دکھاوے

قبر کھود کر ہڈیاں پھینک آئیں

کسی کی نہ آنکھوں میں آنسو بھی آئیں

وہ لاشیں گھسیٹیں یا سولی چڑھائیں

مگر لوگ پھر بھی نہ غُصے میں آئیں۔

بُرقع پہنے ہوئے ایک نوجوان بشار کے قریب آ کر اُس کے کان میں سرگوشی کرتا ہے۔

بُرقع پہنے ہوئے نوجوان۔

(منت کرتے ہوئے) اُستاد جی، خُدا کے لیے یہ پاگل پن بند کریں۔ یہ جو لوگ بیٹھے ہوئے ہیں، یہ بنو امیہ سے نہیں ہیں۔ مالک کے تین جاسوس بھی بیٹھے ہوئے ہیں۔ وہ آپ کی ہر بات لکھ رہے ہیں۔ رُک جائیں ورنہ آپ قتل ہو جائیں گے۔ جواب دیتے وقت میرا نام نہ لیں۔

بشار۔

اب تیر کمان سے نِکل چکا ہے۔ جو قتل کرنا چاہتے ہیں وہ ثبوتِ بھی بنا لیں گے۔

بُرقع پہنے ہوئے نوجوان۔

اُستاد جی، ہم نہیں چاہتے کہ آپ کو مارا جائے۔ خُدا کے لیے کُچھ اور کہیں۔ امیرالمومنین کی تعریف میں قصیدہ پڑھ دیں۔

بشار۔

میری تعریفیں اور قصیدے اُس تک نہیں پہنچیں گے۔ درمیان میں بدنیت لوگوں کی لمبی قطار ہے۔ فکر مت کرو۔ بوڑھا اور کتنا جی سکتا ہے؟ کتنی ذلت اُٹھا سکتا ہے؟ جاؤ۔ خُدا تُم پر اپنا سایہ قائم رکھے، اپنی رحمت تُم پر نازل فرمائے۔ گھر جاؤ۔

نوجوان چلا جاتا ہے۔

بشار خاموشی سے سر جھکا کر آنکھیں بند کر لیتا ہے۔

ایک ایک کر کے حاضرین اُٹھ کر جانا شروع کر دیتے ہیں۔

بشار اکیلا رہ جاتا ہے۔

ربابہ اپنے گھر کی دیوار کے اوپر سے جھانکتی ہے۔

ربابہ۔

(چلاتے ہوئے) کون تھی جو برقع پہنے تیرے کان میں سرگوشیاں کر گئی؟ کیا وقت دے کر گئی ہے؟ رات کے پچھلے پہر جب شریف لوگ سو رہے ہوتے ہیں؟

بشار۔

(شرارتی انداز میں گاتے ہوئے)

ربابہ اپنی مُرغیوں کو بے شرمی سے بچاتی ہے
مُرغا ایک ہی ہے اُس کا، مُرغے کو سمجھاتی ہے
مُرغا تنہا بند کر کے، رات کو وہ سو جاتی ہے
اک اک کر کے ہر مُرغی، مُرغے سے ملنے آتی ہے۔

ربابہ۔

شرم کر بڑھے۔ تیری تو اب ٹانگیں بھی قبر میں لٹکی ہوئی ہیں۔ تو سمجھتا ہے کہ بُرقع پہن کر وہ پہچانی نہیں جائے گی؟ کیا جہنم کی آگ سے بھی بچ جائے گی؟ لوگ جانتے ہیں کہ وہ کون ہے۔

بشار۔

لوگ بہت زیادہ جانتے ہیں لیکن بہت کم دیکھتے ہیں۔

ربابہ دیوار کے پیچھے غائب ہو جاتی ہے۔

بشار سر جھکا کر آنکھیں بند کر لیتا ہے۔

بیسویں ایکٹ کا اختتام

اکیسواں ایکٹ: غُلام کا غرور

اکیسویں ایکٹ کے کردار:

خلیفہ المھدی، خلیفہ منصور کا بیٹا، پچاس اور پچپن کے درمیان عمر کا مضبوط جسم والا شخص ہے۔ اُس کے طور طریقوں میں سختی ہے اور وہ چہرے کے تاثرات کو بڑی تیزی سے غُصے اور نرمی کے درمیان بدلتا رہتا ہے جس کی وجہ سے اُس کا سامنا کرنے والا شخص بدحواس ہو سکتا ہے۔

موسیٰ الہادی، تقریباً اُنیس سال عمر، خلیفہ المھدی کا بڑا بیٹا اور ولی عہد ہے۔

ہارون الرشید، تقریباً سترہ سال عمر، خلیفہ المھدی کا دوسرا بیٹا اور ولی عہد ثانی ہے۔

خلیفہ المھدی اور دونوں شہزادے سونے کے تاروں سے کشیدہ کاری کیے ہوئے رنگین کمخوابی فارسی جبُوں میں ملبوس، سروں پر پھُندنوں والے، موتی پروئے، پگڑی نما تاج پہنے بیٹھے ہیں۔ اپنے باپ کی نسبت دونوں شہزادوں کی نرم گفتگو اور زیادہ روشن رنگت اُن کی آرام دہ محلاتی زندگی کی عکاسی کرتی ہے۔

الربیع بن یونس، خلیفہ المھدی کا معتمدِ خاص جو اس سے پہلے المھدی کے والد، المنصور کا معتمدِ خاص تھا، جیسا کہ بارھویں ایکٹ میں بیان کیا گیا، اب ستر برس کے قریب عمر کا ہو چکا ہے۔

ابو عبیداللہ معاویہ، خلیفہ المھدی کا دوسرا معتمدِ خاص ایک دُبلا پتلا اور جھریوں بھرے پریشان چہرے والا بوڑھا ہے۔ خلیفہ منصور نے اِسے المھدی کا اُستاد مقرر کیا تھا۔ بعد میں یہ المھدی کا معتمدِ خاص بن گیا۔

یعقوب بن داؤد، خلیفہ المھدی کا تیسرا معتمدِ خاص، چھوٹے قد کا موٹا تازہ ادھیڑ عمر آدمی ہے۔

تینوں معتمدین کشیدہ کاری کیے ہوئے کمخواب کے جبُّے اور ریشمی پھُندنوں والی پگڑی نما ٹوپیاں پہنے ہوئے ہیں۔

ابوالعتاہیہ روشن چہرے، کانوں کے اوپر لہراتے ہوئے کالے گھنے بالوں اور تندرست و توانا جسم کا مالک خوش شکل نوجوان ہے۔ وہ کشیدہ کاری کیے ہوئے ریشمی فارسی جبُّے میں ملبوس ہے، اُس نے کانوں میں گول بالیاں پہن رکھی ہیں اور اُس کا سر ننگا ہے۔

مالک بن دینار، جیسا کہ انیسویں ایکٹ میں بیان کیا گیا۔

تقریباً پچیس درباری، یہ سب مرد ہیں جن کی عمریں بیس سے لے کر ستر کے درمیان ہیں۔ انھوں نے مختلف رنگوں کے جُبّے پہن رکھے ہیں، کچھ سادہ اور کچھ کشیدہ کاری کیے ہوئے۔ زیادہ تر کے سروں پر عمامے یا گترے ہیں جبکہ دوسروں نے دربار کی شان و شوکت کی مُناسبت سے پگڑیاں یا ٹوپیاں پہن رکھی ہیں۔

قیدی، ایک تھکا ہارا پریشان حال نوجوان ہے جس کے پاؤں میں بیڑیاں ہیں اور ہاتھ رسی سے بندھے ہوئے ہیں۔ اُس نے کھدر کا میلا کُچیلا تھوب پہن رکھا ہے اور اُس کا سر ننگا ہے۔

سات مُحافظ، جنھوں نے کھدر کے تھوب اور سروں پر چکبترے گترے پہنے ہوئے ہیں۔ ان کی کمروں پر چمڑے کی چوڑی پیٹیاں بندھی ہیں۔ پیٹیوں سے میانیں لٹک رہی ہیں جن کے اوپر سے اُن کی تلواروں اور خنجروں کے دستے نظر آتے ہیں۔

اکیسویں ایکٹ کا منظر:

تیسرے عباسی خلیفہ ابو عبداللہ محمد المہدی کا دربار اتنا بڑا ہے کہ تقریباً پچاس آدمی اطراف کی دیواروں کے ساتھ لگی دیوان نما کُرسیوں پر بیٹھ سکتے ہیں اور پھر بھی درمیان میں اتنی جگہ بچ جاتی ہے کہ سو کے قریب اشخاص آرام سے کھڑے ہو سکیں۔ فرش پر قالین بچھے ہیں اور دیواروں پر ایرانی، بخُارا اور بلکانی نمونوں کے قالین لٹکائے گئے ہیں۔ ان قالینوں کے نمونوں میں احتیاط برتی گئی ہے کہ انسانی خاکے نہ بنائے گئے ہوں۔ دیواروں پر نمائشی زرہ بکتریں، کندہ کاری کی ہوئی ڈھالیں، تلواریں اور نیزے بھی لٹکائے گئے ہیں۔ تین پوستین چڑھے تخت نما دیوان جن کی پُشتوں کے کناروں پر نقش نگاری کی گئی ہے سامنے والی دیوار کے ساتھ لگے تین فُٹ اونچے پلیٹ فارم پر رکھے ہیں۔

درباری دونوں اطراف کی دیواروں کے ساتھ پوستین چڑھی دیوان نما کُرسیوں پر بیٹھے ہیں۔ معتمدین پلیٹ فارم کے قریب ترین رکھی ہوئی کُرسیوں پر بیٹھے ہیں۔

یعقوب بن داؤد اور ابو عبیداللہ ایک دوسرے کے حریف ہونے کے ناطے آمنے سامنے بیٹھے ہیں۔

ابو العتاہیہ، ابو عبیداللہ کے ساتھ والی کُرسی پر بیٹھا ہے۔

دائیں ہاتھ والی دیوار کے آخر پر ایک دروازہ کُھلتا ہے جس کے ساتھ دو مُحافظ کھڑے ہیں۔

اکیسواں ایکٹ

خلیفہ ابو عبداللہ محمد المہدی کا دربار

دور

تقریباً 783 عیسوی

درباری بیٹھے خلیفہ المہدی اور اُس کے بیٹوں کی آمد کے منتظر ہیں۔ یعقوب اور ابو عبیداللہ کبھی کبھی ایک دوسرے کو حقارت بھری نظروں سے دیکھتے ہیں۔ الربیع بن یونس دربار میں داخل ہوتا ہے اور اونچی آواز میں اعلان کرتا ہے۔

الربیع۔

(اونچی آواز میں) اللہ تعالیٰ کی زمین پر اُس کی رحمت کا سایہ، امیر المومنین ابو عبداللہ محمد المہدی عطا اللہ بقا دربار میں تشریف لاتے ہیں۔ احتراماً کھڑے ہو کر خلیفۃ اللہ سے اپنی وفاداری کا ثبوت دیں۔

حاضرین کھڑے ہو جاتے ہیں۔

المہدی اور اُس کے پیچھے دونوں شہزادے شاہانہ انداز میں چلتے ہوئے اندر آتے ہیں۔ اُن کے پیچھے تین مُحافظ ننگی تلواریں اوپر آٹھائے چل رہے ہیں۔ المہدی پلیٹ فارم پر درمیان میں رکھی تخت نُما کُرسی پر بیٹھتا ہے۔ موسیٰ الهادی اُس کے دائیں ہاتھ والی کُرسی پر اور ہارون الرشید اُس کے بائیں ہاتھ والی کُرسی پر بیٹھ جاتے ہیں۔ تینوں محافظ تلواریں نیچے کر کے اُن کے پیچھے کھڑے ہو جاتے ہیں۔

المہدی کے اشارہ کرنے پر حاضرین بھی بیٹھ جاتے ہیں۔ الربیع، جو خلیفہ المہدی اور موسیٰ الهادی کے دائیں ہاتھ پر کھڑا ہے، ابو عبیداللہ کو اشارہ کرتا ہے۔ ابو عبیداللہ اُٹھ کر المہدی کے سامنے جا کر جھکتا ہے۔ المہدی اپنا دایاں ہاتھ آگے بڑھاتا ہے۔ ابو عبیداللہ خلیفہ کے ہاتھ پر بوسہ دے کر واپس آ کر اپنی کُرسی پر بیٹھ جاتا ہے۔ الربیع یعقوب بن داؤد کو اشارہ کرتا ہے۔ یعقوب بھی خلیفہ کے ہاتھ کو بوسہ دے کر واپس آ کر بیٹھ جاتا ہے۔ اسی طرح، باری باری سب درباری خلیفہ کا ہاتھ چوم کر واپس اپنی اپنی کُرسیوں پر بیٹھ جاتے ہیں۔

الربیع۔

(المہدی کو مُخاطب کرتے ہوئے) امیرالمومنین، آپ کی اجازت سے میں دربار میں موجود معززین کو اُن حالیہ کامیابیوں سے آگاہ کرنا چاہتا ہوں جو ہم نے اسلام کو پھیلانے اور مزید آگے بڑھانے میں حاصل کی ہیں۔

خلیفہ المہدی۔

اجازت ہے۔

الربیع اپنی جیب سے ایک کاغذ نکال کر یکساں لہجے میں، بغیر اُتار چڑھاؤ کے، بولنا شروع کرتا ہے۔ وہ کبھی کبھی نُقاط ذہن میں لانے کے لیے کاغذ پر دیکھتا رہتا ہے۔

الربیع۔

(اونچی آواز میں) یا اخوان (بھائیو)! آپ کو خبر ہو گی کہ مقنع خراسانی نے صوبہ خراسان میں اسلام کے خلاف بغاوت کر کے مُردہ فارسی سلطنت کو پھر سے زندہ کرنے کی مذموم کوشش کی تھی۔ مقنع خراسانی لعنتی ابو مُسلم کا ایک چیلا تھا جو امیرالمومنین کے والد عزت مآب ابو جعفر المنصور کے ہاتھوں ابو مُسلم کو جہنم رسید کیے جانے کے بعد کسی

خفیہ مُقام پر چُھپ گیا تھا۔ دشمنِ اسلام مقنع نے مرو کے علاقے میں اپنی سرگرمیاں جاری رکھی ہوئی تھیں۔ اپنا مکروہ چہرہ چُھپائے رکھنے کے لیے وہ ہر وقت نقاب پہنے رکھتا تھا۔ وہ راوندیہ مذہب کا پجاری تھا جس میں روحوں کی نقل مکانی پر ایمان رکھا جاتا ہے۔ وہ اس حد تک آگے بڑھ گیا تھا کہ اُس نے دعویٰ کیا کہ نعوذ باللہ، اللہ کی روح اُس میں سما گئی ہے۔ اللہ مجھے یہ الفاظ کہنے پر معاف کرے۔

الربیع ایک ہاتھ سے کان کو چھو کر استغفار کہتا ہے کیونکہ اُس کے دوسرے ہاتھ میں پرچہ ہے۔

الربیع۔

کالے جادو میں مہارت کے باعث مقنع نے ایک چاند بنا رکھا تھا جو کنوئیں سے باہر نکلتا تھا۔ شروع میں امیرالمومنین نے معتزلہ کے کچھ عالموں کو بھیجا کہ وہ دلائل سے اُس کو راہِ راست پر لے آئیں لیکن چونکہ معتزلہ خود راہِ راست پر نہیں، لہذا وہ ناکام ہو گئے (107) اور مقنع تیس ہزار احمقوں کو اپنے سحر میں مُبتلا کر کے اپنا مذہب اختیار کروانے میں کامیاب ہو گیا۔ امیرالمومنین نے وقت ظائع کیے بغیر اس اسلام دشمن گروہ کا قلم قلع کرنے کے لیے علاقے میں جہادی بھیج دیئے۔ بدقسمتی سے ہمارا پہلا سردار ابوعون کامیاب نہیں ہوا اور مقنع کے حامیوں کی بہت بڑی تعداد کے آگے ٹہر نہ سکا۔ اس کے بعد امیرالمومنین نے مصعب بن زبیر کو بھیجا کہ وہ ان باغیوں کا حساب کرے۔

الربیع اپنے پرچے کو دیکھ کر پڑھتا ہے۔

حال ہی میں مصعب بن زبیر کا بیان موصول ہوا ہے جس میں باغیوں پر مکمل فتح کی خوشخبری سُنائی گئی ہے۔ بیان میں لکھا ہے کہ شکست کھانے کے بعد مقنع نے اپنے سارے خاندان کو زہر دے کر مار ڈالا اور خود تیزاب سے بھرے مٹکے میں اپنے آپ کو تحلیل کر دیا۔ یہاں پہلا بیان ختم ہوتا ہے۔

درباری ایک دوسرے سے بڑھ چڑھ کر اونچی آواز میں المہدی کو مُبارک دیتے ہیں۔

حاضرین۔

(اونچی آواز میں) مُبارک یا امیرالمومنین!

پہلا درباری۔

(اونچی آواز میں) اللہ امیرالمومنین کی عُمر دراز کرے۔

دوسرا درباری۔

(اونچی آواز میں) امیرالمومنین کو ہمیشہ کامیابیاں نصیب ہوں۔

---

[107] ابو زہرہ، *حیاتِ امام ابو حنیفہ*، صفحات 153, 268

تیسرا درباری۔

(اونچی آواز میں) امیرالمومنین کا سایہ ہمارے سروں پر قائم رہے۔

خلیفہ المہدی کے چہرے پر کوئی تاثرات نظر نہیں آتے لیکن وہ ایک ہاتھ اُٹھا کر حاضرین کی مبارک باد کو قبول کرتے ہوئے الربیع کو بیان جاری رکھنے کا اشارہ کرتا ہے۔

الربیع۔

یا اخوان (بھائیو)! امیرالمومنین نے اسلام کی بالا دستی اور پھیلاؤ کے لیے صرف طاقت کا استعمال ہی نہیں کیا ہے بلکہ علمی و ذہنی کام کرنے کے لیے ایک ادارہ بھی بنایا ہے جس کے عُلما کا کام شک پھیلانے والوں سے بحث کرنا اور لوگوں کے ذہنوں میں اسلام کے خلاف پھیلے ہوئے شکوک و شبہات کو کتابیں لکھ کر دور کرنا ہے۔ شک پھیلانے والے زنادقہ اور معتزلہ اپنے آپ کو مسلمان کہتے ہیں لیکن اپنی فارسی کتابوں کے ترجمے کر کر کے اپنے پُرانے مذاہب کو زندہ رکھنے کی کوششیں کرتے رہتے ہیں۔ ابن ابی العوجا، حماد عجرد، یحیٰی بن زیاد اور مطیع بن ایاس کی کتابیں لوگوں کے ذہنوں کو خراب کر رہی ہیں۔

امیرالمومنین بالخصوص یہ چاہتے ہیں کہ مانی کے پیروکاروں کا خاتمہ کیا جائے کیونکہ یہ بدترین مذہب کے پجاری ہیں۔ عُلما سے خطاب کرتے ہوئے پچھلے دنوں امیرالمومنین نے کہا:

الربیع آواز کو مزید اونچا کرتے ہوئے اپنے پرچے کو دیکھ کر جذباتی انداز میں پڑھتا ہے۔

مانی کے پیروکار پہلے تو عوام کو ظاہری بھلائیوں کی طرف دعوت دیتے ہیں، مثلاً فواحش سے اجتناب، دُنیا میں زہد اور آخرت کے لیے عمل، پھر اُنہیں یہ تلقین کرتے ہیں کہ گوشت حرام ہے اور کسی قسم کے جانور کو ہلاک نہیں کرنا چاہیئے۔ جانور کی عزت کرنی ہے۔

حاضرین قہقہے لگا کر ہنستے ہیں۔

جب لوگ اچھی نیت سے اُن کے ساتھ شامل ہو جاتے ہیں تو پھر اُنہیں تلقین کرتے ہیں کہ پانی کو ہاتھ نہیں لگانا یعنی غسل نہیں کرنا۔

الربیع رُک کر حاضرین کو اچھی طرح ہنسنے کا موقع دیتا ہے۔

آہستہ آہستہ منیشی لوگوں کو دو خُداؤں کے اعتقاد کی طرف لے جاتے ہیں۔ ان کی تربیت جاری رہتی ہے حتیٰ کہ وہ پیشاب سے غسل اور بہنوں اور بیٹیوں سے نکاح تک حلال کر دیتے ہیں۔ ایک وقت ایسا آتا ہے کہ یہ بچوں کو چُراتے ہیں تا کہ اُنہیں ضلالت پر پرورش کریں۔ (108)

---

[108] مودودی، خلافت و ملوکیت، صفحات 200-187

پہلا درباری۔

(چلاتے ہوئے) مانی کے پیروکار مُردہ باد!

حاضرین۔

(چلاتے ہوئے) مُردہ باد، مُردہ باد!

الربیع۔

(خلیفہ المہدی کو مُخاطب کرتے ہوئے) جناب ابو عبیداللہ ایک بہت اہم خبر دینا چاہتا ہے۔

المہدی حیران ہو کر الربیع کی طرف دیکھتا ہے۔

خلیفہ المہدی۔

(برہم ہوتے ہوئے) کیا میں نے حکم نہیں دیا تھا کہ ابو عبیداللہ کو انتظامی معاملات سے فارغ کر کے یہ معاملات یعقوب کے حوالے کیے جائیں؟ اور یہ خبر سب کے سامنے دینے کی کیا ضرورت پیش آ گئی؟ اس کو اب تک مُجھ سے خفیہ کیوں رکھا گیا؟

الربیع۔

(منت کرتے ہوئے) جناب جب آپ یہ خبر سُنیں گے تو آپ مُجھے اس کو خفیہ رکھ کر سب کے سامنے پیش کرنے پر بہت داد دیں دے۔ یہ کام خلافت کے مفاد میں کیا گیا ہے۔

خلیفہ المہدی۔

(سرد مہری سے) بولو کیا بولتے ہو۔

الربیع اپنی کُرسی پر بیٹھ جاتا ہے۔ ابو عبیداللہ اُٹھ کر اُس کی جگہ کھڑا ہو کر بیان شروع کرتا ہے۔ المہدی کا سابقہ اُستاد ہونے کے ناطے وہ اُسے صرف ''یا امیر'' کہہ کر مُخاطب کرتا ہے۔

ابو عبیداللہ۔

(خلیفہ المہدی کو مُخاطب کرتے ہوئے) یا امیر، یہ علویوں کے مسئلے کے بارے میں ہے۔

(درباریوں کی طرف مُنہ کر کے اُن کو مُخاطب کرتے ہوئے) سابقہ امیرالمومنین ابو جعفر عبداللہ المنصور کی وفات کے بعد جب ہمارے عزیز امیرالمومنین ابو عبداللہ محمد المہدی نے منصبِ اعلیٰ سنبھالا تو انھوں نے ابتدا میں علویوں سے بہت نرمی کا سلوک کیا۔ اُنھیں قید خانوں سے نکال کر اُن کی جائدادیں اُنھیں واپس کیں لیکن کئی علوی شکرگزار ہونے کے بجائے خلافت ہر اپنے حق کی خُفیہ تبلیغ کرنا شروع ہو گئے۔ اس پر ہمیں تعجب نہیں ہوا کیونکہ ہمیں علویوں سے یہی توقع تھی۔ تعجب اس بات کا ہے کہ ہم نے منصبِ خلافت کے بالکل قریب کچھ غدار دریافت کیے جو خفیہ طور پر علویوں کی مدد کر رہے تھے۔

(یعقوب بن داؤد کو حقارت سے دیکھتے ہوئے) امیرالمومنین نے یعقوب بن داؤد کو ایک کام سونپا تھا کہ وہ باقی ماندہ علویوں سے مذاکرت کر کے، اُن سے مکمل شکست تسلیم کروا کے، اُن کو امیرالمومنین کی بیعت کرنے پر مجبور کرے۔ ماضی میں علویوں سے یعقوب کے قریبی تعلقات ہونے کے باعث اُس کو اس کام کے لیے موزوں سمجھا گیا تھا۔ یعقوب کی وفاداری کا امتحان لینے کے لیے پچھلے ہفتے ہم نے ایک علوی گرفتار کر کے اس غرض سے اُس کے حوالے کیا کہ وہ اُس سے علویوں کی سرگرمیوں کے راز اُگلوائے اور عدم تعاون کی صورت میں اُسے قتل کر دے۔
(خلیفہ المہدی کو مُخاطب کرتے ہوئے) جناب میں آپ سے گذارش کرتا ہوں کہ اس معاملے میں جو پیش رفت ہوئی ہے یعقوب سے اُس کا بیان طلب کریں۔

خلیفہ المہدی۔

(یعقوب کی طرف شک کی نظر سے دیکھتے ہوئے) یعقوب، کیا پیش رفت ہوئی ہے؟

یعقوب گھبرا کرا کھڑا ہو جاتا ہے۔ اُس کا چہرہ زرد ہے اور اُس کی آواز میں لرزش ہے۔

یعقوب بن داؤد۔

(ہچکچاتے ہوئے) جناب اُس نوجوان نے تعاون کرنے سے انکار کر دیا تھا اور اُسے قتل کر دیا گیا تھا۔

خلیفہ المہدی۔

(یعقوب کو مُخاطب کرتے ہوئے) تُم اتنے گھبرائے ہوئے کیوں ہو؟

ابو عبیداللہ۔

(خلیفہ المہدی کو مُخاطب کرتے ہوئے) یا امیر، یہ اس لیے گھبرایا ہوا ہے کیونکہ اس نے آپ سے جھوٹ بولا ہے۔

ابو عبیداللہ ایک مُحافظ کو اشارہ کرتا ہے۔ جلد ہی دو مُحافظ ایک نوجوان کو بازوؤں سے پکڑے اندر لاتے ہیں۔ نوجوان نے کھدر کا میلا کُچیلا تھوب پہن رکھا ہے۔ وہ نیند کا مارا، پریشان حال اور بہت خوفزدہ ہے۔ اُس کے پاؤں میں بیڑیاں ہیں اور ہاتھ رسی سے بندھے ہوئے ہیں۔

چند درباری۔

(حیرت زدہ آواز میں) اوہ! یہ تو زندہ ہے۔

یعقوب بن داؤد ششدر رہ جاتا ہے۔ وہ بولنے کی کوشش کرتا ہے لیکن بول نہیں پاتا۔

ابو عبیداللہ اُس کی جانب فاتحانہ نظروں سے دیکھتا ہے۔

ابو عبیداللہ۔

(خلیفہ المہدی کو مُخاطب کرتے ہوئے) یا امیر، یعقوب اس لیے گھبرایا ہوا ہے کیونکہ علوی زندہ ہے۔

خلیفہ المہدی۔

(غُصے سے چلاتے ہوئے) یعقوب! تُمہیں مُجھ سے جھوٹ بولنے کی جُرات کیسے ہوئی؟

ابو عبیداللہ کے اشارے پر مُحافظ قیدی کو واپس لے جاتے ہیں۔

یعقوب فوراً المہدی کے تخت کے سامنے گھٹنوں کے بل بیٹھ کر ہاتھ جوڑ کر معافی مانگتا ہے۔

یعقوب بن داؤد۔

(منت کرتے ہوئے) امیرالمومنین! میں آپ کا وفادار نوکر ہوں۔ مُجھے معاف کر دیں۔ اللہ کے نام پر میں آپ سے معافی مانگتا ہوں۔

خلیفہ المہدی۔

(یعقوب کو نظرانداز کر کے ابو عبیداللہ کو مُخاطب کرتے ہوئے) یہ علوی تُمہیں کہاں مِلا؟

ابو عبیداللہ۔

یا امیر، مُجھے یعقوب کی وفاداری پر عرصے سے شک تھا۔ جب یہ نوجوان تفتیش کے لیے اِس کے حوالے کیا گیا تو میں نے اِس کی حویلی کے آس پاس جاسوس تعینات کر دیئے تھے۔ ایک رات جاسوسوں نے نوجوان کو حویلی سے باہر نکلتا دیکھ کر ہدایات کے مطابق اُس کا پیچھا کیا۔ نوجوان ایک جگہ گیا جہاں اُس کو ایک گھوڑا دیا گیا۔ میرے آدمیوں نے اُسے خراسان کی حدود میں داخل ہوتے ہوئے گرفتار کر لیا اور جس جگہ اُس کو گھوڑا فراہم کیا گیا تھا، وہ بھی سارے گرفتار کر لیے۔

خلیفہ المہدی۔

(یعقوب بن داؤد پر غُصے سے چِلاتے ہوئے) یعقوب! کھڑے ہو جاؤ اور وضاحت کرو۔ تُم نے علوی کو کیوں چھوڑا؟ کیا ساز باز کی اُس کے ساتھ؟

یعقوب اپنے پاؤں پر کھڑا ہو کر ہاتھ جوڑ کر بولتا ہے۔

یعقوب بن داؤد۔

(منت کرتے ہوئے) امیرالمومنین! میں تسلیم کرتا ہوں کہ میں نے نوجوان کو قتل کرنے کے بارے میں آپ سے جھوٹ بولا لیکن آپ سے وفاداری ایک لمحے کے لیے بھی ترک نہیں کی۔ آپ جانتے ہیں کہ کچھ علویوں سے میرے باپ دادا کے زمانے سے تعلقات ہیں۔ اسی لیے آپ نے مُجھے اُن سے مذاکرات پر مامور کیا تھا۔ جب میں اس نوجوان کو گھر لے گیا تو مُجھے پتہ چلا کہ اس کا باپ ایک ایسا شخص ہے جس نے ایک بار میری جان بچائی تھی اور غربت میں میری امداد بھی کی تھی۔ تفتیش سے پتہ چلا کہ یہ علویوں کو شکست دینے میں ہماری کوئی مدد کرنے کے قابل ہی نہیں ہے۔ اسے باغیوں کے بارے میں رتی برابر بھی علم نہیں ہے۔ جب اس نے رحم کی بھیک مانگی تو مُجھے اس کا باپ یاد آگیا جس نے میری جان بچائی تھی اور میرے ہاتھ اس کا خون کرنے سے رُک گئے۔ لیکن اس کے باوجود

میری آپ سے وفاداری پر کوئی حرف نہیں آیا۔

یعقوب بن داؤد پھوٹ پھوٹ کر رو پڑتا ہے۔

دوسرا درباری۔

(اونچی آواز میں) شرم کر یعقوب! بھرے دربار میں عورتوں کی طرح روتا ہے۔

یعقوب بن داؤد۔

(منت کرتے ہوئے) امیرالمومنین، اللہ کے نام پر میرے بچوں کی خاطر مجھے معاف کر دیں۔

خلیفہ المہدی۔

(طنزیہ انداز میں) تُمہارے ہاتھ ایک لڑکے کا خون کرنے سے رُک گئے تو تُمہارے بیوقوف ذہن میں یہ بات کیسے آئی کہ میں ایک بُزدل کا خون اپنے ہاتھوں پر دیکھنا پسند کروں گا؟

کئی درباری قہقہے لگا کر ہنستے ہیں۔ ابو عبیداللہ مایوسی سے سر جُھکا لیتا ہے۔

کئی درباری۔

(اونچی آواز میں) ماشاء اللہ! ماشاء اللہ یا امیرالمومنین!

خلیفہ المہدی۔

(حقارت سے یعقوب کو مُخاطب کرتے ہوئے) تمہیں علویوں سے ہتھیار ڈلوانے کا کام سونپا گیا تھا لیکن تُم نے باغیوں کی تعداد میں اُس ایک کا بھی اضافہ کرنے کی کوشش کی جس کو میرے لشکریوں نے گرفتار کیا تھا۔ تم اِس عہدے کے قابل ہی نہیں ہو اور میں اپنے ہاتھ ایک بُزدل کے خون سے ناپاک نہیں کرنا چاہتا۔ میں نہیں جانتا کہ ترس کھانے کی تُمہاری کہانی سچی ہے یا جھوٹی۔ اگر تُم لڑکے کو قتل نہیں کرنا چاہتا تھے تو ابو عبیداللہ یا الربیع کے حوالے کر کے سفارش کر سکتے تھے کہ اس کو چھوڑ دیا جائے، یا مُجھ سے بات کر سکتے تھے لیکن رات کی تاریکی میں اُس کو چھوڑ کر گھوڑا فراہم کرنا مشکوک ہے۔ فی الحال جب تک میں تحقیقات کر کے تُمہارے بارے میں کوئی فیصلہ کروں، تُمہیں جیل جانا ہو گا۔

چوتھا درباری۔

(اونچی آواز میں) جزاک اللہ یا امیرالمومنین!

الربیع دروازے پر کھڑے دو مُحافظوں کو اشارہ کرتا ہے کہ وہ یعقوب کو گرفتار کر کے لے جائیں۔ مُحافظ یعقوب کو بازوں سے پکڑ کر سب درباریوں کے سامنے سے گزارتے ہوئے باہر لے جاتے ہیں۔ جب یعقوب درباریوں کے سامنے سے گزرتا ہے تو کُچھ حقارت سے مُنہ پھیر لیتے ہیں، کُچھ اُس کو عدم یقین سے گھورتے ہیں اور چند افسوس سے سر ہلاتے ہیں۔

خلیفہ المہدی۔

(الربیع کو مُخاطب کرتے ہوئے) اُن سب آدمیوں کی فہرست بناؤ جو یعقوب کی سفارش پر بھرتی کیے گئے تھے اور اُن کی گہری تفتیش کرو۔

الربیع سر ہلا کر ظاہر کرتا ہے کہ اُس نے حُکم کو سمجھ لیا ہے۔

خلیفہ المہدی۔

(ابو عبیداللہ کو مُخاطب کرتے ہوئے) ابو عبیداللہ! میں تُمہارے کام سے بہت خوش ہوں۔ فی الحال یعقوب کی ساری جائدادوں کی فہرست بناؤ اور اُن پر قبضہ کر لو۔ ہم بعد میں دیکھیں گے کہ ان کا کیا کرنا ہے لیکن ان کا بہت بڑا حصہ لازماً تُمہیں ملے گا۔

ابو عبیداللہ۔

جزاک اللہ یا امیر۔

المہدی چہرے پر گھمبیر تاثرات لیے کچھ دیر خاموش بیٹھا رہتا ہے۔ حاضرین اُس کے بولنے کا انتظار کرتے ہیں۔

خلیفہ المہدی۔

(الربیع کو مُخاطب کرتے ہوئے) میں لوگوں کے ساتھ اچھائی کرنے کی کوشش کرتا ہوں لیکن ہر بار کوئی نہ کوئی مُنافق میرے ساتھ ہاتھ کر جاتا ہے۔ یعقوب کی غداری نے مُجھے بہت دُکھی کیا ہے۔ کوئی ایسی بات سُناؤ جو مُجھے خوش کرے۔

الربیع۔

امیرالمومنین، ابوالعتاہیہ دربار میں موجود ہے۔ اس سے کچھ سُن لیں تو طبیعت کا بوجھ ہلکا ہو جائے گا۔

المہدی مُسکرا کر ابوالعتاہیہ کی طرف دیکھتا ہے۔

خلیفہ المہدی۔

اچھی بات ہے کہ ایسے موقعوں پر ابوالعتاہیہ ہمارے کام آ جاتا ہے۔

(ابوالعتاہیہ کو مُخاطب کرتے ہوئے) ابوالعتاہیہ، میں نے تُمہیں خوش کرنے کے لیے اپنی بہترین کنیز تُمہیں دی لیکن میں نے سُنا ہے کہ وہ واپس آ گئی ہے اور تُم ابھی بھی اُداس ہو۔

ابو العتاہیہ۔

(خوشامدی انداز میں) جناب آپ کی اُداسی دیکھ کر میں اپنے درد بھول گیا ہوں۔

خلیفہ المہدی۔

خوشامد مت کرو۔ ہمیں بتاؤ کہ تُمہارے اور عتبہ کے درمیان کیا ہوا ہے؟

ابو العتاہیہ۔

امیرالمومنین، عتبہ محلاتی زندگی کے آرام و آسائش کے بغیر نہیں رہ سکتی۔ اُس کو میرا غریب خانہ پسند نہیں آیا۔ لہذا وہ واپس چلی گئی۔

خلیفہ المہدی۔

لیکن میں نے اُسے حکم دیا تھا کہ تُمہاری خدمت کرے۔ (الربیع کو مُخاطب کرتے ہوئے) کیا اُس نے میری حکم عدولی کی ہے؟

الربیع۔

جناب وہ آپ کی حکم عدولی کرنے کی جرات نہیں کر سکتی۔

خلیفہ المہدی۔

(ابوالعتاہیہ کو مُخاطب کرتے ہوئے) تو پھر کیا وجہ ہے؟

ابو العتاہیہ۔

جناب آپ کے حکم کے مطابق وہ میرے پاس رہنے آ تو گئی تھی لیکن وہ ہر وقت ناخوش اور ناراض رہتی تھی۔ کہتی تھی، "کہاں میں محل میں رہتی تھی، یہ تُم مُجھے کہاں لے آئے ہو، یہاں مسہریاں نہیں ہیں، پردے نہیں ہیں،" وغیرہ وغیرہ۔ اُس کی وجہ سے میری اداسی مزید بڑھ گئی۔ چنانچہ میں خود اُسے واپس محل میں چھوڑ آیا۔

خلیفہ المہدی۔

(قہقہہ لگاتے ہوئے) ابوالعتاہیہ، تُم صاف صاف کیوں نہیں کہتے کہ تُمہیں نیا گھر اور ساز و سامان چاہیئے؟

حاضرین قہقہے لگا کر ہنستے ہیں۔

ابو العتاہیہ۔

(تیزی سے) نہیں حضور! آپ کی پہلے ہی مُجھ پر کثیر عنایات ہیں۔ آپ نے مُجھے میری حیثیت سے بہت زیادہ دیا ہوا ہے۔

خلیفہ المہدی۔

اگر یہی بات ہے تو پھر تمہیں عورتوں کی ابھی تک سمجھ نہیں آئی۔ عورتوں کو زرا سختی اور طاقت سے رکھنا پڑتا ہے ورنہ پسند کرنا تو دور کی بات ہے وہ تمہیں مرد ہی نہیں سمجھیں گی۔ اگر نرم مزاج اور سیدھے سادھے رہو گے تو وہ تُم سے حقیقی محبت نہیں کریں گی۔ کیا کبھی کسی عورت کو نرم مزاج مرد سے محبت کرتے دیکھا ہے؟ وہ ایسے مرد کے ساتھ رہ تو لے گی، اُس سے بچے بھی پیدا کرے گی، اُس کو اپنے مقاصد کے لیے استعمال بھی کرے گی لیکن اُس کے خوابوں میں ہمیشہ مضبوط اور مُشکل مزاج مرد ہی بسیں گے۔ عورتیں نرم دل مرد کو بظاہر اچھا کہتی ہیں لیکن اُس کی مردانگی پر ہمیشہ شک کرتی ہیں۔

درباری قہقہے لگا کر ہنستے ہیں۔

پہلا درباری۔

(اونچی آواز میں) امیرالمومنین کی دانشمندی سے ہم بہت کچھ سیکھ سکتے ہیں۔

خلیفہ المہدی۔

(درباریوں کو مُخاطب کرتے ہوئے) تعریف کے لائق صرف اللہ تعالیٰ ہے جو سب سے بڑھ کر دانش مند ہے۔ اسی لیے میں روزانہ قرآن مجید کی تلاوت کرتا ہوں اور اُسی سے ہدایت لیتا ہوں۔ ابو العتاہیہ! تُمہارے لیے سورت النساء کی ایک آیت پڑھنا ضروری ہے جس میں مرد اور عورت کے تعلقات کے بارے میں لکھا ہے، ''مرد عورتوں پر نگران ہیں اس فضیلت کی وجہ سے جو اللہ نے بعض کو بعض پر بخشی ہے اور اس وجہ سے بھی کہ وہ اپنے اموال ان پر خرچ کرتے ہیں۔ پس نیک عورتیں فرمانبردار اور مرد کی غیرموجودگی میں بھی ان چیزوں کی حفاظت کرنے والی ہوتی ہیں جن کی حفاظت کی اللہ نے تاکید کی ہے۔ اور وہ عورتیں جن سے تمہیں باغیانہ رویے کا خوف ہو تو ان کو ڈانٹو ڈپٹو، پھر ان کو بستروں میں الگ چھوڑ دو اور پھر انہیں جسمانی سزا دو۔ پھر اگر وہ تمہاری اطاعت کریں تو ان کے خلاف حُجت تلاش نہ کرو۔ یقیناً اللہ بہت عالی اور بہت بڑا ہے۔'' (4:34)

کئی درباری۔

سُبحان اللہ! سُبحان اللہ!

خلیفہ المہدی۔

ابو العتاہیہ، اگر عتبہ تُمہیں پسند ہے تو اُس سے شادی کرلو، اُسے یہ آیات سُناؤ اور بتاؤ کہ جس عورت کا خاوند اُس سے ناراض ہو، اُس سے اللہ بھی ناراض ہوتا ہے۔ اگر وہ پھر بھی تعاون نہیں کرتی، تو اُسے اچھی طرح مارو پیٹو۔

درباری ہنستے ہیں۔

خلیفہ المہدی۔

یہ ہنسنے والی بات نہیں ہے۔ شریعت بیوی کو مارنے کی اجازت دیتی ہے بشرطیکہ اُس کے چہرے پر نہ مارا جائے اور اُسے ایسے نہ مارا جائے جیسے غُلاموں کو مارا جاتا ہے۔ اس کے علاوہ ایک حدیث بھی ہے کہ اگر خاوند بیوی کو بستر پر بلائے اور بیوی نہ آئے تو فرشتے ساری رات اُس پر لعنت بھیجتے رہتے ہیں۔ (109)

ابو العتاہیہ۔

---

109 عسقلانی، *بلوغ المرام*، صفحات 331-334

(سادگی سے) جناب لعنت خاوند پر بھیجتے ہیں یا بیوی پر؟

المہدی قہقہہ لگا کر ہنستہ ہے۔ اُسے ہنستا دیکھ کر درباری بھی ہنستے ہیں۔

خلیفہ المہدی۔

ابو العتاہیہ، تُم واقعی مُجھے ہنسانا جانتے ہو۔ جو میں نے بتایا ہے وہ سب کرو اور تُمھاری مزید مدد کرنے کے لیے میں اپنے محل کے نگران کو کہوں گا کہ تمہیں ایک اچھا گھر دے اور اُس میں محل سے کچھ سامان بھجوا کر اُس کی تزئین و آرائش کروا دے۔ پھر تُم عتبہ کو اپنے گھر لے جانا۔ اس دفعہ اُس سے ایسا برتاؤ کرو جو ایک مرد کے شایانِ شان ہو۔ مرد بنو۔ آج یعقوب کی غداری نے مُجھے بہت دُکھ دیا ہے۔ میں نے اُس پر بھروسہ کیا اور اُس نے مُجھے دھوکا دیا۔ تُم اس بارے میں کیا کہتے ہو؟

ابو العتاہیہ اپنی کُرسی سے اُٹھ کر المہدی اور اُس کے بیٹوں کے سامنے کھڑا ہو کر جھک کر آداب بجا لاتا ہے۔

ابو العتاہیہ۔

حضور! مُجھ پر آپ کا فضل و کرم اور عنایات بہت زیادہ ہیں۔ آج جب میں نے دیکھا اور سُنا کہ یعقوب نے آپ کے ساتھ کیا کِیا ہے تو میں اُس کی بُزدلی اور غداری پر سوچنا شروع ہو گیا اور ایک ہجو میرے ذہن میں آنے لگی۔ اگر اجازت دیں تو سُنا دوں۔

خلیفہ المہدی۔

(محظوظ ہوتے ہوئے) اجازت ہے۔

ابو العتاہیہ۔

حضور یہ اشعار یعقوب کی اصل فطرت کی عکاسی کرتے ہیں لیکن اُس کا قبیلہ آپ کا وفادار اور حلیف ہے، اور میں جانتا ہوں کہ آپ اُس کے قبیلے کی عزت کرتے ہیں، لہذا میں نے پوری کوشش کی ہے کہ یعقوب کی قبائلی شناخت کو بیچ میں نہ لاؤں اور اس ہجو سے اُس کے قبیلے کی عزت پر حرف نہ آئے۔

خلیفہ المہدی۔

تُم نے بہت عقلمندی سے کام لیا۔

ابو العتاہیہ۔

آپ کی ذرہ نوازی ہے۔ میں اب ہجو سُنا دیتا ہوں۔

ابو العتاہیہ تھوڑا سا گھوم کر ایسے کھڑا ہوتا ہے کہ وہ چہرہ گُھما کر المہدی، اُس کے بیٹوں اور درباریوں کو بھی دیکھ کر مُخاطب کر سکے۔

وہ اونچی اور صاف آواز میں ترنم سے کہتا ہے؛

قد ہے تیرا چھوٹا، تُجھ سے لمبی ہے تلوار
بڑے فخر سے رکھی ہے پر کر نہیں سکتا وار

المہدی اور اُس کے بیٹے ہنستے ہیں۔ درباری قہقہے لگا کر ہنستے ہیں۔

ابوالعتاہیہ۔

(اونچی آواز میں)

قد ہے تیرا چھوٹا، تُجھ سے لمبی ہے تلوار
بڑے فخر سے رکھی ہے پر کر نہیں سکتا وار
بیچ دے اس کو منڈی جا کے، کر لے ہار سنگھار
دھوم دھام سے پہن گلے میں دس جوتوں کا ہار

المہدی، اُس کے بیٹے اور درباری قہقہے لگا کر ہنستے ہیں۔

درباری۔

(قہقہے لگاتے ہوئے) مرحبا! مرحبا!

ابوالعتاہیہ۔

پُرشوکت ہے تیرا قبیلہ، ایک سے ایک دلیر
وہ تو سارے نامی گرامی، تو کاغذ کا شیر
درجہ تیرا بھی تھا اونچا، اعلیٰ تیرا ڈھنگ
تو نے ڈھونڈی ذلت جا کر علویوں کے سنگ
اپنا اونچا نام گنوایا سودے بازی کر کے
لالچ میں جو تھا وہ کھویا قیمت اونچی کر کے
بھولے سے نہ پوچھے گا کوئی کون ہے بن داؤد
جیل میں بیٹھ بجائے جا اب تو مانگے کا عود

درباری۔

مرحبا! مرحبا!

المہدی اور اُس کے بیٹے خوش نظر آتے ہیں۔ حاضرین دیر تک ہنستے رہتے ہیں۔

ابوالعتاہیہ جھک کر المہدی کو سلام کرتا ہے اور واپس اپنی کُرسی پر جا کر بیٹھ جاتا ہے۔

خلیفہ المہدی۔

(تجسس سے) ابو العتاہیہ، کیا واقعی تُم نے یہ ہجو ابھی یہاں بیٹھے بیٹھے سوچی؟

ابو العتاہیہ۔

(کچھ شرمندگی سے) حضور، میں آپ سے جھوٹ نہیں بولوں گا۔ میں نے ان میں سے کچھ اشعار پہلے سے بنائے ہوئے تھے اور کچھ میرے ذہن میں اُسوقت آئے جب آج دربار سے یعقوب کو نکالا گیا۔ یہ وہ اشعار ہیں جن میں علویوں، بن داؤد اور عود کا ذکر ہے۔

خلیفہ المہدی۔

(شک کرتے ہوئے) اس کا مطلب ہے کہ جب تُم نے اس ہجو کے بیشتر اشعار لکھے تھے تو یعقوب تُمہارے ذہن میں نہیں تھا۔ تو پھر اس ہجو کا اصل نشانہ کون تھا؟

ابو العتاہیہ۔

(تھوڑا گھبراتے ہوئے) حضور، شاعر شخصیات کو نہیں بلکہ عام یا خاص صفات کو دیکھتا ہے۔ یہ صفات اچھی یا بُری ہو سکتی ہیں جیسے کہ شرافت، ذہانت، سخاوت، بہادری، بُزدلی وغیرہ۔ شاعر اچھی یا اعلیٰ صفات کی تعریف لکھتا ہے اور بُری یا گھٹیا صفات کی ہجو۔ اُس وقت اُس کے ذہن میں کوئی مخصوص شخص نہیں ہوتا لیکن جب وہ کسی شخص میں اُن خوبیوں یا خامیوں کو دیکھتا ہے جن کے بارے میں اُس نے اشعار بنائے تھے تو وہ ان اشعار میں اُس فرد کو جوڑ لیتا ہے۔

خلیفہ المہدی۔

بہت خوب۔ آج تُم نے مُجھے بہت خوش کیا ہے۔ (الربیع کو مُخاطب کرتے ہوئے) دربار کے اختتام پر ابو العتاہیہ کو ایک ہزار درہم دینا۔ کیا آج کوئی اور کام باقی ہے؟

الربیع۔

(اُٹھ کر تخت کے قریب کھڑا ہوتے ہوئے) امیرالمومنین! مالک بن دینار جو بصرہ کے امر بالمعروف و نہی عن المنکر ادارے کا سربراہ ہے، ایک شاعر بشار بن بُرد کے خلاف شکایت کرنا چاہتا ہے کہ وہ اپنی شاعری کے زریعے بے حیائی اور فتنہ پھیلا رہا ہے۔

خلیفہ المہدی۔

وہ قاضی کے پاس کیوں نہیں جاتا؟

الربیع۔

جناب اُس کا دعویٰ ہے کہ شاعر مُرتد ہے، زرتشتی مذہب کی تبلیغ کرتا ہے اور خلافت کے خلاف باغیانہ شاعری سُناتا ہے۔

خلیفہ المہدی۔

اُس کو بلاؤ۔

الربیع مالک بن دینار کو، جو دربار میں آخری کُرسی پر بیٹھا ہے، اشارہ کرتا ہے۔ مالک آگے آ کر المہدی کے سامنے کھڑا ہو جاتا ہے۔

مالک بن دینار۔

سلام علیکُم امیرالمومنین۔

خلیفہ المہدی۔

و علیکُم سلام۔ تُمہارا کیا دعویٰ ہے؟

مالک بن دینار۔

(عاجزی سے) امیرالمومنین، بیس سے زیادہ سال پہلے آپ کے والدِ محترم نے بشار بن بُرد کو بغداد سے نکالا تھا۔ اُس وقت اُس پر فحش شاعری سُنا کر نوجوان نسل کو گُناہوں کی جانب مائل کرنے کا الزام تھا۔ توقع یہ تھی کہ عمر کے ساتھ ساتھ یہ شخص اپنی اصلاح کر لے گا لیکن یہ بد سے بدتر ہوتا چلا گیا۔ اب یہ کُھلم کُھلا اپنے باپ کے زرتشتی مذہب کا پرچار کرتا ہے، ابلیس کی تعریف کرتے ہوئے کہتا ہے کہ انسان کے آگے سجدہ نہ کرنے اور اللہ تعالی کی حکم عدولی کرنے میں وہ حق بجانب تھا، اور باغیانہ نظموں میں بنو امیہ کو اشتعال دیتے ہوئے خلافت پر قبضہ کرنے کی ترغیب دیتا ہے۔ نوجوانوں کو گُمراہ کرنے میں اِس کی شاعری سے زیادہ خطرناک کوئی چیز نہیں ہے۔

خلیفہ المہدی۔

(سختی سے) ہر امام مسجد کا فرض ہے کہ نماز نہ پڑھنے والوں پر نظر رکھے۔ اس کو تو بہت پہلے قاضی کے سامنے لانا چاہیئے تھا۔

مالک بن دینار۔

جناب، نابینا ہونے کے باعث اُس کے پاس صاف ستھرا نہ ہونے اور مسجد میں نہ آنے کا عذرِ شرعی موجود ہے۔ دوسری بات یہ ہے کہ ماضی میں کچھ بااثر لوگ اُسے بچاتے رہے ہیں۔

خلیفہ المہدی۔

(الربیع کو مُخاطب کرتے ہوئے) کیا مُرتد ہونے پر اُسے سزائے موت نہیں دی جانی چاہیئے؟

الربیع۔

جناب، مجنون پر شریعت لاگو نہیں ہوتی۔

مالک بن دینار ششدر ہو کر الربیع کو دیکھتا ہے۔

خلیفہ المہدی۔

تُم کیسے کہتے ہو کہ وہ مجنون ہے؟

الربیع۔

جناب، بنو امیہ تو کب کے ہندوستان اور دوسرے مُلکوں کو بھاگ گئے یا مر کھپ گئے، اور عربوں میں زرتشتی مذہب کا وجود ختم ہوئے نصف صدی بیت چکی ہے۔ بنو عقیل کا عرب ہونے کے باوجود اگر بشار بنو امیہ کو بغاوت پر اکسا رہا ہے اور عربوں میں بیٹھ کر زرتشتی مذہب کا پرچار کر رہا ہے تو وہ یقیناً پاگل ہو چکا ہے۔ ایک اندھے پاگل ستر سالہ بڈھے کو سزائے موت دینے سے ہم اپنے آپ کو لوگوں کے سامنے بالکل کمزور بنا کر پیش کر دیں گے۔ لوگ سمجھیں گے کہ خلافت اتنی کمزور ہو چکی ہے کہ قریب المرگ پاگلوں کو بھی خطرہ سمجھنے لگ پڑی ہے۔

خلیفہ المہدی۔

درست کہتے ہو۔ تو کیا اُسے ایسے ہی چھوڑ دیں؟

الربیع۔

نہیں۔ شریعت استعمال کیے بغیر بھی حاکم اپنی صوابدید پر سزائیں دے سکتا ہے۔ باغیانہ اور فحش شاعری سے باز رکھنے کے لیے اُسے کوڑے لگوائے جا سکتے ہیں۔

خلیفہ المہدی۔

(الربیع کو مُخاطب کرتے ہوئے) ٹھیک ہے۔ اُس کو ستر کوڑے لگوا دو اور آخری تنبیہ کر دو کہ توبہ استغفار کرے اور اپنی اصلاح کرے۔

(مالک بن دینار کو مُخاطب کرتے ہوئے) اُسے اپنی نگرانی میں سزا دلواؤ اور بتاؤ کہ اِس دُنیا میں سزا پانا آخرت کی سزا سے بہتر ہے۔ یہ کوڑے آخرت میں اُس کی سزا میں تخفیف کر دیں گے بشرطیکہ وہ توبہ کر کے اپنی اصلاح کرے۔

(الربیع کو مُخاطب کرتے ہوئے) عقوبت خانوں کے داروغہ کو حکم نامہ جاری کرو کہ اُس کو گرفتار کر کے ستر کوڑے مالک بن دینار کی موجودگی اور نگرانی میں لگوائے۔

الربیع۔

(مالک بن دینار کو مُخاطب کرتے ہوئے) دربار کے اختتام پر میرے ساتھ چلنا۔

مالک بن دینار جھک کر المہدی کا شکریہ ادا کر کے اپنی کُرسی پر جا کر بیٹھ جاتا ہے۔

خلیفہ المہدی۔

(الربیع کو مُخاطب کرتے ہوئے) کیا کوئی اور کام باقی ہے؟

الربیع۔

نہیں جناب۔ اجلاس کے اختتام پر ابو عبیداللہ آپ کی پیاری بیٹی کی وفات کی مُناسبت سے اُس کے لیے چند دُعائیہ کلمات کہے گا اور ابو العتاہیہ اسی مُناسبت سے ایک مرثیہ پڑھے گا۔

خلیفہ المہدی۔

(اُداسی سے ہلکی آواز میں) ٹھیک ہے۔

الربیع اپنی کُرسی پر بیٹھ جاتا ہے۔ ابو عبیداللہ اُس کی جگہ کھڑا ہو کر حاضرین کو مُخاطب کرتا ہے۔

ابو عبیداللہ۔

یا اخوان (بھائیو)! آپ جانتے ہیں کہ ایک ماہ پہلے امیرالمومنین کی پیاری بیٹی اس دُنیا سے رخصت ہو کر بہشت میں دوسرے مسلمانوں سے جا ملی۔ رسول اللہ ﷺ کا فرمان ہے کہ اُن کی شفاعت سے بالآخر سارے مسلمان جنت میں داخل ہو جائیں گے۔ اگرچہ یہ سچ ہے کہ گناہ گاروں کو اُن کے گُناہوں کی سزا ملے گی لیکن اگر وہ بحیثیت مسلمان فوت ہوئے تو رسول اللہ ﷺ اُن کی شفاعت اور نجات کی سفارش کریں گے۔ غیر مسلم چونکہ رسول اللہ ﷺ پر ایمان نہیں رکھتے، وہ جتنے بھی اچھے اعمال کر لیں، رسول اللہ ﷺ کی شفاعت سے محروم رہیں گے اور ہمیشہ جہنم میں رہنا اُن کا مُقدر ہے۔ پیاری بیٹی کی وفات کے بعد بصرہ میں شوریٰ کا یہ پہلا اجلاس ہے۔ لہذا ہم نے مُناسب سمجھا کہ ابوالعتاہیہ مرحومہ بیٹی کی یاد میں اپنا لکھا ہوا مرثیہ اس اجلاس میں پڑھے۔ (المہدی کو مُخاطب کرتے ہوئے) امیرالمومنین، کیا ابوالعتاہیہ کو اس کی اجازت ہے؟

خلیفہ المہدی۔

اجازت ہے۔

ابو عبیداللہ واپس جا کر اپنی کُرسی پر بیٹھ جاتا ہے۔ ابو العتاہیہ المہدی کے سامنے کھڑا ہو کر جھک کر آداب بجا لاتا ہے اور گھوم کر المہدی، اُس کے بیٹوں اور درباریوں کو مُخاطب کرتا ہے۔

ابو العتاہیہ۔

امیرالمومنین، میں نے دو قطعے لکھے ہیں، پیش کرتا ہوں۔

ابوالعتاہیہ دُکھی اور نرم آواز میں ترنم سے گاتا ہے۔

ابو العتاہیہ۔

دن ہے روشن اس جگہ پر، رات بھی ہو گی کہیں
سوچتا ہوں کیا سبب ہے یہ کبھی رُکتے نہیں
باری باری آئیں جائیں، یہ کبھی بھی تھک نہ پائیں
پھول کی مانند نہیں کہ کِھل کے یہ مُرجھا بھی جائیں

پھول سی بیٹی ہماری، اب نہیں اپنوں کے ساتھ
ہم بھی آخر جا ملیں گے خاک میں اوروں کے ساتھ
اب تو یادیں دل میں باقی رہ گئی ہیں، اک سُراب
کب سدا رہتے ہیں قائم فانی انسانوں کے خواب

اس دوران کچھ درباری سنجیدہ اور ہلکی آواز میں مرحبا کہہ کر قصیدے کو سراہتے ہیں۔

ابو العتاہیہ۔

مے کے ساغر، محفلیں، مخموریاں، سرمستیاں
کب بھلا سکتی ہیں دل سے زندگی کی تلخیاں
کوئی حربہ کوئی حیلہ دل کو بہلاتا نہیں
موت ہے ایسی حقیقت کوئی جھٹلاتا نہیں
نیکیاں ظائع نہیں ہوتیں کبھی بھی ہو کے فوت
نیکیاں رہتی ہیں زندہ، موت کو بھی دے کے موت۔ (110)

اکیسویں ایکٹ کا اختتام

[110] ذیات، *تاریخ ادب العربی*، صفحات 375-366

بائیسواں ایکٹ: آدھے کافر کی آخری آرامگاہ

بائیسویں ایکٹ کے کردار، جو پہلے بیان کیے جا چکے ہیں:

مالک بن دینار۔

بشار بن بُرد۔ بشار نے ایک میلا کچیلا تھوب پہن رکھا ہے اور سر سے ننگا ہے۔

موسی الہادی، خلیفہ المہدی کا بڑا بیٹا اور ولی عہد۔

ہارون الرشید، خلیفہ المہدی کا دوسرا بیٹا اور ولی عہد ثانی۔

چار مُحافظ۔

نئے کردار:

مشققی، ایک مضبوط اور بھاری جسم کا گنجا آدمی جس نے سفید تھوب پہن رکھا ہے۔

بائیسویں ایکٹ کا منظر:

بصرہ کے عقوبت خانے کا ایک کمرہ۔ کمرے کے مرکز میں ایک چھے فٹ لمبی اور ڈھائی فٹ اونچی بنچ نما میز پر بشار کو پیٹ کے بل لٹا کر باندھا گیا ہے۔ موٹاپے اور اپنی توند پر جسم کے وزن کے دباؤ کی وجہ سے بشار کے لیے سانس لینا مُشکل ہو رہا ہے۔

دائیں جانب دیوار پر میخوں کے ساتھ چند کوڑے لٹک رہے ہیں۔ مشققی اور مالک بن دینار دائیں جانب کھڑے ہیں۔ بائیں جانب ایک دروازہ باہر صحن کی جانب کُھلتا ہے۔

بائیسواں ایکٹ

بصرہ کے عقوبت خانے کا ایک کمرہ

دور

تقریباً 783 عیسوی

مشققی کے دائیں ہاتھ میں کوڑا ہے۔ وہ اُسے اپنے کندھے سے اوپر لے جا کر بشار کو مارنے ہی والا ہے کہ دروازے سے

دو مُحافظ اندر آتے ہیں۔

پہلا مُحافظ۔

(اونچی آواز میں) ٹھہرو! قیدی سے بات کرنے کے لیے شہزادے آ رہے ہیں۔

مالک بن دینار۔

(ششدر ہوتے ہوئے) کون شہزادے؟

پہلا مُحافظ۔

امیرالمومنین کے بیٹے۔

مالک بن دینار کے چہرے پر ایک لمحے کے لیے ناراضگی کے آثار نظر آتے ہیں لیکن وہ فوراً اُنھیں چھپا جاتا ہے۔

مشفقی کوڑے کو میخ پر لٹکا کر جلدی جلدی بشار کی رسیاں کھولتا ہے۔

مُحافظ دروازے کے دونوں جانب کھڑے ہو جاتے ہیں۔

مشفقی۔

(بشار کو سختی سے مُخاطب کرتے ہوئے) اُٹھو، اُٹھ کر تمیز سے بیٹھو۔ شہزادے آ رہے ہیں۔

بشار۔

(تھکی ہاری آواز میں طنز کرتے ہوئے) شہزادوں کی شوقین مزاجیوں کا مُجھے علم ہے۔ وہ مُجھے پیٹ کے بل لیٹا ہوا اور بندھا ہوا دیکھ کر زیادہ خوش ہوں گے۔

مالک بن دینار۔

(گھبراتے ہوئے) مُنہ بند رکھ خبیث۔ اُٹھ، کھڑا ہو!

بشار اُٹھنے کی کوشش کرتا ہے لیکن درد سے کراہ کر پھر لیٹ جاتا ہے۔ مشفقی اُس کو بازو سے پکڑ کر سہارا دے کر بٹھاتا ہے۔ موسیٰ الہادی اور ہارون الرشید دو محافظوں کے ساتھ اندر آتے ہیں۔ محافظوں کے ہاتھوں میں ننگی تلواریں ہیں۔

بشار سر جُھکائے بنچ پر خاموش بیٹھا رہتا ہے۔

موسیٰ الہادی۔

سلام علیکُم۔

مالک بن دینار اور مشفقی۔

(عجز و انکسار کے ساتھ) وعلیکُم سلام۔

شہزادے آگے آ کر بشار کے سامنے کھڑے ہو کر اُسے حیرت و تجسس سے گھورتے ہیں۔

مالک بن دینار اور مشفقی احتراماً ہاتھ باندھے ایک طرف کھڑے رہتے ہیں۔

موسیٰ الھادی۔

(بشار کو مُخاطب کرتے ہوئے) سلام علیکُم۔

بشار حیران ہو کر اُمید کی کرن آنکھوں میں لیے خوشگوار اور بیتاب لہجے میں بات کرتا ہے۔

بشار۔

(موسیٰ الھادی کو شکر گزاری سے دیکھتے ہوئے) وعلیکُم سلام۔ اللہ تُمہیں ہمیشہ خوش رکھے، مُجھے سزا سے بچانے کا بہت بہت شکریہ۔

موسیٰ الھادی۔

ہمیں اپنے والد کی دی ہوئی سزائیں بدلنے کا اختیار نہیں ہے لیکن اُنھوں نے ہمیں تُم سے ملاقات کرنے کی اجازت دی ہے۔

بشار۔

(مایوسی سے) مُجھے کیوں مِلنا چاہتے ہو؟

موسیٰ الھادی۔

ہمارے ایک دوست نے ہمیں بتایا کہ تُم بہت اچھے شاعر ہو۔

بشار۔

(کمزور آواز میں) کاش کہ اُس نے تُمہیں پہلے بتایا ہوتا۔

موسیٰ الھادی۔

اُس نے بہت پہلے بتایا تھا لیکن یہ نہیں بتایا تھا کہ تُم اللہ کی بجائے شیطان کی حمایت کرتے ہو۔ جب ہم نے یہ بات دربار میں سُنی تو ہمیں بہت حیرت ہوئی کیونکہ ہم نے ایسا کوئی شخص کبھی نہیں دیکھا۔

بشار۔

(دل شکستہ آواز میں) پھر تو تُمہیں مایوسی ہی ہو گی کیونکہ میں خُدا کے خلاف شیطان کی حمایت نہیں کرتا۔ میں تو یہ بھی نہیں مانتا کہ شیطان کا کوئی وجود ہے سوائے اُن شیطانوں کے جو انسانی شکل میں ہر جگہ موجود ہیں۔

مالک بن دینار۔

(موسیٰ الھادی کو عاجزی سے مُخاطب کرتے ہوئے) صاحب السمو! یہ جھوٹ بولتا ہے۔

موسیٰ الھادی۔

(مالک بن دینار کو مُخاطب کرتے ہوئے) تُم خاموش رہو۔ یہ تُمہارا معاملہ نہیں ہے۔

(بشار کو مُخاطب کرتے ہوئے) کیا تُم نے یہ نہیں کہا تھا کہ شیطان آدم کو سجدہ کرنے سے انکار کرنے میں حق

بجانب تھا؟ کیا یہ خُدا کے خلاف شیطان کی حمایت نہیں ہے؟

بشار۔

(تھکی ہاری آواز میں) قرآن سے بہت پہلے پُرانی کتابوں میں ایک کہانی تھی کہ خُدا نے مٹی سے انسان بنایا اور فرشتوں کو کہا کہ اس کو سجدہ کرو۔ فرشتے معصوم ہیں، کوئی گُناہ نہیں کرتے جبکہ انسان قتل و غارت کرتا ہے۔ یہ کہانی خُدا کی شان میں گُستاخی کرتی ہے کیونکہ اس میں خُدا کو معصوم فرشتوں سے شرک کروا کر بدکردار انسان کو سجدہ کروانے کا ذکر ہے۔ میں نے تو صرف اس کہانی پر طنز کی تھی۔ جو لوگ یہ کہتے ہیں کہ یہ کہانی سچی ہے، دراصل وہی خُدا کی شان میں گُستاخی کرتے ہیں لیکن اُن کو کوئی کوڑے نہیں مارتا۔

بشار گہرے سانس لیتا ہے اور ہانپتا ہے۔

موسیٰ الہادی۔

مُجھے کچھ سمجھ نہیں آیا۔

بشار۔

اسلام میں سب سے بڑا گُناہ شرک ہے۔ پھر خُدا فرشتوں کو یہ کیسے کہہ سکتا ہے کہ شرک کریں، انسان کو سجدہ کریں؟ پھر یہ سوچو کہ فرشتوں کا سردار ابلیس، جو خُدا کی عظیم الشان طاقت کو اپنی آنکھوں سے دیکھتا ہے، کیسے اُس کا حکم ماننے سے انکار کر سکتا ہے؟ لیکن چونکہ اس کہانی سے انسان کی اپنے آپ کو سجدے کروانے کی انا پرست خواہش کی تسکین ہوتی ہے، وہ اس کو جھوٹا نہیں کہتا۔

موسیٰ اور ہارون بڑے غور سے بشار کے الفاظ پر غور کرتے ہیں۔

مالک بن دینار کے چہرے سے بشار کے لیے حقارت اور نفرت ٹپکتی ہے۔

موسیٰ الہادی۔

مُجھے اس کی کچھ سمجھ نہیں آئی۔

ہارون الرشید۔

(جوش سے اونچی آواز میں بولتے ہوئے) مُجھے ساری بات کی سمجھ آ گئی ہے۔ اس کا مطلب ہے کہ اگر ہم اللہ کو بغیر دیکھے مان سکتے ہیں تو ابلیس اللہ کی عظیم الشان طاقتیں دیکھ کر، کہ اللہ نے مٹی سے آدم بنا کر اُس میں روح پھونکی، کیسے اُس کا حکم ماننے سے انکار کر سکتا ہے؟ یہ ممکن ہی نہیں۔ حکم عدولی کی کہانی جھوٹی ہے۔

موسیٰ الہادی۔

(ہارون الرشید کو مُخاطب کرتے ہوئے) لیکن کہانی تو پُرانی مُقدس کتابوں سے آئی ہے۔

ہارون الرشید۔

جب میں خلیفہ بنوں گا تو ایک دارالحکمت بنوا کر اُس میں قابل ترین عالموں کو اکٹھا کروا کے ان سب کتابوں کا تجزیہ کرواؤں گا۔

مالک بن دینار اپنے دونوں کانوں کو ہاتھ لگا کر ''استغفراللہ'' کہتا ہے۔

مالک بن دینار۔

(خوف سے کانپتے ہوئے) استغفراللہ۔

موسیٰ الھادی۔

(ہارون الرشید کو مُخاطب کرتے ہوئے) چُپ کرو۔ یہ گُستاخی ہے۔

ہارون الرشید۔

گُستاخی نہیں ہے۔ اللہ اور اُس کی حِکمت پر ایمان پکا ہو تو کتابوں کی تحقیقات ہو سکتی ہے تا کہ ثابت ہو کہ اللہ کے نام پر کوئی انسان ہم سے دھوکا تو نہیں کر رہا۔

موسیٰ الھادی۔

(مڑتے ہوئے) چلو چلیں۔

ہارون الرشید۔

(سختی سے) ٹھہرو بھائی۔ مُجھے اس سے بات کرنے دو۔

موسیٰ الھادی۔

(سختی سے) نہیں۔ یہ تُمھارے دماغ کو خراب کر کے تُمھیں کافر بنا دے گا۔ تُمھارے ذہن پر اس کی باتوں کا اثر ہو رہا ہے۔

بشار۔

(کمزور آواز میں احتجاج کرتے ہوئے) لیکن میں کافر نہیں ہوں۔ میں خُدا کو مانتا ہوں لیکن شیطان کے وجود کا مُنکر ہوں۔ کیا شیطان کو مانے بغیر خُدا پر ایمان نہیں رکھا جا سکتا؟

موسیٰ الھادی۔

(ہارون الرشید کو مُخاطب کرتے ہوئے) یہ پاگل ہے۔ چلو چلیں۔

ہارون الرشید۔

تھوڑی دیر رُکو۔ (بشار کو مُخاطب کرتے ہوئے) اگر تُم خُدا کو مانتے ہو تو کہو کہ خُدا علیم و حکیم اور قادرِ مطلق ہے۔ پھر میں دُعا کروں گا کہ روزِ قیامت تُم بچ جاؤ۔

بشار بہت مُشکل سے رہتی سہتی طاقت اکٹھی کر کے منت کرتے ہوئے بولتا ہے۔

بشار۔

یا شباب (نوجوان)! تُم مُجھے ابھی بچا سکتے ہو۔ ایک مُحافظ اپنے باپ کے پاس بھیج کر کوڑے رُکوا دو۔ مُجھے ڈر ہے کہ میں مزید کوڑے نہیں سہہ سکوں گا۔ یہ مُجھے بیس کوڑے لگا چکے ہیں۔

ہارون الرشید۔

میں مانتا ہوں کہ تُم کافر نہیں ہو لیکن اگر تُم مُجھے قائل کر دو کہ کافروں کو مارنا جائز نہیں ہے تو میں اپنے والد سے کہوں گا کہ وہ تُمہیں معاف کر دیں۔

بشار۔

تُم نے ابھی کہا تھا کہ خُدا ہر شے کا علم رکھتا ہے۔

ہارون الرشید۔

ہاں۔

بشار۔

جب خُدا نے انسان بنائے تو کیا وہ جانتا تھا کہ ان میں سے کچھ کافر ہوں گے؟

ہارون الرشید۔

ظاہر ہے کہ اُسے علم تھا۔

بشار۔

کیا یہ خُدا کی مرضی تھی کہ کچھ لوگ کافر ہوں؟

ہارون الرشید۔

ہاں، کیونکہ اُس کی مرضی کے خلاف کچھ ہو ہی نہیں سکتا۔ نہیں، نہیں، میں غلط کہہ رہا ہوں کیونکہ یہ خُدا کی مرضی تو نہیں ہو سکتی کہ کوئی کافر ہو؟ نہیں۔ خُدا نہیں چاہتا کہ کچھ لوگ کافر ہوں۔

بشار۔

خُدا کی مرضی نہیں تھی لیکن ہو گیا۔ نوجوان! ابھی تھوڑی دیر پہلے تُم نے کہا تھا کہ خُدا قادرِ مطلق ہے۔ لیکن اب تُم نے اس کا انکار کر دیا۔ اگر اس پر کوئی تُمہیں گستاخ کہہ دے کہ تُم نے خُدا کے قادرِ مطلق ہونے کا انکار کر دیا ہے تو کیا کرو گے؟

ہارون الرشید۔

(پریشان ہوتے ہوئے) اوہ! میں نے غلط کہا۔ مُجھے یہ کہنا چاہیئے کہ ہر چیز خُدا کی مرضی سے ہوتی ہے، لہذا اگر کوئی کافر ہے تو خُدا کی مرضی یہی ہے۔

بشار۔

درست کہا۔ ثابت ہوا کہ کافر یہاں خُدا کی مرضی سے ہیں، لہذا اُنہیں قتل نہیں کرنا چاہیئے۔

ہارون الرشید۔

تو پھر ہمیں یہ درس کیوں دیا جایا ہے کہ ہم کافروں کو قتل کریں؟

بشار۔

(تھکی ہاری آواز میں) خُدا نے مومن اور کافر پیدا کیے۔ نہ اُس نے کافروں کو کہا کہ مومنوں کو قتل کرو اور نہ ہی مومنوں کو کہا کہ کافروں کو قتل کرو۔ اگر کوئی ایسا کہتا ہے تو خُدا پر الزام لگاتا ہے کہ خُدا قتل چاہتا ہے۔ یہ خُدا کے حضور گُستاخی ہے۔

ہارون الرشید۔

کیا تُمہارے خیال میں تُمہیں سزا دے کر میرے والد نے غلط کیا؟

بشار۔

(مایوسی سے سر جھکاتے ہوئے) اگر مُسلمانوں کا اللہ پر رتی برابر بھی ایمان ہوتا تو وہ اللہ کا انکار کرنے والوں پر اُسی کے انصاف کا وقت آنے کا انتظار کرتے۔ میں نے کسی کا بُرا نہیں کیا لیکن مُجھے سزا دے کر ان سب مومنوں نے ثابت کر دیا ہے کہ ان کو اللہ پر بھروسہ ہی نہیں ہے۔ میرے خیال میں اصل کافر یہ ہیں جو اپنے آپ کو مومن کہتے ہیں۔

موسیٰ الھادی۔

(ہارون کا بازو پکڑ کر اُسے باہر لے جاتے ہوئے) بس بہت ہو گیا۔ میں اور نہیں سُن سکتا۔

موسیٰ الھادی ہارون کو بازو سے پکڑ کر کمرے سے باہر لے جاتا ہے۔ مالک بن دینار فاتحانہ انداز میں مُسکراتا ہے۔

کمرے سے باہر جاتے جاتے ہارون مُڑ کر بشار کو مُخاطب کرتا ہے۔

ہارون الرشید۔

(اونچی آواز میں) تُمہاری باتوں میں منطق و حکمت نظر آتی ہے۔ میں اپنے والد سے بات کروں گا اور اگر میں خلیفہ بنا تو غیرمومنوں کو سزائیں دلوانا بند کروا دوں گا۔ میں مُقدس کتابوں کی تحقیقات بھی کرواؤں گا۔

شہزادے اور اُن کے مُحافظ چلے جاتے ہیں۔ مشققی اور مالک بن دینار بشار کی طرف آتے ہیں۔

بشار۔

(ہانپتے ہوئے مشکل سے بولتا ہے) تُمہیں شہزادے کے واپس آنے کا انتظار کرنا چاہیئے۔

مالک بن دینار۔

(طنزاً) شہزادہ اب نہیں آئے گا۔ جب وہ امیرالمومنین کو تمہارے کہے ہوئے کلمات بتائے گا تو وہ تمہاری سزا اور بڑھا دیں گے۔ تمہاری حق میں یہی بہتر ہے کہ اس چھوٹی سزا سے فارغ ہو کر توبہ کرو اور اپنی بیوقوفیوں کی معافی مانگو۔

مالک بن دینار اور مشققی بشار کر پیٹ کے بل لیٹنے پر مجبور کر کے بنچ پر باندھ دیتے ہیں۔

مشققی دیوار پر میخ سے لٹکے کوڑے کو اُتار کر ہاتھ میں لے کر بشار کے قریب آتا ہے۔ وہ کوڑے کو اوپر لے جا کر زور سے بشار کی پُشت پر مارتا ہے۔ بشار درد سے چلاتا ہے۔

مالک بن دینار۔

(کوڑے گنتے ہوئے) اکیس۔

مشققی کوڑے مارتا جاتا ہے اور مالک بن دینار گنتا جاتا ہے۔ ہر کوڑے پر بشار کراہتا ہے۔ تیسویں کوڑے کے بعد کراہیں ہلکی ہوتی جاتی ہیں۔ چالیسویں کوڑے پر بشار مکمل طور پر خاموش ہو جاتا ہے۔ مشققی رُک جاتا ہے۔

مشققی۔

(مالک بن دینار کو مُخاطب کرتے ہوئے) شیخ! یہ تو بے ہوش ہو گیا ہے۔

مالک بن دینار۔

(تلخی سے) مکر کر رہا ہے۔

مشققی گھٹنوں کے بل بیٹھ کر بشار کے چہرے کو غور سے دیکھتا ہے۔ پھر اُس کی نبض پر ہاتھ رکھ کر کچھ دیر انتظار کرتا ہے۔ اپنے ہاتھ کو تھوڑا آگے پیچھے کر کے پھر نبض محسوس کرتا ہے اور حیرت سے کھڑا ہو جاتا ہے۔

مشققی۔

(بے یقینی سے) یہ تو مر گیا ہے۔

مالک بن دینار۔

(حیرت زدہ ہوتے ہوئے) کیا کہا؟

مشققی۔

یہ مر گیا ہے۔

مالک بن دینار گھٹنوں کے بل بیٹھ کر بشار کی نبض پر ہاتھ رکھ کر کچھ دیر انتظار کرتا ہے اور پھر کھڑا ہو جاتا ہے۔

مالک بن دینار۔

لگتا ہے کہ مر گیا ہے لیکن ہم رُک نہیں سکتے۔ شریعت میں جو سزا لکھی ہے اُس کو اُسی طرح پورا کرنا ہوتا ہے جس طرح وہ لکھی ہوئی ہے۔

مشققی۔

(چوکنا ہوتے ہوئے) کیا کہا؟

مالک بن دینار۔

یا اخی! اگر میں اپنے اندر انسانیت کی آواز کو سنُوں تو میں تمھیں رُک جانے کو کہوں لیکن شریعت کا حکم ہے کہ اپنی کمزور انسانی جبلت کے آگے مت جھکو۔ ہمیں سزا کو پورا کرنا ہے۔ اگر ہم اب رُک گئے تو ہم سے اللہ کے قانون کو تبدیل کرنے کا گُناہ سرزد ہو جائے گا۔

مشققی۔

(سختی سے) یا شیخ، میں ایک مُردے کو کوڑے نہیں لگا سکتا۔

مالک بن دینار۔

(صبر و تحمل کے ساتھ) سورت النور کی تیسری آیت میں زانیوں کو سو کوڑے لگانے کی سزا کے ساتھ لکھا ہے، ''اُن کے حق میں اللہ کے دین کو نافذ کرنے میں کسی نرمی کو اپنے اوپر قابو نہ پانے دو اگر تم اللہ اور یومِ آخرت پر ایمان لانے والے ہو۔''

اس مردود کی سزا کو پورا کرنے میں اسی کا فائدہ ہے کیونکہ یہاں پوری سزا پائے گا تو شاید سخت ترین عذابِ قبر اور عذابِ جہنم سے بچ جائے۔ اور یہ تُمھارے حق میں بھی بہتر ہے کیونکہ شریعت کو پوری طرح نافذ کرو گے تو آخرت میں ثواب کماؤ گے۔

مشققی۔

(احتجاج کرتے ہوئے) لیکن یہ تو پہلے ہی دوسری دُنیا میں پہنچ چکا ہے۔ ہمیں اس کو کوڑے مارنے کا حکم دیا گیا تھا لیکن ہم نے اسے قتل کر دیا۔ کیا یہ کافی نہیں ہے کہ اب لاش کو بھی کوڑے مارے جائیں؟

مالک بن دینار۔

(آرام سے) جب شریعت کی کسی سزا کے نتیجے میں موت واقع ہو جائے تو فرشتے روح کو لے جانے سے پہلے انتظار کرتے ہیں کہ سزا پوری ہو جائے۔ اگر تُم اس کی سزا پوری نہیں کرتے تو قیامت کے دن تُمھیں اس کا جواب دینا ہو گا۔ (غور کرتے ہوئے) بہرحال، چونکہ یہ مر چکا ہے، لہذا سزا پوری کرنے کا ایک اور طریقہ بھی ہے۔

مشققی۔

وہ کیا ہے؟

مالک بن دینار۔

زیادہ طاقت استعمال کیے بغیر، ہلکے ہلکے مار کر تیس کوڑے پورے کر دو۔ اس سے شریعت کے تقاضے پورے ہو جائیں گے اور تُم بھی گُناہ کے مُرتکب ہونے سے بچ جاؤ گے۔

مشفقی۔

(نیم دِلی سے) جیسے کہتے ہو یا شیخ۔ شریعت کے ماہر تُم ہو، میں نہیں۔

مشفقی بغیر زیادہ قوت استعمال کیے ہلکے ہلکے بشار کی لاش پر کوڑے مارتا ہے۔ مالک بن دینار گنتا جاتا ہے۔ ستر پورے ہونے پر مشفقی رُک جاتا ہے اور کوڑے کو دیوار پر لگی میخ سے لٹکا دیتا ہے۔

مالک بن دینار۔

میں گھر جا رہا ہوں۔ اب اس کی لاش کو کہیں پھینکوانے کا بندوبست تُم نے کرنا ہے۔

مشفقی۔

(حیرانگی سے) شیخ! کیا اس کی نمازِ جنازہ اور تدفین نہیں ہو گی؟

مالک بن دینار۔

اس نے مُسلمان کی موت مرنے سے انکار کیا۔ مُسلمانوں کے خِلاف اس نے جو بکواس کی وہ تُم نے خود اپنے کانوں سے سُنی۔ اس کو مسلمانوں کے قبرستان میں نہیں دفنایا جا سکتا۔ اب اس کی لاش کو کسی عیسائیوں یا یہودیوں کے قبرستان میں پھینکوانے کا بندوبست کرو۔ بہترین یہ ہو گا کہ اس کو کسی زرتشتی جنازہ گار میں گِدھوں کی دعوت کے لیے چھوڑ آؤ۔

مشفقی۔

(منت کرتے ہوئے) شیخ، ہم پر کچھ رحم کریں، عیسائی، یہودی اور زرتشتی علاقے اس جگہ سے بہت دور ہیں۔ ہمارے پاس نقل و حمل کا کوئی بندوبست نہیں۔ یہ بہت وزنی ہے۔ اگر ہم اسے گھوڑے پر باندھ کے لے جاتے ہیں تو سارے راستے لوگ پوچھیں گے کہ یہ کون ہے۔ اگر بات نکل گئی کہ اس کا ایمان مشکوک تھا تو کوئی سرپھرے لاش کی چیر پھاڑ شروع کر سکتے ہیں۔

مالک بن دینار۔

(کمرے سے باہر جاتے ہوئے) تو پھر مُجھ سے کیوں پوچھتے ہو؟ تُمہارے عقوبت خانے کے پیچھے دلدلی زمین بہت ہے۔ وہاں کسی دلدل میں پھینک آؤ۔ نہ وہاں کوئی جائے گا اور نہ ہی لاش کو واپس لائے گا۔

مشفقی۔

درست کہا۔ آدھے کافر کو دفنانے کے لیے وہ بہترین جگہ ہے۔

اختتام

تاریخی منظر کشی، تحقیق اور عربی ترجمے پر نوٹ

تاریخی تمثیل نگاری کی بنیاد کئی عناصر پر ہوتی ہے۔ تاریخی واقعات، افراد، گروہوں، معاشرتی اقسام اور اُس دور کے ادب کا وسیع مطالعہ اِس کا ایک عنصر ہے۔ ماضی میں جو مادی اور ادراکی حالات لوگوں کی نفسیات پر اثر انداز ہوتے تھے، اُن کی سمجھ اس کا دوسرا عنصر ہے۔ یہ سمجھ حاصل کرنے میں آج کے دور میں ماضی سے مماثلت رکھنے والے مادی اور ادراکی حالات کا گہرا مشاہدہ بہت مدد دے سکتا ہے۔

جن کتابوں نے مجھے پچھلے ادوار کے افراد کی کردار نگاری میں مدد دی ہے اُن میں سے کچھ کے حوالے اس کتاب کے آخری صفحوں میں دیئے گئے ہیں۔ اس کے علاوہ میں نے کئی دہائیاں اُن معاشروں میں سیاسی، ثقافتی اور مذہبی عوامل کا مشاہدہ کیا ہے جن میں عربی نظامِ خلافت کی باقیات موجود ہیں۔

میں نے تاریخی حالات و واقعات کو اُسی طرح پیش کرنے کی کوشش کی ہے جیسے وہ تاریخ میں درج ہیں لیکن مقالمات کی منطقی توسیع اور مورخوں کی تحریروں کی ڈرامائی تشکیل اور وضاحتی اضافے اُس دور کی گہری سمجھ حاصل کرنے کی غرض سے کیے گئے ہیں۔ لہذا اس تمثیل کو تاریخ کی دستاویز نہیں سمجھا جا سکتا اور نہ ہی تاریخی تحقیق میں اس کے حوالے دیئے جا سکتے ہیں۔ حوالے دینے کے لیے اُن اصل کُتب کا حصول ضروری ہے جو حوالہ نمبر سے جڑے ہوئے نوٹ میں درج ہیں۔ اس تمثیل کو لکھنے کا مقصد مستند تاریخی تحقیق کرنا نہیں تھا بلکہ اُس دور کی ڈرامائی عکاسی کر کے اُن معاشروں کی گہری سمجھ حاصل کرنا تھا جن میں یہ تاریخی واقعات پیش آئے۔

اس تمثیل میں کئی آیاتِ قرآنی کا اُردو ترجمہ شامل ہے۔ یہ ترجمہ قرآن مجید کے معروف اُردو تراجم سے لیا گیا ہے جن میں سے چند انٹرنیٹ کے زریعے بھی دستیاب ہیں۔

اس تمیثل میں جس عربی شاعری کو شامل کیا گیا ہے اُس کے منظوم اُردو متبادل میں نے خود بنائے ہیں۔ اس عربی شاعری کے نثری ترجمے کے لیے میں نے احمد حَسن ذیات کی کتاب ''تاریخ ادب العربی'' کے عبدالرحمان سورتی کے اُردو ترجمے سے مدد لی ہے۔ قافیہ، ردیف اور تغزل قائم رکھنے کی ضروریات کی وجہ سے اس ترجمے کو لفظ بہ لفظ اُردو میں منتقل کرنا ممکن نہیں تھا۔ لہذا یہ اُردو اشعار اپنے اصلی عربی مآخذ کی صرف روح کے عکاس ہیں، الفاظ کے نہیں۔ مزید براں، کچھ جگہوں پر میں نے ان اشعار میں بغرض وضاحت و تفصیل حذف و اضافہ بھی کیا ہے۔ چنانچہ تاریخی تحقیق میں ان کے حوالے نہیں دیئے جا سکتے۔ حوالہ دینے کے لیے حوالہ نمبر کے ساتھ جڑُے ہوئے نوٹ میں درج اصل کتاب کو حاصل کرنا ضروری ہے۔

ڈرامائی ضرورتوں کے لیے اصل نصاب میں کیے گئے حذف و اضافے کی اوپر دی گئی وضاحتوں کے باوجود میں نے پوری کوشش کی ہے کہ اس تمثیل میں موجود نُمایاں کرداروں، تاریخی طور پر عظیم شخصیات اور اُن کے معاشروں اور ثقافتوں کی ممکنہ حد تک وفادارآنہ اور سچی عکاسی ہو۔

احمد ندیم 2021

منتخب کُتب و حوالہ جات کی فہرست

انگریزی زبان میں

Abu Zahra, Muhammad. *The Four Imams.* Translation into English by A'isha Bewley. London: Dar Al Taqwa, 2001.

Al Isma'il, Tahia. *The Life of Muhammad.* London: Ta Ha Publishers, 1 Wynne Road, SW9 0BB, 1998.

Guillaume, A. *The Life of Muhammad: A translation of Ibn Ishaq's Sirat Rasul Allah.* Karachi: Oxford University Press, Pakistan, 16th Impression, 2003. (First written in Arabic in the 8th century).

Haddad, Gibril F. *The Four Imams and Their Schools.* London: Muslim Academic Trust, 2007.

Hazleton, L. *The First Muslim.* New York: Riverhead Books, 2013.

Holt, P. M., Lambton, A. K. S., and Lewis, B. (eds.) *The Cambridge History of Islam, vol. 1A.* London: Cambridge University Press, 1970.

Ibn Saad, Muhammad. *Kitab al-Tabaqat al-Kabir.* Translated by Haq, S. M. *Ibn Sa'd's Kitab al-Tabaqat al-Kabir Volume II* Parts I & II. Delhi: Kitab Bhavan.

Lings, Martin. *Muhammad, his life based on the earliest sources.* Cambridge U.K: Islamic Texts Society, 1991.

Masood, Steven. *The Bible and the Qur'an: A question of integrity.* UK, USA: Authentic Media, 2002.

Patai, Raphael. *The Arab Mind*. New York: Charles Scribner's Sons, 1973.

عربی زبان میں

حَسن، ابراہیم حَسن۔ *تاریخ الاسلام*۔ قاہرہ: مکتبہ النہزۃ المصریہ۔ دسواں ایڈیشن، 1985

منصور، حُسین منصور۔ *بشار بن بُرد، بین الجد والمجنون*۔ قاہرہ، 1930

اُردو زبان میں

ابن ہشام۔ *سیرۃ ابن ہشام*۔ عربی سے اُردو ترجمہ۔ مترجم: مولانا عبدا جلیل صادقی۔ اعتقاد پبلشنگ ہاوس، نیو دہلی۔ 2 اگست 1982 (پہلی بار آٹھویں صدی عیسوی میں لکھی گئی)۔

ابو زہرہ، محمد ابو زہرہ۔ *حیاتِ امام ابو حنیفہ*۔ عربی سے اُردو ترجمہ۔ مترجم: پروفیسر غُلام احمد حریری۔ اعتقاد پبلشنگ ہاوس، نیو دہلی۔ 2 جولائی 1987۔

القرآن الکریم مع اُردو ترجمہ و تفسیر۔ شاہ فہد قرآن کریم پرنٹنگ کمپلیکس، مدینہ منورہ 17/2944۔

امام بُخاری۔ *صحیح البخاری*۔ مجموعہ الحدیث۔ (پہلی بار نویں صدی عیسوی میں لکھی گئی)۔

حُسین، طٰہٰ حُسین۔ *الفتنۃ الکبریٰ، عثمان*۔ عربی سے اُردو ترجمہ۔ نفیس اکیڈمی، کراچی۔ پانچواں ایڈیشن، مارچ 1976۔

حُسین، طٰہٰ حُسین۔ *علی و بنوہ*۔ عربی سے اُردو ترجمہ۔ نفیس اکیڈمی، کراچی۔ پانچواں ایڈیشن، مارچ 1976۔

دائرہ معارف الاسلامیہ (اسلامی انسائکلوپیڈیا)۔ وزارتِ تعلیم، حکومتِ پاکستان۔

ذیات، احمد حَسن ذیات۔ *تاریخ ادب العربی*۔ عربی سے اُردو ترجمہ۔ مترجم: عبدالرحمان سورتی۔ شیخ غُلام علی اینڈ سنز، چوک انارکلی، لاہور۔ جون 1961۔

عسقلانی، حافظ احمد ابن حجر عسقلانی۔ *بلوغ المرام*۔ عربی سے اُردو ترجمہ۔ مترجم: مولانا عبدالتواب۔ فاروقی کُتب خانہ، بوہر گیٹ، ملتان، پاکستان۔ تیسرا ایڈیشن، 1983۔ (پہلی بار 825-773 عیسوی میں لکھی گئی)۔

مودودی، ابوالعلیٰ مودودی۔ *خلافت و ملوکیت*۔ ادارہ ترجمان القرآن، اُردو بازار، لاہور۔ پچیسواں ایڈیشن، 2000۔

نعمانی، علامہ شبلی نعمانی اور علامہ سلیمان ندوی۔ *سیرت النبی*۔ مکتبہ مدینہ، اُردو بازار، لاہور۔ 1980۔